李太白 文賦集

# 이태백 문부집

下

한국연구재단
학술명저번역총서

동양편
624

李太白 文賦集

# 이태백 문부집

이백李白 저 · 황선재 역주

下

學古房

1. 본 책은 상중하 3권으로 나누었는데, 상권은 표서(表書)와 서기(序記), 중권은 송찬(頌讚)과 비명(碑銘), 하권은 제문(祭文)과 고부(古賦), 그리고 부록(附錄)으로 구성되었다.

2. 기존의 이백 전집류에서는 문부작품을 10여 가지 장르별로 세분한 것을 본 주석서에서는 문부를 내용과 서체에 따라 6장으로 통합하여 분류하고, 여기에 각 장르의 제목에 대한 어원과 용도를 설명하여 소속된 작품들을 이해하기 쉽도록 인도하였다.

3. 이백 문부 전체 작품 66편에 대하여 차례로 일련번호를 적고, 각각의 작품에는 본문의 내용에 따라 단락으로 나누어 숫자로 구분하였다. 예로 본문 [11-2]에서 앞 번호 11은 작품 연번이고, 뒷 숫자 2는 그 작품의 두 번째 단락임을 표시한 것이다.

4. 본 이백 문부집에 수록된 작품은 청대 왕기의 《이태백전집》에 실린 작품 배열 순서에 따랐다.

5. 본문 66편에 대한 작품마다 다음 체제로 구성하였다.

   ① 해설(解說) : 각각 작품의 내용을 비교적 쉽게 파악할 수 있도록, 첫째 작품을 창작하게 된 배경과 의도, 둘째 작품을 쓴 시기 및 장소, 셋째 작품의 내용에 따라 단락을 나누어 주요 골자를 설명하였으며, 넷째 제목과 내용에 관련된 사건의 전후 관계 및 작품에 대한 평가 등을 종합적으로 밝혔다. 그러나 일부의 작품에서 설명할 자료나 근거가 부족하고 설명의 필요성이 없는 경우에는 예외로 하였다.

   ② 번역(飜譯) : 원문의 번역은 직역을 위주로 하되, 우리말에 맞도록 의역과 직역을 적절히 배합하여 본래의 뜻과 내용을 전달하는데 주안점을 두었다. 그러나 이백의 천재적인 재주로 표현된 문장과 성당의 미묘한 배경 등으로 직역하면 이해하기 힘든 부분에 대하여는 문맥을 쉽게 파악할 수 있고 전체적인 맥락이 통하도록 의역에 치중하였다.

   ③ 주석(註釋) : 다양한 관련 참고서적을 활용하여 정확하고 자세한 주석을 달되, 가능한 역사적 전고(典故) 등 산문 내용을 이해하는데 중요한 사항, 난해하고 생소한 고어(古語), 원문 속에 등장하는 당시의 인명이나 지명 등에 대한 주석을 제공하였다.

   ④ 각주(脚註) : 위와 같이 각 작품에 대하여 해설과 역주(譯註)하는 과정에서 이해하기에 부족하고 보충 설명을 필요로 하는 부분은 추가로 각주를 달아서 이해하기 쉽도록 작성하였다.

6. 하권(下卷)의 부록에서는 이태백의 연보 및 문부 편년, 송대에 발간된 《이태백문집(李太白文集)》(靜嘉堂本)에 실린 이백의 고부와 산문작품 원문(영인본) 등을 참고자료로 수록하였다.

# 부록 ······················································· 355

제**5**장

# 제문
## 祭文

### 2首

「제문祭文」은 고대 산문 문체의 한가지로, 제수(祭需)를 차려놓고 천지신명(天地神明)이나 죽은 사람에게 제사지내면서 읽어 내려가는 문장이다. 청대 요내(姚鼐)는 《고문사류찬(古文辭類纂)》에서 13번째 애제류(哀祭類)에 열거하였다.

본래의 제문은 가뭄이 심할 때 하늘에서 비가 내리기를 기원하고 재앙과 액운을 예방하는 내용을 담은 기도문에서 유래하였는데, 중세 이후부터 인간의 공덕을 칭송하는 제문이 등장하기 시작했다. 명나라의 서사증(徐師曾)은 《문체명변서설(文體明辨序說)》 〈제문(祭文)〉편에서 "제문이란 친한 사람을 제사 지내는 글이다. 옛날의 제사는 흠향(歆饗)만을 고하는 데 그쳤으나, 중세 이후에는 언행을 기리고 애상의 뜻을 의탁하는 것을 겸하였으니 대개 축문이 변한 것이다. 제문의 언사는 산문, 운문, 댓구어(儷語)등으로 쓰였다(祭文者, 祭奠親友之辭也. 古之祭祀, 止于告饗耳. 中世以還, 兼讚言行, 以寓哀傷之意, 蓋祝文之變也. 其辭有散文, 有韻語, 有儷語.)"고 했는데, 여기서 고대 신(神)에 대한 기도문에서 출발했던 제문이 후세에는 망인(亡人)의 행적을 칭송하고 그 죽음에 슬픔의 감정을 표현하는 것으로 변모했다는 내용과 제문에 사용하는 용어에 대하여 언급하였다. 이렇듯 고대의 제문은 신들에게 경건함을 표시하고 조상에 대해 공순(恭順) 함을 나타내는 내용으로 구성되었다.

이백의 제문은 두 수가 전해지는데, 모두 만년에 지은 작품으로 다른 사람을 위하여 대필하여 지은 것이다. 하나는 죽은 자를 애도하는 '제전류(祭奠類)'의 형식을 갖춘 작품으로 두 소사(竇小師)가

스승인 선 화상(璿和尙)에게 제사지내는 제문인 〈위두씨소사제선화상문(爲竇氏小師祭璿和尙文)〉이며, 다른 하나는 강신(江神)에게 축도(祝禱)하며 제사지내는 '제도류(祭禱類)'의 형식을 갖춘 작품으로 어사중승 송약사를 대신하여 구강을 건너면서 강신에게 제사 지내는 제문인 〈위송중승제구강문(爲宋中丞祭九江文)〉이다.

# 57.

# 爲竇氏小師祭璿和尙文

두 씨 소사를 대신하여 선 화상을 제사지내는 제문

상원 원년(760) 이백이 여산(廬山)에서 은거하다가 금릉(金陵)으로 돌아와서, 그곳에 거주하는 두씨 소사를 대신하여 입적한 사부인 선화상(璿和尙)의 제문을 지어준 것이다.

「두씨(竇氏)」소사는 나이가 어린 스님으로 이름과 사적은 알려지지 않고 있다. 다만 앞에서 소개한 이백의 〈지장보살찬(地藏菩薩讚)〉에 나오는 「부풍두도(扶風竇滔)」의 두도가 곧 두씨 소사일 것이라 여겨지고 있다. 「소사(小師)」는 수계를 받은 십하(十夏)* 이전의 승려를 말하는데, 《석씨요람(釋氏要覽)·사자소사(師資小師)》에서 "계를 받고 열 번의 여름을 지내기 이전의 승려를 서역국에서는 모두 소사라 부른다(受戒十夏以前, 西天皆稱小師.)"라 했으며,

---

* 「하(夏)」는 하안거(夏安居)를 가리키며, 일하구순(一夏九旬; 한 번의 하안거는 90일), 구순금족(九旬禁足; 90일 동안 다니지 않는 것)이라고도 한다. 하안거의 제도는 인도에서 1년 1회(一會)의 수행의 성과와 법랍(法臘: 僧歷)의 위계를 정하는 기초로 삼았는데, 제1하(第一夏)를 입중(入衆), 5하(五夏) 이상을 사리, 10하(十夏) 화상(和尙)이라 칭했다.

당나라에서는 나이가 어려서 출가한 승려에 대한 칭호로 썼다. 당 요합(姚合)의 시에 〈사미승 노소사에게 드리다(贈盧沙彌小師)〉라는 작품이 있으며, 또한 승려의 겸칭으로 쓰기도 하였다.

「선화상(璿和尙)」은 당시 유명한 사찰이었던 금릉(金陵) 와관사(瓦館寺) 고승이다. 《송고승전(宋高僧傳)》권17 〈당금릉종산원숭전(唐金陵鍾山元崇傳)〉에 "원숭(元崇)은 개원 말년 와관사(瓦館寺) 선(璿) 선사를 따라 배우면서 《심요(心要)》를 전수받고, 밤낮으로 게으르지 않고 닦았다. …… 지덕 초기, 사람들과의 관계를 끊고 지팡이를 짚고 금릉군을 떠나 서울로 올라갔다. …… 드디어 종남산(終南山)으로 들어가 위장(衛藏)을 지나 백록(白鹿潭)에 이르렀다가 남전(藍田)으로 내려가서, 망천(輞川)에 있는 우승 왕유(王維)의 별업을 찾았다. …… 왕유는 고요한 방에서 분향하면서 원숭과 서로 정신적인 교유를 맺었다(元崇以開元末年因從瓦館寺璿禪師諮受心要, 日夜匪懈. …… 至德初, 並謝絶人事, 杖錫去郡, 歷于上京. …… 遂入終南, 經衛藏, 至白鹿, 下藍田, 於輞川得右丞王公維之別業. …… 王公焚香靜室, 與崇相遇神交.)"라 했다. 왕유(王維)의 〈선상인을 뵙다(謁璿上人)〉라는 시와 이기(李頎)의 〈선공의 산 연못에서 읊다(題璿公山池)〉란 시가 있다. 여기서 「선선사(璿禪師)」·「선상인(璿上人)」·「선공(璿公)」이 바로 이 제문에 나오는 선화상(璿和尙)이다.

「화상(和尙)」은 원래 인도에서 사부(師父)에 대한 속칭인데, 중국 불교전적 가운데에서는 일반적으로 불교의 승려에 대한 존칭이 되었다가 후에는 스님에 대한 통칭으로 쓰였다.

이 제문은 선화상에게 제사드리는 내용으로, 3개 단락으로 나눌 수 있다. 첫 번째 단락에서는 먼저 제문에서 쓰이는 상투어로 시작하였는데, 하늘의 영령이 화생하였다는 선화상의 출생내력과 재능이 출중하였다는 성장과정에 대하여 적고, 이어서 불문으로 출가하여 발분 정진한 수행단계와 불가에 대한 공헌으로 사람들에게 존경받는 명성에 대하여 기술하였다. 두 번째 단락에서는 선화상이 열반에 드는 상황을 여러 각도로 비유하면서 비통한 심정으로 애도하고 있다. 세 번째 단락은 제사지내는 과정으로서, 두소사가 선화상에게 받은 은혜와 자비에 감격하고, 스승이 열반에 들자 호곡하며 혼령께서 특별히 차려놓은 제물을 흠향(歆饗)하기 바란다는 희망을 기술하였다.

## 57-1

年月日,

某謹以齋蔬之奠[1], 敢昭告于[2]和尚之靈。

伏惟[3]和尚, 降靈自天, 依化遊世。

角立獨出[4], 嶷然[5]生知[6]。

鳳凰開九苞之翼[7], 豫章[8]橫萬頃之陂[9]。

始傳燈而納照[10], 因落髮以從師[11]。

邁龍象以蹴踏[12], 爲天人[13]之羽儀[14]。

紹釋風於西域[15], 回佛日[16]於東維[17]。

若大塊之噫氣[18], 鼓和風[19]而一吹。

熱惱清灑[20], 道芽[21]榮滋[22]。

走吳·楚以宗仰, 將掃地而歸之<sup>23</sup>。

모년 모월 모일,
아무개(두소사)는 삼가 공경히 제수(祭需)를 차려놓고
감히 화상의 영전에 아룁니다.
엎드려 생각건대, 화상은 하늘의 영령이 내려와
화생(化生)하여 세상에 노닐었습니다.
우뚝 솟은 뿔처럼 홀로 출중하여
태어나면서부터 지혜가 총명하였으니,
봉황(鳳凰)의 아홉 빛깔 날개를 펼쳐서
예장(豫章)에 있는 백만 이랑의 연못을 가로질러 날아갔습니다.
처음 불법을 전하는 등불을 받아들이고
머리를 깎은 채 스승을 따랐으며,
용과 코끼리처럼 힘차게 매진하여
천인(天人; 高僧)들의 모범이 되었습니다.
서역(西域)에서 온 불교 풍속을 계승하여
부처님 광명을 동방으로 돌려 전파하였으니,
대지가 입김을 내쉬면
온화한 봄바람이 한바탕 부는 것처럼,
번뇌를 시원하게 제거하여
불도(佛道)의 싹이 무성하게 자라도록 하였습니다.
오초(吳楚) 지방으로 가서 사람들에게 경앙을 받았으니,
땅을 쓸듯 모두 귀의하였습니다.

. . . . . . . . . . . . . . .

1 齋蔬之奠(재소지전) : 과일과 채소 등 제수(祭需)를 차려놓고 망령(亡靈)에 제사 지내는 것.

2 敢昭告于(감소고우) : 감히 밝혀 아뢰다. 제문(祭文)이나 축문(祝文)에서 신에게 고할 때 쓰는 말.

3 伏惟(복유) : 아랫사람이 윗사람에 대하여 존경을 나타내는 말.《한서・양운전(楊惲傳)》가운데 〈손회종에게 보내는 답서(報孫會宗書)〉에 "엎드려 생각해 보니 성왕의 은혜가 한없이 넓습니다(伏惟聖主之恩, 不可勝量.)"라 했음.

4 角立獨出(각립독출) : 걸출하게 뛰어난 것. 우뚝하게 홀로 서 있는 것(卓然特立). 선화상이 천성이 독특하고 걸출하다는 말.《후한서・서치전(徐穉傳)》에 "강남땅 낮고 천한 지역에서 나왔지만 걸출하게 우뚝 섰으니, 응당 첫째가 되는 것이 마땅하다(爰自江南卑薄之域, 而角立傑出, 宜當爲先.)"라 하고, 이현은 주에서 "뿔이 홀로 우뚝 선 것과 같다(如角之特立也.)"라 했음.

5 嶷然(억연) : 나이가 어려도 총명하고 지혜가 있는 것을 형용한 말.《시경・대아・생민》에 태어난 직후의 후직(后稷)을 가리켜 "튼튼하게 태어나 기어 다니게 되었고, 지각이 있으며 영리하였다(誕實匍匐, 克岐克嶷.)"라 하고, 정현 전에 「억」은 알다. 그 모양이 영리하여 식별할 줄 아는 것(嶷, 識也. 其貌嶷嶷然, 有所識別也.)"이라 했으며,《북사(北史)・유하전(柳遐傳)》에도 "유하는 어려서부터 명랑하고 뛰어나며 신령스럽게 영리해서, 유년시절에 벌써 어른의 도량을 지녔다(遐幼而爽邁, 神彩嶷然, 髫歲便有成人之量.)"라 했음.

6 生知(생지) : 생이지지(生而知之)로, 나면서부터 아는 것. 타고난 지혜가 총명함을 이른 말.

7 鳳凰開九苞之翼(봉황개구포지익) : 「九苞」는 구포(九包)라고도 쓰

며, 봉황의 아홉가지 특징*으로 후에는 봉황의 대칭으로 쓰였음. 이교(李嶠)의 〈봉황(鳳)〉시에 "구포는 신령의 길조와 응하고, 오색으로 문장을 이루었네(九苞應靈瑞, 五色成文章.)"라 읊었음. 여기서는 봉황이 아홉가지 색의 날개를 펼치는 것을 이른다.

8 豫章(예장) : 당대 군명으로, 홍주(洪州). 천보 원년(742) 예장으로 바꿨으며, 지금의 강서성 남창시(南昌市).

9 萬頃之陂(만경지피) : 「陂」는 연못으로, 여기서는 파양호(鄱陽湖)를 가리킴. 《회남자 · 설림훈(說林訓)》에 "1십경의 연못으로 4십경을 물 댈 수 있으며, 1경의 보로 4경에 물 댈 수 있으니, 크고 작음의 차이다(十頃之陂可以灌四十頃, 而一頃之陂可以灌四頃, 大小之衰然.)"라 하고, 고유 주에서 "물을 비축한 것을 「피」라 한다(畜水曰陂.)"고 했으며, 유의경(劉義慶)의 《세설신어 · 덕행(德行)》에도 "숙도의 넓고 넓은 도량은 만 이랑이나 되는 못과 같다. 맑히려 해도 깨끗해지지 않으며 흔들어도 흐려지지 않으니, 그의 기량은 깊고 넓어서 측량하기 어렵다(叔度汪汪如萬頃之陂. 澄之不清, 擾之不濁, 其器深廣, 難測量也.)"라 했음.

10 始傳燈而納照(시전등이납조) : 사부가 제자에게 전수를 시작할 때 불광(佛光)이 비추는 것을 받아들이는 것. 「傳燈」은 불가에서 불법을 전하는 것을 등불을 전하는 것에 비유함. 《유마힐소설경(維摩詰所說經)》권상 〈보살품(菩薩品)〉에 "무진등이라는 것은 비유하면 등불 하나가 백천개 등불에 불을 붙여 어두운 곳이 모두 밝아지게 하면서, 밝음이 끝내 다 없어지지 않는 것과 같다(無盡燈者. 譬如一

---

* 《초학기》권30에서 《논어적쇠성(論語摘衰聖)》을 인용하여 "鳳有六像九苞……九苞者, 一曰口包命, 二曰心合度, 三曰耳聽達, 四曰舌詘伸, 五曰彩色光, 六曰冠矩州, 七曰距銳鉤, 八曰音激揚, 九曰腹文戶."라 했다.

燈燃百千燈, 冥者皆明, 明終不盡.)"라 했으며, 왕기는 주에서 "불가에서 사제간에 불법이 끊어지지 않고 서로 전수하는 것이, 마치 등불을 켜서 광명이 항상 꺼지지 않도록 서로 전하는 것과 같으므로 전등이라 부른다"고 했음.

11 落髮以從師(낙발이종사) : 머리를 깎고 사부를 따르는 것. 「落髮」은 머리를 깎고 출가하여 승려가 되는 것을 말함.

12 邁龍象以蹴踏(매용상이축답) : 「邁」는 용감하게 나아간다는 뜻. 「龍象」은 불교의 여러 아라한(羅漢)중에서 수행이 가장 뛰어난 힘을 가진 자를 용상에 비유하며, 후에는 승려에 대한 경칭으로 쓰였다. 《유마경・부사의품(不思議品)》에 "비유하면 큰 코끼리가 차고 나가는 것을 나귀는 할 수 없음과 같은 것(譬如龍象蹴踏, 非驢所堪.)"이라 했음*. 「蹴踏」은 달려가는 것.

13 天人(천인) : 우주와 인생을 모두 통달한 도인. 여기서는 득도한 고승을 가리킴. 《장자・잡편・천하(天下)》에 "도의 대종(大宗)에서 떠나지 않는 사람을 「천인(天人)」이라 하고, 도의 정수에서 떠나지 않는 사람을 신인(神人)이라 하고, 도의 진수에서 떠나지 않는 사람을 지인(至人)이라 하고, 하늘을 도의 대종으로 삼고 덕을 도의 근본으로 삼으며, 도를 문으로 삼아서 변화의 조짐을 미리 아는 사람을 성인(聖人)이라 한다(不離於宗, 謂之天人. 不離於精, 謂之神

---

* 《유마경・부사의품(不思議品)・제6)에 "十方無量菩薩, 或有人從乞手足・耳鼻・頭目・髓腦・血肉・皮骨・聚落城邑, 妻子奴婢, 象馬車乘, 金銀・琉璃・車磲・馬碯・珊瑚・琥珀・眞珠・珂貝, 衣服飲食. 如此乞者, 多是住不可思議解脫菩薩, 以方便力而往試之, 令其堅固. 所以者何? 住不可思議解脫菩薩有威德力, 故現行逼迫, 示諸衆生如是難事. 凡夫下劣, 無有力勢, 不能如是逼迫菩薩, 譬如龍象蹴踏, 非驢所堪. 是名住不可思議解脫菩薩智慧方便之門."라 했다.

人, 不離於眞, 謂之至人. 以天爲宗, 以德爲本, 以道爲門, 兆於變
化, 謂之聖人.)"라 했음.

14 羽儀(우의) : 깃털(羽毛)로 장식한 정기(旌旗)나 의장(儀仗). 후에
는 고위직에 있으면서도 재덕이 있어서 사람들에게 존중을 받거나
모범이 될 만함을 비유하였다. 《주역·점(漸)괘》에 "기러기가 언덕
으로 나아가서, 그 깃은 의(儀)에 사용될 수 있으니 길하다(鴻漸于
陸, 其羽可用爲儀, 吉.)"라 하고, 공영달의 소에 "높은 곳에 있으면
서도 스스로를 억매지 않는다면, 그 깃으로 물건의 의표로 사용할
수 있으니, 귀하게 되고 법이 된다(處高而能不以位自累, 則其羽可
用爲物之儀表, 可貴可法也.)"라 했음.

15 紹釋風於西域(소석풍어서역) : 서역 불교의 규범을 계승하는 것.
「紹」는 계승. 「釋風」은 불교의 풍상(風尙). 왕기는 주에서 "석(釋)
은 범어로 석가를 말하는데, 여기서는 능인(能仁)으로 부처의 성이
며 출가자는 모두 석씨 성을 가진다. 《아함경(阿含經)》에서 「사방
의 강물이 바다로 들어가도 똑같이 짠맛이듯, 많은 성씨들이 출가
하면 모두 석씨라고 부른다(四河入海, 同一鹽味. 四姓出家, 皆名
爲釋.)」라 언급한 것이 이것이다"라 했음.

16 佛日(불일) : 부처에 대한 경칭. 불교에서는 부처의 법력이 광대하
여 중생들을 널리 구제하는 것이 마치 해가 대지를 비치는 것과 같
으므로 해를 부처에 비유하였음. 《관무량수경(観無量壽経)》에 "오
로지 원하건대 부처님께서는 저로 하여금 청정한 업으로 이룩된 곳
을 보게 하여 주십시오(唯願佛日敎我, 觀於淸淨業處.)"라 했으며,
《수서(隋書)·이사겸전(李士謙傳)》에서 "손님이 삼교의 우열에 대
해 물으니, 이사겸이 말하기를, 불교는 해이고, 도교는 달이며, 유교
는 오성이다(客問三敎優劣. 謙曰, 佛, 日也. 道, 月也. 儒, 五星
也.)"라 했음.

17 東維(동유) : 동쪽 모퉁이로, 불교가 동방인 중국으로 전파된 것을 말함. 《신회(韻會)》에 「유」는 모퉁이다(維, 方隅也.)」라 했다. 여기서는 선화상이 서역의 불교를 중국에 소개하고 전파한 것을 말함.

18 大塊之噫氣(대괴지희기) : 바람. 《장자 · 제물론(齊物論)》에 "대지가 숨을 내쉬면 그것을 일러 바람이라고 한다(夫大塊噫氣, 其名爲風.)"고 했음. 불교의 이치가 대지의 희기(噫氣)와 같이 부는 것.

19 和風(화풍) : 봄날에 온화하게 부는 바람.

20 熱惱淸灑(열뇌청쇄) : 번뇌를 맑고 시원하게 제거하는 것. 「熱惱」는 조열번뇌(燥熱煩惱), 초작고뇌(焦灼苦惱). 《법화경 · 신해품(信解品)》에 "세 가지 괴로움 때문에 생사 중에서 여러 가지 뜨거운 고통을 받는다(以三苦故, 於生死中受諸熱惱.)"라 했으며, 《법원주림(法苑珠林)》권107에도 "내가 큰 바람을 일으켜 허공에 작고 세밀하게 가득 차도록 해서, 여러 가지 뜨거운 고통 받는 곳을 맑고 서늘하게 부쳐줄 수 있도록 해 주십시오(願我作大風, 微密滿虛空. 諸有熱惱處, 扇之以淸凉.)"라 했다.

21 道芽(도아) : 불교에서 말하는 불리(佛理)의 맹아(萌芽). 《심지관경(心地觀經)》권5에 "도의 싹이 자라는 것은 봄에 나오는 새싹과 같다(道芽增長如春苗.)"라 했음.

22 榮滋(영자) : 무성(茂盛)한 것. 여기서는 도법의 싹이 무성하게 자라는 것.

23 走吳楚以宗仰, 將掃地而歸之(주오초이종앙, 장소지이귀지) : 「掃地」는 모두. 전부로, 사람의 수가 많은 것을 형용한 것. 이 두 구는 선화상이 오초지방의 사람들에게 높고 큰 덕망이 있어 그곳 사람들이 모두 그를 경앙한 것을 말한다.

## 57-2

嗚呼！ 來無所從, 去復何適[24] ?
水還火歸[25], 蕭散本宅[26]。
寶舟[27]輟棹[28], 禪月[29]掩魄[30]。
痛一往而無蹤, 愴雙林之變白[31]。

아아! 온 곳이 없는데, 다시 어느 곳으로 가시는지요?
물에서 왔다가 불로 돌아가듯
재가 되어 본래의 집으로 쓸쓸이 흩어졌습니다.
보배로운 배가 노를 멈추고 부처님 달로 몸을 가렸으니,
한번 가면 종적이 없어지는 것이 아프고,
사라(娑羅)숲 쌍수(雙樹)처럼 하얗게 변하는 것이 슬픕니다.

.................

**24** 來無所從, 去復何適(내무소종, 거부하적) : 사령운의 〈일민부(逸民賦)〉에 "그를 보니 용이 노니는 것 같고, 그가 잠기니 봉황이 숨어 있는 것 같구나. 와도 온 곳이 없으며, 가도 도달한 곳이 없도다(其見也則如遊龍, 其潛也如隱鳳. 來無所從, 去無所至.)"라 했는데, 여기서는 그 뜻을 이용하여 선화상이 어느 곳에서 왔는지 알지 못하고, 또 어느 곳으로 갈지 알 수 없음을 말하고 있다.

**25** 水還火歸(수환화귀) : 탄생 할 때에는 혈수(血水)에서 왔다가 죽어서는 불로 돌아가는 것. 승려들은 죽은 후에 화장하므로「화귀(火歸)」라 한다. 불교에서는 세계와 인체가 모두 지수화풍(地水火風)의 4대 원소로 구성되었다고 인정하므로,《원각경(圓覺經)·보안보살장(寶眼菩薩章)》에서 "항상 생각하되, 나의 지금 이 몸은 사대로 화합된 것이다. 이른바 머리카락, 털, 손발톱, 치아와 피부, 살, 힘

줄, 뼈와 골수, 뇌, 때, 몸뚱이는 모두 흙으로 돌아가고, 침, 콧물, 고름, 피와 진액, 거품과 가래, 눈물, 정기와 대소변은 다 물로 돌아가며, 따뜻한 기운은 불로 돌아가고, 움직이는 작용은 바람으로 돌아간다. 사대가 각각 분리되면 지금의 허망한 몸은 어디에 있겠는가?(恒作是念, 我今此身, 四大和合. 所謂髮毛爪齒, 皮肉筋骨, 髓腦垢色, 皆歸於地. 唾涕膿血, 津液涎沫, 痰淚精氣, 大小便利, 皆歸於水. 煖氣歸火, 動轉歸風. 四大各離, 今者妄身, 當在何處.)"라 했음.

26 蕭散本宅(소산본댁) : 죽으면 시체가 흩어져 승천하는 것을 말함. 「蕭散」은 뼛가루가 흩어지는 것. 「本宅」은 사람이 죽은 후에 영원히 돌아가는 곳. 도연명의 〈자제문(自祭文)〉에 "나 도잠은 머무는 여관을 떠나서 영원히 본 집으로 돌아가고자 하네(陶子將辭逆旅之館, 永歸於本宅.)"라 했음.

27 寶舟(보주) : 보선(寶船)으로, 불법에서 중생들을 고해에서 건져내는 보배로운 배에 비유함. 양 간문제의 〈천불원문(千佛願文)〉에 "욕계의 무명을 씻어내고, 보선으로 창생을 건너게 하여 구제하네(滌無明於欲界, 度蒼生於寶船.)"라 하였고, 왕승유(王僧孺)의 〈참회예불문(懺悔禮佛文)〉에 "먼 길을 법륜으로 달리고, 아득한 도랑을 「보주」를 타고 노 저어가네(鶩法輪於長路, 棹寶舟於遙壍.)"라 했음.

28 輟棹(철도) : 노를 멈추는 것으로, 승려의 죽음을 표현한 말.

29 禪月(선월) : 불월(佛月)로, 불교에서는 불법이 깜깜한 밤의 밝은 달처럼 세상을 밝게 비쳐주므로 달을 부처에 비유한다. 《금광명경(金光明經)》권24에 "부처님의 참된 법신은 허공과도 같아 중생에게 응하시어 형상을 나타나신 것은 마치 물속에 비친 달처럼 아무런 걸림이 없어서 아지랑이 같고 허깨비 같습니다. 이런 까닭으로 나는 지금 부처님 달에 머리를 숙이고 정례합니다(佛眞法身, 猶如虛空, 應

物現形, 如水中月, 無有障礙. 如焰如幻, 是故我今, 稽首佛月.)"라
했음.

30 魄(백) : 사람의 형체에 붙어서 정신에 나타나는 것으로, 형체에서
벗어나 있는 혼(魂)과는 다르다. 《좌전·소공(昭公)》7년에 "사람이
죽으면 「백」이라 부른다(人生始化日魄.)"라 하고, 두예(杜預) 주에
는 "「백」은 형태로서, 백이 생기면 그 중 양을 혼이라 부른다(魄,
形也, 既生魄, 陽曰魂.)"이라 했으며, 《서경·무성(武成)》에 "1월
임진일은 방사백(초하루 다음날)이다(惟一月壬辰, 旁死魄.)"라 했
는데, 공영달은 소에서 "「백」은 형체다. 달의 윤곽에 빛이 없는 곳을
백이라고 한다. 초하루 뒤에 밝음이 생기면서 백이 죽고, 보름 이후
에 밝음이 사라지면서 백이 생긴다. 《율력지》에서 백이 죽으면 초하
루이고, 백이 생기면 보름이라고 한다(魄者, 形也. 謂月之輪廓無
光之處名魄也. 朔後明生而魄死, 望後明死而魄生. 律曆志云, 死
魄, 朔也. 生魄, 望也.)"고 했음. 이 구의 「禪月掩魄」은 곧 「魄」이
죽은 것으로, 승려의 죽음을 비유하였다.

31 愴雙林之變白(창쌍림지변백) : 석가모니 부처가 임종할 때의 주변
모습으로 선화상의 죽음을 비유했다. 「愴」은 비상(悲傷), 처연(悽
然)한 것. 《열반경(涅槃經)》권1에 "부처님이 구시나성에 계실 때,
역사가 태어난 곳인 아이라발제하 주변의 사라쌍수사이에서 2월15
일 열반에 드실 즈음, 이때 구시나성 사라숲속 나무들이 마치 흰
학처럼 하얗게 변했다. 후분경(後分經)에서는 사라수림은 네 쌍 여
덟 그루인데, 서쪽 한 쌍의 나무는 여래 앞에 있고, 동쪽 한 쌍의
나무는 여래 뒤에 있으며, 북쪽 한 쌍의 나무는 부처님 머리에 있고,
남쪽 한쌍의 나무는 부처님 발쪽에 있었다고 했다. 이때 세존은 사
라숲 보상아래에 누워서 한밤중 제4선정에 들어가서 아무소리 없이
조용한 시각에 열반에 들어갔다. 대각 세존께서 열반에 드시자 사라

숲 동서에 있는 두 나무가 합쳐 한 나무로 되고, 남북의 나무가 합쳐 한 나무로 되어 보배로운 침상으로 늘어져 여래를 덮었다. 그 나무들은 바로 애처롭게 흰색으로 변했는데, 마치 흰 학과 같았다. 가지와 잎, 꽃과 열매, 껍질과 줄기가 모두 터져 갈라지면서 떨어지고, 점점 말라 시든 채 꺾어져 남아 있지 않았다(佛在拘尸那城, 力士生地阿夷羅跋提河邊娑羅雙樹間, 二月十五日臨涅槃時, 爾時拘尸那城娑羅樹林, 其林變白, 猶如白鶴. 後分曰娑羅樹林四雙八隻. 西方一雙, 在如來前. 東方一雙, 在如來後. 北方一雙, 在佛之首. 南方一雙, 在佛之足. 爾時世尊娑羅林下寢臥寶牀, 於其中夜入第四禪, 寂然無聲, 於是時頃, 便槃涅槃. 大覺世尊入涅槃已, 其娑羅林東西二雙合爲一樹, 南北二雙合爲一樹, 垂覆寶牀, 蓋於如來. 其樹即時慘然變白, 猶如白鶴. 枝葉花果皮幹, 悉皆爆裂墮落, 漸漸枯悴, 摧折無餘.)"라 했음.


## 57-3

某早承訓誨, 偏荷恩慈[32].
忝餐風[33]於法侶[34], 旋落蔭於禪枝[35].
號無輟響[36], 泣有餘悲.
手撰[37]茗藥[38], 精誠嚴思[39].
冀神道之昭格[40], 庶明靈而饗之[41].

아무개(두소사)는 어려서부터 스승님의 가르침에 따라
은혜와 자비를 지나치게 받았으니,
황송하게도 불문의 도반들과 바람을 마시면서

참선당(參禪堂) 주변 숲 그늘에서 보호를 받으며 지냈습니다.
호곡(號哭)하는 소리가 그치지 않고
눈물을 흘려도 슬픔이 가시지 않습니다.
손으로 차와 약을 정성껏 달여 엄숙하게 제사 지내오니,
신도(神道; 귀신)께서 하늘에 있는 선화상의 혼령을 불러오셔서
제물을 흠향(歆饗)하시기를 바라옵니다.

⋯⋯⋯⋯⋯

32 **某早承訓誨, 偏荷恩慈**(모조승훈회, 편하은자): 「某」는 두소사의
자칭. 두소사가 일찍이 선스승의 가르침을 잘 이어 받아서 은혜와
자비를 많이 얻었음을 말한 것.

33 **餐風**(찬풍): 바람을 마심. 초탈한 출세(出世)의 생활을 형용한 것.
사령운의 〈여산 혜원법사 뇌문(廬山慧遠法師誄)〉에 "이때 여러 승
려들이 구름처럼 모여 청정한 계행을 부지런히 닦았는데, 같은 불법
의 바람을 마시며 불도의 문에서 느긋하게 머물렀다(於是衆僧雲集,
勤修淨行, 同法餐風, 棲遲道門.)"라 했음.

34 **法侶**(법려): 불가어로 승려(僧侶), 불법을 같이 배우는 도반(道伴).
양무제의 〈금강반야참문(金剛般若懺文)〉에 "항하(갠지스강)의 모
래만큼 많은 중생들이 모두 「법려」가 되었다(恒沙衆生, 皆爲法
侶.)"라 했으며, 양현지(楊衒之)의 《낙양가람기(洛陽伽藍記)·경
명사(景明寺)》에 "이름난 스님과 덕을 지닌 대중들은 지팡이를 멘
채 무리를 지었으며, 신도와 법려(도반)들은 꽃을 든 채 덤불을 이
뤘구나(名僧德衆, 負錫爲群, 信徒法侶, 持花成藪.)"라 했음.

35 **旋落蔭於禪枝**(선락음어선지): 사찰 주변 숲속에서 음비(蔭庇), 곧
감싸주고 도움을 받아 누리는 것. 불교에서 사찰은 대부분 숲속에
건립하기 때문에 선림(禪林)이라 부르며, 「禪枝」는 선림의 한 가지
로 참선당 주위에 있는 수목. 유신(庾信)의 〈안창사비문(安昌寺

碑)〉에 "선림 주변의 나무는 사방이 조용하고, 지혜의 굴에는 세가지 빛이 밝구나(禪枝四靜, 慧窟三明.)"라 하였으며, 두보는 〈수각사에 노닐며(遊修覺寺)〉란 시에서 "선방의 나뭇가지에 뭇 새들 잠자는데, 떠도는 신세인지라 저물면 돌아갈 곳 근심하네(禪枝宿衆鳥, 漂轉暮歸愁.)"라 했음.

36 號無輟響(호무철향) : 호곡(號哭)하는 소리가 그치지 않는 것.

37 手撰(수찬) : 손으로 잡는 것. 「撰」은 가지다(持), 쥐다(握). 《예기·곡례(曲禮)상》에 "군자는 하품이나 기지개를 켜면서, 지팡이나 신을 지닌다(君子欠伸, 撰杖屨.)"라 하고, 정현은 주에서 "「찬」은 지니는 것이다(撰, 猶持也.)"라 했음.

38 茗藥(명약) : 찻물(茶水)과 탕약(湯藥). 승려들은 술을 마시지 않기 때문에 술 대신에 차를 제수(祭需)로 쓴다.

39 精誠嚴思(정성엄사) : 정성스럽고 엄숙하게 제전(祭奠)을 진행하는 것. 「嚴思」는 엄숙한 모양. 「思」는 구미조사(句尾助詞).

40 冀神道之昭格(기신도지소격) : 「冀」는 희망. 「昭格」은 밝게 이르는 것(昭至), 格은 오다(來), 이르다(至). 신도(神道) 곧 귀신께서 하늘에 있는 선화상의 신령을 불러오기를 희망한 것이다.

41 庶明靈而饗之(서명령이향지) : 「庶」는 부사로 희망을 표시함. 「饗」은 향(享)과 통하며, 귀신이 제물을 맛보는 것. 제수를 신령께서 향용하기를 바란다는 말이다.

# 58.

# 爲宋中丞祭九江文

송중승을 대신하여 구강에 제사 드리는 제문

 

이 제문은 지덕 2년(757) 가을, 심양막부에서 제사를 집행하는 어사중승(禦史中丞) 송약사(宋若思)가 대문장가인 이백에게 의뢰하여 자신의 명의로 대신 짓게 한 제강문(祭江文)이다. 옛날 사람들은 큰 강이나 바다는 모두 신령이 주관한다고 믿었으므로 국가가 어려움에 처하면 반드시 그 곳의 신에게 제사지냈다. 당시 송약사는 오병(吳兵) 3천명을 이끌고 안사의 난을 평정하려고 하남을 향해 도강하면서 군사들이 편안하게 건너 소기의 목적을 달성하도록 보우해 주십사하고 구강의 하신(河神)에게 제사를 지냈다. 구강은 장강이 흘러 지나는 심양(지금의 강서성 구강시) 남쪽 부근에 위치한다. 《수경주(水經注)》에서는 유흠(劉歆)의 말을 인용하여 호수(湖水)와 한수(漢水) 등 아홉 갈래 물이 팽려호(彭蠡湖)로 들어가므로 구강이라고 불렀다고 하였다.

이 제문은 구강에 제사지내는 내용으로 3개 단락으로 나눌 수 있다. 첫 번째 단락에서는 송약사가 옥기(玉器)에 희생물을 담아놓고 위대한 강신인 장원공에게 융중하게 제사지내는 내용을 기술하였으며, 두 번째 단락에서는 안사의 난으로 역적이 창궐하고 국가가 위험과 혼란에 처하자 황제가 피난하고 생령이 도탄에 빠진 현실을 주요 사례로 거론하면서, 이러한 곤경이 사람들의 공분을 일으켜 적구(敵寇)들을 멸망시키려는 의도가 용솟음치는 상황을 기술하였다. 세 번째 단락에서는 송약사의 군대가 위용을 자랑하면서 출정하는 모습을 묘사하고, 이어 구강의 홍수가 범람하여 도강을 저지하는 상황이므로, 기도하는 말이지만 반란군을 소탕할 수 있도록 하신(河神)에게 풍랑을 잠잠하게 하고 인마가 편안하게 건널 수 있도록 도와주기를 명령조로 요구하고 있다. 여기서 이백은 나라를 안정시키고자 하는 애국충군(愛國忠君) 사상을 담아 안사의 난에 대한 적극적인 태도를 표명하였음을 볼 수 있다.

문장의 처음과 마지막에는 일반적으로 쓰이는 제문의 투어(套語)를 사용하였지만 흔적이 없으며, 전체적으로 의인법을 사용하여 웅장한 감정을 생동적으로 표현하였다. 전문의 뜻이 엄숙하고 간결하여 한편의 시와 같은 산문이다. 후대 한유(韓愈)의 〈제악어문(祭鱷魚文)〉도 이 제문의 영향을 받았다.

곽말약(郭沫若)은 《이백과 두보》에서 이 제문을 소개하면서 겨우 175자로 이루어진 문장이지만, 장강의 기백과 시국의 간난, 병사의 분투 등을 매우 힘 있게 표현한 산문이라고 칭찬하였다.

**58-1**

謹以三牲[1]之奠, 敬祭於長源公[2]之靈。

惟神包括乾坤[3], 平準[4]天地。

劃三峽[5]以中斷, 流九道[6]以爭奔。

網紀南維[7], 朝宗東海[8]。

牲玉[9]有禮, 祀典無虧。

삼가 세 가지 희생을 바쳐

정중히 장원공(長源公)의 영혼께 제사 드립니다.

오직 신만이 하늘과 땅을 총괄하여

천지만물을 고르게 해주시고,

삼협(三峽)을 중간에서 잘라 나누어서

아홉 길로 다투어 달리게 하였으며,

남방의 유계(維系)로 하여금 많은 물줄기를 다스리면서

동해로 흘러 들어가도록 하였습니다.

희생물을 담은 옥기(玉器)는 예를 갖추어야 하고,

제사 지내는 법도는 잘못이 없어야 합니다.

...............

1 三牲(삼생) : 고대에 제사 지낼 때 바치는 세 가지 희생물, 곧 소·
양·돼지. 《예기·제통(祭統)》에 "세 희생을 담는 도마와 여덟 개의
보배로운 제기에 풍성한 제수를 갖추었네(三牲之俎, 八簋之寶, 美
物備矣.)"와 《주례·재부(宰夫)》편의 "아침에 빈객을 만나 회동할
때 뇌례의 법으로 한다(凡朝覲會同賓客, 以牢禮之法.)"라는 출전
이 있으며, 정현(鄭玄)의 주석에 "뇌례의 법은 때에 따라 다소의 차
이가 있는데, 세 가지 희생인 소, 양, 돼지로 음식물을 갖추어 포개

어 쌓는 것을 뇌(牢)라 한다(牢禮之法, 多少之差及其時也. 三牲, 牛羊豚, 其爲一牢. 委積爲牢.)"고 하였음.

2 **長源公**(장원공) : 강신(江神) 이름으로, 원래는 광원공(廣遠公)임. 《구당서·현종본기(玄宗本紀)》하권의 기록에 의하면 "천보 6년 (747) ……「오악을 이미 왕으로 봉하고 사독을 공의 지위로 위계를 올려주었으니, 하독을 영원공, 제독을 청원공, 강독을 광원공, 회독을 장원공으로 봉하였다」(天寶六年 …… 五嶽旣已封王, 四瀆當昇公位. 封河瀆爲靈源公, 濟瀆爲淸源公, 江瀆爲廣源公, 淮瀆爲長源.)"라 하였으므로, 강독의 신은 장원공이 아니고 광원공이다. 왕기는 이에 대하여 "지금 강신에게 제사지내면서 장원공이라 했는데, 아마 광원공의 글자를 잘못 쓴 것(今祭江神而曰長源公, 蓋字之誤也.)"이라고 지적했다.

3 **乾坤**(건곤) : 음양과 천지. 《주역·설괘(說卦)》에 "「건」은 하늘이므로 아버지라 부르고,「곤」은 땅이므로 어머니라 부른다(乾天也, 故稱乎父, 坤地也, 故稱乎母.)"고 했음.

4 **平準**(평준) : 균형에 맞도록 고르게 조정하는 것.

5 **三峽**(삼협) : 장강이 사천을 거쳐 호북 지방을 지나는 교차지역에 있는 3개의 대협곡. 삼협은 두 가지 설이 있는데, 하나는 가정삼협(嘉定三峽)으로 평강협(平羌峽)·배아협(背峨峽)·여두협(犁頭峽)이며, 다른 하나는 파동삼협(巴東三峽, 즉 長江三峽)으로 사천성 봉절(奉節)에서 호북성 의창(宜昌)사이에 있는 구당협(瞿塘峽)·무협(巫峽)·서릉협(西陵峽)임. 이 글에서의 삼협은 후자를 가리킨다.

6 **九道**(구도) : 곧 구강(九江). 장강은 심양에서 아홉 갈래 길(九道)로 나뉘어진다. 공안국(孔安國)이 주석한 《상서(尙書)》에 "강은 이 주의 경계에서 아홉 길로 나누어졌다(江於此州界分爲九道.)"라 하였으며, 구강에 대하여는 《심양기(潯陽記)》에서 "첫 번째는 오백강,

두 번째는 망강, 세 번째는 오강, 네 번째는 가미강, 다섯 번 째는
견강, 여섯 번째는 원강, 일곱 번째는 늠강, 여덟 번째는 제강, 아홉
번째는 균강(一曰烏白江, 二曰蟒江, 三曰烏江, 四曰嘉靡江, 五曰
畎江, 六曰源江, 七曰廩江, 八曰提江, 九曰箘江.)"이라고 했다.

7 **綱紀南維**(강기남유) : 왕기는 "남방에는 많은 물줄기가 있는데, 그
주류가 유계(維系)다(綱紀南維, 爲南方衆流之綱紀也.)"고 했음.
「南維」는 남방의 유계.

8 **朝宗東海**(조종동해) : 《상서 · 우공(禹貢)》편에는 "장강과 한수는
바다를 조종으로 삼았다(江漢朝宗於海.)"고 했고, 《공안국전(孔安
國傳)》에서는 "두강이 바다에 들어가는 것은 무수한 냇물이 바다를
우두머리로 삼아 알현하는 것과 같다. 우두머리(宗)는 지위가 높은
것이다(二水入海, 有似於朝, 百川以海爲宗. 宗, 尊也.)"라 했음.

9 **牲玉**(생옥) : 희생을 차려 놓고 제사상에 올리는 옥기(玉器). 왕기
는 "옥은 신에게 고할 때 제사상에 올리는 옥기로서, 희생과 예물을
함께 진열해 놓는 것(玉, 告神時薦於座之玉器, 與牲幣俱陳者.)"이
라고 했다.

## 58-2

今萬乘[10]蒙塵[11], 五陵[12]慘黷[13]。
蒼生[14]悉爲白骨, 赤血流於紫宮[15]。
宇宙倒懸, 攙搶[16]未滅。
含識結憤[17], 思剪元凶[18]。

지금 만승의 천자가 피난하니

다섯 황제의 능침(陵寢)이 황폐해졌으며,
백성은 모두 백골이 되고
붉은 피는 자미궁(紫微宮)에 흐르고 있습니다.
세상이 뒤바뀌어 패성(孛星)이 사라지지 않으니
분한 마음 머금고 원흉을 물리치고자 합니다.

................

10 **萬乘**(만승) : 주나라 제도에 따르면, 왕기(王畿)는 천리이고 출병
할 수 있는 수레가 만승이었으므로 후에 만승은 제위(帝位)를 가
리켰음.

11 **蒙塵**(몽진) : 제왕이 수도 밖으로 도망가는 것을 「몽진」이라 부르는
데, 곧 흙먼지를 뒤집어쓴다는 뜻. 여기서는 안사의 난 때 현종이
서쪽 파촉(巴蜀)지방으로 피난한 일을 가리킨다. 《좌전》희공(僖公)
24년에 "장문중이 「천자가 밖으로 몽진할 때는 관리가 잘 지키고
있는가를 달아나면서 묻지 않는다」고 대답하였다(臧文仲對曰, 天
子蒙塵於外, 敢不奔問官守.)"는 출전이 있으며,《문선》권10 반악
(潘嶽)의 〈서정부(西征賦)〉에 "광무제가 몽진할 때, 적미를 베어 왕
에게 바쳤다(當光武之蒙塵, 致王誅於赤眉.)"고 읊었다.

12 **五陵**(오릉) : 오릉은 장안부근에 위치한 현종이전 당대 선황들의 분
묘로서, 고조 이연(高祖 李淵)의 헌릉(獻陵)·태종 이세민(太宗 李
世民)의 소릉(昭陵)·고종 이치(高宗 李治)의 건릉(乾陵)·중종
이현(中宗 李顯)의 선릉(宣陵)·예종 이단(睿宗 李旦)의 교릉(橋
陵)이다.

13 **慘黷**(참독) : 더럽혀지고 혼탁해짐. 본래 「墋黷」을 잘못 썼다. 《문
선》권47〈한고조공신송(漢高祖功臣頌)〉에 "아득한 우주여, 하늘은
흐리고 땅은 혼탁해졌구나(芒芒宇宙, 上墋下黷.)"라 했는데, 이선

(李善)은 주에서 "하늘은 맑음을 불변의 도로 삼고, 땅은 고요함을 근본으로 삼는다. 지금 하늘은 흐리고 땅이 혼탁해 졌으니, 항도가 어려워졌음을 말한 것이다. …… 가규는 「독」은 혼탁한 것이라고 말했다(天以淸爲常, 地以靜爲本. 今上塵下黷, 言亂常也. …… 賈逵曰, 黷, 濁也.)"라 하여 자세히 설명했으며, 유신(庾信)은 〈애강남부(哀江南賦)〉에서 "어지럽게 끓어오르니, 아득히 혼탁해 졌네(潰潰沸騰, 茫茫塵黷.)"라 읊었다.

14 **蒼生**(창생) : 본래 초목이 무더기로 자라난 것을 뜻하는데, 여기서는 백성을 가리킴.

15 **紫宮**(자궁) : 자미궁(紫微宮)으로, 제왕이 거처하는 궁전.

16 **攙搶**(참창) : 고인들은 혜성을 재앙의 별(災星)로 여겼으므로, 여기서는 안록산을 비유한 것임. 《이아 · 석천(釋天)》에 "혜성은 참창이다(彗星爲攙搶.)"라 했으며, 형병(邢昺) 소(疏)에서 《공양전(公羊傳)》에 나오는 「패」란 글자는 혜성을 말한다. 「혜」는 추(빗자루)라 부르는데, 그 모양이 비를 쓰는 것과 비슷하며, 광선이 사방으로 비추면서 괴이하게 움직이는 별로서 항상 나타나지 않는다. 그러므로 「패」(살별) 또는 혜성이라 부른다(公羊傳, 字字何, 彗星也. 彗爲帚也. 言其狀似掃帚, 光芒孛孛然, 妖變之星, 非常所有. 故言孛, 又言彗也.)"라고 자세히 설명했다.

17 **含識結憤**(함식결분) : 공동으로 분한 마음을 가지는 것. 「含識」은 불교어로 사상과 의식을 가진 사람. 양(梁) 무제(武帝)의 〈효사부(孝思賦)〉에서 "함께 알고 있지만 견해가 다르고, 같은 색을 가졌지만 모양이 다르네(彼含識而異見, 同有色而殊形.)"라 하여 함식에 대해 읊었고, 또 고윤(高允)은 〈정부를 노래하다(貞婦詠)〉에서 "분함이 마음에 쌓이니, 저승까지라도 기꺼이 가고자하네(結憤種心, 甘就幽冥.)"고 결분에 대해 읊었다.

### 58-3

若思參列雄藩[19], 各當重寄[20]。
遵奉天命[21], 大擧天兵[22]。
照海色[23]於旌旗, 肅軍威於原野。
而洪濤渤澥[24], 狂飇[25]振驚。
惟神使陽侯[26]卷波, 義和[27]奉命。
樓船[28]先濟, 士馬無虞[29]。
掃妖孽[30]於幽燕[31], 斬鯨鯢[32]於河洛[33]。
惟神祐我, 降休於民。
敬陳精誠, 庶垂歆饗[34]。

저 약사(若思)가 큰 군진의 우두머리로 참가하노니,
각기 무거운 임무를 감당해야 합니다.
천자의 명을 받들어 천병(天兵)을 크게 일으키니,
군기(軍旗)는 바다에 빛나고
엄숙한 군대는 넓은 벌판에 위엄을 떨치고 있습니다.
그러나 큰 파도가 용솟음치고 폭풍이 휘몰아치고 있으니,
강신(江神)께서는 양후(陽侯)로 하여금 파도를 멈추도록
희화(義和)에게 명령을 내려주시기 바랍니다.
누선이 먼저 건너고 병마의 근심이 없어져야

유연(幽燕)지방으로 깊숙이 들어가 적군을 소탕하고

황하(黃河)와 낙수(洛水)에서 큰 고래를 벨 수 있을 것입니다.

오로지 신께서 우리를 도와

백성에게 복을 내려 주시기를 빕니다.

정성을 다하여 바치노니

삼가 강림하여 흠향(歆饗)하시옵소서.

..............

19 **雄藩**(웅번) : 큰 진(藩鎭). 여기서는 송약사의 진지를 가리킴. 왕유
(王維)는 〈일찍이 형양 땅으로 들어가며(早入滎陽界)〉란 시에서
"배 띄워 형양 못으로 들어가니, 이곳이 바로 「웅번」이라네(汎舟入
滎澤, 玆邑乃雄藩.)"라고 읊었다.

20 **重寄**(중기) : 중임을 맡김. 《북사(北史)》에 "오랫동안 중임을 맡기니
일찍부터 심복이 되었다(宿當重寄, 早預心膂.)"라는 기록이 있음.

21 **天命**(천명) : 황제의 명령.

22 **天兵**(천병) : 하늘에서 내려온 병사, 곧 황제의 군사. 이선(李善)은
양웅(揚雄)의 〈장양부(長楊賦)〉주석에서 "(천병은) 병사들이 하늘
과 같이 많음을 말한 것이다(言兵之盛如天也.)"라 했음.

23 **海色**(해색) : 바다의 색, 곧 구강의 강물 빛깔. 옛날에는 강물이 호
탕하게 요동치는 곳을 바다(海)라고 불렀음.

24 **渤潏**(발휼) : 큰 파도가 용솟음치는 모양.

25 **狂飇**(광표) : 광포한 바람.

26 **陽侯**(양후) : 파도의 신. 《회남자·남명훈(覽冥訓)》에 "무왕이 은나
라 주왕(紂王)을 토벌하려고 맹진을 건너자, 양후의 파도가 역류하
면서 때렸다(武王伐紂, 渡於孟津, 陽侯之波, 逆流而擊.)"라 했으
며, 고휴(高誘)의 주에 「양후」는 능양국의 제후였는데, 그 나라는

강과 가까이 있어 물놀이하다 익사하였다. 그 신이 큰 파도를 일으켜 피해를 입혔으므로 양후의 파도라고 불렀다(陽侯, 陵陽國侯也. 其國近水, 休水而死, 其神能爲大波, 有所傷害, 因謂之陽侯之波.)"라는 기록이 있음.

27 義和(희화) : 신화속의 인물로 해를 운행시키는 여신. 여기서는 앞에 나오는 양후가 일으키는 파도를 태양을 운행하는 희화 여신에게 멈추도록 요청한 것이다. 굴원(屈原)의 〈이소(離騷)〉에 "나는 「희화」에게 속도를 늦추게 명하여, 엄자산을 바라보며 가까이가지 말도록 했네(吾令羲和弭節兮, 望崦嵫而勿迫.)"라 읊었음.

28 樓船(누선) : 층루(層樓)가 있는 큰 배로, 고대의 전쟁에서 사용하였음.

29 士馬無虞(사마무우) : 사람과 말이 안전하여 근심 걱정이 없는 상태. 《시경·노송(魯頌)·민궁(閟宮)》에 "의심하지 말고 염려하지 말라, 상제께서 너에게 임하여 계시니라(無貳無虞, 上帝臨女.)"라 했다.

30 妖孽(요얼) : 안사의 반란군을 비유한 말.

31 幽燕(유연) : 지금의 하북성 북부 및 요령성 일대. 당 이전에는 유주(幽州)에 속했고, 전국시대에는 연나라에 속했으므로 유연이라 불렀다. 여기서는 안록산의 반란군이 기병한 곳을 가리킴.

32 鯨鯢(경예) : 본래 큰 고래이지만, 여기서는 흉악한 사람, 즉 반란군의 수괴를 비유한 말. 《좌전》선공(宣公) 12년에 "옛날 현명한 왕은 불경한 자를 처서 그 수괴를 잡아 가두고 육시의 형벌을 내렸다. 그리고 경관(京觀)*을 만들어 간사하고 음험한 무리들을 응징하였다(古者明王伐不敬, 取其鯨鯢而封之, 以爲大戮. 於是乎有京觀,

---

* 시체를 쌓아 올리고 흙으로 덮은 큰 무덤.

以懲淫慝.)"라는 기록이 있다. 두예(杜預)는 "「경예」는 큰 고기이름으로, 의롭지 못한 사람이 작은 나라를 집어 삼키는 것을 비유하였다(鯨鯢, 大魚名, 以喩不義之人吞食小國.)"라고 주석하였음.

33 河洛(하락) : 황하와 낙수사이의 지역. 곧 지금의 하남과 낙양지역. 당시 안록산은 이미 낙양을 점령하여 대연황제(大燕皇帝)라고 참칭하였다.

34 歆饗(흠향) : 신령이 제수품을 음미하는 것. 《한서 · 문제기(文帝紀)》에 "짐이 부덕하여 상제와 신명께서 흠향하지 않네(朕既不德, 上帝神明未歆饗也.)"라는 기록이 있다.

# 제6장

# 고부
古賦

8首

「부賦」는 한문 문체의 하나로서, 작자의 생각이나 눈앞의 경치 등을 있는 그대로 드러내 읊조리는 문학장르이다. 반은 시(詩)이고 반은 산문(散文)인 특수한 형태로서, 본래 《시경》의 표현방법인 육의(六義)가운데 하나였지만, 독립된 문장 체재(體裁)는 아니었다. 전국시대 말기 굴원(屈原)의 《초사(楚辭)》에서 시작되어 하나의 문장형식으로 고정되어 내려왔으며, 한대(漢代)에는 대표적미문(美文)의 형식으로 확립되어 「고부(古賦)」라고 부르면서 황금기를 맞이했다.

이렇듯 한대에 흥성한 대부(大賦)와 위진남북조시대에 성행했던 서정소부(抒情小賦)는 성당(盛唐) 시기에도 유행하였다. 천재적 문장가인 이백은 어렸을 때부터 고부에 대해 깊은 관심을 가져서, 동향인 촉(蜀)지방 출신 사마상여(司馬相如)와 양웅(揚雄)을 흠모하여 자신의 시문 가운데에서 그들에 대하여 수십여 차례나 언급하였다. 안사란 중(757년)에 지은 〈재상 장호에게 드리며(贈張相鎬)〉란 시에서, "열다섯에 기이한 책을 보았고, 지은 부는 사마상여를 능가했네(十五觀奇書, 作賦凌相如.)"라고 자부하였으며, 또한 그의 족숙인 이양빙(李陽氷)은 《초당집(草堂集)》서문에서 "하(夏)·은(殷)·주(周) 삼대 이래 시경(詩經)과 이소(離騷)이후, 굴원(屈原)·송옥(宋玉)과 어깨를 나란히 하고, 양웅(揚雄)과 사마상여(司馬相如)를 격려하면서, 천 년에 걸쳐 독보적인 사람은 오로지 이백(李白) 한 분 뿐이라네(自三代以來, 風騷之後, 馳驅屈宋, 鞭撻揚馬, 千載獨步, 惟公一人.)"라고 칭송하였다. 이러한 시문들에서 볼 수 있듯이 이백은 고부에 대해 깊은 관심을 가지고 창작하였을 뿐만 아니라 동시대 사람들도 이백의 부 작품이 사마상여나 양웅보다 뛰어났다고 높게 평가하였다. 이렇듯 작품성이 뛰어난 이백의 부(賦)는 육조시기의 배부(俳賦)와 당 초기의 율부(律賦)가 이후 송대 문부(文賦)로 이어지는 과정의 과도기에 탄생한 승선계후의 중요한 작품들이며, 또한 육조의 화려하기만 한 배부(俳賦)에 대하여 일정한 혁신을 하여 굴원(屈原) 사부의 우수한 전통을 계승하였을 뿐만 아니라 당대 복고운동의 선하를 이루는데 큰 공헌을 하였다.

이백의 고부는 현재 8수가 전해지고 있는데, 한대 대부의 형식을 갖춘 장편의 작품으로는 큰 붕새의 비상을 노래한 〈대붕부(大鵬賦)〉, 당대에 세워진 웅장한 명당을 읊은 〈명당부(明堂賦)〉, 황제의 사냥을 읊은 〈대렵부(大獵賦)〉등 3편이 전해지며, 또 하나의 부류는 위진남북조시기 서정소부의 형식을 지닌 단편 작품으로, 육조시 강엄(江淹)의 〈한부(恨賦)〉를 모방하여 지은 〈의한부(擬恨賦)〉, 남은 봄이 지나가는 것을 애석해 한 〈석여춘부(惜餘春賦)〉, 따뜻한 봄철을 근심한 〈수양춘부(愁陽春賦)〉, 청명한 가을을 슬퍼한 〈비청추부(悲清秋賦)〉, 사천성(泗川省)에 있는 검각의 험준한 모습을 읊은 〈검각부(劍閣賦)〉등 5편이 전한다.

## 59.

# 大鵬賦

대붕부 : 대붕을 노래한 부

 

 

이백의 〈대붕부〉는 현존하는 부(賦) 8수 중 그의 사상과 문학을 이해하는데 매우 중요한 작품으로서, 《장자·소요유(逍遙遊)》편에 나오는 대붕의 이미지를 사용하여 우주를 자유롭게 넘나드는 기백과 정신세계를 과장법을 사용하여 노래하였다. 이 부는 현존하는 가장 오래된 판본인 송대 증공(曾鞏)이 편집한 《이태백문집(李太白文集)》에서는 권25 「고부(古賦) 8수」가운데 〈명당부(明堂賦)〉와 〈대렵부(大獵賦)〉에 이어 세 번째에 실었지만, 청대 왕기(王琦)는 《이태백전집》권1의 첫 번째에 수록함으로써 이 작품의 중요성을 부각시켰다.

〈대붕부〉를 지은 시기는 부의 서문에서 잘 나타나 있듯이 청년시기에 창작한 작품을 중년인 천보초기에 다시 지은 것임을 알 수 있다. 이백은 25세 때 처음 출촉(出蜀)한 무렵 강릉에서 당시 79세의 도사 사마승정(司馬承禎)을 만났는데, 그는 젊은 이백의 비범한 기개와 호방한 시문을 보고 선풍도골의 풍채가 있다고 칭찬하였다. 이에 이백은 당대 최고 도사가 부여한 평가에 고무되어 《장자》에 나오는 대붕(大鵬)과 《신이경(神異經)》에 나오는 희유조(希有鳥)를 빌어 「대붕이 희유조를 만나다」라는 뜻의 〈대붕우희유조부(大鵬遇希有鳥賦)〉를 지었으나, 뒤에 이 작품이 비루하다고 여겨져서 천보 연간에 지금 볼 수 있는 〈대붕부〉로 완성하였음을 알 수 있다. 또한 이 부의 본문 첫머리에 나오는 「남화노선(南華老仙)」은 장주(莊周)를 가리키는 것으로, 당 조정에서는 천보 원년(742)에 장주를 남화진인(南華眞人)으로 봉했으므로 욱현호(旭賢浩)는 《이백선집》에서 이 개정본 〈대붕부〉의 저작시기를 천보 2년(743) 한림공봉시기에 지었을 것이라고 하였는데, 논거가 타당하다.

〈대붕부〉는 서문과 본문으로 구성되었는데, 내용은 8개 단락으로 나눌 수 있다. 첫 번째 단락인 서문에서는 이백이 청년시절에 지은 〈대붕우희유조부〉가 광달한 뜻을 다 드러내지 못하고, 진(晉)의 완수(阮脩)가 지은 〈대붕찬(大鵬讚)〉이 비루하다고 여겨졌으므로 지금의 대붕부로 다시 지었다는 동기를 설명하였다. 두 번째 단락에서는 《장자》의 우화에서 유래한 거대한 물고기인 곤(鯤)이 환골탈태하여 성대한 기상을 가진 대붕으로 세상에 등장하는 과정을 묘사하였으며, 세 번째 단락에서는 대붕이 공중으로 오를 때 3천리나 되는 불보라를 치고 9만리 장천을 지나 천문(天門)에 이르러 광활한 우주로 나는 웅대한 비상을 노래하였다. 네 번째 단락에서는 대붕의 비상에 신령(神靈)이 호응하고 천도(天道)가 함께하여 삼신산을 흙덩이처럼 여기고 다섯 호수를 잔 속의 물로 여기는 등 천지를 뒤덮는 웅장한 기세를 과장적으로 묘사하였으며, 다섯 번째 단락에서는 대붕이 하늘을 등에 이고 구주(九州)를 가슴으로 가리는 물리적 공간과 반고(盤古)와 희화(羲和)조차도 놀라는 신화적 공간속에서 팔방과 사해를 비행하는 거대한 모습을 형용하였다. 여섯 번째 단락에서는 대붕이 6개월에 한번 쉴 때 우주에서 바다로 내려온 대붕의 웅대한 모습에 해신인 천오(天吳)와 해약(海若), 그리고 큰 거북(巨鰲)과 긴 고래(長鯨) 등이 두려워 떠는 위력을 묘사하였으며, 일곱 번째 단락에서는 신화 속의 신조(神鳥)인 황곡(黃鵠)·현봉(玄鳳)·정위(精衛)·원거(鶢鶋)·천계(天鷄)·준오(踆烏; 삼족오) 등 신령스런 새들조차도 구속받지 않고 소요자재하는 대붕에게는 미약한 존재라는 비교의 수법으로 대붕의 뛰어남을 묘사하였다. 마지막 여덟 번째 단락에서는 대붕이 희유조를 만나 어울리며 드높은 하늘을 비행하는 장면을 묘사하면서, 《장자·소요유》에 나오는 「척안소붕(斥鷃笑鵬)」의 비유를 빌려와 메추라기가 대붕과 희유조의 드높은 비행을 비웃는 장면으로 마무리했는데, 여기서 이백은 대붕과 희유조를 긍정하고 메추라기를 부정하는 태도를 보였다.

이렇듯 〈대붕부〉는 대붕이 우주를 선회하듯 이백의 자유로운 정신을 노래한 찬가로서, 이백 자신을 비유한 대붕은 세속적인 가치와 구속에서 벗어나 드넓은 세계를 지향하는 호매한 정신의 표방이라 할 수 있다. 이백의 시문에 나타나는 다양한 풍격가운데 호방(豪放)하고 표일(飄逸)한 문풍이 가장 잘 드러난 작품이며, 이러한 자유로운 정신은 〈이옹에게 드림(上李邕)〉과 〈임종가(臨路歌)〉등의 시 작품에서 자신을 대붕에 비유하였듯이 실제로 그가 평생 추구해왔음을 알 수 있다.

이백의 〈대붕부〉에 대한 평가를 보면, 동시대 시인 임화(任華)는 〈잡다한 말로 이백에게 드리다(雜言寄李白)〉라는 글에서 "나는 요즈음 이백이 지은 〈대붕부(大鵬賦)〉와 〈홍유문(鴻猷文)〉이 사마상

여를 조롱하고 양웅을 비웃었으며, 반고(班固)와 장형(張衡)의 작
품들은 자질구레하여 비교조차 되지 않는다고 들었네(我聞當今有
李白, 大鵬賦·鴻猷文, 嗤長卿, 笑子雲, 班張所作瑣細不入耳.)"라
하여 〈대붕부〉의 뛰어남을 언급하였다. 또한 이백의 시문집을 최초
로 편집한 위호(魏顥)는 《이한림집(李翰林集)》서문에서 "〈대붕부〉
는 당시 집집마다 한 부씩 소장하고 있었으며, 태자빈객 하지장(賀
知章)은 이백의 풍골을 기이하게 여겨 귀양 온 신선이라 불렀다(大
鵬賦, 時家藏一本, 故賓客賀公奇白風骨, 呼爲謫仙子)"라고 하여, 이
백의 〈대붕부〉가 당시 사람들에게 얼마만큼의 영향력이 있는지를
대변해 주고 있다.


### 59-1

余昔於江陵[1]見天台司馬子微[2], 謂余有仙風道骨[3], 可與神
遊[4]八極之表[5], 因著大鵬遇希有鳥賦[6]以自廣[7]。

此賦已傳于世, 往往人間見之。悔其少作, 未窮宏達[8]之旨,
中年棄之。及讀晉書, 睹阮宣子[9]大鵬讚[10], 鄙心陋之[11]。遂更
記憶, 多將舊本[12]不同。

今復存手集[13], 豈敢傳諸作者, 庶可示之子弟[14]而已。

내가 예전에 강릉(江陵)에서 천태산(天台山) 도사 사마승정(司馬
承禎)을 만났는데, 나에게 선풍도골의 풍채가 있어 우주 밖에서 신
선들과 함께 노닐만하다고 하였으므로, 〈대붕우희유조부(大鵬遇希
有鳥賦)〉를 지어 스스로 위안을 삼았었네.

이 부(賦)가 세간에 전해져 사람들이 종종 볼 수 있었지만, 젊었을 때 지은 작품으로 광달한 뜻을 다 드러내지 못하였음을 후회하여 중년에 폐기시켰으며, 또 《진서(晉書)》를 읽다가 완수(阮脩)가 지은 〈대붕찬(大鵬讚)〉을 보고 마음속으로 비루하게 여겼으므로, 기억을 되살려 새롭게 지었으니 예전 작품과 많이 달라졌도다.

지금 나의 수고집(手稿集)에 다시 넣었는데, 어찌 감히 여러 문인에게 전하려는 것이겠는가? 다만 후세 젊은이들에게 보이고자 할 따름이라네.

················

1 江陵(강릉) : 지금의 호북성 강릉현. 《구당서(舊唐書) · 지리지(地理志)》에 의하면 당대에는 산남동도(山南東道)에 속했는데, 천보 원년(742) 강릉군(江陵郡)으로, 건원 원년(758) 3월 다시 형주대도독부(荊州大都督府)로 변경되었다고 하였다.

2 司馬子微(사마자미) : 사마승정(司馬承禎)으로 자(字)가 자미(子微)임. 《신당서新唐書) · 은일전(隱逸傳)》에 그의 전기가 전해지는데, 당대의 유명한 도사로 절강성 천태산(天台山)에 은거하면서 벽곡(辟穀)과 도인술을 연마하였다. 현종이 불러들여 입경하였으며 왕옥산(王屋山)에 단실(壇室)을 지어주고 거주하도록 하였다. 단약을 제조(燃丹術)하여 복용해 신선이 되었다고도 전해지지만, 개원 22년(735) 89세로 졸하였음.

3 仙風道骨(선풍도골) : 신선과 도사의 표일(飄逸)하고 웅건한 풍모와 골격. 남달리 뛰어난 풍채를 가리킨다.

4 神遊(신유) : 신선과 노니는 것. 또는 사람이 상상이나 꿈 등을 통해 정신적으로 자유롭게 노니는 것. 《열자(列子) · 황제(黃帝)》편에 "(황제가) 낮잠을 자다가 꿈속에서 화서씨(華胥氏)의 나라에 갔다.

화서씨의 나라는 엄주의 서쪽, 태주의 북쪽에 있는데, 제나라에서
몇 천리나 떨어져 있는지 알 수 없다. 배나 수레 또는 다리의 힘으로
갈 수 없는 곳이므로 「신유」할 따름이다(晝寢而夢, 遊於華胥氏之
國. 華胥氏之國在弇州之西, 台州之北, 不知斯齊國幾千萬里. 蓋
非舟車足力之所及, 神遊而已.)"라 했음.

5 八極(팔극) : 팔방의 끝. 곧 인간 세상 밖의 온 우주를 가리킴.《회남
자·원도훈(原道訓)》에서 도(道)는 "사방으로 열려있고 「팔극」까지
펼쳐져 있다(廓四方, 柝(拆)八極.)"라 하였는데, 고유(高誘)는 주
에서 팔극은 팔방의 끝으로 아주 먼 곳이라 하였으며, 또한 같은
책 〈추형훈(墜形訓)〉에서는 구주(九州) 밖에 팔인(八殥)이 있고,
팔인 밖에 팔굉(八紘)이 있으며, 팔굉 밖에 「팔극(八極)」이 있다고
하였다.

6 大鵬遇希有鳥賦(대붕우희유조부) : 「대붕(이백 비유)이 희유조(사
마승정을 비유)를 만나다」라는 뜻의 이백이 지은 부 작품. 여기서
「대붕」은 전설가운데 나타나는 큰 새로,《장자·소요유》에 나오는
대붕과 같다. 「희유조」는 신화에 나오는 신조(神鳥)의 이름으로,
《신이경(神異經)·중황경(中荒經)》에 의하면, "곤륜산 위에 큰 새
가 있는데, 「희유」라고 부른다. 남으로 날아가면서 왼쪽 날개를 펼
치면 동왕공을 덮고, 오른쪽 날개를 펼치면 서왕모를 덮는다. 등
위에 깃털이 없는 작은 곳은 일만 구천리나 된다. 서왕모는 해마다
날개 위에 올라가서 동왕공을 만난다(崑崙之山 …… 上有大鳥, 名
曰希有. 南向, 張左翼覆東王公, 右翼覆西王母, 背上小處無羽, 一
萬九千里. 西王母歲登翼上, 會東王公也.)"고 했음.

7 自廣(자광) : 스스로 위로하다. 여기서는 자부하는 것.

8 宏達(굉달) : 재주와 식견이 크고 넓은 것.

9 阮宣子(완선자) : 진(晉)나라 완수(阮脩; 270-311)로, 자가 선자(宣

子)임. 죽림칠현의 한사람인 완함(阮咸)의 조카로서, 술을 좋아하고
현담에 뛰어났으며, 《노자(老子)》에 정통했다.

10 대붕찬(大鵬讚) : 《진서(晉書)·완수전(阮脩傳)》에 실린 작품으로,
내용은 "아득히 큰 대붕이 북쪽 바다에서 태어나니, 정령의 비늘을
빌려 신의 조화로 생겨났다네. 구름 같은 날개에 산과 같은 형상으
로, 바닷물을 치고 올라 바람 따라 날아가는구나. 단번에 높이 날아
오르는데 등에는 하늘을 지고 있으며, 천지에 뜻을 두고 있으니 우
레와 천둥소리도 하찮게 여기노라. 까치와 비둘기들이 우러러보며
비웃고 메추라기들이 경시하지만, 세상을 벗어나 높이 날아가니 그
뜻을 아는 자가 없다네(蒼蒼大鵬, 誕自北溟. 假精靈鱗, 神化以生.
如雲之翼, 如山之形. 海運水擊, 扶搖上征. 翕然層擧, 背負太淸.
志存天地, 不屑雷霆. 鷽鳩仰笑, 尺鷃所輕, 超世高逝, 莫知其情.)"
이다.

11 鄙心陋之(비심루지) : 이백이 완수가 지은 〈대붕찬〉을 비루하다고
여긴 것. 여기서 「비심(鄙心)」은 이백 자신에 대한 겸칭(謙稱)임.

12 舊本(구본) : 이전에 지었다가 폐기시킨 〈대붕우희유조부(大鵬遇希
有鳥賦)〉를 가리킴.

13 手集(수집) : 수고집(手稿集). 손으로 써서 만든 문집.

14 子弟(자제) : 젊은 후진들. 후세 사람들.


**59-2**

其辭曰 :
南華老仙[15], 發天機[16]于漆園[17],
吐崢嶸[18]之高論, 開浩蕩[19]之奇言,徵<sup>20</sup>至怪<sup>21</sup>于齊諧<sup>22</sup>, 談北溟<sup>23</sup>之有魚,

吾不知幾千里, 其名曰鯤<sup>24</sup>。

化成大鵬, 質凝胚渾<sup>25</sup>。

脫鬐鬛<sup>26</sup>於海島, 張羽毛於天門<sup>27</sup>。

刷渤澥之春流<sup>28</sup>, 晞扶桑<sup>29</sup>之朝暾<sup>30</sup>。

烜赫<sup>31</sup>于宇宙, 憑陵<sup>32</sup>乎崑崙<sup>33</sup>。

一鼓一舞, 煙朦沙昏。

五嶽<sup>34</sup>爲之震落, 百川<sup>35</sup>爲之崩奔。

그 내용은 다음과 같도다.

남화노선(莊子)이 칠원(漆園)에서 하늘의 기밀을 발설할 때,

드높은 담론을 토해내며 호탕하고 기이한 언어를 구사하였으니,

《제해(齊諧)》에서 괴이한 일을 인용해

북쪽 바다에 물고기가 산다고 말했노라.

우리들은 그 크기가 몇 천리인지 알지 못하는데,

이름을 곤(鯤)이라 불렀다네.

대붕으로 변화하면서

체질은 형성되었으나 배아는 혼돈 상태였더니,

바닷가 섬에서 지느러미와 수염을 벗어 버리고

천궁의 대문 앞에서 날개를 펼치는구나.

발해(渤澥)의 봄 바닷물에 깃털을 씻고,

부상(扶桑) 나무 위로 떠오르는 태양에 몸을 말렸도다.

우주를 환히 비추며 곤륜산(崑崙山) 언덕에 우뚝서서,

한 번 날개를 치고 한 번 몸을 추스르니

안개와 모래가 하늘을 뒤덮은 듯 어두워졌으며,

오악(五嶽)은 흔들리다 무너지고
모든 강물들은 세차게 내달렸다네.

．．．．．．．．．．．．．．．．

15 **南華老仙**(남화노선) : 전국시대 송(宋)나라의 장주(莊周)를 가리킴.
《구당서·현종기(玄宗記)》에 의하면, "천보 원년(742년)에 장자를
남화진인(南華眞人)에 봉하는 조서를 내렸다(天寶元年, 詔封莊子
爲南華眞人.)"고 했음.

16 **天機**(천기) : 하늘이 부여한 천성. 중요하여 누설할 수 없는 기밀을
비유한 말.

17 **漆園**(칠원) : 고대의 지명.《사기·노장신한열전》에 "장자는 몽 사
람으로 이름이 주이며, 일찍이 몽 지방에서 「칠원」의 관리를 지냈다
(莊子者, 蒙人也. 名周, 周嘗爲蒙漆園吏.)"고 했는데,「칠원」의 구
체적인 소재지에 대하여는 하남성 상구시(商丘市), 산동성 하택(菏
澤), 안휘성 정현(定縣) 등 여러 이설이 있다. 그러나 칠원은 지명
이 아니며, 장주가 몽읍(蒙邑; 지금의 商丘市 북쪽)에서 관리로 지
내면서 칠을 하는 일을 주관하였다는 설도 있음.

18 **崢嶸**(쟁영) : 산이 높고 험한 모양. 괴이하고 뛰어난 모양을 가리킴.

19 **浩蕩**(호탕) : 광활하고 장대한 모양.

20 **徵**(징) : 인용하다.

21 **至怪**(지괴) : 아주 드물게 볼 수 있는 사물이나 여기서는 '기이한 일
을 기록하다'는 뜻.

22 **齊諧**(제해) : 제나라에 있던 책 이름.《장자》성현영(成玄英)의 소
(疏)에 의하면, 성이 「제(齊)」이며 이름이 「해(諧)」인 인명이라고 하
였다.

23 **北溟**(북명) : 북방에 있는 바다.

24 **鯤**(곤) : 본래는 작은 물고기이지만, 여기서는 대어(大魚)의 이름으

로 사용하였음.

25 質凝胚渾(질응배혼) : 체질이 응결하는 중으로 신체가 발육되기 이
전의 혼동상태. 여기서는 곤이 대붕으로 변하면서 아직 형상이 갖추
어지지 않은 상태를 말한다.

26 鬐鬣(기렵) : 원래는 말갈기를 가리키나, 여기서는 곤(鯤)의 등위에
난 지느러미와 턱 옆의 수염을 가리킴. 목화(木華)의 〈해부(海賦)〉
에 "(물고기의) 큰 비늘은 구름에 닿고, 지느러미는 하늘을 찌르네
(巨鱗揷雲, 鬐鬣刺天.)"라 했다.

27 天門(천문) : 천궁의 대문. 고대인들은 하늘이 아홉 층(九重)으로
되어 있어서 매 층으로 들어갈 때마다 천궁의 대문을 지나 올라간다
고 생각했다. 《회남자·원도훈(原道訓)》의 고유(高誘) 주에 "「천
문」은 상제가 거주하는 곳으로, 자미궁의 문이다(天門上帝所居, 紫
微宮之門也.)"고 했음.

28 渤澥之春流(발해지춘류) : 발해의 봄 바닷물. 「渤澥」는 「渤海」와 같
은데, 《초학기(初學記)》권6에 "동해에 따로 발해(渤澥)가 있으므로
동해도 함께 발해(渤海)라고 하였으며, 또한 통칭하여 창해라고 부
른다(東海之別有渤澥, 故東海共稱渤海, 又通謂之滄海.)"고 했음.

29 扶桑(부상) : 고대 신화에 나오는 바다 건너에 있는 큰 나무. 동방삭
의 《해내십주기(海內十洲記)》에 "「부상」은 바다 속에 있는데, 나무
의 크기는 수천 장이며, 둘레는 일천 아름드리가 넘는다. 두 줄기가
같은 뿌리에서 나와 서로 의지하는데, 여기가 해가 뜨는 곳이다(扶
桑在大海中, 樹長數千丈, 一千餘圍. 兩幹同根, 更相依倚, 日所出
處.)"고 했음.

30 朝暾(조돈) : 아침에 처음 떠오르는 해. 《수서(隋書)·음악지(音樂
志)》하편에 "부상(扶桑)나무 위로 「조돈」(아침 해)이 떠오르고, 자
산(嵫山)으로 저녁 해가 지노라(扶木上朝暾, 嵫山沉暮景.)"라는

부가 있음.

31 燀赫(천혁) : 불꽃(火焰)이 강렬한 모양. 기운이나 세력이 한창 왕
성한 모양. 「烜赫(훤혁)」이라고도 씀.

32 憑陵(빙릉) : 언덕에 기대다. 언덕에 다가가는 것.

33 崑崙(곤륜) : 곤륜산. 서쪽 끝에 있으며 하늘로 통한다고 하는 신화
속의 산 이름. 장화(張華)의《박물지(博物志)》에서 "「곤륜」산은 폭
과 넓이가 일만 천 리로서, 신령스런 만물들이 나오며 성인과 신선
들이 모이는 곳이다. 오색의 구름이 떠있고 오색의 강물이 흐른다.
그 샘물이 동남쪽으로 흘러 중국으로 들어가는데 이름을 하(河)라
고 한다(崑崙從廣萬一千里, 神物之所生, 聖人神仙之所集, 五色
雲氣, 五色之流水, 其泉東南流入中國. 名爲河也.)"고 했음.

34 五嶽(오악) : 고대 중국에서 다섯 방위와 결부된 주요한 산으로,《설
원(說苑)》에 동악은 태산(泰山), 남악은 형산(衡山), 서악은 화산
(華山), 북악은 항산(恒山, 혹은 常山), 중악은 숭산(嵩山)이라고
했다.

35 百川(백천) : 많은 강과 냇물들.


## 59-3

爾乃蹶厚地[36], 揭太淸[37],

亘層霄[38], 突重溟[39]。

激三千以崛起[40], 向九萬而迅征[41]。

背嶪太山之崔嵬[42], 翼擧長雲之縱橫。

左迴右旋, 倏陰忽明[43]。

歷汗漫[44]以夭矯[45], 犯閶闔之崢嶸[46]。

簸鴻蒙[47], 扇雷霆。

斗[48]轉而天動, 山搖而海傾。

怒無所搏, 雄無所爭,

固可想像其勢, 髣髴[49]其形。

대붕이 두터운 대지를 밟고 높은 허공으로 올라가서
겹겹 쌓인 하늘을 가로질러 깊은 바다로 뛰어들었다가,
날개로 삼천리 물보라를 쳐 일으키면서
구만리 장천(長天)을 향해 빠르게 날아가는구나.
솟아오른 등줄기는 태산(太山)처럼 높고,
드리운 날개는 긴 구름이 종횡으로 펼쳐진 듯 하다네.
왼쪽으로 선회하다 오른쪽으로 꺾어 날아가니
홀연 어두워졌다가 다시 밝아지면서,
광대무변한 허공을 휘돌아 지나서
드높은 하늘 문에 이르렀도다.
태곳적 혼돈(混沌)의 기운을 휘젓고 우레와 천둥을 부채질하니,
별들이 옮겨가고 하늘이 움직이며
산이 흔들리고 바다가 기울었다네.
성내면 겨룰 상대가 없고 웅대하여 맞설 자가 없으니,
오로지 그 기세와 형태만을 어렴풋이 상상할 수 있을 뿐이로다.

................

36 蹴厚地(궐후지) : 다리를 이용하여 두터운 땅을 디디고 뒤로 움츠렸
   다가 올라가는 것.
37 揭太淸(게태청) : 하늘로 올라가는 것. 「태청」은 도교에서 말하는

삼청인 옥청(玉淸), 상청(上淸), 태청(太淸)의 세 곳 가운데 가장
높은 하늘이다. 《포박자(抱朴子)·잡응(雜應)》에 "하늘로 40리를
올라가면 「태청」이라 부르는데, 태청의 가운데는 그 기운이 매우 강
하다(上昇四十里, 名爲太淸. 太淸之中, 其氣甚剛.)"고 했음.

38 亘層霄(긍층소) : 겹겹의 하늘을 가로질러 관통하는 것. 고인들은
하늘이 구중(九重)으로 되어 있다고 여겼는데, 왕기는 「층소」에 대
해 "「소」는 하늘 가까이에 있는 운기로서, 하늘은 아홉 겹으로 되어
있으므로 「층소」라 부른다(霄, 近天雲氣, 天有九重, 故曰層霄.)"고
했음.

39 重溟(중명) : 넓고 깊은 바다.

40 崛起(굴기) : 발기(勃起)하다. 우뚝 솟도록 일으키는 것.

41 迅征(신정) : 빠르고 신속하게 진격하는 것.

42 崔嵬(최외) : 산세가 높고 험준한 모양. 《이아(爾雅)》에 "바위가 흙
을 이고 있는 것을 「최외」라고 부른다(石戴土謂之崔嵬.)"고 했음.

43 倏陰忽明(숙음홀명) : 갑자기 어두워졌다가 갑자기 밝아지는 것. 구
름 속을 지날 때 명암이 달라짐을 형용한 말.

44 汗漫(한만) : 광대하여 끝이 없는 모양. 《회남자·도응훈(道應訓)》
에 "나는 구천 하늘 밖에서 한만과 만나기로 약속했다(吾與汗漫期
於九垓之外.)"는 말이 있음.

45 夭矯(요교) : 기세 좋게 날아오르는 모양. 곽박(郭璞)은 〈강부(江
賦)〉에서 "비취빛 노을 마시면서 날아올랐네(吸翠霞而夭矯.)"고 읊
었음.

46 狂閶闔之崢嶸(공창합지쟁영) : 날아서 높은 천문(天門)에 도달하는
것. 「창합」은 신화가운데 나오는 첫 번째 하늘 문이고, 「쟁영」은 매
우 높고 험준한 모양.

47 簸鴻蒙(파홍몽) : 천지자연의 원기(元氣)가 요동치는 것. 「홍몽」은

자연의 근원적인 기운, 혹은 천지가 갈라지지 아니한 때의 우주의
광대(廣大)한 모양을 말한다.

48 斗(두) : 북두칠성, 혹은 28수중 두성(斗星)으로 별에 대한 총칭.
49 髣髴(방불) : 비슷하다. 어렴풋이 상상해 보는 것. 「仿佛」이라고도
쓴.


## 59-4

若乃足縈虹蜺⁵⁰, 目耀日月,
連軒沓拖⁵¹, 揮霍翕忽⁵²。
噴氣則六合⁵³生雲, 灑毛則千里飛雪。
邈彼北荒⁵⁴, 將窮南圖⁵⁵。
運逸翰⁵⁶以傍擊, 鼓奔飆⁵⁷而長驅。
燭龍⁵⁸銜光以照物, 列缺施鞭⁵⁹而啓途。
塊視三山⁶⁰, 杯觀五湖⁶¹。
其動也神應, 其行也道俱。
任公⁶²見之而罷釣, 有窮⁶³不敢以彎弧⁶⁴。
莫不投竿失鏃⁶⁵, 仰之長吁⁶⁶。

발에는 무지개를 두르고 두 눈은 해와 달처럼 빛나면서,
유연히 훨훨 비행하다가 경쾌하고 빠르게 날아가는구나.
입김을 내뿜으니 천지사방에 구름이 일어나고,
깃털을 터니 천 리에 눈발이 날리도다.
아득히 먼 저 북쪽 변방에서 날아 장차 남쪽 끝까지 가는데,
빼어난 날개를 휘저어 곁을 치면서

폭풍을 일으킨 채 멀리 내달리는구나.

촉룡(燭龍)이 햇불 물어 만물을 비춰주고,

번개가 채찍 휘둘러 하늘 길을 열어 주었도다.

삼신산(三神山)을 흙덩이같이 보고

다섯 호수를 잔속 물처럼 여겼으니,

대붕이 움직이자 신령이 호응하고,

대붕이 비행하자 천도(天道)가 함께 하였다네.

이를 본 임공자(任公子)는 낚시질을 멈추었고,

유궁국 후예(后羿)도 활을 당기지 못하였으니,

누군들 낚싯대 내던지고 화살을 떨어뜨리지 않으리요?

그저 대붕을 올려다보며 길게 탄식할 뿐이로다.

................

50 虹蜺(홍예) : 비온 후 하늘에 나타나는 쌍 무지개. 《초학기(初學記)》
   에 의하면 "대개 무지개는 쌍으로 뜨는데, 색이 선명하고 왕성한 것
   을 수컷이라 하여 「홍(虹)」이라 부르고, 어두운 것을 암컷이라 하여
   「예(蜺)」라고 불렀다(凡虹雙出, 色鮮盛者雄, 雄曰虹. 暗者爲雌,
   雌曰蜺.)"고 했음.

51 連軒沓拖(연헌답타) : 길게 늘어져 훨훨 날아오르는 모양.

52 揮霍翕忽(휘곽흡홀) : 빠르고 민첩하게 나는 모양. 앞 구와 함께 신
   속하게 비행하는 모양을 형용하였음.

53 六合(육합) : 천지와 사방(동서남북). 우주 전체를 가리킴.

54 北荒(북황) : 황량한 북쪽 변방. 북방의 황막한 지역.

55 南圖(남도) : 남방의 먼 곳. 남방의 판도(版圖)로 「남우(南隅)」라고
   도 씀.

56 逸翰(일한) : (새의) 빼어난 날개. 힘차게 펼친 대붕의 날개.

57  奔飆(분표) : 질풍이나 광풍처럼 빠르게 부는 회오리바람을 말함.

58  燭龍(촉룡) : 신화에 나오는 불꽃을 토하여 만물을 밝게 비치는 신령스런 용.《산해경·대황북경(大荒北經)》에 의하면 "서북해 밖 적수의 북쪽에 있는 장미산에 신이 사는데, 사람의 얼굴에 뱀의 몸을 가지고 붉은 색 눈을 뜨고 곧장 날아오른다. 그 눈을 감으면 어두워지고 눈을 뜨고 바라보면 밝아지는데, …… 이를 「촉룡」이라 부른다(西北海之外, 赤水之北, 有章眉山, 有神, 人面蛇身而赤, 直目正乘. 其暝乃晦, 其視乃明. …… 是爲燭龍.)"고 했음.

59  列缺施鞭(열결시편) : 하늘에서 치는 번개가 채찍을 휘두르는 듯 번쩍이는 모습. 「열결」은 번개로,《문선》권8 양웅(揚雄)의 〈우렵부(羽獵賦)〉에 "벼락과 번개가 채찍을 휘두르듯 불을 토하네(霹靂列缺, 吐火施鞭.)"라고 읊었음.

60  三山(삼산) : 전설에 나오는 삼신산(三神山). 신선이 거주한다는 동해에 있는 봉래(蓬萊), 방장(方丈), 영주(瀛洲)의 세 산을 가리킴.

61  五湖(오호) : 태호(太湖)를 중심으로 그 부근에 있는 호수들을 말함. 「오호」에 대해서는 역대로 여러 설이 있는데, 보통 태호 주위의 다섯 개 호수를 가리키는 경우가 많다.《태평환우기(太平寰宇記)》에 따르면 "태호 주위에는 공호, 유호, 서호 등으로 부르는 호수가 있는데, 이를 「오호」라고 부른다(太湖中有貢湖·遊湖·胥湖等名, 是謂五湖.)"고 했음.

62  任公(임공) : 동해의 거대한 고기를 낚아 잡은 임공자.《장자·외물(外物)》편에 "임공자는 커다란 낚시바늘을 검은 동아줄에 매달아 오십마리 소를 미끼로 삼아서, 회계산에 앉아 동해에 낚싯대를 던져 매일 낚시하였으나 한 해가 다 가도록 잡지 못하였는데, 어느 날 거대한 고기가 낚시 바늘을 물었다. 큰 낚시 바늘을 끌고 바다 속으로 빠르게 내려갔다가 솟구쳐 오르며 등지느러미를 휘둘렀는데, 산

같은 흰 파도가 일어나고 바닷물이 요동쳤으며, 귀신처럼 울부짖는 소리가 천리 밖까지 진동하였다. 임공자가 그 대어를 갈라서 포를 뜨니, 제하(지금의 절강성)의 동쪽에서 창오산 북쪽에 이르기까지 배불리 먹지 않은 사람이 없었다(任公子爲大鉤巨緇, 五十犗以爲餌, 蹲乎會稽, 投竿東海. 旦旦而釣, 期年不得魚. 已而大魚食之. 牽巨鉤, 錎沒而下, 騖揚而奮鬐, 白波若山, 海水震蕩, 聲侔鬼神, 憚赫千里. 任公子得若魚, 離而腊之, 自制河以東, 蒼梧已北, 莫不厭若魚者.)"고 하는 「투간동해(投竿東海)」의 고사가 있음.

63 有窮(유궁) : 하(夏)나라 때 제후국 이름으로, 유궁국의 군주인 후예(后羿)는 활쏘기의 명수인데, 여기서 「유궁」은 바로 명궁인 후예를 가리킴.

64 彎弧(만호) : 활을 당기다. 곧 화살을 쏘는 것.

65 投竿失鏃(투간실촉) : 낚시를 그만둔 임공과 화살촉을 떨어뜨린 후예를 가리킴.

66 長吁(장우) : 길게 탄식하는 것.


## 59-5

爾其雄姿壯觀, 块軋河漢[67],

上摩蒼蒼[68], 下覆漫漫[69]。

盤古[70]開天而直視, 羲和[71]倚日以旁歎。

繽紛[72]乎八荒[73]之間, 掩映[74]乎四海之半。

當胸臆之掩晝, 若混茫[75]之未判[76]。

忽騰覆[77]以廻轉, 則霞廓[78]而霧散。

대붕의 뛰어난 자태와 장대한 모습은

은하(銀河)처럼 아득하고 끝이 없어서,

위로는 푸른 하늘을 어루만지고

아래로는 넓은 대지를 뒤덮었노라.

반고(盤古)는 하늘을 열다가 대붕의 비상(飛翔)을 바라보고,

희화(羲和)는 해 곁에 기대서 이 장관(壯觀)에 감탄하는구나.

팔방의 먼곳을 훨훨 날아가서 사해(四海)의 절반을 덮었으며,

가슴으로 대낮을 가려 어두워지니

마치 태초(太初)의 혼돈이 아직도 열리지 않은 듯 하다네.

홀연히 날아올라 몸을 뒤집어 나아가니

노을이 사라지고 안개도 걷혀 흩어지는구나.

················

67 块軋河漢(앙알하한) : 끝없이 광대하여 서로 보이지 않는 은하(銀河).

68 蒼蒼(창창) : 끝없이 높고 먼 푸른 하늘. 《장자 · 소요유》에 "하늘의 「창창」함이 그 본래 색이다(天之蒼蒼, 其正色也.)"라 했음.

69 漫漫(만만) : 끝없이 넓은 대지의 모양. 앞 구절의 「창창(蒼蒼)」과 대구로 쓰였음.

70 盤古(반고) : 신화 속에 나오는 천지를 개벽한 인물. 「반고」에 대하여는 《태평어람》권2에 삼국시대 오나라 서정(徐整)이 지은 《삼오력기(三五曆紀)》를 인용하여 다음과 같이 비교적 자세히 소개하였다. 천지가 혼돈의 상태일 때는 달걀과 같았는데, 반고는 그 안에서 생겨났다. 일만 팔천 년이 지난 후 하늘과 땅이 열리니, 맑은 양의 기운은 하늘이 되고 탁한 음의 기운은 땅이 되었다. 하늘은 날마다 한 장(丈)씩 높아졌고, 땅은 날마다 한 장씩 두터워졌으며, 반고도

날마다 한 장씩 커졌다. 이렇게 일만 팔천 년이 지나자 하늘은 지극히 높아졌고 땅도 두터워졌으며, 반고도 지극히 커졌다. 반고가 죽은 후 그의 눈은 해와 달과 별이 되고, 그의 뼈는 바위로, 그의 살은 땅으로, 머리카락과 털은 숲으로, 호흡은 바람으로, 몸에 있던 이(虱)는 사람이 되었다. 이후에 비로소 삼황(三皇; 복희·신농·수인씨)이 나타났다고 하였음.

71 羲和(희화) : 고대 신화에서 천지가 처음 생겼을 때 해와 달을 주관한 여신. 매일 여섯 마리의 용이 끄는 수레에 태양을 싣고 공중을 운행한다고 한다. 《산해경·대황남경(大荒南經)》에 "동남해 밖, 감수 사이에 위치한 희화국에 「희화」라는 이름의 여자가 있었는데, 감수 연못에서 해를 목욕시켰다. 희화는 황제 준(俊)의 아내로 열 개의 해를 낳았다(東南海之外, 甘水之間, 有羲和之國. 有女子名曰羲和. 方浴日于甘淵. 羲和者, 帝俊之妻, 生十日.)"는 기록이 있으며, 또한 《회남자·천문훈(天文訓)》의 고유(高誘) 주에서 "해를 태운 수레를 여섯 마리 용이 끌며 「희화」가 어거한다(日乘車, 駕以六龍, 羲和御之.)"고 했음.

72 繽紛(빈분) : (꽃잎이나 깃발 따위가) 어지러이 뒤섞여 흔들리는 모양.

73 八荒(팔황) : 팔방의 황량한 땅끝.

74 掩映(엄영) : 뒤덮어 가려진 모양. 혹은 가려졌다가 때때로 드러내는 모양.

75 混茫(혼망) : 혼돈하여 몽매(蒙昧)한 상태. 상고시대 인류들의 미개한 상태를 가리킴.

76 判(판) : 나누어 열리는 것.

77 騰覆(등복) : 날아오르다가 몸을 뒤집어 나는 것.

78 廓(확) : 텅비다. 맑게 하다.

然後六月一息, 至於海湄[79]。

欻翳景[80]以橫翥[81], 逆高天而下垂。

憩乎泱漭[82]之野, 入乎汪湟[83]之池[84]。

猛勢所射, 餘風所吹,

溟漲沸渭[85], 巖巒[86]紛披[86]。

天吳[87]爲之怳慄[88], 海若[89]爲之躨跜[90]。

巨鼇冠山[91]而卻走, 長鯨騰海而下馳[92]。

縮殼挫鬐[93], 莫之敢窺。

吾亦不測其神怪之若此, 蓋乃造化[94]之所爲。

그런 다음 여섯 달에 한 번 쉬고는 바닷가에 이르렀다가,

홀연 해와 달을 가린 채 가로질러 날다가

높은 하늘을 등지고 아래로 내려갔다네.

끝없이 아득한 들판에서 휴식을 취하고는

광활한 바닷속으로 들어가노라.

맹렬한 기세로 쏘는 듯 나아갈 때

날갯짓으로 남은 바람이 부는 곳에는

바닷물이 부풀어 오르고 강물이 들끓으며

바위산조차 어지러이 쪼개지니,

천오(天吳)가 두려워 떨고

해약(海若)도 불안해 꿈틀거렸다네.

큰 자라(巨鼇)는 산을 머리에 인 채 거꾸로 달아나고,

긴 고래(長鯨)도 솟구쳐 올랐다가 바닷속으로 뛰어 들어가는데,

목을 움츠리고 지느러미가 부러져 감히 쳐다보지 못하는구나.

나 또한 신령(神靈)스럽고 괴이(怪異)함이 이와 같은 줄 몰랐으니,
이는 아마도 조물주(造物主)만이 할 수 있는 일이로다.

················

79 海湄(해미) : 해변. 물과 풀이 얽혀 있는 바닷가를 가리킴.《문선》권
18 혜강(嵇康)의 〈금부(琴賦)〉에 "옆으로 곤륜산을 흘겨보고, 구부려
「해미」(바닷가)를 내려다보네(邪睨崑崙, 俯闚海湄.)"라고 읊었음.

80 翳景(예경) : 해와 달이 가려지면서 나타나는 그림자.

81 橫翥(횡저) : 가로질러 날아오르는 것.《설문해자(說文解字)》에 "「저
(翥)」는 날아오르는 것(翥, 飛擧也.)"이라 했음.

82 泱漭(앙망) : 끝없이 드넓은 모양. 아득히 끝없는 모양. 사마상여는
《문선》권8 〈상림부〉에서 "계수나무 숲속을 거쳐 아득한 들판을 지나
왔다네(經乎桂林之中, 過乎泱漭之也.)"라고 읊었다.

83 汪湟(왕황) : 수면이 광활하고 성대한 모양.

84 池(지) : 본래는 연못이지만, 여기서는 바다를 가리킴.

85 溟漲沸渭(명창비위) : 큰 바닷물이 불고, 강물이 끓어오르는 모양을
형용한 말.

86 巖巒紛披(암만분피) : 바위로 이루어진 산봉우리가 어지럽게 흔들
리고 쪼개지는 것.

87 天吳(천오) : 신화에 나오는 해신(海神)의 이름.《산해경·해외동경
(海外東經)》에 의하면, "해 뜨는 골짜기에 있는 「천오」는 수백이란
해신이다. …… 이 짐승은 여덟 개의 머리와 사람 얼굴에 다리와 꼬
리가 각각 여덟 개며, 등은 청황색이다(朝陽之谷, 神曰天吳, 是爲
水伯. …… 其爲獸也, 八首人面, 八足八尾, 背靑黃.)"라고 했음.

88 怵慄(출율) : 전율하다. 두려워서 벌벌 떠는 모양(恐懼).

89 海若(해약) : 전설에 나오는 해신. 북해(北海)의 신.《장자·추수(秋
水)》에 해약이 황하의 신인 하백(河伯)과의 대화에서 바다의 넓기

는 측량하기 어렵다고 말했다. 굴원(屈原)은 〈원유(遠遊)〉에서 「해약」에게 명령하여 풍이*가 춤추도록 하리라(令海若舞馮夷.)"고 읊었다.

90 蠖泥(기니): (용이) 몸을 뒤틀며 꿈틀거리는 모양.

91 巨鼇冠山(거오관산): 큰 거북이 산을 머리에 이고 있는 것. 「거오」는 전설에 나오는 거대한 바다거북인 자라로, 《열자 · 탕문(湯問)》에 자세한 기록이 있다. 발해의 동쪽 수만리 밖에 바닥이 없는 깊은 계곡인 「귀허(歸墟)」가 있으며, 이곳으로 모든 물줄기가 모여든다. 그곳에는 신선이 사는 대여(岱輿), 원교(員嶠), 방호(方壺), 영주(瀛洲), 봉래(蓬萊) 등 서로 이어져 있지 않은 다섯 산이 조수가 흐르는 대로 위아래로 움직였다. 천제가 이를 보고 서극(西極)으로 떠내려갈까 걱정하여 해신 우강(禺强)을 시켜 거대한 자라(巨鼇) 열다섯 마리에게 머리로 이고 있게 하였는데, 세 번을 번갈아 가면서 6만년마다 한 번 교대하도록 하였다. 이에 다섯 산이 높이 솟아 움직이지 않게 되었다고 한다.

92 長鯨(장경): 큰 고래. 최표(崔豹)의 《고금주(古今注) · 충어(蟲魚)》에 "고래는 바닷고기로, 큰 것은 길이가 천 리쯤 되며 작은 것은 수십 길이나 된다. …… 장경이 물결을 치면 우레 소리를 내고 거품을 품어내면 비가 내리는 듯하므로, 다른 물고기들이 두려워서 모두 도망가 숨어 감히 대적하지 못한다. 암컷은 「예」라고 부른다(鯨魚者, 海魚也. 大者長千里, 小者數十丈. 一生數萬子. · 鼓浪成雷, 噴沫成雨, 水族敬畏, 皆逃匿莫敢當者. 其雌曰鯢.)"고 했음.

93 縮殼挫鬣(축각좌렵): 자라가 머리를 껍질 속으로 움츠려 거두어들이고, 고래의 긴 지느러미가 부러지는 것. 감히 대붕을 쳐다보지

---

* 풍이는 황하의 신이다.

못하는 모양을 가리킨다.

94 造化(조화) : 영원무궁한 대자연. 조물조.

## 59-7

豈比夫蓬萊之黃鵠[95], 誇金衣與菊裳[96]。
恥蒼梧之玄鳳[97], 耀綵質與錦章[98]。
既服御于靈仙[99], 久馴擾於池隍[100]。
精衛[101]勤苦於銜木, 鶗鴂[102]悲愁乎薦觴[103]。
天鷄警曙[104]于蟠桃[105], 踆烏晣耀[106]於太陽。
不曠蕩而縱適[107], 何拘攣而守常[108]。
未若茲鵬之逍遙, 無厥類乎比方。
不矜大而暴猛, 每順時而行藏[109]。
參玄根[110]以比壽, 飮元氣以充腸[111]。
戱暘谷[112]而徘徊, 馮炎洲[113]而抑揚。

어찌 저 황금빛 웃옷과 국화무늬 치마를 자랑하는
봉래산(蓬萊山)의 황곡(黃鵠)과 비교될 수 있으리오.
채색 비단 체질과 수놓은 꽃무늬 깃털을 뽐내는
창오산(蒼梧山)의 검은 봉황(玄鳳)마저 부끄럽게 만드노라.
(다른 새들도) 이미 신령스런 신선에게 부림을 당하거나
오랫동안 세속에 길들어졌으니,
정위(精衛)는 바다를 메우기 위해
나뭇가지를 물어 옮기느라 괴로웠고,

원거(鶢鶋)는 종묘(宗廟)에서 술 접대를 받았지만

슬피 근심하였으며,

천계(天鷄)는 복숭아나무 위에서 새벽을 알리고,

준오(踆烏; 三足烏)는 태양 속에서 빛을 발하느라 힘들었다네.

모두 자유롭게 마음껏 다니지 못하니,

어찌하여 구속된 채 정해진 규칙만 지키고 있는가?

이렇듯 유유자적하는 대붕만 못하니

그와 짝할 자가 없다네.

위대함을 자랑하거나 용맹을 드러내지 않으면서

매번 시류에 순응하여 모습을 나타냈다가 감추는구나.

천하의 도(道)가 생길 때부터 존재해 왔고,

우주의 원기(元氣)를 마시며 배를 채웠다네.

해 뜨는 양곡(暘谷)에서 배회하기도 하며,

남해 염주(炎洲)로 건너가서 오르내리고 있구나.

................

95  蓬萊之黃鵠(봉래지황곡) : 봉래산의 누런 고니. 「봉래」는 신선이 산
   다는 동해의 삼신산 가운데 하나이며, 「황곡」은 백조와 비슷한 새
   임. 《서경잡기(西京雜記)》에 의하면 "서한 소제(昭帝) 때인 시원(始
   元) 원년(기원전 86년)에 장안 궁궐의 태액지(太液池)에 황곡이 내
   려왔다(始元元年, 黃鵠下太液池.)"는 기록이 있음. 그 후 소제는
   태액지 가운데에 세 개의 산을 건축하여 삼신산을 상징하였으므로
   「봉래황곡」이라 불렀다.

96  金衣與菊裳(금의여국상) : 금빛 상의와 국화무늬의 치마. 서한 소제
   (昭帝)가 묘사한 황곡의 모습. 소제는 태액지에 내려온 황곡을 보
   고, "황곡이 날아와 건장궁에 내려오니, 가지런한 깃털에 절주 있는

걸음걸이요, 황금빛 웃옷에 국화무늬 치마를 걸쳤구나」(黃鵠飛兮
下建章, 羽蕭蕭兮行蹌蹌, 金爲衣兮黃爲裳.)"라고 노래를 지어
읊었음.

97 **蒼梧之玄鳳**(창오지현봉) : 창오에 사는 검정색 봉황. 「창오」는 호
남성 영원현(寧遠縣) 남쪽에 소재한 구의산(九嶷山)으로, 전설에
의하면 순(舜)이 이곳에서 죽어 묻혔다고 한다. 《일통지(一統志)》
에 "회안부 해주현 구산 동해가운데 있는 큰 섬을 욱주라 부른다.
일명 창오산이라고도 하는데, 어떤 사람은 옛날에 창오에서 날아
왔다고 하였다(淮安府海州朐山東海中有大洲, 謂之郁州. 一名蒼
梧山, 或云昔從蒼梧飛來.)"는 기록이 있음. 「현봉」은 봉황새인데,
검은빛을 띠고 있는 봉황.

98 **綵質與錦章**(채질여금장) : 「채질」은 채색 비단과 같은 바탕이고,
「금장」은 비단에 수놓은 꽃무늬.

99 **服御于靈仙**(복어우영선) : 신령스런 신선의 수레를 모는 것.

100 **馴擾於池隍**(순요어지황) : 세상에 길들여지지는 것. 여기서《설문
해자》에 의하면, 「지황」은 성곽 주변의 해자로, 물이 있는 곳을
「池」라 하고, 물이 없는 곳을 「隍」이라 하였는데, 도시나 마을을
가리킴.

101 **精衛**(정위) : 신화 속에 나오는 새 이름. 《산해경·북산경(北山
經)》에 의하면 「정위」는 발구산(發鳩山)에 있는 새로 까마귀 형상
인데, 머리에 무늬가 있고 흰부리에 붉은 발을 지녔다고 한다. 임
방(任昉)의 《술이기(述異記)》에 "예전에 염제의 딸이 동해에 빠져
죽어, 「정위(精衛)」가 되었는데, 그 울음소리가 자신을 부르는 것
같았다. 매번 서산에 있는 나무나 돌을 물어, 동해를 메우려 하였
는데, 빠져 죽은 것을 원망했기 때문이다(昔炎帝女溺死東海中,
化爲精衛. 其鳴自呼. 每銜西山木石, 以塡東海, 怨溺死故也.)"라

하여 「정위전해(精衛塡海)」의 고사를 전하고 있음.

102 鶢鶋(원거) : 바다에 사는 새 이름. 《장자 · 지락(至樂)》에 나오는 「노후양조(魯侯養鳥)」고사 속의 바닷새(海鳥)가 바로 원거인 바, "예전에 바닷새가 노나라 교외에 앉았는데, 노나라 왕이 수레를 보내 모셔와 종묘에서 술을 올렸다. 또 〈구소〉의 음악으로 기쁘게 하고, 소 · 돼지 · 양고기를 갖추어 음식을 대접했다. 바닷새는 눈이 현혹되어 우울하고 슬퍼서, 고기 한 점도 먹지 않고 술 한 잔도 마시지 않더니, 사흘만에 죽었다(昔者海鳥止於魯郊, 魯侯御而觴之於廟. 奏九韶以爲樂, 具太牢以爲膳. 鳥乃眩視憂悲, 不敢食一臠, 不敢飮一杯, 三日而死.)"고 했음.

103 薦觴(천상) : 제사에 술잔을 올리는 것.

104 天鷄警曙(천계경서) : 천상의 닭이 새벽을 알리는 것. 여기서 「천계」는 신화에 나오는 천상의 닭으로, 《태평어람》권918에 곽박(郭璞)의 《현중기(玄中記)》를 인용하여 다음과 같이 소개하고 있다. "동남쪽에 도도산(桃都山)이 있고, 그 위에 거대한 나무가 있는데 이름이 도도다. 가지 사이가 삼천리나 벌어져 있고, 그 위에는 「천계」가 산다. 해가 처음 떠올라 이 나무를 비출 때, 천계가 울기 시작하면 천하의 닭들이 모두 따라 운다(東南有桃都山, 上有大樹, 名曰桃都, 枝相去三千里, 上有天鷄, 日初出, 照此木, 天鷄則鳴, 群鷄皆隨之鳴.)"고 했음.

105 蟠桃(반도) : 3천년 만에 한 번씩 열매가 열린다는 선도(仙桃). 신선이 먹는 복숭아.

106 踆烏晰耀(준오절요) : 준오가 태양 속에서 밝은 빛을 내는 것. 여기서 「준오」는 태양 속에 산다는 삼족오(三足烏). 《회남자 · 정신훈(精神訓)》에 "해 속에 「준오(踆烏)」가 있다(日中有踆烏.)"는 말이 있는데, 고유(高誘)는 "(준오에 대해) 「踆」은 「蹲」과 같으며,

삼족오를 말한다(踆, 猶蹲也. 即三足烏.)"고 주석하였음.

107 曠蕩而縱適(광탕이종적) : 광활하고 넓은 곳을 제멋대로 마음껏 다니는 것.

108 拘攣而守常(구련이수상) : 구속당하여 통상의 규칙을 준수하는 것.

109 行藏(행장) : 나아가서 일을 행하는 것과 물러가서 은거하는 것으로, 출처(出處)와 같은 뜻임.《논어 · 술이(述而)》에 "공자가 안연에게 이르기를 써주면 나아가 일을 하고 버리면 숨는다(子謂顏淵曰, 用之則行, 舍之則藏.)"고 했음.

110 玄根(현근) : 도(道) 혹은 진리의 근원. 장형(張衡)의 〈현도(玄圖)〉에 의하면 "「현(玄)」은 형태가 없는 자연의 근본으로 태초에 시작되었지만, 함께 따르고 먼저 하지 않는다(玄者, 無形之類, 自然之根. 作於太始, 莫與爲先.)"고 했음.

111 飮元氣而充腸(음원기이충장) : 원기를 마시며 배를 채우는 것. 여기서 「원기」는 혼돈의 상태에서 음양의 기운에 분리되기 전부터 있었던 천지자연의 근본적인 기운인데, 왕충은《논형(論衡) · 담천(談天)》에서 "「원기」가 분리되지 않아 하나의 혼돈 상태였다(元氣未分, 混沌爲一.)"고 하고, 또 〈언독(言毒)〉편에서는 "만물은 모두 원기에 의해서 만들어진다(萬物之生, 皆裹元氣.)"고 했음.

112 暘谷(양곡) : 고대 신화가운데 태양이 떠오르는 곳으로 「湯谷(탕곡)」이라고도 한다.《서경 · 우서요전(虞書堯典)》에 "희중에게 따로 명하시어 우이에 살게 하니 「양곡」이란 곳이며, 해 뜨는 것을 공손히 인도하여 봄 농사를 고르게 다스리도록 하였다(分命羲仲, 宅嵎夷, 曰暘谷. 寅賓出日, 平秩東作.)"라 하고, 〈공안국전(孔安國傳)〉에는 "해가 골짜기에서 나오면 천하가 밝아지기 때문에 「양곡」이라 한다(日出於谷而天下明, 故稱暘谷.)"고 했음.

113 炎洲(염주) : 전설 중의 남해에 있다는 섬. 동방삭의《해내십주기

(海內十洲記)》에 "염주는 남해 가운데 있는데, 사방 둘레가 2천리로 북쪽의 해안에서 9만리 떨어져 있으며, 신선들이 많이 사는 곳이다(炎洲在南海中, 地方二千里. 去北岸九萬里, 亦多仙家.)"라는 기록이 있음.

## 59-8

俄而[114]希有見而謂之曰,

偉哉鵬乎, 此之樂也。

吾右翼掩乎西極, 左翼蔽乎東荒[115]。

跨蹋地絡[116], 周旋天綱[117]。

以恍惚[118]爲巢, 以虛無[119]爲場。

我呼爾[120]遊, 爾呼我翔。

於是乎大鵬許之, 欣然相隨。

此二禽[121]已登於寥廓[122],

而斥鷃[123]之輩空見笑[124]於藩籬。

얼마 후 희유조(希有鳥)가 이를 보고 말했네.

"위대하도다, 대붕이여! 이렇듯 즐거움을 누리는구나!

나는 오른쪽 날개로 서쪽 끝을 가리고

왼쪽 날개로 동쪽의 황막한 변방을 덮었노라.

대지의 줄기를 가로질러 밟고 하늘 축(軸)을 두루 돌아다니며,

황홀(恍惚)을 둥지로 삼고 허무(虛無)를 마당으로 삼는다네.

내가 부르면 그대는 노닐고, 그대가 부르면 나는 날아오르리라."

대붕이 허락하며 서로 기쁘게 따랐도다.

이 두 마리 새가 광활한 하늘로 뛰어오르니,

메추라기 무리들은 울타리에 앉아서 부질없이 비웃고 있구나.

················

114 俄而(아이) : 얼마 안 있어. 오래지 않아. 「俄(아)」는 금방, 갑자기 란 뜻이고, 「而(이)」는 어기사(語氣詞)임.

115 東荒(동황) : 동쪽 가장 끝에 있는 황막한 땅.

116 地絡(지락) : 땅의 맥락. 산과 강 등을 가리킴.

117 周旋天綱(주선천강) : 하늘의 중심 주위를 맴도는 것. 여기서 「천 강」은 하늘의 중심축으로, 남·북극이 움직이지 않는 곳을 가리킴.

118 恍惚(황홀) : 미묘(微妙)하여 헤아려 알기 어려운 곳. 혼탁하고 아 득한 곳으로, 곧 무한 공간을 가리킴.

119 虛無(허무) : 있으면서도 없는 듯하고, 차 있으면서도 빈 듯한 것. 어디에나 있으면서도 고정된 형상이 없는 진리인 도(道)의 본체를 도가(道家)에서는 「허무」라고 표현하였다.

120 我呼爾(아호이) : 내가 너를 부르다. 여기서 「나(我)」는 대붕을, 「너(爾)」는 희유조를 가리킴.

121 二禽(이금) : 두 마리 새인 대붕과 희유조.

122 寥廓(요확) : 텅 비고 끝없이 높고 먼 모양. 여기서는 광활하여 끝 없이 넓은 하늘.

123 斥鷃(척안) : 메추라기. 육덕명(陸德明)은 《장자음의(莊子音義)》 에서 「斥」은 작은 연못으로 본래 「尺」으로 써야하며, 「鷃」은 안작 (鷃雀)*으로 들판이나 연못 가운데 있는 암순(鵪鶉; 메추라기)이

---

* 안작(鷃雀)은 고서에 나오는 작은 새의 일종.

라고 하였다. 《장자》〈소요유〉에 "「척안(메추라기)」이 비웃으며 말했다. 「저것은 대체 어디로 가는 것인가? 우리는 힘껏 뛰어올라도 불과 몇 길 올랐다가 내려와 쑥 덤불 사이를 날아다니는데, 이 또한 최고의 비행이라 할 수 있다. 그런데 저것은 대체 어디로 가는 것인가?」(斥鷃笑之曰, 彼且奚適也. 我騰躍而上, 不過數仞而下, 翺翔蓬蒿之間, 此亦飛之至也. 而彼且奚適也.)"라는 「척안소붕(斥鷃笑鵬)」의 이야기가 있음.

124 見笑(견소) : 나를 비웃다. 견(見)은 동작의 대상을 나타냄.

# 60.

# 擬恨賦

의한부 : 〈한부〉를 모방한 부

이 부는 이백이 남북조시대 강엄(江淹)의 〈한부(恨賦)〉를 모방하여 지은 작품이다. 소사윤은 주에서 "《문선》에서 강엄은 일찍이 옛날 사람들이 인생길에서 어려움을 당하거나 막혀서 뜻을 품었으면서도 펴지 못한 것을 탄식하면서 〈한부〉를 지었는데, 이백은 이 작품에서 끝까지 그를 모방하여 읊었다(文選, 江淹嘗嘆古人遭時否塞, 有志不伸, 而作恨賦. 李白此作終篇擬之云.)"고 했다. 《유양잡조(酉陽雜俎)》에서도 "이백은 전후로 세 번이나 《문선》을 모방하여 지었는데, 마음에 들지 않으면 바로 태워버려서 〈한부〉와 〈별부〉만 남아있다(李白前後三擬文選, 不如意輒焚之, 唯留恨賦別賦.)"고 했는데, 지금 별부(別賦)는 없어지고, 한부(恨賦)만 남아있다. 왕기도 이 작품에 대하여 "예전의 〈한부〉는 제량(齊梁)시기 강엄이 지은 것으로, 고인들이 포부를 이루지 못하고 한을 품은 채 죽은 사람들을 한탄한 것이다. 이백의 이 작품은 단락과 구절을 모두 〈한부〉를 모방하여 조금도 차이가 없다"고 평했다.

이 부는 강엄의 〈한부〉체제에 따라 10개 단락으로 이루어 졌는데, 먼저 서론격인 1단에서는 태산에 올라 무덤이 모여있는 호리(蒿里)를 쳐다보면서 모든 인물들은 한을 품고 죽는다는 사실을 읊었으며, 다음 단락부터는 역사적으로 유명한 인물들이 한을 품은 사건들을 나열하였다. 2단에서는 일세를 풍미한 한 고조 유방(劉邦)이 영원히 세상을 떠나고, 3단에서는 초패왕 항우(項羽)가 패망을 앞두고 우미인과 이별하였으며, 4단에서는 연나라 자객 형가(荊軻)가 진시황을 죽이려다 뜻을 이루지 못하고, 5단에서는 한 무제 때 진황후(陳皇后)가 총애를 잃어 장문궁(長門宮)에 유폐되었으며, 6단에서는 만고의 충신이며 사부가인 굴원(屈原)이 추방을 당하고, 7단에서는 진나라 승상 이사(李斯)가 형벌을 당하였으며, 8단에서는 종군(從軍)하여 영원히 헤어진 나그네가 고향을 그리워하고, 9단에서는 부귀와 영화가 번개처럼 사라진다는 사실을 읊고, 10단에서는 이세상 모든 아름다운 물건이나 인물들도 소멸되거나 백골이 된다는 운명, 곧 「천도와 함께 사라지고(天道共盡)」와 「뼈를 남기고 죽는다(委骨同歸)」라는 내용을 담고 있다. 비록 강엄의 〈한부〉와 구체적인 사건을 묘사한 부분은 다르지만, 그 의취와 문장의 단락이나 구성방법이 완전하게 같으므로 소사운이 "끝까지 그의 작품을 모방하였다(終篇擬之)"라 한 말이 맞는다.

이 부는 이백이 청년 시절에 《문선》에 나오는 강엄의 〈한부〉를 모방하여 지은 것이지만, 강엄의 원작에 비교하여 손색없을 뿐만 아니라 더욱 독특한 특색을 갖춘 작품으로 재탄생하였다.

**60-1**<sup></sup>*

晨登太山<sup>1</sup>, 一望蒿里<sup>2</sup>,
松楸<sup>3</sup>骨寒, 宿草<sup>4</sup>墳毀。
浮生<sup>5</sup>可嗟, 大運<sup>6</sup>同此。
於是僕本壯夫, 慷慨不歇,
仰思前賢, 飲恨而沒。

이른 새벽 태산(太山)에 올라 호리(蒿里)를 바라보니,
소나무와 가래나무 속 백골들은 차디찬데
묵은 여러해살이 풀들은 무덤을 허무는구나.
뜬구름 같은 인생이여, 큰 운수(運數)도 이와 같으리로다.
이처럼 우리도 본래 굳센 장부로서 의기는 시들지 않겠지만,
예전 현인(賢人)들을 우러러 사모하다가
끝내는 한(恨)을 품은 채 죽으리라.

················

1 太山(태산) : 곧 태산(泰山)으로, 지금의 산동성 중부에 있음. 옛날
  부터 오악의 우두머리로 동악(東嶽)이라 불렀으며, 또 대종(岱宗),
  대산(岱山)이라고도 불린다. 주봉은 옥황정(玉皇頂; 1,532m)이며
  태안시(泰安市) 북쪽에 있음.
2 蒿里(호리) : 곧 고리(高里)로 산동성 태안현 서남쪽에 있으며, 일명
  정선산(亭禪山)임. 호리는 원래 태산 남쪽에 있는 산 이름인데, 사

---

\* 이 단락은 강엄(江淹) 〈한부(恨賦)〉의 "試望平原, 蔓草縈骨, 拱木斂魂. 人生
到此, 天道寧論！ 於是仆本恨人, 心驚不已, 直念古者, 伏恨而死."를 모방하
였다.

람이 죽으면 그 혼백(魂帛)이 이곳에 머문다고 하여 묘지의 뜻으로
도 쓰였다. 《한서·무제기(武帝紀)》에 "태초 원년(前104년) 겨울
시월에 임금이 태산으로 행차하였으며, …… 12월에 고리에서 봉선
제사를 지냈다(太初元年 冬十月, 行幸泰山 …… 十二月, 檀高里.)"
라 하고, 안사고(顔師古)는 주에서 "여기서 「고」자는 「고하」의 「고」
이고, 죽은 사람들이 있는 마을을 「호리」라 하며, 혹은 「하리자(下
里字)」라 부르기도 하는데 「자(字)」는 곧 「봉호」의 「호」다(此高字
自作高下之高, 而死人之里謂之蒿里, 或呼爲下里字也. 字則爲蓬
蒿之蒿.)"라 했으며, 또 《악부시집》권27 〈상화가사(相和歌辭)·해
로(薤露)〉편에서 최표(崔豹)의 《고금주(古今注)》를 인용하여 "〈해
로〉와 〈호리〉는 모두 장송곡(葬送曲)이다(薤露, 蒿里, 並喪歌也.)"
라 하고, 같은 권에 수록된 〈호리가(蒿里歌)〉*에 "호리는 뉘 집 땅
인가? 혼백을 거둬들이는 데는 잘나고 못남이 없다네. 죽음의 신은
어찌 이렇게 재촉하시는가요, 사람 목숨은 잠시도 이 세상에 머물
수가 없구나(蒿里誰家地, 聚斂魂魄無賢愚. 鬼伯一何相催促, 人
命不得少踟躕.)"라고 노래하였음.

3 **松楸**(송추) : 소나무(松樹)와 가래나무(楸樹)로, 묘지에 많이 심기
때문에 항상 묘지의 대칭으로 쓰였다. 사조(謝朓)의 〈제경황후애책
문(齊敬皇后哀策文)〉에 "상아를 펼쳐 정원의 침소에 설치하니, 소
나무 가래나무에 수레장식이 비추는구나(陳象設於園寢兮, 映輿鑣
於松楸.)"라 읊었으며, 장선(張銑)은 주에서 "「송추」는 무덤위에 심
는 나무를 말한다(松楸, 謂陵上所栽也.)"고 했음.

---

* 〈호리가〉는 〈해로가(薤露歌)〉와 함께 본래 하나로서, 제나라 전횡(田橫;
?~B.C. 202)이 자살하자 문인들이 애도하기 위해 지었다고 하며, 뒤에는 사대
부와 서인들의 상여노래로 불렸다.

4  宿草(숙초) : 해가 지나도록 손보지 않은 풀. 격년마다 나는 풀. 《예기·단궁(檀弓)상》에 "증자가 말하기를 친구의 묘에 숙초가 있으면 곡을 하지 않는다(曾子曰, 朋友之墓, 有宿草而不哭焉.)"라 하고, 공영달은 소에서 "숙초는 묵은 뿌리인데, 풀은 1년이 지나면 뿌리가 묵는다. 친구를 위하여 서로 1년은 곡을 하다가 풀뿌리가 묵으면 곡을 하지 않는다(宿草, 陳根也, 草經一年則根陳也, 朋友相爲哭一期, 草根陳乃不哭也.)"라 했음. 후에는 묘지를 비유하기도 하고, 죽은 사람을 애도하는 말로도 쓰였으니, 도잠의 〈사촌동생 중덕을 슬퍼하다(悲從弟仲德)〉란 시에 "떠도는 먼지는 빈자리에 모여 있고, 묵은 풀들은 앞뜰에 돋아났구나(流塵集虛坐, 宿草旅前庭.)"라 읊었다.

5  浮生(부생) : 공허하고 부실한 인생, 변화하여 무상한 인생. 사람이 세상에 살면서 헛되이 떠다니며 정처가 없으므로 인생을 부생이라 불렀다. 《장자·외편·각의(刻意)》에 "살아 있음은 물 위에 떠있는 것 같고, 죽는 것은 쉬고 있는 것 같다(其生若浮, 其死若休.)"라 했으며, 이백의 〈춘야연종제도화원서(春夜宴從弟桃花園序)〉에 "천지는 만물의 여관이요, 시간은 백대를 거치며 지나가는 길손이로다. 뜬 구름 같은 인생(부생)이 꿈과 같으니 즐거운 때가 얼마나 되겠는가?(夫天地者, 萬物之逆旅也. 光陰者, 百代之過客也. 而浮生若夢, 爲歡幾何.)"라 읊었음.

6  大運(대운) : 천운, 천명. 《후한서·명제기(明帝紀)》에 "제가 「대운」을 이어 받아서, 임금 자리를 계승하여 문장을 지킵니다(朕承大運, 繼體守文.)"라 했으며, 《문선》권11 하안(何晏)의 〈경복전부(景福殿賦)〉에도 "비로소 큰 운이 어그러졌구나(乃大運之攸戾.)"라 하고, 이주한은 주에서 "「대운」은 천운이다(大運, 天運也.)"라 했음.

**60-2***

昔如漢祖<sup>7</sup>龍躍<sup>8</sup>, 群雄競奔<sup>9</sup>,
提劍<sup>10</sup>叱咤<sup>11</sup>, 指揮中原。
東馳渤澥<sup>12</sup>, 西漂崑崙<sup>13</sup>,
斷蛇<sup>14</sup>奮旅<sup>15</sup>, 掃清國步<sup>16</sup>。
握瑤圖<sup>17</sup>而倏昇<sup>18</sup>, 登紫壇<sup>19</sup>而雄顧。
一朝長辭, 天下縞素<sup>20</sup>。

예전 한(漢)나라 고조(高祖)는 용이 도약하듯
뭇 영웅들과 다투어 달리면서,
칼을 부여잡고 호통치며 중원(中原)을 통솔했다네.
동쪽으로는 발해(渤海)까지 내달리고
서쪽으로는 곤륜산(崑崙山)까지 유랑하면서,
뱀을 베고 군사들을 분발시켜
적군을 소탕하고 나라의 명운을 짊어졌노라.
부록(符籙)에 따라 재빨리 제위(帝位)를 거머쥔 채
보랏빛 제단(祭壇)에 올라서서 웅장하게 사방을 돌아보았다네.
하루아침에 길이 하직하고 죽으니,
천하 사람들이 흰 상복(喪服)을 입었구나.

················

7 漢祖(한조) : 한고조 유방(劉邦).

---

* 이 단락은 강엄 〈한부〉의 "至如秦帝按劍, 諸侯西馳. 創平天下, 同文共規. 華山爲城, 紫淵爲池. 雄圖旣溢, 武力未畢. 方架黿鼉以爲梁, 巡海右以送日. 一旦魂斷, 宮車晩出."을 모방하였다.

8 龍躍(용약) : 군왕이 흥기하는 것. 고대에 「龍」은 천자에 비유하였음. 여기서는 유방이 처음 의병을 일으켜 진나라에 반란한 것을 가리킨다. 《주역·건괘(乾卦)》에 "현룡(見龍)이 밭에 있으며 …… 혹 뛰었지만 못에 있도다(見龍在田 …… 或躍在淵.)"라 했으며, 유효표(劉孝標)의 〈변명론(辯命論)〉에도 "어떤 사람은 탕왕과 무왕이 용처럼 뛰어 오르는 것(용약)을 보았다(或者睹湯武之龍躍.)"라 하고, 장선은 주에서 "「용약」은 천자의 지위에 오르고자 하는 것을 말한다(龍躍, 謂欲升天子之位.)"라 했음.

9 群雄競奔(군웅경분) : 군웅들이 다투어 달리는 것. 범엽(范曄)의 《후한서》에 "사방에서 벌떼처럼 일어나 뭇 영웅들이 다투어 쫓았다(四方蜂起, 群雄競逐.)"라는 구절이 있음.

10 提劍(제검) : 칼을 손으로 잡는 것, 무장하여 투쟁하는 것. 《사기·고조본기(高祖本紀)》에 "내가 포의의 신분으로 세 자되는 칼을 잡고 천하를 차지하였으니, 이것은 하늘의 명이 아니겠는가(吾以布衣提三尺劍取天下, 此非天命乎!)"라 했음.

11 叱咤(질타) : 성을 내면서 크게 꾸짖는 소리. 《자림(字林)》에 "「질타」는 성을 내는 것(叱咤, 發怒也.)"이라 했으며, 낙빈왕(駱賓王)의 〈서경업을 위해 무조를 치는 격문(爲徐敬業討武曌檄)〉에 "노기를 품으면 산악도 무너지고, 꾸짖으면 풍운도 빛깔이 변한다(暗鳴則山岳崩頹, 叱咤則風雲變色.)"라는 구절이 있음.

12 渤澥(발해) : 서간(徐幹)의 〈제도부(齊都賦)〉에 "바다의 곁을 「발」이라 하고, 물이 끊어진 곳을 「해」라 한다(海旁曰渤, 斷水曰澥.)"라 했음. 여기서는 발해(渤海)를 가리킨다.

13 崑崙(곤륜) : 산 이름으로 곤륜산(崑崙山). 〈대붕부〉주 참고.

14 斷蛇(단사) : 고조가 흰 뱀을 베어 죽인 것. 《사기·고조본기》에 "고조가 술에 취하여 밤중에 호수가에서 한 사람을 먼저 보내 길을 찾

도록 했다. 앞에 갔던 사람이 돌아와 보고하기를 「앞에 큰 뱀이 길을 막고 있으니 돌아가야 될 것 같습니다」라 하자, 고조가 취한 상태에서 「장사가 가는데 무엇을 두려워 하리요!」라고 말하면서, 나가 칼을 뽑아 뱀을 베자, 뱀은 두 동강이가 나고 길이 뚫리게 되었으며, 몇 리를 가다가 취하여 땅에 누워 쉬었다. 뒤 따르던 사람들이 뱀을 죽인 장소에 이르자, 한 노파가 울고 있었는데, 사람들이 무엇 때문에 우느냐고 묻자 노파가 대답하기를 「어떤 사람이 내 아들을 죽였기 때문에 울고 있습니다」 사람들이 다시 물었다. 「당신의 아들이 무엇 때문에 살해당했소?」 노파는 「내 아들은 백제(白帝)의 아들이오, 뱀으로 변하여 길을 가고 있었는데, 오늘 적제(赤帝)의 아들에게 죽임을 당하여 울고 있는 것이라오」 사람들은 그 노파가 거짓말하는 것으로 생각하여 혼내주려고 하는데, 갑자기 노파가 사라지고 말았다. 뒤따르던 사람들이 당도했을 때 고조가 술에서 깨었다. 그래서 그 사람들은 자기들이 겪은 일을 고조에게 이야기하니, 고조가 듣고 마음속으로 매우 즐거워하며 스스로 자랑스러워했다. 고조를 따랐던 사람들은 날이 갈수록 그를 더욱 두려워하게 되었다(高祖被酒, 夜徑澤中, 令一人行前. 行前者還報曰, 前有大蛇當徑, 願還. 高祖醉曰, 壯士行, 何畏! 乃前, 拔劍擊斬蛇. 蛇遂分爲兩, 徑開. 行數里, 醉, 因臥. 後人來至蛇所, 有一老嫗夜哭. 人問何哭, 嫗曰, 人殺吾子, 故哭之. 人曰, 嫗子何爲見殺? 嫗曰, 吾子, 白帝子也, 化爲蛇, 當道, 今爲赤帝子斬之, 故哭. 人乃以嫗爲不誠, 欲告之, 嫗因忽不見. 後人至, 高祖覺. 後人告高祖, 高祖乃心獨喜, 自負. 諸從者日益畏之.)"라는 기록이 있음.

15 **奮旅**(분려) : 거병하는 것, 군사를 독려하는 것. 《한서 · 서전(漢書 · 叙傳)하》에 "이에 몸을 일으켜 뱀을 베고 거병하였으니, 삼신할미가 부신으로 알려주자 붉은 깃발이 올려졌다(爰茲發跡, 斷蛇奮

旅. 神母告符, 朱旗乃擧.)"라 했음.

**16** 國步(국보) : 국운. 국가의 명운. 《시경 · 대아 · 상유(桑柔)》에 "아
아 슬프도다. 국가의 운명이 이렇게 급해지는구나(於乎有哀, 國步
斯頻.)"라 하고, 모전(毛傳)에 "「보」는 가는 것이고, 「빈」은 급한 것
이다(步, 行. 頻, 急也.)"라 했으며, 사장(謝莊)의 〈송효무제애책문
(宋孝武帝哀策文)〉에서도 "왕실에 사고가 많으니, 나라의 명운이
막히는구나(王室多故, 國步方蹇.)"라 했다.

**17** 瑤圖(요도) : 부록(符籙)의 도명(圖命). 《문선》권3 장형의 〈동경부〉
에 "고조가 부록에 응하여 도명을 받고, 천명에 따라 적을 토벌하였
다(高祖應籙受圖, 順天行誅.)"라 하고, 설종은 주에서 "「응록」은
오승(참위서)의 부록을 말한다. 「수도」는 묘금도 곧 유(劉)라는 말
이며, 「순천」은 천명을 따라 일어나는 것이다(應籙, 謂當五勝之籙.
受圖, 卯金刀之語. 順天, 謂順天命而起.)"라 했음.

**18** 倏昇(숙승) : 갑자기 상승하는 것. 황제의 보좌에 등극하는 것을 가
리킴.

**19** 紫壇(자단) : 제왕이 제사지낼 때나 큰 의식을 거행할 때 사용하는
자색(紫色)의 제단(祭壇). 한대에 황제가 하늘에 제사지낼 때 행궁
하여 자주색 흙을 쌓아 만든 제단을 사용했다. 《한구의(漢舊儀)》*
에 "황제가 하늘에 제사 지낼 때, 자주 빛 제단에 휘장을 쳤다(皇帝
祭天, 紫壇帷幄.)"고 하였으며, 또한 《한서 · 예악지(禮樂志)》에서
는 "이에 자단이 빛나면서, 그 길을 구하려 하네(爰熙紫壇, 思求厥
路.)"라 하고, 안사고는 주에서 "「자단」은 자주색 단이다(紫壇, 壇紫
色也.)"라 했음.

---

* 《수서(隋書) · 경적지(經籍志)》에서 《한구의(漢舊儀)》는 4권으로 위경중(衛敬
仲)이 지었다고 했다.

20 縞素(호소) : 흰색. 「縞」와 「素」는 모두 백색 생견(生絹)으로, 인신
하여 백색을 말하며, 흰색의 상복(喪服)을 가리킴. 여기서는 동사로
사용되어 상복을 입는 것을 말한다. 《사기 · 고조본기》에 "지금 항우
가 강남에서 의제를 살해한 것은 대역무도한 짓이다. 내 친히 상례
를 치르려하니, 제후들은 모두 흰옷(호소)을 입어라(今項羽放殺義
帝於江南, 大逆無道. 寡人親爲發喪, 諸侯皆縞素.)"라 했음.


**60-3***

若乃項王虎鬪, 白日爭輝[21]。

拔山力盡[22], 蓋世心違。

聞楚歌之四合, 知漢卒之重圍。

帳中劍舞, 泣挫雄威。

騅[23]兮不逝, 喑噁[24]何歸。

항왕(項羽)이 호랑이와 싸우면서 흰 태양(帝位)을 다투었지만,

산을 뽑을 만한 힘도 다 없어지고

세상을 덮을 만한 기개(氣槪)도 마음과 어긋났다네.

초(楚)나라 노래가 사방에서 들리고

한(漢)나라 병사들에게 겹겹이 포위된 것을 알았으니,

장막 안에서 칼춤 추면서

---

* 강엄의 〈한부〉와 대조하면 "若乃趙王既虜, 遷於房陵. 薄暮心動, 昧旦神興.
別豔姬與美女, 喪金輿及玉乘. 置酒欲飲, 悲來填膺. 千秋萬歲, 爲怨難勝."를
모방하였다.

웅장한 자태 꺾인 채 눈물만 흘리는구나.

오추마(烏騅馬)가 나아가지 않으니,

노기를 품은 채 어느 곳으로 돌아가려는가요?

................

21 **項王虎鬪, 白日爭輝**(항왕호투, 백일쟁휘) : 초패왕 항우와 한왕 유
방의 초한(楚漢) 전쟁을 묘사한 것. 「虎鬪」는 앞 문장의 「龍躍」과
상대적으로 쓰였으며, 군웅들이 서로 다투며 싸우는 것을 비유하
였다.

22 **拔山力盡**(발산역진)이하 **喑噁何歸**(암오하귀)까지 8구:《사기·항
우본기》에 "항우의 군대가 해하에 주둔하고 있을 때, 병사들은 적고
군량도 바닥났으며, 주위는 한나라와 제후들의 군대에게 겹겹으로
포위당하였다. 밤에 사방에서 모두 한나라 군대가 부르는 초나라
노랫소리를 듣고, 항우는 크게 놀라서 「한군이 벌써 초나라를 모두
얻었단 말인가? 투항한 초군이 왜 이렇게 많은가」라 했다. 항우는
밤에 일어나 장막안에서 술을 마셨다. 옆에는 항상 떨어지지 않는
우희(虞姬)라는 미인이 있었으며, 항상 타고 다니던 오추(烏騅)란
준마도 있었다. 이에 항우는 비분강개하여 시 한 수를 지어 읊었다.
「힘은 산을 뽑고 세상을 덮어버릴 수 있건만, 시세가 불리하니 오추
마도 나가지 않는구나. 오추마가 나가지 않으니 어찌 할거나? 우희
여! 우희여! 너를 어찌 할거나」라는 노래를 몇 번이나 되풀이하고
우미인이 화답하였다. 항우가 몇 줄기 눈물을 흘리자, 좌우 신하들
도 모두 울면서 감히 쳐다보지 못하였다. ······ 이에 항우는 말에 올
라타고 휘하 장사로서 말을 타고 따르는 8백인을 이끌고 한밤중에
포위를 뚫고서 남쪽으로 벗어나 말을 달렸다. 날이 밝아오자 한군은
그가 달아 난 것을 깨닫고 기병장 관영으로 하여금 오천기를 이끌고
추적하도록 하였다(項王軍壁垓下, 兵少食盡, 漢軍及諸侯兵圍之

數重. 夜聞漢軍四面皆楚歌, 項王乃大驚曰, 漢皆已得楚乎? 是何
楚人之多也. 項王則夜起, 飮帳中. 有美人名虞, 常幸從, 駿馬名
騅, 常騎之. 於是項王乃悲歌忼慨, 自爲詩曰, 力拔山兮氣蓋世,
時不利兮騅不逝. 騅不逝兮可奈何, 虞兮虞兮奈若何. 歌數閱, 美
人和之. 項王泣數行下, 左右皆泣, 莫能仰視. …… 於是項王乃上
馬騎, 麾下壯士騎從者八百餘人, 直夜潰圍南出, 馳走. 平明, 漢
軍乃覺之, 令騎將灌嬰以五千騎追之.)"라 했는데, 이 8구는 항우
가 「사면초가(四面楚歌)」의 곤경에 빠져 최후를 맞이한 고사를 읊
은 것이다.

23 騅(추) : 항우가 타던 오추마(烏騅馬)로, 검은 털에 흰털이 섞인 준마.
24 喑噁(암오) : 노기를 가득 품은 모양. 《사기·회음후열전》에 "항왕
   이 노기를 품고 큰 소리로 꾸짖으면, 천 사람들이 모두 엎드립니다
   (項王喑噁咤, 千人皆廢.)"라 했다. 「噁」가 「嗚」로 된 판본이 있음.


**60-4***

至如荊卿入秦[25], 直度易水[26],
長虹貫日[27], 寒風颯[28]起。
遠讐始皇, 擬報太子。
奇謀不成, 憤惋[29]而死。

형가(荊軻)가 진(秦)나라로 들어가려고

___

* 강엄의 〈한부〉와 대조하면 "至如李君降北, 名辱身冤, 拔劍擊柱, 弔影慚魂.
情往上郡, 心留鴈門. 裂帛繫書, 誓還漢恩. 朝露溢至, 握手何言?"를 모방하
였다.

역수(易水)를 곧바로 건너갈 때,

긴 무지개는 해를 꿰뚫고 찬바람이 홀연히 부는구나.

멀리 있는 원수 진시황(秦始皇)을 죽여

연(燕)나라 태자(丹)에게 보답하려 했지만,

기묘한 계책 이루지 못하고

분한 마음 품은 채 한탄하며 죽어갔다네.

················

25 **荊卿入秦**(형경입진)이하 **憤惋而死**(분완이사)까지 8구:「荊卿」은 형가(荊軻; ?-BC227)이다. 본래 위(衛)나라 출신인데, 진(秦)나라 가 위나라를 멸망시키자 연(燕)나라로 들어와서, 태자 단(丹; ? -BC226)의 명을 받아 진시황을 죽이려 했으며, 〈역수가(易水歌)〉를 지었다. 사마천의 《사기 · 자객열전》에 "형가(荊軻)는 위나라 사람 이다. 그의 조상은 제나라 사람이었지만, 위나라로 이주했으므로 그 곳 사람들이 경경(慶卿)이라 불렀으며, 다시 연나라에 가니 연나라 사람들은 형경이라 불렀다. …… 이에 태자는 천하의 예리한 비수를 미리 구하고자 하여 조나라 서부인의 비수를 백금에 취득했다. 장인 으로 하여금 독약을 칼날에 칠하고 사람에게 시험하니, 실낱같은 피를 흘렸는데도 바로 죽지 않은 자가 없었다. 이에 행장에 갖추도 록 형경에게 보냈다. 연나라 용사 진무양은 열세 살 때 살인했는데 도 사람들은 두려워 감히 쳐다보지 못했으므로 진무양을 부사로 삼 게 했다. …… 그 일을 알고 있는 태자와 빈객들은 모두 흰 의관을 입고 그를 전송하였는데, 역수가에 이르러 도로신께 제사지내고 장 도에 올랐다. 고점리가 축(筑)을 치고 형가는 가락에 맞추어 변치 (變徵)소리를 내며, 노래를 부르니 인사들이 모두 눈물을 흘리며 울었다. 앞으로 나아가며 노래하기를「바람은 쓸쓸히 불고 역수는

차갑구나. 장사가 한 번 가면 다시 돌아오지 못하리라」라 부르고 다시 우성(羽聲)으로 비분강개하니 인사들이 모두 두 눈을 부릅뜨고 머리카락은 갓을 향해 곤두섰다. ······ 이에 형경은 수레에 올라 떠났는데, 끝내 뒤돌아보지 않았다. 드디어 진에 이르러서 천금나가는 폐물을 갖고 진왕의 총신인 중서자 몽가에게 뇌물로 주었다. ······ 진왕은 (몽가의 말을) 듣고서 크게 기뻐하여 조복을 입고 구빈 (九賓)의 예를 마련하여 연나라 사자를 함양궁에서 접견했다. 형가는 번오기의 머리가 든 상자를 받들고 진무양은 지도(독항도)가 든 상자를 받들고 차례로 나아갔다. 계단에 이르자 진무양은 얼굴빛이 변하며 공포에 떠니, 여러 신하들이 이상하게 여겼다. 형가는 무양을 돌아보고 웃으면서 앞으로 나아가 사과하기를, 「북쪽 변방 오랑캐 땅 비루한 사람이 일찍이 천자를 알현한 적이 없으므로 떨며 두려워하는 것입니다. 바라건데 대왕께서는 작은 잘못을 용서하시어 어전에서 사자의 임무를 마칠 수 있게 해 주십시오」라 하자, 진왕이 형가에게 「무양이 가진 지도를 받아오라」하였다. 형가가 이윽고 지도를 바치니, 진왕이 지도를 펼쳤는데 지도가 끝나면서 비수가 드러났다. 그래서 형가는 왼손으로 진왕의 소매를 잡고, 오른손에 쥔 비수로 진왕을 찔렀다. 몸에 닿기 전에 진왕이 놀라서 스스로 당기며 일어나느라 소매가 떨어져 나갔다. 검을 뽑으려 했으나 황급한 상황에 긴 검을 칼집이 잡고 있는 데다 검이 견고하게 꽂혀 있어서 황급한 상황에 바로 뽑을 수 없었다. 형가가 진왕을 쫓아가니 진왕은 기둥을 돌면서 달아났다. ······ 좌우신하들이 「대왕께서는 칼을 등에 지십시오」라 외치자, 칼을 등에 지고 드디어 칼을 뽑아 형가를 공격하여 그의 왼쪽 다리를 잘랐다. 형가는 쓰러지면서 비수를 당겨 진왕에게 던졌지만 맞지 못하고 구리기둥에 꽂혔다. 진왕은 다시 형가를 공격하여 여덟 군데 상처를 입혔다. 형가는 스스로 일이 성

취하지 못할 줄 알고 기둥에 의지하여 다리를 걸터앉아 진왕을 꾸짖기를, 「일이 성취하지 못한 것은 산 채로 겁을 주어 사로잡아 태자에게 보답하고자 하는 계약 때문이었다」라 했다. 이에 좌우 신하들이 앞으로 나와서 형가를 살해했다(荊軻者, 衛人也. 其先乃齊人, 徙於衛, 衛人謂之慶卿. 而之燕, 燕人謂之荊卿. …… 於是太子豫求天下之利匕首, 得趙人徐夫人匕首, 取之百金, 使工以藥焠之, 以試人, 血濡縷, 人無不立死者. 乃裝爲遣荊卿. 燕國有勇士秦舞陽, 年十三, 殺人, 人不敢忤視. 乃令秦舞陽爲副. …… 太子及賓客知其事者, 皆白衣冠以送之. 至易水之上, 既祖, 取道, 高漸離擊筑, 荊軻和而歌, 爲變徵之聲, 士皆垂淚涕泣. 又前而爲歌曰, 風蕭蕭兮易水寒, 壯士一去兮不復還! 復爲羽聲忼慨, 士皆瞋目, 髮盡上指冠. 於是荊軻就車而去, 終已不顧. 遂至秦, 持千金之資幣物, 厚遺秦王寵臣中庶子蒙嘉. …… 秦王聞之, 大喜, 乃朝服, 設九賓, 見燕使者咸陽宮. 荊軻奉樊於期頭函, 而秦舞陽奉地圖柙, 以次進. 至陛, 秦舞陽色變振恐, 群臣怪之. 荊軻顧笑舞陽, 前謝曰, 北蕃蠻夷之鄙人, 未嘗見天子, 故振慴. 願大王少假借之, 使得畢使於前. 秦王謂軻曰, 取舞陽所持地圖. 軻既取圖奏之, 秦王發圖, 圖窮而匕首見. 因左手把秦王之袖, 而右手持匕首揕之. 未至身, 秦王驚, 自引而起, 袖絶. 拔劍, 劍長, 操其室. 時惶急, 劍堅, 故不可立拔. 荊軻逐秦王, 秦王環柱而走. …… 左右乃曰, 王負劍! 負劍, 遂拔以擊荊軻, 斷其左股. 荊軻廢, 乃引其匕首以擿秦王, 不中, 中桐柱. 秦王復擊軻, 軻被八創. 軻自知事不就, 倚柱而笑, 箕踞以罵曰, 事所以不成者, 以欲生劫之, 必得約契以報太子也. 於是左右既前殺軻.)"라 했음.

26 **直度易水**(직도역수) : 「直」은 곧 바로. 「度」는 건너가는 것. 「易水」는 지금의 하북성 경내에 있는 강 이름.

27  **長虹貫日**(장홍관일) : 무지개가 하늘을 꿰뚫고 바로 해 주변까지 도
    달하는 것. 《사기·추양열전(鄒陽列傳)》에서는 "옛날 형가는 연
    (燕)나라 태자 단(丹)의 의협심을 사모하여, 흰 무지개가 태양을 뚫
    듯 지극한 정성으로 감응시키니, 태자가 그를 두려워했습니다(昔者
    荊軻慕燕丹之義, 白虹貫日, 太子畏之.)"라 했음.

28  **颯**(삽) : 바람소리. 송옥의 〈풍부(風賦)〉에 "바람이 갑자기 불어왔다
    (有風颯然而至.)"라 했음.

29  **憤惋**(분완) : 격분(激憤)과 완석(惋惜)


## 60-5*

若夫陳后失寵, 長門掩扉[30]。
日冷金殿, 霜淒錦衣。
春草罷綠, 秋螢亂飛。
恨桃李之委絶[31], 思君王之有違。

진황후(陳皇后)가 총애를 잃자
장문궁(長門宮)의 사립문은 닫히고,
햇빛 차가운 황금 궁전에서 서리 맞으며
비단옷 입은 채 쓸쓸히 지내는구나.
봄풀들은 초록빛을 잃어버리고

---

* 강엄의 〈한부〉와 대조하면 "若夫明妃去時, 仰天太息. 紫臺稍遠, 關山無極.
搖風忽起, 白日西匿. 隴鴈少飛, 代雲寡色. 望君王兮何期, 終蕪絶兮異域."부
분을 모방하였다.

가을 반딧불이는 어지러이 날아다니는데,

복숭아 오얏꽃처럼 시드는 모습 한스러워하며,

군왕(君王)과 어긋난 사연을 근심하노라.

..................

30 陳后失寵, 長門掩扉(진후실총, 장문엄비) : 한 무제 때 진황후(陳皇
   后)가 총애를 잃고 장문궁에 유폐된 일을 읊은 것임. 《한서 · 외척전
   (外戚傳)》에 "효무진황후는 총애를 독차지하여 교만하고 고귀했지
   만, 십여년이 지나도록 자식이 없었는데, 위자부가 총애를 받는다는
   말을 듣고 거의 죽을 지경에 이른 적이 여러 차례였다. 주상은 황후
   가 또 부녀자들의 주술을 믿은 것을 알고 나서 더욱 노하였다. 원광
   5년(기원전 130년), 주상이 깊이 추궁하니 무녀 초복 등이 황후를
   위해 주술을 하고 푸닥거리하며 저주하는 행위에 연루되어 대역무
   도 죄로 죽은 자가 3백여명이나 되었으며, 초복은 저잣거리에서 효
   수되었다. 유사(有司)로 하여금 진황후에게 책문을 내리기를, 「황후
   는 질서를 잃고 무당의 주술에 현혹되어 천명(황후)를 받들 수 없도
   다. 옥새와 인끈을 바치고 파면하여 장문궁에 물러나 기거하도록
   하라」고 했다(孝武陳皇后 …… 擅寵驕貴, 十餘年而無子, 聞衛子夫
   得幸, 幾死者數焉. 上愈怒. 后又挾婦人媚道, 頗覺. 元光五年, 上
   遂窮治之, 女子楚服等坐爲皇后巫蠱祠祭祝詛, 大逆無道, 相連及誅
   者三百餘人. 楚服梟首於市. 使有司賜皇后策曰, 皇后失序, 惑於巫
   祝, 不可以承天命. 其上璽綬, 罷退居長門宮.)"라는 기록이 있음.

31 委絶(위절) : 쇠폐(衰敗). 시들어 떨어지는 것. 「委」는 「萎(시들위)」
   와 통한다. 초사 〈이소(離騷)〉에 "시들어 떨어지니 얼마나 가슴 아
   팠으리요, 많은 향초에 잡초가 무성한 것을 슬퍼하노라(雖萎絶其亦
   何傷兮, 哀衆芳之蕪穢.)"고 읊었는데, 왕일은 주에서 "「위」는 병 든
   것이고, 「절」은 떨어지는 것이다(委, 病也. 絶, 落也.)"라 했음.

**60-6***

昔者屈原既放, 遷於湘流³²。

心死舊楚, 魂飛長楸³³。

聽江風之嫋嫋³⁴, 聞嶺狖³⁵之啾啾³⁶。

永埋骨於淥水, 怨懷王之不收³⁷。

예전에 굴원(屈原)이 추방당하여

상강(湘江)으로 내쫓겼을 때,

마음속으로 옛 초(楚)나라를 원망하며 죽으니,

넋은 긴 가래나무로 날아가는구나.

솔솔부는 강바람 소리와

고갯마루 원숭이 울음소리 들으면서,

푸른 물에 영원히 뼈를 묻었으니,

회왕(懷王)을 원망하는 마음 거두지 못하였으리라.

................

32 **屈原既放, 遷於湘流**(굴원기방, 천어상류) : 왕기는 주에서 "초사
〈어부사〉에서 「굴원이 이미 쫓겨나, 강가에서 노닐었다****」라고 했는
데, 원래 추방당한 곳은 강의 남쪽으로 상수(湘水)가 흘러가는 곳이
다"라고 했다. 굴원은 초나라에서 삼려대부(三閭大夫)를 지냈으나
회왕의 무능과 간신들의 참소로 상수가로 추방당하였다가 끝내는
멱라수(汨羅水)에 투신하였음.

33 **長楸**(장추) : 낙엽교목인 큰 가래나무. 《초사 · 구장 · 애영(哀郢)》에

---

* 강엄의 〈한부〉와 대조하면 "至乃敬通見抵, 罷歸田里. 閉關卻掃, 塞門不仕. 左
對孺人, 顧弄稚子. 脫略公卿, 跌宕文史. 齎志沒地, 長懷無已."에 해당한다.
** 〈초사(楚辭) · 어부(漁父)〉에 "屈原既放, 遊于江潭."이라 했다.

"높다란 가래나무 바라보며 한숨 쉬는데, 어지럽게 흐르는 눈물은 안개 같구나(望長楸而太息兮, 涕淫淫其若霰.)"라 읊고, 장기(蔣驥)는 주에서 "「추」는 가래나무이며, 「장추」는 이른바 오래된 나라의 큰 나무다(楸, 梓也. 長楸, 所謂故國之喬木.)"라 하였으며, 왕일은 주에서 "「장추」는 큰 가래나무(長楸, 大梓.)"라 했음.

34 聽江風之嫋嫋(청강풍지요뇨) : 《구가(九歌) · 상부인(湘夫人)》에 "가을바람이 산들산들 부니, 동정호엔 물결치고 나뭇잎 떨어지네(嫋嫋兮秋風, 洞庭波兮木葉下.)"라 읊고, 왕일 주에서는 "「요뇨」는 가을바람이 나무를 흔드는 모습(嫋嫋, 秋風搖木貌.)"이라 했음.

35 狖(유) : 흑색의 긴꼬리 원숭이로, 늦은 밤이 되면 처량한 소리로 운다. 《회남자 · 남명훈(覽冥訓)》에 "원숭이가 넘어져서 나뭇가지를 놓쳤다(猿狖顚蹶而失木枝.)"라 하고, 고유(高誘)는 주에서 "「유」는 원숭이 종류로, 꼬리가 길며 들창코다(狖, 猿屬, 長尾而卬鼻.)"라 했다. 〈오도부(吳都賦)〉에 대한 유규(劉逵) 주에서는 "《이물지》에서 「유」는 원숭이의 종류로 코가 드러나 있다. 꼬리가 4-5척이나 되고, 나무 위에서 살며, 비가 오면 꼬리로 코를 막는다. 건안과 임해 북쪽에 있었다(異物志曰, 狖, 猿類, 露鼻, 尾長四五尺, 居樹上. 雨則以尾塞鼻. 建安臨海北有之.)"라 했음.

36 啾啾(추추) : 원숭이의 울음소리. 《초사 · 구가 · 산귀(山鬼)》에 "천둥은 우르릉 치고 비가 내려 어둑한데, 원숭이는 찍찍거리며 밤에 우노라(雷塡塡兮雨冥冥, 狖啾啾兮又夜鳴.)"라 읊었으며, 여연제는 주에서 "「추추」는 원숭이 우는소리(啾啾, 猿聲.)"라 했음.

37 永埋骨於淥水, 怨懷王之不收(영매골어녹수, 원회왕지불수) : 「永埋骨」은 굴원이 멱라강에 투신하여 죽은 것을 말함. 《사기 · 굴원열전》에 "굴원은 이름이 평(平)이고, 초나라 왕족과 같은 성이다. 초 회왕* 때 좌도(佐徒)를 지냈다. 견문이 넓고 의지가 굳세었으

며, 난리를 다스리는데 밝았고 응대하는 말에 뛰어났다. 조정에 들어가서는 왕과 함께 국사를 도모한 뒤에 호령을 내렸으며, 밖으로 나와서는 빈객들을 접대하고 제후들을 상대하니, 왕이 그를 매우 신임했다. 상관대부*와 같은 반열에 오르자, 총애를 차지하려는 사람들이 마음속으로 굴원의 재능을 시기하여 해치려했다. …… 회왕의 장자인 경양왕이 즉위하자, 그의 동생 자란을 영윤으로 삼았다. 초나라 사람들은 회왕이 진나라에 들어가 환국하지 못한 것은 자란이 권하여 잘못된 것이라고 비난했다. 굴원도 자란의 질투를 받아 쫓겨나 유랑하면서도 초나라를 그리워하였으며, 초회왕에 대한 미련을 버리지 못하고 조정으로 돌아가고자 하였다. 그래서 왕을 한번 깨우쳐서 나쁜 풍속이 개량되기를 기대했다. …… 영윤 자란은 굴원의 말을 듣고 대노하여 마침내 상관대부를 시켜 굴원을 경양왕에게 모함하니, 경양왕도 노하여 굴원을 추방하였다. 굴원이 강가에 이르러서 머리를 풀어헤치고 호수가에서 노래를 읊조렸는데, 안색은 초췌하고 몸은 말라 야위었다. …… 이에 〈회사〉 등을 짓고, 마침내 가슴에 돌을 품고 멱라강에 몸을 던져 죽었다(屈原者, 名平, 楚之同姓也. 爲楚懷王左徒. 博聞強志, 明於治亂, 嫺於辭令. 入則與王圖議國事, 以出號令, 出則接遇賓客, 應對諸侯. 王甚任之. 上官大夫與之同列, 爭寵而心害其能. …… 長子頃襄王立, 以其弟子蘭爲令尹. 楚人既咎子蘭以勸懷王入秦而不反也. 屈平既嫉之, 雖放流, 眷顧楚國, 繫心懷王, 不忘欲反. 冀幸君之一悟, 俗之一改也. …… 令尹子蘭聞之, 大怒. 卒使上官大夫短屈原於頃襄王. 頃襄王怒而遷之. 屈原至於江濱, 被髮行吟澤畔, 顔

---

\* 초회왕은 B.C.328년부터 B.C.296년까지 재위하였음.
\* 근상(靳尙)을 가리킴.

色憔悴, 形容枯槁. ……乃作懷沙之賦. 於是懷石, 遂自投汨羅以
死.)"라 했음. 「淥水」는 맑고 깨끗한 물로, 여기서는 굴원이 투신해
죽은 멱라강을 가리킨다.


**60-7***

及夫李斯受戮[38], 神氣黯然[39]。
左右垂泣, 精魂動天。
執愛子以長別, 歎黃犬之無緣[40]。

이사(李斯)가 형벌을 당할 때
신령스런 기운이 암울해졌으니,
곁에 있는 사람들은 눈물을 떨구었고
죽는 이의 영혼은 하늘을 울리는구나.
사랑하는 아들을 부여잡은 채 영원히 떠나면서,
누런 개 몰며 사냥할 기회가 없음을 한탄하노라.

................

38 李斯受戮(이사수륙) : 이사(李斯:BC284-BC208)는 전국시대 초나
   라 상채(上蔡) 출신으로 진(秦)에 들어가 객경(客卿)이 되었으며,
   시황이 천하를 평정하자 승상(丞相)이 되었다. 군현제를 제정하고
   분서령(焚書令)을 내리게 하는 등 진시황을 도왔다. 시황제가 죽었

---

* 강엄의 〈한부〉와 대조하면 이사가 죽는 장면을 〈한부〉에서는 혜강(嵇康)이 하
옥되는 사건으로 "及夫中散下獄, 神氣激揚, 濁醪夕引, 素琴晨張. 秋日蕭索,
浮雲無光. 鬱青霞之奇意, 入脩夜之不暘."라 묘사하였다.

을 때 태자인 부소(扶蘇)를 살해하고 조고(趙高)와 함께 2세(二世)를 황제로 옹립하였으나 조고가 모반한다고 무고하여 2세의 미움을 받아 함양(咸陽)의 저자에서 허리를 베어 죽는 형벌을 받았음.

39 黯然(암연) : 슬프고 침울(沈鬱)함. 낙담한 모양.

40 執愛子以長別, 歎黃犬之無緣(집애자이장별, 탄황견지무연) : 진나라의 재상인 이사가 피살된 사건을 묘사한 것. 《사기 · 이사열전(李斯列傳)》에 "2세 황제 2년(기원전 208년) 7월에 이사에게 오형(五刑)*을 갖추어 그 죄를 논하고, 함양의 시장 바닥에서 허리를 자르도록 하였다. 이사는 옥에서 나와 함께 잡힌 둘째 아들을 돌아보며, 「내가 너와 함께 다시 누런 개를 끌고 상채 동쪽 문으로 나가 토끼 사냥을 하려고 했는데, 이제 그렇게 할 수 없겠구나」라 말했다. 드디어 아버지와 아들은 소리 내어 울고 삼족이 모두 죽음을 당했다 (二世二年七月, 具斯五刑, 論腰斬咸陽市. 斯出獄, 與其中子俱執, 顧謂其中子曰, 吾欲與若復牽黃犬, 俱出上蔡東門逐狡兔, 豈可得乎! 遂父子相哭, 而夷三族.)"고 했음.

## 60-8**

或有從軍永訣[41], 去國長違[42],

---

* 죄질에 따라 죄인에게 가하는 태(笞) · 장(杖) · 도(徒) · 유(流) · 사(死) 등 다섯 가지 형벌.

** 이 8단락은 종군으로 영결하고 유배간 사람이 돌아갈 날을 기다리는 것을 묘사하였는데, 강엄 한부의 외로운 신하와 천객을 묘사한 "或有孤臣危涕, 孽子墜心. 遷客海上, 流戍隴陰. 此人但聞悲風汨起, 血下霑衿. 亦復含酸茹歎, 銷落湮沈."을 모방하였다.

天涯遷客[43], 海外思歸。

此人忽見愁雲蔽日[44], 目斷心飛[45]。

莫不攢眉[46]痛骨, 扰血[47]霑衣。

전쟁터로 나가 기약없이 이별한 사람은

고국(故國)을 오래도록 떠나 있어야 했으며,

하늘 끝으로 쫓겨난 나그네는

해외에서 돌아오기만을 고대했다네.

이런 사람들은 근심스런 구름과 가려진 해를 쳐다보면서,

눈길이 끊어진 곳으로 마음만 날아갔어라.

눈살 찌푸리며 뼛속 깊이 아프지 않은 곳이 없었으니,

피눈물 닦으면서 옷깃을 적시는구나.

..............

41 永訣(영결) : 결별(訣別)하는 것. 다시 만날 기약이 없는 먼 곳으로
   떠나는 이별을 가리킨다. 강엄의 〈별부(別賦)〉에 "누가 잠깐 동안
   이별하는 광경을 묘사할 수 있으며, 영원히 이별(영결)하는 정을 옮
   겨 적을 수 있단 말인가!(誰能摹暫離之狀, 寫永訣之情者乎.)"라
   했음.

42 長違(장위) : 영원히 이별하는 것. 죽음을 아름답게 표현한 말.

43 遷客(천객) : 폄적당하여 유배간 사람.

44 愁雲蔽日(수운폐일) : 간신이 권력을 잡은 것을 비유함.

45 目斷心飛(목단심비) : 눈으로 보는 것이 끊어져서 마음으로만 고국
   을 향해 날아가는 것.

46 攢眉(찬미) : 두 눈썹을 찌푸리는 것. 불쾌하고 근심스런 마음을 형
   용한 말. 채염(蔡琰)의 〈호가십팔박(胡笳十八拍)〉에 "달을 향하여

눈썹을 찌푸리면서 거문고를 쓰다듬고, 다섯 박자가 냉랭하니 뜻이 더욱 깊구나(攢眉向月兮撫雅琴, 五拍泠泠兮意彌深.)"라 읊었음.

**47** 抆血(문혈) : 피눈물을 닦는 것으로 애통함을 표시하는 말. 눈물이 다 흐른 후 계속해서 피눈물이 나와 옷을 적시는 것.「抆」은 문질러 닦는 것(擦拭). 강엄은 〈별부〉에서 "(부모의) 자애로운 마음도 베어내고 (아내에 대한) 사랑도 참으며, 나라를 떠나고 고향을 버리네. 눈물을 흘리며 서로 이별하고, 피눈물 닦으며 서로 바라보네(割慈忍愛, 離邦去里, 瀝泣共訣, 抆血相視.)"라고 읊었으며, 이선은 주에서 "「문」은 닦는 것(抆, 拭也.)"이라 했음.


## 60-9*

若乃錯⁴⁸繡轂⁴⁹, 塡⁵⁰金門⁵¹,
煙塵曉沓⁵², 歌鐘⁵³晝喧⁵⁴。
亦復星沉電滅⁵⁵, 閉影潛魂⁵⁶。

이처럼 수놓은 수레바퀴가 교차하면서
금마문(金馬門)에 모이니,
연기와 먼지가 새벽부터 뒤섞이며
풍악소리가 대낮에도 시끄럽도다.
그러나 다시 유성(流星) 가라앉고 번개불 사라지듯이,
그림자는 흔적없고 혼백(魂魄)조차 숨어버리는구나.

---

\* 강엄의 〈한부〉와 대조하면 "若迺騎疊跡, 車屯軌, 黃塵帀地, 歌吹四起. 無不煙斷火絶, 閉骨泉裏."을 모방하였다.

················

48 **錯(착)** : 교차하는 것. 《초사·구가·국상(國殤)》에 "오나라 창을 들고 무소(코뿔소) 갑옷을 입은 채, 차바퀴 축이 교차하며 짧은 병기들이 부딪치네(操吳戈兮被犀甲, 車錯轂兮短兵接.)"라 하고, 왕일은 주에서 "「착」은 마주치는 것(錯, 交也.)"이라 했음.

49 **繡轂(수곡)** : 아름답게 장식한 수레. 「轂」은 수레바퀴 가운데를 가로지르는 축. 왕발의 〈높은 대에 올라가서(臨高臺)〉시에 "은안장과 수놓은 수레가 아름답지만, 오늘밤 기생집에 머무는 신세가 가엾구나(銀鞍繡轂盛繁華, 可憐今夜宿娼家.)"라 읊었음.

50 **塡(전)** : 가득 메우는 것.

51 **金門(금문)** : 금마문(金馬門)의 간칭. 《문선》권45 양웅의 〈해조(解嘲)〉에 "지금 선생께서는 다행히 태평성세를 만나 꺼리지 않고 직간할 수 있는 조정에 있으니, 여러 현인들과 동행하면서 금마문을 지나고 옥당에 있던 시간이 오래 되었도다(今吾子幸得遭明盛之世, 處不諱之朝, 與群賢同行, 歷金門, 上玉堂, 有日矣.)"라 하고, 이선은 주에서 "금마문에서 조서를 기다리다(待詔金馬門.)"라는 응소(應邵)의 말을 인용했음.

52 **沓(답)** : 모이는 것. 회합(會合). 《초사·천문(天問)》에 "하늘은 어디에서 합쳐지며, 열두 개의 별자리는 어떻게 나누어집니까?(天何所沓, 十二焉分?)"라 하고, 왕일은 주에서 "「답」은 합치는 것(沓, 合也.)"이라 했음.

53 **歌鐘(가종)** : 아악기인 편종(編鐘). 고대에 노래를 부를 때 두드려 소리를 내서 리듬을 맞추는 종. 《좌전》양공(襄公) 11년에 "정나라 사람이 진후에게 제물을 바쳤는데, …… 모두 병거 백승과 편종 2열이었다(鄭人賂晉侯 …… 凡兵車百乘, 歌鐘二肆.)"라 하고, 공조(孔晁)는 주에서 "「가종」은 종으로 리듬에 맞춰 노래하는 것이다(歌鐘,

鐘以節歌也.)"라 했음.

54 晝喧(주훤) : 낮에 시끄럽게 소리 내는 것.

55 星沈電滅(성침전멸) : 유성과 번개처럼 신속하게 사라지는 것을 형용한 말.

56 閉影潛魂(폐영잠혼) : 그림자와 영혼처럼 흔적없이 숨는 것.


**60-10***

己矣哉!

桂華[57]滿兮明月輝, 扶桑[58]曉兮白日飛。

玉顏滅[59]兮螻蟻聚, 碧臺[60]空兮歌舞稀。

與天道[61]兮共盡, 莫不委骨[62]而同歸。


모두 끝났도다!

계수나무 꽃 만발하니 밝은 달 빛나고,

부상(扶桑)에 새벽드니 하얀 해 뜨는구나.

옥 같은 얼굴 죽어 묻히니 땅강아지와 개미들이 모여들고,

푸른 누대(樓臺) 비었으니 노래하고 춤추는 일 드물도다.

하늘의 이치에 따라서 함께 사라지나니,

뼈를 쌓아둔 채 같이 죽음으로 돌아가지 않는 이 없으리라.

---

\* 강엄의 〈한부〉와 대조하면 "已矣哉! 春草暮兮秋風驚, 秋風罷兮春草生. 綺羅畢兮池館盡, 琴瑟滅兮丘壟平. 自古皆有死, 莫不飮恨而呑聲."을 모방하였다.

57 桂華(계화) : 신화 전설에서 말하는 달 속에 있다는 계수나무. 《유양
잡조(酉陽雜俎)》권1 〈천지(天咫)〉편에 "예전 속담에 달 속에 계수
나무와 두꺼비가 있다고 말했으며, 다른 책에서는 달 속 계수나무는
키가 5백장인데 아래에는 한 사람들이 늘 베어내므로 나무는 상처
를 봉합했다고 한다. 성이 오(吳) 씨이고 이름이 강(剛)이며, 서하
사람 인데, 신선술을 배우려다 잘못을 저질렀으므로 달로 귀양 보내
져서 나무를 베도록 했다고 한다(舊言月中有桂, 有蟾蜍, 故異書言
月桂高五百丈, 下有一人常斫之, 樹創隨合. 人姓吳名剛, 西河人,
學仙有過, 謫令伐樹.)"라는 기록이 있음. 남조 양원제(梁元帝)의
〈각루명(刻漏銘)〉에 "궁궐의 훼나무는 저녁에 합해지고, 달 속의 계
수나무는 밤에 광채가 나네(宮槐晚合, 月桂宵暉.)"라 읊었다.

58 扶桑(부상) : 신화에 나오는 나무이름. 전설에 의하면 해는 부상나
무아래에서 나와서 그 나뭇가지를 스치고 올라가므로, 해 뜨는 곳이
라고도 부름.

59 玉顔滅(옥안멸) : 사람이 죽은 것. 「玉顔」은 미인을 가리킴.

60 碧臺(벽대) : 아름다운 누각.

61 天道(천도) : 자연의 도나 규율을 가리킴. 도가에서 장자의 〈천도(天
道)〉편에 "하늘의 도는 운행하면서 막힘이 없으므로 만물이 이루어
진다(天道運而無所積, 故萬物成.)"고 했음.

62 委骨(위골) : 백골이 쌓이는 것. 포조의 〈무성부(蕪城賦)〉에 "넋을
깊은 돌 틈에 묻고, 뼈를 땅속에 쌓아 놓았다(莫不埋魂幽石, 委骨
窮塵.)"라 하고 이선은 주에서 "「위」는 쌓는 것과 같다(委, 猶積
也.)"라 했음.

# 61.

# 惜餘春賦

석여춘부 : 남은 봄을 애석해 하며 읊은 부

    이 부는 이백이 늦은 봄날에 남은 봄이 흘러가는 것을 빌려 자신과 친구가 헤어지면서 느끼는 석별의 정을 아쉬워한 작품이다. 아름다운 봄날에 떠나는 친구에 대한 감정이 진지하게 표출되고 있으면서도, 동시에 공업(功業)을 수립하려는 강렬한 이상을 반영하고 있다.

    이 작품은 언어면에서 《초사》의 6언구식을 계승하여 낭만적인 색채를 띠고 있는 서정소부(抒情小賦)로, 슬픈 감정을 자세히 표현하고 있다. 가는 봄을 애석해 한 내용인데, 5개 단락으로 나눌 수 있다. 첫 번째 단락에서는 북두칠성(北斗七星)이 봄을 알릴 때, 넘실대는 물결과 피어오른 난초를 보면서 일어나는 공허한 마음을 묘사하고, 두 번째 단락에서는 이렇게 화창한 봄날도 곧 저물어간다는 사실에 안타까워하는 심정을 노래하였으며, 세 번째 단락에서는 봄날 한수(漢水)와 상강(湘江)주변에서 노닐었던 옛 여인들의 애달픈 사랑을 읊은 고사를 상상하였다. 네 번째 단락에서는 봄이 잠시 왔다가 멈추지 않고 가버리니, 세월을 붙잡아 맬수 없는 괴로운 마음을 묘사하였으며, 다섯 번째 단락에서는 정이 깊지만 고향을 떠나 장안으로 들어가는 친구와의 이별을 슬퍼하는 심정을 노래했다.

내용가운데 봄을 애석해 하는 정감과 이별을 슬퍼하는 자상한 모습 등이 하나로 융합되었으며, 언어가 간결하고 뜻이 풍부하여 별도로 하나의 풍격을 갖추고 있다.

이 부를 지은 시기에 대하여 첨영(詹鍈)은 본문에 나오는 "한수의 물굽이요 상강의 회돌이 치는 연못이여, 아름다운 풀을 뜯었지만 그리움을 어이 견디리. 현산 북쪽에서 노니는 여인을 생각하면서, 상수 남쪽에서 죽은 요임금의 두 딸을 근심하네(漢之曲兮江之潭, 把瑤草兮思何堪. 想遊女於峴北, 愁帝子於湘南.)"라 읊은 구절을 보아 상원 원년(760)이라 했으며, 또한 부 가운데 "봄은 잡을 수 없고 시간은 이미 가버렸으니, 어느덧 노쇠하여 마음은 더욱 괴로워지는구나(春不留兮時已失, 老衰颯兮情逾疾.)"라는 구절에서 이백의 만년에 강하(江夏)일대에서 지었다고 했다. 그러나 양허생(楊栩生)은 〈이백이 처음 장안으로 들어간 시기 고찰(李白首次入京時間之考察)〉에서 이백이 개원 19년(729) 봄 집을 떠나 장안(長安)으로 들어가면서 지은 것이라 했으며, 안기(安旗)는 《이백전집편년주석》에서 개원 26·7년(738-9)이라고 했다.

## 61-1

天之何爲令北斗而知春兮, 迴指于東方[1]。
水蕩漾[2]兮碧色, 蘭葳蕤[3]兮紅芳。

試登高兮望遠, 極雲海之微茫⁴。

魂一去兮欲斷, 淚流頰兮成行。

吟清楓⁵而詠滄浪⁶, 懷洞庭兮悲瀟湘⁷。

何余心之縹緲⁸兮, 與春風而飄揚。

하늘은 왜 북두칠성(北斗七星)으로 하여금 봄을 알리려고,

자루를 돌려 동방을 가리키도록 하나요?

물결은 넘실넘실 푸른빛을 띠고,

난초는 무성하게 붉은 꽃잎을 드리웠도다.

높은 산에 올라 먼 곳을 바라보니

구름 낀 바다 끝이 아득하고요,

넋은 한번 가서 끊어졌으니

눈물이 뺨에 줄지어 흐르노라.

맑은 단풍나무 읊조리면서 창랑(滄浪)의 물을 노래하고,

동정호를 그리워하면서 소수(瀟水)와 상수(湘水)를 슬퍼하나니,

어찌하여 내 마음도 어렴풋이

봄바람과 더불어 날아오르나요?

.................

1 天之何爲令北斗而知春兮, 迴指於東方(천지하위령북두이지춘혜,
회지어동방) : 북두성 일곱 별 가운데 첫 번째에서 네 번째까지는
구기의 모양이고, 다섯 번째에서 일곱 번째 별은 자루의 모양인데,
계절의 변화에 따라서 북두성은 하늘에서 구기의 자루가 가리키는
방향도 달라진다. 《갈관자(鶡冠子)·환류(環流)》에 "북두칠성의 자
루가 동쪽을 가리키면 천하가 모두 봄이 되고, 남쪽을 가리키면 여
름, 서쪽을 가리키면 가을, 북쪽을 가리키면 천하가 모두 겨울이 된

다(斗柄指東, 天下皆春. 斗柄指南, 天下皆夏. 斗柄指西, 天下皆
秋. 斗柄指北, 天下皆冬.)"라 했음. 여기서는 하늘이 북두성의 자루
를 돌려 동쪽을 가리켜서 사람들로 하여금 봄이 왔음을 알린 것이다.

2  蕩漾(탕양) : 물결이 넘실거리며 요동치는 모양.

3  葳蕤(위유) : 초목이 무성하여 가지와 잎이 아래로 드리운 모양. 동
방삭(東方朔)의 《칠간(七諫)·초방(初放)》에 "나풀거리며 우아한
긴 대나무는 강과 연못에서 기생하는데, 위로는 무성하여 이슬을
막아주고요, 아래에는 차디찬 바람이 불어오네요(便娟之修竹
兮, 寄生乎江潭. 上葳蕤而防露兮, 下冷冷而來風.)"라 읊고, 왕일
(王逸)은 주에서 "「위류」는 번성한 모양이다(葳蕤, 盛貌.)"라 하고,
홍흥조(洪興祖)는 보주에서 "초목이 드리워진 모양(草木垂貌.)"이
라 했음.

4  微茫(미망) : 어렴풋이 아득한 모양.

5  清楓(청풍) : 《초사·초혼(招魂)》에 "강물은 넘실넘실 흐르고 강 언
덕엔 단풍나무 있는데, 저 멀리 바라보니 봄마저 가슴 아프구나(湛
湛江水兮上有楓, 目極千里兮傷春心.)"라 읊었는데, 왕일은 주에
서 "「풍」은 나무이름(楓, 木名也.)"이라 하고, 홍흥조의 보주에서
는 "《설문해자》에서 「풍목은 두터운 잎에 약한 가지로 잘 흔들린
다」라 하였다. 한나라 궁전 안에 많이 심었으며, 서리가 내린 뒤에
단풍든 잎이 아름다워서 문인들이 많이 읊조렸다(說文云, 楓木, 厚
葉弱枝, 善搖. 漢宮殿中多植之. 至霜後, 葉丹可愛, 故騷人多稱
之.)"라 했음.

6  滄浪(창랑) : 한수(漢水) 이름. 《초사·어부(漁夫)》에 "창랑의 물이
맑으면 내 갓끈을 씻고, 창랑의 물이 흐리면 내 발을 씻으리라(滄浪
之水清兮, 可以濯我纓. 滄浪之水濁兮, 可以濯我足.)"라 읊었으며,
홍흥조는 보주에서 "《수경주》에서 「무당현 서북쪽 4십리 떨어진 강

물 속에 섬이 있는데, 창랑주(滄浪洲)라고 불렀다」라 하였으며,《지
설》에서는 「물은 형산에서 나와서, 동남쪽으로 흘러 창랑수가 되었
으며, 이 강물이 초나라 수도에서 가까우므로 어부가 노래 불렀다」
고 언급했다(水經云, 武當縣西北四十里水中有洲. 名滄浪洲. 地
說曰, 水出荊山, 東南流爲滄浪之水. 是近楚都, 故漁夫歌云云.)」
고 했음.

7 懷洞庭兮悲瀟湘(회동정혜비소상) : 「洞庭」은 호수이름. 지금의 호
남성 북부 장강의 남쪽 기슭(南岸)에 있으며, 중국의 제2대 담수호
임. 동정호의 남쪽에는 청초호(靑草湖)가 있으며, 호수는 파릉현
(巴陵縣) 남쪽 7십9리, 장사 상음현(湘陰縣) 북쪽 1백리에 있는데,
주위는 2백6십5리이다. 「瀟湘」은 소수(瀟水)와 상수(湘水)의 병칭.
사조(謝脁)의 〈신정 물가에서 영릉군 내사로 부임 가는 범운(范雲)
과 헤어지며(新亭渚別范零陵)〉란 시에서 "동정호는 음악을 연주하
던 곳이고, 소상강은 순임금과 아황 여영이 노닐었다네. 구름은 창
오의 들판을 떠나가고, 물은 강한으로 되돌아와서 흐르노라. 내가
말을 세우고 멍하니 바라보니, 그대는 노를 멈춘 채 차마 가지 못하
는구나(洞庭張樂地, 瀟湘帝子遊. 雲去蒼梧野, 水還江漢流. 停驂
我悵望, 輟棹子夷猶.)"라 읊었음.

8 縹緲(표묘) : 있는지 알 수 없을 만큼 어렴풋한 모양.


**61-2**

飄揚兮思無限[9], 念佳期[10]兮莫展。
平原[11]蔓[12]兮綺色[13], 愛芳草[14]兮如剪。
惜餘春之將闌[15], 每爲恨兮不淺。

회오리바람처럼 날리는 생각은 끝이 없지만,

아름다운 약속은 그리워도 펼칠 수가 없어라.

넓은 들판은 화려한 색깔로 무성하지만,

꽃과 풀들은 사랑스러워도 베어져 없어지는구나.

남은 봄날이 곧 저물어가는 것이 안타까워서

매번 봄마다 깊이 한탄하노라.

................

9 **思無垠**(사무은) : 사념(思念)이 끝이 없는 것.

10 **佳期**(가기) : 《초사·구가·상부인(湘夫人)》에 "흰 번풀 핀 산에 올라 멀리 바라보며, 임과 함께 저녁에 만나기로 약속하였네(登白蘋兮騁望, 與佳期兮夕張.)"라 읊었으며, 왕일은 주에서 "「가」는 상부인을 말한다. …… 부인과 함께 흠향하기를 기약한 것이다(佳謂湘夫人也…與夫人期歆饗之也.)"라 했음. 「佳期」는 원래 남녀가 서로 약속하는 것을 가리키는데, 후에는 기쁜 날을 통칭하여 「佳期」라 했다.

11 **平原**(평원) : 넓고 평평한 들판. 《이아(爾雅)》에 "큰 들을 「평」이라 부르고, 넓고 평평한 것을 「원」이라 부른다(大野曰平, 廣平曰原.)"라 했는데, 후인들은 둘을 합쳐 넓은 광야(曠野)라고 불렀다. 왕찬(王粲)의 〈칠애시(七哀詩)〉에 "문을 나서니 아무것도 보이지 않고, 백골만이 「평원」을 덮고 있구나(出門無所見, 白骨蔽平原.)"라고 읊었음.

12 **萋**(처) : 초목이 무성한 모양. 《한서·외척전(外戚傳)》에 "정원 가운데에 푸른 풀이 무성하게 자라네(中庭萋兮綠草生.)"라 했음.

13 **綺色**(기색) : 화려한 색채. 《설문해자》에 "「기」는 문채나는 비단이다(綺, 文繒也.)"라 하고, 안사고(顔師古)는 "곧 지금의 가는 비단이

다(卽今之細綾也.)"라 했음.

14 芳草(방초) : 향초를 가리킴. 아름다운 덕을 지닌 사람에 비유하였다.

15 闌(란) : 다하다(盡). 늦다(晚). 《문선》권26, 사령운의 〈영초 3년 7월 16일 군청으로 가려고 비로소 서울을 떠나다(永初三年七月十六日之郡初發都)〉시에서 "여름이 끝날 무렵 관직에 임명되어서, 노저어 가는데 황금빛 가을로 변하는구나(述職期闌暑, 理棹變金素.)"라 읊고, 이선은 주에서 "「난」은 진(盡)과 같다(闌, 猶盡也.)"라 했으며, 또한 같은 《문선》권57, 사장(謝莊)의 〈송 효무선제의 귀비에 대한 조문(宋孝武宣貴妃誄)〉에서 "흰 이슬이 맺히니 세월이 저무는구나(白露凝兮歲將闌.)"라 읊고 이선은 주에서 "「난」은 만(晚)과 같다(闌, 猶晚也.)"라 했음.

## 61-3

漢之曲[16]兮江之潭[17], 把瑤草[18]兮思何堪。
想遊女[19]於峴北[20], 愁帝子[21]於湘南。
恨無極兮心氳氳[22], 目眇眇[23]兮憂紛紛。
披衛情於淇水[24], 結楚夢於陽雲[25]。

한수(漢水)의 물굽이요 상강(湘江)의 깊은 연못이여,
아름다운 풀을 지니고 있지만 그리움을 어이 견디리.
현산(峴山) 북쪽에서 노닐던 여인을 생각하며,
상강 남쪽에서 죽은 요(堯)임금의 두 딸을 슬퍼하노라.
원망은 끝이 없지만 마음은 왕성하고요,
눈으로 아득히 바라보니 근심이 어지럽게 일어나는구나.

기수(淇水)에서 위(衛)나라 사랑을 노래 부르며,

양운대(陽雲臺)에서 초(楚)나라 운몽(雲夢)고사를 생각하노라.

...............

16 漢之曲(한지곡) : 곧 한고지곡(漢皐之曲)으로, 지금의 호북성 양양
시(襄陽市)에 있다. 《수경주(水經注)》권28 〈면수중(沔水中)〉에 "면
수는 다시 양양현 북쪽을 지나간다. 면수는 또 동쪽을 가로질러 방
산 북쪽으로 가는데, …… 산 아래 연못 속에는 두원개의 비석이 있
다. 원개는 두 개의 비석을 세워서 나란히 자신의 공적을 기록하였
는데, 뒤에 지은 이름을 좋아하였다. 하나는 현산의 물속으로 가라
앉고 하나는 이 연못에서 아래로 내려갔는데, 비명에 이르기를 「백
년 뒤에는 이 깊은 골짜기가 언덕이 될지 누가 알겠는가?」라고 했
다. 산 아래 휘어도는 물굽이는 예전에 한녀가 놀던 곳이라 한다.
그러므로 장형의 〈남도부〉에서 「헤엄치는 여인이 한고의 굽이에서
구슬을 희롱하였네」라 읊었는데, 한고가 바로 방산의 다른 이름이
다(沔水又東過襄陽縣北. 沔水又東逕方山北, …… 山下潭中有杜
元凱碑. 元凱好尙後名, 作兩碑, 幷述己功, 一碑沉之峴山水中, 一
碑下之於此潭. 曰百年之後, 何知不深谷爲陵也. 山下水曲之隈,
云漢女昔遊處也, 故張衡南都賦曰, 遊女弄珠於漢皐之曲, 漢皐卽
方山之異名也.)"라는 기록이 있으며, 왕기는 "한곡은 한수의 물굽
이가 있는 곳을 말한다(漢曲, 謂漢水之灣曲處.)"고 했음.

17 江之潭(강지담) : 강담으로 상강(湘江)의 깊은 곳. 《초사·어부사》
에 "굴원이 추방당하여 「강담」에서 노닐었다(屈原旣放, 遊於江
潭.)"라 하고, 왕일은 주에서 "물가에서 노니는 것(戲水側也.)"이라
했다. 왕기는 강담을 "상강이 깊이 모이는 곳을 말한다(謂湘江深滙
處.)"라 했음.

18 瑤草(요초) : 진기한 풀인 선초(仙草). 기화요초. 왕기는 「요초」는 아름답고 보배로운 풀이다. 아름다운 옥에 비유하므로, 옥 꽃(琪花)과 옥 나무(玉樹)라고 부르기도 한다(瑤草, 草之珍美者, 故以玉美喩之, 猶琪花玉樹之謂.)"고 했다. 또《문선》권16. 강엄의 〈별부〉에서는 "님은 인끈을 맨 채 천리 길을 가셨으니, 아름다운 풀(요초)이 부질없이 향기를 뿜는 것이 애석할 따름이로다(君結綬兮千里, 惜瑤草之徒芳.)"라 읊었는데, 여향은 주에서 "「요초」는 향내나는 풀로, 스스로를 비유한 것(瑤草, 香草, 以自喩也.)"이라 했음.

19 遊女(유녀) : 한수가의 여신.《시경・주남・한광(漢廣)》에 "한수에 노는 아가씨 있는데, 가까이할 수 없다네(漢有遊女, 不可求思.)"라 하고,《주희집전》에 "강한의 풍속에 그 곳 여자들은 놀기를 좋아하였는데, 한・위나라 이후로도 그러했으니, 〈대제곡〉같은 노래에서 증명할 수 있다(江漢之俗, 其女好游, 漢魏以後猶然, 如大堤之曲可見也.)"라 했으며, 또《문선》이선 주에서는《한시내전(韓詩內傳)》을 인용하여 "정교보가 한고의 대 밑을 가다가 두 여인을 만나 「그대들이 차고 있는 것을 줄 수 있겠소」라 하자, 두 여인이 교보에게 내주었다. 교보가 받아 품에 간직하고 태연하게 가면서 열 걸음쯤 가다가 패물을 찾아보자 없어졌다. 고개를 돌려 두 여인을 보았으나 역시 보이지 않았다(鄭交甫遵彼漢皐臺下, 遇二女, 與言曰, 願請子之佩. 二女與交甫, 交甫受而懷之, 超然而去, 十步循探之, 即亡矣. 回顧二女, 亦即亡矣.)"라는 기록이 있음.

20 峴北(현북) : 현산(峴山)의 북쪽, 곧 한수를 가리키며, 한수는 지금의 호북성 양양현 북쪽에 있다.《원화군현지》권21 〈산남도 양주 양양현〉편에 "「현산」은 양양현 동남쪽 9리에 있다. 산 동쪽은 한수와 닿아 있으며, 옛날부터 지금까지 큰 길이 나있는 곳이다(峴山, 在峴東南九里. 山東臨漢水, 古今大路.)"라 했음.

21 **帝子**(제자) : 요임금의 두 딸. 《초사 · 구가(九歌) · 상부인(湘夫人)》에 "요 임금 딸(제자)이 북쪽 물가에 강림했도다(帝子降兮北渚.)"라 하고, 왕일은 주에서 「제자」는 요임금의 딸을 말한다. …… 요임금의 두 딸인 아황과 여영은 순임금을 따라가서 돌아오지 못하고 상수의 물가에서 죽었으므로, 상부인이라 하였다(帝子, 謂堯女也. …… 言堯二女娥皇女英, 隨舜不反, 沒於湘水之渚, 因爲湘夫人.)"고 했음.

22 **氳氳**(온온) : 기운이 왕성한 모양. 왕기는 "기운이 모아 흩어지지 않는다는 뜻"이라 했음.

23 **眇眇**(묘묘) : 멀리 바라보는 모양. 《초사 · 구가 · 상부인(湘夫人)》에 "멀리 아련하여 나를 근심도록 하는구나(目眇眇兮愁予.)"라 하고, 왕일 주에 「묘묘」는 잘 보이는 모습이다(眇眇, 好視貌.)"라 하고, 홍흥조의 보주에는 「묘묘」는 미세한 모양이다. 신이 내려왔을 때, 바라보아도 보이지 않아서 나로 하여금 근심토록 만든다는 말(眇眇, 微貌. 言神之降, 望而不見, 使我愁也.)"이라 했음.

24 **披衛情於淇水**(피위정어기수) : 「淇水」는 황하의 지류로 위나라에 속하며, 지금의 하남성 북부에 있는데, 남쪽으로 흘러 지금의 위휘시(衛輝市)에 이르러 동북쪽 기문진(淇門鎭)에서 황하로 들어간다. 《시경 · 위풍(衛風) · 죽간(竹竿)》에 "기수는 오른편에서 흐르고, 천원(泉源)*은 왼편으로 흐르네. 고운 이 드러내고 예쁘게 웃으며, 구슬 차고 법도 있게 걸어가네(淇水在右, 泉源在左. 巧笑之瑳, 佩玉之儺.)"라 하고, 모전(毛傳)에 "죽간은 (시집간) 위나라 여인이 고향으로 돌아가고 싶어 하는 것이다(竹竿, 衛女思歸也.)"라 했음.

25 **結楚夢於陽雲**(결초몽어양운) : 무산의 신녀(神女) 고사를 이용하였

---

* 곧 천수(泉水)로 위나라 서북쪽에서 동남쪽으로 흘러 위하(衛河)로 유입된다.

다. 《문선》권19, 송옥의 〈고당부(高唐賦)〉에 "옛날 초나라 양왕(襄王)이 송옥과 함께 운몽의 누대에서 노닐었다. 고당관(高唐觀)을 바라보니 그 위에만 구름이 있었는데, 갑자기 하늘로 솟구치는가 싶더니 홀연히 모양이 바뀌면서 잠깐사이에 변화가 끝이 없었다. 왕이 송옥에게 '저것은 무슨 기운인가?'라 물으니, 송옥이 '저것이 바로 조운(朝雲)이라는 것입니다'라 대답했다. 왕이 '조운이 무엇인가?'라 하니, 송옥이 '옛날 선왕께서 고당에서 노닐다가 피곤하여 낮잠을 자게 되었는데, 꿈속에 한 여인이 나타나 「저는 무산(巫山)에 사는 여인인데, 고당에 손님으로 왔다가 왕께서 고당에서 노니신다는 말을 듣고 잠자리를 받들고자 왔습니다」라고 말하자, 왕은 그녀와 함께 지냈습니다. 그녀가 떠나면서 말하기를 「저는 무산 남쪽 높고 험준한 언덕에 머물면서, 아침에는 구름이 되고 저녁에는 비가 되어 아침저녁으로 양대 아래에 있을 것입니다」라 하였다. 아침에 보니 그녀의 말과 같았으므로, 그곳에 묘당을 짓고 이름을 조운이라고 불렀습니다'(昔者楚襄王與宋玉遊於雲夢之臺. 望高唐之觀, 其上獨有雲氣, 崒兮直上, 忽兮改容, 須臾之間, 變化無窮. 王問玉曰, 此何氣也. 玉對曰, 所謂朝雲者也. 王曰, 何謂朝雲. 玉曰, 昔者先王嘗遊高唐, 怠而晝寢, 夢見一婦人, 曰, 妾巫山之女也. 爲高唐之客, 聞君遊高唐, 願薦枕席. 王因幸之. 去而辭曰, 妾在巫山之陽, 高丘之岨. 旦爲朝雲, 暮爲行雨, 朝朝暮暮, 陽臺之下. 旦朝視之如言, 故爲立廟號曰朝雲.)"는 기록이 있음. 「陽雲」은 후에 남녀 간 밀회 장소로 쓰였다. 강엄(江淹)의 〈잡체시(30수)·휴상인(休上人)〉에 "무산의 물가를 그리워하여, 슬피 양운대를 바라보네(相思巫山渚, 愴望陽雲臺.)"라 읊었는데, 여기서 「陽雲臺」는 곧 「양대(陽臺)」로, 지금의 무산현 성안 북쪽 구석에 있다.

**61-4**

春每歸兮花開，花已闌兮春改。
歎長河²⁶之流春，送馳波於東海。
春不留兮時已失，老衰颯兮情逾²⁷疾。
恨不得掛長繩於青天，繫此西飛之白日²⁸。

매년 봄이 돌아오면 꽃은 피고,

꽃이 지고 나면 봄도 가버리나니,

긴 황하(黃河)로 흘러가는 봄을 탄식하면서

치닫는 파도에 실어 동해로 보내노라.

봄은 멈추지 않고 시간은 이미 가버렸으니,

어느덧 늙고 여위어서 마음은 더욱 괴로워지는구나.

긴 새끼줄을 푸른 하늘에 걸어 놓고서,

서쪽으로 날아가는 흰 해를 붙들어 맬 수 없음을 원망하노라.

·················

26 河(하) : 황하를 가리킴.

27 逾(유) : 더욱 더. 「愈」와 같음.

28 掛長繩於青天, 繫此西飛之白日(괘장승어청천, 계차서비지백일) :
부현(傅玄)의 〈구곡가(九曲歌)〉에 "세밑에 달려가는 많은 햇볕들을
끊어버리고, 어떻게 하면 긴 새끼줄을 얻어서 흰 해를 매어 놓을
수 있을까요?(歲暮景邁群光絶, 安得長繩繫白日.)"라 했으며, 또한
이백의 〈의고(擬古)〉13수중 세 번째 시에서 "긴 새끼줄로 흰 해를
묶기 어려워, 예전부터 함께 슬퍼하였네(長繩難白日, 自古共悲
辛.)"라 읊었다.

**61-5**

若有人兮<sup>29</sup>情相親, 去南國<sup>30</sup>兮往西秦<sup>31</sup>。

見遊絲<sup>32</sup>之橫路, 網春暉以留人。

沉吟兮哀歌, 躑躅<sup>33</sup>兮傷別。

送行子<sup>34</sup>之將遠, 看征鴻<sup>35</sup>之稍滅。

醉愁心于垂楊, 隨柔條以糾結。

望夫君<sup>36</sup>兮咨嗟<sup>37</sup>, 橫涕淚兮怨春華<sup>38</sup>。

遙寄影于明月, 送夫君于天涯<sup>39</sup>。


어떤 이는 서로 정이 깊지만,

남쪽 고향을 떠나 서쪽 진(秦)나라로 들어가노라.

길에 가로 놓인 거미줄을 보고

봄빛을 그물에 담아 가지 못하도록 붙잡으니,

슬픈 노래 나지막이 읊조리며

애달픈 이별에 머뭇거리는구나.

먼 길 떠나는 나그네를 보내면서

날아가는 기러기처럼 점차 사라져가는 모습을 쳐다보노라.

버드나무 드리운 곳에서 근심에 빠진 마음을

부드러운 가지에다 매어 놓은 채,

친구를 바라보고 탄식하면서

눈물 훔치며 봄꽃을 원망한다네.

밝은 달에 아득히 그림자를 맡겨 놓고서,

하늘 끝으로 가는 친구를 보내는구나.

‥‥‥‥‥‥

**61-5**

若有人兮[29]情相親, 去南國[30]兮往西秦[31]。

見遊絲[32]之橫路, 網春暉以留人。

沉吟兮哀歌, 躑躅[33]兮傷別。

送行子[34]之將遠, 看征鴻[35]之稍滅。

醉愁心于垂楊, 隨柔條以糾結。

望夫君[36]兮咨嗟[37], 橫涕淚兮怨春華[38]。

遙寄影于明月, 送夫君于天涯[39]。


어떤 이는 서로 정이 깊지만,

남쪽 고향을 떠나 서쪽 진(秦)나라로 들어가노라.

길에 가로 놓인 거미줄을 보고

봄빛을 그물에 담아 가지 못하도록 붙잡으니,

슬픈 노래 나지막이 읊조리며

애달픈 이별에 머뭇거리는구나.

먼 길 떠나는 나그네를 보내면서

날아가는 기러기처럼 점차 사라져가는 모습을 쳐다보노라.

버드나무 드리운 곳에서 근심에 빠진 마음을

부드러운 가지에다 매어 놓은 채,

친구를 바라보고 탄식하면서

눈물 훔치며 봄꽃을 원망한다네.

밝은 달에 아득히 그림자를 맡겨 놓고서,

하늘 끝으로 가는 친구를 보내는구나.

‥‥‥‥‥‥

29 **若有人兮**(약유인혜) : 초사에서 자주 쓰인 어구로, 《구가·산귀(山鬼)》에 "어떤 이가 산모퉁이에 있는데, 벽려를 입고 새삼 덩굴을 허리에 두르고 있네(若有人兮山之阿, 被薜荔兮帶女蘿.)"라고 읊었음.

30 **南國**(남국) : 고대 장강과 한수 일대의 제후국을 가리킴.

31 **西秦**(서진) : 춘추전국시대 열국의 서쪽에 있던 진나라.

32 **遊絲**(유사) : 맑은 봄날 햇볕이 강하게 쬘 때, 지면 부근에서 공기가 마치 투명한 불꽃과 같이 아른거리며 위쪽으로 올라가는 것처럼 보이는 현상으로, 「아지랑이」란 뜻과 「거미줄」의 뜻이 있다.(사전 참조)

33 **躑躅**(척촉) : 발걸음을 멈추는 것. 배회하면서 나아가지 못하는 모습. 송옥의 〈신녀부(神女賦)〉에 "긴 소매를 떨치고 옷섶을 바로 잡으며, 머뭇거리면서 불안하게 서있네(奮長袖以正衽兮, 立躑躅而不安.)"라 읊었다.

34 **行子**(행자) : 집을 나간 사람, 나그네. 포조(鮑照)는 〈대동문행(代東門行)〉에서 "집에 남아있는 아내는 규방문 걸고 누워 있고, 떠난 남편은 한 밤중에 밥을 먹고 있네(居人掩閨臥, 行子夜中飯.)"라 읊었다.

35 **征鴻**(정홍) : 멀리 날아가는 큰 기러기. 고인들은 종종 기러기를 이용하여 자기의 정회를 기탁하였다. 강엄의 〈적정 물가에서(赤亭渚)〉란 시에 "구름 끝에 날아가는 기러기가 있네(雲邊有征鴻.)"라 읊었음.

36 **夫君**(부군) : 옛날 아내가 남편을 부르는 호칭. 또는 친구를 가리키기도 한다. 사조(謝朓)의 〈수덕부(酬德賦)〉에 "낭군이 동쪽 수비한다는 말을 들었네(聞夫君之東守.)"라 했음.

37 **咨嗟**(자차) : 탄식하는 것. 채옹(蔡邕)의 〈진 태구의 비문(陳太丘碑文)〉에 "여러 공경과 관료들 가운데 탄식하지 않는 사람이 없었다(群公百寮, 莫不咨嗟.)"라 했음.

38 **春華**(춘화) : 봄에 핀 꽃, 청춘의 꽃다운 나이를 비유. 《문선》권29

소무(蘇武)의 〈시4수(詩四首)〉중 세 번째 시에서 "봄과 같은 아름다운 청춘을 마음껏 사랑해서, 즐거웠던 시절을 잊지 않기 바라네(努力愛春華, 莫忘歡樂時.)"라 읊었으며, 이선은 주에서 "「춘화」는 소년시절을 비유한 것(春華, 喩少年時也.)"이라 했음.

39 天涯(천애) : 하늘 끝. 매우 먼 곳을 형용한 말. 《고시 19수》중 〈가고 또 가네(行行重行行)〉란 시에 "서로 만리나 떨어져 있으니, 각기 하늘 끝에 있구나(相去萬餘里, 各在天一涯.)"라 하고, 또한 강엄의 〈고별리〉에 "그대 먼 하늘 끝으로 가시니, 이 몸은 긴 이별이로다(君行在天涯, 妾身長別離.)"라 읊었음.

# 62.

# 愁陽春賦

수양춘부 : 따듯한 봄을 근심하는 부

이백의 생애에서 이른 시기인 개원(開元) 연간에 지은 부로, 이미지가 화려하고 아름다우며 정겨운 언어가 맑아 우아한 산문시(散文詩)와 같은 성격을 띠고 있다.

이 부는 봄날 친한 사람과의 이별을 애석해한 내용으로 육조의 소부(小賦)를 모방한 작품인데, 앞에서 소개한 〈석여춘부(惜餘春賦)〉와 이백의 시 가운데 〈춘사(春思)〉등과 정조와 감흥이 서로 비슷하다. 두 작품 모두 봄날의 경치와 님을 소재로 하는 내용으로 사용된 낱말과 어구도 대부분 비슷하다. 참고로 이백의 악부시인 〈춘사〉를 살펴보면 "연 땅 풀은 아직 푸른 실 같은데, 진 땅 뽕나무는 푸른 가지 드리웠네. 임이 돌아오실 날은 제 애간장 끊어지는 때라오. 봄바람은 알지도 못하면서, 왜 이다지도 비단 치마폭으로 자꾸만 불어 드나요(燕草如碧絲, 秦桑低綠枝. 當君懷歸日, 是妾斷腸時. 春風不相識, 何事入羅帷.)"라 읊었는데, 이 작품과 함께 깊은 정조를 지니고 있다.

이 작품의 내용은 3개 단락으로 나눌 수 있다. 첫 번째 단락에서는 봄을 대표하는 모습인 동풍과 푸른 풀, 출렁대는 물결과 하늘거리는 수양버들, 맑은 하늘 빛과 푸른 바다 향기, 초목이 무성한 들판과 선명한 뭉개 구름, 푸른 이끼 낀 샘물과 피어오르는 아지랑이 등의 풍경에 도취한 모습과 잠시 뒤면 이들과 헤어진다는 서글픈 마음을 서술하였으며, 두 번째 단락에서는 농산(隴山)에 흐르는 물과 장강(長江)의 원숭이를 바라보면서, 오랑캐 추장에게 시집간 왕소군(王昭君)과 소상(瀟湘) 강가로 추방당한 굴원(屈原)을 회고하며 이 봄에 애환이 교차하는 정감을 온전히 느낀다고 묘사했다. 세 번째 단락에서는 상강(湘江)가에 있는 친구와 이별하는 슬픔에 감흥하여, 봄날이 가지 못하도록 붙잡아 두고 싶은 심정을 피력하고 있다.

## 62-1

東風歸來, 見碧草而知春[1].
蕩漾[2]惚恍[3], 何垂楊旖旎[4]之愁人?
天光[5]淸而妍和[6], 海氣[7]綠而芳新.
野綵翠[8]兮阡眠[9], 雲飄飆[10]而相鮮.
演漾[11]兮彖緣[12], 窺靑苔之生泉.
縹緲[13]兮翩縣[14], 見遊絲之縈[15]煙.
魂與此兮俱斷, 醉風光兮凄然[16].

동쪽에서 불어오는 바람이 돌아오고,
푸른 풀을 보니 봄이 온 것을 알겠구나.

황홀하게 출렁대는 물결과 바람따라 하늘거리는

수양버들은 왜 이다지도 수심(愁心)에 잠기도록 하나요?

하늘의 맑은 빛은 고우면서도 온화하고,

바다에 어린 기운은 푸르면서도 향기가 새롭구나.

들판은 비취색 무늬로 초목들이 무성하구요,

구름은 뭉게뭉게 피어올라 선명한 모습이로다.

출렁거리며 붙잡고 올라가는

푸른 이끼 낀 샘물을 엿보며,

바람 따라 연이어 나부끼는

아지랑이를 휘감는 연기를 바라보노라.

영혼이 이들과 여기서 단절되나니,

풍경에 도취된 모습이 애처롭기만 하구나.

...............

1 碧草(벽초) : 「碧」은 청록색. 강엄의 〈별부〉에 "봄풀은 푸른색을 띠고, 봄물은 맑은 파도를 치네(春草碧色, 春水淥波.)"라는 뜻을 이용하였음.

2 蕩漾(탕양) : 물결 등이 넘실거리며 움직이는 모양. 사상이나 정서 등의 기복이 심한 것. 완적(阮籍)의 〈영회시(詠懷詩)〉37수에 "인정에 감동되니, 파동치는 것을 어찌 없앨 수 있으리오?(人情有感慨, 蕩漾焉能排.)"라 읊었음.

3 惚恍(홀황) : 생각이 안정되지 않은 모습.

4 旖旎(의니) : 깃발이 나부끼는 모습. 여기서는 버들가지가 바람 따라 하늘거리는 모습을 형용하였다. 《운회(韻會)》에 "「의니」는 유약한 모습(旖旎, 柔弱貌.)"이라고 했으며, 《사기·사마상여전》에 〈상림부〉에서 깃발이 바람따라 나부낀다고 읊었다(上林賦, 旖旎從

風.)"고 했음. 이 구(何垂楊旖旎之愁人)는 아래로 드리운 버들가지
가 바람 따라 하늘거리며 은은히 미혹시키니 얼마나 아름다운가?
라는 말이다.

5 天光(천광) : 맑은 하늘의 빛.

6 姸和(연화) : 풍경이 아름답고 기후가 온화한 것. 포조의 〈대백저곡
(代白紵曲)〉에서 "봄바람이 조용히 움직이니 아름다운 생각이 많아
지고, 하늘빛이 맑고 푸르니 날씨가 온화하구나(春風澹蕩俠思多,
天色淨綠氣姸和.)"라 읊었음.

7 海氣(해기) : 바다 위에 어린 기운. 진자앙(陳子昂)의 〈양왕을 따라
동쪽으로 출정하는 저작좌랑 최융 등을 보내며(送著作佐郎崔融等
從梁王東征)〉시에서 "바다 기운이 남쪽 부락으로 밀려오고, 변경
의 바람은 북평군을 침범하는구나(海氣侵南部, 邊風掃北平.)"라
읊었음.

8 野綵翠(야채취) : 「野綵」는 비단으로 수놓은 것 같은 산야. 「翠」는
청록색.

9 阡眠(천면) : 초목이 우거지고 번성한 모양. 《광운(廣韻)》에 "「천면」
은 넓고 먼 것(阡眠, 廣遠也.)"이라고 했는데, 「芊緜」, 「芊眠」으로
도 쓴다. 사령운의 〈산거부(山居賦)〉에 "외로운 언덕은 빼어나게 아
름답고, 긴 모래섬은 초목이 무성하도다(孤岸竦秀, 長洲芊綿.)"라
했음.

10 飄颻(표요) : 팔랑팔랑 나부끼거나 날아오르는 모양이 가벼운 것.

11 演漾(연양) : 물결이 요동치는 모양. 완적(阮籍)은 〈영회시(詠懷
詩)〉(76수)에 "가벼운 배 타고 둥둥 떠다니며, 출렁대는 물결을 아
득히 바라보네(泛泛乘輕舟, 演漾靡所望.)"라 읊었음.

12 夤緣(인연) : 다른 물건을 붙잡고 위로 올라가는 것. 《문선》권5 좌사
의 〈오도부(吳都賦)〉에 "산악의 굽은 곳을 붙잡고 올라가며, 강과

바다에 흐르는 물을 덮고 지나가네(賨緣山嶽之岊, 冪歷江海之流.)"라 하고, 유규는 주에서 "「인연」은 등나무가 퍼져서 위로 올라가는 모양(賨緣, 布藤上貌.)"이라 하고, 이주한의 주에서는 "「인연」은 많은 풀들이 자라면서 모두 푸른빛을 띠며 산악으로 올라가 자라는 것을 말한다(賨緣, 言衆草滋長皆綠上山嶽而生.)"고 했음.

13 縹紗(표묘) : 은은하여 있는 듯 없는 듯한 모양.

14 翩緜(편면) : 연속적으로 펄펄 날리는(飄颻) 모양. 혜강(嵇康)은 〈금부(琴賦)〉에서 "멀리 연속적으로 나부끼는 모습이더니, 경미한 소리를 내며 신속히 사라지는구나(翩緜飄邈, 微音迅逝.)"라 읊었음.

15 縈(영) : 얽혀서 감기는 것(纏繞).

16 凄然(처연) : 슬프고 괴로운 모양.


## 62-2

若乃隴水[17]秦聲[18], 江猿巴吟[19]。
明妃[20]玉塞[21], 楚客楓林[22]。
試登高而望遠, 痛切骨而傷心[23]。
春心蕩兮如波[24], 春愁亂兮如雪[25]。
兼萬情之悲歡[26], 茲一感于芳節[27]。

농산(隴山)에 흐르는 물은 진(秦) 땅 소리를 내고,
장강(長江) 가에 사는 원숭이는 파(巴) 지방 소리로 우는데,
명비(王昭君)는 옥문관(玉門關)으로 들어가고
초(楚)나라 굴원(屈原)은 단풍 숲으로 추방당했어라.
높은 산에 올라가 멀리 바라보니,

뼈를 끊는 듯 아프고 마음이 상하는구나.

춘정은 파도처럼 흔들리고

봄날 근심은 눈발처럼 어지러우니,

만 가지 정감의 애환이 교차함을

여기 꽃피는 계절에서 온전히 느끼겠노라.

. . . . . . . . . . . . . .

17 隴水(농수) : 농산(隴山)에서 흘러나오는 물. 〈농두가사(隴頭歌辭)〉
에 "농두*에 흐르는 물이여, 목메어 우는 소리로다. 아득히 먼 진천
을 바라보니, 심장과 간장이 끊어지는구나(隴頭流水, 鳴聲嗚咽. 遙
望秦川, 心肝斷絶.)"라 읊었음.

18 秦聲(진성) : 진지방의 음악. 《사기(史記)》권81 〈염파·인상여열전
(廉頗藺相如列傳)〉에 "인상여가 앞으로 나서서 말하기를 「조나라
왕은 진왕이 진의 음악 연주를 잘한다는 소리를 몰래 듣고, 진왕에
게 술동이를 치며 노래 부르기를 청하여 서로 즐겼다」고 했다(藺相
如前曰, 趙王竊聞秦王善爲秦聲, 請奏盆秦王, 以相娛樂.)"는 기록
이 있음. 여기서 「隴水秦聲」은 농수(隴水)의 흐르는 물소리가 진
(秦)지방 음악으로 소리 내는 것을 말한다.

19 江猿巴吟(강원파음) : 장강삼협의 원숭이가 파땅 소리로 우는 것.
역도원(酈道元)의 《수경주(水經注)·강수(江水)二》에 "매번 비가
개고 서리 내리는 아침나절에 시원하고 고요한 숲속 나무와 계곡에
는 항상 높은 곳에서 원숭이가 길게 울부짖는다. 처량하고 괴이한
소리가 빈 골짜기를 돌면서 오랜 시간이 지나서야 그쳤다. 그래서
고기잡는 어부들은 「파동 삼협 가운데 무협은 길기도 한데, 세 번

---

\* 농두(隴頭)는 감숙성 동남부에 있으며, 북방 변두리를 일컫는 말.

우는 원숭이 울음소리에 눈물이 옷깃을 적시누나」라고 노래 불렀다 (每至晴初霜旦, 林寒澗肅, 常有高猿長嘯, 屬引淒異, 空谷傳響, 哀轉久絕. 故漁者歌曰, 巴東三峽巫峽長, 猿鳴三聲淚沾裳！)"라 했음. 이 두 구절에 대하여 소사윤은 「이는 농수가 오열하는 것이 진지방 소리로 우는 것과 같으며, 장강가의 원숭이 소리는 파 땅 사람이 읊조리는 것과 같다」고 하였다.

20 明妃(명비) : 한나라 왕소군(王昭君). 진(晉)나라 문제 사마소(司馬昭)를 피휘하여 명군(明君)이라 하였으며, 후인들이 다시 명비라고 바꾸어 불렀음. 《후한서 · 남흉노열전(南匈奴列傳)》에 "소군은 자가 장(嬙)으로, 남군사람이다. 처음 원제 때 양가집 자제를 선발하여 후궁으로 편입시켰다. 호한야 선우가 입조하였을 때, 황제는 궁녀 다섯 사람을 그에게 주도록 칙령을 내렸다. 소군은 궁궐에 들어온지 몇 년이 되었지만, 임금을 알현하지 못하자 원망이 쌓여 후궁 선발로 갈 것을 자청하였다. 호한야가 회합을 마치고 작별할 때, 황제가 다섯 궁녀를 불러 보여 주었다. 소군의 풍만한 용모와 아름다운 태도는 한나라 궁전을 빛냈으며, 환한 모습으로 돌아보자 좌우가 놀라 웅성거렸다. 황제가 보고 크게 놀라며 보내고 싶지 않았지만, 신의를 잃는 것이 어려워 마침내 흉노에게 주었다(昭君, 字嬙, 南郡人也. 初, 元帝時, 以良家子選入掖庭*. 時呼韓邪來朝, 帝敕以宮女五人賜之. 昭君入宮數歲, 不得見御, 積悲怨, 乃請掖庭令求行. 呼韓邪臨辭大會, 帝召五女以示之. 昭君豐容靚飾, 光明漢宮, 顧景裴回, 竦動左右. 帝見大驚, 意欲留之, 而難於失信, 遂與匈奴.)"라 했음.

---

* 「掖庭」은 「掖廷」으로도 쓰며, 한나라 후궁이 머무는 궁전의 명칭이다. 후에는 후궁의 대칭으로 쓰였다.

21 玉塞(옥새) : 옥문관. 소사윤은 "한나라 변경에 옥문관(玉門關)과 양관(陽關)이 있으므로 옥새라 불렀다(漢邊有玉門陽關, 故曰玉塞.)"라 했으며, 왕기는 주에서 「옥새」는 옥문관으로, 서역으로 들어가는 길이다. 소군이 오랑캐 땅으로 들어갔던 길이기도 하다"라 했음.

22 楚客楓林(초객풍림) : 「楚客」은 굴원(屈原: 기원전 343?-278?)을 가리킴. 송옥(宋玉)은 충신이면서도 추방당한 굴원을 애도하여 지은 《초사·초혼(招魂)》에서 "맑디맑은 강물이여, 위로는 단풍나무 있고요. 눈길 닿는 천리 길이여, 춘정을 아프게 하누나(湛湛江水兮上有楓, 目極千里兮傷春心.)"라 읊었음.

23 試登高而望遠, 痛切骨而傷心(시등고이망원, 통절골이상심) : 송옥의 〈고당부〉에 "근심이 끝이 없어서 탄식하며 눈물을 흘리노라. 높은 산에 올라 멀리 바라보니 사람들의 마음을 고달프게 만드네(愁思無已, 歎息垂淚. 登高遠望, 使人心瘁.)"라는 뜻을 이용하였음.

24 春心蕩兮如波(춘심탕혜여파) : 「春心」은 봄날의 아픈 마음(傷春之情), 혹은 봄을 그리워하는 마음을 말함. 《문선》권34 매승(枚乘)의 〈칠발(七發)〉에 "푸른 마름 속에 숨고 맑은 바람에 노닐면서, 양기를 배양하고 춘심을 씻어버리네(掩靑蘋, 遊淸風. 陶陽氣, 蕩春心.)"라 하고, 이선은 주에서 "《초사》에서 「눈 들어 천리를 바라보니 춘심이 상하네」라 읊었는데, 왕일은 「춘심을 씻어버리네」에서, 「탕」은 씻어 없애는 것이다"(楚詞曰, 目極千里傷春心. 王逸曰, 蕩春心. 蕩, 滌也.)"라 했으며, 장선의 주에서는 "「탕」은 움직이는 것(蕩, 動也.)"이라 했음.

25 春愁亂兮如雪(춘수난혜여설) : 봄날의 근심이 마치 눈발처럼 어지럽게 날리는 것 같음. 유회(劉繪)의 〈유소사(有所思)〉시에 "마음속이 눈발처럼 어지러우니, 사모하는 사람이 있음을 어찌 알리오?(中

心亂如雪, 寧知有所思.)"라는 시구가 있다.

26 **萬情之悲歡**(겸만정지비환) : 「萬情」은 만 가지 종류의 정감. 《주역·함괘(咸卦)》에 "성인이 사람들의 마음을 감동시켜서 세상이 화평해지니, 그 감응하는 것을 관찰하면 천지만물의 실정을 볼 수 있다(聖人感人心而天下和平. 觀其所感, 而天地萬物之情可見矣.)"라 했음.

27 **芳節**(방절) : 양춘가절. 송 남평왕(南平王; 劉鑠)은 〈대수루취장로시(代收淚就長路詩)〉에서 "머뭇거리는 사이에 좋은 시절은 가버리고, 느리게 걸으면서 멀리 있는 군대를 따라가네(徘徊去芳節, 依遲從遠軍.)"라 읊었으며, 양원제(梁元帝)의 《찬요(纂要)》에 "춘(春)은 청양이라 하고 또 발생, 방춘, 청춘, 양춘, 삼춘, 구춘이라 부르며, …… 절(節)은 화절, 방절, 양절, 소절, 숙절이라 부른다(春曰靑陽, 亦曰發生, 芳春, 靑春, 陽春, 三春, 九春. …… 節曰華節, 芳節, 良節, 韶節, 淑節.)"고 했음.

## 62-3

若有一人兮湘水濱, 隔雲霓²⁸而見無因。
灑別淚於尺波²⁹, 寄東流于情親³⁰。
若使春光可攬而不滅³¹兮, 吾欲贈天涯³²之佳人³³。

한 사람이 상강(湘江) 물가에 있는데,
구름과 안개에 가려서 찾을 수가 없구나.
이별의 눈물을 작은 파도에 뿌리면서,
친한 사람을 동쪽으로 흘러 보내노라.

만약 봄빛을 가지 못하도록 붙잡아 둘 수만 있다면,
내가 하늘 끝에 있는 미인에게 드리고 싶구나.

················

28 雲霓(운예) : 허공에 높이 뜬 운무(雲霧).

29 尺波(척파) : 미파(微波). 순식간에 흘러 가버리는 물결로, 세월이
잠깐 동안임을 형용한 말.《문선》권28 육기(陸機)의 〈장가행(長歌
行)〉에 "짧은 시간에도 햇빛은 쉬지 않고 가는데, 잔물결이 어떻게
가는 길을 돌릴 수 있으랴?(寸陰無停晷, 尺波豈徒旋.)"라 하고, 이
선은 주에서 "해는 빛을 멈추지 않고 냇물은 파도를 돌리지 못함을
말한 것으로, 세월과 운명은 흘러가서 일찍이 그친 적이 없었음을
비유한 것이다(言日無停景, 川不旋波, 以喩年命流行, 曾無止息
也.)"라 했음.

30 情親(정친) : 친한 사람이나 친절한 감정. 포조의 〈학고시(學古詩)〉
에 "실로 이토록 괴로운 계절이니, 슬퍼하면서 애인을 그리워하네
(實是愁苦節, 惆悵憶情親.)"라 읊었음.

31 若使春光可攬而不滅(약사춘광가람이불멸) :《회남자·남명훈(覽
冥訓)》에 "하늘과 땅 사이에 있는 교묘하고 신기한 현상은 그 수를
헤아릴 수 없이 많으니, 손으로 황홀함을 잡을 수 있어도 그 빛(징
조)을 받아들일 수 없도다(天地之間, 巧曆不能擧其數, 手徵忽怳,
不能覽(攬)其光.)"라 했으며, 고유는 주에서 "손으로 비록 미물을
얻었어도, 그 빛(징조)을 얻을 수 없음을 말한 것이다. 일설에는 하
늘의 도가 광대하여 손으로는 그 황홀하고 형체가 없는 것을 증명할
수는 있어도, 일월의 빛은 잡을 수 없음을 말한 것이라고 하였다(言
手雖得微物, 不能得其光. 一說, 天道廣大, 手雖能徵其忽怳無形
者, 不能覽得日月之光也.)"라 했음.

32 **天涯**(천애) : 하늘가의 가장 먼 곳.

33 **佳人**(가인) : 고대의 시문 가운데에서 비유하는 말로, 성군(聖君), 미인, 친구 등을 가리키는데, 여기서는 친구이다. 송지문(宋之問)의 〈하산가(下山歌)〉에 「가인」의 손을 잡고 천천히 걸어가네(攜佳人兮步遲遲.)"라 했음.

# 63.
# 悲淸秋賦
비청추부 : 맑은 가을을 슬퍼한 부




　이 부는 이백이 건원 2년(759), 야랑(夜郞) 유배에서 사면 받은
후 소상(瀟湘)강가에서 노닐 때 구의산(九疑山)에 올라가서 지은
작품이다. 부의 첫머리인 "구의산에 올라 푸른 내를 바라보니, 세
줄기 상수(湘水)가 천천히 흐르는구나(登九疑兮望淸川, 見三湘之潺
湲.)"라 읊은 구절에서, 소상강과 영릉(零陵)에서 유람할 때 지었음
을 알 수 있다. 이백은 일생 가운데 소상강을 두 차례 유람했는데,
한번은 개원 12년(724), 처음 출촉(出蜀)했을 때이며, 또 한 번은
만년으로 야랑유배에서 돌아오던 건원 2년 가을 강하(江夏)와 악양
(岳陽)에서 재차 영릉으로 유람하였을 때이다.
　이 부는 높은 산에 올라 멀리 바라보며 지은 작품으로서, 내용을
세 단락으로 나눌 수 있다. 첫 번째 단락에서는 구의산(九疑山)에
올라가 상수(湘水)를 바라보면서 고향을 가려해도 형오(荊吳) 지방
에서 너무 멀어 갈 수 없는 처지를 표현하였고, 두 번째 단락에서는
섬으로 지는 해와 먼 바다에서 뜨는 달을 바라보면서 아름다운 만
남을 그리워하는 마음을 묘사했으며, 세 번째 단락에서는 연꽃 떨

어진 강과 산들바람 부는 가을밤에 창주(滄洲)섬에 있는 자라를 잡으려 하지만 낚싯대가 없는 현실을 근심하면서, 차라리 은거하여 약초나 뜯겠다는 바람을 피력하고 있다.

이렇게 본문에서 머나먼 형오지방에서 고향을 그리워하면서도, 나라에 보답하려하지만 방법이 없자 세상을 버리고 은거하려 하였으므로, 이 부는 야랑으로의 유배에서 사면 받은 후 지은 작품이라고 인정하고 있다.

이백은 감옥에 갇히는 치욕을 당하여 원망을 품은 채 천만리 먼 곳으로 유배를 당하였으니, 집은 있으나 돌아가지 못하고 나라가 있으나 벼슬하지 못하는 처지였다. 비록 몸은 쫓겨난 신하였지만, 서울 장안을 바라보며 마음으로는 국가를 걱정했다. 그러나 군왕이 있는 궁문은 굳게 닫혀있어 보국하려해도 길이 없음을 원망하면서, 부득이한 가운데에서 산림에 정을 붙이기만을 희망했다.


### 63-1

登九疑<sup>1</sup>兮望清川, 見三湘<sup>2</sup>之潺湲<sup>3</sup>。
水流寒以歸海, 雲橫秋而蔽天。
余以鳥道<sup>4</sup>計于故鄉兮, 不知去荊吳之幾千。

구의산(九疑山)에 올라 푸른 냇물을 조망(眺望)하노니,
천천히 흐르는 세 줄기 상수(湘水)가 보이는구나.
강물은 차갑게 흐르면서 바다로 돌아가고,
구름은 가을을 가로질러 하늘을 가리고 있으니,

새가 다니는 길로 고향을 가려해도

형오(荊吳)에서 몇 천리나 떨어졌는지 알지 못하겠노라.

················

1 九疑(구의) : 구의산(九疑山)으로, 지금의 호남성 영원현(寧遠縣) 남쪽에 있다. 《사기 · 오제본기 · 순기(舜紀)》에 "(순임금이) 제위에 오른 지 39년 만에 남방 순수에 나섰다가 창오 들판에서 붕어하였다. 강남 구의산에 장사지냈으니, 이곳이 바로 영릉(零陵)이다(踐帝位三十九年, 南巡狩, 崩於蒼梧之野. 葬於江南九疑, 是爲零陵.)"라 하고, 배인(裴駰)은 《사기집해(史記集解)》에서 《황람(皇覽)》을 인용하여 "순임금의 무덤은 영릉 영포현에 있다. 그 곳 아홉 계곡이 모두 비슷하므로 「구의」라 불렀다(舜冢在零陵營浦縣. 其山九谿皆相似, 故曰九疑.)"고 했음*.

2 三湘(삼상) : 호남 경내의 소상(瀟湘) · 증상(蒸湘) · 원상(沅湘)을 가리키며, 혹은 증상 대신 자상(資湘)을 넣기도 함. 여기서는 「소상(瀟湘)」만을 가리키는데, 소수(瀟水)와 상수(湘水)는 바로 구의산 아래에서 물이 돌아 흘러서 모아진다. 《수서 · 오행지(五行志)》에 "파릉 남쪽에 「삼상」이란 지명이 있다(巴陵南有地名三湘.)"고 했음.

3 潺湲(잔원) : 물이 천천히 흐르는 모양. 《굴원 · 구가 · 상부인(湘夫人)》에 "졸졸 흐르는 강물을 보네(觀流水兮潺湲.)"라 읊었음.

4 鳥道(조도) : 나는 새만이 겨우 넘을 수 있는 산속의 험한 길. 《문선》 권26 사조(謝朓)의 〈잠시 수도(남경)에서 내려가 있다가 밤에 신림

---

* 또한 《수경주(水經注)》권39 〈상수(湘水)〉편에도 "營水出營陽泠道縣南山, 西流径九疑山下. 蟠基蒼梧之野, 峰秀數郡之間, 羅巖九擧, 各導一溪, 岫壑負阻, 異嶺同勢, 遊者疑焉, 故曰九疑山."라는 기록이 있다.

을 출발하여 경읍에 이르러 서부에 있는 동료에게 준 시(暫使下都 夜發新林至京邑贈西府同僚)〉에서 "바람과 구름 속에는 새가 가는 길이 있지만, 강한에는 건널 수 있는 다리가 없구나(風雲有鳥路, 江漢限無梁.)"라 읊고, 이선은 주에서 《남중팔지(南中八志)》를 인용하여 "교지군에서 용편현을 다스렸는데, 흥고에 있는 조도 4백리에서 시작하였다(交趾郡治龍編縣, 自興古, 鳥道四百里.)"라 했다. 왕기는 주에서 "험절(險絶)하여 짐승이 다닐 수 있는 길은 없고, 다만 위로 새만 날아가는 길이 있을 뿐이다. 후인들이 높고 험준한 길을 조도라고 말했는데, 여기에서 유래되어 사용한 것이다"라 했다. 이백의 〈촉도난(蜀道難)〉에서 "서쪽으로 태백산에 있는 새 다니는 길이 있는데, 아미산 정상을 가로 질러 갈 수 있다네(西當太白有鳥道, 可以橫絶峨眉巔.)"라 읊었음.

## 63-2

于時西陽半規[5], 映島欲沒。
澄湖練明[6], 遙海上月。
念佳期之浩蕩[7], 渺懷燕而望越[8]。

이때 서쪽 해는 반쯤 가려진 채
섬을 비추며 지려 하고요,
맑은 호수는 비단처럼 밝아지면서
먼 바다에서 달이 떠오르는구나.
아름다운 만남이 호탕(浩蕩)하다는 것을 생각하면서,
아득한 연(燕)지방을 그리워하며 월(越)땅을 바라보노라.

.............

5 **西陽半規**(서양반규) : 「西陽」은 서쪽 지는 해이고, 「半規」는 반원(半圓)으로 태양이나 달의 부분을 비유함. 왕기는 주에서 「西陽」은 서쪽으로 지는 해를 말하는데, 그 반은 봉우리에 가려져 그 반만 볼 수 있어 「半規」와 같다고 하였다. 사령운(謝靈運)의 〈남쪽 정자에서 노닐며(遊南亭)〉시에 "빽빽한 숲은 비온 뒤 청량함을 머금고, 먼 봉우리는 지는 해 반쪽을 숨겼네(密林含餘淸, 遠峰隱半規.)"라고 읊었음.

6 **澄湖練明**(징호연명) : 맑은 호수가 비단처럼 밝은 것. 사혜련(謝惠連)의 〈서릉에서 바람을 쐬며 강락(사령운)에게 드리다(西陵遇風獻康樂)〉란 시(三)에서 "들판 정자에서 전별주를 마시고, 맑은 호수 뒤편에서 이별하노라(飮餞野亭館, 分袂澄湖陰.)"라 읊었으며, 사조(謝朓)는 〈저녁에 삼산에 올라 서울을 돌아보다(晚登三山還望京邑)〉시 에서 "남은 저녁놀 흩어지며 비단을 이루고, 맑은 강물은 깨끗하기가 명주같구나(餘霞散成綺, 澄江淨如練.)"라 읊었음. 「練明」은 흰 비단처럼 밝은 것. 여기서 「澄湖」는 강소성의 곤산시(昆山市)와 소주시(蘇州市) 오강구(吳江區)에 있는 호수를 가리키기도 한다.

7 **念佳期之浩蕩**(념가기지호탕) : 「佳期」는 아름다운 만남. 주로 남녀 간의 만남을 가리키지만, 또 군신 간에 우연히 만나는 것을 말하기도 한다. 「浩蕩」은 요원(遙遠)한 모양. 여기서는 군왕을 그리워하며, 먼 시기에 우연히 만날 것을 가리킴.

8 **渺懷燕而望越**(묘회연이망월) : 소사윤은 "이백이 형상(荊湘)지방에 있었으므로 「懷燕而望越」이라고 하였다"고 했으며, 왕기는 "이백의 고향이 서촉(西蜀)에 있고 형오는 촉지방의 동쪽에 있으며, 연 지방은 북쪽이고 월 지방은 남쪽이므로 대략 높은 곳에 올라 사방을 두루 둘러본다는 뜻이다. 두 단계로 번작(飜作)하여 표현하였으므로 변환을 헤아리기 어렵다"고 했다.

**63-3**

荷花落兮江色秋, 風嬝嬝⁹兮夜悠悠¹⁰。
臨窮溟¹¹以有羨¹², 思釣鼇¹³於滄洲¹⁴。
無脩竿¹⁵以一擧, 撫洪波¹⁶而增憂。
歸去來兮¹⁷,
人間可以托些¹⁸, 吾將采藥于蓬丘¹⁹。

연꽃이 떨어지니 강 빛은 가을이요,
바람이 산들산들 부니 밤은 끝이 없구나.
북쪽바다로 가서 고기를 부러워하기 보다는
창주(滄洲) 섬에서 자라(鼇) 잡을 것을 생각하지만,
한 번에 들어 올릴 수 있는 긴 낚싯대 없으니
큰 파도를 어루만지며 근심만 더하노라.
돌아 가세나!
인간 세상에 기탁할 수도 있지만,
나는 봉래산(蓬萊山) 언덕에서 약초나 뜨으리로다.

...............

9  嬝嬝(요뇨) : 미세하게 흔들리는 모양. 《초사 · 구가 · 상부인(湘夫
   人)》에 "산들산들 부는 가을바람이여, 동정호엔 물결치고 나뭇잎 떨
   어지는구나(嬝嬝兮秋風, 洞庭波兮木葉下.)"라 하고, 왕일은 주에
   서 "「요뇨」는 가을바람이 나무를 흔드는 모양이다(嬝嬝, 秋風搖木
   貌.)"라 했음.

10 悠悠(유유) : 요원한 것. 다함이 없는 것. 《초사 · 구변(九辯)》에서
   "밝고 밝은 해는 지고, 끝없이 기나긴 밤이 오는구나(去白日之昭昭
   兮, 襲長夜之悠悠.)"라 하고, 장선은 주에서 "「유유」는 끝이 없는

것이다(悠悠, 無窮也.)」라 했음.

11 窮溟(궁명) : 「溟」은 신화 속에 나오는 바다로, 《십주기(十洲記)》에 "동왕이 거처하는 산 밖에 원해가 있다. 원해의 물빛이 검정색이므로 명해라 불렀다(東王所居處, 山外有員海. 員海水色正黑, 謂之溟海.)"라 했음. 「窮溟」에 대하여, 왕기는 주에서 《장자(莊子)》에서 말한 「풀과 나무가 자라지 않는 북극지방의 바다(窮髮之北溟海也.)」라고 했으며, 목화(木華)는 〈해부(海賦)〉에서 "하늘의 늪으로 날아가서 「궁명」에서 노니노라(翔天沼, 戲窮溟.)"고 읊었음.

12 有羨(유흠) : 곧 흠어(羨魚)로 물고기를 탐내는 것. 《한서 · 동중서전(董仲舒傳)》에 "옛사람의 말에 「연못가에서 물고기를 부러워하기보다는 물러나서 그물을 짜는 것이 낫다」(古人有言, 臨淵羨魚, 不如退而結網.)"고 하였으며, 맹호연(孟浩然)의 〈동정호에서 장승상에게 드리다(臨洞庭湖贈張丞相)〉시 에도 "호수를 건너려 해도 배와 노가 없고, 평범한 삶은 태평성대에 부끄럽구나. 낚시질하는 이를 앉아서 보니, 공연히 물고기를 부러워하는 마음이 생기노라(欲濟無舟楫, 端居恥聖明. 坐觀垂釣者, 徒有羨魚情.)"라 읊었음.

13 釣鼇(조오) : 자라를 낚다. 호매한 행동이나 원대한 포부를 비유한 것. 《열자 · 탕문(湯問)》에 "용백국에 있는 거인은 발을 들어 몇 걸음 가지 않았는데도 벌써 다섯 개의 산이 있는 곳에 이르러서, 여섯 마리의 자라를 연달아 낚았다(龍伯之國有大人, 擧足不盈數步而暨五山之所, 釣而連六鼇.)"고 했음. 실제로 이백은 시에서 자주 「자라를 낚는 사람(釣鼇客)」이라고 스스로 비유하였다.

14 滄洲(창주) : 동해바다 끝에 있는 신선이 산다는 곳. 예전에는 항상 은사들이 거처하는 곳을 가리켰다. 완적(阮籍)의 〈정충을 위해 진왕에게 권하는 편지(爲鄭沖勸晉王牋)〉에 "창주를 굽어보며

지백*에게 사례하고, 기산에 올라가서 허유에게 절을 하네(臨滄洲而謝支伯, 登箕山而揖許由.)"라 읊었음.

15 脩竿(수간) : 자라를 낚아(釣鼇) 올릴 수 있는 긴 낚시대.

16 洪波(홍파) : 조조(曹操)의 〈관창해(觀滄海)〉에 "가을바람 소슬한데, 큰 파도가 솟구치누나(秋風蕭瑟, 洪波湧起.)"라 읊었음.

17 歸去來兮(귀거래혜) : 도연명의 〈귀거래사(歸去來辭)〉에 "자, 돌아가자, 고향의 전원이 황폐해지려 하는데, 어찌 돌아가지 않겠는가(歸去來兮, 田園將蕪, 胡不歸?)"의 성구.

18 托些(탁사) : 「托」은 의탁. 「些」는 어조사. 《문선》권33 〈이소·초혼(招魂)〉에 "돌아가자. 의탁할 데가 없구나(歸來! 不可以托些.)"라 하고, 홍흥조의 보주에서 "심괄(沈存中)이 말하기를, 지금 기·협·호·상과 남북 강료인들은 대개 화재를 방지하는 주문을 외우는 말미에 「些」라고 하는데, 이는 초나라 사람들의 옛 풍속이다(沈括(沈存中)云, 今夔·峽·湖·湘及南北江獠人, 凡禁咒句尾皆稱些, 乃楚人舊俗.)"라 했음.

19 蓬丘(봉구) : 신화 가운데 선산(仙山)인 봉래산을 가리키며, 삼신산(三神山)중 하나. 동방삭의 《해내십주기(海內十洲記)》에 "봉구는 바로 봉래산으로, 동해의 동북쪽 언덕과 마주하며 주위는 5천리다(蓬丘, 蓬萊山是也. 對東海之東北岸, 周迴五千里.)"라 했음.

---

* 지백(支伯)과 허유(許由)는 모두 요순(堯舜) 임금 때의 고사(高士)로서, 요순 임금이 이 두 사람에게 각기 천하를 양위(讓位)하였으나 모두 거절하였다 한다.

# 64.

## 劍閣賦. 送友人王炎入蜀

검각부 : 검각을 읊은 부. 촉 지방으로 들어가는 친구 왕염을 보내며

 

이 부의 제목 아래에 단 주(注)에서 "촉(蜀) 땅으로 들어가는 친구 왕염을 보내며 지었다(送友人王炎入蜀)"라 했는데, 왕염(王炎)은 이백의 절친한 친구이다. 그가 죽었을 때, 이백은 〈율수로 가는 길에서 왕염을 곡하다(自溧水道哭王炎)〉라는 시 3수를 짓고 통곡하였다. 일반적으로 송별하는 작품은 떠나는 사람을 위로하는 언사가 대부분인데, 이백은 이러한 방법에서 벗어나 생동적인 언어와 기발한 상상력으로 촉지방 산수의 험난함과 촉도(蜀道)로 가기 어려움에 대해 과장법을 사용하여 부각시켰다.

첨영(詹鍈)은 이 부 가운데 나오는 여러 지역을 보아 진중(秦中)에서 지었음을 알 수 있다고 하였으며, 또한 부 가운데에서 검각의 험난한 형세와 촉으로 들어가는 친구에 대한 깊은 정감을 표출하였으므로, 〈촉도난〉과 같은 시기인 개원 연간 처음 장안으로 들어갔을 때 지었을 것이라고 하였다.

이 부의 내용은 2개 단락으로 나눌 수 있다. 첫 번째 단락에서는 함양(咸陽)에서 남쪽으로 5천리에 걸쳐 위치한 검각(劍閣)이 하늘

에 기대어 열려 있는 모습을 읊조리고, 이어 세차게 부는 바람, 구슬피 우는 파(巴) 땅 원숭이, 바위를 때리며 힘차게 솟구치는 여울 등의 검각주변 형세를 묘사하였으며, 두 번째 단락에서는 험난한 검각으로 친구를 보내면서 느끼는 심정을 읊었는데, 가을이란 계절과 쓸쓸한 풍경 속에서 각자 달을 매개로 술잔을 기울이며 그리움을 달래보자는 진한 우정을 표출하였다.

「검각(劍閣)」은 지금의 검문관(劍門關)으로, 검각성 북쪽 3십여 리에 있다. 삼국시대 촉(蜀)나라가 검각현(劍閣縣)에 설치한 관문으로, 지금의 사천성 검각현 동북쪽에 있는 대검산과 소검산 사이에 7십2개의 봉우리가 이어진 곳에 있으며, 고대에 관중(關中)에서 촉(蜀) 지방으로 가는 중요한 통로였다. 제갈량(諸葛亮)이 수축(修築)했다고 전해오는데, 이 천협(川陜)사이에 있는 통로는 군사상 수비의 요지이기도 하다. 육현호는 측천무후 성력(聖曆; 698-700) 시기에 보안(普安)·영귀(永歸)·음평(陰平) 등 세 현(縣)을 나누어 검문현을 설치하고 검문관을 세웠는데, 현과 관은 모두 대검산과 소검산의 봉우리와 산등성이가 연결되고 밑으로 나있는 좁은 길이 문과 같으므로 이러한 이름이 붙여졌다고 하였다.《원화군현지(元和郡縣志)》권33 〈검주(劍州)〉편에는 "대검진은 현의 동쪽 4십8리에 있다. 본래 삼국시대 촉장 강유(姜維)가 위나라 종회(鍾會)를 방어하던 진지로, 먼 수자리가 동쪽으로 십1리까지 열려 있다. 가파른 산은 1천장이나 되어 아래로는 골짜기 물이 바라다 보이며, 나는 듯한 잔교(棧橋)로 나그네들이 통행할 수 있도록 양나라 때 이 곳에 대검수를 세웠다. 검각도는 이 주의 익창현 경계로 부터 서남쪽 십리에 있는 대검진까지 도달하여 지금의 역도(驛道)와 합쳐진다. 진나라 혜왕이 장의(張儀)와 사마착(司馬錯)을 시켜 석우도(石牛道)를 통하여 촉을 정벌한 곳이 바로 여기다. 후에 제갈량이 촉나라 재상이 되자, 돌을 깎아 공중으로 이어서 비량(飛梁; 버팀벽)과 각도(閣道; 벼랑길)를 만들어 길을 통하도록 했다. 처음 이특(李特)이 한천으로 들어가 검각에 이르러서 뒤를 돌아보며, 「유선(劉禪)이 이와같은 요새를 가지고 있으면서 남에서 포박을 당하였으니 어찌 용열한 인물이 아닌가!」라 말했다(大劍鎭, 在縣東四十八里. 本姜維拒鍾會壘也, 在開遠戍東十一里, 其山峭壁千丈, 下瞰絕澗, 飛閣以通行旅, 梁時於此置大劍戍. 劍閣道, 自利州益昌縣界西南十里, 至大劍鎭合今驛道. 秦惠王使張儀‧司馬錯從石牛道伐蜀, 即此也. 後諸葛亮相蜀, 又鑿石駕空爲飛梁閣道, 以通行路. 初, 李特入漢川, 至劍閣, 顧盼曰, 劉禪有如此地, 而面縛於人, 豈非庸才!)"라는 기록이 있다*.

## 64-1

咸陽[1]之南, 直望五千里[2],
見雲峰之崔嵬[3]。
前有劍閣橫斷[4], 倚青天而中開[5]。
上則松風蕭颯[6]瑟颸[7], 有巴猿[8]兮相哀[9]。

---

* 또한 《수경주(水經注)》권20 〈양수(漾水)〉편에서는 "又東南逕小劍戍北, 西去大劍三十里, 連山絕險, 飛閣通衢, 故謂之劍閣也."라 하였다.

旁則[10]飛湍走壑[11], 灑石噴閣[12],
洶湧[13]而驚雷[14]。

함양(咸陽) 남쪽 5천리를 곧바로 바라보니,
구름 낀 봉우리가 높기도 하구나.
앞으로는 검각(劍閣)이 가로질러 끊어진 채
푸른 하늘에 기대어 중간쯤 열려 있으며,
위로는 세찬 바람이 쓸쓸하게 불고
파촉(巴蜀) 땅 원숭이들은 구슬피 울고 있도다.
옆으로는 날아 떨어지는 여울이 골짜기로 내달려
바위를 때리며 검각으로 뿜어대니,
세차게 솟구치면서 우레치듯 놀라게 하는구나.

..............

1 咸陽(함양) : 옛날 진(秦)나라의 수도로, 지금의 섬서성 함양시 동북
쪽 2십리에 있으며, 구준산(九嵕山) 남쪽, 위수(渭水) 북쪽에 위치
한다. 산 남쪽을 양이라 부르며, 강 북쪽도 양(陽)이므로 「咸」은 「모
두」의 뜻으로 함양이란 이름이 붙여졌다*. 후대 사람들은 시문 가
운데에서 함양을 대신하여 장안(長安)이라 불렀음.

2 五千里(오천리) : 좌사(左思)의 〈촉도부〉에 "앞으로 건위군(犍爲郡)
과 장가군(牂牁郡)을 넘어가면 교지군이 베개처럼 가로 놓여 있으
며**, 지나는 길은 5천여리로다. 산과 언덕이 서로 이어지면서 계곡

---

* 《원화군현지》 관내도1 〈京兆府 · 함양현〉편에 "山南曰陽, 水北曰陽, 縣在北
山之南, 渭水之北, 故曰咸陽."라 했다.
** 〈漢書 · 지리지〉에 犍爲郡과 牂牁郡은 益州에 속하며, 交趾郡은 交州에 속한
다고 했다.

134 이태백 문부집 下

을 품고 있는데, 산등성이와 뫼 뿌리가 얽혀 있어서 부딪치는 바위에서는 구름을 토해낸다네(於前則跨蹠犍牂, 枕輔交趾. 經途所亘, 五千餘里. 山阜相屬, 含谿懷谷. 崗巒糾紛, 觸石吐雲.)"라고 읊었음.

3 崔嵬(최외) : 높이 솟은 모양. 고준(高峻)한 모양. 이백의 〈촉도난(蜀道難)〉시에 "검각의 봉우리들은 가파르고 뾰족하여, 한사람이 관문을 지키고 있으면 만 명으로도 열지 못한다네(劍閣崢嶸而崔嵬, 一夫當關, 萬夫莫開.)"라 했음.

4 橫斷(횡단) : 가로로 끊어진 것으로, 관중(關中)에서 촉(蜀) 지방이 끊어진 것을 가리킴.

5 倚靑天而中開(의청천이중개) : 검문관이 위로는 하늘에 의지한 채 중간이 시원하게 열린 것. 욱현호는 〈이백집교주〉에서, 「앞으로는 여러 산들이 이어지며 우뚝 솟아 구름속으로 들어갔는데, 검각만이 공중에 의지한 채 중간에 한 줄을 열어서 촉 땅과 통하게 하였다는 말이다」라고 했음.

6 蕭颯(소삽) : 쓸쓸한 바람소리. 찬 가을바람에 솔잎이 울리면서 내는 소리.

7 瑟颲(슬율) : 「飋颲(슬율)」과 같으며, 큰 바람이 급하게 부는 모양. 《설문해자》에 "율'은 큰 바람(颲, 大風也.)"이라 했다. 당 장작(張鷟)은 〈유선굴(遊仙窟)〉에서 "아리땁고 무성한데, 맑고 차디찬 바람이 세차게 부는구나(婀娜蓊茸, 淸冷飋颲.)"라고 읊었음.

8 巴猿(파원) : 파지방 산에 사는 원숭이. 슬픈 소리로 잘 운다 한다. 「巴」는 사천성 동부로 널리 사천지역을 가리킴.

9 相哀(상애) : 서로 슬퍼 우는 것.

10 旁則(방즉) : 도로 옆에 있는 풍경을 말함.

11 飛湍走壑(비단주학) : 급류가 높은 곳에서 나는 듯 흘러내려 산골짜기로 내달리는 것. 「壑」은 산의 계곡.

12 灑石噴閣(쇄석분각) : 흐르는 물이 바위 위로 떨어지면서, 반사되어 검각을 향하여 뿜어내는 것을 말함.

13 洶湧(흉용) : 기세가 세차게 솟구치는 것.

14 驚雷(경뢰) : 소리가 우레같이 쳐서 사람을 놀라게 하는 것. 물소리가 매우 큼을 비유함.

## 64-2

送佳人<sup>15</sup>兮此去, 復何時兮歸來。
望夫君<sup>16</sup>兮安極<sup>17</sup>, 我沉吟<sup>18</sup>兮歎息。
視滄波之東注<sup>19</sup>, 悲白日之西匿<sup>20</sup>。
鴻別燕兮秋聲, 雲愁秦而暝色<sup>21</sup>。
若明月出于劍閣兮, 與君兩鄕對酒而相憶<sup>22</sup>。

친구를 보내나니 이번에 가면
언제 다시 돌아오려오?
그대 어디까지 갔는지 바라보면서,
나는 나직이 읊조리며 탄식하노라.
동쪽으로 흘러가는 푸른 파도를 쳐다보면서,
서쪽으로 지는 흰 해를 슬퍼한다네.
기러기는 연(燕) 땅을 떠나면서 가을소리를 내고,
진(秦)땅에 뜬 구름도 근심스러워 어둔 빛을 띠는구나.
밝은 달이 검각에 떠오르면,
친구와 함께 각자 떨어져 있는 곳에서
술잔을 마주한 채 서로 그리워하리로다.

15 佳人(가인) : 미인을 가리키나 혹 군주·준걸·좋은 친구 등을 지칭
하기도 한다. 여기서는 친구인 왕염(王炎)을 가리킴.

16 夫君(부군) : 옛날에 아내가 남편에 대한 존경과 사랑을 나타내는
칭호인데, 당송 시대에는 친구의 뜻으로도 쓰였으며, 여기서도 친구
왕염을 가리킨다. 맹호연의 〈정사관에서 노닐다 돌아오면서 뒤에
있는 왕백운을 보고 지은 시(遊精思觀回王白雲在後)〉에서 "형문
(사립문)을 아직 닫지 않은 채, 우두커니 서서 그대 오기 기다리고
있네(衡門猶未掩, 佇立望夫君.)"라 했음.

17 安極(안극) : 어디가 끝인가. 어디까지 갔는지 모르겠다는 말.

18 沈吟(침음) : 속으로 깊이 생각하며 신음소리를 내는 것.

19 視滄波之東注(시창파지동주) : 「滄波」는 큰 파도로, 「滄」은 큰물이
흐르는 모양. 「東注」는 동쪽을 향하여 흘러가는 것.

20 悲白日之西匿(비백일지서익) : 밝은 해가 서산으로 지는 것을 슬퍼
함. 「西匿」은 서산을 향하여 감추는 것으로, 조식의 〈백마왕 조표에
게 드리다(贈白馬王彪)〉시에 "들판은 왜 이다지도 쓸쓸한지, 밝은
해는 홀연히 서산으로 숨는구나(原野何蕭條, 白日忽西匿.)"라 했
다. 이 두 구에서는 포조의 〈관루부(觀漏賦)〉에 "파도는 고요히 동
쪽으로 흘러가고, 해는 거침없이 서쪽으로 넘어가네(波沈沈而東注,
日滔滔而西屬.)"란 뜻을 사용하였음.

21 鴻別燕兮秋聲, 雲愁秦而暝色(홍별연혜추성, 운수진이명색) : 큰 기
러기는 가을 소리에 북방을 떠나 남방으로 날아가고, 진지방에 뜬
구름도 근심으로 인하여 저녁 빛으로 어둡게 변한 것을 말함. 「燕」
은 유연(幽燕)으로 여기서는 널리 북방을 가리키며, 「秦」은 관중(關
中)의 진 지방으로 장안(長安)을 가리킨다.

22 若明月出於劍閣兮, 與君兩鄉對酒而相憶(약명월출어검각혜, 여군

양향대주이상억) : 밝은 달이 검각의 상공에 떠서, 두 사람이 두 곳에서 동시에 달을 향하여 술잔 들고 서로 그리워한다는 말*. 「鄕」은 向과 통한다. 사장(謝莊)은 〈월부(月賦)〉에서 "먼 곳에 있는 친구와 소식이 끊어져서, 천리나 떨어져 있지만 명월은 오히려 함께 볼 수 있구나(美人邁兮音塵闕, 隔千里兮共明月.)"라 읊었음.

---

* 육현호는 왕염이 진지방에서 촉으로 떠나기 때문에 이렇게 말하였다고 했다.

# 65.

# 明堂賦

명당부 : 명당을 읊은 부

 

 

이 〈명당부〉는 명당의 웅대(雄大)하고 장려(壯麗)한 모습을 칭찬한 작품인데, 이러한 명당을 빌려 개원(開元) 성세(盛世)의 웅장하고 위대한 기상과 이백의 정치이상을 묘사하였다.

이 부를 지은 시기에 대해 황석규(黃錫珪)는 《이백연보(李白年譜)》에서 이백이 35세 때 창명에 머무르면서 지었으며, 당시에는 간알(干謁)이나 과거시험 선발에서 모두 헌부(獻賦)하는 풍상(風尙)이 있었다고 했다. 그러나 소사윤과 왕기의 주에서는 모두 이 부를 이백이 개원 5년(717) 이전에 지었으며, 부 가운데의 묘사는 상상하는 말이라고 하였지만 확실치 않다. 《구당서》에 의하면 현종은 개원 22년(734) 정월에서 24년(736) 10월까지 줄곧 동도인 낙양(洛陽)에 머물렀다고 기록되었으므로, 이전에는 이 부의 지은 시기를 대부분 개원 10년(722)에서 27년(739) 사이에 지었다고 인정하였다. 육현호도 이 부는 이백이 개원 23년(735) 전후로 낙양을 유람하면서 직접 명당을 건축하는 것을 보고 지은 것이라고 하면서, 본문 가운데의 「신하 이백이 아름다움을 칭송하다(臣白美頌)」등의 글을 보면 태백이 일찍이 낙양에서 이 부를 현종에게 진헌한 작품일 것이라고 하였다.

이러한 장편 〈명당부〉는 서문과 본문, 그리고 전체를 개괄하는 소체시로 구성되었는데, 내용을 14개 단락으로 나눌 수 있다. 먼저 제1단인 서문에서는 당나라 조정이 시작되면서 명당을 건립하는 과정과 이백이 부를 지어 찬양하게 된 원인을 개술하였다. 다음 단락부터는 본문인데, 2단에서는 고조(高祖)와 태종(太宗)이 당조를 창건한 공업을 기술하고, 이어 고종(高宗)은 하늘과 사람에게 순응하기 위해 명당을 세우려 하였지만 이룩하지 못한 채 별세하고, 고종을 계승한 측천무후(則天武后)와 중종(中宗)이 명당을 완공하여 광휘를 발양한 것을 서술하였다. 3단에서는 명당의 설계(設計) · 제도(製圖)로부터 목재를 모아서 택일하여 시공하고 건조하는 과정을 묘사하였으며, 4단에서는 완성된 명당이 굉위(宏偉)하고 장려(壯麗)하며, 유심(幽深)하고 고준(高峻)한 모습이라고 형용하였다. 5단에서는 명당의 건축이 위로는 천문(天文)과 합치되고, 아래로는 지리의 형세와 부합되어 웅위한 장관을 드러냈다고 서술하였으며, 6단에서는 진일보하여 명당의 높고 광대한 형상을 과장적으로 묘사하였는데, 명당이 위로는 천상(天象)의 지위에 참예하고 아래로는 하 · 은 · 주(夏殷周)의 제도를 참작하였다고 기술하였다. 7단에서는 명당의 외관상 총체적인 기상을 서술하였으며, 8단에서는 명당건축의 결구(結構)를 상세히 묘사하고, 중앙에 위치한 전각(殿閣), 전후좌우에 배치된 건축물, 명당의 위치에서 발휘되는 작용 등을 자세히 기술하였다. 9단에서는 명당의 실내 모습인 문과 창(戶牖), 면적, 장식, 신위(神位)와 당벽 위에 그려진 형상 등을 묘사하였으며, 10단에서는 천자가 명당에서 장중한 예의를 갖추고 제사지내는 모습을 서술하였다. 11단에서는 명당에서 제사지낸 후 여러 신하들과 큰 잔치를 펼치는 가무승평(歌舞昇平)의 성황과 이어 신하들이 겸양의 예를 취하며 연회를 마치는 모습을 묘사하였으며, 12단에서는 개원년간 천자가 민중들의 불안함을 우려하여 밤낮으로 정치에 부지런히 힘쓰는 면을 부각시켰으니, 창고를 풀어 가난한 백성들을 구제하고 사치품인 구슬과 보배들을 폐기시켰으며, 상업을 버리고 농업을 중시하여 사람들이 화목하고 시절이 편안해져서 신화속의 화서지국(華胥之國)과 같은 나라가 되었음을 가송하였는데, 이것이 바로 명당에 올라가서 교화를 펼친 결과임을 밝혔다. 13단에서는 역사적으로 유명한 진(秦)의 아방궁(阿房宮), 조(趙)의 총대(叢臺), 오(吳)의 고소대(姑蘇臺), 초(楚)의 장화대(章華臺) 등이 당나라 명당과 비교하면 칭찬받기에 부족하다고 하였으며, 더욱 폭군(暴君)인 하나라 걸왕(桀王)이 지은 요대(瑤臺)와 은나라 주왕(紂王)이 지은 경실(瓊室)과 어떻게 서로 비교할 수 있겠는가? 라고 반문하면서, 당대 명당의 정통성과 합리적인 면을 부각시켰다. 마지막 14단에서는 소체시(騷體詩)를 이용하여 명당의 건축물이 고대하고 웅위함을 자랑하면서 그 중요한 작용을 개괄하고 있다.

　명당(明堂)은 고대 제왕들이 밝은 정사를 펼치던 장소이다. 조회를 열고 조상에게 제사를 지냈으며, 포상을 시행(慶賞)하고 관리를 선발(選士)하였으며, 노인을 봉양(養老)하고 교육을 시행(敎學)하는 등 나라의 큰 의식을 펼칠 때 모두 이곳에서 거행하였다. 《맹자・양혜왕(梁惠王)》하편에서 제(齊)나라 선왕(宣王)이 명당을 헐어야 할지의 여부를 문의하자, 맹자가 "명당이라는 곳은 군왕의 당이니, 왕정(王政)을 하고자 한다면 헐지 마십시오(夫明堂者, 王者之堂也, 王欲行王政, 則勿毁之矣.)"라고 답한 기록이 있다.

당대에 명당은 측천무후(則天武后) 때에 처음 세웠다. 무후는 수공(垂拱) 4년(685) 2월 낙양의 건원전(乾元殿)을 허물고 그 곳에 명당을 지었지만, 증성(證聖) 원년(695) 정월 불당에서 화재가 발생했을 때 명당까지 옮겨 붙으면서 다 타버렸다. 그 후에 다시 중건하여 천책 만세 2년(696) 3월에 완공하였다.

《구당서·현종기(玄宗紀)》에 의하면, 현종은 개원 5년(717) 동도(洛陽)로 행차하여 대향지례(大享之禮)를 지내려다가 무후가 세운 명당이 전제(典制)에 어긋났다고 여겨 허물어버리고, 옛날대로 건원전(乾元殿)을 세웠으며, 개원 10년(722) 10월 건원전을 다시 옛 명칭인 명당이라 불렀다. 개원 27년(739)에는 명당을 수리하면서 명당 위층을 헐어버리고 아래층을 터서 건원전으로 만들었다고 했다.

명당의 명칭과 목적, 제도 등에 대하여는 채옹(蔡邕)의 《채중랑집(蔡中郎集)》권10 〈명당월령론(明堂月令論)〉에 다음과 같이 자세히 설명하고 있다. "명당은 천자의 태묘로서, 그 조상에게 제사를 지내는 까닭에 하늘의 상제(上帝)를 배향한다. 하나라 우왕은 세실(世室)이라 불렀고, 은나라에서는 중옥(重屋), 주나라에서는 명당이라 불렀다. 동쪽을 청양(青陽), 남쪽을 명당, 서쪽을 총장(總章), 북쪽을 현당(玄堂), 중앙을 태실(太室)이라 하였는데, 《주역》에서 「리(離)는 밝음으로, 남방의 괘」라 했으니, 성인은 남면을 하고 천하의 일을 들으면서 밝은 곳을 향하여 다스렸다. 군왕의 지위는 이보다 더 바르게 할 수 없으므로, 비록 다섯 가지 이름이 있지만 주된 명칭은 명당이었다. 그 정중앙을 모두 태묘(太廟)라고 불렀는데, 삼가 하늘을 계승하여 때에 순종하라는 명령을 받들고, 조상들에게 제사 지내는 예절로 덕을 밝히며, 제후들이 이전에 세운 공로를 밝히며, 노인을 봉양하고 어른을 존경하는 의리를 세우며, 어린 아이들에 대한 교육을 명확하게 드러내고, 제후들의 조회를 받으며, 관리들 을 명당 안에서 선발하는 것 등을 제도로 밝혀 놓았다. 살아 있는 자들은 그 능력에 따라 힘쓰고 죽은 자들은 그 공로를 헤아려 제사 지냈으므로, 큰 가르침을 시행하는 궁전이 되어서 사학(四學)과 관 아(官衙)가 모두 갖춰지게 되었다. 비유하건대 북극성이 제자리에 위치하면 여러 별들이 그를 받드는 것과 같아서 삼라만상이 명당을 날개처럼 호위하였다. 정치와 교화가 처음 생겨서 변화가 시작되는 곳으로서 밝게 하나로 통일되었으므로 명당이라 불렀으니, 지향하 는 사업이 크고 의미가 깊다. 종묘에 제사지내는 모습을 취하여 청 묘(淸廟)라 부르고, 그 정실(正室)의 모습을 취하여 태묘(太廟)라 부르며, 존경하고 숭배함을 취하여 태실(太室)이라 부르며, 밝은 데 로 향함을 취하여 명당이라 부르며, 사문(四門)의 배움을 취하여 태 학(太學)이라 부르며, 사방 주위의 물들이 에워싸서 구슬과 같음을 취하여 벽옹(辟廱)이라 불렀다. 이름은 다르지만 같은 사업을 하므 로 실제로는 하나인 것이다(明堂者, 天子太廟, 所以宗祀其祖, 以配 上帝者也. 夏后氏曰世室, 殷人曰重屋, 周人曰明堂. 東曰靑陽, 南曰 明堂, 西曰總章, 北曰玄堂, 中央曰太室. 易曰, 「離也者, 明也.」南方 之卦也. 聖人南面而聽天下, 鄕明而治. 人君之位, 莫正於此焉. 故雖 有五名, 而主以明堂也. 其正中皆曰太廟, 謹承天順時之令, 昭令德宗 祀之禮, 明前功百辟之勞, 起養老敬長之義, 顯敎幼誨稚之學, 朝諸

侯・選造士於其中, 以明制度. 生者乘其能而至, 死者論其功而祭, 故
爲大教之宮, 而四學具焉, 官司備焉. 譬如北辰, 居其所而衆星拱之,
萬象翼之. 政教之所由生, 變化之所由來, 明一統也, 故言明堂, 事之
大, 義之深也. 取其宗祀之貌, 則曰淸廟, 取其正室之貌, 則曰太廟,
取其尊崇, 則曰太室, 取其鄕明, 則曰明堂, 取其四門之學, 則曰太學,
取其四面周水圜如璧, 則曰辟雍. 異名而同事, 其實一也.)"라 했다.

명당의 제도에 대하여 후인들은 논쟁을 많이 하였는데, 청대 모
기령(毛奇齡)의 《명당문(明堂問)》, 완원(阮元)의 《명당론(明堂論)》,
무명씨의 《명당고(明堂考)》등에서 이론적으로 밝히고 있다.


### 65-1

昔在天皇[1], 告成岱宗, 改元乾封[2], 經始明堂, 年紀總章[4]. 時
締構[5]之未輯, 痛感靈[6]之遐邁[7]. 天后繼作, 中宗成之, 因兆人[8]
之子來, 崇萬祀[9]之丕業[10].

蓋天皇先天, 中宗奉天[11]. 累聖[12]纂就[13], 鴻勳克宣[14]. 臣白美
頌, 恭惟述焉[15].

예전 천황 고종(高宗)은 태산에서 봉선을 마친 후 건봉(乾封)이
라 개원하였으며, 명당건축을 시작하면서 연호를 총장(總章)으로
고쳤다네. 당시 명당 건조가 완성되지 못한 상태에서 애통하게도
위대한 영령이 승하하셨도다. 측천무후(則天武后)가 계승하여 건축
하고 중종(中宗)이 완성시켰으니, 자녀가 부모를 섬기듯 많은 백성

들이 스스로 와서 만대의 큰 사업을 마쳤다네.

천황(高宗)이 측천무후보다 먼저 착수하고 중종이 천명을 받들었으며, 여러 성왕들이 건축을 계속하여 성공시키고 위대한 공훈과 큰 사업을 선양시켰으니, 신하 이백이 아름다움을 칭송하면서 공경히 서술하노라.

⋯⋯⋯⋯⋯⋯

1 天皇(천황) : 당 고종을 가리킨다.《구당서・고종본기(高宗本紀)》(下) 〈함형(咸亨) 5년(674) 추8월〉조에 "황제를 천황이라 부르고, 황후를 천후라고 불렀다(皇帝稱天皇, 皇后稱天后.)"라 했음.

2 告成岱宗, 改元乾封(고성대종, 개원건봉) : 태산에서 봉선을 마친 후에 연호를 건봉(建封; 666-668)으로 바꾼 것을 말함.《시경・대아・강한(江漢)》에 "온 세상을 바로 다스리시어, 성공을 임금께 보고하였네(經營四方, 告成于王.)"라 하고, 공영달은 소에서 "성공을 선왕에게 알린 것이다(告其成功於宣王也.)"라 했는데, 후에는 일을 완성한 것을 「고성(告成)」이라 했다. 「대종(岱宗)」은 태산(泰山)을 가리킨다.《상서・순전(舜典)》에 "2월에 동쪽으로 순수하면서 대종에 이르렀다(歲二月, 東巡守, 至于岱宗.)"라 하고, 공전(孔傳)에 "대종은 태산으로, 4악 가운데 으뜸이다(岱宗, 泰山, 爲四岳所宗.)"라 했다.《구당서・고종본기(高宗本紀)》하에 "인덕 3년(666) 춘정월 무진 초하룻날 임금의 어가가 태산에 이르러 머물렀다. 이 날 친히 봉사단에 올라 하늘의 상제에게 제사지내고 고조와 태종을 배향하였다. 기사일에 황제가 산에 올라가 봉선의 예를 행하였다. 경오일에 사수산에서 직접 토지의 신에게 제사 지냈으며, 태목태황태후와 문덕황태후를 배향하였다. 황후는 두 번째로 술잔을 올리고, 월국태비 연씨가 마지막 잔을 올렸다. 신미일에 임금이 선단에서

내려왔다. 임신일에 임금이 선단에서 조회를 열고 조정의 하례를 받으면서 인덕 3년을 건봉 원년으로 바꿨다(麟德三年春正月戊辰朔, 車駕至泰山頓. 是日親祀昊天上帝於封祀壇, 以高祖·太宗配饗. 己巳, 帝升山行封禪之禮. 庚午, 禪於社首, 祭皇地祇, 以太穆太皇太后·文德皇太后配饗. 皇后爲亞獻, 越國太妃燕氏爲終獻. 辛未, 御降禪壇. 壬申, 御朝覲壇受朝賀, 改麟德三年爲乾封元年.)"라는 기록이 있음.

3 經始明堂, 年紀總章(경시명당, 연기총장) : 나라를 다스리는 명당을 건축하는 일을 개시하면서 연호를 총장(總章; 668-670)으로 바꿨음을 말함. 《구당서·고종본기(高宗本紀)》하에 "[건봉 3년(668)2월] 병인일, 명당제도가 역대로 같지 않았는데, 한위이래로 더욱 어긋나고 그릇되었다. 그래서 고금의 제도에 증감하여 새로운 제도를 만들고, 대사면의 조서를 내리면서 총장 원년으로 개원하였다(丙寅, 以明堂制度, 歷代不同, 漢魏以還, 彌更訛舛, 遂增損古今, 新制其圖, 下詔大赦, 改元爲總章元年.)"고 했는데, 이 두 구는 이 일을 가리킴.

4 締構(체구) : 결구(結構), 건축. 개창하여 건조하는 것. 「締」는 「造」와 같다. 좌사의 〈위도부(魏都賦)〉에 "위나라가 개국하는 날, 건축물을 처음 짓기 시작하면서 전국 고을에 알렸다(有魏開國之日, 締構之初, 萬邑譬焉.)"라 했음.

5 威靈(위령) : 신령스럽고 위대한 영령(英靈)으로, 여기서는 고종(高宗)의 망령(亡靈)을 가리킴.

6 遐邁(하매) : 등하(登遐), 승하(昇遐)와 같다. 신선이 승천하거나 임금이 사망하는 것을 이르는 말. 이 두 구에서는 당시에 건립하던 명당의 건축재료를 아직 다 모으지 못했는데, 애통하게도 고종이 이미 세상을 떠난 것을 말함.

7 兆人(조인) : 원래는 「兆民」으로, 많은 백성들을 말함. 당 태종 이세민(李世民)의 「民」을 피휘하여 「人」이라 했다. 「兆」는 극히 많다는 뜻으로, 《서경·오자지가(五子之歌)》에 "모든 백성을 대함에 있어서 두려워하기를 썩은 고삐로 여섯 필의 말을 몰 듯 하라고 하였나니, 「조민(백성)」의 윗사람이 되어 어찌하여 공경하지 않는가!(予臨兆民, 懍乎若朽索之馭六馬, 爲人上者, 奈何不敬.)"라 하고, 공전(孔傳)에 "십만을 「억」이라 하고, 십억을 「조」라 하며 많은 것을 말한다(十萬曰億, 十億曰兆, 言多.)"라 했다. 《예기·내칙(內則)》에도 "후왕이 총재에게 명하여 조민들에게 덕을 내리도록 하였다(后王命冢宰, 降德于衆兆民)"이라 하고, 정현은 주에서 "만억을 「조」라 한다. 천자의 백성을 「조민」이라 하고, 제후는 만민이라 한다(萬億曰兆. 天子曰兆民, 諸侯曰萬民.)"고 했음.

8 子來(자래) : 민심이 귀의함을 말하는 것으로, 자녀가 부모에게 달려가 섬기듯이 부르지 않아도 스스로 오는 것. 《시경·대아·영대(靈臺)》에 "(문왕이) 짓는 것을 빨리하지 말라고 하였으나, 뭇 백성들의 자식들이 달려 왔도다(經始勿亟, 庶民子來.)"라 하고, 정현의 전(箋)에 "많은 백성들이 각기 자식이 아버지 일을 완성하도록 달려와 도와주는 것이다(衆民各以子成父事而來攻之.)"라 했음.

9 萬祀(만사) : 만년(萬年)과 같음. 장형(張衡)의 〈남도부(南都賦)〉에 "황제의 선조께서 제사 음식을 받고 복을 내려주니, 두루 만년동안 쇠하지 않으리라(皇祖歆而降福, 彌萬祀而無衰.)"라 하고, 이선은 주에서 "「사」는 해다(祀, 年也.)"라 했음.

10 丕業(비업) : 대업(大業). 《문선》권 48 사마상여의 〈봉선문(封禪文)〉에 "크도다, 이 일이여! 천하의 장관이요 군왕의 「비업(큰 사업)」이니, 그만둘 수 없도다(皇皇哉斯事! 天下之壯觀, 王者之丕業, 不可貶也.)"라 하고, 이주한은 주에서 "「황황」은 큰 것이고,

「비」또한 큰 것이다(皇皇, 大也. 丕, 亦大也.)」라 했음.

11 **天皇先天, 中宗奉天**(천황선천, 중종봉천) : 「天皇」은 당 고종을 가리키며, 「先天」은 천시(天時)보다 먼저 일을 실행하는 것. 「中宗」은 당 고종과 측천무후(則天武后)의 세 번째 아들인 이현(李顯)이다. 「奉天」은 천명을 봉수(奉受)하는 것. 《주역·건(乾)·문언(文言)》에 "하늘보다 앞서 해도 하늘은 사람의 뜻을 어기지 않으며, 하늘을 뒤따라 해도 사람들은 하늘의 때를 받든다(先天而天弗違, 後天而奉天時.)"라 하고, 공영달은 소에서 "「선천이천불위」라는 것은 만약 하늘보다 먼저 일을 행하여도 하늘은 뒤에서 어긋나게 하지 않으니, 이것은 하늘이 대인과 합치되는 것이다. 「후천이봉천시」라는 것은 만약 하늘보다 뒤에 일을 행하여도 하늘을 받들어 따르는 것이니, 이것은 대인이 하늘과 합치하는 것이다. 하늘도 어기지 아니할진대, 더구나 사람은 물론 귀신도 어기지 않을 것이다(先天而天弗違者, 若在天時之先行事, 天乃在後不違, 是天合大人也. 後天而奉天時者, 若在天時之後行事, 能奉順上天, 是大人合天也. 天且弗違, 而況於人乎? 況於鬼神乎.)"라 했음.

12 **累聖**(누성) : 고종, 무후, 중종을 가리킴.

13 **纂就**(찬취) : 명당의 수리와 건축을 계승하여 성공하는 것. 「纂」은 계승.

14 **鴻勳克宣**(홍훈극선) : 당나라의 위대한 공훈과 큰 사업을 선양시키는 것. 채옹(蔡邕)의 〈사공 양병(楊秉)의 비문(司空楊公碑)에서 "그래서 문하의 학생들이 서로 비석을 세우고 비문을 새겨서, 큰 공훈을 기재하고 큰 공덕을 기렸다(於是門人學徒, 相與刊石樹碑, 表勒鴻勳讚懿德.)"라 했다. 「克」은 능한 것. 「宣」은 널리 떨치는 것(宣揚).

15 **恭惟述焉**(공유술언) : 이번 일을 공경히 서술하는 것을 말함. 「惟」는 조사.

其辭曰:

伊皇唐之革天創元<sup>16</sup>也,

我高祖乃仗大順<sup>17</sup>, 赫然<sup>18</sup>雷發<sup>19</sup>以首之。

於是橫八荒<sup>20</sup>, 漂九陽<sup>21</sup>,

掃叛換<sup>22</sup>, 開混茫<sup>23</sup>。

景星<sup>24</sup>耀而太階<sup>25</sup>平, 虹蜺滅而日月張<sup>26</sup>。

그 내용은 다음과 같다네.

당나라가 천명(天命)을 개혁하고

국가의 기초를 시작하였을 때,

우리 고조(高祖; 李淵)께서 큰 도리에 의지한 채

우레처럼 맨 앞에서 분발하여 맹위를 떨쳤도다.

그리하여 팔방의 먼 지역을 가로질러

천지의 변방까지 움직였으며,

흉포하게 날뛰는 자들을 소탕하여

혼돈과 몽매함을 깨우쳤다네.

상서로운 별(景星)이 밝게 빛나면서

천하(太階)가 태평해지고,

큰 무지개가 소멸되면서 해와 달이 드날렸도다.

................

16 革天創元(혁천창원): 왕기는 주에서 "「革天」은 천명을 개혁하는 것
   이고, 「創元」은 기업(基業)을 창조하는 시초다"라고 했다. 《주역·
   혁괘(革卦)》에 "하늘과 땅이 바뀌어 네 철을 이루듯, 은나라 탕왕과
   주 무왕의 혁명은 하늘의 뜻을 따라 사람들의 요청에 응한 것이다

(天地革而四時成, 湯武革命, 順乎天而應乎人.)"라 했음.

17 **大順**(대순) : 천도에 따르는 것. 《예기ㆍ예운(禮運)》에 "천자는 덕으로 수레를 삼고, 음악으로 수레를 몰게 하며, 제후들은 예로서 서로 참여하며, 대부는 법으로서 서로 질서를 지키고, 관리는 믿음으로 서로 보살피며, 백성들은 화목함으로 서로 지켜주는 것이 천하를 살찌게 하는 것이니, 이를 「대순」이라 한다(天子以德爲車, 以樂爲御, 諸侯以禮相與, 大夫以法相序, 士以信相考, 百姓以睦相守, 天下之肥也, 是謂大順.)"라 하여, 사람들이 모두 예에 합하여 지극하게 따르는 것이라고 했다. 진(晉)ㆍ유곤(劉琨)의 〈권진표(勸進表)〉에 "밝은 위엄을 들어 올려 같은 겨레가 아닌 이들을 끌어안고, 크게 도리에 따라서 세상을 엄숙하게 만들었네(抗明威以攝不類, 杖大順以肅宇內.)"라 했음.

18 **赫然**(혁연) : 분발하는 모양. 벌컥 성내는 모양. 《후한서ㆍ장호전(張晧傳)》에 "만약 의로움을 듣고도 복종하지 않으면, 천자가 「혁연」히 진노하리라(若聞義不服, 天子赫然震怒.)"고 했음*.

19 **雷發**(뇌발) : 우레처럼 행동하여 맹위를 떨치는 것을 비유함. 유향(劉向)의 《구탄(九歎)ㆍ원유(遠遊)》에 "천둥이 울리고 벼락이 치니, 빠르게 달려서 높이 들어 올리네(雷動電發, 馺高舉兮.)"라 했음.

20 **八荒**(팔황) : 팔방**의 아주 먼 지역. 가의(賈誼)의 〈과진론(過秦論)〉에 "사해를 주머니 속에 꽁꽁 묶어 두려는 마음과 「팔황(사방과 우주)」을 한꺼번에 삼키려는 마음이 있었다(囊括四海之意, 並吞八荒之心.)"라 하였으며, 《한서ㆍ항적전찬(項籍傳贊)》에도 "팔황」을

---

\* 《한서ㆍ흉노전(匈奴傳)상》에도 "逮孝武亟興邊略, 有志匈奴, 赫然命將, 戎旗星屬, 候列郊甸, 火通甘泉."라 하였다.

\*\* 동ㆍ서ㆍ남ㆍ북ㆍ동남ㆍ동북ㆍ서남ㆍ서북 등 여덟 방향.

모두 삼켜버릴 마음을 가졌다(幷吞八荒之心)"라 하고, 안사고는 주에서 "「팔황」은 팔방이 황량한 매우 먼 지역(八荒, 八方荒忽極遠之地也.)"이라 했음.

21 九陽(구양) : 천지의 변방. 고대 전설 중 해 뜨는 곳. 《초사 · 원유(遠遊)》에 "아침에 탕곡에서 머리를 감고, 저녁에는 「구양」에서 내 몸을 말리도다(朝濯髮於湯谷兮, 夕晞余身兮九陽.)"라 하고, 왕일은 주에서 "「구양」은 천지의 끝을 말한다(九陽, 謂天地之涯.)"고 했음.

22 叛換(반환) : 흉포하게 함부로 날뛰는 것. 《한서 · 서전(敍傳)》에 "항씨가 반환하였다(項氏畔換)"란 구절이 있는데, 맹강(孟康)은 "「반」은 뒤엎는 것이고, 「환」은 바꾸는 것(畔, 反也. 換, 易也.)"이라 하고, 안사고는 "「반환」은 강하게 방자한 것으로, 발호와 같은 말이다(畔換, 强恣貌. 猶言跋扈也.)"라 했음*.

23 混茫(혼망) : 혼돈(混沌)하고 몽매(蒙昧)한 것. 왕기는 수나라 말기 천하에 큰 난리가 일어나 혼돈한 세상을 비유한 것이라 했다. 《장자 · 선성(繕性)》에 "옛날 사람들은 「혼망」가운데에 있었다(古之人, 在混芒之中.)"라 하고, 성현영(成玄英)은 소(疏)에서 "그 당시에 순박한 풍속이 아직 없어지지 않았으므로, 혼돈하고 몽매한 상태에 있었다(其時淳風未散, 故處在混沌芒昧之中.)"라 했음.

24 景星(경성) : 큰 별로 덕성(德星), 서성(瑞星)이라고도 함. 《사기 · 천관서(天官書)》에 "날씨가 맑으면 경성이 나타나는데, 경성은 덕성이다. 그 모양은 일정하지 않으며 흔히 도의가 행해지는 나라에

---

* 《문선》에 나오는 반고(班固)의 〈한서술고기(漢書述高紀)〉에서도 "項氏畔換"이란 구에서, 이선(李善)은 위소 주(韋昭注)를 인용하여 "반 · 환은 발호하는 것(畔 · 換, 跋扈也.)"이라 했다.

출현한다(天精而見景星. 景星者, 德星也. 其狀無常, 常出於有道
之國.)"라 하고, 맹강(孟康)은 주에서 "「정」은 환한 것이다. 적방기
와 청방기는 서로 이어졌는데, 적방가운데에는 두 황성이 있고, 청
방가운데는 하나의 황성이 있어서, 세 별이 합쳐서 「경성」이 된다
(精, 明也. 有赤方氣與靑方氣相連, 赤方中有兩黃星, 靑方中一黃
星, 凡三星合爲景星.)"라 했음.

25 **太階**(태계) : 「泰階」라고도 하며, 고대의 별이름으로 삼태성(三臺
星)임. 《한서 · 동방삭전(東方朔傳)》에 "《태계육부》에서 하늘의 변
화를 관찰하기를 원하니, 반드시 살펴보아야 합니다(願陳泰階六符,
以觀天變, 不可不省.)"이라 했으며, 안사고(顔思古)는 주에서 "응
소가 말하기를 「《황제태계육부경》에서 이르기를, 「태계」는 하늘의
삼계다. 상계는 천자이고, 중계는 제후 · 공경 · 대부이며, 하계는
사 · 서인이다. 삼계가 고르면 음양이 조화롭고, 바람과 비가 때맞춰
와서 사직의 신령들이 모두 그 올바름을 보호하여 천자가 크게 편안
하니, 이것이 태평한 것이다」(應劭曰, 黃帝泰階六符經曰, 泰階者,
天之三階也. 上階爲天子, 中階爲諸侯 · 公卿 · 大夫, 下階爲士 ·
庶人. 三階平則陰陽和, 風雨時, 社稷神祇咸獲其宜, 天子大安, 是
爲太平.)"고 했음.

26 **虹蜺滅而日月張**(홍예멸이일월장) : 큰 난리가 소멸되고 해와 달이
빛나는 것. 「虹蜺」는 옛날에 두 기운이 부정하게 만나는 것으로 난을
일으키거나 음탕한 행동(淫奔)을 상징한다. 《진서(晉書) · 천문지(天
文志)》에 "요사스런 기운을 일명 「홍예」라 하고 또 방기라고도 부르
는데, 북두성이 정기를 어지럽히는 것이다. 군주가 마음이 미혹되고
안으로 음탕하면 신하가 역모한다. 왕자가 천자를 내치고 왕비가 독
단하며 아내가 하나가 아니다(妖氣, 一曰虹霓, 曰旁氣也, 斗之亂精.
主惑心, 主內淫, 主臣謀. 君, 天子詘, 后妃顓, 妻不一.)"라 했음.

**65-2(2)**

欽若²⁷太宗, 繼明²⁸重光²⁹。

廓區宇³⁰以立極³¹, 綴蒼昊³²之頹綱³³。

淳風³⁴汋穆³⁵, 鴻恩滂洋³⁶。

武義³⁷炟赫³⁸於有截³⁹, 仁聲馺沓⁴⁰乎無疆⁴¹。

태종(太宗)이 고조(高祖)를 공경히 계승해서

거듭 빛나게 하였으니,

강역을 개척하여 왕조 통치의 준칙을 세우고,

허물어져 가는 기강을 하늘처럼 크게 수습하였노라.

순박한 풍속이 심후해지고

큰 은혜가 광대하게 퍼지니,

태종(太宗)의 무공(武功)이 일제히 성대하게 떨치고,

인자한 명성이 전역으로 신속히 전파되었도다.

················

27 **欽若**(흠약) : 공경히 따르는 것(敬順). 《서경·요전(堯典)》에 "이에
   희와 화에게 명하사 광대한 하늘을 공경히 따르게 하네(乃命羲和,
   欽若昊天.)"라 하고, 공전(孔傳)에 "요임금이 하늘을 공손히 따르도
   록 명령했다(堯命之使敬順昊天.)"고 했음.

28 **繼明**(계명) : 끊어지지 않고 계속 빛나는 것. 황제가 전위하는 것을
   가리킨다. 《주역·리(離)괘》에 "대인이 「계명(명철)」하여 사방을 두
   루 살피지 않음이 없다(大人以繼明照於四方.)"라 했음.

29 **重光**(중광) : 여러 세대의 덕성(盛德)이 서로 계승하여 빛나는 것을
   비유함. 《서경·고명(顧命)》에 "예전 임금인 문왕과 무왕께서는 거
   듭 빛을 펴시었네(昔君文王·武王, 宣重光.)"라 하고, 공전(孔傳)

에 "옛날의 임금인 문왕과 무왕은 여러 성인들의 거듭 빛난 덕(德)을 베풀고 하늘의 명에 의지하여 살 바를 정해 주고 가르침을 펼치니, 백성들이 열심히 힘썼음을 말한 것이다(言昔先君文武, 布其重光, 累聖之德, 定天命, 施陳教, 則勤勞.)"라 했으며, 채침(蔡沈)은 주에서, "무왕이 문왕과 같으므로 「중광」이라고 일컬었는데, 이는 순임금이 요임금과 같으므로 중화(重華)라고 이른 것과 같다(武猶文, 謂之重光. 猶舜如堯, 謂之重華也.)"라 했음. 이 두 구(欽若太宗, 繼明重光)는 태종이 고조의 사업을 계승하여 국사(國事)가 일월처럼 찬란하게 빛나는 것을 말하였다.

30 **區宇**(구우) : 강역(疆域). 강토의 구역(境域). 장형의 〈동경부〉에 "「구우(강역)」이 편안히 다스려지니, 화합을 생각하고 중도를 구하네(區宇乂寧, 思和求中.)"라 하고, 《삼국지 · 위서(魏書) · 최염전(崔琰傳)》에도 "천자가 허도에 있으면서 백성들이 돕고 따르기를 바라니, 그 곳을 지키며 직책을 이어가서 「구우(강토)」를 편하게 하는 것만 못합니다(天子在許, 民望助順, 不如守境述職, 以寧區宇.)"라 했음.

31 **立極**(입극) : 왕조를 수립하는 최고의 준칙. 백성을 위하여 준칙을 제정하는 것. 《서경 · 홍범(洪範)》에 "임금이 백성들의 극을 세우셨다*(皇建其有極.)"이라 했고, 《중용장구(中庸章句)》〈주희서문(朱熹序文)〉에도 "대개 옛날로부터 성인과 신인이 하늘의 명을 이어받아 그 준칙을 세우셨다(蓋自上古聖神, 繼天立極.)"라 했음. 이 구절은 강역(疆域)을 개척하여 왕조 통치의 준칙을 세우는 것을 말하였다.

32 **蒼昊**(창호) : 크고 빛나는 하늘. 광대무변한 하늘. 조식의 〈승천행

---

* 임금이 만백성의 삶의 준칙이 되는 인륜 질서를 세우는 것.

(升天行)〉에 "중심은 「창호(푸른 하늘)」을 능가하고, 잎을 펼쳐 하늘 끝을 덮노라(中心陵蒼昊, 布葉蓋天涯.)"라 하고, 《양서(梁書)·무제본기(武帝本紀)상》에도 "위로는 「창호」에 도달하고, 아래로는 냇가 샘에 닿았다(上達蒼昊, 下及川泉.)"라 했음. 왕기본에서는 「蒼顥」라 했는데, 「昊」와 顥는 통한다.

33 頹綱(퇴강) : 허물어진 기강. 《문선》권20 육운(陸雲)의 〈대장군의 연회에서 명을 받고 지은 시(大將軍宴會被命作詩)〉에서 "허물어졌던 기강(퇴강)을 다시 진작시키니, 온갖 물건들이 함께 질서가 잡혔네(頹綱旣振, 品物咸秩.)"라 하고, 유량은 주에서 "퇴락된 기강이 정돈되어 온갖 물건들이 모두 질서가 있음을 말한 것이다(言頹落綱紀旣整, 品物皆有次序.)"라 했음. 이 구절은 무너져가는 기강을 좋은 쪽으로 수습하는 것을 말한다.

34 淳風(순풍) : 순박하고 예스러운(淳古) 풍속. 도잠의 〈부채 위의 그림을 읊은 찬문(扇上畫贊)〉에서 "삼황오제의 치세의 도가 멀어지면서, 순고한 풍속(순풍)이 날로 없어지는구나(三五道邈, 淳風日盡.)"라 했음.

35 汋穆(물목) : 평온하고 함축적인 모양. 《사기·굴원가생전(屈原賈生傳)》에 "이치가 깊고 아득(물목)하여 끝이 없으니, 어찌 다 말할 수 있으랴! (〈鵩鳥賦〉…… 汋穆無窮兮, 胡可勝言.)"라 하고, 사마정(司馬貞)은 《사기·색은(索隱)》에서 「물목」은 매우 미세한 모양(汋穆, 深微之貌.)"이라 했음.

36 滂洋(방양) : 아주 많고 광대한 것. 《한서·예악지(禮樂志)》에 "복이 많고 넓어(방양) 오래도록 연장될 것이다(福滂洋, 邁延長.)"라 하고, 안사고(顏師古)의 주에 "「방양」은 넉넉하고 넓은 것(滂洋, 饒廣也.)"이라 했음. 이 두 구(淳風汋穆, 鴻恩滂洋.)는 순박한 풍속이 심후하고, 당 왕조의 큰 은혜가 광대하게 퍼지는 것을 말함.

37 武義(무의) : 군대나 전쟁에 관한 일(武事). 양웅의 《우렵부(羽獵
賦)》에 "어진 음성으로 북쪽 오랑캐에게 은혜를 베풀고, 올바른 전
쟁(무의)으로 남방 인근을 감동시켰네(仁聲惠於北狄, 武義(誼)動
於南鄰.)"이라 하고, 여향(呂向)은 주에서 「무의」는 무에 관련된
일이다(武義, 武事也.)"라고 했음.

38 烜赫(훤혁) : 명성이 크고 기세가 성함을 형용한 것. 《이아(爾雅)·
석훈(釋訓)》에 "빛나고 빛남은 위엄있는 행동이다(赫兮烜兮, 威儀
也.)"라 했음.

39 有截(유절) : 일제(一齊), 정제(整齊)된 모양. 「有」는 조사. 《시경·
상송·장발(長發)》에 "상토께서 공적이 열렬히 빛나니, 사해 밖의
모든 나라가 「유절(귀의)」하였네(相土烈烈, 海外有截.)"라 하고, 정
현은 전에서 "「절」은 정제다. …… 사해 밖의 모두가 굴복하여 가지
런히 정제된 것(截, 整齊也. …… 四海之外率服, 截爾整齊.)"이라
했음.

40 馺沓(삽답) : 말이 달리는 모양. 왕기는 주에서 어진 명성이 말이 달
리는 것처럼 빨리 유행하는 것을 비유한다고 했음.

41 無疆(무강) : 다함이 없는 것. 여기서 두 구(武義烜赫於有截, 仁聲
馺沓乎無疆)는 태종의 무훈(武勳)이 해외까지 떨치고, 인의의 명성
이 신속하고 무궁무진하게 전파됨을 말한 것이다.

**65-2(3)**

若乃⁴²高宗⁴³紹興⁴⁴, 祐統錫羨⁴⁵,
神休⁴⁶旁臻⁴⁷, 瑞物⁴⁸咸薦⁴⁹。
元符⁵⁰剖兮地珍見,

既應天以順人<sup>51</sup>, 遂登封而降禪<sup>52</sup>。

將欲考有洛<sup>53</sup>, 崇明堂,

惟厥功之未輯兮, 乘白雲於帝鄉<sup>54</sup>。

天后勤勞輔政兮, 中宗以欽明<sup>55</sup>克昌<sup>56</sup>。

遵先軌<sup>57</sup>以繼作兮, 揚列聖之耿光<sup>58</sup>。

고종(高宗)에 이르러 흥성함을 계승하여

법통(法統)을 도와 넉넉함을 주었으니,

신의 보호가 광범위하게 도래하고

상서로운 물건들이 두루 진헌(進獻)되었도다.

큰 상서로움으로 다스리자 땅에서 보배가 나타났으며,

하늘에 순응하자 백성들이 따르니,

드디어 태산(泰山)에 올라 봉(封)제사를 지내고

내려와서 선(禪)제사를 지냈다네.

낙양(洛陽)의 지세를 자세히 살펴보고

명당을 건조하였는데,

아직 그 공을 이루지 못한 채

흰 구름 타고 제향(帝鄉)으로 떠났도다.

뒤이어 측천무후(則天武后)가 부지런히 정사를 보좌하고

중종(中宗)이 창대하게 밝혔으니,

이전 선왕의 법도를 계승하여

여러 성군(聖君)들의 영광을 드날렸어라.

................

**42** 若乃(약내) : 「至於」와 같으며, 단락이 바뀌는 것을 이어주는 접사.
앞일을 다 말하고 난 후, 이어서 다른 일을 말할 때 사용함.

43 高宗(고종) : 당 고종 이치(李治).

44 紹興(소흥) : 이전의 사업을 계승하여 크게 일으키는 것. 환관(桓寬)
의《염철론(鹽鐵論)·주진(誅秦)편》에 "선황제의 큰 은혜를 입어
서, 이전의 업적을 뒤까지 이어서 흥성시켰네(賴先帝大惠, 紹興其
後.)"라 했음.

45 祐統錫羨(우통석선) : 법통을 도와 풍부하게 주는 것.《한서·양웅
전(揚雄傳)》(甘泉賦)에 "후사를 가엾게 여겨 풍부하게 내려주니,
공적을 확장시켜 큰 줄기를 열었다(卹胤錫羨, 拓跡開統.)"라 하고,
응소 주에 "「석」은 주는 것이고, 「흠」은 넉넉한 것으로, …… 신명께
서 복과 길상을 풍부하게 주었음을 말한 것(錫, 與也. 羨, 饒也.
…… 言神明饒與福祥.)"이라 했음.

46 神休(신휴) : 신의 보호.《한서·양웅전(甘泉賦)》에 「신휴」에 기뻐
하고, 밝은 명호를 존중하네(雍神休, 尊明號.)"라 하고, 진작(晉灼)
의 주에 "「휴」는 아름다운 것인데, 「휴미」한 상서로움으로 보호받는
것을 말한다(休, 美也. 言見祐護以休美之祥.)"고 했음.

47 傍臻(방진) : 광범위하게 도래하는 것.

48 瑞物(서물) : 길상의 물건을 상징함.

49 咸薦(함천) : 모두 예물을 바치러(進獻) 오는 것.

50 元符(원부) : 크게 상서로운 것.《문선》권9 양웅의 〈장양부〉에 "장차
「원부」를 기다려 양보의 터에 선제사를 지내고, 태산에 높이 올라
봉제사를 지냈다(方將俟元符, 以禪梁甫之基, 增泰山之高.)"라 하
고, 이선은 주에서 진작(晉灼)의 말을 인용하여 "「원부」는 크게 상
서로운 것(元符, 大瑞也.)"이라 했음.

51 應天順人(응천순인) :《주역·혁괘(革卦)》에 "탕임금과 무왕이 혁
명하여 하늘에 순종하고 백성들에게 호응하니, 명을 바꾸는 시기가
크구나(湯武革命, 順乎天而應乎人, 革之時大矣哉.)"라 했음. 뒤에

는 봉건왕조나 제왕들이 바뀔 때, 항상 스스로 천명에 순응하고 인심에 따른다고 하면서 습관적으로 이 말을 사용했다.

52 **登封而降禪**(등봉이강선) : 장형의 〈동경부〉에 "산에 올라 「봉」제사를 지내고 내려와서 「선」제사를 지내니, 곧 황제 헌원씨와 덕을 똑같이 했다(登封降禪, 則齊德乎黃軒.)"라 하고, 설종(薛綜)은 주에서 "「등」은 태산에 올라 토지를 봉하는 제사를 지내는 것이고, 「강」은 양보에 내려와서 선제사를 지내는 것을 말한다. 광무제가 태산에 올라갔다가 양보로 내려와서 선제사를 지낸 것으로, 곧 황제 헌원씨와 그 공덕이 똑같음을 말한 것이다(登, 謂上泰山封土, 降, 謂下禪梁父也. 言光武登上泰山, 下禪梁父, 則與黃帝軒轅齊其功德.)"라 했음. 이 세구(元符剖兮地珍見, 既應天以順人, 遂登封而降禪)는 큰 상서로움이 강림하니 땅에서 보배가 솟아 나타나고, 고종이 하늘에 응하고 백성들을 순하게 하여 태산에 올라 봉선을 행한 것을 말한다.

53 **有洛**(유락) : 낙양을 가리키며, 「有」는 어조사로 뜻이 없음.

54 **乘白雲於帝鄕**(승백운어제향) : 《장자·천지(天地)》에 "천 년이나 살아서 세상에 싫증을 느끼면, 신선이 되어 저 흰 구름을 타고 올라가서 제향에 가보시오(千歲厭世, 去而上仙, 乘彼白雲, 至於帝鄕.)"라 했는데, 여기서는 그 뜻을 사용했음. 이 4구는 고종이 장차 낙양의 지세를 고찰하여 명당을 건조하였는데, 아직 그 공을 아직 마치지 못한 상황에서 고종이 세상을 떠났다는 말이다.

55 **欽明**(흠명) : 《서경·요전(堯典)》에 "명문을 공경하다(欽明文思)"라 하고, 공안국 전(孔傳)에 "「흠」은 공경하는 것이다(欽, 敬也.)"했으며, 공영달(孔穎達)은 소에서 정현의 말을 인용하여 "일을 공경하고 절약하여 사용하는 것을 「흠」이라 하고, 사방을 비추는 것을 「명」이라 한다(敬事節用謂之欽, 照臨四方謂之明.)"고 했다. 또한 송나라 진덕수(眞德秀; 1178-1235)는 《대학연의(大學衍義)》에서 "요임금

의 덕(德)을 말하는 것으로, 「흠(欽)」이란 삼가지 않음이 없다는 뜻
이고, 「명(明)」이란 환하게 밝히지 않음이 없다는 뜻이다"라 했음.

56 克昌(극창) : 창대(昌大)하게 하는 것. 《시경·주송(周頌)·옹(雝)》
에 "위로는 하늘을 편안케 하고, 아래로는 그 후손을 창성(극창)하
게 한다(燕及皇天, 克昌厥后.)"라 하고, 정현의 전(箋)에 "문왕의
덕이 편안하여 하늘에 미치게 하고, …… 또 그 자손들을 창대하게
하리라(文王之德安及皇天……又能昌大其子孫.)"고 했음.

57 先軌(선궤) : 선왕의 법도. 《남제서·무제기(武帝紀)》에 "짐이 큰
사업을 이어 받았으니, 선왕의 높은 궤적(선궤)을 그리워하노라(朕
嗣奉鴻基, 思隆先軌.)"고 했음.

58 耿光(경광) : 광휘(光輝), 광영(光榮). 《서경·입정(立政)》에 "문왕
의 밝은 빛을 뚜렷이 하였다(以覲文王之耿光.)"라 하고, 공영달은
《정의(正義)》에서 "문왕의 광명을 분명하게 볼 수 있다(以顯見文王
之光明.)"고 했음.


## 65-3

則使軒轅草圖[59], 羲和練日[60]。

經之營之, 不彩不質[61]。

因子來[62]於四方, 豈殫稅[63]於萬室。

乃準水臬[64], 攢雲樑[65],

鑿玉石於隴坂[66], 空璟材於瀟湘[67]。

巧奪神鬼, 高窮昊蒼[68]。

聽天語之察察[69], 擬帝居[70]之鏘鏘[71]。

雖暫勞而永固兮, 始聖謨[72]於我皇。

헌원씨(黃帝)의 명당도(明堂圖)를 가지고

희씨(羲氏)와 화씨(和氏)에게 택일하여 건축하도록 하였으니,

경영하는데 화려하지도 않고 소박하지도 않았다네.

사방에서 백성들이 자식처럼 몰려오니,

많은 건물을 세우는데 어찌 세금을 탕진하겠는가?

이에 수평의(水平儀)로 측량하여

다리의 기둥들을 구름까지 닿도록 하였는데,

농산(隴山) 언덕에서 나는 옥석과

소상강(瀟湘江) 일대에서 나는 아름다운 목재를

모두 사용하여 남은 것이 없을 정도였다네.

귀신들의 기교를 빼앗아

푸른 하늘까지 높이 세웠으니,

하늘에서 하는 말들을 자세히 들을 수 있으며,

천제가 거주하는 높고 큰 궁전과 비교할 수 있구나.

이렇듯 잠시 힘썼는데도 영원하도록 견고하게 지어졌으니,

비로소 우리 황제께서 성인의 책략을 펼친 것이로다.

..............

59 **軒轅草圖**(헌원초도) : 황제(黃帝) 헌원씨 때의 명당도(明堂圖).《한
서·교사지(郊祀志)하》에서 "처음 천자가 태산에 봉제사를 지낼
때, 고대의 명당이 있던 태산 동북쪽 터는 험하면서도 트이지 않았
다. 천자는 명당을 높고 넓게 수리하려 했지만, 그 제도에 대해 알지
못하였는데, 제남 사람 공옥대(公玉帶)가 황제시대의 명당도를 바
쳤다(初, 天子封泰山, 泰山東北阯古時有明堂處, 處險不敞. 上欲
治明堂奉高旁, 未曉其制度. 濟南人公玉帶上黃帝時明堂圖.)"라
했음.

**60** 羲和練日(희화연일) :「희씨」와 「화씨」같은 천지와 사시(四時)를 관장하는 관리를 시켜 날짜를 선택하도록 하는 것. 《상서 · 요전(堯典)》에 "이에 역관 「희씨」와 「화씨」에게 명하여 하늘을 공경히 따라서 해와 달과 별자리를 기록하고 관찰하여, 백성의 농사철을 공경히 내려 주게 하셨다(乃命羲和, 欽若昊天, 曆象日月星辰, 敬授人時.)"라 하고, 공안국전(孔傳)에 "중려이후에 희씨와 화씨가 천지와 사시의 관직을 장악하였으므로 요임금이 하늘을 공경히 따르도록 명령을 내렸다(重黎之後, 羲氏和氏, 世掌天地四時之官, 故堯命之使敬順昊天.)"라 했다. 「練日」은 택일(擇日)하는 것. 《한서 · 예악지》〈교사가(郊祀歌)〉에 "좋은 길일을 선택하여 군왕이 망제(望祭)를 지내노라(練時日, 侯有望.)"하고, 안사고 주에 "「련」은 선택하는 것이다(練, 選也.)"라 했음.

**61** 經之營之, 不彩不質(경지영지, 불채부질) : 《시경 · 대아 · 영대(靈臺)》에 "영대를 경영하기 시작하여 헤아리고 도모하시자, 서민들이 와서 일하여 하루가 못되어 완성되었네. 경영을 급히 하지 말라하나, 서민들이 자식처럼 달려왔다네(經始靈臺, 經之營之. 庶民攻之, 不日成之. 經始勿亟, 庶民子來.)"라 했음*.

**62** 子來(자래) : 민심이 귀의하는 것이 자녀가 부르지 않아도 스스로 섬기려고 부모에게 달려오는 것과 같음을 말함.

**63** 殫稅(탄세) : 모두 세금으로 내는 것. 장형의 〈동경부〉에 "진왕 정은 …… 아방궁을 세우려고 감천궁에서 시작하여 운각을 연결하고 종남산(終南山)을 덮었으니, 세금도 다하고 인력도 소진되었다(秦政

---

* 공영달의 《정의(正義)》에서도 "言文王有德, 民心附之. 旣徙於豐, 乃經理而量度, 初始爲靈臺之基趾也. 旣度其處, 乃經理之, 營表之. 其位旣定, 於是天下衆庶之民則競攻而築作之, 不設期日而已成之. 民悅其德, 自勸其事, 是民心附之也."라 했다.

…… 迺構阿房, 起甘泉, 結雲閣, 冠南山, 征稅盡, 人力殫.)"라 하고, 설종(薛綜)은 주에서 "징수한 세금을 사치하는데 다 쓰고, 천하의 힘을 만리장성과 궁궐을 짓는데 소모했음을 말한 것으로, 인력이 다 없어진 것이다. 「탄」은 진이다(言征稅之賦盡於奢泰之用, 天下之力盡於長城與宮室也. 人力殫. 殫, 盡也.)"라 했음. 이상 두 구(因子·來於四方, 豈殫稅於萬室)는 명당을 건립할 때 백성들이 즐겁게 따랐으므로 진나라가 강압적으로 부역과 세금을 거둔 사안과는 다름을 말한 것이다.

64 **準水臬**(준수얼) : 표준을 수평의(水平儀)로 측량하는 것. 「水臬」는 수평의(水平儀)로, 고대에 물의 평면을 측정하는 기구. 《주례(周禮)·동관(冬官)》〈고공기(考工記)하〉에서 "장인(匠人)이 도읍을 건립하면서 땅에 수평을 잡아 매달 때, 「얼(槷)」*을 매달아 그림자를 살피며, 「규(規; 콤파스)」를 사용하여 일출 무렵의 그림자와 해질 무렵의 그림자를 알아낸다(匠人建國, 水地以縣, 置槷以縣, 眡其景, 爲規, 識日出之景與日入之景.)"라는 기록이 있으며**, 《문선》하안(何晏)의 〈경복전부(景福殿賦)〉에서도 "제작함에 세밀하지만, 규경에 맞지 않고 수평의에 부합되지 않는 것이 없었다(制無細而不協於規景, 作無微而不違於水臬.)"라 했음.

65 **攢雲樑**(찬운량) : 모아 놓은 다리 기둥들이 모두 구름 속으로 들어가듯이 높은 것. 하안의 〈경복전부〉에 "빛나기가 구름다리가 하늘에 이어진 것과 같다(煥若雲梁承天.)"라 하고, 장선은 주에서 "높이 세워진 다리가 구름과 무지개처럼 하늘과 이어진 모습을 말한다(言梁

---

* 해의 그림자를 측정하는 표주(表柱).

** 정현(鄭玄)은 주에서 "於四角立植, 而縣以水, 望其高下. 高下旣定, 乃爲位而平地也. …… 槷, 古文臬, 假借字也. 於所平之地中, 樹八尺之臬, 以縣正之, 眡之其景, 將以正四方也.)"라 했다.

高如雲虹之狀, 以承於天.)"고 했음.

66 **罄玉石於隴坂**(경옥석어농판) : 농산(隴山)에서 나는 옥석을 모두 사용하는 것. 「罄」은 「盡」의 뜻. 「隴坂」은 곧 농산으로, 지금의 섬서성 농현(隴縣) 서남쪽에서 감숙성 평량현(平涼縣) 일대까지 걸쳐 있다. 《한서·지리지(하)》〈농서군(隴西郡)〉편 안사고 주에 "농지를 「농판」이라고도 부르며, 지금의 농산이다. 이 군에 있는 고개(隴) 서쪽에 있으므로 농서라고 불렀다(隴坻謂隴坂, 卽今之隴山也. 此郡在隴之西, 故曰隴西.)"고 했음.

67 **空瓌材於瀟湘**(공괴재어소상) : 소상강 일대에서 나는 아름다운 목재를 모두 사용하여 하나도 남아 있지 않도록 만들었다는 말.《문선》권1 반고의〈서도부〉에 "훌륭한 목재로 기이하게 만들었다(因瓌材而究奇.)"라 하고, 여연제의 주에서 "「괴」는 아름다운 것(瓌, 美也.)"이라 했음. 「瀟湘」은 소수와 상수로, 지금의 호남성 영주시(永州市)에서 합류한다.

68 **昊蒼**(호창) : 푸른 하늘(蒼天).《문선》권45 반고의 〈답빈희(答賓戲)〉에 "혼돈 상태를 뛰어넘어 「호창(푸른 하늘)」에 의지했다(超忽荒而躆昊蒼也.)"라 하고, 이선은 항대(項岱)의 말을 인용하여 "「호」와 「창」은 모두 하늘을 일컫는다(昊·蒼, 皆天名也.)"고 했음.

69 **察察**(찰찰) : 다급하고 절박한 모양.《노자》(20장)에 "세상 사람은 낱낱이 살피지만(찰찰), 나만 홀로 두루뭉술하다(俗人察察, 我獨悶悶.)"라 하고, 하상공은 주에서 "「찰찰」은 급하고 빠른 것(察察, 急且疾也.)"이라 했음.

70 **帝居**(제거) : 천제(天帝)나 천자가 거주하는 곳. 경도(京都)를 가리키기도 함. 양웅의〈감천부〉에 "「제거(천제가 거주)」하는 현포*로 귀

---

* 장선(張銑)의 주에 "현포는 곤륜산 위에 있으며, 천제가 거처하는 곳이다(懸圃

양보냈네(配帝居之懸圃兮.)"라 하였으며, 또 장형의 〈서경부〉에
"천자가 거주하는 곳에서 복을 구하다(仰福帝居.)"라 하였는데, 설
종(薛綜)은 주에서 "「제거」는 태미궁을 말하며, 오제가 거처하는 곳
(帝居, 謂太微宮, 五帝所居.)"이라 했음.

71 鏘鏘(장장) : 「將將」과 같다. 크고 장대한 모양. 《시경·대아·면
(綿)》에 "이에 응문을 세우니, 응문이 「장장」하구나(迺立應門, 應門
將將.)"라 하고, 모전(毛傳)에 "「장장」은 엄정한 것(將將, 嚴正也.)"
이라 했음.

72 聖謨(성모) : 성인(천자)의 계책.《서경·이훈(伊訓)》에 "성인의 모
략(성모)이 양양하고, 아름다운 말씀이 성대하게 드러나네(聖謨洋
洋, 嘉言孔彰.)"에서 나온 말로, 본래는 성인이 천하를 다스리는 큰
도략인데, 여기서는 제왕의 모략(謀略)을 칭송하는 말임.


## 65-4

觀夫明堂之宏壯也,
則突兀[73]瞳曨[74], 乍明乍蒙,
若太古元氣[75]之結空[76]。
龐縱[77]頹沓[78], 若巍若巢[79],
似天閶[80]地門之開闔[81]。
爾乃劃[82]岈峇[83]以嶽立[84], 郁穹崇[85]而鴻紛[86]。
冠百王而垂勳, 燭萬象[87]而騰文。

---

在昆侖山上, 天帝所居處也.)"라 했다.

窣<sup>88</sup>惚恍<sup>89</sup>以洞啓<sup>90</sup>，呼嵌嵓<sup>91</sup>而傍分，
又比乎崑山<sup>92</sup>之天柱，蠹<sup>93</sup>九霄<sup>94</sup>而垂雲。

광대하고 웅장한 저 명당을 보시게나,
동틀 무렵 우뚝 솟은 모습이
갑자기 밝아졌다가 갑자기 어두워지는데,
태곳적 원기(元氣)가 허공에서 맺히는 듯하구나.
가파르게 겹쳐 쌓은 모양은 높고 웅대하여
천지의 대문들이 열리고 닫히는 듯하다네.
이렇듯 큰 산이 서 있는 것처럼 우뚝 솟았다가 갈라지니,
무성한 모습은 하늘처럼 높고 크기도 하여라.
백왕(百王)들의 으뜸이 되는 공적을 드리우고,
우주의 온갖 형상을 비추면서 현란한 무늬를 드날리는구나.
황홀한 기운으로 활짝 열어 놓고
험준한 산굴 바위를 끌어다 옆에 나누어 놓았으니,
더욱 곤륜산(崑崙山)을 괴고 있는 하늘 기둥과 대등하도록
구천(九天)까지 솟아 구름에 드리웠도다.

················

73 突兀(돌올) : 높이 솟아 나온 모습. 두보의 〈가을바람에 초가집은 부
   서지다(茅屋爲秋風所破歌)〉시에 "어느 때 눈앞에 우뚝한(돌올) 이
   런 집을 볼 수 있으려나(何時眼前突兀見此屋.)"라 했음.
74 曈曨(동롱) : 해가 처음 솟아 나올 때 어두운 데서 차츰 밝아지는
   모습. 《설문·일부(日部)》에 "「농」은 해가 밝아지려는 것이다(曨,
   日欲明也.)"라 했으며, 육기의 〈문부(文賦)〉에서는 "마음이 어두웠
   다가 점점 밝아지면서 더욱 선명해지네(情曈曨而彌鮮.)"라 했음.

75 元氣(원기) : 천지가 아직 나누어지기 전의 혼돈한 기운. 혹은 음양
이 나누어지기 전의 실체. 왕충의 《논형 · 담천(談天)》에 「원기」가
아직 나누어지지 않아서 혼돈한 상태로 하나가 되는 것(元氣未分,
混沌爲一.)"이라 했음.

76 結空(결공) : 공간에서 한데로 뭉치는(結集) 것.

77 龍嵸(농종) : 높이 솟은 모양. 《문선》권8 사마상여의 〈상림부〉에 "우
거진 숭산이 우뚝 솟아 높고 높도다(崇山矗矗, 龍嵸崔巍.)"라 하고,
이선은 곽박의 말을 인용하여 "「농종」과 「최외」는 모두 높고 긴 모
습(龍嵸, 崔巍, 皆高峻貌也.)"이라 했음.

78 頹沓(퇴답) : 겹쳐 쌓는 것(堆疊). 「頹」는 「堆」와 통함.

79 若嵬若嶪(약외약업) : 「嵬」와 「嶪」는 외아(嵬峨)와 급업(岌嶪)으로,
높고 웅대한 모습. 《문선》권2 장형의 〈서경부〉에 "높고 높은 모습이
웅장하도다(狀嵬峩以岌嶪.)"라 하고, 장선(張銑)의 주에 「외아」
와 「급업」은 높고 웅장한 모습(嵬峩 · 岌嶪, 高壯貌.)"라 했음.

80 天閫(천곤) : 하늘의 문지방, 문턱. 《한서 · 양웅전(揚雄)》에 "하늘의
문턱이 갈라지고 땅 끝이 열리었네(天閫決兮地垠開.)"라 하고, 안
사고의 주에 "「천곤」은 천문의 문지방(天閫, 天門之閫也.)"이라고
했음.

81 闔(합) : 문을 닫는 것. 《설문해자》에 "(합은) 첫 번째 닫는 것이다
(一曰閉也.)"라 했음.

82 劃(획) : 나누는 것. 왕기는 주에서 "《증운》에서 「획(劃)」은 가르는
것(增韻, 劃, 剖也.)"이라 했음.

83 岝峉(작액) : 산이 높고 웅장한 모습. 《문선》권12 목화(木華)의 〈해
부(海賦)〉에 "높고 웅장(작액)한 용문을 열다(啓龍門之岝峉.)"라 하
고, 이선은 주에서 "「작액」은 높은 모양(岝峉, 高貌.)"이라고 했음.

84 嶽立(악립) : 산처럼 우뚝 솟은 것. 《문선》권7 반악(潘岳)의 〈적전부

(籍田賦)〉에 "푸른 단이 울창하게 우뚝(악립) 서 있구나(靑壇蔚其嶽立兮.)"라 하고, 여연제는 주에서 "「악립」은 높음을 말한 것(嶽立, 言高也.)"이라 했음.

85 郁穹崇(욱궁숭) : 모습이 크고 높은 것. 「郁」은 「鬱」과 통함. 《문선》 권16 사마상여의 〈장문부(長門賦)〉에 "우뚝한 궁전이 하늘에 닿았으니, 무성하게 날아오르는 모습이 높고 크구나(正殿塊以造天兮, 鬱並起而穹崇.)"라 하고, 곽박의 《방언주(方言注)》에 "「울」은 웅장하며 큰 것이고, 「궁숭」은 높은 모습(鬱, 壯大也. 穹崇, 高貌.)"이라 했음.

86 鴻紛(홍분) : 크고 많은 모양. 왕연수(王延壽)의 〈노영광전부(魯靈光殿賦)〉에 "뛰어나고 진기한 언사가 크고 많구나(羌瑰譎而鴻紛.)"라 하고, 유량(劉良)은 주에서 "「홍」은 크고, 「분」은 많은 것으로, 기이한 모습이 크고 많음을 말한 것(鴻, 大. 紛, 多也. 言奇異之狀大而多也.)"이라고 했음.

87 萬象(만상) : 우주에 있는 모든 사물이나 정경. 삼라만상. 사령운의 〈경구의 북고산 연회에서 명령을 받들어 지은 시(從遊京口北固應詔)〉에 "천자의 마음은 봄기운에 아름답게 빛나며, 「만상」은 모두 고운 빛을 내고 있네(皇心美陽澤, 萬象咸光昭.)"라 했음.

88 窙(효) : 기온이 올라 찌는 모습.

89 惚恍(홀황) : 혼돈하여 분명하지 않은 모양. 《문선》권10 반악의 〈서정부(西征賦)〉에서 "옛날부터 지금까지 멀고 아득하구나. 적막하고 텅비어 「홀황(황홀)」하니, 한 기운이 변화하면서 삼재(天地人)로 밝혔도다(古往今來, 邈矣悠哉, 寥廓惚恍, 化一氣而甄三才.)"라 하고, 이선의 주에 "「요곽」과 「홀황」은 나누어지지 않은 모습이다(寥廓·惚恍, 未分之貌也.)"라 했으며, 또 《노자》14장에도 "이를 일러 「모양 없는 모양」이고, 「아무것도 없음의 형상」이라 하며, 이

것을 「황홀」이라고도 한다(是謂無狀之狀, 無物之象, 是謂惚恍.)"
고 했음.

90 **洞啓**(통계) : 활짝 여는 것(敞開). 반악의 〈적전부(籍田賦)〉에 "천문
을 활짝 열었네(閶闔洞啓.)"라 했음.

91 **嵌嵒**(감암) : 산에 있는 구멍. 산의 험준한 모습. 「嵒」은 「암(巖)」의
이체자. 노조린(盧照鄰)의 〈오비(五悲)·비석유(悲昔遊)〉시에 "험
준한 산굴(감암)에 거처를 삼고, 향기로운 꽃으로 자리를 벌려 놓았
네(因嵌巖以爲室, 就芬芳以列筵.)"라 했음. 이 두 구(寧惚恍以洞
啓, 呼嵌嵒而傍分)는 명당이 유심(幽深)하고 험준함을 형용한 것
이다.

92 **崑山**(곤산) : 곤륜산(崑崙山). 동방삭의 《신이경(神異經)》에 "곤륜
산에 구리 기둥이 있는데, 높아서 하늘까지 들어가므로 천주라고
부른다. 주위 3천리는 둥글게 깎아지른 듯하다(崑崙之山, 有銅柱
焉, 其高入天, 所謂天柱也. 圍三千里, 周圓如削.)"라 했음.

93 **矗**(촉) : 곧게 높이 솟은 것. 《운회(韻會)》에 "「촉」은 위로 솟은 모습
(矗, 聳上貌.)"이라 했음.

94 **九霄**(구소) : 구천과 같은 말로, 하늘의 가장 높은 곳으로 도교에서
는 신선이 거처하는 곳이라 함. 왕기는 주에서 "도교서에 따르면,
구소의 이름은 적소·벽소·청소·강소·금(黔)소·자소·연소·
현소·진소이다. 일설에는 신소·청소·벽소·단소·경소·옥소·
낭소·자소·화소를 「구소」라고 한다(按道書, 九霄之名, 謂赤霄·
碧霄·青霄·絳霄·黔霄·紫霄·練霄·玄霄·縉霄也. 一說以神
霄·青霄·碧霄·丹霄·景霄·玉霄·琅霄·紫霄·火霄爲九
霄.)"라 했으며, 《문선》권22 심약(沈約)의 〈심도사의 집에서 노닐다
(遊沈道士館)〉란 시에 "삼산 꼭대기에 마음을 두고, 구소 가운데에
그리움을 기탁하네(銳意三山上, 託慕九霄中.)"라 읊었고, 장선은

주에서 "「구소」는 구천의 신선들이 거처하는 곳이다(九霄, 九天仙
人所居處也.)"라 했음. 이 두 구(又比乎崑山之天柱, 矗九霄而垂
雲)는 명당의 고준(高峻)하고 웅위(雄偉)함을 형용한 말이다.


## 65-5(1)

於是結構<sup>95</sup>乎黃道<sup>96</sup>, 嵽嶬<sup>97</sup>乎紫微<sup>98</sup>。
絡<sup>99</sup>勾陳<sup>100</sup>以繚垣<sup>101</sup>, 闢閶闔<sup>102</sup>而啓扉<sup>103</sup>。
峥嶸嶒嶷<sup>104</sup>, 粲宇宙之光輝,
崔嵬赫奕<sup>105</sup>, 張天地之神威<sup>106</sup>。

이에 명당을 황도(黃道)에 얽어 건축하였으니
자미원(紫微垣)까지 높이 솟았구나.
둘려있는 담장을 구진(勾陳; 후궁) 별자리에 연결시키고,
천문(天門)에 닿게 하여 사립문을 열어 놓았도다.
가파르고 높아서 우주에 광채처럼 빛나고,
높고 밝아서 천지에 신령스러운 위엄을 펼쳤노라.

.................

95 結構(결구) : 얽어서 만드는 것. 사조(謝朓)는 〈군내 고재에 한가로
이 앉아서 여법조에게 답하다(郡內高齋閑坐答呂法曹)〉란 시에서
"얽어 만든(결구) 집이 얼마나 아득히 떨어져 있는지, 멀리서 바라
다보니 아주 높고 깊구나(結構何迢遞, 曠望極高深.)"라 읊고, 이선
은 주에서 "「결구」는 시령을 얽어서 연결하여 만든 집이다(結構, 謂
結連構架, 以成屋宇也.)"라 했으며, 또 〈노영광전부〉에도 "「결구」

하는 것을 보다(觀其結構.)”라는 구절이 있음.

96 黃道(황도) : 황도는 천문학에서 쓰는 이름. 지구가 태양의 주위를 공전할 때 형성되는 괘도를 가리킴.《한서・천문지(天文志)》에 “태양은 중도로 운행하고 달은 아홉 궤도로 운행한다. 중도는 「황도」인데, 광도라고도 부른다(日有中道, 月有九行. 中道者, 黃道, 一曰光道.)”라 하고,《진서(晉書)・천문지》에서도 “「황도」는 태양이 가는 길로, 반은 적도 밖에 있고 반은 적도 안에 있다(黃道, 日之所行也. 半在赤道外, 半在赤道內.)”라 했음.

97 岧嶢(초요) : 「岹嶢」라고도 하며, 높이 솟은 것. 고준(高峻)한 것. 조식(曹植)의 〈구수부(九愁賦)〉에 “높고 높은(초요) 봉우리로 올라가네(登岧嶢之高岑.)”라 했다. 왕기는 “초요, 쟁영, 회의, 최외는 산이 높은 것을 말하지만, 건물이 높은 것을 비유하기도 한다(岧嶢, 峥嶸, 崟巖, 崔嵬, 並言山之高峻, 借以喩室之高峻也.)”라 했음.

98 紫微(자미) : 자미원(紫微垣)으로 별 이름. 북두칠성의 동북쪽에 있는 열다섯 개의 별 가운데 하나로, 중국 천자(天子)의 운명과 관련된다고 하며, 후에는 대부분 제왕의 궁전을 가리켰음.《진서・천문지》에 “북극의 다섯 별, 구진의 여섯 별은 모두 자궁가운데 있는데, 자궁원 십오성은 그 서번에 일곱별, 동번에 여덟별로, 북두성의 북쪽에 있다. 「자미」라고도 부르며, 대제의 자리로 천자가 항상 머무르면서 운명과 법도를 주관한다(北極五星, 鉤陳六星, 皆在紫宮中, 紫宮垣十五星, 其西蕃七, 東蕃八, 在北斗北, 一曰紫微, 大帝之座也, 天子之常居也, 主命主度也.)”라 했다. 왕연수(王延壽)의 〈노영광전부(魯靈光殿賦)〉에 “이에 영광이란 비밀스런 궁전을 세우니,「자미」궁과 짝하여 서로 보좌한다(乃立靈光之秘殿, 配紫微而爲輔.)”라 하고, 여연제는 주에서 “「자미」는 황제의 궁전(紫微, 帝宮也.)”이라 했으며, 반고의 〈서도부〉에 “지신의 올바른 방위에 준거하였으며, 태

자원의 둥글고 네모진 모양을 모방하였다(據坤靈之正位, 倣太紫之圓方.)"라 하고, 이선은 주에서 《칠략》에서 이르기를, 군왕은 천지를 스승으로 삼고 하늘을 근본으로 삼아 행동한다. 그래서 명당을 지을 때 안에는 태실이 있는데 「자미」궁을 상징하며, 남쪽에 있는 명당은 태미성을 상징한다(七略曰, 王者師天地, 體天而行. 是以明堂之制, 內有太室, 象紫微宮, 南出明堂, 象太微.)"고 했음.

99 **絡**(락) : 하나도 빠짐없이 모두 한데 모으는 것(網絡).

100 **勾陳**(구진) : 곧 「구진(鉤陳)」으로, 《진서(晉書)·천문지(天文志)》에 "「구진」은 후궁으로, 황제의 정비이다(鉤陳, 後宮也, 大帝之正妃也.)"라 했다. 반고의 〈서도부〉에 "주위는 후궁들의 자리이니, 야경을 엄하게 하여 경비하는 관서가 방비하네(周以鉤陳之位, 衛以嚴更之署.)"라 읊었는데, 이선은 주에서《낙즙도(樂汁圖)》를 인용하여 "「구진」은 후궁이다(鉤陳, 後宮也.)"라 하였고, 이주한(李周翰)의 주에서는 "「구진」은 별이름으로, 자미궁을 지킨다. 지금 궁궐과 떨어져서 다른 호위를 받는 형상이다(鉤陳, 星名, 衛紫微宮. 今離宮別衛以取象焉.)"라고 했음.

101 **繚垣**(요원) : 끊이지 않고 연속하여 둘려있는 담장(圍牆). 《문선》권2 장형(張衡)의 〈서경부(西京賦)〉에 "둘려있는 담장이 연속되어 4백여리나 된다(繚垣綿聯, 四百餘里.)"라 하였는데, 설종은 주에서 "「요원」은 둘려있는 것과 같다(繚垣, 猶繞了也.)"라 하였으며, 장선은 주에서 "「료」는 긴 것과 같으며, 「원」은 담장이다(繚, 猶長也. 垣, 牆也.)"라 했음.

102 **閶闔**(창합) : 전설 가운데 서방에 있는 천문(天門)으로, 천궁(天宮)의 문이다. 《초사·이소(離騷)》에 "내가 천제의 문지기에게 관문을 열게 하니, 「창합」에 기대어 나를 바라보네(吾令帝閽開關兮, 倚閶闔而望予.)"라고 하였는데, 왕일(王逸)의 주에 "「창합」은 천

궁의 문(閶闔, 天門也)"이라고 하였으며, 또 《설문·문부(門部)》
에서는 "「창」은 천문이고 「합」은 사립문으로, 초나라 사람들은
「문」을 모두 창합이라 부른다(閶, 天門也. 闔, 門扇也. 楚人名門
皆曰閶闔.)"고 했음.

103 啓扉(계비) : 개문(開門). 《문선》권1 반고의 〈서도부〉에 "험준한
길로 가서 문을 열었(계비)네(臨峻路而啓扉.)"라 하고, 장선은 주
에서 "「계」는 여는 것이고, 「비」는 문짝(啓, 開也. 扉, 門扉.)"이
라고 했음.

104 崢嶸增嶷(쟁영증억) : 왕기는 "초요, 쟁영, 증억, 최외는 모두 산의
고준함을 말한 것으로서, 가차하여 건물의 고준함을 비유하였다
(岧嶤, 崢嶸, 增嶷, 崔嵬, 並言山之高峻, 借以喩室之高峻也.)"고
했음.

105 赫奕(혁혁) : 빛나는 모습. 광명이 성한 모습. 《문선》권11 하안(何
晏)의 〈경복전부(景福殿賦)〉에 "「혁혁」하여 크게 밝으니, 일월이
하늘에서 아름다운 것과 같다(赫奕章灼, 若日月之麗天也.)"라 하
고, 이선은 주에서 "「혁혁장작」은 모두 광명이 밝게 나타나는 것
(赫奕章灼, 皆光顯昭明也.)"이라 했음.

106 張天地之神威(장천지지신위) : 천지의 신령스런 위엄을 드러내는
것. 하안의 〈경복전부〉에 "지체 높은 집의 측당에 앉아서, 성스런
임금의 「신위」를 밝히네(坐高門之側堂. 彰聖主之神威.)"라는 구
절이 있음.

65-5(2)

夫其背泓<sup>107</sup>黃河, 珉<sup>108</sup>瀨<sup>109</sup>清洛<sup>110</sup>。

太行[111]卻立[112], 通谷[113]前廊[114]。
遠則標熊耳[115]以作揭[116], 豁[117]龍門[118]以開關。
點翠緱[119]於鴻荒[120], 洞清陰乎群山。
及乎煙雲卷舒, 忽出乍沒[121]。
岌嵩[122]噴伊[123], 倚日薄月。
雷霆之所鼓蕩, 星斗之所伍扡[124]。
挐金龍之蟠蜿[125], 卦天珠之硨矸[126]。

명당 뒤에는 황하가 깊이 흐르고,
경계에는 맑은 낙수(洛水)가 소용돌이치는구나.
태항산(太行山)은 뒤로 물러나 서 있으며,
통곡(通谷)은 앞을 개통하고 있다네.
먼 곳에 있는 웅이산(熊耳山)은 고봉의 표지(標幟)가 되고,
관문이 열리면서 용문(龍門)과 통하였도다.
아득히 넓은 지역에는 청록색 비단을 풀어놓은 듯하고
여러 산에는 맑은 그늘이 그윽하며,
연기와 구름은 말렸다 펴지면서
홀연히 나타났다가 갑자기 사라지는구나.
높디높은 숭산(崇山)과 물을 뿜어내는 이수(伊水)는
해를 의지한 채 달과 가까이 있으니,
벼락과 천둥이 세차게 치는 곳이요
북두성(北斗星)을 어루만질 수 있는 곳이로다.
서리어 요동치는 금용(金龍)을 잡아놓고
움직이는 하늘 구슬을 걸어 놓을 수 있으리라.

··············

107 泓(홍) : 물이 깊고 넓은 모양. 곽박(郭璞)의 〈강부(江賦)〉에 "매우
많고 깊은 수량(홍량)이 바다로 나아가니, 물이 아득히 이어져 하
늘에 넘치는 모습이네(極泓量而海運, 狀滔天以森茫.)"라 했으며,
《설문해자》에서 "「홍」은 아래가 깊은 것(泓, 下深也.)"이라고 했음.

108 垠(은) : 언덕, 땅의 경계(界限), 변제(邊際). 《초사 · 원유(遠遊)》
에 "그 크기가 끝(垠)이 없다(其大無垠.)"라 했음.

109 瀨(뢰) : 급류, 여울. 《설문해자》에서 "물이 모래위로 흐르는 것이
다(水流沙上也.)"라고 설명했다. 《문선》권5 좌사의 〈오도부(吳都
賦)〉에 "맑고 흐린 물을 끌어들이니, 파도와 여울(瀨)이 혼합되었
네(控淸引濁, 混濤並瀨.)"라 하고, 유규(劉逵)는 주에서 "「뢰」는
급히 흐르는 여울(瀨, 急湍也.)"이라 했음.

110 淸洛(청락) : 맑은 낙수(洛水). 《원화군현지》권5 〈하남도 낙양현
(洛陽縣)〉편에 "낙수는 현 서남쪽 30리에 있다(洛水, 在縣西南三
里.)"고 했다. 《문선》권3 장형의 〈동경부〉에 "황하를 등지고 낙수
로 거슬러 올라가니, 왼쪽에는 이수요 오른쪽은 전수로다(溯洛背
河, 左伊右瀍.)"라 하고, 설종은 주에서 "「낙」은 낙수고, 「하」는 황
하다(洛, 洛水. 河, 黃河.)"라고 했음.

111 太行(태항) : 태항산. 《원화군현지》권20 〈하남도 회주(懷州) 하내
현(河內縣)*〉편에 "태항산은 하내현 북쪽 2십리에 있다(太行山,
在縣北二十五里.)"라 했음. 태항산은 산서성과 하북성의 평원사
이에 있는 산으로, 북단은 거마하곡(拒馬河谷)에서 시작해서 남
단은 진(晉) · 예(豫)변경의 황하연안까지 이르는데, 길이는 남북
으로 4백km이다.

---

\* 지금의 하남성 심양현(沁陽縣).

112 郤立(각립) : 뒤로 물러나 서 있는 것. 《사기·염파인상여열전(廉頗藺相如列傳)》에 "진왕이 구슬을 돌려주자, 인상여는 이에 구슬을 가지고 물러나 서서(각립) 기둥에 기대었는데, 크게 노하니 곤두선 머리털이 관(冠)을 찔렀다(王授璧, 相如因持璧卻立, 倚柱, 怒髮上衝冠.)"라 했음. 여기서는 태항산이 명당 뒤로 물러나 서 있는 것을 말한다.

113 通谷(통곡) : 골짜기 이름(谷名)으로, 낙양성(洛陽城) 남쪽 50리에 있음. 《문선》권19, 조식의 〈낙신부(洛神賦)〉에 "「통곡」을 지나서 경산에 올라갔다(經通谷, 陵景山.)"라 하고, 이선은 주에서 화연(華延)의 《낙신기(洛陽記)》를 인용하여 "성남쪽 5십리에 큰 골짜기가 있는데, 예전 이름이 「통곡」이다(城南五十里有大谷, 舊名通谷.)"라 했다. 또한 장형의 〈동경부(東京賦)〉에 "맹진은 그 뒤로 막힘없이 트였고, 태곡은 그 앞으로 통하였다(盟津達其後, 太谷通其前.)"라 했는데, 여기서 「太谷」은 대곡(大谷)으로 곧 통곡이며, 「通其前」은 곧 여기서의 「前廓」이다.

114 廓(확) : 개통(開通), 개척(開拓)하는 것.

115 熊耳(웅이) : 웅이산(熊耳山)으로 지금의 하남성 서북부에 있으며, 진령(秦嶺) 동단(東段)의 지맥이다. 《문선》권3 장형의 〈동경부〉에서 "대실에 진지를 만들고, 웅이산을 표지로 삼는다(大室作鎭, 揭以熊耳.)"라 하고, 설종(薛綜)은 주에서 "「대실」은 숭고의 별명이며, 「게」는 대표와 같다. 높은 숭산을 나라의 진지로 삼고, 또 「웅이」산을 대표로 삼은 것을 말한다(大室, 嵩高別名也. 揭, 猶表也. 言以嵩高之嶽, 爲國之鎭也. 復表以熊耳之山.)"라 하고, 이선은 주에서 "「웅이」는 산명이다. 《상서》전에서 웅이산은 의양의 서쪽에 있다(熊耳, 山名也. 尙書傳曰, 熊耳山在宜陽之西也.)"고 했음.

116 揭(게) : 「楬(푯말)」과 통하며 표지(標幟)임. 《문선》권12 곽박의
〈강부(江賦)〉에 "아미산은 천양의 표지(게)다(峨嵋爲泉陽之揭)"
라 하고 이선은 주에서 "「게」와 「표」는 모두 표지다(揭, 標, 皆表
也.)"라 했음. 이 구(遠則標熊耳以作揭)는 먼 곳에 있는 웅이산
(熊耳山)이 고봉(高峰)의 표지가 되었다는 말이다.

117 豁(활) : 통하는 것.

118 龍門(용문) : 산 이름으로, 곧 이궐(伊闕)이며, 지금의 하남성 낙
양시 남쪽 30리에 있다. 《수경주 · 이수(伊水)》에 "예전에 우임금
이 「용문」을 터서 물이 통하도록 하였는데, 두 산이 서로 마주하
여 보는 것이 궁궐과 같았으며, 그사이로 이수가 지나가므로 이궐
이라 불렀다(昔大禹疏龍門以通水, 兩山相對, 望之若闕, 伊水歷
其間, 故謂之伊闕.)"라 하고, 《한서 · 구혁지(溝洫志)》에도 "옛날
우임금이 치수할 때 산릉이 길을 막으면 허물었다. 이렇듯 「용문」
을 뚫어서 이궐을 열었다(昔大禹治水, 山陵擋路者毀之, 故鑿龍
門, 辟伊闕.)"고 했음.

119 翠綵(취채) : 청록색 비단.

120 鴻荒(홍황) : 왕기는 "대황(大荒)으로 아득히 멀고 오래된 지역(曠
遠之地)을 말한다"고 했음. 소사윤 본에는 「鴻」이 「洪」으로 쓰여
있다.

121 乍沒(사몰) : 홀연히 사라지는 것. 《맹자》〈공순추(公孫丑)상〉에
"지금 어떤 사람이 별안간(乍) 어린아이가 우물에 빠지려는 것을
본다면, 누구나 두려워하고 측은한 마음이 일어날 것이다(今人乍
見孺子將入於井, 皆有怵惕惻隱之心.)"라 하고, 주희 주에 "「사」
는 홀연과 같다(乍, 猶忽也.)"고 했음.

122 岌嵩(급숭) : 높고 높은 숭산. 「岌」은 산이 솟아 높은 모습. 「嵩
山」은 지금의 하남성 등봉시(登封市) 경내, 낙양 동남쪽에 있다.

《원화군현지(元和郡縣志)》권6 〈하남부등봉현(河南府登封縣)〉편에 "등봉현 숭고산은 현의 북쪽 8리에 있으며, 방외산이라고도 부른다. 또한 동쪽을 태실, 서쪽을 소실이라 부르며, 숭고산은 전체이름으로 곧 중악이다. 산의 높이는 2십리이고, 둘레는 1백3십리다(登封縣嵩高山在縣北八里. 亦名方外山, 又云東曰太室, 西曰少室, 嵩高總名, 即中岳也. 山高二十里, 周迴一百三十里.)"라했음.

123 噴伊(분이) : 물을 뿜어내는 이수(伊水).《원화군현지》권6 〈하남부이양현(河南府伊陽縣)〉편에 "이수는 현의 서남쪽에 있으며, 난장산에서 나와서 동쪽으로 흘러간다. 수경주에서 「이수는 …… 남양의 노양현 만거산에서 나와서, 동쪽으로 흘러 육혼현 남쪽으로 가서, 다시 동쪽 이궐 가운데를 지나가고, 다시 동북쪽 낙수로 흘러들어간다」(伊水在縣西南, 出鸞掌山, 東流. 水經云, 伊水 …… 出南陽魯陽縣蔓渠山, 東流過陸渾縣南, 又東流過伊闕中, 又東北入於洛.)"는 기록이 있음. 여기서 이양현은 지금의 여양현(汝陽縣)이고, 노양현(魯陽縣)은 지금의 노산현(魯山縣)이며, 육혼현(陸渾縣)은 지금의 숭현(崇縣)으로 모두 하남성(河南省) 경내에 있다.

124 伓扢(비흘) : 어루만지는 것(摩拭). 소사윤 본에는 「扢」이 「仡」로쓰였다.

125 挐金龍之蟠蜿(나금룡지반완) : 「挐」는 「拏」와 통하며, 견인하는것. 「蟠蜿」은 용과 뱀이 움직이는 모양.《수당가화(隋唐嘉話)》하권에 "지금 명당이 서남쪽으로 조금씩 기울어지기 시작하자, 장인(匠人)들에게 가운데를 나무로 떠받치도록 했다. 무후는 사람들이보지 못하도록 하려고 아홉 마리 용이 서려있는 모양을 더 설치하였다. 그 둥근 덮개위에는 본래 하나의 황금 봉황이 있었는데, 이번에 봉황을 구슬로 바꾸고 여러 마리 용들이 그것을 떠받치도록

하였다(今明堂始微於西南傾, 工人以木於中薦之. 武后不欲人見, 因加爲九龍盤糺之狀. 其圓蓋上本施一金鳳, 至是改鳳爲珠, 羣龍捧之.)"는 기록이 있음.

126 碑矹(율올) : 모래와 돌이 물결을 따라 유동하는 모습. 곽박(郭璞) 의 〈강부(江賦)〉에 "큰 돌이 물을 따라 움직이면서(율올) 앞을 치우고 있다(巨石碑矹以前卻.)"라 하고, 이선은 주에서 "「율올」은 돌이 굴러 움직이는 모습(碑矹, 石轉動貌.)"이라 했음.

**65-6(1)**

勢拔五嶽, 形張四維[127]。
軋[128]地軸[129]以盤根, 摩天倪[130]而創規。
樓臺崛岉[131]以奔附, 城闕嵾岑[132]而蔽虧[133]。
珍樹翠草, 含華[134]揚蕤[135]。
目瑤井[136]之熒熒[137], 拖玉繩[138]之離離[139]。
致[140]華蓋[141]以儻滃[142], 仰太微[143]之參差。

명당은 오악(五嶽)을 뽑을 기세이며,
천지사방의 모퉁이(四維)로 펼쳐진 형상이니,
아래로는 지축(地軸)에 기반을 두고 버티고 있으며,
위로는 하늘 가장자리를 어루만지노라.
누대(樓臺)는 높이 솟아 달리듯 모이고,
성궐은 험준한 봉우리를 가리고 덮었으며,
진기한 나무와 비취색 풀들은
꽃을 피우며 향기를 날리는구나.

번쩍이는 요정(瑤井) 별자리를 주시하고

밝게 빛나는 옥승(玉繩) 별을 끌어당기며,

넓고 큰 화개(華蓋) 별자리에 이르러서

들쭉날쭉 떠있는 태미성(太微星)을 우러러보고 있노라.

················

127 四維(사유) : 동남·동북·서남·서북의 네 모퉁이(四隅). 《초학
기(初學記)》권1〈천(天)〉편에서 《찬요(纂要)》를 인용하여 "동서남
북을 사방이라 하고, 사방의 모퉁이(구석)를 「사유」라 한다(東西
南北曰四方, 四方之隅曰四維.)"라 했으며, 《회남자·천문(天文)》
에도 "동북을 보덕지유라 부르고, 서남을 배양지유라 부르며, 동
남을 상양지유, 서북을 제통지유라 부른다(東北爲報德之維也. 西
南爲背陽之維, 東南爲常羊之維, 西北爲蹄通之維.)"라 하고, 고
유는 주에서 "네 구석을 「유」라 부른다(四角爲維.)"고 했음.

128 軋(알) : 곤압(滾壓). 《설문해자》에 "「알」은 구르는 것이다(軋, 輾
也.)"라 했음.

129 地軸(지축) : 고대전설 중 대지의 축. 장화의 《박물지(博物志)》권1
에 "땅에는 3천6백개의 축이 있어서, 개의 어금니처럼 서로 들어
맞물려 움직이고 있다(地有三千六百軸, 犬牙相擧.)"라 했으며,
또 목화(木華)의 〈해부(海賦)〉에서 "모습은 하늘의 바퀴처럼 세차
게 달라붙어서 격렬하게 회전하고, 또 「지축」처럼 우뚝 솟아서 다
투어 도는 것 같다(狀如天輪, 膠戾而激轉. 又似地軸, 挺拔而爭
迴.)"라 하고, 이선은 주에서 《하도괄지상(河圖括地象)》을 인용하
여 "지하에는 네 기둥이 있는데, 넓이가 1십1만리이고 3천6백개의
「축」이 있다(地下有四柱, 廣十萬里, 有三千六百軸.)"고 했음.

130 天倪(천예) : 자연의 분제(分際). 왕기는 주에서 "하늘의 가장자리

(天之邊際.)"라고 했다. 《장자·제물론(齊物論)》에 "무엇이 「천
예」와 조화를 이룬다고 할 수 있는가(何謂和之以天倪.)"라 하고,
곽상(郭象)은 주에서 "「천예」는 자연의 구분(天倪者, 自然之分
也.)"이라 했음. 이상 두 구(軋地軸以盤根, 摩天倪而創規.)는 명
당은 아래로 지축에 기초를 두고 위로는 높이 하늘의 가장자리에
닿을 정도임을 말한 것으로, 명당이 견고(穩固)하고 고준(高峻)함
을 비유하였다.

131 崛岉(굴물) : 높이 솟은 모양(高耸貌). 《문선》권11 왕연수의 〈노영
광전부〉에 "우뚝한 산이 울창하게 얽혀 대치하고, 청운까지 높이
솟았네(屹山峙以纤鬱, 隆崛岉乎青雲.)"라 하고, 장재(張載)의 주
에 "「굴물호청운」은 이 물건이 위로 청운까지 닿은 것을 말한 것
(崛岉乎青雲, 言此物上逮青雲.)"이라 하고, 유량 주에 "「융굴물」
은 지극히 높은 모양(隆崛岉, 極高貌.)"이라 했음.

132 峇岑(음잠) : 고준(高峻)한 모양. 산세가 험준(险峻)한 것.

133 蔽虧(폐휴) : 가리거나 덮음(遮蔽). 《문선》권7 사마상여의 〈자허
부〉에 "높은 봉우리가 들쑥날쑥해서, 해와 달을 가려 이지러졌다
(岑崟參差, 日月蔽虧.)"라 하고, 곽박은 주에서 "장읍이 말했다.
「높은 산이 일월을 안아 가리는 것이고, 휴(虧)는 이지러져서 반쯤
보이는 것이다」(張揖曰, 高山擁蔽日月. 虧, 缺, 半見也.)"라 했음.

134 含華(함화) : 꽃이 피는 것(開花). 「華」는 「花」와 같음. 《문선》권4
장형의 〈남도부(南都賦)〉에 "부용(연꽃)이 피었네(芙蓉含華.)"라
하고, 여향(呂向)은 주에서 "연꽃이 바람따라 개화하는 것을 말한
다(言芙蓉順風開華.)"고 했음.

135 揚蕤(양유) : 꽃향기가 날아 퍼지는 것. 좌사의 〈오도부〉에 "소꼬
리 깃발이 휘날리고, 웅장한 창끝이 빛나노라(牛旄揚蕤, 雄戟耀
芒.)"고 읊었다*. 《설문해자》에 "「류」는 초목과 꽃이 드리운 모양

(蕤, 草木花垂貌.)"이라고 했음.

136 **瑤井**(요정) : 별자리(星座) 이름. 왕기는 주에서 "「瑤井」은 옥정(玉井)이다"라 했다. 《진서(晉書)·천문지(天文志)》에 "옥정 네별은 삼성(參星) 왼편 발아래에 있으며, 주로 마실 물을 부엌에 공급한다(玉井四星, 在參左足下, 主水漿以給廚.)"고 했음*.

137 **熒熒**(형형) : 별빛이나 촛불이 번쩍 빛나는 모양. 한나라 진가(秦嘉)의 〈부인에게 드리는 시(贈婦詩)〉에 "휘날리는 장막이요, 「형형」히 빛나는 화촉(등불)이로다(飄飄帷帳, 熒熒華燭.)"라 읊었음.

138 **玉繩**(옥승) : 별 이름. 옥형(玉衡) 북쪽에 있는 별. 《문선》권2 장형의 〈서경부〉에 "궁중의 작은 문으로 올라가 우러러 요광과 「옥승」별을 똑바로 바라보네(上飛闥而仰眺, 正睹瑤光與玉繩.)"라 하고, 이선은 주에서 "북두칠성의 일곱 번째 별을 요광이라 한다(北斗七星第七曰瑤光.)"와 "옥형의 북쪽 두별이 「옥승」이다(玉衡北兩星爲玉繩.)"라 했음.

139 **離離**(이리) : 밝게 빛나는 모양. 위항(衛恒)의 〈자세(字勢)〉에 "별이 빛을 펼치면서 밝게 빛나네(星離離以舒光.)"라 했음.

140 **撴**(치) : 이르다(至, 到)의 뜻. 《방언》권13에 "「撴」는 도달하는 것이다(撴, 到也.)"라 했음.

141 **華蓋**(화개) : 고대 중국의 별자리(星官) 이름. 삼원(三垣)가운데 자미원(紫微垣)으로 모두 일곱 개의 별(七星)이며, 우산 모습이다. 제왕 혹은 고급관리들이 쓰는 일산(日傘)이 물건을 가리는 형상임. 《진서(晉書)·천문지(天文志)상》에 "황제 위에 있는 아홉개

---

* 양형(楊炯)의 〈당우장군위철신도비(唐右將軍魏哲神道碑)〉에서도 "三周(從)按禮, 無虧內則之風, 四德揚蕤, 載闡中閨之訓."라 했다.

* 포조(鮑照)는 〈양기수풍(陽岐守風)〉시에서 "差池玉繩高, 掩藹瑤井沒."라 읊었다.

별을 「화개」라 하는데, 황제의 자리를 덮어 가리기 때문에 이렇게 부른다(大帝上九星曰華蓋, 所以覆蔽大帝之坐也.)"고 했음.

142 儻漭(당망) : 광대(廣大)한 모양. 「儻莽」으로도 쓴다. 《문선》권17 왕포(王褒)의 〈통소부(洞簫賦)〉에 "광대한 곳을 두루 바라보며, 탁 트인 곳으로 연달아 이끌어 들이네(彌望儻莽, 聯延曠盪.)"라 하고, 이선은 주에서 "「당망」과 「광탕」은 넓고 큰 모습(儻莽, 曠盪, 寬廣之貌.)"이라 했음.

143 太微(태미) : 태미원(太微垣)으로, 고대 성관(星官)의 이름. 삼원 (三垣)의 하나. 《보천가(步天歌)》에 따르면, 「태미원」은 삼원가운데 상원(上垣)으로서 태미원 또는 천정(天庭)이라 부르며, 정부 (政府)의 의미로 또한 귀족이나 대신들이 거주하는 곳이라고 했다. 《진서(晉書)·천문지(天文志)》에 "「태미」는 천자의 정원이고, 오제의 자리이며, 열두 제후의 관청(太微, 天子庭也. 五帝之座也, 十二諸侯府也.)"이라 했음.


## 65-6(2)

擁以禁扃[144], 橫以武庫[145]。

獻房心[146]以開鑿, 瞻少陽[147]而舉措[148]。

採殷制, 酌夏步[149]。

雜以代室重屋之名[150], 括以辰次火木之數[151]。

壯不及奢, 麗不及素。

層簷屹其霞矯[152], 廣廈鬱以雲布[153]。

掩日道[154], 遏風路。

陽烏[155]轉影[156]而翻飛, 大鵬橫霄而側度[157]。

궁궐 문을 끼고 무기고(武器庫)가 가득 찼으며,

방성(房星)과 심성(心星)까지 나아가 통하고

동방 소양(少陽)의 위치에 안배했도다.

은(殷)나라와 하(夏)나라 제도를 채택하고 참작하여

대실(代室)과 중옥(重屋)이란 이름을 섞어 썼으며,

진(辰)의 차례에서 목(木)과 화(火)의 수리를 포괄하였다네.

굳센 것은 넉넉함에 미치지 못하고,

화려한 것은 소박함에 미치지 못하노니,

누대의 계단과 처마는 노을이 일어나듯 곧게 서 있고,

넓은 집들은 구름처럼 울창하게 펼쳐져 있도다.

태양이 운행하는 길을 가리고

바람이 지나는 길을 막고 있으니,

삼족오(三足烏)는 그림자를 돌려 날아오르고

대붕(大鵬)은 하늘을 가로질러가다가 옆으로 비켜 건너가는구나.

................

144 禁扃(금경) : 금문(禁門)으로 궁궐의 문.

145 橫以武庫(횡이무고) : 「橫」은 충일(充溢). 가득한 것. 「武庫」는 조정에서 병기를 보관하는 궁으로, 무기고임. 《문선》권2 장형의 〈서경부〉에 "무기고(武庫)와 금위군을 난기(蘭錡)*에 설치하였네(武庫禁兵, 設在蘭錡.)"라 하고, 설종(薛綜)의 주에 "「무고」는 천자의 병기를 주관하는 건물(武庫, 天子主兵器之宮也.)"이라고 했으며, 《진서·천문지》에도 "서방 열여섯 번째 규성은 하늘의 무기고다(西方奎十六星, 天之武庫也.)"라 했음.

---

* 《문선》 주에 "兵器架也. 受他兵曰蘭, 受弩曰錡."라 했다.

146 **房心**(방심) : 두 별 이름으로, 방성과 심성. 《사기 · 천관서(天官 書)》에 "동궁 창룡은 「방성」과 「심성」이다.……방은 하늘의 정부로 천사라고 부른다(東宮蒼龍, 房心.……房爲天府, 曰天駟.)"라 하 고, 사마정의 《색은》에 "방성과 심성은 명당이며, 천왕이 정사를 펼치는 궁궐(房心爲明堂, 天王布政之宮.)"이라 했음*.

147 **少陽**(소양) : 동방. 《문선》권11 왕연수의 〈노영광전부〉에 「소양」 (동방)에서 명당을 계승하여 규성의 분야에서 빛나면서 나타난다 (承明堂於少陽, 昭列顯於奎之分野.)"라 하고, 이선은 주에서 "한 나라 명당을 계승하고, 소양의 위치에 있으면서 그 광채가 나열되 어 빛나서 규성의 분야에 나타난 것을 말한다. ……《한서》에서는 「태산군 봉고현에 명당이 있는데, 무제가 건립하였다」고 하면서, 또 「소양은 동방이다」라 했다. ……《춘추설제사》에서는 「심성은 하늘에의 명당으로 정교를 펼치는 곳이며, 영광전이 하늘의 명당 을 계승하여 소양의 위치에 있음을 말한 것이다」(言承漢明堂, 而 在少陽之位, 其光昭列, 顯於奎之分野也. …… 漢書曰, 泰山郡奉 高縣有明堂, 武帝造. 又曰, 少陽, 東方也. …… 春秋說題辭曰, 心爲天, 明堂以布政教, 言靈光承天之明堂, 在少陽之地.)"이라 했음. 여기서는 당에서 동도 낙양에 세운 명당이 수도 장안의 동 쪽에 위치함을 말한 것이다.

148 **擁以禁扃**(옹이금경)이하  **瞻少陽而擧措**(첨소양이거조)까지4구 : 이상 네 구는 명당이 위로는 별의 모양과 합치됨을 말한 것으로, 방성과 심성은 동궁 창룡에 위치하여 동방 소양의 자리에 있으며, 한나라 무제가 만든 명당은 곧 소양의 자리인 태산군 봉고현에 있

---

* 《晉書 · 天文志》에도 "房四星爲明堂, 天子布政之宮也. …… 心三星, 天王正 位也. 中星曰明堂, 天子位."라 했다.

다. 당나라 명당 역시 하늘의 형상을 승계하여 동도 낙양에 명당을 세운 것을 말한다.

149 采殷制, 酌夏步(채은제, 작하보) : 하은주 삼대의 제도를 채작(採酌)한 것. 《주례·고공기(考工記)·장인(匠人)》에 "하후씨의 세실은 당(堂)의 깊이가 7보이고, 넓이는 깊이의 4배다. 당상에 5개의 실(室)이 있는데 매 실마다 3~4보이며, 4개의 담장은 두께가 3척이다. 당의 사면에 9층의 계단이 있다. 매 실의 사방 곁에 두 개씩 협창이 있으며, 흰색으로 장식하였다. 문당의 면적은 정당의 3분의 2이고, 실(室)은 정당의 3분의 1이다. 은나라 사람의 중옥은 당의 깊이는 7심이고 당의 높이는 3척이며, 당 네 모퉁이 위에 중옥이 있다. 주나라 사람의 명당은 9척의 연(筵)으로 측량하는데, 동서는 넓이가 9연이고 남북은 깊이가 7연이고 당의 높이는 1연이며, 모두 5실이 있는데 매 실마다 2연이다(夏后氏世室, 堂修二七, 廣四修一, 五室三四步, 四三尺, 九階. 四旁兩夾窗, 白盛. 門堂三之二, 室三之一. 殷人重屋, 堂修七尋, 堂崇三尺, 四阿重屋. 周人明堂, 度九尺之筵, 東西九筵, 南北七筵, 堂崇一筵, 五室, 凡室二筵.)"라 하고, 정현은 주에서 "세실은 종묘이며, …… 중옥은 왕궁의 정당으로 대침과 같다. …… 명당은 정교를 밝히는 당(堂)으로, 주나라 제도에서는 연으로서 왕들이 서로 고쳤다(世室者, 宗廟也. …… 重屋者, 王宮正堂, 若大寢也. …… 明堂者, 明政敎之堂, 周度以筵, 亦王者相改.)"고 했음.

150 雜以代室重屋之名(잡이대실중옥지명) : 세실과 중옥이란 이름을 잡용한 것. 「代室」은 「세실(世室)」인데, 왕기는 당 태종(李世民)을 피휘하여 「세」를 「대(代)」로 바꿨다고 했다. 세실은 곧 명당이다. 채옹(蔡邕)의 《채중랑집(蔡中郞集)》권10 〈명당월령론(明堂月令論)〉에 "명당은 천자의 태묘로 그 조상의 종묘에 제사지내면서 상

제도 함께 지낸다. 하후씨는 세실, 은나라 사람들은 중옥, 주나라 사람들은 명당이라 불렀다(明堂者, 天子太廟, 所以宗祀其祖, 以配上帝者也. 夏后氏曰世室, 殷人曰重屋, 周人曰明堂.)"고 했음.

151 **括以辰次火木之數**(괄이진차화목지수) : 규모와 범위의 광활한 수를 포괄(包括)하는 것. 《태평어람》권523에서 〈춘추합성도(春秋合誠圖)〉를 인용하여 "명당이 진(辰)과 사(巳)에 있다는 것은, 목(木)과 화(火) 사이에 있음을 말한 것이다. 진은 목이고, 사는 화다. 목은 3을 낳고, 화는 7을 이뤘는데, 이는 3리의 밖, 7리의 안에 있음을 말한 것이다(明堂在辰巳者, 言在木火之際. 辰, 木也. 巳, 火也. 木生數三, 火成數七, 故在三里之外, 七里之內.)"라 했음.

152 **層簷屹其霞矯**(층첨흘기하교) : 누대의 계단과 처마의 고준(高峻)함을 형용한 것. 「屹」은 높이 솟아 곧게 서있는 모양. 「矯」는 「撟(들다)」와 통하며, 앙기(昂起)의 뜻. 도잠의 〈귀거래사(歸去來辭)〉에 "때때로 머리 들어(교수) 먼 하늘 바라보네(時矯首而遐觀.)"라 하고, 주에 "「교」는 드는 것(矯, 擧也.)"이라 했음.

153 **廣廈鬱以雲布**(광하울이운포) : 즐비한 큰 집들이 구름처럼 펼쳐져 있음을 형용한 것. 「鬱」은 매우 많은 모양, 「울울창창(鬱鬱蒼蒼)」처럼 무성한 모양. 《시경·진풍(秦風)·신풍(晨風)》에 "빨리 나는 저 새매들이, 울창한 북녘 숲으로 날아간다(鴥彼晨風, 鬱彼北林.)"라 하고, 모전에 "「울」은 쌓는 것(鬱, 積也.)"이라 했음.

154 **日道**(일도) : 고대에 태양이 운행하는 길을 말함. 《논형·설일(說日)》에 "여름에는 해가 동정성에 있으며, 겨울에는 해가 견우성에 있다. 견우성은 극에서 멀리 떨어져 있기 때문에 「일도」가 짧고, 동정성은 극에서 가깝기 때문에 「일도」가 길다(夏時日在東井, 冬時日在牽牛. 牽牛去極遠, 故日道短, 東井近極, 故日道長.)"라

하고, 《한서·천문지(天文志)》에도 "해에는 중도가 있고, 달에는 구행이 있다. 중도는 황도이니, 한편 광도라고도 부른다. 광도는 북쪽으로 동정성에 이르면 북극에서 가까우며, 남쪽으로 견우성에 이르면 북극에서 멀리 떨어져 있다. 동쪽으로 각성에 이르고 서쪽으로 누성에 이르면, 극과의 거리가 중앙이 된다(日有中道, 月有九行. 中道者, 黃道, 一曰光道. 光道北至東井, 去北極近, 南至牽牛, 去北極遠, 東至角, 西至婁, 去極中.)"라 했음.

155 陽烏(양오) : 신화 가운데 태양에 산다는 삼족오(三足烏). 장협(張協)의 〈칠명(七命)〉에 "「양오」가 날개를 나란히 하고, 과보가 채찍을 휘두르네(陽烏爲之頓羽, 誇父爲之投策.)"라 하고, 이선은 주에서 《춘추원명포》에서 말했다. 「양」은 삼에서 이루어지므로 태양중에는 삼족오가 있으며, 「오」는 양의 정기이다(春秋元命苞曰, 陽成於三, 故日中有三足烏. 烏者, 陽精.)"라 하고, 장선 주에는 "「양오」는 해 안에 있는 까마귀다(陽烏, 日中烏也.)"라 했음.

156 轉影(전영) : 「轉景」으로 된 판본도 있으며, 「景」은 「影」과 통함.

157 陽烏轉影而翻飛, 大鵬橫霄而側度(양오전영이번비, 대붕횡소이측도) : 《문선》권4 좌사의 〈촉도부(蜀都賦)〉에 "희화는 준기에서 길을 빌리고, 양오는 고표에서 날개를 돌렸네(羲和假道於峻岐, 陽烏回翼乎高標)"라 하고, 유규(劉逵)는 주에서 "산에 있는 나무들의 높음을 말한 것(言山木之高也.)"이라 했는데, 이 두 구는 그 뜻을 사용하여 궁전의 높음을 형용한 것이다.


**65-7**

近則萬木森下, 千宮對出。

熠乎光碧之堂, 炅乎瓊華之室[158]。

錦爛霞駁[159], 星錯波沏[160]。

颯[161]蕭寥[162]以颸颼[163], 宵[164]陰鬱[165]以櫛密[166]。

含佳氣[167]之青蔥[168], 吐祥煙[169]之鬱律[170]。

가까이로는 수많은 나무들이 빽빽하게 드리우고
수천의 궁전들이 마주하여 나타나는구나.
밝게 빛나는 광벽당(光碧堂)과 경화실(瓊華室)은
비단처럼 찬란하고 노을처럼 고우며,
별처럼 뒤섞이고 물결들이 부딪치듯 벌려있도다.
바람 소리가 고요한 가운데에서 쓸쓸히 울리니,
빗처럼 조밀한 궁전은 심원하고 어슴푸레하다네.
아름다운 운기(雲氣)는 청록색을 머금고,
상서로운 연기는 위로 올라가며 내뿜는구나.

..............

158 熠乎光碧之堂, 炅乎瓊華之室(습호광벽지당, 경호경화지실) : 궁전의 밝음을 묘사한 것. 「熠」는 광채가 밝게 빛나는(明耀) 것으로, 《설문해자》에 「습」은 빛이 성한 것(熠, 盛光也.)」이라 하였으며, 「炅」은 밝은 빛(光亮)으로, 《광운(廣韻)》에 「경」은 빛나는 것(炅, 光也.)」이라 했다. 《수경주·하수(河水)1》에도 "(곤륜산) 북쪽에는 호출산과 승연산이 있으며, 또 용성에 있는 금대와 옥루는 하나같이 서로 비슷한데, 연정궐, 「광벽당」, 「경화실」이 있다((崑崙山)其北戶出山·承淵山, 又有墉城, 金臺玉樓, 相似如一. 淵精之闕, 光碧之堂, 瓊華之室.)"고 했는데, 여기서는 그 뜻을 사용하였음.

159 錦爛霞駮(금란하박) : 왕기는 주에서 「錦爛霞駮」는 곱고 아름다운 비단처럼 빛나서 노을이 얼룩덜룩(斑駮)한 것을 말한다고 했다. 「霞駮」의 「駮」는 「駮」의 이체자. 《문선》권11 왕연수(王延壽)의〈노영광전부(魯靈光殿賦)〉에 "노을이 빛나고 구름이 무성하여 그늘지기도 하고 밝기도 한다(霞駮雲蔚, 若陰若陽.)"라 하고, 여연제(呂延濟)는 주에 "빛나는 것이 얼룩덜룩한 노을과 같음을 말한 것(言有光明如霞之斑駮.)"이라 했음.

160 星錯波沏(성착파절) : 왕기는 주에서 「星錯波沏」은 나열한 것이 하늘의 별처럼 뒤섞이고(錯落) 물결이 중첩되어 일어나는 것을 말한다고 했다. 「波沏」에 대하여 목화(木華)의 〈해부(海賦)〉에서 "튀어오르는 물결은 서로 닦아내면서, 격렬한 기세로 서로 부딪치네(飛潀相磢, 激勢相沏.)"라 하고, 유량은 주에서 "「절」은 파도가 서로 스치는 것(沏, 浪相拂也.)"이라 하면서, 큰 파도가 날아 서로 격렬하게 부딪치는 것이라고 했음.

161 颯(삽) : 바람소리를 나타내는 의성어. 송옥의 〈풍부(風賦)〉에 "바람이 쏴하고 불면서 다가왔다(有風颯然而至.)"라 했음.

162 蕭寥(소료) : 적막한 것. 유천(庾闡)은 〈손등의 은거를 읊은 시(孫登隱居詩)〉에서 "그윽한 골짜기는 쓸쓸하고 고요한데, 거문고를 홀로 타고 있구나(玄谷蕭寥, 鳴琴獨奏.)"라 했음.

163 颼飀(수류) : 바람소리. 좌사의 〈오도부(吳都賦)〉에 "바람과 함께 날아오르니, 실바람소리가 맑기도 하구나(與風飆颺, 颲瀏颼飀.)"라 했음. 이 구(颯蕭寥以颼飀)는 많은 나무와 수풀아래 바람소리가 고요한 가운데에서 울리는 것을 묘사한 것임.

164 窅(요) : 심원한 것. 《운회(韻會)》에서 「요(窈)」는 심원한 것으로, 「窅」와 통한다(窈, 深遠也, 通作窅.)"고 했음.

165 陰鬱(음울) : 밝지 않은 모양.

166 櫛密(즐밀) : 빗처럼 조밀(稠密)한 것. 《문선》권18 마융(馬融)의
〈장적부(長笛賦)〉에 "손가락으로 잡고 자주 두드려 연주하니, 촘
촘한 빗처럼 여러번 겹치노라(繁手累發, 密櫛疊重.)"라 하고, 이
선은 주에서 "「밀즐」은 빽빽하기가 빗과 같은 것(密櫛, 密如櫛
也.)"이라 했음. 이 구(宵陰鬱以櫛密)는 궁전이 비늘처럼 즐비하
여 심원하고 어슴푸레(幽暗)한 것을 말하였다.

167 佳氣(가기) : 길하고 아름다운 운기(雲氣).

168 青葱(청총) : 청록색. 《이아(爾雅)》에 "푸른 것을 「총」이라 부른다
(靑謂之葱.)"고 했으며, 《논형ㆍ자연(自然)》에서는 "풀과 나무가
자라나고, 꽃과 잎은 푸르고 푸르구나(草木之生, 華葉靑葱.)"라
했음.

169 祥煙(상연) : 상서로운 연기.

170 鬱律(울률) : 연기가 위로 올라가는 모습. 《문선》권12 곽박의 〈강
부(江賦)〉에 "때때로 연기처럼 피어오르네(時鬱律其如煙.)"라 하
고, 이선은 주에 "「울율」은 연기가 올라가는 모양(鬱律, 煙上貌.)"
이라 했음.


## 65-8(1)

九室<sup>171</sup>窈窕<sup>172</sup>, 五閨<sup>173</sup>聯綿<sup>174</sup>。
飛楹磊砢<sup>175</sup>, 走栱<sup>176</sup>夤緣<sup>177</sup>。
雲楣<sup>178</sup>立炭<sup>179</sup>以橫綺, 綵桷<sup>180</sup>攢欒<sup>181</sup>而仰天。
晧壁晝朗, 朱甍<sup>182</sup>晴鮮。
禎欄<sup>183</sup>各落<sup>184</sup>, 偃蹇<sup>185</sup>霄漢。
翠楹廻合, 蟬聯<sup>186</sup>汙漫<sup>187</sup>。

沓蒼穹之絶垠[188]，跨皇居[189]之太半。

遠而望之[190]，

赫[191]煌煌[192]以煇煇[193]，忽天旋而雲昏，

迫而察之，

粲[194]炳煥[195]以照爛，倏[196]山訛而暑換[197]。

蔑蓬壺[198]之海樓，吞岱宗[199]之日觀[200]。

아홉개의 실(室)은 그윽하고 다섯개의 문(門)은 이어졌으며,

나는 듯한 기둥은 장대하고

달리는 듯한 두공(枓栱)은 위로 뻗쳐 올라갔노라.

구름 문양 처마는 가로놓인 비단처럼 높이 솟았고,

고운 빛 서까래는 가름대에 떠받쳐 하늘을 우러러보는구나.

하얀 담장은 낮처럼 밝고

연지 빛 용마루(屋脊)는 맑고 선명한데,

붉은 난간(欄干)은 위태롭고 가파르게 하늘까지 높이 솟았도다.

비취색 기둥은 빙 돌아 합쳐지며 끝없이 넓게 이어져서,

푸른 하늘 끝에 모여 황궁(皇宮) 절반을 타고 넘어가노라.

멀리서 바라보니

휘황한 모습이 밝게 빛나다가

홀연 하늘이 돌면서 구름일어 어두워지고,

가까이서 살펴보니

곱고 찬란한 모습이 밝게 비치다가

갑자기 산이 움직이며 해그림자가 옮겨 가는구나.

명당은 봉래(蓬萊)와 방호(方壺)산에 있는 바다누각을 업신여기고,

태산(泰山)에 있는 일관봉(日觀峰)을 삼켜버릴 기세로다.

171 九室(구실) :《대대례기(大戴禮記)·명당(明堂)》에 "명당은 옛날
부터 있었으니, 대개 아홉 실(구실)로서 한 실에는 네 개의 방과
여덟 개의 창문이 있다(明堂者, 古有之也, 凡九室, 一室而有四
戶八牖.)"라 하고, 채옹의《명당월령론》에서는 "명당제도의 숫자
에서 「9실」은 9주를 상징한다(明堂制度之數, 九室以象九州.)"고
했음.

172 窈窕(요조) : 깊고 먼 모양.《문선》권11 왕연수의〈노영광전부〉에
"굽은 선실이 깊고 그윽하네(旋室㛹娟以窈窕)"라 하고, 장선은 주
에서 "「요조」는 깊은 것이다(窈窕, 深也.)"라 했음.

173 闈(위) : 고대에 궁중에 있는 작은 문인데, 여기서는 명당의 문.
《운회(韻會)》에서 "「위」는 궁중의 문이다(闈, 宮中之門也.)"라 하
고,《증운(增韻)》에서도 "궁중에서 서로 통하는 작은 문(宮中相通
小門.)"이라 했음.

174 聯綿(연면) : 「連綿(연면)」과 같으며, 끊어지지 않고 이어지는 것.

175 磊砢(뇌라) : 장대(壯大)한 모양, 혹은 가지런하지 않은 모양. 왕
연수의〈노영광전부〉에 "만개의 기둥을 여럿이 의지하고 장대한
건물을 서로 떠받치네(萬楹叢倚, 磊砢相扶.)"라 하고, 이선의 주
에 "「뇌라」는 장대한 모양(磊砢, 壯大之貌.)"이라 했으며, 이주한
은 주에서 "들쭉날쭉 가지런하지 않은 모양(磊砢, 參差不齊貌.)"
이라고 했음.

176 栱(공) : 곧 「두공(枓栱)」. 우리나라의 공포(栱包)로, 처마 끝의 무
게를 받치려고 기둥머리에 짜 맞추어 댄 나무쪽이다.

177 夤緣(인연) : 붙잡은 채 위로 올라가는 것.《문선》권5 좌사의〈오
도부〉에 "산을 붙잡고 민둥산으로 올라가네(夤緣山嶽之岯.)"라
하고, 이주한은 주에서 "「인연」은 많은 풀들이 점점 자라서 산악

위로 올라가 살아가는 것을 말한다(夤緣, 言衆草滋長, 皆緣上山嶽而生.)"고 했음.

178 雲楣(운미) : 구름 문양으로 장식한 들보. 《문선》권2 장형의 〈서경부〉에 "수놓은 공이와 구름을 장식한 처마(繡栭雲楣.)"라 하고, 여연제는 주에서 "「운」은 구름 그림으로 장식한 것(雲, 畵雲飾之.)"이라 했음*.

179 岌岌(입급) : 높이 솟은 모양.

180 綵桷(채각) : 채색된 네모반듯한 서까래(榱).

181 欒(란) : 가름대. 지붕의 무게를 견디기 위해 기둥 위의 두공을 받치는 굽은 나무. 장형의 〈서경부〉에 "가름대를 겹쳐 묶어 서로 잇는다(結重欒以相承.)"라 하고, 설종 주에 "「난」은 기둥위의 굽은 나무로, 양 끝에 두공을 받아들이는 것(欒, 柱上曲木, 兩端受櫨者.)"이라 했음.

182 朱甍(주맹) : 붉은 색의 용마루(屋脊). 「甍」에 대하여 《석명·석궁실(釋宮室)》에서 "집의 등마루를 「맹」이라 부르고, 「맹」은 「몽(蒙)」으로, 집을 위에서 덮는 것이다(屋脊曰甍. 甍, 蒙也. 在上覆蒙屋也.)"라 했음.

183 楨欄(정란) : 「楨」은 「顀」과 같으며, 적색.

184 各落(각락) : 높고 험한 것, 높이 솟은 모양. 《문선》권11 하안(何晏)의 〈경복전부(景福殿賦)〉에 "기둥과 두공은 높이 솟아(각락) 서로 이어져 있도다(欂櫨各落以相承.)"라 하고, 이주한(李周翰)은 주에서 "「각락」은 위태롭고 가파른 모양(各落, 危岨貌.)"이라 했음.

185 偃蹇(언건) : 높이 솟은 모양(高聳貌). 《초사·이소(離騷)》에 "높이 솟은 요대를 바라보다(望瑤臺之偃蹇兮.)"라 하고, 왕일은 주에

---

* 또한 설종(薛綜)은 주에서 "栭, 枓也. 楣, 梁也. 皆雲氣畵如繡也."라 했다.

서 "「언건」은 높은 모양(偃蹇, 高貌.)"이라 했음. 이 두 구(槙欄各落, 偃蹇霄漢)는 붉은 색의 난간이 하늘(雲宵)까지 높이 솟은 것을 말한다.

186 蟬聯(선연) : 이어져 끊어지지 않는 것. 《문선》권5 좌사의 〈오도부(吳都賦)〉에 "넓게 퍼진 연못이요, 이어진(선연) 구릉이라(布濩皋澤, 蟬聯陵丘.)"고 하고, 유규의 주에 "「선연」은 끊어지지 않는 모양(蟬聯, 不絶貌.)"이라 했음.

187 汗漫(한만) : 광대하고 끝없이 넓은 것. 왕기는 주에서 "「한만」은 공중에서 원기가 두루 퍼지는 곳이다(汗漫, 空中元氣彌布之處.)"라 했다. 《회남자 · 숙진훈(俶眞訓)》에는 "덕이 지극한 세상에서는 어지러운 지역에서도 달게 자다가, 「한만」한 구역으로 옮겨 의지한다(至德之世, 甘暝于溷澖之域, 而徙倚于汗漫之宇.)"라 하고, 고유(高誘)는 주에서 "「한만」은 살아있는 형상이 없는 것으로, 형상을 만드는 원기의 본래 신이다(汗漫, 無生形, 形生元氣之本神也.)"라 했음.

188 絶垠(절은) : 아주 먼 하늘의 끝. 장화의 〈초료부(鷦鷯賦)〉에 "혹은 붉은 하늘의 경계로 오르기도 하고, 혹은 「절은」 밖에 의지하기도 한다(或淩赤霄之際, 或托絶垠之外.)"라 하고, 이선은 주에서 "「절은」은 하늘가에 있는 땅(絶垠, 天邊之地也.)"이라 했음.

189 皇居(황거) : 황제의 궁궐(皇宮). 이 두 구(沓蒼穹之絶垠, 跨皇居之大半)는 푸른 하늘의 끝에 모여서 황궁의 태반을 타고 넘은 것을 말한다.

190 遠而望之(원이망지)이하 倏山訛而晷換(숙산와이귀환)까지 5구 : 시각 형상을 묘사한 것. 문장 구성은 《문선》권11 하안의 〈경복전부(景福殿賦)〉에 나오는 "멀리서 바라보니 붉은 노을이 퍼지면서 하늘의 무늬가 빛나는 것 같고, 가까이 가서 살펴보니 숭산에 드리운 구름을 이고 있는 모습을 우러러 보는 것 같네(遠而望之, 若

摛朱霞而耀天文, 迫而察之, 若仰崇山而戴垂雲.)"라는 구절을 모방하였다.

191 赫(혁) : 밝은 것(明亮). 《순자(荀子)·천론(天論)》에 "해와 달이 높게 뜨지 않으면 빛이 밝지 않다(故日月不高, 則光輝不赫.)"라 했음.

192 煌煌(황황) : 밝게 빛나는 모양. 《시경·진풍(陳風)·동문지양(東門之楊)》에 "해질녘에 만나자 약속했는데, 샛별만 반짝이고(황황) 있네(昏以爲期, 明星煌煌.)"라 했음.

193 輝輝(휘휘) : 광채 나는 모양. 유신(庾信)의 〈등부(燈賦)〉에 "광채 나는(휘휘) 붉은 깜부기불이요, 불꽃 가득한 빨간 등불이라(輝輝朱燼, 焰焰紅熒.)"라 했음.

194 粲(찬) : 곱고 찬란한 것.

195 炳煥(병환) : 선명하고 화려한 것.

196 倏(숙) : 홀연.

197 山訛而晷換(산와이구환) : 산이 움직이고 해가 옮겨 가는 것(山動日移). 「訛」는 《시경·소아·무양(無羊)》에 "혹 잠들고 움직이기도 한다(或寢或訛.)"라 하고, 《모전(毛傳)》에 "「와」는 움직이는 것(訛, 動也.)"이라 했다. 「晷」는 해 그림자(日影)로, 장화(張華)의 〈유렵부(遊獵賦)〉에 "태양이 갑자기 그림자(구)를 옮겼다(曜靈俄移晷.)"라 했음.

198 蓬壺(봉호) : 신화 전설 가운데의 선산(仙山)인 봉래(蓬萊)와 방호(方壺)를 가리킴. 《문선》권1 반고의 〈서도부〉에 "영주와 방호가 범람하자, 봉래산이 가운데에서 일어났네(濫瀛洲與方壺, 蓬萊起乎中央.)"라 하고, 《열자(列子)·탕문(湯問)》에도 "발해의 동쪽에 다섯 산이 있으니, 첫째는 대여, 둘째는 원교, 셋째는 「방호」, 넷째는 영주, 다섯째는 「봉래」다(渤海之東有五山焉, 一曰岱輿, 二曰

員嶠, 三曰方壺, 四曰瀛洲, 五曰蓬萊.)"라 했음.

**199** 岱宗(대종) : 태산(泰山)으로 고대에는 여러 산의 우두머리(宗)로 여겨 대종이라 불렀다. 《서경·요전(舜典)》에 "동쪽 지방을 순수하시면서 「대종」에 이르셨다(東巡守, 至于岱宗.)"라 하고, 《공전(孔傳)》에 "「대종」은 태산으로 4악의 으뜸이다(岱宗, 泰山. 爲四嶽所宗.)"라 했음.

**200** 日觀(일관) : 일출을 볼 수 있는 태산의 봉우리 이름. 《수경주·문수(汶水)》편에서 응소(應劭)는 《한관의(漢官儀)》를 인용하여 주를 달기를 "태산의 동남쪽 산꼭대기를 「일관」이라 부른다. 닭이 한번 울 때 태양이 처음 3장쯤 떠오르는 것을 볼 수 있으므로 이렇게 불렀다(泰山東南山頂, 名曰日觀, 鷄一鳴時, 見日始欲出長三丈許, 故以名焉.)"라 했음. 이 두 구(蔑蓬壺之海樓, 吞岱宗之日觀)는 명당이 크고 높으며 기세가 웅장함을 과장하여 묘사한 것이다.


## 65-8(2)

猛虎失(夾)道[201], 潛虯蟠梯[202]。
經通天而直上[203], 俯長河而下低。
玉女[204]攀星於網戶[205], 金娥[206]納月於璇題[207]。
藻井[208]彩錯以舒蓬[209], 天窗[210]艶[211]翼而銜霓[212]。
扶標川而罔足, 擬跟絓[213]而罷躋[214]。
要離[215]欻曜[216]而外喪, 精視冰背而中迷。

새겨 놓은 맹호(猛虎)는 길 가까이 서 있고,
물속에 잠긴 규룡(虯龍)은 사다리를 감으며 서려 있도다.

통천옥(通天屋)을 지나 바로 위로 올라갔다가

긴 강을 굽어보며 아래로 내려가나니,

선녀(玉女)는 그물 무늬 창문에서 별을 붙잡고 있으며,

항아(金娥)는 옥 서까래에서 달을 맞이하고 있구나.

용마루에 있는 조정(藻井)은 널려있는 쑥으로 곱게 칠해졌으며,

붉은 날개로 꾸민 옥상 창문은 무지개를 머금고 있도다.

높은 나뭇가지 끝에 발을 얽어매고

발꿈치를 걸쳐 놓으려다 오르기를 그치니,

요리(要離)같은 용사(勇士)도 갑자기 눈이 멀어 밖으로 도망치고,

밝게 보는 사람도 등골이 서늘해지면서 혼미해 지리라.

．．．．．．．．．．．．．．．

201 **猛虎失道**(맹호실도) : 왕기는 주에서 "「失」은 「夾」이 잘못 쓰였으며, 「猛虎夾道」는 맹호를 새겨서 길 위에 세워 놓은 것을 말한다"고 했음.

202 **潛虯蟠梯**(잠규반제) : 왕기는 조각한 규룡이 사다리 옆을 감아 두르고 있음을 말한 것이라고 했다. 「虯」는 규룡으로 《설문해자》에서 "「규」는 뿔이 없는 용이다(虯, 龍無角者.)"라 했으며, 《문선》권22 사령운의 〈지상루에 오르다(登池上樓)〉에서 "깊이 잠긴 「규」룡은 그윽한 맵시를 뽐내고, 날아가는 기러기는 소리를 멀리 보내네(潛虯媚幽姿, 飛鴻響遠音.)"라 하고, 이선은 주에서 "「규」룡은 깊이 잠겨 있으면서 본성을 보존한다(虯以深潛而保眞.)"고 했음.

203 **經通天而直上**(경통천이직상) : 「通天」은 통천옥임. 채옹의 《채중랑집》권10 〈명당월령론(明堂月令論)〉에서 "태묘의 명당은 사방 3십6장이고, 통천옥은 지름이 9장으로 음과 양인 9와 6의 변화를 나타낸다. …… 통천옥은 높이가 8십 1척인데, 황종 구구(81)의 바

탕이다. 2십8개의 기둥이 사방에 벌려 있는데, 이는 일곱별의 상
징이다(太廟明堂方三十六丈, 通天屋徑九丈, 陰陽九六之變也.
…… 通天屋高八十一尺, 黃鍾九九之實也. 二十八柱列于四方,
亦七宿之象也.)"라 했음.

204 **玉女**(옥녀) : 선녀. 《문선》권15 장형의 〈사현부(思玄賦)〉에 "태화
산에 사는 「옥녀」를 태우고, 낙수에 있는 복비를 부르노라(載太華
之玉女兮, 召洛浦之虙妃.)"라 읊고, 유량(劉良)은 주에서 "「옥녀」
는 태화산 신녀(玉女, 太華神女.)"라 했으며, 이현의 주에서는
"《시함신무》에서 「태화산 위에는 명성 옥녀가 있는데, 주로 옥 미
음을 복용하고 신선이 되었다」(詩含神霧曰, 太華之山, 上有明星
玉女, 主持玉漿, 服之成仙.)"고 했음.

205 **網戶**(망호) : 그물 모양의 꽃무늬를 조각한 창문. 《초사 · 초혼(招
魂)》에 "붉은색으로 꾸며진 「망호」에 곱게 새긴 모서리를 서로 이
었네(網戶朱綴, 刻方連些.)"라 하고, 왕일 주에 "「망호」는 비단 무
늬로 장식한 것이다(網戶, 綺文鏤也.)"라 했음.

206 **金娥**(금아) : 신화에서 달 속에 사는 여신인 항아(姮娥)*. 달을
가리키기도 하는데, 앞 구의 「옥녀」와 함께 「금아」는 모두 신선임.
이 두 구(玉女攀星於網戶, 金娥納月於璇題)는 명당이 하늘까지
들어가서 창호와 서까래가 옥녀의 별과 금아의 달과 가지런하게
높이 있음을 묘사한 것이다.

207 **璇題**(선제) : 옥으로 장식한 서까래 머리(椽頭). 《문선》권7 양웅
의 〈감천부(甘泉賦)〉에 "진기한 돈대에 한가로운 객사요, 옥 꽃으
로 장식한 서까래 머리(선제)로다(珍臺閒館, 璇題玉英.)"라 하

---

* 당 허경종(許敬宗)의 《봉화희설응제(奉和喜雪應制)》에 "騰華承玉宇, 凝照混
金娥."라 했다.

고, 이선 주에 "응소가 말하기를 「제」는 머리이며, 서까래 머리는 모두 옥으로 장식했다(應邵曰, 題, 頭也. 榱椽之頭, 皆以玉飾.)" 고 했음.

208 藻井(조정) : 장형의 〈서경부〉에 "「조정」에 연 꼭지가 거꾸로 매달렸네(蒂倒茄於藻井.)"라 하고, 설종은 주에서 "「조정」은 용마루 가운데의 교차한 나무로, 네모진 것이 우물의 난간과 같다(藻井, 當棟中, 交木, 方爲之, 如井幹也.)"라 했다. 또한 《해록쇄사(海錄鎖事)》권4하에 "「조정」은 건물의 용마루 사이에 우물형태로 만든 것으로, 물 마름으로 장식하였는데 화재를 막기 위해서다(藻井, 屋棟之間爲井形, 而加水藻之飾, 所以厭火災也.)"라 했음.

209 舒蓬(서봉) : 왕기의 주에 두우(杜佑)의 말을 인용하여, 한나라 궁전에 있는 샘에는 화재를 방지하기 위해서 모두 마름(水藻)과 연꽃(蓮茇)의 종류를 그려 넣었다고 했다. 여기서 「蓬」은 「蓮」이 맞으므로, 「舒蓮」으로 써야 함.

210 天窗(천창) : 빛을 받기 위해 옥상에 설치한 창. 왕연수의 〈노영광전부〉에 "이에 용마루를 걸고 마룻대를 설치하였으며, 「천창」에 비단 무늬를 조각하였네(爾乃懸棟結阿, 天窗綺疏.)"라 하고, 장재(張載)는 주에서 "「천창」은 높은데 있는 창이다(天窗, 高窗也.)"라 했음.

211 䘼(혁) : 붉은 색. 《설문해자》에서 "「난」은 아주 붉은 것으로, 적색에서 나왔다(䘼, 大赤也. 從赤色.)"고 했음.

212 銜霓(함예) : 그 높기가 무지개를 머금은 듯함을 형용한 것. 《문선》 권11 하안의 〈경복전부〉에 "큰 용마루가 높고 높으니, 나는 듯 한 지붕을 무기개가 받들고 있네(高甍崔鬼, 飛宇承霓.)"라 하고, 여향(呂向)은 주에서 "「비우승예(飛宇承霓)」는 구름과 무지개가 높이 받들고 있는 것(飛宇承霓, 言其高承于雲霓.)"이라고 말했음.

213 跟絓(근괘) : 《설문해자》에서 "「근」은 발꿈치(跟, 足踵也.)"라고 했

으며, 왕기는 주에서 "「괘(絓)」는 줄 위에 머무르는 것(絆住), 매달려 걸려 있는 것(懸掛)이다. 「근괘(跟絓)」는 금일 잡기를 펼치는 사람들이 발꿈치를 장대위에 걸쳐 놓은 것과 같다"라 했다.《문선》권2 장형의 〈서경부〉에 "재주 있는 아이가 기능을 보이는데, 나무 위아래로 오르내리다가 갑자기 몸을 던져 떨어지다 발뒤꿈치를 걸쳤으니(근괘), 마치 끊어졌다가도 다시 이어지는 것과 같았다(侲僮程材, 上下翩翩, 突倒投而跟絓, 譬殞絕而復联.)"라 하고, 설종의 주에서 "돌연 거꾸로 던져 몸이 추락하는 듯하다가 발뒤꿈치를 나무위에 반쯤 걸치니 마치 끊어졌다가 다시 이어지는 것 같다(突然倒投, 身如將墜, 足跟半絓橦上, 若已絕而復連也.)"라 했음.

214 躋(제) : 위로 올라가는 것(上昇), 높이 오르는 것.《시경·빈풍·칠월(七月)》에 "저 공당에 올라가네(躋彼公堂)"라 읊고, 정현의 전에 「제」는 오르는 것(躋, 升也.)"이라 했음.

215 要離(요리) : 춘추시대 오(吳)나라 용사(勇士)로 중국고대의 자객이다. 오나라 공자 광(公子光)의 요청으로 오왕 료(僚)의 아들인 경기(慶忌)를 죽였는데, 요리의 생평사적에 대하여는 《오월춘추(吳越春秋)》권4〈합려내전(闔閭內傳)〉에 수록되어 있음. 왕기는 이 문장에서 요리의 사건을 사용하는 것은 이치에 맞지 않으니 잘못 수록된 것이 아닌가하고 의심했다.

216 欻矐(홀학) : 갑자기 바라보는 것. 「矐」은 눈을 멀게(실명) 하는 것.

**65-8(3)**

互²¹⁷以複道²¹⁸, 接乎宮掖²¹⁹。
坌入西樓, 寔爲崑崙²²⁰。

前疑後丞²²¹, 正儀躅²²²以出入。
九夷²²³五狄²²⁴, 順方面而來奔。

이곳에서 복도(複道)로 연결시켜 궁중까지 닿게 하고,
함께 서쪽 누각으로 들어가니
여기가 바로 곤륜산(崑崙山)으로 가는 길이로구나.
앞에는 의(疑)*를 두고 뒤에는 승(丞)**을 두어
법도(法度)를 바로잡아 출입시키니,
동방 아홉 민족과 북방 다섯 부족들이
편안하게 달려왔다네.

................

217 互(긍) : 「亙」은 「亘」와 통한다. 꿰뚫는 것(貫串)으로 이곳에서 저
    곳까지. 《운회(韻會)》에 "긍은 옆으로 걸쳐 있는 것(亘, 橫亘也.)"
    이라 하고, 《광운(廣韻)》에서는 "통하는 것(通也.)"이라 했음.

218 複道(복도) : 고층 건물 사이를 공중으로 설치(架空)한 통로. 《사
    기·유후세가(留侯世家)》에 "군왕이 낙양남궁에 있으면서 「복도」
    에서 여러 장수들을 바라보았다(上在雒陽南宮, 從複道望見諸
    將.)"라 하고, 배인(裴駰)은 《집해(集解)》에서 여순(如淳)의 말을
    인용하여 「복」은 위 아래로 길이 있으므로 「복도」라고 한다(複,
    上下有道, 故謂之複道.)"고 했음.

219 宮掖(궁액) : 궁정(宮廷), 황궁(皇宮). 「掖」은 액정(掖廷)으로, 궁
    안에 있는 비빈(妃嬪)들이 거주하는 방(旁舍). 《후한서·화제음황
    후기(和帝陰皇后紀)》에 "황후 외조모인 등주가 「궁액」을 드나들

---

* 의전과 경호를 담당함.
** 임금의 명을 출납하는 승지(承旨).

었다(后外祖母鄧朱出入宮掖.)」라 했음.

220 坌入西樓, 寔爲崑崙(분입서루, 식위곤륜) : 「坌」은 아울러, 함께 라는 말로, 사마상여의 〈애진이세부(哀秦二世賦)〉에 "비탈진 긴 언덕을 올라가서, 겹겹이 우뚝 솟아 줄지어 있는 궁전으로 함께 들어섰다(登陂陀之長阪, 坌入曾宮之嵯峨.)"라 했다. 이 두 구에 대해서는 《한서·교사지(郊祀志)》에 "제남 사람 공옥대(公玉帶) 가 황제 때의 명당도를 바쳤다. 그 명당 그림에는 전당이 한 채 있는데, 사방에 벽이 없고 지붕은 띠로 덮여 있으며 물이 통하였 다. 물 주변에는 궁원이 둘러져 있고 복도를 만들었으며, 그 위에 남쪽으로 문이 난 누각이 있는데 곤륜산이라고 불렀다. 천자는 이 길을 따라 전당으로 들어가서 상제에게 제사 지낼 수 있었다. 그 리하여 천자는 공옥대가 바친 설계도에 따라 봉고현 문수(汶水)부 근에 명당을 짓도록 명했다(濟南人公玉帶上黃帝時明堂圖. 明堂 中有一殿, 四面無壁, 以茅蓋, 通水, 水圜宮垣, 爲複道, 上有樓, 從西南入, 名曰昆侖, 天子從之入, 以拜祀上帝焉. 於是上令奉高 作明堂汶上, 如帶圖.)"라 했는데, 여기서는 이 뜻을 사용했음.

221 前疑後丞(전의후승) : 《전당문(全唐文)》에서는 「三事庶尹」으로 되 어 있음.《상서대전(尚書大傳)》권1에 "예전에 천자는 반드시 사린 을 두었으니, 앞에는 「의(疑; 警護와 儀典담당)」, 뒤에는 「승(丞; 임금의 명을 출납하는 承旨)」, 왼쪽에는 「보(輔; 정책을 의논하는 政丞判書)」, 오른 쪽에는 「필(弼 : 왕의 과오를 지적하는 諫官)」이 라 한다. 천자의 물음에 대답하지 못하면 「의」를 꾸짖고, 뜻을 펼 쳐야 하는 데 뜻을 펼치지 못하면 「승」을 꾸짖고, 바르게 할 수 있는데 바르게 하지 못하면 「보」를 꾸짖고, 드날릴 수 있는데 드 날리지 못하면 「필」을 꾸짖는다(古者天子必有四隣, 前曰疑, 後 曰丞, 左曰輔, 右曰弼. 天子有問, 無以對, 責之疑. 可志而不志,

責之丞. 可正而不正, 責之輔. 可揚而不揚, 責之弼.)"라 했음.

222 **儀躅**(의촉) : 법도(法度), 궤적(軌跡). 《예기 · 명당위(明堂位)》제14에 "옛날 주공은 제후를 명당의 자리에서 조회하였다. 천자는 도끼를 지고 남쪽을 향해서 섰으며, 삼공은 가운데 계단 앞에서 북면해서 동쪽을 위로 한다. 제후의 위치는 조계의 동쪽이며 서면해서 북쪽을 위로 한다. 제백(諸伯)의 위치는 서계의 서쪽이며 동면해서 북쪽을 위로 한다. 제자(諸子)의 위치는 문 동쪽이며 북면해서 동쪽을 위로 한다. 제남(諸男)의 위치는 문 서쪽이며 북면해서 동쪽을 위로 한다. 구이의 위치는 동문 밖이며 서면해서 북쪽을 위로 한다. 팔만의 위치는 남문 밖이며 북면해서 동쪽을 위로 한다. 육융(六戎)의 위치는 서문 밖이며 동면해서 남쪽을 위로 한다. 오적(五狄)의 위치는 북문 밖이며 남면해서 동쪽을 위로 한다. 구채(九采)의 위치는 응문 밖이며 북면해서 동쪽을 위로 한다. 사새(四塞)는 대가 바뀔 때마다 한 번 내조하여 왔음을 고한다. 이것이 주공 명당의 자리이다. 명당이라는 것은 제후의 높고 낮은 서열을 밝힌 것이다(昔者周公朝諸侯於明堂之位, 天子負斧依南鄉而立. 三公, 中階之前, 北面東上. 諸侯之位, 阼階之東, 西面北上. 諸伯之國, 西階之西, 東面北上. 諸子之國, 門東, 北面東上. 諸男之國, 門西, 北面東上. 九夷之國, 東門之外, 西面北上. 八蠻之國, 南門之外, 北面東上. 六戎之國, 西門之外, 東面南上. 五狄之國, 北門之外, 南面東上. 九采之國, 應門之外, 北面東上. 四塞, 世告至. 此周公明堂之位也. 明堂也者, 明諸侯之尊卑也.)"라 했는데, 「正儀躅」는 이 법도를 바로 잡는 것이다.

223 **九夷**(구이) : 고대 동방의 아홉 부류의 민족으로 널리 소수민족을 가리키기도 한다. 《후한서 · 동이열전(東夷列傳)》에 "오랑캐(夷)는 아홉 종류가 있으니, 「견이 · 우이 · 방이 · 황이 · 백이 · 적이 ·

현이 · 풍이 · 양이」이다(夷有九種, 曰畎夷 · 于夷 · 方夷 · 黄夷 · 白夷 · 赤夷 · 玄夷 · 風夷 · 陽夷.)"라 했음.

224 五狄(오적) : 중국 북방에 거주하는 다섯 개의 소수민족의 합칭. 《이아 · 석지(釋地)》"구이, 팔적, 칠융, 육만을 사해라고 말한다(九夷, 八狄, 七戎, 六蠻, 謂之四海.)"라 하고, 형병(邢昺)의 소(疏)에 "《풍속통》에서 이르기를, 「부자와 형수 아재비가 같은 집에서 구분없이 살았다. 적(狄)은 벽으로 그 행위가 삐뚤어지고 치우쳤으며, 그 부류가 다섯이다」라 하고, 이순은 「첫째는 월지, 둘째는 예맥, 세번째는 흉노, 네번째는 선우, 다섯째는 백옥이다」라 말했다(風俗通云, 父子嫂叔同穴無別. 狄者, 辟也, 其行邪辟. 其類有五. 李巡云, 一曰月支, 二曰濊貊, 三曰匈奴, 四曰单于, 五曰白屋.)"라 기록했음.


## 65-8(4)

其左右也, 則丹陛崿崿[225], 彤庭[226]煌煌[227]。
列寶鼎[228], 歊(歊)金光[229]。
流辟雍之滔滔, 像環海之湯湯[230]。
闢青陽, 啓總章, 廓明臺而布玄堂。
儼以太廟, 處乎中央[231]。
發號施令, 采時順方[232]。

명당 좌우에 있는 붉은 계단은 높고 가파르며,
황제의 정원은 밝게 빛나노라.
진열된 보배로운 솥에서는 황금빛이 피어오르고,

벽옹(辟雍) 연못에는 물이 도도하게 흘러

둘러싼 바다처럼 넘실대는구나.

청양(靑陽)과 총장(總章)은 열려 있고,

명대(明臺)와 현당(玄堂)은 넓게 펼쳐졌도다.

근엄한 태묘(太廟)가 중앙에 놓여 있으니,

명령을 내려 그대로 시행하고 시기에 맞춰 규정을 따르노라.

················

225 丹陛嶺嶺(단폐악악) : 「단폐」는 궁전의 계단으로 예전에는 궁궐의
앞에 있는 계단은 대부분 홍색으로 장식하였다. 《운회(韻會)》에
"「폐」는 당으로 오르는 계단(陛, 升堂之階也.)"이라고 했으며, 《수
서(隋書) · 설도형전(薛道衡傳)》에서는 "자미원 자리인 천자의 궁
전에서 일하면서, 대궐의 붉은색 섬돌(폐)로 달려가네(趨事紫宸,
驅馳丹陛.)"라 했음. 「악악」은 높고 가파른 모양.

226 彤庭(동정) : 본래는 한대에 붉은 칠로 장식한 중정(中庭)을 가리
키는데, 후에는 널리 황제의 궁궐을 가리켰다. 반고의 〈서도부〉에
"검은 마루에 금테 두른 섬돌이요, 옥 계단에 붉은 정원(동정)이네
(玄墀釦砌, 玉階彤庭.)"라 읊었고, 설종은 주에서 "「동」은 붉은 것
(彤, 赤也.)"이라 했음.

227 煌煌(황황) : 눈부시게 빛나는 모양. 《시경 · 진풍(陳風) · 동문지양
(東門之楊)》에 "해질녘에 만나자 약속했는데, 샛별이 반짝일(황황)
때까지 기다리고 있네(昏以爲期, 明星煌煌.)"라 하고, 주희의 《시
경집전(集傳)》에 "「황황」은 크게 빛나는 모양(煌煌, 大明貌.)"이라
했음.

228 列寶鼎(열보정) : 《구당서 · 예의지(禮儀志)2》에 "연호를 만세통천
이라고 바꾸었으며, ······ 그해에 구리를 주조하여 구주정을 만들었
는데, 다 만들고 나서 명당의 뜰에 설치하고, 각각의 방위에 따라

배열하였다. 신도정은 높이가 1장8척이며, 1천8백석을 받았다. 기주정은 이름이 무흥, 옹주정은 장안, 연주정은 일관, 청주정은 소양, 서주는 동원, 양주는 강도, 형주는 강릉, 양주는 성도라 불렀다. 그 여덟 주에 있는 솥의 높이는 1장4척이며, 각각 1천2백석을 받았다. 사농경 종경을 구정사로 삼고, 모두 구리 5십6만7백1십2 근을 사용하였으며, 솥 위에는 본래 주의 산천과 물산의 모습을 그렸다. …… 칙천무후는 손수 「예정가」를 지어 서로 노래 부르도록 했다. …… 구정이 처음 완성되었을 때, 황금 1천량으로 바르고자 하니, 납언 요숙이 말하기를, 「정은 신령스런 기물로 질박한 것을 귀하게 여기니, 특별히 꾸미거나 장식하지 마십시오. 제가 그 모습을 보건데, 오색찬란한 빛이 그 사이에 섞여 있습니다. 어찌 금색을 칠하여 빛나기를 바라십니까?」고 하자, 바로 멈췄다(改元爲萬歲通天. …… 其年, 鑄銅爲九州鼎, 既成, 置于明堂之庭, 各依方位列焉. 神都鼎高一丈八尺, 受一千八百石. 冀州鼎名武興, 雍州鼎名長安, 兗州名日觀, 靑州名少陽, 徐州名東原, 揚州名江都, 荊州名江陵, 梁州名成都. 其八州鼎高一丈四尺, 各受一千二百石. 司農卿宗晉卿爲九鼎使, 都用銅五十六萬七百一十二斤. 鼎上圖寫本州山川物產之象. …… 則天自爲「曳鼎歌」, 令相唱和. …… 九鼎初成, 欲以黃金千兩塗之. 納言姚璹曰, 鼎者神器, 貴于質朴, 無假別爲浮飾. 臣觀其狀, 光有五彩輝煥錯雜其間, 豈待金色爲之炫耀? 乃止.)」라 했는데, 이 두 구(列寶鼎, 歊金光)는 이 일을 묘사한 것임.

229 **歊金光**(적금광) : 「敵」은 「歊(효; 김이 오르는 것)」가 맞다고 여러 판본에서 인정하고 있다. 《문선》권1, 반고의 〈보정시(寶鼎詩)〉에 "황금빛을 드러내니 구름이 피어오르네(吐金景兮歊浮雲.)"라 하고, 이선 주에 "「효」는 기운이 위로 올라가는 모습(歊, 氣上出

貌.)"이라 했음.

230 *流辟雍之滔滔, 像環海之湯湯*(유벽옹지도도, 상환해지상상) : 《대대례기(大戴禮記)·명당(明堂)》에 "명당은 제후들의 높고 낮음을 밝히는 까닭에 외수를 「벽옹」이라 부른다(明堂者, 所以明諸侯尊卑. 外水曰辟雍.)"라 하고, 환담(桓譚)의 《신론(新論)》에도 "왕은 구슬모양의 둥근 연못을 만들고 그 가운데에 물을 담고 둥글게 막으므로 「벽옹」이라 불렀다. 그 위에서 천지를 공경히 받들면서 교령을 반포하는데, 왕도가 유전되어 끝나면 다시 시작됨을 나타낸 것이다(王者作圓池如壁形, 實水其中, 以圜壅之, 故曰辟雍. 言其上承天地, 以班敎令, 流轉王道, 終而復始.)"라 했는데, 여기서 「滔滔」와 「湯湯」은 모두 물이 세차게 흐르는 것을 형용한 말로, 《시경·제풍(齊風)·재구(載驅)》에 "문수가 넘실(상상) 흐르고 길 가는 사람들이 많고 많도다. …… 문수가 「도도」하게 흐르고 길 가는 사람들이 많고 많도다(汶水湯湯, 行人彭彭. …… 汶水滔滔, 行人儦儦.)"라 하고, 《모전》에 "「상상」은 넓은 모양이고, …… 「도도」는 흐르는 모양(湯湯, 大貌, …… 滔滔, 流貌.)"이라 했다. 반고의 〈벽옹시(辟雍詩)〉에도 "벽옹으로 흘러가니, 벽옹이 넘실거리네(乃流辟雍, 辟雍湯湯.)"라 하고, 이주한은 주에서 "벽옹이 물을 둥글게 안고 흐르므로 「상상」이라고 부른다(辟雍, 擁水環之, 故言湯湯.)"고 했음.

231 *闢靑陽*(벽청양)이하 *處乎中央*(처호중앙)까지 5구 : 「靑陽」·「總章」·「明臺」·「玄堂」·「太廟」는 모두 명당 혹은 그 가운데에 있는 방을 가리킨다. 《채중랑집》권10 〈명당월령론〉에 "명당은 천자의 태묘이다. …… 하나라 우왕은 세실이라 불렀고, 은나라에서는 중옥, 주나라에서는 명당이라 불렀으며, 동쪽을 청양, 남쪽을 명당, 서쪽을 총장, 북쪽을 현당, 중앙을 태실이라 하였다(明堂者, 天子太廟 …… 夏后氏曰世室, 殷人曰重屋, 周人曰明堂. 東曰靑

陽, 南曰明堂, 西曰總章, 北曰玄堂, 中央曰太室.)"라 했음.

**232** 發號施令, 采時順方(발호시령, 채시순방):《채중랑집・명당월령론》편에 "《월령편명》에서 「천시로 인사를 바로잡으니 천자가 발호하고 시령하며, 신에게 제사지내면서 임무를 수여받는데 매월 예법이 다르므로 월령이라고 한다」라 하였다. 그러므로 음양에 따르고, 사시를 받들며, 기물을 본받아 왕정을 시행한다. 법이 이루어져 모두 갖춰지면 각각 때와 달에 따라 명당에 보관하였으니, 조상을 이어받고 신명에게 상고하여 감히 더럽히거나 모욕하지 않는다는 명분을 밝힌 것이다. 그리하여 명당월령편을 맨 앞에 놓아 그 편명으로 삼았다(月令篇名曰,「因天時, 制人事, 天子發號施令, 祀神受職, 每月異禮, 故謂之月令.」所以順陰陽, 奉四時, 效氣物, 行王政也. 成法具備, 各從時月藏之明堂, 所以示承祖, 考神明, 明不敢褻瀆之義. 故以明堂冠月令以名其篇.)"라 했는데, 여기서는 그 뜻을 사용하였음.

## 65-9(1)

其閨闥[233]也,
三十六戶, 七十二牖[234],
度筵列位, 南七西九[235]。
白虎列序而蹸跜[236], 青龍[237]承隅[238]而蚴蟉[239]。

그 문지방(閨闥)에는
서른여섯 개의 문호(門戶)와 일흔두 개의 들창이 있으며,
여러 조상을 배치한 좌석은

남북으로 일곱 연(筵)이고 동서로 아홉 연이로다.

백호(白虎)는 동서로 난 담장으로 요동치면서 달리고,

청룡(靑龍)은 집 모퉁이로 꿈틀거리며 이어 가는구나.

.................

233 閫閾(곤역) : 문지방, 문턱으로, 「閫閾」이라고도 한다. 유효표(劉
   孝標)의 〈광절교론(廣絕交論)〉에 "그 문지방을 밟으면, 궐리에 있
   는 사당에 오르는 것과 같다(蹈閫閾, 若升闕里之堂.)"라 하고, 여
   연제 주에 "「곤역」은 문지방이다(閫閾, 門限也.)"라 했음.

234 三十六戶, 七十二牖(삼십육호, 칠십이유) : 《대대례기(大戴禮記) ·
   명당(明堂)》에 "명당은 옛날에도 있었다. 대개 9실인데, 1실에 4호
   와 8유가 있으므로 전체로는 36호와 72유다(明堂者, 古有之也. 凡
   九室, 一室而有四戶八牖, 三十六戶, 七十二牖.)"라 했음.

235 度筵列位, 南七西九(도연열위, 남칠서구) : 「筵」은 대자리(竹席).
   《주례 · 고공기(考工記) · 장인(匠人)》에 "주나라 사람의 명당은
   길이 9척의 연(筵)으로 측량하는데, 동서는 넓이가 9연이고 남북
   은 깊이가 7연이며 당의 높이는 1연이다. 모두 5실이 있는데, 매
   실마다 2연이다(周人明堂, 度九尺之筵, 東西九筵, 南北七筵, 堂
   崇一筵. 五室, 凡二筵.)"라 했으며, 《옥해(玉海)》권9에서는 《예기
   외전(禮記外傳)》을 인용하여 "《효경원신계》에 명당의 제도는 동서
   로 9연이고 남북으로 7연이다. 1연은 길이가 9척이니, 동서는 8십
   1척이고 남북은 6십3척이며 높이는 9척이므로, 태실이라 부른다
   (孝經援神契曰, 明堂之制, 東西九筵, 南北七筵. 筵長九尺. 東西
   八十一尺, 南北六十三尺, 高九尺, 故謂之太室.)"는 기록이 있음.

236 白虎列序而蹳跎(백호열서이기니) : 백호가 동서의 벽에 줄지어
   달리는 것 같음을 말한 것. 「序」는 《이아 · 석궁(釋宮)》에 "동서로
   뻗은 담장을 「서」라고 부른다(東西牆謂之序.)"고 하고, 형병(邢

冏)의 소(疏)에서는 "이를 일컬어 집앞·대청위·동상·서상의 담(牆)이라 하며, 내외와 친소의 분별을 차례대로 하기 때문에 「서」라 한다(此謂室前堂上東廂西廂之牆也. 所以次序分別內外親疏, 故謂之序也.)."라고 했다. 「躨跜」는 요동(搖動)치는 것. 왕연수의 〈노영광전부〉에 "규룡이 꿈틀거리며 높이 오르고, 턱이 움직이며 요동치는 것 같네(虯龍騰驤以蜿蟺, 頷若動而躨跜.)."라 하고, 여연제 주에 "「기니」는 움직이는 모양이다. 규룡이 서리어 꿈틀거리며 움직이는 것처럼 날아오르는 것을 말한다(躨跜, 動貌, 言虯龍飛舉盤屈頷然若動也.)."라 했음. (〈대붕부〉 주참고.)

237 靑龍(청용) : 푸른 용, 태세신(太歲神)을 상징한 짐승. 《예기·곡례》상에 "앞에는 주작이요 뒤에는 현무이며, 왼쪽은 「청룡」이요 오른 쪽은 백호다(前朱鳥而後玄武, 左靑龍而右白虎.)."라 하고, 공영달 소에 "앞은 남쪽 뒤는 북쪽, 왼편은 동쪽 오른편은 서쪽이며, 주작·현무·청룡·백호는 사방의 별자리 이름(前南後北, 左東右西. 朱鳥玄武靑龍白虎, 四方宿名也.)."이라 했음.

238 承隅(승우) : 집의 모서리를 잇는 것.

239 蚴蟉(유료) : 용이 가는 모양. 《문선》권8 사마상여의 〈상림부〉에 "청룡을 그린 수레가 동쪽 행랑채(廂房)를 향해 가노라(青虬蚴蟉於東箱.)."라 하고, 이선은 주에서 "「유요」는 용이 가는 모양(蚴蟉, 龍行貌.)."이라 했음.


## 65-9(2)

其深沈奧密²⁴⁰也,
則赤熛²⁴¹掌火, 招拒²⁴²司金,

靈威²⁴³制陽, 汁光²⁴⁴權陰,
坤(神)斗²⁴⁵主土, 據乎其心。

그 명당은 심오하고 비밀스러웠으니,

곧 적표노(赤熛怒)에게 불(火)을 관장하게 하고

백초거(白招拒)에게 금(金)을 주관하게 하며,

영위앙(靈威仰)에게 양(陽)을 통제하도록 하고

즙광기(汁光紀)에게 음(陰)을 다루도록 하였으며,

신두(神斗)에게 토지를 주관토록 하고

그 중심을 지키도록 하였도다.

．．．．．．．．．．．．．．．

240 奧密(오밀): 「奧秘(오비)」라고도 쓰며, 일반인들이 알 수 없는 심
오하고 비밀스러운 것. 왕연수의 〈노영광전부〉에 "동쪽 담은 매우
깊어서 심오하고 비밀스럽다(東序重深而奧秘.)"라 했음.

241 赤熛(적표): 「적표노(赤熛怒)」의 약칭. 상고시대 중국신화전설가
운데 인물로, 고대 참위가(讖緯家)들이 말하는 오제(五帝)의 하
나, 남방의 신으로 여름을 맡으며 적제(赤帝)라고도 부른다. 당
가공언(賈公彦)의 《주례·천관(天官)》의 "오제를 제사지낸다(祀
五帝.)"란 구절의 소(疏)에서, 오제는 동방청제 영위앙(東方靑帝
靈威仰)·남방적제 적표노(南方赤帝赤熛怒)·중앙황제 함추뉴
(中央黃帝含樞紐)·서방백제 백초거(西方白帝白招拒)·북방흑
제 즙선기(北方黑帝汁先紀)다고 했음*.

242 招拒(초거): 백초거(白招拒)의 약칭. 「白招矩」라고도 쓴다. 고대

---

* 《주례·춘관·소종백(小宗伯)》에서도 "兆五帝於四郊"라 하고, 정현(鄭玄)의
주에 "五帝……赤曰 赤熛怒 , 炎帝食焉."라 했다.

참위가(讖緯家)들이 말하는 오제(五帝)의 하나, 서방의 신으로 가
을을 관장하며, 백제(白帝)라고도 부름.

243 靈威(영위) : 영위앙(靈威仰)의 약칭. 오제(五帝)의 하나인 동방
의 신으로 봄을 관장하며, 청제(青帝)라고도 부름.

244 汁光(즙광) : 즙광기(汁光紀)의 약칭. 중국 고대신화 가운데 천신
으로, 오제의 하나. 일반적으로 북방의 신으로 겨울을 관장한다.
《진서(晉書)·천문지(天文志)상》에 "북방의 흑제로 즙광기란 신
이다(北方黑帝, 汁光紀之神也.)"라 했음.

245 坤斗(곤두) :「坤斗」는 신두(神斗)의 잘못임.《태평어람》권 533에
"《상서제명험》에 이르기를, 황제가 된 자는 하늘을 계승하여 오부
를 세워서 하늘의 형상을 존중하였다. 붉은 적을 문조, 누런 황을
신두, 하얀 백을 현기, 검은 흑을 현구, 푸른 창을 영부라 불렀다
(尚書帝命驗曰, 帝者承天立五府, 以尊天重象. 赤曰文祖, 黃曰
神斗, 白曰顯紀, 黑曰玄矩, 蒼曰靈府.)"라 하고, 정현의 주에 "신
두는 황제 함추뉴의 관청으로 신두라고 부른다. 두는 주인이다.
토정(土精:곧 鎮星)은 맑고 고용하여 사행의 주인이므로,「신두」
라고 불렸으며, 주나라에서는 태실이라 불렀다(神斗者, 黃帝含樞
紐之府, 名曰神斗. 斗, 主也. 土精澄靜, 四行之主, 故謂之神斗.
周曰太室.)"라 했음.

## 65-9(3)*

若乃熠燿[246]五色, 張皇[247]萬殊[248],

---

* 왕기는 이 문단은 방(室)안에 있는 그림(圖畵)의 모습을 말한 것이라고 했다.

人物禽獸, 奇形異模。

勢若飛動, 瞪眄[249]睢盱[250]。

明君暗主, 忠臣烈夫[251]。

咸政興滅, 表賢示愚。

이처럼 오색으로 선명하게 빛나고

만 가지 다른 현상들은 장대하며,

인물(人物)과 금수(禽獸)들은

기이한 형상을 갖추고 있으니,

기세가 마치 날아 움직이면서

눈을 부릅뜨고 우러러보는 것 같도다.

현명한 임금과 어리석은 군주,

충성스러운 신하(忠臣)와 절개가 굳은 선비(烈夫)들,

그리고 위대한 정치가의 성공과 실패,

잘난 사람과 어리석은 사람들을 차례대로 보여주고 있구나.

................

246 熠燿(습요) : 빛나면서 선명한 모양. 「熠」은 요(燿)와 같다. 《시
경·빈풍·동산(東山)》에 "날아가는 꾀꼬리여, 그 날개가 곱고도
빛나노라(倉庚于飛, 熠燿其羽.)"라 하고, 정현의 전에 「습요기
우」는 날개가 선명한 것(熠燿其羽, 羽鮮明也.)"이라 했음.

247 張皇(장황) : 장대(壯大)한 것. 《서경·강왕지고(康王之誥)》에 "육
사(六師)를 「장황」하게 하셔서, 우리 고조께서 이루신 명을 무너뜨
리지 마십시오(張皇六師, 無壞我高祖寡命.)"라 하고, 공전에서 "육
사의 군대를 크게 확장하는 것(言當張大六師之衆.)"이라고 말했음.

248 萬殊(만수) : 각기 서로 다른 것. 또 같지 않은 각종의 현상이나

사물을 가리킨다.《회남자·본경훈(本經訓)》에 "만가지 다름을 헤아리다(斟酌萬殊.)"라 했음.

249 瞠眄(징면) : 「瞠」은《광운(廣韻)》에서 "똑바로 보는 모양(直視貌)이라 하고, 「眄」은《설문해자》에서 "곁눈질로 보는 모양(斜視貌)"이라 했음.

250 睢盱(휴우) : 우러러보는 것.《문선(文選)》권11 왕연수의 〈노영광전부〉에 "머리와 눈을 나란히 하고 본다. …… 그들이 우러러보는 모습이다(齊首目以瞠眄. …… 厥狀睢盱.)"라 읊었는데, 장재의 주에 "머리를 나란히 하고 서로 쳐다보는 것(骈頭而相觀視.)"이라 하고, 이선의 주에서는《자림(字林)》을 인용하여 "「휴」는 우러러 보는 것이고, 「우」는 크게 부릅뜨는 것이다(睢, 仰目也. 盱, 張目也.)"라 했음.

251 明君暗主, 忠臣烈夫(명군암주, 충신열부) : 왕연수의 〈노영광전부〉에 "충신과 효자, 열사와 정녀(貞女)로다. 현우(賢愚)와 성패는 베풀지 않을 수 없으니, 악(惡)으로 세상을 경계하고, 선(善)으로 후세를 교도하였네(忠臣孝子, 烈士貞女. 賢愚成敗, 靡不載敘. 惡以誡世, 善以示後.)"라 읊었는데, 장재는 주에서「忠臣孝子, 烈士貞女」에서 "충신은 굴원, 오자서 등이고, 효자는 신생과 백기 등이고, 열사는 예양과 섭정 등이고, 정녀는 양과와 소강 등이다(忠臣, 屈原子胥之等, 孝子, 申生伯奇之等. 烈士, 豫讓·聶政之等. 貞女, 梁寡·昭姜之等.)"라 하였으며, 또한 이선은 주에서「賢愚成敗, 靡不載敘」에 대해《열자》에 복희이래, 현인과 어리석은 사람, 잘난 사람과 못난 사람, 성공과 실패와 시비가 소멸되지 않음이 없었다(列子曰, 但伏羲以來, 賢愚好醜, 成敗是非, 無不消滅也.)"라 하고,「惡以誡世, 善以示後.」에 대해서는 "《공자가어》에 공자가 명당을 관람하면서, 사방 벽에 요·순·걸·주임

금의 형상에서 각각 선악의 모습, 흥망의 경계가 있음을 보았다.
《공총자》에서 자사가 말하기를 「옛날에는 국가의 역사를 써서 후
대에 보도록 하였으니, 선행은 드러내 보이고 악행은 경계하였다」
(家語曰, 孔子觀於明堂, 睹四墉有堯·舜·桀·紂之象, 而各有
善惡之狀, 興廢之誡焉. 孔叢子, 子思曰, 古者則有國史, 書之以
示後也. 善以爲示, 惡以爲誡也.)"라고 설명했음.


## 65-10

于是王正孟月[252], 朝陽登曦[253]。

天子乃施蒼玉[254], 轡蒼螭[255],

臨乎青陽左个[256], 方御瑤瑟而彈鳴絲。

展乎國容, 輝乎皇儀[257]。

傍瞻神臺[258], 順觀雲[259]之軌,

俯對淸廟[260], 崇配天[261]之規。

欽若[262]昐蟢[263], 維淸緝熙[264]。

崇牙樹羽[265], 熒煌[266]葳蕤[267]。

納六服[268]之貢, 受萬邦之籍。

張龍旗與虹旌, 攢金戟與玉戚[269]。

延五更[270], 進百辟[271],

奉珪瓚[272], 獻睬帛[273]。

顒昂[274]俯僂[275], 儼容疊跡[276]。

乃潔菹醢[277], 修粢盛[278],

奠三犧, 薦五牲[279], 享于神靈[280]。

太祝²⁸¹正辭²⁸², 庶官²⁸³精誠²⁸⁴。
鼓大武²⁸⁵之隱轔²⁸⁶, 張鈞天²⁸⁷之鏗鎗²⁸⁸。
孤竹合奏, 空桑和鳴²⁸⁹。
盡六變²⁹⁰, 齊九成²⁹¹, 群神來兮降明庭²⁹²,
蓋聖主之所以孝治天下²⁹³而享祀窅冥²⁹⁴也。

현종(玄宗) 새해 정월 아침 햇살이 밝게 빛날 때,
천자는 푸른 옥을 차고 푸른 말에 고삐를 맨 채,
청양(靑陽) 왼쪽 방으로 가서
손수 아름다운 거문고를 타면서 줄을 울리니,
국가의 위용이 펼쳐지고
황가(皇家)의 법도가 드날리는구나.
옆으로는 은(殷)나라 신대(神臺)를 우러러보며
구름의 궤적을 관찰하고,
아래로는 종묘(宗廟)로 나아가
하늘의 규범을 존중하며 제사 지내니,
뭇 벌레들이 감응하여
공경히 따르고 맑은 광명이 이어지노라.
편종(編鐘)매다는 숭아(崇牙)에 깃털을 꽂으니,
화려한 모습이 휘황찬란하구나.
육복(六服)의 제후들은 공물을 바치고
만방의 문서들을 받아들이는데,
교룡과 무지개 그린 정기(旌旗)가 펼쳐져 있고,
황금 창과 옥 도끼들이 모여 있도다.
연로한 관원(五更)을 불러들이고

많은 제후(百辟)들을 맞이하니,

제사 술잔을 받들고 보석과 비단을 올리면서

온화하고 의기 높아도 허리 굽힌 채 공경하며,

의젓한 몸가짐으로 사당으로 줄지어 가는구나.

이에 청결한 절인 채소와 고기 젓갈을

제기(祭器)에 가득 담아

하늘과 종묘사직에 제사 지내며,

다섯 가지 희생물을 바쳐서

신령이 흠향(歆饗)토록 하노라.

태축(太祝)은 단정한 언사로 고하고

모든 관리가 정성을 다하여 참여하니,

무왕(武王)의 음악이 은은히 울리고

균천광악(鈞天廣樂)이 일제히 펼쳐지는데,

고죽(孤竹) 땅 관악기와 협주하며

공상산(空桑山) 거문고와 조화롭게 울리는구나.

악장(樂章)이 여섯 번 바뀌며

아홉 곡 음악으로 일제히 제전(祭典)을 마치자,

여러 신들이 명당의 뜰로 내려오나니,

대체로 성스러운 군주가 이렇게 효도로 천하를 다스리고

먼 신령들께 제사를 지내는 모습이로다.

．．．．．．．．．．．．．．．．

252 王正孟月(왕정맹월) : 《춘추 · 은공(隱公)원년》에 "춘은 주왕 정월
(春, 王正月.)"이라 하고, 두예의 주에 "은공 원년이 되는 해(始
年)가 주왕력의 정월이다. 인군이 즉위하면 그 체원(體元)*으로

서 바르게 거처하려고 하기 때문에 1년 1월이라 말하지 않는다(隱
公之始年, 周王之正月也. 凡人君即位, 欲其體元以居正, 故不言
一年一月也.)"라 하고, 공영달 소에 「정(正)」은 당시의 왕이 세우
므로 「왕」이란 글자를 앞에 쓰는데, 지금 왕의 정월이란 말이다
(正, 是時王所建, 故以王字冠之, 言是今王之正月也.)"라 했음.
「孟月」은 매 계절의 첫 번째 달로서, 음력 정월, 4월, 7월, 10월인
데, 여기서는 정월(正月)을 가리킨다.

253 朝陽登曦(조양등희) : 아침 해가 떠오르는 것. 「登」은 오르는 것
(升). 「曦」는 태양의 볕(日光)임.

254 天子乃施蒼玉(천자내시창옥)이하 方御瑤瑟而彈鳴絲(방어요슬이
탄명사)까지 4구 :《회남자·시칙훈(時則訓)》에 "초봄 정월에 ……
천자는 청색 옷을 입고 푸른 말을 타며, 푸른 옥을 차고 청색 깃
발을 세운다. …… 동쪽 궁전의 어녀(御女)는 청색 무늬 옷을 입고
금슬을 타며, 병기는 창이고 양을 기르며, 청양의 왼편 방에서 조
회를 하며 봄의 정령을 내린다(孟春之月 …… 天子衣青衣, 乘蒼
龍, 服蒼玉, 建青旗, …… 東宮御女青色, 衣青采, 鼓琴瑟, 其兵
矛, 其畜羊, 朝于青陽左个, 以出春令.)"고 하였는데, 이 4구는 이
를 참고하였다.

255 蒼螭(창리) : 「螭」는 뿔 없는 용. 여기서는 푸른 말. 반고의 〈감천
부(甘泉賦)〉에 "네 마리 푸른 용(창리)과 여섯 마리 흰 규룡을 모
는구나(駟蒼螭兮六素虯.)"라 읊고, 여향은 주에서 「창리」는 푸른
용이다. …… 대개 용이라 부르는 것은 모두 말(馬)인데, 용이라고
아름답게 말한 것(蒼螭, 蒼龍也. …… 凡稱龍者, 皆馬也, 言龍,

---

* 체원(體元)은 군왕이 천지의 원기(元氣)를 근본으로 삼아 항상 정도(正道)에
입각해서 정치를 행하는 것을 말한다.

美之也.)"이라 했음.

256 靑陽左个(청양좌개) : 「靑陽」은 고대 천자의 명당에서 동쪽으로
향한 방이고, 「左个」는 곧 북쪽에 머리를 둔 곁방임. 명당 가운데
는 네모지고 밝은 둥글며, 사방으로 통한다. 각 방향에는 좌우의
방이 있는데 이를 개(个; 곁방)라 하며, 동쪽을 청양, 남쪽을 명당,
서쪽을 총장, 북쪽을 현당(玄堂)이라 부른다. 이달에 천자는 아침
해에 초하루를 고하며, 왼쪽 방에서 명령을 내린다.

257 展乎國容, 輝乎皇儀(전호국용, 휘호황의) : 나라의 모습과 황가
(皇家)의 예의를 전시하는 것을 형용한 말. 반고의 〈동도부(東都
賦)〉에 "많은 관료들을 모아 놓고 여러 왕비들을 인도하며, 황제
의 예의를 다하면서 몸가짐을 가지런히 하시네(陳百寮而贊群后,
究皇儀而展帝容.)"이라 하고, 여연제는 주에서 "제왕의 용모와 거
동을 모두 말한 것(言盡帝王之容儀也.)"이라 했음.

258 神臺(신대) : 은나라의 여러 왕들이 건축한 돈대(臺)이름.《태평어
람》권534에서《예통(禮統)》을 인용하여 "은나라는 「신대」라 하고,
주나라는 왜 영대라 하였는가? 질박한 자가 하늘에 의거하여 왕
이 되었으니 하늘을 신이라 부르고, 문채나는 자가 땅에 의거하여
왕이 되었으니 땅을 영이라 불렀는데, 이것이 그 차이다(殷爲神
臺, 周爲靈臺何? 質者據(具)天而王, 天者稱神. 文者據(具)地而
王, 地者稱靈, 是其異也.)"라 했음.

259 觀雲(관운) : 운물(雲物)*을 관망하는 것.《후한서·명제기찬(明帝
紀贊)》에 "돈대에 올라 구름을 관찰하고, 학교에 가서는 노인을
예방하네(登臺觀雲, 臨雍拜老.)"라 하고, 또《후한서·숙종효장
제기(肅宗孝章帝紀)》에서는 "예를 마치고 영대에 올라 구름을 살

---

* 태양 곁에 있는 구름 빛깔. 옛날에는 이것으로 길흉, 수재, 한재 등을 예측했음.

펴보고, 천하에 큰 사면을 단행하였네(禮畢, 登靈臺, 望雲物, 大
赦天下.)"라 했음.

260 淸廟(청묘) : 고대 제왕의 종묘. 《좌전·환공(桓公)2년》에 "청묘에
지붕을 띠로 이었다(淸廟茅屋.)"라 하고, 두예는 주에서 "「청묘」
는 숙연하고 청정한 것을 말한다(淸廟, 肅然淸靜之稱也.)"하고,
공영달은 소에서 "「청묘」는 종묘를 넓게 일컫는 말(淸廟者, 宗廟
之大稱也.)"이라 했음.

261 配天(배천) : 고대 제왕들이 조상을 하늘과 함께 제사 지내는 것.
《효경·성치장(聖治章)》에 "옛날 주공이 교외에서 후직에게 제사
를 드리고 하늘과 짝하였으며, 명당에서 종사와 문왕에게 제사를
드리면서 상제와 함께 배향하였다(昔者, 周公郊祀后稷以配天,
宗祀文王於明堂, 以配上帝.)"라 했음.

262 欽若(흠약) : 경순(敬順). 공경히 따르는 것. 《서경·요전(堯典)》
에 "이에 희씨와 화씨에게 명하여, 하늘을 공경히 따라서 일월과
성신을 역서(曆書)로 만들고 관측(觀象)하게 하여 백성들에게 농
사철의 시기를 알도록 하였다(乃命羲和, 欽若昊天, 曆象日月星
辰, 敬授人時.)"라는 말이 나온다.

263 肹蠁(힐향) : 영감이 미세하게 통하거나 신령이 감응하는 것의 비
유. 「蠁」은 소리가 퍼지는 것이며 음은 향(向)인데, 말소리를 알아
듣는 벌레임. 좌사의 〈촉도부(蜀都賦)〉에 "천제는 기일을 운용하
여 창성함과 만나고, 크나큰 복이 뭇 벌레(힐향)처럼 일어나네(天
帝運期而會昌, 景福肹蠁而興作.)"라 하고, 위소(韋昭)주에 "「힐
향」은 습생의 벌레로, 모기의 종류이다. 큰 복이 일어남은 이러한
벌레가 날아오르는 것과 같다(肹蠁濕生蟲, 蚊類是也, 大福之興,
如此蟲騰起矣.)"라 했으며, 〈감천부(甘川賦)〉에서는 「肹蠁」을 뭇
벌레들이 분기(紛起)하듯 진작(振作)하는 것이라고 하였음.

264 維淸緝熙(유청집희) : 맑은 광명이 이어지는 것. 《시경·주송·유청(維淸)》의 "맑고 밝게 이어지는 문왕의 법도로다(維淸緝熙, 文王之典.)"란 성구를 사용하였으며, 정현의 전(箋)에 "「집희」는 광명이다(緝熙, 光明也.)"라 했음.

265 崇牙樹羽(숭아수우) : 《시경·주송·유고(有瞽)》에 "종걸이 판자와 쇠북걸이 설주를 설치하고, 숭아에 깃털을 꽂았도다(設業設虡, 崇牙樹羽.)"라는 성구를 사용했음. 「崇牙」는 편경(編磬)이나 편종(編鐘) 등을 매다는 고대 악기의 상단에 조각한 톱니같은 이빨(거치). 「樹羽」에서 「羽」는 숭아 위에 장식한 오색의 새 깃털이며, 「樹」는 꽂는 것(揷).

266 熒煌(형황) : 휘황찬란한 것. 광명이 휘황한 것.

267 葳蕤(위유) : 화려한 모습. 번다하고 왕성한 모양. 하안(何晏)의 〈경복전부(景福殿賦)〉에 "깃털이 아름답게(위유) 흐르니, 환옥의 푸른 구슬이 드리웠네(流羽毛之葳蕤, 垂環玭之琳琅.)"라 하고, 장선은 주에서 "「위유」는 깃털의 아름다운 모양(葳蕤, 毛羽美貌.)"이라 했음.

268 六服(육복) : 《주례·하관(夏官)》의 〈직방씨(職方氏)〉와 〈대사마(大司馬)〉편에 의하면, 주나라 왕기(王畿) 1천리 밖에 있는 제후의 나라들을 매 5백리 마다 하나의 「服」이라 하였는데, 그 등급은 여섯으로 후복(侯服)·전복(甸服)·남복(男服)·채복(采服)·위복(衛服)·만복(蠻服)이 있다고 하였다. 《서경·주관(周官)》에도 "육복의 모든 제후들은 덕을 받들지 않는 자가 없네(六服群辟, 罔不承德.)"라 하고, 《공전》에 "육복의 제후들이 주나라 공덕을 받들고 이었다(六服諸侯, 奉承周德)"라 했음.

269 張龍旗與虹旌, 攢金戟與玉戚(장용기여홍정, 찬금극여옥척) : 용기(龍旗)·홍정(虹旌)·금극(金戟)·옥척(玉戚)은 모두 의장대에

서 드는 물건들이다. 「龍旂」은 교룡(交龍)을 그린 기. 「虹旌」는 무
지개를 그린 정기(旌旗). 「金戟」은 금으로 장식한 창과 방패 등 일
체의 병기. 「玉戚」은 옥도끼로 전아하고 아름다운 의장용 병기임.

270 五更(오경) : 고대 관직명. 연로한 사람을 관원으로 충원한 벼슬인
데, 조정의 예우를 받았으며, 삼노(三老)와 오경(五更)이 있었다.
《예기》권20 〈문왕세자(文王世子)〉에 "드디어 삼로·오경·군로의
자리를 만들었다(遂設三老·五更·群老之席位焉.)"라 하고, 정
현의 주에 "「삼로」와 「오경」은 각각 1인으로 모두 연로하여 벼슬
에서 물러난 자에게 다시 관직을 주는 것(三老五更各一人也, 皆
年老更事致仕者也..)"이라 했음.

271 百辟(백벽) : 제후(諸侯). 《시경·대아·가악(假樂)》에 "제후와 관료
들이 천자를 받들고 따르네(百辟卿士, 媚于天子)"라 하고, 정현의
전에 "「백벽」은 왕기 안에 있는 제후다(百辟, 畿內諸侯也..)"라 했음.

272 珪瓚(규찬) : 제사 때 술을 담는 용기로, 옥으로 만든 술잔. 《시
경·소아·한록(旱麓)》에 "깨끗한 저 옥술잔이여, 황금 입이 가운
데 붙어 있도다(瑟彼玉瓚, 黃流在中.)"라 하고, 모전(毛傳)에 "옥
찬은 「규찬」이다(玉瓚, 圭瓚也.)"라 하고, 정전(鄭箋)에 "「圭瓚」의
모양은, 서옥(圭)으로 국자 자루를 만들고 황금으로 술잔을 만들
었으며, 청금으로 바깥을 꾸미고 그 안을 붉게 칠하였다(圭瓚之
狀, 以圭爲柄, 黃金爲勻, 靑金爲外, 朱中央矣.)"라 했음*.

273 琛帛(침백) : 옥백(玉帛). 「琛」은 「琛」과 같다. 《시경·노송·반수
(泮水)》에 "잘못을 깨우친 저 회땅 오랑캐들이 와서 보물 바치는
구나(憬彼淮夷, 來獻其琛.)"라 읊고, 모전에 "「침」은 보물이다(琛,

---

* 공영달(孔穎達)의 소(疏)에서는 "瓚者, 器名. 以圭爲柄, 圭以玉爲之, 指其體
謂之玉瓚, 據成器謂之圭瓚."라 했다.

寶也.)"라고 했음.

274 顒卬(옹앙) : 「周旋」으로 된 판본이 있음. 《시경·대아·권아(卷阿)》에 "온화하고 의기높아, 옥같이 순결하다(顒顒卬卬, 如圭如璋.)"라 읊었는데, 《모전(毛傳)》에서는 「옹옹」은 온화한 모습이고, 「앙앙」은 왕성한 모습이다(顒顒, 溫貌. 卬卬, 盛貌.)"라 하고, 정현의 전(箋)에서는 "몸은 옹옹하여 공경히 따르는 모습이고, 의지와 기개는 앙앙하여 고상하고 명랑한 모습(體貌則顒顒然敬順, 志氣則卬卬然高朗.)"이라고 했음.

275 俯僂(부루) : 머리를 숙이고 등을 굽히는 것. 좌구명의 《좌전·소공(昭公)7년》에 "정고보(正考父)*가 대공(戴公), 무공(武公), 선공(宣公)을 섬길 때, 세 번이나 명을 받았지만 더욱 공손하였다. 그래서 정(鼎)에 새겨놓은 명문(銘文)에 이르기를 「첫 번째 명에 몸을 숙이고, 두 번째 명에 허리를 굽히고, 세 번째 명에는 크게 절을 하였다. 담장을 따라 도망갔지만 누구도 감히 나를 경멸하지 않았으며, 이 솥에 진한 죽과 묽은 죽을 쑤어 입에 풀칠하면서 잘 지냈다」고 했는데, 그 공손함이 이와 같았다(及正考父佐戴·武·宣公, 三命玆益恭, 故其鼎銘云, 一命而僂, 再命而傴, 三命而俯. 循牆而走, 亦莫敢余侮. 饘於是, 鬻於是, 以糊(餬)余口. 其恭如是.)"라 하고, 복건(服虔)은 주에서 "「루」·「구」·「부」는 모두 공경하는 모습(僂·傴·俯, 皆恭敬之貌也.)"라 했으며, 왕기는 "구루(俯僂)는 「허리를 굽히고 일에 임하는 모습(狀其鞠躬將事)」"이라고 했음.

276 疊跡(첩적) : 족적(足跡)이 중첩(重疊)되는 것. 많은 것을 형용한

---

* 「정고보(正考父)」는 춘추시대 송(宋)나라의 상경(上卿)으로, 공자(孔子)의 먼 조상이다.

말. 《문선》권55 유효표(劉孝標)의 〈광절교론(廣絕交論)〉에 "운대
에는 치렁치렁한 끈을 단 사람들이 어깨를 부딪치고, 붉은 계단에
는 달려가는 이들이 줄지어 따라가는구나(影組雲臺者摩肩, 趍走
丹墀者疊跡.)"라 하고, 유량(劉良)은 주에서 "「마견」·「첩적」은
많음을 말한 것(摩肩·疊跡, 言其多也.)"이라 했으며, 왕기는
"「첩적」은 「사당에서 준마처럼 달리는 모습(狀其駿奔在廟.)」"이라
고 했음.

277 菹醢(저해) : 잘라서 조각낸 채소(酢菜)와 고기조림(肉醬). 고대
에 죄지은 사람의 시체로 젓을 담그던 일. 《예기·제통(祭統)》에
"물에서 나는 풀이 「저(채소젓갈)」이고, 뭍에서 나는 것이 「해(고
기조림)」(水草之菹, 陸産之醢.)"라 하고, 정현은 주에서 "「수초지
저」는 구릉에서 나는 미나리 등이고, 「육산지해」는 청개구리나 장
구벌레 등이다(蚳蝝之蟲水草之菹, 芹茆之屬, 陸産之醢, 蚳蝝之
蟲)"라고 했음.

278 粢盛(자성) : 제사에 바치는 곡물을 제기 안에 가득 담는 것. 《곡
량전(穀梁傳)·환공(桓公)14년》에 "천자는 직접 밭을 갈아 제사
에 쓸 기장을 장만한다(天子親耕, 以共粢盛.)"라 하고, 범녕(范
甯)은 주에서 "기장을 「자」라 하고, 그릇에 담는 것을 「성」이라 한
다(黍稷曰粢, 在器曰盛.)"고 했으며, 《서경·태서(泰誓)》상에도
"제물과 제수들을 흉악한 도적들이 다 훔쳐갔다(犧牲粢盛, 旣于
凶盜)"라 했음.

279 奠三犧, 薦五牲(전삼희, 천오생) : 다섯가지 짐승을 바쳐, 하늘과
땅과 종묘에 제사지내는 것. 《좌전·소공(昭公)25년》에 "정자대숙
이 …… 「육축·오생·삼희를 가지고 다섯가지 맛을 만들어 바친
다」고 말했다(鄭子大叔曰, …… 爲六畜·五牲·三犧, 以奉五
味.)"라 하고, 두예 주에 "「오생」은 큰 사슴(麋)·사슴(鹿)·노루

(麕)·이리(狼)·토끼(兔)이고,「삼희」는 하늘과 땅 종묘의 세가지
에 제사지내는 것을 희(犧)라 한다(五牲, 麋·鹿·麕·狼·兔, 三
犧, 祭天·地·宗廟三者謂之犧.)"라 했음.「薦」은 바치는 것(獻).

280 **享于神靈**(향우신령) : 신령들로 하여금 제물을 받도록 하는 것.

281 **太祝**(태축) : 관직명. 축관의 우두머리로 제사와 기도에 관한 일을
관장한다. 《주례·춘관·태축(太祝)》에 "「태축」은 6축의 언사를
관장하고 귀신이 보도록 섬기며, 복상을 빌고 오래도록 정의를 추
구한다(太祝掌六祝之辭, 以事鬼神示, 祈福祥, 求永貞.)"라 했음.

282 **正辭**(정사) : 단정하고 정직한 언사. 《좌전·환공(桓公) 6년》에
"윗사람이 백성을 이롭게 하는 것이 충성(忠)이고, 축관과 사관이
바르게 말하는 것이 진실(信)입니다(上思利民, 忠也. 祝史正辭,
信也.)"라 하고, 공영달(孔穎達) 소(疏)에 "축관과 사관은 그 언사
를 바르게 하여 귀신을 속이지 않는 것이 바로 신의다(祝官·史
官正其言辭, 不欺誑鬼神, 是其信也.)"라 했음.

283 **庶官**(서관) : 모든 벼슬아치(百官). 각종 관직. 《서경·고요모(皋
陶謨)》에 "모든 관직을 비워두지 마십시오(無曠庶官.)"라 했음.

284 **精誠**(정성) : 참되고 성실한 것(眞誠). 장형의 〈동경부(東京賦)〉에
"정성을 바친 연후에 천제를 받든다(然後以獻精誠, 奉禋祀.)"라
하고, 《장자·어부(漁父)》에는 "진실이란 순수(純粹)와 성실(誠
實)의 극치이다. 순수하지 아니하고 성실하지 않으면, 사람들을
감동시킬 수가 없다(眞者, 精誠之至也. 不精不誠, 不能動人.)"라
했음.

285 **大武**(대무) : 주나라 무왕이 창제한 악부(樂舞). 주나라 6대 악무
(樂舞) 중 하나이다. 《주례·춘관·대사악(大司樂)》에 "악무로써
국자(國子)를 가르쳐, 운문을 추게 하고 …… 「대무」를 추게 하
였다(以樂舞敎國子, 舞雲門, …… 舞大武.)"라 하고, 정현의 주에

「대무」는 무왕의 음악이다. 주 무왕이 은나라 주(紂)를 쳐서 해악을 제거하였으므로, 그 덕이 무인의 공로를 이루었음을 말한 것이다(大武, 武王樂也. 武王伐紂以除其害, 言其德能成武功也.)"라 했음.

286 隱轔(은린) : 평탄하지 않은 모양. 여기서는 음악소리의 형용. 《문선》권2 장형의 〈서경부(西京賦)〉에 "크게 우뚝 솟아 높으며, 음악소리가 무성하게 울리노라(隆崛崔嵬, 隱轔鬱律.)"라 하고, 여연제는 주에서 "모두 험하고 굽은 모습(皆險曲貌.)"이라 했음.

287 鈞天(균천) : 「균천광악(鈞天廣樂)」의 간칭. 신화가운데 나오는 천상의 음악. 《열자 · 주목왕(周穆王)》에 "왕은 실제로 그곳을 청도 자미궁이라 여겼으니, 들리는 음악이 천제(天帝)가 들을 수 있는 「균천」이나 광악이므로 천제가 사는 곳이다(王實以爲淸都紫微, 鈞天廣樂, 帝之所居.)"라 하고, 《사기 · 조세가(趙世家)》에 "조간자가 병이 나서 5일 동안 사람을 알아보지 못하다가 …… 이틀하고도 한나절이 지나서 깨어났다. 그리고는 대부들에게 「내가 상제가 사는 곳에 갔는데 매우 즐거웠습니다. 여러 신들과 균천으로 노닐었고, 광악이 만무(萬舞)와 함께 아홉 차례 연주되었는데, 삼대 (三代)의 음악과 같지는 않았으나 그 소리가 사람의 마음을 감동시켰습니다」(趙簡子疾, 五日不知人……居二日半, 簡子寤. 語大夫曰, 我之帝所甚樂, 與百神遊於鈞天, 廣樂九奏萬舞, 不類三代之樂, 其聲動人心.)"라 했음.

288 鏗鍧(갱굉) : 종이나 북 등의 악기들이 일제히 울리는 소리. 《문선》권1, 반고의 〈동도부(東都賦)〉에 "종과 북소리 울리고, 피리와 거문소리 빛나네(鍾鼓鏗鍧, 管弦燁煜.)"라 하고, 《광운(廣韻)》에서는 "「갱굉」은 종과 북소리가 서로 섞인 것이다(鏗鍧, 鐘鼓聲相雜也.)"라 했음.

289 孤竹合奏, 空桑和鳴(고죽합주, 공상화명) : 「孤竹」은 외롭게 자란 대나무로 만든 관악기. 「공상」은 전설가운데 거문고와 비파의 재료가 생산되는 산 이름. 《주례 · 춘관 · 대사악(大司樂)》에 "고죽에서 만든 피리 …… 공상에서 나는 거문고(孤竹之管, …… 空桑之琴瑟.)"이라 하고, 정현의 주에 "「고죽」은 대나무가 특별히 생산되는 곳이고, …… 「공상」과 「용문」은 모두 산 이름(孤竹, 竹特生者. …… 空桑 · 龍門, 皆山名.)"이라고 했으며*, 《술이기(述異記)》권 상에서는 "동해 언덕에는 「고죽」이 있는데 베어도 다시 살아나며 가운데 부분으로 피리를 만든다. 주나라 무왕 때 고죽국에서 상서로운 죽순 한 그루를 바쳤다. 「공상」은 대야산 가운데에서 나는데, 거문고중 가장 좋은 것이 공상이다(東海畔有孤竹焉, 斬而復生, 中有管. 周武王時, 孤竹之國獻瑞筍一株. 空桑生於大野山中, 爲琴瑟之最者, 空桑也.)"라 했음.

290 六變(육변) : 악장(樂章)이 여섯차례 변해서 제전(祭典)이 이루어지는 것을 말한다. 《주례 · 춘관 · 종백(宗伯)》에 "무릇 육악이라는 것이 있으니, 한번 바꿔서 조류가 내와 못에서 볼 수 있도록 하며, 두번 바꿔서 짐승무리가 산과 숲에서 볼 수 있도록 하며, 세번 바꿔서 물고기 종류가 구릉에서 볼 수 있도록 하며, 네번 바꿔서 털 달린 짐승무리가 물가의 둔덕에서 볼 수 있도록 하며, 다섯번 바꿔서 단단한 껍질 가진 무리가 땅에서 볼 수 있도록 하며, 여섯번 바꿔서 코끼리무리와 천신이 볼 수 있도록 한다(凡六樂者, 一變而致羽物, 及川澤之示. 再變而致祼(贏)物, 及山林之示. 三變而致鱗物, 及丘陵之示. 四變而致毛物, 及墳衍之示. 五變而致介物, 及土示, 六變而致象物及天神.)"라 하고, 정현은 주에서 "「변」

---

* 가공언(賈公彦) 소(疏)에도 "孤竹, 竹特生者, 謂若嶧陽孤桐."라 했다.

은 경(更) 같으며, 음악이 이루어지면 곧 바꿔서 연주하는 것(變, 猶更也. 樂成則更奏也.)"이라 했음.

291 **九成**(구성) : 구결(九闋)과 같은 말. 음악에서 아홉 곡이 끝남을 이르는 말. 종묘 제례나 문묘(文廟) 제례 때, 나오는 음악을 아홉 번 연주한다. 《서경·익직(益稷)》에 "소소(순임금의 음악)를 아홉 번 연주(구성)하니, 봉황이 와서 춤을 추었다(簫韶九成, 鳳凰來儀.)"라 하고, 공영달의 소에 "성은 악곡이 이루어지는 것을 말한다. 정현이 말하길「성은 끝내는 것(終)으로, 매번 곡이 한번 끝나면 반드시 변경하여 연주한다. 그래서 《경》에서「구성」을 말하고, 《전》에서 구주라 말하고, 《주례》에서 구변이라 말했는데 실제로는 동일한 것이다」(成, 謂樂曲成也. 鄭云, 成猶終也. 每曲一終, 必變更奏. 故經言九成, 傳言九奏, 周禮謂之九變, 其實一也.)"라 했음.

292 **群神來兮降明庭**(군신래혜강명정) :「群神」은 여러 신들로, 양웅의 〈감천부(甘泉賦)〉에 "하늘의 뜰을 열고「군신」들을 맞이하네(開天庭兮延群神.)"라 했으며,「明庭」은 명당의 뜰, 곧 명당을 가리키니, 《자화자(子華子)》권상에서 "황제가 천하를 다스리니 온갖 신들이 나와서「명정」에서 벼슬을 받았다(皇帝之治天下也, 百神出而受職於明堂之庭.)"라 하고, 또 《사기·봉선서(封禪書)》에도 "황제가 만령들을 명정에서 접촉하였다(黃帝接萬靈明庭.)"라 했음.

293 **聖主之所以孝治天下**(성주지소이효치천하) : 《효경·효치장(孝治章)》에 "옛날에 현명한 군주는 효도로써 천하를 다스렸다(昔者明王之以孝治天下也.)"라 했는데, 이 구절은 그 뜻을 사용하였음.

294 **窅冥**(요명) : 유원(幽遠)하거나 심오(深邃)한 모양. 유효표(劉孝標)의 〈변명론(辯命論)〉에 "심오한 마음을 깨닫지 못하고, 천지신명의 운수를 헤아리지 못하네(未達窅冥之情, 未測神明之數.)"라 했음.

**65-11**

然後臨辟雍[295], 宴群后[296]。

陰陽爲庖, 造化爲宰[297]。

餐元氣[298], 灑太和[299],

千里鼓舞, 百寮賡歌[300]。

于斯之時, 雲油雨霈[301],

恩鴻溶[302]兮澤汪濊[303], 四海歸兮八荒會[304]。

嗃眊[305]乎區寓[306], 駢闐[307]乎關外[308]。

群臣醉德[309], 揖讓而退。

그런 후에 벽옹으로 가서

여러 공경(公卿)들에게 잔치를 베풀었도다.

음양을 포(庖) 요리사로 삼고

조화옹을 재(宰) 요리사로 삼아서,

원기(元氣)를 마시고 큰 화합을 이루었으니,

천 리까지 북치고 춤추며

백관(百官)들은 연속해서 노래하는구나.

이런 때를 맞이하여

구름이 일어나고 비가 세차게 내리니,

은혜가 왕성하고 덕택이 심원하며

온 세상이 귀의하여 팔황(八荒)의 나라들이 회합하노라.

구역마다 와자지껄 떠들썩하고

궁궐 밖에서는 함께 모여 있으니,

여러 신하들은 공덕에 도취하여

겸양(謙讓)의 예(禮)를 취하면서 물러나는구나.

295 **辟雍**(벽옹) : 「辟雝」혹은 「璧雍」이라고도 하며, 「辟」은 「璧」과 통함. 본래는 서주(西周)때 천자가 세운 대학으로, 교지(校址)가 원형(圓形)의 건축물이며, 주위에 연못이 있고 정문 밖에 다리가 있었다. 귀족의 자제들이 벽옹에서 예의·음악·무도·기마 등을 학습하였으며, 동한이후 역대로 모두 벽옹이 있었는데, 향음례(鄉飲禮)나 대사례(大射禮)를 지내고 또 제사의 예를 행하던 곳이다. 반고의 《백호통(白虎通)·벽옹(辟雍)》에 "천자가 「벽옹」을 세우는 것은 무엇 때문인가? 예악을 행하고 덕화를 펼치려는 까닭이다. 「벽」은 구슬이니 둥근 모양으로서, 하늘을 모범으로 삼고 「옹수」의 곁에서 교화를 물 흐르듯 펼치는 모습이다(天子立辟雍何? 所以行禮樂宣德化也. 辟者, 璧也, 象璧圓, 又以法天, 於雍水側, 象教化流行也.)"라 했음.

296 **群后**(군후) : 사방의 제후와 구주(九州)의 목백(牧伯)으로, 뒤에는 널리 공경(公卿)들을 가리켰다. 장형의 〈동경부(東京賦)〉에 "정월 초하룻날 여러 제후들이 사방에서 왔다(於是孟春元日, 羣后旁戾.)"라 하고, 설종의 주에 "「군후」는 공경의 무리이다(羣后, 公卿之徒也.)"라고 했음.

297 **陰陽爲庖, 造化爲宰**(음양위포, 조화위재) : 「庖」와 「宰」는 모두 요리(廚)를 맡은 사람임. 《사기·노장신한열전(老莊申韓列傳)》에 "이윤은 요리사가 되었다(伊尹爲庖)"라 하였으며, 또한 《회남자·설림훈》에서는 "제사를 관리하는 사람이 「포」다(治祭者, 庖.)"라 하고, 고유는 주에서 "「포」는 요리사(庖, 宰也.)"라고 했다. 「陰陽」과 「造化」에 대하여, 《한서·가의전(賈誼傳)》에서 "또한 저 천지란 커다란 풀무이고, 「조화」는 공장이니, 「음양」은 숯이 되며 만물은 구리쇠가 되었네(且夫天地爲鑪, 造化爲工. 陰陽爲炭, 萬物

爲銅.)"라 했는데, 후에 천지만물로 음양이 조화되도록 하였음.

298 元氣(원기) : 천지가 분리되기 전의 혼돈의 기운을 가리킴.

299 太和(태화) : 본래「대화(大和)」이며, 음양이 모여서 성정이 부드 럽고 온화(沖和)한 기운. 《주역·건괘(乾卦)》에 "크게 화함을 보 전하고 합하여 바르게 되면 이로우리라. 뭇 사물의 머리로 나오 니, 만국이 모두 안녕하리라(保合大和, 乃利貞. 首出庶物, 萬國 咸寧.)"고 했음.

300 賡歌(갱가) : 이어서 노래하는 것. 《서경·익직(益稷)》에 "고요가 손을 땅에 짚고 머리를 조아리며 …… 이어서 노래(갱가)하시기 를,「지도자가 밝으면 신하들이 어질어지네」(皋陶拜手稽首, …… 乃賡載歌曰, 元首明哉, 股肱良哉.)"라 하고, 공안국의 전(傳)에 "「갱」은 잇는 것이고,「재」는 이루는 것(賡, 續. 載, 成也.)"이라 했음.

301 雲油雨霈(운유우패) : 「霈」는 「沛」와 통한다.「패연(沛然)」은 크 고 왕성한 모습.《맹자·양혜왕(梁惠王)상》에 "하늘에서 뭉게뭉게 구름이 일어서 성대하게 비가 쏟아지면, 싹은 왕성하게 일어난다 (天油然作雲, 沛然下雨. 則苗浡然興之矣.)"라 하고, 조기(趙岐) 는 주에서 "「유연」은 구름이 일어나는 모습(油然, 興雲之貌.)"이 라 하고, 주희 주에서는 "「유연」은 구름이 무성한 모습이고,「패 연」은 비가 세찬모습(油然, 雲盛貌. 沛然, 雨盛貌.)"이라 했음.

302 鴻溶(홍용) : 광대한 것. 《초사·구탄(九歎)》에 "파도가 어지럽게 두루 흘러서, 넓고 크게(홍용) 넘치면서 가득히 쓸어내네(波淫淫 而周流兮, 鴻溶溢而滔蕩.)"이라 하고, 왕일 주에 "「홍용」은 넓고 큰 것이며, …… 「鴻」은 「潒」이라고도 쓴다(鴻溶, 廣大. …… 鴻, 一作潒.)"라 했음.

303 汪濊(왕예) : 심원한 것. 《한서·사마상여전(司馬相如傳)하》에 "위

무는 성대하고, 은덕이 「왕예」하도다(威武紛紜, 湛恩汪濊.)」라 하고, 안사고(顔師古) 주에 "「왕예」는 깊고 넓은 것(汪濊, 深廣也.)"이라 했음. 이 구는 은택이 광대하고 심원한 것을 말한다.

304 四海歸兮八荒會(사해귀혜팔황회): 《문선》권7 양웅의 〈감천부〉에 "하늘의 문지방을 터놓고 땅끝까지 개통하니, 먼 지방에서 협력하고 만국이 화합하네(天閬決兮地垠開, 八荒協兮萬國諧.)"라 하고, 여향은 주에서 "천지의 문을 열어서 은택을 베푸니, 팔황의 많은 나라들이 화합하는 것을 말한다(言天地之門開通以出德澤, 故八荒萬國無不諧和也.)"고 했음.

305 嘘聒(방괄): 「喧聒」과 같으며, 왁자지껄한 소리. 《문선》권18 마융(馬融)의 〈장적부(長笛賦)〉에 "그 앞뒤에서 나는 난잡하고 떠들썩한 소리가 밤낮으로 그치지 않았다(嘘聒其前後者, 無晝夜而息焉.)"라 하고, 이선은 주에서 "「방괄」은 잡소리이다(嘘聒, 雜聲也.)"라고 했음.

306 區寓(구우): 구역. 「寓」는 「宇」의 옛글자(古體字)다. 《삼국지·위지·최염전(崔琰傳)》에 "변경을 지키면서 직무를 보고하여 구역(구우)을 안정시키는 것만 못하다(不如守境述職以寧區宇.)"고 했음.

307 騈闐(병전): 모여 있는 것(聚集), 연속(連續), 거마들이 이어져 나란히 나가는 것으로, 「騈田」, 「騈塡」으로도 쓴다. 《낙양가람기(洛陽伽藍記)》권4 〈성서영명사(城西永明寺)〉에 "뜰에는 긴 대나무가 늘어섰고 처마에는 높다란 소나무가 스치며, 기이한 화초들이 섬돌에 나란히 모여(병전) 있구나(庭列脩竹, 簷拂高松, 奇花異草, 騈闐階砌.)"라 했음.

308 闕外(궐외): 궁궐문 밖을 말함.

309 醉德(취덕): 왕기는 주에서 《시경》에서 말하는 포덕(飽德)의 뜻이라고 했다. 《시경·대아·기취(既醉)》의 "술로서 취하고 덕으로서

배불리네(既醉以酒, 既飽以德.)"라 하고, 모시소서(毛詩小序)에
"「기취」는 태평스러운 것이고, 「취주」와 「포덕」은 사람가운데 선
비와 군자의 행위다(既醉, 太平也. 醉酒飽德, 人有士君子之行
焉.)"라 했음. 후에는 술자리에서 주인에게 감사함을 표시하는 말
로 사용하였다.

## 65-12

而聖主猶夕惕若厲[310], 懼人未安,
乃目極于天, 耳下于泉[311]。
飛聰馳明, 無遠不察,
考鬼神之奧, 推陰陽之荒[312]。
下明詔, 班舊章[313],
振窮乏[314], 散敖倉[315]。
毀玉沉珠[316], 卑宮頹牆,
使山澤無間[317], 往來相望。
帝躬乎天田[318], 后親於郊桑[319]。
棄末反本[320], 人和時康[321]。
建翠華[322]兮葳葳[323], 鳴玉鑾[324]之鉄鉄[325]。
遊乎昇平[326]之圃, 憩乎穆清[327]之堂。
天欣欣[328]兮瑞穰穰[329],
巡陵[330]於鶉首[331]之野, 講武[332]於驪山[333]之旁。
封岱宗兮祀后土[334], 掩栗陸而苞陶唐[335]。
遂邀崆峒[336]之禮, 汾水之陽[337]。

吸沆瀣<sup>338</sup>之精, 黜滋味而貴理國<sup>339</sup>,

其若夢華胥之故鄉<sup>340</sup>。

於是元元<sup>341</sup>澹然<sup>342</sup>, 不知所在,

若群雲從龍<sup>343</sup>, 衆水奔海,

此真所謂我大君登明堂之政化也<sup>344</sup>。

그리고 성(聖)스러운 군주께서는

오히려 늦은 밤까지 두려워하고 경계하였으니,

백성들이 편안치 못할 것을 근심하여

눈은 하늘까지 올라가 살피고

귀는 샘까지 내려가 들었다네.

밝은 귀를 열어 날아가고 환히 보는 눈으로 달려가

멀리까지 살피지 않는 곳이 없었으니,

귀신의 깊은 비밀을 헤아리고

음양의 지극한 도리를 추구(推究)하였도다.

밝은 조서(詔書)를 내리고 옛 전장(典章)을 반포하였으며,

궁핍한 사람들을 구휼하고 오창(敖倉)의 곡식을 나누어 주었노라.

구슬을 깨트리고 진주를 물속에 버렸으며,

궁궐의 담장을 무너뜨려 낮게 만들어

산림과 천택(川澤)에 사는 이들과 간격을 없애서

서로 왕래하면서 볼 수 있도록 하였다네.

황제는 적전(籍田)을 몸소 경작하고,

황후는 교외에서 직접 누에치고 뽕을 땄으며,

지엽적인 상업을 버리고 근본인 농업을 중히 여기자,

백성들은 화목하고 시절이 안락하였도다.

비췻빛 깃털 달린 깃발을 빽빽하게 세우고
옥방울 소리를 나지막하게 울리니,
승평(昇平)의 밭에서 즐겁게 노닐며
아름답고 맑은 대청에서 휴식을 취하는구나.
상서로움이 많으니 천자가 기뻐하며,
순수(鶉首) 별자리에 속한 진(秦)땅 들판에서 능묘를 순행하고
여산(驪山) 옆에서 무예를 강습하였다네.
태산에서 봉(封)제사를 지내고
토지 신에게 선(禪)제사를 지내면서,
율육(栗陸)씨를 비호하고 도당(陶唐; 堯)씨를 감쌌도다.
드디어 공동산(崆峒山)에서 광성자(廣成子)에게 도를 묻고,
요(堯)임금이 분수(汾水) 북쪽에서 신선을 맞이한 것처럼,
밤이슬 정기를 마시면서 맛좋은 것을 물리치고
무위(無爲)로 나라 다스리는 것을 귀하게 여겼으니,
화서(華胥)씨의 나라에서 노닌 꿈을 꾼 황제(黃帝)와 같다네*.
그리하여 백성들은 편안하고 고요하여
자신이 사는 곳조차 알지 못하였는데,
떼 지은 구름을 용이 따라가고
뭇 냇물들이 바다로 달려가는 것과 같았으니,
이는 진실로 우리 천자가 명당에 올라가서
교화(敎化)를 펼친 결과로다.

---

* 이 부분의 원문이 "遨遊乎崆峒之上, 汾水之陽, 吸沆瀣之精靈, 黜滋味之馨香.
貴理國其若夢, 幾華胥之故鄉."로 된 판본이 있다.

··············

310 夕惕若厲(석척약려) : 「厲」는 옷을 벗지 않고 물을 건너는 것. 「惕」은 놀라고 두려워하는 것. 늦은 밤까지 두렵고 경계하는 것을 마치 강 건널 때 위험한 경계에 있는 것처럼 여겨서 조금도 태만하지 않고 조심하는 것을 말한다. 《주역·건괘(乾掛)》에 "군자가 종일토록 부지런히 힘써서 저녁까지도 두려운 듯이 하면 위태로우나 허물이 없을 것이다(君子終日乾乾, 夕惕若厲, 無咎.)"라 하고, 공영달의 소에 「夕惕」은 하루를 끝마친 뒤에 해가 저녁을 향할 때에 이르러도 오히려 근심과 두려움을 품는 것을 말한다. 「若厲」에서 「若」은 같음이요, 「厲」는 위태로움이니, 평소 근심하고 두려워하여 항상 기울어져 위태로운 것처럼 여겨야, 비로소 허물이 없음을 말한 것이다(夕惕者, 謂終竟此日後, 至向夕之時, 猶懷憂惕. 若厲者, 若, 如也, 厲, 危也, 言尋常憂懼, 恒如傾危, 乃得無咎.)"라 했음.

311 目極于天, 耳下于泉(목극우천, 이하우천) : 양웅의 《태현경(太玄經)·수수(睟首)》에 "눈은 하늘로 올라가고, 귀는 못으로 들어간다(目上于天, 耳入于淵.)"고 했는데, 여기서는 그 뜻을 사용하였음.

312 考鬼神之奧, 推陰陽之荒(고귀신지오, 추음양지황) : 귀신의 깊은 비밀(奧秘)과 음양의 지극한 도를 추구하는 것을 이름. 《광아(廣雅)·석고(釋詁)》에 "「황」은 먼 것이다(荒, 遠也.)"라 했음.

313 下明詔, 班舊章(하명조, 반구장) : 반고의 〈동도부(東都賦)〉에 "옛 전장을 알리고 밝은 조서를 내리며, 관아에 명령하여 법도를 반포하였다. 절약과 검소함을 밝히고 질박함을 가르쳤다(申舊章, 下明詔, 命有司, 頒憲度. 昭節儉, 示太素.)"라 했는데, 이 뜻을 사용했음. 「班」은 「頒」과 통하며, 반포(頒布), 포고(布告)로 널리 알

리는 것. 「舊章」은 옛날의 전장(典章)으로, 《서경 · 채중지명(蔡仲
之命)》에 "총명을 지어서 옛 전장(법)을 어지럽히지 마라(無作聰
明, 亂舊章.)"하였으며, 공전에 "감히 작은 총명을 내세워서 다른
말로 옛날의 법과 제도를 바꾸지 말라(無敢爲小聰明, 作異辯以
變亂舊典文章.)"고 했다.

314 振窮乏(진궁핍) : 가난하고 구차하게 생활하는 사람들을 구제하는
것. 《예기 · 월령》에 "(늦은 봄에) 천자는 덕정을 펴고 은혜를 베풀
어야 한다. 유사에 명령하여 창고 곡식을 풀어서 빈궁한 자에게 나
누어 주며 죽음에 이른 자를 구제하여야 한다([季春之月]天子布德
行惠, 命有司發倉廩, 賜貧窮, 振乏絶.)"라 하고, 정현 주에 "「진」
은 구하는 것과 같다(振, 猶救也.)"라 했다. 이 두 구는 오창의 곡
식을 나누어서 빈곤하고 궁핍한 백성들을 구제하는 것을 말함.

315 敖倉(오창) : 지명으로, 「오유(敖庾)」라고도 하며, 진(秦)나라 때
정부에서 건립한 양곡 창고가 있던 곳. 지금의 하남성 정주시(鄭
州市) 서북쪽 오산(敖山; 곧 北邙山) 위에 있었으므로 오창이라
한다. 《사기 · 항우본기(項羽本紀)》에 "형양에 있던 유방의 군사들
이 황하로 연결된 통로를 만들어 「오창」에 있는 곡식을 취하였다
(漢軍滎陽, 築甬道屬之河, 以取敖倉粟.)"라 했으며, 《괄리지(括
地志)》에 "오산은 정주 형양 서쪽 15리에 있는데, 진나라가 이곳
에 큰 창고를 두었으므로 「오창」이라고 불렀다(敖山在鄭州滎陽
西十五里, 秦置大倉於此, 故名敖倉.)"고 하였음.

316 毀玉沉珠(훼옥침주) : 《문선》권1 반고의 〈동도부〉에 "황금을 산에
버리고, 구슬을 연못에 빠뜨렸다(捐金於山, 沉珠於淵.)"라 하고,
이선은 주에서 "장자*는 「금을 산에 버리고, 진주를 연못에 감추

---

* 장자 〈재유(在宥)〉편에 나옴.

어 재화를 구하지 않고 부귀를 숭상하지 않았다」(莊子曰, 捐金於
山, 藏珠於淵, 不利貨財, 不尙富貴也.)」라 했음. 그리고 《구당
서·현종본기(玄宗本紀)상》개원 2년(714) 6월에 "안으로는 주옥
과 비단 등 옷과 노리개를 내오게 하여 궁전 앞에서 태우도록 명
령하였다(內出珠玉錦繡等服玩, 又令於正殿前焚之.)」라 하고, 7
월에 구슬과 옥의 착용을 금하고, 비단에 수놓은 옷의 착용을 금
지하는 칙령인 《금주옥금수칙(禁珠玉錦繡敕)》을 반포했다.

317 卑宮頹牆, 使山澤無間(비궁퇴장, 사산택무간) : 궁궐을 낮게 하고
담장을 무너뜨려 산택과 간격이 없도록 하는 것. 《문선》권8 사마
상여의 〈상림부(上林賦)〉에 "담장을 무너뜨리고 구덩이를 메워
서, 산림과 천택에 사는 사람들이 와서 살도록 하였다(頹牆塡塹,
使山澤之人得至焉.)」고 읊었는데, 곽박은 주에서 "꼴 베고 나무
하는 사람도 가고, 꿩과 토끼도 가서 살 수 있도록 한 것이다(芻
蕘者往也, 雉兔者往也.)」라 하고, 또한 유량(劉良)의 주에서는
「「퇴」는 무너지는 것으로, 동산의 담장을 무너뜨려 산림의 이익을
나누어 소통하는 것(頹, 崩也. 言崩去苑牆, 以通山澤之利.)」이라
고 했다.

318 帝躬乎天田(제궁호천전) : 황제가 적전(籍田)을 친경하는 것. 《통
전(通典)·예육(禮六)》(권46)에 "적전은 주나라 제도이다. 천자가
음력 정월에 길일을 택하여 친히 쟁기와 보습을 수레 오른편에 싣
고, 공경과 제후와 대부들을 인솔하여 남쪽 교외에 있는 천 이랑
의 적전을 직접 밭갈이 한다. 면류관을 쓰고 붉은 갓끈을 내려뜨
린 채, 몸소 쟁기를 잡고 세 번 미는 「천자삼추」를 하여 천지·산
천·사직·선조를 섬긴다(籍田, 周制, 天子孟春之月, 乃擇元辰,
親載耒耜, 置之車右, 帥公卿諸侯大夫, 躬耕籍田千畝於南郊. 冕
而朱紘, 躬秉耒, 天子三推, 以事天地山川社稷先古.)」라 했음.

319 后親於郊桑(후친어교상) : 황후가 친히 누에치고 뽕따는(蠶桑) 것. 《예기 · 월령(月令)》에 "늦은 봄에 후비가 재계하고 동쪽을 향하여 직접 뽕잎을 따고, …… 누에치는 일을 권장한다(季春之月, …… 后妃齊戒, 親東鄕躬桑. …… 以勸蠶事.)"라 하고, 정현은 주에서 "황후가 친히 뽕을 따서 천하에 솔선을 보인 것이다(后妃親採桑, 示帥先天下也.)"라 했음.

320 棄末反本(기말반본) : 지엽적인 상업을 버리고 근본인 농업을 중히 여기는 것. 《문선》권1 반고의 〈동도부〉에 "어지러운 공업과 상업을 억제하고, 농업과 뽕따는 성대한 일을 일으켜서, 세상 사람들로 하여금 그 말단을 버리고 근본으로 돌아오도록 하고, 위선을 등지고 진실로 돌아오도록 하였다(抑工商之淫業, 興農桑之盛務, 遂令海內棄末而反本, 背偽而歸眞.)"라 하고, 이선은 주에서 "근본은 농사이고, 말단은 장사하는 것이다(本, 農也. 末, 賈也.)"라 했음.

321 人和時康(인화시강) : 인민들이 화목하게 지내고 시대가 안락(康樂)한 것을 이름.

322 翠華(취화) : 천자의 의장가운데 물총새 깃으로 장식한 깃발이나 수레 덮개(車蓋). 사마상여의 〈상림부〉에 "비취빛 깃털 달린 깃발(취화)을 세우고, 영타(靈鼉; 신령스런 악어)로 만든 북을 세워 두었다(建翠華之旗, 樹靈鼉之鼓.)"라 하고, 이선의 주에 「취화」는 물총새 깃으로, 만든 장식이다(翠華, 以翠羽爲葆也.)"라 했음.

323 萋萋(처처) : 초목이 무성한 것. 《시경 · 주남 · 갈담(葛覃)》에 "칡덩굴 뻗어 골짜기로 옮겨가니, 잎들이 무성하구나(葛之覃兮, 施于中谷, 維葉萋萋.)"라 하고, 모전(毛傳)에 「처처」는 무성한 모습(萋萋, 茂盛貌.)"이라 했음.

324 玉鑾(옥란) : 사마상여의 〈상림부〉에 "옥 방울이 울린다(鳴玉鑾.)"라 하고, 이선은 주에서 "「난」은 방울이며, 《초사》에서 「옥 방울이

시끄럽게 울리네」(鑾, 鈴也. 楚辭曰, 鳴玉鑾之啾啾.)"라 읊었다고 했다. 왕기는 "玉鑾은 「玉鸞」으로, 글자는 다르지만 뜻은 같다"고 했음.

325 鉠鉠(앙앙) : 《문선》권3 장형의 〈동경부〉에 "난방울은 밝게 울리고, 화방울은 나지막이 울리네(鑾聲噦噦, 和鈴鉠鉠.)"라 하고, 설종의 주에 「란」은 저울대에 달리고, 「화」는 수레 앞턱 나무에 있는데, 모두 금으로 만든 방울이다. 「훼훼」는 조화롭게 울리는 소리이고, 「앙앙」은 작은 소리이다(鑾在衡, 和在軾, 皆以金爲鈴也. 噦噦, 和鳴聲, 鉠鉠, 小聲.)"라 했음.

326 昇平(승평) : 나라가 안정되어 아무 걱정 없이 평안한 상태.

327 穆淸(목청) : 청화(淸和)의 기운. 맑고 조화로운 기운을 가리킴. 《사기 · 태사공자서(太史公自序)》에 "한나라가 새로 일어난 이후로 영명한 천자가 나타나시니, 하늘에서 상서로운 징조를 얻어 봉선을 행하였고, 해와 달이 시작하는 날을 바꿔 시행했으며, 관복의 색을 바꿔 하늘로부터 미덕으로 교화를 이루라는 명령을 받고, 사방으로 베푼 은택이 미치지 않은 곳이 없었네(漢興以來, 至明天子, 獲符瑞, 封禪, 改正朔*, 易服色, 受命於穆淸, 澤流罔極.)"라 하고, 배인(裴駰)은 《집해(集解)》에서 "하늘이 명령한 청화한 기운을 받았다(受天命淸和之氣.)"라 하고, 장수절의 《정의(正義)》에서는 "「목」은 아름다운 것이며, 천자의 미덕으로 맑게 교화를 이루는 것을 말한다(穆, 美也. 言天子有美德而敎化淸也.)"라 했다. 송 유반(劉攽)의 《간오(刊誤)》에 "「목청」은 하늘이다(穆淸, 天也.)"라고 했음.

328 欣欣(흔흔) : 기뻐서 즐거워하는 모양. 《초사 · 구가 · 동황태일(東

---

* 정(正)은 한 해가 시작하는 첫째 달이고, 삭(朔)은 한 달의 초하루임.

皇太一)》에 "오음이 어지럽지만 자주 조화를 이루니, 신령께서 기뻐하고 편안히 즐기시네(五音紛兮繁會, 君欣欣兮樂康.)"라 하고, 왕일 주에 "흔흔"은 기뻐하는 모습이다(欣欣, 喜貌.)"라 했음.

329 瑞穰穰(서양양) : 상서로움이 많은 것. 《한서 · 양웅전》에 "손님을 접대하는 사람들이 인도하여 맑은 단에서 내려오니, 상서로움이 「양양」하여 산이 포개진 것 같구나(儐暗藹兮降淸壇, 瑞穰穰兮委如山.)"라 하고, 안사고 주에 "「양양」은 많은 것(穰穰, 多也.)"이라 했음.

330 巡陵(순릉) : 능묘를 순시하는 것. 《구당서 · 예악지(禮樂志)》에 "(개원)17년(729)에 현종은 교릉을 배알하였는데, 연원 서관에 이르러 말에서 내려 능묘를 바라보며 눈물을 흘리고, 신오문까지 가서 통곡하며 두 번 절하였다. 또한 삼부의 병마로 호위하도록 하고, 곧 정릉 · 헌릉 · 소릉 · 건릉을 배알하고 돌아왔다(十七年, 玄宗謁橋陵, 至塲垣西關下馬, 望陵涕泗, 行及神午門, 號慟再拜. 且以三府兵馬供衛, 遂謁定陵 · 獻陵 · 昭陵 · 乾陵乃還.)"라는 기록이 있음.

331 鶉首(순수) : 12성차(星次)의 하나. 먼 옛날 중국사람들이 별들에 대한 자연 숭배에서 기원하였으며, 12성차는 중국 고대 천문학가들이 지상의 구역과 연결시켜 분야(分野)라 불렀다. 옛날에는 정수(井宿)를 표지성(標志星)으로 삼았으므로, 정수를 「순수」라고 불렀으며, 순수(鶉首)성차의 분야는 곧 고대의 진(秦) 지역이다. 《진서(晉書) · 천문지(天文志)》에 "동쪽 정성 16도로부터 유성 8도까지를 「순수」로 삼고, 진(辰)에서 미(未)까지는 진지방 분야로 옹주에 속한다(自東井十六度至柳八度爲鶉首, 于辰在未, 秦之分野, 屬雍州.)"라고 했음.

332 講武(강무) : 무예에 관한 일(武事)을 강습하는 것. 《예기 · 월령》에 "음력 10월(孟冬之月)에는 천자가 장수에게 명하여 무사를 강

론하도록 하였는데, 활쏘기와 마차몰기를 연습시키고 또 서로 힘
을 겨루도록 한다(孟冬之月, 天子乃命將帥講武・習射御・角力)"
라 했음.

333 驪山(여산) : 《일통지(一統志)》에 "여산은 섬서성 임동현 동남쪽 2
리에 있으며, 상주(商周)시기 여융국(驪戎國)사람들이 이곳에 거
주하였으므로 「여산(驪山)」이란 이름을 얻었다. 산 기슭에 온천이
나온다(驪山在陝西臨潼縣東南二里, 因驪戎所居, 故名. 山之麓,
溫泉所出.)"라 했음. 당대에 이 산 아래에 온천궁(溫泉宮)을 세웠
으며, 현종시기에는 화청지(華清池)라고 불렀다.

334 封岱宗兮祀后土(봉대종혜사후토) : 「岱宗」은 곧 태산.《구당서・
현종기상》에 개원13년(725) 초겨울 10월 신유(辛酉)일에 "동쪽 태
산에 봉제사를 지내려고 동부로 출발하였다(東封泰山, 發自東
部.)"라 하고, 11월 경인(庚寅)일에 "상단에서 호천상제에게 제사
지내고, 관료들에게 오제와 백신을 하단에서 제사지내도록 했으
며, …… 태산의 신을 천제왕으로 봉했다(祀昊天上帝於上壇, 有司
祀五帝百神於下壇. …… 封泰山神爲天齊王.)"는 기록이 있음.

335 掩栗陸而苞陶唐(엄율육이포도당) : 소사윤은 주에서 "율육씨・도
당씨는 모두 옛날 제왕의 호칭으로, 곧 《사기・봉선서》에서 말한
바의 예전 태산과 양보에서 봉선제사를 지낸 72가중 2가이다. 도
당은 제요이다(栗陸氏・陶唐氏, 皆古帝王之號, 卽史記・封禪書
所謂古者封泰山禪梁父七十二家之二也. 陶唐, 帝堯也.)"라 했
다. 《역경・계사(繫辭)하》에 "포희씨가 죽었다(包犧氏沒)"라 하
고, 공영달 소에 "포희씨가 망하고, 여와씨가 대신 여황으로 세워
지니 풍씨 성이다. 여와씨가 망하고, 다음에는 대정씨・백황씨・
중앙씨・율육씨가 있었다(包犧氏沒, 女媧氏代立爲女皇, 亦風姓
也. 女媧氏沒, 次有大庭氏・柏黃氏・中央氏・栗陸氏.)"라 했음.

「陶唐」은 고대 제왕인 요임금의 이름. 곧 당요(唐堯)로 제곡(帝嚳)의 아들이며, 성이 이기(伊祁)이고 이름이 방훈(放勳)이다.

336 崆峒(공동) : 산 이름으로 「空同」, 혹은 「空桐」이라고도 하며, 지금의 삼숙성 평량현(平凉峴) 서쪽에 있음. 전하는 바에 의하면, 황제(黃帝)가 광성자(廣成子)에게 도를 물은 곳이라 한다. 《장자ㆍ재유(在宥)》에 "황제는 천자에 즉위한지 19년이 지나서 명령이 천하에 잘 시행되자, 광성자가 공동산에 있다는 소문을 듣고 찾아보려고 하였다(黃帝立爲天子十九年, 令行天下, 聞廣成子在於空同之山, 故往見之.)"라 했음.

337 汾水之陽(분수지양) : 요임금(唐堯) 시대의 수도. 《장자ㆍ소유요(逍遙遊)》에 "요 임금은 천하의 백성들을 다스리고 사해 안의 정치를 바로잡고 난 후, 막고야산으로 가서 4명의 선인을 만나보고 분수의 북쪽으로 와서 아득히 얼이 빠져 다스리던 천하를 잊어버리고 말았다(堯治天下之民, 平海內之政, 往見四子藐姑射之山, 汾水之陽, 窅然喪其天下焉.)"라 하고, 성현영의 소에 "분수는 태원 서쪽에서 나와 황하로 흘러들어간다. 분수 북쪽이 양지이니, 곧 지금의 분수 북쪽에 있는 진주 평양현이며, 옛날 요임금의 수도이다(汾水出自太原西, 入於河. 水北爲陽, 則今之晉州平陽縣在汾水北, 昔堯都也.)"라 했음.

338 沆瀣(항해) : 밤에 내리는 물기로 이슬. 옛날에는 신선이 마셨다 한다. 《초사ㆍ원유(遠遊)》에 "여섯 기운을 먹고 밤이슬(항해)을 마시며, 햇빛으로 양치질하고 아침 기운을 머금는다(餐六氣而飮沆瀣兮, 漱正陽而含朝霞.)"라 하고, 왕일은 주에서 "「항해」는 북쪽 지방에서 한 밤중에 내리는 기운이다(沆瀣者, 北方夜半氣也.)"라 했음.

339 黜滋味而貴理國(출자미이귀리국) : 무위(無爲)로 나라를 다스림

을 귀하게 여기는 것을 말한다. 「黜滋味」는 《노자》(63장)의 "꾸밈 없는 무위(無爲)를 행하고, 순리에 거스르지 않는 무사(無事)를 일삼으며, 맛이 없는 무미(無味)를 맛본다(爲無爲, 事無事, 味無味.)"는 뜻을 사용하였다. 「理國」은 곧 치국(治國)인데, 당나라 고종 이치(李治)를 피휘하여 「理」로 고쳤음.

340 夢華胥之故鄕(몽화서지고향) : 《열자・황제편》에 "황제가 …… 낮 잠을 자다가 화서씨*의 나라에서 노니는 꿈을 꾸었다. 화서씨의 나라는 엄주 서쪽, 태주 북쪽에 있었는데, 이 나라까지의 거리가 몇 천만리나 되는지 알 수가 없었다. 그곳은 배나 수레를 타거나 걸어서 도달할 수 있는 곳이 아니라 정신으로만 가서 노닐 수 있을 뿐이었다. 그 나라에는 스승이나 우두머리가 없이 자연스럽게 살 뿐이었으며, 백성들도 좋아하거나 욕망이 없고 자연스럽게 살았다. 삶을 즐길 줄도 모르고, 죽음을 두려워 할 줄도 몰랐으므로 일찍 죽는 일이 없었다. 자기를 좋아할 줄도 모르고, 남을 소홀히 할 줄도 몰라서 사랑과 미움이 없었다. 배반하거나 거스를 줄도 모르고, 순종할 줄도 몰라서 이롭고 해로운 것이 없었다. 전혀 사랑하고 애석하게 여기는 것도 없고, 전혀 두려워하고 꺼리는 것이 없었다. 물에 들어가도 빠지지 않고, 불에 들어가도 뜨거워하지 않았다. 자르고 매질해도 상처나거나 괴로워하지 않았고, 손으로 찔러도 아프거나 간지러워하지 않았다. 공중을 올라가서도 땅을 밟는 것과 같이 하였으며, 허공에서 잠자면서도 침대 위에 누워 자는 듯하였다. 구름과 안개도 그들의 시력을 방해하지 못하고, 천둥과 벼락도 그들의 청각을 어지럽히지 못했으며, 아름다움과

---

* 《한위서(漢緯書)》에 의하면, 화서씨(華胥氏之國)는 나라 이름. 3황 5제(三皇 五帝) 중의 최초의 왕인 복희(伏羲)의 어머니를 화서씨(華胥氏)라고도 한다.

추함도 그들의 마음을 어지럽히지 못하고, 산과 골짜기도 그들의
발걸음을 막지 못하여 귀신처럼 빠르게 걸었다. 황제는 꿈에서 깨
어나 스스로 깨닫고 기뻐하면서, 천로(天老), 역목(力牧), 태산계
(太山稽)를 불러 놓고 말하였다. 「내가 세 달 동안 한가롭게 지내
면서 마음을 재계하고 몸을 수양하면서 자신을 보양하고 만물을
다스리는 도를 터득하려 하였으나 그 방법을 깨닫지 못하였는데,
피곤하여 잠을 자다가 이러한 꿈을 꾸었소. 이제야 지극한 도는
감정으로서 구할 수 없는 것임을 알았습니다. 짐은 그것을 알았
으며, 그것을 얻었소이다! 그러나 그것을 당신들에게 말로 전할
수는 없습니다」 다시 28년 동안 천하를 크게 다스리어 거의 화서
씨의 나라와 같이 만들었다(黃帝 …… 晝寢而夢, 遊於華胥氏之國.
華胥氏之國在弇州之西, 台州之北, 不知斯齊國幾千萬里, 蓋非舟
車足力之所及, 神遊而已. 其國無師長, 自然而已. 其民無嗜慾,
自然而已. 不知樂生, 不知惡死, 故無夭殤. 不知親己, 不知疏物,
故無愛憎. 不知背逆, 不知向順, 故無利害. 都無所愛惜, 都無所
畏忌. 入水不溺, 入火不熱, 斫撻無傷痛, 指擿無痟癢. 乘空如履
實, 寢虛若處牀. 雲霧不硋其視, 雷霆不亂其聽, 美惡不滑其心, 山
谷不躓其步, 神行而已. 黃帝旣寤, 怡然自得. 召天老・力牧・太
山稽, 告之曰, 朕閒居三月, 齋心服形, 思有以養身治物之道, 弗獲
其術, 疲而睡, 所夢若此, 今知至道不可以情求矣. 朕知之矣, 朕得
之矣, 而不能以告若矣. 又二十有八年, 天下大治, 幾若華胥氏之
國.)」는 기록이 있는데, 여기서는 그 뜻을 사용하였음.

341 元元(원원) : 백성, 서민. 《후한서・광무제기(光武帝紀)상》에 "위
　　로는 천지의 의지에 필적하고, 아래로는 백성(원원)들이 의탁할
　　곳을 만들었다(上當天地之心, 下爲元元所歸.)"라 하고, 이현(李
　　賢)의 주에 「원원」은 서민들을 말한다(元元, 謂黎庶也.)"고 했음.

342 **澹然**(담연) : 편안하고 고요한(恬靜) 모습. 양웅의 〈장양부(長楊
賦)〉에 "세상을 편안하게 만들어서, 변경의 재앙과 병사들의 근심
을 영원히 없앴다(使海內澹然, 永亡邊城之災・兵革之患.)"라 하
였는데, 이선의 주에서는 "「담」은 편안한 것(澹, 安也.)"이라 하고,
이주한의 주에서는 "편안하게 일이 없는 것을 말한다(謂晏然無事
也.)"라 했음. 이백의 〈고풍〉34에서 "하늘과 땅이 도 하나를 얻으
니, 온 세상이 편안하게 맑아졌도다(天地皆得一, 澹然四海清.)"
라 읊었다.

343 **群雲從龍**(군운종룡) :《주역・건괘(乾卦)・九五》에 "용 가는데 구
름이 따르고, 범 가는데 바람이 따라간다(雲從龍, 風從虎.)"라 하
고, 공영달 소에 "용은 물에 사는 동물이고 구름은 물 기운을 가졌
다. 그래서 용이 울면 상서로운 구름이 나타나므로 이것을 구름이
바람을 따른다(운종용)고 한다. 호랑이는 맹위를 떨치는 짐승이고
바람은 진동하는 기운이므로 이 또한 같은 종류로 서로 공감한다.
호랑이가 울부짖으면 골짜기에 바람이 일어나므로 바람이 호랑이
를 따른다(풍종호)고 한다(龍是水畜, 雲是水氣, 故龍吟則景雲出,
是雲從龍也. 虎是威猛之獸, 風是震動之氣, 此亦是同類相感, 故
虎嘯則谷風生, 是風從虎也.)"라 하여, 「雲從龍風從虎者」에 대하
여 설명했음.

344 **此眞所謂我大君登明堂之政化也**(차진소위아대군등명당지정화야)
: 이것은 진실로 우리 천자가 명당에 올라서 교화를 펼친 결과이
다.《한서・평제기(平帝紀)》에 "안한공이 명당과 벽옹을 세웠다
(安漢公立明堂・辟雍)"라 하고, 응소(應邵) 주에 "명당은 네 계절
을 바로 잡음으로서, 교화를 나타낸다(明堂所以正四時, 出敎化)"
라 했음.

**65-13**

豈比夫秦·趙·吳·楚, 爭高競奢,

結阿房<sup>345</sup>與叢臺<sup>346</sup>, 建姑蘇<sup>347</sup>及章華<sup>348</sup>。

非享祀與嚴配<sup>349</sup>, 徒掩月而凌霞。

由此觀之, 不足稱也。

況瑤臺<sup>350</sup>之巨麗, 復安可以語哉?

어찌 당나라의 명당을

진(秦)·조(趙)·오(吳)·초(楚)나라에서 건립한

아방궁(阿房宮)과 총대(叢臺),

고소대(姑蘇臺)나 장화궁(章華宮)과 비교하여

높이와 호화로움을 경쟁할 수 있겠는가?

저 궁전들은 제사를 지내며 조상을 배향하는 것이 아니라,

다만 달을 가리고 노을을 능가했을 뿐이라네.

이로 볼 때 그들은 칭찬받기에 부족하나니,

하물며 하(夏)나라 요대(瑤臺)의 크고 화려함을

어찌 다시 거론할 필요가 있겠는가?

.................

345 結阿房(결아방) : 진시황이 아방궁을 건립한 것. 《사기·진시황본
기》에 "(진시황) 35년 …… 이에 위수 남쪽 상림원 속에 궁전을 지
었다. 먼저 아방궁에 전전을 지으니, 동서가 5백 보이고 남북의
길이가 5십장인지라 위에는 1만 명이 앉을 만하고 아래에는 다섯
길의 깃발을 세울 만하였다. 두루 수레가 달릴 각도(閣道; 목재
다릿발 위에 설치한 도로)가 궁전 아래로부터 곧바로 종남산에 이
르게 하고, 종남산의 드러난 꼭대기에다 궁궐을 지었도다. 아래위

로 복도를 만들어서 아방궁으로부터 위수를 건너서 함양에까지 이어졌으니, 북극성과 각도성이 은하수를 가로질러 영실*까지 이른 것을 상징한 것이다. 아방궁은 끝내 완성되지 않았으나, 완성되면 이름을 선택하여 다시 명명하려고 하였으며, 아방에 궁전을 지었기 때문에 천하가 「아방궁」이라고 불렀다(三十五年, …… 乃營作朝宮渭南上林苑中. 先作前殿阿房, 東西五百步, 南北五十丈, 上可以坐萬人, 下可以建五丈旗. 周馳爲閣道, 自殿下直抵南山. 表南山之顚以爲闕. 爲復道, 自阿房渡渭, 屬之咸陽, 以象天極閣道, 絶漢抵營室也. 阿房宮未成, 成, 欲更擇令名名之. 作宮阿房, 故天下謂之阿房宮.)」라 했음. 아방궁의 옛터가 지금의 섬서성 서안시에 있다.

346 叢臺(총대) : 조(趙)나라 영왕(靈王)이 세운 궁궐. 《한서 · 고후기(高后紀)》에 "여름 5월 병신일에 조왕궁 「총대」에 화재가 났다(夏五月丙申, 趙王宮叢臺災.)"라 하고, 안사고 주에 "연달아 모인 것이 하나가 아니므로 「총대」라고 불렀다. 본래는 6국시대 조왕의 옛날 돈대였으며, 한단성 안에 있었다(連聚非一, 故名叢臺. 蓋本六國時趙王故臺也, 在邯鄲城中.)"고 했음. 총대(叢臺)의 옛터는 지금의 하북성 한단시에 있다.

347 姑蘇(고소) : 춘추시대 오왕 합려(闔閭)가 세운 고소대. 《오월춘추 · 합려내전(闔閭內傳)》에 "오왕은 「고소대」를 건설하면서 3년 동안 재료를 모으고 9년 만에 완공하였는데, 높은 데서는 3백리를 볼 수 있다. …… 합려는 출입하면서 한가롭게 휴식할 때, 추동시기에는 성안에서 다스리고 춘하시기에는 성 밖에서 다스리면서, 고소대에서 정치하였다(吳王起姑蘇之臺, 三年聚材, 九年乃成,

---

* 서북방 현무 일곱별 중의 하나로, 페가수스 별자리의 하나.

高見三百里. …… 闔閭出入遊臥, 秋冬治於城中, 春夏治於城外, 治姑蘇之臺.)"라 하고, 《사기·오태백세가(吳太伯世家)》에 "(오 왕합려)19년 여름, 오나라가 월나라를 공격하자, 월왕구천이 취리 에서 맞이하여 공격했다. …… 월은 오나라를 정벌하여 고소에서 패배시켰다([吳王闔閭] 十九年夏, 吳伐越, 越王勾踐迎擊之檇李. …… 越因伐吳, 敗之姑蘇.)"라 했음. 고소대 옛터는 지금의 강소 성 소주(蘇州) 서남쪽 고소산(姑蘇山) 위에 있다.

348 章華(장화) : 춘추시대 초나라 왕실 원림(園林)에 있던 궁전으로, 초 영왕(靈王) 6년(기원전535)에 건립했다. 《좌전·소공(昭公)7 년》에 "초나라 영왕은 「장화대」를 만들어 놓고, 여러 제후들을 초 청해서 함께 낙성식하기를 원했다(楚子成章華之臺, 願與諸侯落 之.)"라 하고, 두예의 주에 "「장화대」는 화용성 안에 있다(臺今在 華容城內.)"라 했음. 장화대의 옛터는 지금의 호북성 감리현(監利 縣) 서북쪽에 있다.

349 嚴配(엄배) : 아버지를 하늘과 짝(配天)하는 것. 《효경·성치장(聖 治章)》에 "하늘과 땅이 낳은 것 중에서 사람이 가장 귀하고, 사람 의 행실에 있어서는 효보다 큰 것이 없고, 효에 있어서는 아버지 를 존경하는 것보다 큰 것이 없으며, 아버지를 존경하는 데 있어 서는 하늘과 짝이 되는 것보다 큰 것이 없다. 이것을 모두 갖춘 이가 바로 주공(周公)이다(天地之性, 人爲貴, 人之行, 莫大於孝, 孝莫大於嚴父, 嚴父莫大於配天, 則周公其人也.)"라 했음*.

350 瑤臺(요대) : 화려하게 조각하여 정교한 누대를 세우는 것으로, 특 히 하나라 걸왕(桀王)과 은나라 주왕(紂王)이 세운 요대와 경실을

---

* 당 현종의 주에 "萬物資始於乾, 人倫資父爲天, 故孝行之大, 莫過尊嚴其父也. …… 謂父爲天, 雖無貴賤, 然以父配天之禮, 始自周公, 故曰其人也."라 했다.

가리킨다. 《문선》권3 장형의 〈동경부〉에 "본래 하나라 황제 이규 (履癸; 걸왕)가 지은 「요대」와 은나라 황제 신(辛; 주왕)이 지은 경실만 못하다(固不如夏癸之瑤臺, 殷辛之瓊室也.)"라 하고, 이선 은 《급총고문(汲冢古文)》을 인용하여 "하나라 걸왕은 「요대」궁을 지어 백성의 재산을 탕진하고, 은나라 주왕은 경실을 만들고 옥문 을 세웠다(夏桀作傾宮瑤臺, 殫百姓之財. 殷紂作瓊室, 立玉門 也.)"라 했으며, 또 《통감외기(通鑑外紀)》에도 "걸왕이 「요대」를 만들어서 백성들의 힘을 피폐시키고 재산을 탕진시켰다(桀作瑤 臺, 罷民力, 殫民財.)"라 했음.


## 65-14

敢揚國美, 遂作辭曰 :
穹崇³⁵¹明堂倚天開兮, 巃嵸³⁵²鴻濛³⁵³構瑰材³⁵⁴兮,
偃蹇³⁵⁵块漭³⁵⁶邈崔嵬³⁵⁷兮, 周流辟雍炭靈臺³⁵⁸兮。
赫奕³⁵⁹日, 噴風雷。
宗祀肸蠁³⁶⁰, 王化弘恢。
鎭八荒, 通九垓³⁶¹。
四門啓兮萬國來, 考休徵³⁶²兮進賢才。
儼若皇居而作固³⁶³, 窮千祀³⁶⁴兮悠哉!

감히 당나라의 아름다움을 드날리고자 찬사를 지었노라.
하늘에 기댄 채 열려 있는 높이 솟은 명당이여,
우뚝하고 한없이 큰 진기한 재목으로 지었도다.
넓고 고요하게 서있는 모습은 아득히 높으며,

벽옹(辟雍)이 둘러 흐르고 영대(靈臺)가 높이 솟았는데,

해처럼 빛나면서 바람과 우레를 뿜어내는구나.

종묘에 제사지내고 신령과 감응하며,

임금의 교화가 널리 갖추어졌으니,

팔방의 머나먼 곳까지 진압하고 아홉 겹 하늘과 통하노라.

사방 문을 열어 놓아 만국(萬國)에서 내방하나니,

아름다운 징조를 살펴보고 현명한 인재들을 선발하였다네.

황제가 거주하는 것처럼 의젓하며 견고하게 지어졌으니,

천년이 다하도록 무궁하리로다.

................

351 穹崇(궁숭) : 높은 모양. 《옥편·혈부(穴部)》에 "「궁」은 높은 것이
다(穹, 高也.)"라 하고, 사마상여의 〈장문부〉에 "흙덩이를 하늘까
지 쌓아 지은 정전이여, 웅장하게 높이 솟았구나(正殿塊以造天
兮, 鬱並起而穹崇.)"라 하고, 이선의 주에 "「궁숭」은 높은 모양(穹
崇, 高貌.)"이라 했음.

352 巄嵸(농종) : 산세가 높고 가파른 모양. 《낙양가람기(洛陽伽藍
記)·문의리(聞義里)》에 "높은 산은 가파르고 우뚝하며(농종), 아
슬아슬하게 높은 산굴은 구름 속으로 들어가고, 아름다운 나무 위
에는 신령스런 지초가 무더기로 자라노라(高山巄嵸, 危岫入雲,
嘉木靈芝, 叢生其上.)"고 했음.

353 鴻濛(홍몽) : 아득히 넓고 큰 모양. 《한서·양웅전(揚雄傳)상》에
"넓고 아득하여라, 숭산이 드러났구나(鴻濛沆茫, 揭以崇山.)"라
하고, 안사고 주에 "「홍몽·항망」은 광대한 모양(鴻濛沆茫, 廣大
貌.)"이라 했음.

354 瑰材(괴재) : 진기한 동량의 재목. 걸출한 재능과 기량을 비유한

말. 반고의 〈서도부〉에 "훌륭한 재목(괴재)으로 기이함을 궁구하여 응룡의 무지개다리를 들어 올렸네(因瑰材而究奇, 抗應龍之虹梁.)"라 했음.

355 偃蹇(언건) : 높이 서있는 모양. 《초사·이소(離騷)》에 "높이 솟은 (언건) 요대를 바라보다가 유융씨의 미녀를 보았노라(望瑤臺之偃蹇兮, 見有娀之佚女.)"라 했음.

356 坱漭(앙망) : 왕기는 「한없이 넓고 고요하다(廣遠寥廓.)」의 뜻이라 했다. 사마상여의 〈상림부〉에 "계림의 가운데를 건너가서, 한없이 넓은 들판을 지나갔다(徑乎桂林之中, 過乎坱漭之野.)"고 했음.

357 崔嵬(최외) : 높이 솟은 모양. 《초사·섭강(涉江)》에 "길게 늘어진 칼을 차고, 아슬아슬하게 높은 절운관을 썼네(帶長鋏之陸離兮, 冠切雲之崔嵬.)"라 하고, 왕일은 주에서 「최외」는 높은 모양(崔嵬, 高貌.)"이라 했음.

358 辟雍㞢靈臺(벽옹급영대) : 《문선》권3 장형의 〈동경부〉에 "왼쪽에는 「벽옹」을 만들고, 오른쪽에는 「영대」를 세웠다(左制辟雍, 右立靈臺.)"라 하고, 설종(薛綜)은 주에서 "덕양전 동쪽에는 「벽옹」이 있고, 서편에 「영대」가 있음을 말한 것(言德陽殿東有辟雍, 於西有靈臺.)"이라 했음.

359 赫奕(혁혁) : 크게 빛나는 모양. 《문선》권10 하안(何晏)의 〈경복전부〉에 "「혁혁」하게 빛나는 모습은 해와 달이 맑은 하늘에 빛나는 것 같다(赫奕章灼, 若日月之麗天也.)"라 하고, 이선은 주에서 "「혁혁」과 「장작」은 모두 빛이 드러나 환하게 빛나는 것을 말한다(赫奕·章灼, 皆謂光顯昭明也.)"고 했음.

360 肹蠁(힐향) : 신령이 감응하는 것을 비유함.

361 九垓(구해) : 아홉 겹 하늘. 구중지천(九重之天). 《회남자·도응훈(道應訓)》에 "나는 「구해」 밖에서 한만과 만날 약속이 되어 있

으니, 오래 머물러 있을 수가 없구나(吾與汗漫期于九垓之外, 吾
不可以久駐.)"라 하고, 고유의 주에 "「구해」는 구천(九垓, 九天
也.)"이라 했음.

362 休徵(휴징) : 길상의 징조. 《문선》권1 반고의 〈동도부〉에 "영대에
올라가서 아름다운 징조(휴징)를 밝히네(登靈臺, 考休徵.)"라 하
고, 유량(劉良)의 주에 "「휴」는 아름다운 것이고, 「징」은 응하는
것으로, 「휴징」은 길조와 같은 말이다(休, 美也. 徵, 應也. 休徵,
猶言吉兆也.)"라 했음.

363 作固(작고) : 견고하게 제작하는 것. 《문선》권56 장재(張載)의 〈검
각명(劍閣銘)〉에 "오직 촉의 관문이라야 굳게 방비할 수 있는 진
지가 될 수 있다(惟蜀之門, 作固作鎭.)"라 하고, 여향의 주에 "커
서 진영을 만들 수 있고, 험난하여 수비할 수 있다(大可爲鎭, 險
可爲固也.)"라 했음.

364 千祀(천사) : 천년. 《문선》권6 좌사의 〈위도부(魏都賦)〉에 "비록
천년(천사)이 지나, 먼 후대에서도 마음에 오래도록 간직할 것이
다(雖踰千祀, 而懷舊蘊於遐年.)"라 했음.

# 66.

# 大獵賦

대렵부 : 성대한 사냥을 읊은 부


　개원 연간 현종이 진(秦)지방에서 사냥했던 정경을 묘사한 작품
으로써, 이백이 천보 원년(742) 장안으로 입경하였을 때, 이전에
지었던 것을 기초로 수정·보완하여 현종에게 바친 장편 부(賦)다.
　실제로 당시 천자(현종)가 사냥한 역사적 기록과 이백의 시문에
나오는 내용을 살펴보면 다음과 같다.《구당서·현종기》(上)에 의
하면, 현종은 선천(先天) 2년(712) 11월 갑진일에 "위수 가에서 사
냥(畋獵於渭川.)"하고*, 개원 8년(720) 임오일 "하규에서 사냥(畋
於下邽.)"하였으며, 개원 17년(729) 12월 을축일에 "위수 가에서 교
렵했다(校獵渭川濱.)"는 기록들이 전한다. 그리고 장독(張讀)의《선
실지(宣室志)》에 "명황(현종)이 교외에서 사냥할 때 큰 사슴을 쏘아
잡았는데, 장과(張果)는「천년 된 선록입니다」라 말했다(明皇狩近
郊, 射中大鹿, 張果曰, 千年仙鹿也.)"는 기록이 있다.**

---

\* 12월 경인일에 개원 원년으로 바꿨음.
\*\*《구당서·현종기》에 의하면 장과는 개원 22년(734) 입경하였다.

또한 이백의 시 가운데에서도 여러 차례에 걸쳐 헌부(獻賦)한 사건을 읊었는데, ① 〈동무음(東武吟)*〉에서의 "양자운(揚雄)을 본받아서 감천궁에서 부를 바쳤는데, 천자가 글로 작은 재능을 아름답게 여기시어, 맑은 향기가 한없이 퍼져나갔네(因學揚子雲, 獻賦甘泉宮. 天書美片善, 淸芬播無窮.)" ② 〈예전에 노닐던 것을 기억하면서 초군의 원참군에게 부치다(憶舊遊寄譙郡元參軍)〉에서의 "이때의 행락은 다시 만나기 어려우니, 서쪽에서 노닐며 〈장양부〉를 바쳤다네. 북쪽 궁궐의 푸른 꿈을 기약할 수 없으므로, 흰 머리 되어 동산으로 돌아왔노라(此時行樂難再遇, 西遊因獻長楊賦. 北闕靑雲不可期, 東山白首還歸去.)" ③ 〈두수재가 오송산에서 만나 준 시에 답하다(答杜秀才五松見贈)〉에서의 "예전에 〈장양부〉를 바쳤을 때, 천자의 은택이 활짝 열려 기뻐하였네. 당시 승명전(承明殿)에서 조서를 기다렸는데, 모두 양웅같은 재주가 있어 볼만하다고 말했도다(昔獻長楊賦, 天開雲雨歡. 當時待詔承明裏, 皆道揚雄才可觀.)" ④ 〈온천궁에서 천자를 시종하다가 돌아와서 친구를 만나다(溫泉侍從歸逢故人)〉에서의 "한나라 황제가 장양원(長楊苑)에서 사냥하다 돌아와 오랑캐에게 자랑하였네. 자운(양웅)이 외람되게 천자를 모시면서 부를 바쳤는데 찬란하게 빛나는구나(漢帝長楊苑, 誇胡羽獵歸. 子雲叨侍從, 獻賦有光輝.)" 등의 시가 있다.

이러한 시작품들 가운데에서 이백이 바쳤다는 부가 바로 이 〈대렵부〉임을 증명할 수 있으며, 부 가운데에서 이백이 「신 아무개(臣某)」라고 자칭한 것은 분명히 황제에게 부를 바치는 언사이다. 또

---

* 또 〈출동문후서회유별한림제공(出東門後書懷留別翰林諸公)〉이라고도 함.

이백과 같은 시기의 시인인 독고급(獨孤及)은 〈조남으로 가는 이백을 보내면서 지은 서문(送李白之曹南序)〉에서 "예전에 그대가 진(秦; 장안)지방으로 들어갔을 때, 임금께서 〈자허부(子虛賦)〉를 보시고 사마상여와 동시대에 있음을 기뻐하였으며, 이로 인해 아침에 조정의 수레를 보내 부르고 저녁에 임금의 문장을 짓도록 했다네(曩子之入秦也, 上方覽子虛之賦, 喜相如同時, 由是朝詣公車, 夕揮宸翰.)"라 하였는데, 여기서 이백의 이 대렵부가 현종의 부름을 받았을 때 장안에서 헌부(獻賦)한 작품임을 알 수 있다.

이렇듯 역대 제왕들이 자주 시행했던 사냥은 고대 제왕들의 예를 따랐으니, 《통전(通典)》권76 〈천자제후사시전렵(天子諸侯四時田獵)〉에 다음과 같이 자세히 수록되었다.

"주나라 제도에 천자와 제후는 일이 없으면 해마다 수묘선수(蒐苗獮狩)라는 사냥 의식을 시행하였는데, …… 다음과 같이 설명했다. 천왕은 다섯가지 물질(五材)*을 함께 사용하면서 하나라도 폐할 수 없었으니, 누가 군사를 없앨 수 있으리오. 역대로 재난과 반란이 일어나면 군사가 아니면 안정시킬 수 없었으므로 군자는 무예를 닦았으며, 공자(孔子)는 백성들에게 전투를 가르치지 않는 것은 그들을 버리는 것이라 하였다. 《예기 · 왕제》편에서는 천자와 제후는 일이 없을 때 사냥을 하지 않으면 불경하다고 하였으며, 사냥을 예도에 따르지 않으면 각종 생물을 해치는 것이라고 했으며, 《좌씨전》에서는 「봄에는 수(蒐; 새끼를 배지 않은 짐승을 골라잡는 것)사냥을 하고, 여름에는 묘(苗; 곡물의 싹을 해치는 짐승을 잡는 것)사

---

* 오종(五種)의 물질은 금(金), 목(木), 수(水), 화(火), 토(土)이다.

냥을, 가을에는 선(獮; 군사훈련을 겸해서 짐승을 죽이는 것)사냥을, 그리고 겨울에는 수(狩; 짐승몰이를 하여 잡는 것)사냥을 하는데, 모두 농사일이 바쁘지 않은 틈을 타서 군사훈련을 하였다. 3년에 한 번 군사들을 점검하고, 군대를 정렬하여 돌아와서는 주연을 즐기며 군대의 기물을 조사하여 숫자를 파악하였는데, 문장을 드러내고 귀천을 밝히며, 서열을 분별하고 장유(長幼)에 따라서 무력의 위엄을 익혔다」라고 했으며, 《곡량전》에서는 「수수(蒐狩)사냥을 위하여 군사훈련을 하는 것은 예도를 크게 펼치는 것이다」라고 했다(周制天子諸侯無事則歲行蒐苗獮狩之禮. …… 說曰, 天王五材並用之, 廢一不可. 誰能去兵? 歷代以來禍亂之作, 非武不定. 是以君子習之. 孔子曰, 以不敎民戰是謂棄之. 王制曰, 天子諸侯無事而不田曰不敬, 田不以禮曰暴天物. 左氏傳曰, 春蒐・夏苗・秋獮・冬狩, 皆於農隙以講武事, 三年而治兵, 入而振旅, 歸而飮至, 以數軍實, 昭文章, 明貴賤, 辨等列, 順少長, 習威儀也. 穀梁傳曰, 因蒐狩以習用武事, 禮之大者也.)"라 하여, 사냥하는 제도에 대해 설명하였다.

이 〈대렵부〉는 서문과 본문으로 이루어졌는데, 내용을 11개 단락으로 구분할 수 있다. 먼저 1단락인 서문에서는 부의 성질과 작용에 대하여 설명하고, 이어 한대에 널리 알려졌던 사마상여가 지은 〈자허부〉와 〈상림부〉, 양웅이 지은 〈장양부〉와 〈우렵부〉에서는 과장된 언사로 성대하게 묘사했지만 바른 도리(大道)로 군왕을 바로잡는다는 내용이 아니므로 취할 바가 못된다고 언급하면서, 이와는 반대로 지금 황제(玄宗)의 전렵과 강무는 고대 삼구(三驅)의 뜻을 실행한 것이므로 이백이 부를 지어 그 아름다움을 칭송한다고 기술하였다. 다음부터 본문인데, 2단락에서는 현종이 여섯 황제의 찬란한 기업(基業)을 계승하여 개원(開元) 성세를 창건했음을 찬미하였으며, 3단락에서는 엄동의 계절에 천자가 사냥하는 모습을 묘사했는데, 고대의 왕제(王制)에 따라 농한기에 사냥을 준비하는 과정과 강무사(講武事) 등을 기술하였다. 4단락에서는 천자가 시행하는 전렵에 대하여, 성대한 위세, 많은 군사의 수, 넓은 사냥 범위 등 대대적인 규모를 서술하였으며, 5단락에서는 사냥할 때의 모습으로 작은 새나 짐승조차 벗어나기 힘들게 설치한 촘촘한 그물, 산과 언덕을 뒤덮는 많은 사냥꾼, 번개같이 달리는 깃발과 말 등을 묘사하였다. 6단락에서는 용맹한 엽사(獵士)들이 각종 야수를 박격(搏擊)하는 정경을 서술하였으며, 7단락에서는 군왕이 친히 수렵장에서 위렵(圍獵)을 지휘하는 모습, 사냥하는 군사들이 뭍에서 짐승을 사로잡고 공중을 나는 맹금(猛禽)을 쏘아 죽은 시체들이 산더미처럼 쌓여 있는 정경을 묘사하였다. 8단락에서는 군왕이 무위이치(無爲而治)를 존귀하게 여겼으므로 사냥을 끝내면서 세 방면(三面)에 설치한 그물을 철거하고 잡은 동물을 모두 자연으로 돌려보내서, 인애(仁愛)하는 마음을 천하 사방에 공표한 것을 기술하였으며, 9단락에서는 천자가 대(臺)에 올라 수렵에서의 노고를 격려하는 잔치를 열면서 신하들도 함께 참여하는 장면을 묘사했다. 10단락에서는 수렵을 국가의 정치에 비유하였으니, 곧 천자가 현명한 인물을 발탁하여 조정의 중신(重臣)으로 삼을 것을 풍간하고, 나아가 천하가 편안하고 백성들이 즐겁게 업무에 종사할 수 있는 정치 이상을 진술하였으며, 마지막 11단락에서는 현재 군왕의 공적이 역대 군왕을 뛰어넘어 그 영광이 후대에 미칠 것이라고 하면서, 태산과 사수(社首)에서 봉선한 것은 예전 72명 황제들과 궤도를 같이 한다고 피력

하였다. 그리고 천자의 어가를 돌려 광성자(廣成子)를 찾아가 도를
구하고, 대외(大隗)에게 정사를 묻고, 적수(赤水)에서 구슬을 찾아
천하사람들이 어디로 갔는지 모르게 할 것이라고 하면서 전렵에 대
하여 마무리하였다.


### 66-1(1)

白以爲, 賦者, 古詩之流[1]。辭欲壯麗, 義歸博遠[2]。不然, 何
以光贊盛美, 感天動神[3]。而相如‧子雲競誇詞賦, 歷代以爲
文雄, 莫敢詆訐[4]。

臣謂語其略, 竊或褊其用心[5]。《子虛》所言[6], 楚國不過千里,
夢澤[7]居其大半, 而齊徒吞若八九, 三農[8]及禽獸無息肩之地[9],
非諸侯禁淫述職之義也[10]。

저 이백은 부(賦)라는 것은 고시(古詩)의 부류로서, 문체(文體)는
웅장하면서 미려(美麗)해야 하고, 주제는 단아하면서 심원함으로
귀결되어야 한다고 여겼습니다. 그렇지 않다면 어떻게 풍광(風光)
의 성대함을 칭찬하면서 천지와 귀신을 감동시킬 수 있겠습니까?
그러나 사마상여(司馬相如)와 양웅(揚雄)이 다투듯 과장된 언사로
자랑하였는데도, 역대 논자들은 문장의 영웅으로 받들면서 감히 단
점을 비난하지 못하였습니다.

제가 그러한 부들의 줄거리를 비평하건대, 개인적으로는 그들의
용심(用心)에 편파적인 실수가 있었다고 여겨집니다. 《자허부(子虛
賦)》에서 초(楚)나라는 천 리에 불과하지만 운몽(雲夢) 연못이 그

반을 차지하며, 제(齊)나라는 여덟아홉 개의 운몽을 삼킬 수 있다고 말하였지만, 세 곳(산·평지·못가)에 사는 농민과 짐승들은 어깨를 쉴만한 곳이 없었을 뿐만 아니라 제후들은 분수 넘치는 행동을 금하고 직무를 천자에게 보고한다는 의미도 아니었습니다.

················

1 賦者, 古詩之流(부자, 고시지류) : 부는 고체시의 종류라는 말. 《문선》권1 반고(班固)의 〈양도부서(兩都賦序)〉에 "어떤 이는 부(賦)가 고시의 부류라고 말했다(或曰, 賦者古詩之流也.)"라 하고, 이선은 주에서 "《모시서》에서 시에는 육의가 있는데, 두 번째를 「부」라 하였으므로 부는 고시의 종류이다(毛詩序曰, 詩有六義焉, 二曰賦, 故賦爲古詩之流也.)"라 했음. 고인들의 관점에서는 부를 고시의 종류로 보았지만, 실제로 후대의 부는 제재(題材)와 예술 방면에서 고시와는 다르다.

2 辭欲壯麗, 義歸博遠(사욕장려, 의귀박원) : 부의 언사는 장엄하고 화려할 것을 요구하며, 취지는 박아(博雅)하고 심원함을 추구하는 것. 유협(劉勰)의 《문심조룡·전부(詮賦)》에 "아름다운 가사와 단아한 뜻은 서로 어울려 상승작용을 한다(麗詞雅義, 符采相勝.)"라 했음. 「義」는 의의, 주제.

3 感天動神(감천동신) : 《모시서(毛詩序)》에 "그러므로 득실을 바로잡고 천지와 귀신을 감동시키는 것으로 시보다 가까운 것은 없다(故正得失, 動天地, 感鬼神, 莫近于詩.)"라 했음. 고인들은 시부가 「천지와 귀신을 감동시킨다(動天地, 感鬼神)」는 공이 있다고 여겼다.

4 相如·子雲競誇詞賦, 歷代以爲文雄, 莫敢詆訐(상여·자운경과사부, 역대이위문웅, 막감저알) : 사마상여와 양웅이 다투어 과장된 사부로 서로 자랑하였어도 역대 논자들은 사부의 대가로 받들면서 감

히 아니라고 비평하지 못하였다는 말. 「相如」는 사마상여(司馬相如), 「子雲」은 양웅(揚雄)의 자로서 두 사람은 서한의 저명한 사부(詞賦)작가이다. 「詆訐」은 비의(非議), 훼방(毁謗).

5 臣爲語其略, 竊或褊其用心(신위어기략, 절혹편기용심) : 「略」은 줄거리로 부의 주요한 뜻(主旨). 「褊」은 본래 의복이 협소한 것이지만, 인신하여 협애(狹隘)를 가리킨다. 여기서는 그 부의 주지를 논하건데 나는 사적으로 그 용심에 편파적인 실수가 있다고 여긴다는 말임.

6 子虛所言(자허소언)이하 而齊徒呑若八九(이제도탄약팔구)까지 3구 : 사마상여의 〈자허부〉에 "신은 초나라에 연못이 일곱 개나 있다고 들었는데, 일찍이 그 중 하나만 보고 나머지는 보지 못했습니다. 제가 본 것은 대체로 그 중 적디 적은 것으로 운몽이라고 부르며, 사방이 9백리입니다. …… 오유선생이 말하기를 …… 「또한 제나라 동쪽으로 큰 바다가 있고 남쪽에는 낭야산이 있으며 성산을 관람하고 지부산에서 활을 쏘며 발해에서 배를 띄우고 맹저에서 노니는데, 낭야산과 숙신국은 이웃하고 있으며 오른쪽으로는 탕곡을 경계로 삼고 있습니다. 가을에는 청구에서 사냥하고 바다 밖에서 방황하기도 하는데, 운몽연못 여덟아홉 개를 삼켜도 그 가슴속에 조금도 걸리지 않을 것입니다」(臣聞楚有七澤, 嘗見其一, 未覩其餘也. 臣之所見, 蓋特其小小者耳, 名曰雲夢. 雲夢者, 方九百里. …… 烏有先生曰, …… 且齊東渚鉅海, 南有琅邪, 觀乎成山, 射乎之罘, 浮渤澥, 遊孟諸, 邪與肅愼爲鄰, 右以湯谷爲界, 秋田乎靑丘, 仿偟乎海外, 呑若雲夢者八九, 於其胸中曾不蔕芥.)"라 했음. 초나라는 웅역(熊繹)이 주나라 성왕에게서 봉해진 나라로 형산(荊山)일대에 나라를 세웠으며, 춘추전국시대에 강성한 나라였다가 진나라에게 멸망당했다.

7 夢澤(몽택) : 고대 지명. 지금의 호남성 익양현(益陽縣)·상음현(湘陰縣)이북, 호북성 강릉현(江陵縣)·안륙현(安陸縣)이남, 무한시(武漢市) 서쪽지역임.

8 三農(삼농) :《주례·천관(天官)·대재(大宰)》에 "첫 번째를 「삼농」이라 하며, 아홉 가지 곡식을 생산한다(一曰三農, 生九穀.)"라 하고, 정현 주에 "정사농이 이르기를, 「삼농」은 평지농·산농·택농이다(鄭司農云, 三農, 平地山農澤農也.)"고 하였는데, 여기서는 평지와 산·늪지(山澤)에서 일하는 농민을 말함.

9 無息肩之地(무식견지지) : 발을 멈추고 쉴만한 곳이 없는 것으로, 그 지역이 좁은 것을 비유함.

10 非諸侯禁淫述職之義也(비제후금음술직지의야) :《문선》권8 사마상여의 〈상림부〉에 "무(亡)시공이 듣고서 웃으며 말했다. 초나라의 이야기도 틀렸지만 제나라도 옳은 것이 아닙니다. 대개 제후들이 공물을 바치는 것은 재물과 돈을 얻기 위해서가 아니라 직무수행 상황을 진술하도록 하기 위함이고, 흙을 쌓아 경계를 만드는 것은 수비와 방어를 위함이 아니고 분수를 넘는 행동을 막기 위함입니다. ······ 이로 보건데, 제와 초나라의 정사가 어찌 슬프지 않겠습니까! 지방이 천리를 넘지 못하는데도 원유(園囿)\*가 9백리나 차지합니다. 이는 초목을 개간할 수 없도록 만드니, 사람들은 먹을 것이 없을 것입니다(亡是公聽然而笑曰, 楚則失矣, 齊亦未爲得也. 夫使諸侯納貢者, 非爲財幣, 所以述職也. 封疆畫界者, 非爲守禦, 所以禁淫也. ······ 從此觀之, 齊·楚之事, 豈不哀哉! 地方不過千里, 而囿居九百, 是草木不得墾辟, 而人無所食也.)"라 했는데, 여기서는 이 뜻을 이용하였음. 「禁淫」은 일정한 범위를 넘어 가는 것을 금지하는

---

\* 원유(園囿)는 사냥하기 위하여 금수를 키우는 동산이다.

것. 「述職」은 제후가 천자에게 직무를 이행하는 정황을 진술하는 것.

### 66-1(2)

《上林》[11]云, 左蒼梧[12], 右西極[13]。考其實地, 周袤[14]纔經數百。《長揚》誇胡[15], 設網爲周阹[16], 放麋鹿其中, 以搏攫[17]充樂。《羽獵》[18]於靈臺[19]之圃[20], 圍經百里而開殿門[21]。當時以爲窮壯極麗, 迨今觀之, 何齷齪[22]之甚也!

사마상여의 〈상림부(上林賦)〉에서는 「오른(東)쪽으로는 창오산(蒼梧山)까지 가고, 왼(西)쪽으로는 서쪽 끝(西極)에 이르렀다」고 하였는데, 그 실제의 땅을 살펴보면 주위 수백리일 뿐입니다. 양웅의 〈장양부(長楊賦)〉에서는 오랑캐 나라를 자랑하면서, 그물을 설치하고 포위하여 짐승을 잡는데, 그 속의 사슴을 풀어주어 치고 박는 싸움을 즐겼다고 하였습니다. 〈우렵부(羽獵賦)〉에서는 영대(靈臺)의 동산에서 1백 리를 포위하고 나서 궁궐 문을 열었다고 하였는데, 당시에는 그 장면이 지극히 장관(壯觀)이라 여겼으나, 지금와서 보니 왜 그토록 협소한지 모르겠습니다!

················

11 上林(상림): 〈상림부〉를 말함. 상림은 국가에서 관리하는 동산(苑) 이름으로, 본래는 진나라에서 지은 동산을 한나라에서 확장하여 건축했다. 주위가 3백리이고 이궁(離宮)이 70여 곳이 있었는데, 동산 가운데에서 금수를 키워 천자가 봄과 가을마다 행하는 사냥감으로 제공하였음.

12 蒼梧(창오) : 지금의 광서성 오주시(梧州市)로, 장안 동남쪽에 있으
므로 「左」라 하였으며, 「西極」은 고대 빈(豳)나라로 장안 왼편에 있
으므로 「右」라 했다.

13 上林云(상림운)이하 右西極(우서극)까지 3구 : 사마상여의 〈상림
부〉에 "무시공이 빙그레 웃으면서 말하기를, …… 「천자가 상림으로
가던 일을 듣지 못했습니까? 동쪽으로는 창오, 서쪽으로는 서극에
이르고, 단수가 그 남쪽을 지나고, 자연이 그 북쪽을 경유합니다」
(亡是公聽(听)然而笑曰, …… 獨不聞天子之上林乎? 左蒼梧, 右
西極. 丹水更其南, 紫淵徑其北.)"라 했는데, 문영(文穎)의 주에
"창오군은 교주에 속하며, 장안의 동남쪽에 있으므로 왼쪽이라 했
다(蒼梧郡屬交州, 在長安東南, 故言左.)"라 하고, 《이아(爾雅)》
에서는 "서쪽으로 빈국에 이르면 그 끝인데, 장안의 서쪽에 있으므
로 오른 쪽이라 했다(西至于豳國, 爲西極, 在長安西, 故言右.)"라
했음.

14 周袤(주무) : 주위(周圍). 「袤」는 남북의 길이. 양웅(揚雄)의 〈우렵
부(羽獵賦)〉에 "무제께서 상림원을 크게 확장하시니, 동남쪽으로는
의춘궁·정호궁·어숙원·곤오궁에  이르렀습니다. …… 북쪽으로
는 황산이 둘러싸고 근접한 위수가 동쪽으로 흘러가니 주위(주무)
가 수백리입니다(武帝廣開上林, 東南至宜春·鼎胡, 御宿·昆吾,
…… 北繞黃山, 濱渭而東, 周袤數百里.)"라 하고, 이선은 주에서
"《설문》에서 「남북을 「무」라 하고, 동서를 「광」이라 한다」(說文曰,
南北曰袤, 東西曰廣.)"라 했는데, 왕기는 주에서 안사고(顏師古)가
말하기를 "「무」는 긴 것(袤, 長也.)"이라 했다.

15 長揚誇胡(장양과호) : 양웅의 대표작인 〈장양부(長楊賦)〉에 "임금
(成帝)께서 오랑캐 나라에 짐승들이 많음을 크게 자랑하셨습니다
(上將大誇胡人以多禽獸.)"라 했음.

16 周陆(주거) : 「陆」은 사냥꾼이 산골짜기 등 유리한 지형을 이용하여 짐승들을 포위하여 사냥하는 것. 양웅의 〈장양부〉에 대하여 이선은 주에서 "「거」는 짐승을 잡으려고 주위에 진을 치는 것(陆, 遮禽獸圍陣.)"이라 했음. 여기서는 들에 짐승이 없어서 먼저 위진(圍陣)을 설치하는 것을 가리킨다.

17 搏攫(박확) : 박격(搏擊), 쟁탈(爭奪). 서로 치고 박고 싸우는 것.

18 羽猎(우렵) : 양웅(揚雄)의 〈우렵부(羽猎賦)〉를 가리킴.

19 靈臺(영대) : 주나라에서 세운 대 이름으로, 유관(遊觀)하는데 사용하였으며, 일설에는 하늘의 모습을 관찰하는데 쓰였다고 함.

20 囿(유) : 금수(禽獸)를 기르는 동산의 숲(園林).

21 圍經百里而開殿門(위경백리이개전문) : 양웅의 〈우렵부〉 가운데 "주위 백리에 궁궐 문을 세웠다(圍經百里, 而爲殿門.)"라는 구절을 사용하였음*.

22 龊龊(악착) : 협소한 것. 국면이 좁은 것. 이 세구는 당시에는 그 장면이 지극히 장관(壯觀)이라 여겼는데, 지금 보니 지극히 협소하다는 말.


### 66-1(3)

但王者以四海爲家, 萬姓爲子[23], 則天下之山林禽獸, 豈與衆庶[24]異之? 而臣以爲不能以大道匡君, 示物周博, 平文論苑囿之小, 竊爲微臣之不取也。

---

* 《문선》권8, 양웅의 〈우렵부〉에 "帝將惟田於靈之囿, 開北垠, 受不周之制. …… 爾迺虎路三嵕, 以爲司馬, 圍經百里, 而爲殿門."라 했다.

今聖朝園池遐荒²⁵, 彈窮六合²⁶, 以孟冬²⁷十月大獵於秦²⁸,
亦將耀威講武²⁹, 掃天蕩野³⁰, 豈荒淫侈靡, 非三驅³¹之意耶?
臣白作頌, 折中³²厥美。

　무릇 제왕은 사해(四海)를 집으로 삼고 만백성을 자식으로 여기거
늘, 하물며 천하의 산림(山林)과 금수(禽獸)들을 어떻게 백성과 다르
게 대할 수 있겠습니까? 그리고 신하가 되어 치국(治國)의 도리로
군왕을 널리 보좌하지 못하고, 물산(物産)의 풍부함만을 드러낸 채
문론(文論)으로 나라 동산(苑)의 크고 작음만을 평론하였으니, 저는
마음속으로 납득할 수 없다고 여겼습니다.

　지금 성스러운 조정에서 관리하는 정원과 연못을 머나먼 변경까지
모두 포함하여 초겨울 10월 진(秦) 땅에서 크게 사냥하였으며, 또한
무예를 빛내려고 전법(戰法)을 연습하면서 맹렬한 기세로 하늘을 훑
고 광야를 청소하듯 사냥하였으니, 이는 음란하고 사치하기만 할 뿐,
어찌 세 방향으로만 모는 삼구(三驅)의 취지라고 할 수 있겠습니까?
신하인 이백이 송문(頌文)을 지어서 그 아름다움의 중도(中道)를 취
하고자 합니다.*

................

23　王者以四海爲家, 萬姓爲子(왕자이사해위가, 만성위자) : 군왕은 온
　　세상을 집으로 삼고 만 백성들을 자식으로 삼는 것.《진서(晉書)·선
　　제기(宣帝紀)》에 "6년 정월 임술 초하룻날 조서를 내리기를, 「군왕은
　　사해를 집으로 여기고 모든 백성들을 자식으로 삼나니, 한 물건이라
　　도 법도에 어긋나면 저녁에 괴롭게 근심하노라」(六年春正月壬戌朔

─────────────────

* 이상이 부의 서문이다.

詔曰, 王者以四海爲家, 萬姓爲子, 一物乖方, 夕惕猶厲.)"고 했음.

24 衆庶(중서) : 서민, 백성.

25 遐荒(하황) : 황원(荒遠)의 땅, 변경의 머나먼 곳.

26 殫窮六合(탄궁육합) : 「殫窮」은 끝까지 포함하는 것. 「六合」은 천지
와 사방. 여기서는 천하 모든 곳이 천자의 동산이 아닌 곳이 없음을
말한 것임.

27 孟冬(맹동) : 겨울의 첫 번째 달, 하나라 책력(夏曆)으로는 10월임.

28 秦(진) : 장안(長安) 일대로, 지금의 섬서성 전 지역.

29 耀威講武(요위강무) : 무력(武力)을 자랑하려고 전법을 연습하는
것으로, 고대 황제의 조정에서는 동계에 사냥하는 풍습이 있었다.
반고의 〈서도부(西都賦)〉에 "이에 오랑캐들에게 위엄을 자랑하려
고, 신령의 위력을 빛내고 무예에 관한 일을 익혔다(因玆以威戎夸
狄, 耀威靈而講武事.)"라고 했음.

30 掃天蕩野(소천탕야) : 사냥할 때 사람들의 맹렬한 기세가 마치 하늘
을 쓸고 광야를 청소하는 것과 같음을 형용한 것.

31 三驅(삼구) : 고대에 천자가 사냥하는 법도. 왕이 사냥감을 몰 때,
사방이 아닌 세 방향만을 막아서 모는 방식인데, 앞의 한 방향만은
열어두어 도망칠 수 있도록 함으로서 호생지덕(好生之德)을 보여주
었다. 《주역·비괘(比卦)》에 "왕이 (사냥할 때에) 삼면에서 몰면서
앞에 있는 짐승을 놓아준다(王用三驅, 失前禽.)"고 했음.

32 折中(절중) : 양 끝을 자르고 그 중간을 취하여 적당하게 사용하는
것. 상반되는 것을 취사하고 타당한 것을 가려서 사물을 판단하는
것으로, 「절충(折衷)」과 같다. 《사기·공자세가(孔子世家)》에 "천
자와 제후로부터 나라가운데 육예라는 것이 공부자(孔夫子)에 이르
러 올바르게 절중되었으니, 지극한 성인이라 할 만하다(自天子王
侯, 中國六藝者折中於夫子, 可謂至聖矣.)"라 했음.

**66-2**

其辭曰 :

粵若[33]皇唐[34]之契天地而襲氣母[35]兮,

粲[36]五葉[37]之葳蕤[38]。

惟開元廓海寓[39]而運斗極[40]兮,

總六聖之光熙[41]。

誕金德之純精兮, 漱玉露之華滋[42]。

文章森[43]乎七曜[44]兮, 制作參乎兩儀[45]。

括衆妙而爲師[46]。

明無幽而不燭[47]兮, 澤無遠而不施[48]。

慕往昔之三驅兮, 順生殺於四時[49]。

그 내용은 다음과 같도다.

당나라 황실이 천지와 계합하고

원기의 어머니인 음양과 화합하여,

5대에 걸쳐 무성하게 드리우며 찬란히 빛났다네.

오직 개원(開元) 시대에 천하를 크게 넓히고

북두성(北斗星)을 운전하여

이전 여섯 황제의 광휘를 모았구나.

현종(玄宗)은 가을덕(金德)의 정화로 태어나서

옥이슬(玉露)의 윤택을 받았으며,

문장은 일월성신(七曜)과 같이 번성하고

저작은 천지의 반열에 참여(參列)하듯 정묘하였도다.

만물의 현묘한 이치들을 모아서 모범으로 삼았으니,

광명은 어둔데 없이 모두 비치고,

은택은 멀어도 미치지 않는 곳이 없었다네.

예전 성인들이 삼구(三驅)를 앙모하여

사시사철 산목숨을 도리에 따라서 잡았던 사냥법을 따랐도다.

................

33 粵若(월약) : 어조사로 「曰若」과 같으며, 문장의 머리에 사용한다.
《서경·요전(堯典)》에 "옛날 요임금을 상고하건데(曰若稽古帝
堯.)"라 하고, 채침(蔡沉)의 《집전(集傳)》에 "왈(曰)·월(粵)·월
(越)은 통하며, 고문에서는 「粵」로 쓴다. 「曰若」은 발어사다(曰·
粵·越通, 古文作粵. 曰若者, 發語辭.)"라 했음.

34 皇唐(황당) : 당나라의 존칭, 대당(大唐).

35 契天地而襲氣母(계천지이습기모) : 「契」은 「挈(설)」과 통함. 《장
자·대종사(大宗師)》에 "희위씨는 이 도를 얻어 하늘과 땅을 다스
렸으며, 복희씨는 이 도를 얻어 원기의 어머니(음양)속으로 들어갔
다(狶韋氏得之, 以挈天地. 伏羲氏得之, 以襲氣母.)"라 하고, 육덕
명(陸德明)은 《음의(音義)》에서 "「挈」은 사마씨가 말하기를 요긴한
것으로, 천지의 근본을 얻은 것이라 했다. …… 「襲」은 들어가는 것
이고, 「氣母」는 원기의 어머니다(挈, 司馬云, 要也, 得天地之要也.
…… 襲, 入也. 氣母, 元氣之母也.)"라 하고, 성현영은 소(疏)에서
"희위씨는 문자가 생기기 이전에 있었던 먼 옛날 제왕의 이름이다.
신령과 통하는 방법을 얻어서 살아가는 여러 무리들을 부릴 수 있었
다. 양의(천지)를 손에 쥐고 또 글자를 만들었으니, 「계」는 합하는
것으로, 혼동된 만물을 양의에 부합시키는 것을 말한다. …… 「습」은
합하는 것이고, 「기모」는 원기의 어머니로 도에 부응하는 것이다.
지극한 도를 얻으면 팔괘를 그릴 수 있으며, 육효를 설명하고 음양
을 고르게 하며 원기에 합한다(狶韋氏, 文字已前遠古帝王號也. 得
靈通之道, 故能驅馭群品. 提挈二儀, 又作契字者, 契, 合也, 言能

混同萬物, 符合二儀者也. …… 襲, 合也. 氣母者, 元氣之母. 應道

也. 爲得至道, 故能畫八卦, 演六爻, 調陰陽, 合元氣也.)」라 했음.

36 粲(찬) : 찬란한 것.

37 五葉(오엽) : 오세(五世)로 당 고조부터 현종까지 5대. 「葉」은 세
(世)임.

38 葳蕤(위유) : 초목이 무성한 모양으로, 그 찬란한 아름다움(粲美)이
초목의 무성함과 같음을 비유하여 말한 것.

39 惟開元廓海寓(유개원곽해우) : 「惟」는 어조사. 「海寓」는 해내(海
內)로 국경의 안, 온 천하. 「寓」는 宇(우)의 고체자.

40 運斗極(운두극) : 「運」은 운전. 「斗極」은 북두성(北斗星)과 북극성
(北極星)으로, 여기서는 정권을 비유했다*.

41 總六聖之光熙(총육성지광희) : 「總」은 「聚」와 같음. 「六聖」은 당 개
국이래 여섯 황제로 고조 · 태종 · 고종 · 무후 · 중종 · 예종을 가리
킴. 「光熙」는 광휘(光輝)로, 환하게 빛나는 것.

42 誕金德之純精兮, 漱玉露之華滋(탄금덕지순정혜, 수옥로지화자) :
「誕」은 탄생. 왕기는 현종이 8월에 탄생했으므로, 「금덕(金德)」과
「옥로(玉露)」라고 칭송하였다고 했으며, 8월은 가을로 오행으로는
금(金)이 되며, 가을에는 이슬(露)이 많으므로 이렇게 말했다. 「純
精」은 순정(純正) · 정화(精華). 「華滋」는 윤택(潤澤).

43 森(삼) : 번성한 모양.

44 七曜(칠요) : 일 · 월과 금목수화토의 다섯 별(五星). 범녕(范寧)의
《춘추곡량전서(春秋谷梁傳序)》에서 "음양은 법도를 어긋나게 하고,
「칠요」는 넘치고 모자라게 하네(陰陽爲之愆度, 七曜爲之盈縮.)"라

---

* 《문선》권9 양웅의 〈장양부(長楊賦)〉에 "高祖奉命, 順斗極, 運天關."라 하고,
이선(李善)은 주에서 "服虔曰, 隨天斗極星運轉也."라 했다.

하고, 양사훈(楊士勳)은 소에서 "「칠요」는 일월과 오성이 세상을 모두 비추는 것이므로 「요(曜)」라고 불렀다(謂之七曜者, 日月五星皆照天下, 故謂之曜.)"라 했음.

45 **兩儀**(양의) : 천지, 혹은 음양을 가리킴. 《주역·계사전(繫辭傳)》에 "역에 태극이 있으니, 이것이 「양의(兩儀)」를 낳는다. 양의는 사상을 낳고 사상은 팔괘를 낳았다(易有太極, 是生兩儀. 兩儀生四象, 四象生八卦.)"고 했음. 이 두 구(文章森乎七曜兮, 制作參乎兩儀)는 문장의 번성함이 일월성신과 같고, 저작의 정묘하기가 천지의 대열에 참여한 것을 말한다.

46 **括衆妙而爲師**(괄중묘이위사) : 많은 절묘한 이치들을 한 곳으로 모아서 스승으로 삼은 것을 이름. 「衆妙」는 만물의 현묘한 이치. 《도덕경·제1장》에 "현묘하고 현묘하니, 여러 묘함이 나오는 문이다(玄之又玄, 衆妙之門.)"라 했음.

47 **無幽而不燭**(무유이불촉) : 《문선》권37 유곤(劉琨)의 〈권진표(勸進表)〉에 "폐하께서는 밝기가 해와 달 같아서, 비치지 않는 곳이 없습니다(陛下明並日月, 無幽不燭.)"라 했음.

48 **澤無遠而不施**(택무원이불시) : 《한서·경제기(景帝紀)》에 "두터운 덕은 천지를 가지런히 하고, 이로운 은택을 사해에 베풀었네(德厚侔天地, 利澤施四海.)"라 했음. 이 두 구(明無幽而不燭兮, 澤無遠而不施)는 광명이 어두운 곳 없이 모두 비치며, 은택은 아무리 멀어도 미치지 않는 데가 없다는 말이다.

49 **順生殺於四時**(순생살어사시) : 고대의 전렵 제도에 따라서 반드시 사시에 순응하여 살생하여야 함을 이름. 고대 조정에는 사시마다 전렵하는 일이 있었는데, 봄을 「田」이라 하여 경작지 가운데에 있는 야수들을 사냥하여 씨 뿌리고 경작하는 준비를 하고, 여름사냥을 「苗」라 하여 벼 싹에 해가 되는 사물을 없애고, 가을사냥을 「蒐」

라 하여 큰 짐승을 가려서 잡고, 겨울사냥을 「狩」라 하여 가리지 않고 사냥하므로, 「順生殺於四時」라 했다. 《공양전·환공4년》에 "봄 사냥을 수(蒐)라 하고, 겨울사냥을 수(狩)라 부른다(春曰蒐, 冬曰狩.)"라 했다. 소사윤은 주에서 "네 계절에 산 목숨을 순리에 따라 죽이는데, 춘수, 하묘, 추선, 동수라 부르며, 각기 법도가 있다(順生殺於四時者, 謂春蒐, 夏苗, 秋獮, 冬狩, 各有制也.)"라 했음.


## 66-3

若乃嚴冬慘切, 寒氣凜冽[50],
不周來風[51], 玄冥[52]掌雪。
木脫葉, 草解節[53],
土囊煙陰[54], 火井[55]冰閉[56]。
是月也, 天子處乎玄堂[57]之中,
滄[58]八水[59]兮休百工[60], 考王制兮遵國風[61]。
樂農人之閑隙[62]兮, 因校獵[63]而講戎[64]。

추운 겨울은 참혹하고 처절하여 찬 기운이 뼈를 찌르나니,
서북쪽 부주풍(不周風)이 불어오고
겨울신 현명(玄冥)이 눈발을 주관하고 있다네.
수목은 잎이 떨어지고 마른 풀들은 시들어 죽으며,
큰 동굴에서는 음기가 피어오르고
불타는 염정(鹽井) 우물에는 얼음이 입구를 막고 있구나.
이 달에 천자는 현당(玄堂)가운데 머물면서
여덟 강물이 차가워지면 백공(百工)들을 쉬게 하였으니,

예기 〈왕제(王制)〉편을 상고하고

시경 〈국풍(國風)〉을 따른 것이로다.

농민들에게 농한기를 즐기도록 하고,

사냥나가기 위한 군사연습을 익히도록 하는구나.

................

50 凜冽(늠렬) : 뼈를 찌르는 것처럼 추위(寒冷)가 매우 심한 것. 진
(晉) 부함(傅咸)은 〈신천부(神泉賦)〉에서 "온 세상이 고요하고 쓸쓸
해지면서 혹독한 서리가 뼈를 찌르듯 차갑구나(六合蕭條, 嚴霜凜
冽.)"라 읊었음.

51 不周來風(부주래풍) : 「不周」는 「부주풍(不周風)」으로 서북풍(西北
風).《사기 · 율서(律書)》에 "부주풍은 서북쪽에 있으면서, 살생을
주관한다(不周風居西北, 主殺生.)"고 했음.

52 玄冥 : 중국의 고대신화전설가운데 신의 이름을 주로 가리킴. 수신
(水神) · 동신(冬神) · 북방신(北方神) 등이 있는데, 여기서는 동신
(冬神)의 이름이다.《예기 · 월령(月令)》에 「孟冬 · 仲冬 · 季冬之
月], …… 그 임금은 전욱이고, 그 신은 「현명」이다(其帝顓頊, 其神
玄冥.)"라 했으며,《회남자 · 시칙훈(時則訓)》에도 "북방의 끝 ……
얼음이 쌓인 차가운 곳에 눈 · 우박 · 서리 · 싸라기가 내리고, 많은
물들이 떠다니는 들판은 전욱과 「현명」이 다스리는 곳으로, 1만 2천
리나 떨어져 있다(北方之極, …… 有凍寒積冰, 雪雹霜霰, 漂潤群
水之野, 顓頊 · 玄冥之所司者, 萬二千里.)"고 했음.

53 草解節(초해절) : 풀의 마디가 시들어 떨어지는 것. 좌사(左思)의
〈오도부(吳都賦)〉에 "초목은 마디가 벗겨지고, 새와 짐승들은 피부
에 살이 오르는구나(草木節解, 鳥獸腯膚.)"라 했음.

54 土囊煙陰(토낭연음) : 「土囊」은 동혈(洞穴). 송옥(宋玉)의 〈풍부(風
賦)〉에 "대체로 바람은 대지에서 태어나고 푸른 마름풀 끝에서 일어

나서, 계곡으로 어지럽게 스며들어 동굴의 입구에서 세차게 위세를 떨친다(夫風生於地, 起於青蘋之末, 浸淫谿谷, 盛怒於土囊之口.)"라 하고, 이선은 주에서 「토낭」은 큰 동굴이다. 성홍지(盛弘之)는 〈형주기(荊州記)〉에서 「의도의 한산현에 산이 있으니, 산에 있는 동굴은 입구가 큰데, 풍정은 몇 자나 된다」라 하였는데, 토낭은 이와같은 종류다(土囊, 大穴也. 盛弘之荊州記曰, 宜都佷山縣有山, 山有穴, 口大. 數尺爲風井. 土囊, 當此之類也.)"라 했음.

55 火井(화정) : 불에 타는 천연기가 나오는 우물로, 고대에 소금을 굽는데 많이 사용하였다. 《문선》권4 좌사(左思)의 〈촉도부(蜀道賦)〉에 "「화정」 등불이 깊은 샘 속에 가라 앉아 있네(火井沉熒於幽泉.)"라 하고, 유규(劉逵)는 주에서 "촉군에 있는 화정은 임공현 서남쪽에 있다. 「화정」은 염정이다. 그 불을 피우고 싶으면 먼저 집에 있는 불을 던지고 나서 조금 있으면, 우렛소리처럼 크게 울리면서 불꽃이 나와 하늘로 통하며 빛이 십리까지 비치는데, 대통에 담으면 그 빛은 접할 수 있지만 숯은 없었다(蜀郡有火井, 在臨邛縣西南. 火井, 鹽井也. 欲出其火, 先以家火投之, 須臾許, 隆隆如雷聲, 燗出通天, 光輝十里, 以箭盛之, 接其光而無炭也.)"라 했음.

56 冰閉(빙폐) : 얼음이 얼어 화정의 입구를 봉쇄하는 것.

57 玄堂(현당) : 북향의 집. 《예기·월령(月令)》에 "초겨울에 …… 예전에 천자가 현당 왼편에 거주하였다(孟冬之月 …… 天子居玄堂左个.)"라 하고, 정현의 주에 「현당좌개」는 북당의 서편에 있다(玄堂左个, 北堂西偏也.)"라 했음.

58 凔(창) : 한랭(寒冷). 《설문해자》에 "「창」은 찬 것이다(凔, 寒也.)"라고 했음.

59 八水(팔수) : 장안 서안성의 네 주위에 흐르는 여덟 줄기의 강물로, 위하(渭河)·경하(涇河)·풍하(灃河)·노하(澇河)·율하(潏河)·

호하(滈河)·산하(滻河)·파하(灞河)다. 《삼보황도(三輔皇圖)》에 "관중에 있는 「팔수」는 모두 상림원을 경유한다(關中八水, 皆出入 上林園.)"라 했음.

60 休百工(휴백공) : 「休」는 휴업(休業). 「百工」은 각종 공장(工匠)들의 총칭. 《예기·월령(月令)》에 "늦은 가을 비로소 서리가 내리면 「백공」들은 쉰다(季秋之月, 霜始降, 則百工休.)"라 하고*, 고유(高誘) 주에 "서리가 내리고 날씨가 추워지면 붉은 칠이 굳어지지 않으므로 「백공」들은 쉬면서 그릇을 만들지 않는다(霜降天寒, 朱漆不堅, 故百工休不復作器.)"라 했음.

61 **考王制兮遵國風**(고왕제혜준국풍) : 「王制」는 《예기·왕제(王制)》편이며, 「國風」은 《시경》의 15나라 〈국풍〉을 가리킴. 반고의 〈동도부(東都賦)〉에 "만약 계절에 맞도록 사냥하려면 수레와 도보를 간략히 하고 무예를 강의하여야 하는데, 반드시 예기의 〈왕제〉를 따르고, 시경의 〈풍·아〉를 상고하여야 한다(若乃順時節而蒐狩, 簡車徒以講武. 則必臨之以王制, 考之以風·雅.)"라 하고, 이선의 주에 "《예기·왕제편》에서 말하기를 「천자와 제후가 일(정벌 등의 일)이 없으면 해마다 세가지 일을 위하여 사냥한다. 첫째는 마른 고기를 제사에 쓰기 위함이요. 둘째는 빈객을 접대하기 위함이요. 셋째는 임금의 푸주간을 채우기 위한 것이다. 일이 없으면서 사냥하지 않는 것을 불경하다고 말하고, 사냥할 때에 사냥의 예를 지키지 않는 것을 하늘이 낸 생물을 학대한다고 말한다」라 하였다. 풍은 국풍이고, 아는 소아다(禮記王制曰, 天子諸侯無事則歲三田. 一爲乾豆, 二爲賓客, 三爲充君之庖. 無事而不田, 曰不敬, 田不以禮, 曰暴天物. 風, 國風. 雅, 小雅.)"라 했음.

---

* 《여씨춘추·季秋紀》에도 "是月也, 霜始降則百工休."라 함.

62 閑隙(극한) : 농한기.

63 校獵(교렵) : 「校」는 나무로 만든 우리(木欄). 목란을 이용하여 금수를 포위하여 가둔 후, 다시 그 동물들을 사냥하여 잡는 것. 사마상여의 〈상림부〉에 "이렇듯 가을에서 겨울을 지나기까지 천자는 「교렵」을 한다(於是乎背秋涉冬, 天子校獵.)"라 하고, 안사고는 주에서 "「교렵」은 구멍 낸 나무들을 모두 묶어 우리로 만들어서, 짐승들을 막아 멈추게 해서 사로잡는 것이다(校獵者, 以木相貫穿, 總爲欄校, 遮止禽獸而獵取之.)"라 했음.

64 講戎(강융) : 군사 연습을 익히는 것. 《좌전·은공(隱公)》5년에 "그러므로 봄 사냥인 수, 여름사냥인 묘, 가을 사냥인 선, 겨울사냥인 수는 모두 농한기를 틈타 군사연습을 익히게 하는 것이다(故春蒐·夏苗·秋獮·冬狩, 皆於農隙以講武事也.)"라 했음.

## 66-4(1)

乃使神兵[65]出於九闕[66], 天仗羅[67]於四野。
徵水衡與林虞[68], 辨土物[69]之衆寡。
千騎飆掃, 萬乘雷奔[70]。
梢[71]扶桑[72]而拂火雲[73]兮, 刮[74]月窟[75]而搜寒門[76]。
赫壯觀於今古, 業搖蕩於乾坤[77],
此其大略也。
而內以中華[78]爲天心[79], 外以窮髮[80]爲海口。
豁咽喉[81]以洞開[82], 吞荒裔[83]以盡取。
大章[84]按步以來往, 夸父[85]振策[86]而奔走。
足跡乎日月之所通[87], 囊括[88]乎陰陽[89]之未有。

이에 천자는 군대를 황궁 아홉 문에서 출발시키고,
의장대(儀仗隊)를 사방 들판에 둥글게 벌려 놓고서,
수형도위(水衡都尉)와 임우(林虞)를 불러
지역에 사는 동물들의 많고 적음을 분별하도록 하였다네.
사냥 나가는 일천 기병(騎兵)들은 회오리바람이 쓸어버리듯,
수많은 수레들은 천둥치듯 분주히 달려가는구나.
해 뜨는 부상을 스치고 붉은 구름을 추켜올리며,
서방 월굴(月窟)을 파헤치고
북극 한문(寒門)까지 수색하였노라.
고금에 걸쳐 혁혁한 장관으로서
기세가 천지에 드높이 요동치나니,
이것이 사냥하는 모습의 대체적인 줄거리로다.
안으로는 화하(華夏)를 하늘의 중심으로 삼고,
밖으로는 궁발(窮髮)을 바다의 입구로 삼아서,
막힌 목구멍을 크게 열고
황량한 변경을 모두 취하여 삼켰노라.
태장(太章)의 걸음으로 왕래하였으며,
과보(夸父)처럼 채찍을 휘두르면서 달려갔도다.
일월이 지나가는 지역에 모두 사냥하는 발자국을 남기니,
천지와 음양 사이의 일체가 사냥감에 포함되었다네.

................

65　神兵(신병) : 천자의 군대(天兵)이지만, 당나라 군대를 가리킴.
66　九闕(구궐) : 「九門」으로 황궁(皇宮)을 말함. 고대의 공실 제도에
　　천자가 구문을 설치하였는데, 《예기 · 월령》에 "전렵(田獵)에 쓰는

짐승 그물, 새그물, 예(翳)*그물, 짐승에게 먹이는 독약 따위가 9문 밖으로 나가지 않도록 한다(田獵, 罝罘·羅罔·畢翳·餧獸之藥, 毋出九門.)"라 하고, 정현의 주에 "천자의 아홉 문은 노문, 응문, 치문, 창고문, 고**문, 성문, 근교문, 원교문, 관문이다(天子九門者, 路門也, 應門也, 雉門也, 庫門也, 皋門也, 城門也, 近郊門也, 遠郊門也, 關門也.)"라 했음.

67  **天仗羅**(천장라) : 「天仗」은 손으로 병기를 잡고 하는 의장(儀仗)임. 「羅」는 분포, 진열. 이 두구는 수렵 나가는 대오(隊伍)가 황궁을 출발하니, 군사는 손에 병기를 잡고 네 들판에 둥글게 벌려 있는 것을 말한다.

68  **徵水衡與林虞**(징수형여임우) : 「徵」은 징소(徵召), 징집하는 것. 「水衡」은 고대 관명으로, 수형도위(水衡都尉)의 간칭.《한서·백관공경표(百官公卿表)상》에 "「수형」도위는 무제 원정 2년(기원전 115)초에 세웠으며, 상림원을 관장하였다(水衡都尉, 武帝元鼎二年初置, 掌上林苑.)"라는 기록이 있는데, 응소(應劭)는 주에서 "옛날에 산림을 관리하는 벼슬을 형(衡)이라 부르는데, 연못과 동산을 관장하므로 「수형」이라 불렀다(古山林之官曰衡. 掌諸池苑, 故稱水衡.)"라 하였으며***, 후에는 수리(水利)를 관리하는 벼슬아치를 널리 가리켰다. 「林虞」는 고대에 산림을 관장하는 관리. 왕기는 주에서 "《주례(周禮)》에 「임우(林虞)」, 택우(澤虞)가 있는데, 모두 산과 연못(山澤)을 관리한다. 지금 말하는 임우(林虞)는 문언으로 바꿔

---

*  사냥할 때 몸을 숨기는 도구.
**  물가의 높은 곳.
***  또한 장안(張晏)은 주에서 "主都水及上林苑, 故曰水衡. 主諸官, 故曰都. 有卒徒武事, 故曰尉."라 하고, 안사고(顏師古)의 주에서는 "衡, 平也, 主平其稅入."라 하였다.

서 말한 것이다"라고 했음.

69 土物(토물) : 토산물. 각 지방에 있는 짐승들.

70 千騎飆掃, 萬乘雷奔(천기표소, 만승뢰분) : 전렵의 활기찬 분위기를 형용한 것. 많은 기병(千騎)과 수레(萬乘)들이 광풍이 날아 쓸어버리듯 하고, 번개와 우레가 분주히 치듯 달려가는 것을 말함.

71 梢(초) : 가볍게 스치는 것. 양웅의 〈우렵부(羽獵賦)〉에 "별을 스치는 깃발을 끌어 올리다(曳梢(捎)星之旆.)"라 하고, 안사고의 주에는 "「초」는 불(스치다)와 같다(梢, 猶拂也.)"라 했음.

72 扶桑(부상) : 신화에 나오는 동방 해가 뜨는 곳.

73 火雲(화운) : 색이 불같은 구름.

74 刮(괄) : 수괄(搜括), 석권(席卷). 「搜」와 뜻이 같음.

75 月窟(월굴) : 신화가운데 달이 뜨는 곳.

76 寒門(한문) : 북극의 문. 《회남자 · 추형훈(墜形訓)》에 "그 밖의 북방을 북극의 산, 「한문」이라고 부른다(其外北方曰北極之山, 曰寒門.)"라 하고, 고유(高誘)의 주에 "찬 것이 쌓여 있는 곳이므로, 「한문」이라 불렀다(積寒所在, 故曰寒門.)"고 했음. 이 두 구(梢扶桑而拂火雲兮, 刮月窟而搜寒門)는 전렵하는 범위가 넓음을 형용한 것이다.

77 赫壯觀於今古, 業搖蕩於乾坤(혁장관어금고, 업요탕어건곤) : 이번의 전렵은 고금에 걸쳐 혁혁한 장관으로, 그 기세가 천지를 요동칠 수 있을 것이라는 말. 「業」은 높고 큰 모양. 혹은 높이 솟은 모양. 하안(何晏)의 〈경복전부(景福殿賦)〉에 "높고도 크구나(峨峨業業.)"라 했음.

78 中華(중화) : 화하(華夏)민족이 사는 지역.

79 天心(천심) : 하늘의 중심.

80 窮髮(궁발) : 초목도 없는 멀고 황량한 지방. 《장자 · 소요유(逍遙

遊)》에 "「궁발」의 북쪽에 깊은 바다가 있는데, 천지다(窮髮之北, 有冥海者, 天池也.)"라 하고, 사마표(司馬彪) 주에 "북극의 아래에 풀이 없는 지역이다(北極之下, 無毛之地也.)"라 했음.

81 豁咽喉(활인후) : 「豁」은 개통(開通). 「咽喉」는 목구멍으로, 험요(險要)하며 좁고 막힌(阨塞) 땅을 비유하였다. 《전국책·진책(秦策)4》에 "한나라는 천하의 「인후」이고, 위나라는 천하의 가슴과 배다(韓, 天下之咽喉. 魏, 天下之胸腹.)"라 했음.

82 洞開(통개) : 크게 여는 것(大開). 반악(潘岳)의 〈서정부(西征賦)〉에 "마음속을 활짝 열어 놓으니, 많은 선(善)들이 모여 반드시 드러낸다(胸中豁其洞開, 群善湊而必擧.)"라 했음.

83 荒裔(황예) : 변경지역. 반고의 〈봉연연산명(封燕然山銘)〉에서 "왕의 군사를 훈련시켜 먼 변방(황예)을 정벌하였네(鑠王師兮征荒裔.)"라 했다. 또 《방언(方言)》에서 "「예」는 동북 오랑캐의 총칭(裔, 夷狄之總稱.)"이라 했으며, 곽박은 주에서 "변방을 「예」라 하고, 또한 사방 오랑캐를 두루 부르는 이름이다(邊地爲裔, 亦四夷通以爲號也.)"라 했음.

84 大章(대장) : 곧 태장(太章)으로, 고대 전설가운데 걸음을 잘 걷는 자. 《회남자·추형훈(墜形訓)》에 "우임금은 「태장(太章)」으로 하여금 동쪽 끝에서 서쪽 끝가지 가도록 했는데, 2억3만3천5백리7십5보였으며, 수해(豎亥)로 하여금 북쪽 끝에서 남쪽 끝가지 가도록 했는데, 2억3만3천5백리7십5보였다(禹乃使太章步自東極至於西極, 二億三萬三千五百里七十五步. 使豎亥步自北極至於南極, 二億三萬三千五百里七十五步.)"라 하고, 고유 주에 "「태장」과 수해는 잘 달리는 사람들로서, 모두 우임금의 신하였다(太章·豎亥, 善行人, 皆禹臣也.)"라 했음.

85 夸父(과보) : 고대중국신화 속에 나오는 인물. 《산해경·해외북경

(海外北經)》에 「과보」가 태양을 쫓아 달려가다가 해지는 곳까지 들어갔다. 갈증이 나서 황하와 위수의 물을 마셨지만, 황하와 위수가 부족하여 북쪽에 있는 큰 호수를 마시려 했다. 도착하기 전에 길에서 목이 말라 죽었는데, 그가 버린 지팡이가 등림(도림)으로 변했다(夸父與日逐走, 入日. 渴欲得飮, 飮于河‧渭. 河‧渭不足, 北飮大澤. 未至, 道渴而死. 棄其杖, 化爲鄧(桃)林).”라는 기록이 있음. 후에 「夸父追日」이라는 성어가 생겼다.

86 振策(진책) : 지팡이를 휘두르는 것. 장협(張協)의 〈칠명(七命)〉에 “과보가 지팡이를 휘둘렀다(夸父爲之振策.)”라 하고*, 왕기는 “「책」은 지팡이다(策, 杖也.)”라 했음.

87 足跡乎日月之所通(족적호일월지소통) : 사냥하는 범위가 넓어 일월이 지나가는 지역에 모두 족적을 남기는 것을 말함.

88 囊括(양괄) : 석권(席卷), 포괄하다, 손아귀에 넣다, 주머니에 싸서 묶는 것을 뜻한다. 가의(賈誼)의 〈과진론(過秦論)〉에 “세상을 온통 차지하려는 생각을 품었다(囊括四海之意.)”라 했음.

89 陰陽(음양) : 고인들은 천하 만물이 모두 음양으로부터 생성 변화되었다고 여겼으므로, 천지나 일월과 같은 뜻. 이 구(囊括乎陰陽之未有)는 사냥해 취득한 토산물이 많아서 천지사이의 일체가 그 안에 포함되지 않는 것이 없음을 말함.


**66-4(2)**

君王於是撞鴻鍾[90], 發鑾音[91],

---

\* 안연지(顏延之)도 “지팡이를 잡고 동쪽 길을 돌아보다(振策睠東路)”라 했다.

出鳳闕<sup>92</sup>, 開宸襟<sup>93</sup>。

駕玉輅<sup>94</sup>之飛龍<sup>95</sup>, 曆神州<sup>96</sup>之層岑<sup>97</sup>。

遊五柞<sup>98</sup>兮瞰三危<sup>99</sup>, 挾細柳<sup>100</sup>兮過上林。

攢<sup>101</sup>高牙<sup>102</sup>以總總<sup>103</sup>兮, 駐華蓋<sup>104</sup>之森森<sup>105</sup>。

於是擢倚天之劍, 彎落月之弓<sup>106</sup>。

崑崙叱兮可倒, 宇宙噫兮增雄。

河漢爲之卻流<sup>107</sup>, 川嶽爲之生風。

羽旄<sup>108</sup>揚兮九天<sup>109</sup>絳<sup>110</sup>, 獵火<sup>111</sup>燃兮千山紅。

군왕(君王)은 이에 큰 종을 치고 난새 방울 울리며,

봉궐(鳳闕)을 출발하면서 회포를 펼치는구나.

비룡(飛龍; 말)이 끄는 옥수레를 타고

신주(神州; 中原) 높은 봉우리를 거쳐 가는 도중,

오작궁(五柞宮)에 노닐면서 삼위산(三危山)을 굽어보며

세류관(細柳觀)을 끼고 상림원(上林苑)을 지나가노라.

높은 상아 깃발들을 모두 모아들이고

꽃장식 일산(日傘)들을 빽빽하게 주둔시키면서,

하늘에 닿는 긴 검을 뽑아 들고

하현달 같은 활을 당기는구나.

군사들의 큰 소리는 곤륜산(崑崙山)을 무너뜨릴 만하고,

탄식 소리는 우주에 웅장한 자태를 보태서,

은하수를 거꾸로 흐르게 하고

강산에 바람을 일으키노라.

깃발이 드날리니 높은 하늘은 진홍색으로 물들고,

사냥 불이 타오르니 천만 산들이 붉어지는구나.

．．．．．．．．．．．．．．．

90 鴻鍾(홍종) : 큰 종으로, 고대에 제왕이 출입할 때 종을 치는 의식이
있었음. 양웅의 〈우렵부(羽獵賦)〉에 "큰 종(홍종)을 치며 아홉 깃발
을 세워놓았다(撞鴻鍾, 建九旒.)"라 하고, 이선은 주에서 《상서대
전》에 「천자가 나갈 때는 황종이란 종을 쳤다(尙書大傳曰, 天子將
出, 則撞黃鍾之鍾.)"라 했음.

91 鑾音(난음) : 제왕의 거마에 방울을 달아서 내는 소리. 방울은 청동
으로 만들었는데, 난새가 방울을 머금은 모양이므로 「난령(鸞鈴)」
이라고 부른다. 범엽(范曄)의 〈낙유응조시(樂遊應詔詩)〉에 "흘러가
는 구름은 수레 덮개에서 일어나고, 새벽바람은 난새 소리(난음)를
내는구나(流雲起行蓋, 晨風引鑾音.)"라고 읊었음.

92 鳳闕(봉궐) : 한대의 궁궐이름. 《사기 · 효무본기(孝武本紀)》에 "건
장궁의 …… 동쪽은 「봉궐」로 높이가 20여 장이다(建章宮, …… 其東
則鳳闕, 高二十餘丈.)"이라 하고, 사마정의 《색은(索隱)》에서 《삼
보구사(三輔舊事)》를 인용하여 "북쪽에 둥근 대궐이 있는데, 높이
가 스무길 이며, 위에 구리로 만든 봉황이 있으므로 「봉궐」이라고
불렀다(北有圜闕, 高二十丈, 上有銅鳳凰, 故曰鳳闕也.)"라 했음.
후에는 황궁(皇宮)의 통칭으로 쓰였다.

93 宸襟(신금) : 제왕의 회포(襟懷). 하손(何遜)의 〈9일 임금을 뫼시고
낙유원 잔치에서 짓다(九日侍宴樂遊苑詩)〉란 시에서 "임금의 정회
(신금)가 미리 움직이니, 세월이 바뀌어 서늘한 가을이 되었구나(宸
襟動時豫, 歲序屬涼氛.)"라 읊었음.

94 玉輅(옥로) : 옥으로 장식한 제왕이 타는 수레. 《구당서 · 여복지(輿
服志)》에 "당나라 제도에 천자가 타는 수레에 옥로와 금로가 있는
데, …… 「옥로」는 푸른 바탕이며, 그 끝을 옥으로 장식하였다(唐制,
天子車輿有玉輅 · 金輅 …… 玉輅, 靑質, 以玉飾諸末.)"라 했음.

**95** 飛龍(비룡) : 임금이 타는 수레를 끄는 크고 좋은 말.《예기・월령》에 "창용을 몰다(駕蒼龍)"라 하고, 정현의 주에 "8척이 넘는 말을 「용」이라고 한다(馬八尺以上爲龍.)"고 했으며, 장형(張衡)의 〈남도부(南都賦)〉에는 "임금이 타는 네 마리 말이 위엄스럽고, 난새 방울소리 울리니 서울이로구나(駟飛龍兮騤騤, 振和鸞兮京師.)"라 했음.

**96** 神州(신주) : 중원(中原) 지역. 곧 구주(九州)로 중국인들이 예전부터 중국에 대한 명칭으로 사용하였다. 좌사의 〈위도부(魏都賦)〉에 "그래서 사람들은 「신주」의 경계요, 적현의 땅이라 말하였네(故將語子以神州之略, 赤縣之畿.)"라 하였는데, 「赤縣神州」는 중국을 대신 가리키는 말로서, 《사기・맹자순경전(孟子荀卿傳)》에 "중국 이름을 적현신주라고 불렀다. 적현신주 안에는 아홉 개의 주(州)가 있는데, 하우(夏禹)가 정리한 9주가 바로 그것이다(中國名曰赤縣神州. 赤縣神州內自有九州, 禹之序九州是也.)"라 했음.

**97** 層岑(층잠) : 높은 산봉우리(高峰). 강엄(江淹)의 〈잡체시・사광록(謝光祿)〉에 "연이은 들판이 거울처럼 조용한데, 사방의 어지러운 봉우리(층잠)들을 언뜻 보노라(靜默鏡綿野, 四睇亂層岑.)"라 읊고, 여연제의 주에 "「층」은 높은 것이고, 「잠」은 봉우리다(層, 高也. 岑, 峯也.)"라 했음.

**98** 五柞(오작) : 한무제시 궁전인 오작궁으로, 지금의 주지현(周至縣) 집현진(集賢鎮)에 위치한다. 궁안에 오작수(五柞樹)가 있는데*, 그 나무 그늘이 몇 이랑쯤 되도록 크므로 오작궁이라 불렀음. 양웅의 〈우렵부〉에 "종남산 곁에서 서쪽으로 장양과 「오작」에 이르렀다(傍南山, 西至長楊五柞.)"라 했음.

---

\* 일설(一說)에는 오동나무(梧桐)라 함.

99  三危: 고대 서부의 변방에 있는 산 이름. 지금의 감숙성 돈황현 동남쪽 30여리 떨어진 곳에 있는데, 세 봉우리가 높이 솟아 대치하면서 그 기세가 떨어질 듯 위험하여 삼위산이라 한다. 《상서·우공(禹貢)》에 "삼위산은 머무를 만하다(三危既宅.)"라 하고, 공전(孔傳)에 "「삼위」는 서쪽 예땅에 있는 산이다(三危爲西裔之山也.)"라 했음.

100  挾細柳(협세류): 「挾」은 옷깃을 끼는 것(襟帶). 「細柳」는 관명(觀名)으로, 한나라 때 상림원(上林苑)가운데 세류관을 세웠으며, 지금의 섬서성 서안시에 있는 곤명지(昆明池) 남쪽에 있다. 사마상여의 〈상림부〉에 "용대관(龍臺觀)에 올라가니, 「세류관」이 가리고 있네(登龍臺, 掩細柳.)"라 읊었음.

101  攢(찬): 모아 들이는 것(聚集).

102  高牙(고아): 높이 달린 아기(牙旗). 「牙」는 아기(牙旗)로, 깃대위에 상아로 장식하여 이렇게 부름. 《문선》권20 반악의 〈관중시(關中詩)〉에 "위엄하도다 양왕의 정벌이여, 높은 상아 기를 세웠도다(桓桓梁征*, 高牙乃建.)"라 하고, 이선의 주에 "「아」는 아기이다. 《병서》에 아기는 장군의 기다(牙, 牙旗也. 兵書曰, 牙旗, 將軍之旗.)"라 하고, 이주한(李周翰)의 주에서는 "「아」는 큰 기(牙, 大旗也.)"라고 했음.

103  總總(총총): 많은 모양. 《초사·구가·대사명(大司命)》에 "구주에 「총총」히 모인 사람들이여, 어찌 그들의 수명이 내게 달렸는가(紛總總兮九州, 何壽夭兮在予.)"라 하고, 왕일의 주에 "「총총」은 많은 모양(總總, 衆貌.)"이라 했음.

104  華蓋(화개): 황제가 사용하는 산개(傘蓋). 최표(崔豹)의 《고금주

---

* 간보(干寶)의 〈진기(晉紀)〉에 "梁王肜爲征西大將軍, 西討氐."라 했다.

(古今註)·여복(輿服1)》에 "「화개」는 황제가 만들었다. 황제가 치
우와 탁록 벌판에서 싸울 때, 항상 금가지에 옥 잎사귀 같은 오색
구름 기운이 황제의 위에 머물렀는데, 꽃 같은 모양이었으므로 이
로 인해 꽃수레(화개)를 만들었다(華蓋, 黃帝所作也. 與蚩尤戰於
涿鹿之野, 常有五色雲氣, 金枝玉葉, 止於帝上, 有花葩之象, 故
因而作華蓋也.)"는 기록이 있음.

105 森森(삼삼) : 기상이 엄숙한 모양.

106 擢倚天之劍, 彎落月之弓(탁의천지검, 만낙월지궁) : 「擢」은 뽑는
것. 「倚天之劍」은 매우 긴 검으로, 검을 휴대한 사람이 황제같은
매우 고귀한 신분이다. 송옥의 〈대언부(大言賦)〉에 "네모진 땅으
로 수레를 만들고 둥근 하늘로 덮개를 만들어서, 바르고 곧은 장
검을 들고 하늘 저편에 기대 서있네(方地爲車, 圓天爲蓋. 長劍耿
介, 倚天之外.)"라 하고, 완적의 〈영회시 38수〉에도 "활을 당겨 부
상에 걸어 놓고, 장검을 들고 하늘 밖에 기대섰네(彎弓卦扶桑, 長
劍倚天外.)"라 읊었음.

107 河漢爲之卻流(하한위지각류) : 「河漢」은 은하(天河). 「卻流」는 거
꾸로 흐르는 것. 회류(回流), 도용(倒湧).

108 羽旄(우모) : 꿩이나 닭의 깃털, 혹은 소꼬리로 장식한 기(旗). 《좌
전·정공(定公)4년》에 "진나라 사람이 정나라에서 「우모」를 빌리
려하자, 정나라 사람이 그에게 내주었다(晉人假羽旄於鄭, 鄭人與
之.)"라 하고, 두예 주에 "쪼갠 깃털로 기를 만들어서 군왕이 외출
할 때 수레 위에 세웠다(析羽爲旌, 王者遊車之所建.)"고 했다. 반
고는 〈동도부(東都賦)〉에서 "「우모」는 무지개를 쓸고, 정기는 하
늘을 스치네(羽旄掃霓, 旌旗拂天.)"라 읊었음.

109 九天(구천) : 중앙과 사방(四方)·사우(四隅)의 아홉 방향(九方)
의 하늘. 《초사·이소(離騷)》에 "맹세코 「구천」은 내 충정을 아시

리라(指九天以爲正兮.)"라 하고, 왕일 주에 "「구천」은 중앙과 팔
방을 말한다(九天謂中央八方也.)"라 했다. 《여씨춘추·유시(有
始)》에 "하늘에는 아홉 구역이 있다(天有九野.)"고 하면서 "중앙
을 균천, 동방을 창천, 동북을 변천, 북방을 현천, 서북을 유천, 서
방을 호천, 서남을 주천, 남방을 염천, 동남을 양천이라 부른다(中
央曰鈞天, 東方曰蒼天, 東北曰變天, 北方曰玄天, 西北曰幽天,
西方曰顥天, 西南曰朱天, 南方曰炎天, 東南曰陽天.)"고 했음.

110 絳(강) : 짙은 붉은색(紅色).

111 獵火(엽화) : 사냥할 때 짐승을 몰려고 산을 태우는 불.

### 66-4(3)

乃召蚩尤之徒[112],
聚長戟, 羅廣澤。
呵雨師, 走風伯[113]。
稜威[114]耀乎雷霆, 烜嚇[115]震於蠻貊[116]。
陋[117]梁都(鄒)[118]之體制, 鄙靈囿[119]之規格。
而南以衡·霍[120]作襟[121], 北以岱·恒[122]作祛[123]。
夾東海而爲涔[124]兮, 拖西溟[125]而流渠[126]。
麾[127]九州[128]之珍禽兮, 迴千群以坌入[129]。
聯八荒[130]之奇獸兮, 屯[131]萬族[132]而來居。

이에 치우(蚩尤) 무리를 불러서
긴 창을 잡은 채 넓은 연못에 나열하도록 하였으며,
우사(雨師)처럼 꾸짖고 풍백(風伯)처럼 달리니,

위세는 번개와 우레같이 빛나고

명성은 변방 오랑캐(蠻貊) 지역까지 떨치는구나.

고대 양추(梁鄒)의 사냥 체제와

영유(靈囿)의 규격에 비교해 누추하지만,

남쪽으로는 형산(衡山)과 곽산(霍山)을 옷깃으로 삼고

북쪽으로는 태산(岱宗)과 항산(恒山)을 소맷부리로 삼았으며,

동해를 낀 채 참호를 만들고,

서쪽 바다를 당겨 도랑으로 삼았도다.

구주(九州)의 진귀한 짐승들을 몰아

무리지어 우리 안으로 들어가도록 하고,

팔방(八方)의 기이한 짐승들과 연계시켜

많은 동물이 와서 모이는 곳에 진(陣)을 쳤노라.

....................

112 **蚩尤之徒**(치우지도) : 상고시대 구여씨족(九黎氏族) 마을연맹의
수령으로, 날래고 싸움을 잘하였다. 전하는 바에는 우도등(牛圖
騰)과 조도등(鳥圖騰)이란 씨족의 수령으로 전해지며, 염제(炎帝)
와 같은 소속의 부락이라고도 한다. 그에게는 형제가 81명인데 모
두 비범한 재능을 가졌다고 한다. 《사기·오제본기(五帝本紀)》에
"이때 황제 헌원(軒轅)이 무력을 사용하여 말을 듣지 않는 자들을
정벌하니 제후를 모두 와서 복종하였다. 그러나 「치우(蚩尤)」가
가장 사나워 칠 수가 없었다(於是軒轅乃習用干戈, 以征不享, 諸
侯咸來賓從. 而蚩尤最爲暴, 莫能伐.)"라 하고, 장수절(張守節)은
《사기정의(史記正義)》에서 《용어하도(龍魚河圖)》를 인용하여 말
하기를 "황제가 섭정할 때 「치우」의 형제가 81명 있었는데, 짐승
몸을 가졌으나 사람같이 말을 하고, 구리 머리와 쇠 이마를 가지

고 있으며, 모래와 돌을 먹었다. 병장기인 칼과 창, 큰 활을 만들어 천하에 위엄을 떨쳤으나 무도하게 베고 죽여서 자비롭지 못하였다. 백성들이 황제에게 천자의 권한을 행사하도록 요구했지만, 황제는 인의로만 다스려서는 치우의 만행을 멈추게 할 수 없었으므로 하늘을 우러러 보며 탄식하였다. 하늘에서는 현녀를 파견하여 군대의 신표와 신들의 부적을 내려 보내주며 치우를 굴복시키도록 하자, 황제가 정예부대를 보내 여덟 방면에서 제압시켰다. 치우가 죽은 뒤 천하가 다시 어지러워지자 황제는 치우의 형상을 그려 천하에 위엄을 떨쳤는데, 세상 사람들이 모두 치우가 죽지 않았다고 말하면서 팔방의 많은 나라들이 모두 와서 항복하였다(黃帝攝政時, 有蚩尤兄弟八十一人, 並獸身人語, 銅頭鐵額, 食沙石子. 造立兵仗刀戟大弩, 威振天下, 誅殺無道, 不慈仁. 萬民欲令黃帝行天子事, 黃帝以仁義不能禁止蚩尤, 乃仰天而歎. 天遣玄女下授黃帝兵信神符, 制伏蚩尤. 帝因之主兵, 以制八方. 蚩尤歿後, 天下復擾亂, 黃帝遂畫蚩尤形象, 以威天下, 天下咸謂蚩尤不死, 八方萬邦皆爲蹋伏.)"라는 기록이 있음.

113 呵雨師, 走風伯(가우사, 주풍백):「雨師」와「風伯」은 모두 황제의 신하로, 우사는 비를 맡은 신이고 풍백은 바람을 주관하는 신이다. 《한비자·십과(十過)》에 "옛날에 황제가 태산 위에서 귀신들을 만났을 때, 코끼리를 장식한 수레를 몰며 여섯 마리 교룡이 끌도록 했는데, 필방(火神)이 수레 굴대를 나란히 하고 치우가 앞에서 인도하며「풍백」이 땅을 쓸고「우사」가 길을 청소하였다(昔者黃帝合鬼神於泰山之上, 駕象車而六蛟龍, 畢方並轄(鎋), 蚩尤居前, 風伯進掃, 雨師灑道.)"라 했음. 여기서 치우, 우사, 풍백은 군왕을 따라 사냥 나가는 신하들을 비유하였다.

114 稜威(능위): 위엄이 있는 기세. 위세(威勢). 《삼국지·위지(魏

志)·무제기(武帝紀)》에 "위세(능위)가 남쪽으로 옮겨가니, 원술(袁術)이 무너져 죽었네(稜威南邁, 術以隕潰.)"라 하고, 《진서(晉書)·선제기(宣帝紀)》에도 "문장으로 이어서 다스리고, 무력으로 「능위」를 떨쳤노라(文以纘治, 武以稜威.)"라 했음.

115  烜嚇(훤혁) : 「烜赫」과 같으며, 명성과 위세가 매우 성한 것. 안진경(顏眞卿)의 〈배민장군에게 드리다(贈裴旻將軍)〉시에 "장군이 먼 곳으로 가시니, 명성을 떨치며(훤혁) 영웅으로 빛났도다(將軍臨八荒, 烜赫耀英材.)"라 했음.

116  蠻貊(만맥) : 「蠻貉」혹은 「蠻貊」으로도 씀. 고대에 남방과 북방의 낙후한 부족을 칭하며, 넓게는 변방지역의 소수민족을 가리킨다. 《서경·무성(武成)》에 "화하와 「만맥」들이 복종하면서 따르지 않는 자가 없다(華夏蠻貊, 罔不率俾.)"라 하고, 《논어·위령공(衛靈公)》에 "말이 충직하고 미더우며 행동이 독실하고 공경스러우면, 비록 오랑캐 나라(만맥)에서라도 뜻을 펼칠 수 있다(言忠信, 行篤敬, 雖蠻貊之邦行矣.)"라 했음. 이 두 구(稜威曜乎雷霆, 烜嚇震於蠻貊)는 위세가 번개와 우레처럼 번쩍 빛나고 성세가 만맥지역까지 벼락같이 떨치는 것을 말하였다.

117  陋(루) : 누추하거나 비루한 것. 동사로 쓰였음.

118  梁都(양도) : 왕기는 「梁鄒」가 잘못 쓰였다고 했다. 고대 천자들이 수렵하는 땅임. 반고(班固)의 〈동도부(東都賦)〉에 "법도(규정)는 「양추」와 같고, 정의(情誼)는 영유와 부합되네(制同乎梁鄒, 誼合乎靈囿.)"라 하고, 이선의 주에 《노시전》에서 옛날에 「양추」가 있었는데, 양추는 천자가 수렵하는 곳이다(魯詩傳曰, 古有梁鄒. 梁鄒者, 天子之田也.)"라 했으며, 《후한서·반고전(班固傳)하》에서는 「梁騶」라고 썼음.

119  靈囿(영유) : 원래 주나라 문왕이 지은 원유(苑囿) 이름으로, 지금

의 섬서성 장안현 서쪽에 있으며, 넓게는 제왕들이 동물을 기르는 원림(園林)을 가리킨다. 《시경·대아·영대(靈台)》에 "왕이 「영유」에 있으면, 사슴들이 그곳에 편안히 엎드려 있었다(王在靈囿, 麀鹿攸伏.)"라 했음. 여기서는 당대의 원유로서 주나라 문왕의 원유에 비유했다. 이 두 구(陋梁都之體制, 鄙靈囿之規格)에서는 수렵의 규모를 비교해볼 때 고대의 양추와 영유의 체제와 규격이 모두 지금보다 현저히 비루(鄙陋)하다는 말임.

120 衡霍(형곽): 형산(衡山)과 곽산(霍山). 형산은 남악으로 구루산(岣嶁山)이라고도 부르고, 호남성 형산현(衡山縣) 경계에 있으며, 곽산은 천주산(天柱山)이라고도 하며 안휘성 서부에 있다. 원굉(袁宏)의 〈삼국명신서찬(三國名臣序贊)〉에 "뜻이 「형산」과 「곽산」을 덮을만해지자, 전투에 자부심을 가져 적을 소홀히 했다네(志掩衡霍, 恃戰忘敵.)"라 했음.

121 襟(금): 옷깃(襟帶). 형산과 곽산은 옷깃이 된다는 말.

122 岱恒(대항): 대종(岱宗)과 항산(恒山). 대종은 곧 태산으로 동악이며, 항산은 북악임.

123 袪(거): 소매부리(袖口). 대종과 항산은 소매가 된다는 말.

124 漸(참): 성하(城河)를 보호하는 구덩이, 참호(塹壕). 《광운(廣韻)》에 "「참」은 성을 둘러 흐르는 물이다(漸, 遶城水也.)"라고 했음.

125 西溟(서명): 「西冥」과 같으며, 서해임.

126 渠(거): 작은 개울(水渠). 용수로.

127 麾(휘): 지휘(指揮), 구축(驅逐)하는 것.

128 九州(구주): 중국을 가리킴.

129 坌入(분입): 나란히 함께 들어가는 것.

130 八荒(팔황): 중원과 떨어진 사면팔방의 아주 먼 지역. 중국고대문학작품에서는 「八荒」을 자주 천하라는 뜻으로 쓰였다. 가의의 〈과

진론(過秦論)〉에 "사해를 차지할 생각과 「팔황」을 다 삼켜버릴 마음을 갖고 있다(囊括四海之意, 并吞八荒之心.)"라 했음.

131 屯(둔) : 진을 치다. 둔적(屯積).

132 萬族(만족) : 만가지 무리. 기이한 짐승들이 많은 것을 말함. 도연명의 〈영빈사(詠貧士)〉7수 가운데 첫 번째 시에 "만물(만족)들은 저마다 의탁할 곳 있으나, 외로운 구름은 홀로 의지할 데 없다네(萬族各有托, 孤雲獨無依.)"라 했음.

## 66-5

雲羅[133]高張[134], 天網密布。
罝罦[135]綿原[136], 峭格[137]掩路。
蠛蠓[138]過而猶礙, 蟭螟[139]飛而不度[140]。
彼層霄[141]與殊榛[142], 罕翔鳥與伏兔。
從營[143]合技, 彌巒被岡[144]。
金戈森行[145], 洗晴野之寒霜。
虹旗[146]電掣[147], 卷長空之飛雪。
吳騎走練[148], 宛馬[149]蹀血[150]。
縈衆山之聯綿[151], 隔遠水之明滅。

구름 그물은 높게 펼쳐놓고
하늘 그물은 촘촘하게 깔아 놓았으며,
짐승 잡는 그물을 고원(高原)에 걸쳐놓고
높이 세운 그물 몽둥이로 길을 막아 놓았도다.
아주 작은 눈에놀이(蠛蠓)조차 지나가다 오히려 막히고

초명(鷦螟)도 날아 넘을 수 없으니,

저 높은 하늘과 잡목이 모여 있는 곳에는

나는 새와 숨어 있는 토끼가 드물었다네.

군영을 따라가며 펼치는 기예는

산과 언덕을 가득 덮었으며,

빽빽이 모여 가는 황금 창들은

맑은 들판 찬 서리를 깨끗이 쓸어버리고,

번개처럼 휘날리는 무지개 그린 정기(旌旗)들은

긴 허공의 눈발을 말아 올리노라.

오(吳) 땅 말들은 흰 비단처럼 달려가고

대완(大宛)지방 천리마들은 피를 밟으며 가는데,

이어진 여러 산을 빙 돌아

먼 강 건너에서 나타났다 사라지는구나.

.................

133 **雲羅**(운라) : 천망(天網)과 같다. 포조의 〈무학부(舞鶴賦)〉에 「운라」를 치우니 재갈이 보이는구나(掩雲羅而見羈.)」라 하고, 여연제는 주에서 "「운라」는 그물이 구름까지 높이 닿는 것을 말한다(雲羅, 言羅高及雲也.)"고 했음.

134 **高張**(고장) : 높이 펼쳐놓은 것.

135 **罝罘**(저부) : 새와 짐승을 잡는 그물. 원래는 토끼를 잡는 그물이지만, 널리 사냥할 때 쓰는 그물을 가리킨다. 《예기·월령》에 "사냥(田)할 때 사로잡는(獵)것으로, 토끼 그물(罝), 그물 친 창(罘), 새 그물(羅), 물고기 그물(網)이 있다(田獵, 罝·罘·羅·網.)"라 하고, 정현의 주에 "짐승 잡는 그물을 「저·부」라 한다(獸罟曰罝罘.)"라 했음.

136 綿原(면원) : 고원(高原)위까지 이어지는 것(綿延).

137 峭格(초격) :「峭」는 높은 모양.「格」은 그물을 펼쳐 사용하는 몽둥이(木棍). 좌사(左思)의 〈오도부(吳都賦)〉에 "「초격」을 골고루 설치하였다(峭格周施.)"라 하고, 여향은 주에서 "「초」는 높은 것이고,「격」은 그물을 놓는 나무다(峭, 高也. 格, 張網之木也.)"라 했음.

138 蟻蠓(멸몽) : 작은 곤충 이름, 눈에놀이.《이아 · 석충(釋蟲)》에 "「몽」은 눈에놀이다(蠓, 蟻蠓.)"라 하고, 곽박은 주에서 "파리와 같은 작은 곤충으로 어지럽게 날기를 좋아 한다(小蟲似蚋, 喜亂飛.)"라 했음.

139 蟭螟(초명) : 전설에 나오는 작은 곤충.《열자 · 탕문편(湯問篇)》에 "강물과 개천가에 드물게 나타나는 작은 벌레가 있는데, 이름을「초명(焦螟)」이라 불렀다. 떼 지어 날아가서 모기 속눈썹 위에 모여 있어도 서로 부딪치지 않았으며, 그곳에서 머무르고 자면서 가고와도 모기는 모르고 있었다. 눈이 밝은 이주(離朱)와 자우(子羽)조차도 대낮에 눈을 비비고 눈썹을 치켜뜨고 바라보아도 벌레의 형체를 알아볼 수가 없었다(江浦之閒生麼蟲, 其名曰焦螟, 羣飛而集於蚊睫, 弗相觸也. 棲宿去來, 蚊弗覺也. 離朱 · 子羽, 方晝拭眥揚眉而望之, 弗見其形.)"라는 기록이 있음. 소사윤은 "「멸몽」과「초명」은 모두 지극히 작은 벌레로, 그물의 촘촘함을 비유한 것(蟻蠓蟭螟, 皆蟲之至微細者, 以喩網之密也.)"이라고 했다.

140 飛而不度(비이부도) : 날아 넘을 수 없는 것.

141 層霄(층소) : 높은 하늘(重霄).

142 殊榛(수진) : 다른 나무들이 총생(叢生)하는 것.《사기 · 사마상여열전》에 "끊어진 다리를 넘고, 긴 나무덤불(수진)에 오르네(隃絕梁, 騰殊榛.)"이라 하고, 장수절(張守節)은 주에서 "나무들이 총

생하는 것이 「진」이고, 「수」는 뛰어난 것이다(木叢生爲榛也, 殊, 異也.)"라 했음. 이 두 구( 彼層霄與殊榛, 罕翔鳥與伏免)는 겹겹의 하늘과 잡목이 총생하는 가운데에는 남아 있는 새와 토끼가 매우 적음을 이른 말이다.

143 從營(종영) : 「從容」과 통한다. 군영(軍營)을 따라가는 것.

144 彌蠻被岡(미만피강) : 「彌」와 「被」는 모두 복개(覆蓋)의 뜻. 장형의 〈서경부(西京賦)〉에 "떨기 풀이 더부룩하고 쑥이 무성하여, 물가를 덮고 언덕에 닿았네(苯蕁蓬茸, 彌皐被岡.)"라 하고, 설종은 주에서 "「미」는 덮는 것이다(彌, 猶覆也.)"라 했음.

145 金戈森行(금과삼행) : 손에 긴 창을 들고 있는 무리들이 밀집하여 가는 것. 「金戈」는 누런색 긴 창.

146 虹旗(홍기) : 정기(旌旗)의 색채가 무지개 같음을 형용한 것. 유향의 〈구탄(九歎)〉에 "「홍기」를 옥문까지 추켜올렸다(褰虹旗於玉門.)"라 했음.

147 電掣(전체) : 번개가 치는 것. 여기서는 기치(旗幟)가 번개처럼 휘날리는 것.

148 吳騃走練(오참주련) : 「吳騃」은 오 땅의 말. 「走練」은 오 땅 말이 희어서 가는 것이 누인 명주가 길게 늘어 있는 것 같음을 형용한 말. 왕충의 《논형(論衡)·언허편(言虛篇)》에 "안연이 공자와 함께 노나라 태산에 올라갔다. 공자가 동남쪽 오나라 창문(閶門) 밖에 흰말이 매여 있는 것을 보고, 안연을 이끌어 손가락으로 가리키며 말하기를 「너는 오나라 창문이 보이느냐?」안연이 「보입니다」. 공자가 「문밖에 무엇이 있느냐?」하니, 「명주가 연이어 있는 모습과 같습니다」(顏淵與孔子俱上魯泰山, 孔子東南望吳閶門外, 有係白馬, 引顏淵指以示之曰, 若見吳閶門乎? 顏淵曰, 見之. 孔子曰, 門外何有? 曰有如係練之狀.)"라는 기록이 있는데, 여기서 이 뜻

을 사용했음.

149 宛馬(완마) : 대완의 말. 《한서·무제기(武帝紀)》에 "태초 4년(BC101) 봄, 이사장군(貳師將軍) 이광리가 대완왕의 머리를 베고, 한혈마를 빼앗아 돌아왔다[太初]四年春, 貳師將軍廣利斬大宛王首, 獲汗血馬來.)"라 하고, 《사기집해(史記集解)》에서 응소(應劭)는 "예전 대완에 천마의 종자가 있었다. 돌을 밟으면 피를 땀처럼 흘리는데, 땀은 앞 어깨 상박에서 피가 나오듯 하며, 하루에 천리를 간다고 한다(大宛舊有天馬種, 踏石汗血, 汗從前肩膊出如血, 號一日千里.)"라 했음.

150 蹀血(접혈) : 피를 밟는 것(履血). 《광아(廣雅)·석고(釋詁)1》에 「접」은 밟는 것이다(蹀, 履也.)"라 했음.

151 聯綿(연면) : 끊어지지 않고 이어지는 것. 이 두구(縈衆山之聯綿, 隔遠水之明滅)는 수렵하는 무리들이 이어진 여러 산을 둘러서, 먼 강 건너에서 나타났다 사라지는 것을 말한다.


## 66-6

使五丁[152]摧峰[153], 一夫拔木[154]。
下整高頹, 深平險谷[155]。
擺[156]椿栝[157], 開林叢,
喤喤呷呷[158], 盡奔突[159]於場中。
而田疆·古冶之儔[160], 烏獲[161]·中黃[162]之黨,
越崢嶸, 獵莽蒼[163]。
嗜嗚[164]哮闞[165], 風旋電往[166]。
脫文豹[167]之皮, 抵玄熊之掌[168]。

批$^{169}$狻$^{170}$手猱$^{171}$, 挾三挈兩$^{172}$。

既徒搏$^{173}$以角力, 又揮鋒$^{174}$而爭先$^{175}$。

行魁號以鶚眄兮, 氣赫火而敵(歔)煙$^{176}$。

拳封豨, 肘巨狿$^{177}$。

梟羊$^{178}$應叱以斃踣$^{179}$, 猰貐$^{180}$亡精而墜巔。

或碎腦以折脊, 或歆髓而飛涎$^{181}$。

窮遐荒, 蕩林藪,

扼$^{182}$土㹠$^{183}$, 殪天狗$^{184}$。

脫角犀頂, 探牙象$^{185}$口。

掃封狐$^{186}$於千里, 搜雄虺$^{187}$之九首。

咋$^{188}$騰蛇$^{189}$而仰吞, 拖奔兕$^{190}$而卻走$^{191}$。

다섯 역사(力士)에게 산봉우리를 무너뜨리게 하고
힘쎈 장부(丈夫)에게 나무를 뽑도록 했으며,
낮은 곳은 정돈하고 높은 곳은 무너뜨려서
깊고 험한 골짜기를 평평하게 만들었다네.
참죽나무와 노송나무를 밀어젖히고
우거진 숲(叢林)에 통로를 만드니,
금수(禽獸)들이 울부짖으면서
모두 사냥터 안으로 달려들며 숨는구나.
이윽고 전개강(田開疆)과 고야자(古冶子) 무리와
오확(烏獲)과 중황(中黃) 같은 힘쎈 포수들이
높은 산을 넘어가 우거진 광야에서 사냥하니,
짐승들은 슬피 울부짖고 포효하며
바람과 번개처럼 재빠르게 달아나노라.

얼룩무늬 표범의 가죽을 벗기고

검은 곰의 발바닥을 꺾었으며,

준(狻) 토끼와 원숭이는 손으로 쳐서

세 번 끼고 두 번 매달아 잡았다네.

맨손으로 때려 힘을 겨루고

또 칼을 휘두르며 공을 다투는데,

그 행동은 호랑이가 울부짖고 물수리가 흘겨보는 듯하며,

기세는 붉은 연기 불이 위로 치솟는 것처럼 혁혁하도다.

멧돼지는 주먹으로 치고

큰 너구리는 팔꿈치로 타격하였으며,

개코원숭이(梟羊)는 꾸짖는 소리에 넘어져 죽고,

알유(猰貐)는 정신을 잃은 채 봉우리에서 떨어지는구나.

어떤 짐승은 머리통이 부서지고 등뼈가 부러졌으며,

어떤 짐승은 골수가 터져 점액(粘液)이 날아 흩어졌도다.

먼 땅까지 모두 수색하고 숲과 늪까지 휩쓸어서,

토박(土狛; 이리류)을 잡아 죽이고

천구(天狗; 전설속의 짐승)를 쓰러뜨렸다네.

무소 이마 위에 난 뿔을 빼내고,

코끼리 입속에서 상아를 뽑았으며,

천 리나 떨어져 있는 봉호(封狐; 큰 여우)를 모조리 없애고

머리 아홉 달린 웅훼(雄虺; 독사)를 비틀어 잡았노라.

나는 뱀(螣蛇)을 물어뜯어 머리를 쳐든 채 삼키고,

달리는 외뿔 소를 끌어당기니 뒤돌아서 도망치는구나.

................

152 五丁(오정) : 신화전설에 나오는 다섯 역사(力士). 진(晉) 상거(常
璩)의 《화양국지(華陽國志)·촉지(蜀志)》에 "당시 촉에 힘 쎈 다
섯 장정(오정)이 있었는데, 산을 옮기고 1만균(3십만근)의 무게를
들었다(時蜀有五丁力士, 能移山擧萬鈞.)"는 기록이 있음.

153 催峰(최봉) : 산봉우리를 무너뜨리는 것.

154 一夫拔木(일부발목) : 《초사·초혼(招魂)》에 "한 사내(일부)가 아
홉 개의 머리로 9천개의 나무를 뽑았다(一夫九首, 拔木九千些.)"
라 하고, 왕일 주에 "어떤 장부가 한 몸뚱이에 아홉 개의 머리를
가졌으며, 힘이 무척 세어서 아침부터 저녁까지 9천개의 나무를
뽑았다고 한다(言有丈夫, 一身九頭, 強梁多力, 從朝至暮, 拔木
九千枚也.)"라 했음.

155 下整高頹, 深平險谷(하정고퇴, 심평험곡) : 높고 낮은 산과 깊고
험한 계곡을 평평하게 정리하는 것.

156 擺(파) : 밀어 젖히는 것(撥開). 《운회(韻會)》에 "「파」는 여는 것,
미는 것이다(擺, 開也. 撥也.)"라 했음.

157 椿栝(춘괄) : 수목 이름. 「栝」은 곧 회수(檜樹)로, 《광운(廣韻)》에
"「회」는 나무이름으로 잣나무 잎에 소나무 줄기를 가졌으며, 「괄」도
이와 같다(檜, 木名, 柏葉松身, 栝, 上同.)"고 했음. 이 두 구(擺椿
栝, 開林叢)는 수목과 총림을 발개하여 도로를 내는 것을 말한다.

158 喤喤呷呷(황황합합) : 의성어로, 금수들이 날거나 달리면서 내는
소리. 《운회(韻會)》에 "「황합」은 많은 무리들이 내는 소리(喤呷,
衆聲.)"라고 했음.

159 奔突(분돌) : 달아나 숨는 것(奔竄).

160 田疆古冶之儔(전강고야지주) : 「田疆」은 전개강(田開疆)이고, 「古
冶」는 고야자(古冶子)로, 모두 제(齊)나라 역사(力士)다. 《안자춘
추(晏子春秋)·간하(諫下)》에 "공손접·전개강·고야자는 경공을

섬기면서 날랜 힘으로 호랑이를 때려잡은 것으로 유명하다(公孫
接·田開疆·古冶子事景公, 以勇力搏虎聞.)"라 했음.

161 烏獲(오확) : 전국시대 진(秦)나라 무왕(武王) 때의 용사(勇士).
《맹자·고자(告子)하》에 "그렇게 오확이 들던 짐을 든다면, 이 사
람 또한 「오확」 같은 사람일 뿐이다(然則擧烏獲之任, 是亦爲烏
獲而已矣.)"라 하고, 조기(趙岐) 주에 "「오확」은 옛날에 힘이 센
사람이니, 천균(千鈞)을 들어서 옮길 수 있었다(烏獲, 古之有力
人也, 能擧移千鈞.)"라 했음.

162 中黃(중황) : 나라이름. 장형의 〈서경부(西京賦)〉에 "이에 「중황」
나라 사람과 육확의 무리들에게 시켰다(迺使中黃之士, 育獲之
儔.)"라 하고, 《시자(尸子)》에서는 "중황백이 「나는 왼손으로 태행
산의 원숭이를 잡고, 오른 손으로는 독수리와 호랑이를 때려잡았
다」고 말했다(中黃伯曰, 余左執太行之玃, 而右搏鵰虎.)"는 기록
이 있으며, 이주한은 주에서 "「중황」은 국명인데, 힘센 자들이 많
았다"고 하였음.

163 越崢嶸, 獵莽蒼(월쟁영, 엽망창) : 여기서는 여러 산을 넘어가 광
야에서 사냥하는 것. 「崢嶸」은 산의 기세가 고준(高峻)한 모양.
「莽蒼」은 가까운 교외(草野)의 색으로, 《장자·소요유(逍遙遊)》
에 "교외로 잠깐 놀러 나가면 세끼를 먹고 돌아와도 배가 부르다
(適莽蒼者, 三飡而反, 腹猶果然.)"라 했음.

164 喑嗚(암오) : 슬피 울부짖는 모양. 《운회》에 "「암」은 큰 소리로 외
치는 것(喑, 大呼也.)"이라 했음.

165 哮闞(효감) : 호랑이가 포효하는 소리로, 날랜 병사들의 고함소리
가 호랑이의 울부짖음과 같다는 말.

166 風旋電往(풍선전왕) : 재빠르게 달려가는 모양.

167 文豹(문표) : 표범의 가죽이 얼룩무늬이므로 그렇게 불렀음. 《장

자·산목(山木)》에 "저 풍성한 털의 여우와 아름다운 무늬의 표범(문표)이 산림에 머물며, 바위굴에 몸을 숨기고 있는 것은 고요함이다(夫豐狐文豹, 棲於山林, 伏於巖穴, 靜也.)"라 했다. 육전(陸佃)의 《비아(埤雅)·석수(釋獸)》에 "얼룩무늬 표범(문표)이 안개 속에 숨어 7일 동안 먹지 않으면서, 그 털을 빛내게 하고 그 채색 무늬가 이루어진다(文豹隱霧, 七日不食, 欲以澤其衣毛, 成其文彩.)"라 했음.

168 抵玄熊之掌(저현웅지장) : 「抵」는 치는 것. 《설문해자》에 "「저」는 한쪽 손으로 치는 것(抵, 側手擊也.)"이라 했음. 「玄熊」은 검은 곰으로, 곰은 겨울잠을 잘 때 손바닥을 핥기 때문에 그 손바닥이 아름답다고 한다.

169 批－手(비－수) : 「批」와 「手」는 같은 뜻으로, 손으로 치는 것.

170 狻(준) : 「巉(준)」, 「逡(준)」과 통하며, 교활한 토끼 이름. 《전국책》에 "동곽 「준」은 세상에 빨리 달리는 토끼이다(東郭逡者, 海內之狡兔也.)"라고 했음.

171 猱(노) : 팔이 긴 원숭이. 《이아·석수(釋獸)》에 "원숭이(노)는 잘 잡아당긴다(猱蝯善援.)"라 하고, 〈소(疏)〉에서 「노」는 일명 원(蝯)으로 나뭇가지를 잡고 잘 오른다(猱, 一名蝯. 善攀援樹枝.)"라 했음.

172 挾三挈兩(협삼설양) : 「挾」과 「挈」은 같은 뜻으로, 끼워서 허리에 차고 손으로 잡는 것. 《설문》에 "「설」은 매달아 잡는 것이다(挈, 懸持也.)"라 했음.

173 徒搏(도박) : 맨손으로 때려잡는 것. 반고의 〈서도부(西都賦)〉에 "뿔을 뽑고 목을 꺾어서, 맨손으로 잡고 혼자 죽였다(脫角挫脰, 徒搏獨殺.)"라 하고 이현의 주에 "「도」는 빈 것으로, 맨손으로 쳐서 죽이는 것을 말한다(徒, 空也. 謂空手搏殺也.)"라고 했음*.

174 揮鋒(휘봉) : 지도계(持刀械), 칼끝을 휘두르는 것.

175 既徒搏以角力, 又揮鋒而爭先(기도박이각력, 우휘봉이쟁선) : 이 두 구는 수렵시 야수들을 후려치는 정경으로, 이미 맨손으로 야수들과 격투하며, 또한 공을 다투어 칼 등을 휘둘러 야수들을 죽이는 것을 말하였다.

176 行魖號以鸚睍兮, 氣赫火而歊煙(행감호이악예혜, 기혁화이효연) : 「魖」은 백호(白虎). 「鸚」은 물수리로 조(鵰), 어응(魚鷹)이라고도 하며, 흉맹하여 고기를 잡아먹는다. 「睍」는 흘겨보는 것. 「歊」은 기운이 위로 치밀어 오르는 모양. 이 두 구에서는 사냥꾼의 용감함을 말한 것으로, 그 소리는 호랑이의 울부짖음 같고, 물수리가 흘겨보는 것 같으며 기세의 혁혁함은 연기불이 위로 치솟는 것과 같다고 했다.

177 拳封豨, 肘巨狿(권봉단, 주거연) : 「拳」과 「肘」는 동사로 쓰였으며, 주먹과 팔꿈치로 타격하는 것. 「豨」는 멧돼지(野豚)이며, 《자림(字林)》에 "시는 돼지와 비슷하며 살찐 짐승(豨, 獸似豕而肥.)"이라 했음. 「狿」은 고서에 나오는 짐승으로, 삵괭이와 비슷하며 몸이 비교적 긴 너구리이다. 장형의 〈서경부(西京賦)〉에 "붉은 코끼리를 코뚜레하고, 큰 너구리(거연)는 우리에 넣었네(鼻赤象, 圈巨狿.)"라 했음.

178 梟羊(효양) : 짐승으로, 곧 개코원숭이, 비비(狒狒)임. 성질이 몹시 사나우며 땅위에 사는 데, 얼굴은 개와 비슷하고 곤충이나 열매를 먹는다. 《이아 · 석수》에 "비비는 사람을 닮았는데, 화살을 쏘면 신속하게 달아나며 사람을 잡아먹는다(狒狒如人, 被髮迅走, 食

---

* 또 《이아 · 석훈(釋訓)》에 "暴虎, 徒搏也."라 하고, 곽박(郭璞) 주에 "空手执也."라 했다.

人.)"라 하고, 곽박(郭璞) 주에 "「효양」은 《산해경》에서 「그 모습이 사람과 같으며, 얼굴이 길고 입술이 검으며, 몸에는 털이 있고, 발꿈치를 돌려 사람을 보고 웃는다. 교광군과 남강군의 산속에도 이러한 동물들이 산다(梟羊也. 山海經曰, 其狀如人, 面長脣黑, 身有毛, 反踵, 見人則笑. 交廣及南康郡山中亦有此物.)"고 했음.

179 斃踣(폐부) : 땅에 넘어져 죽는 것.

180 猰貐(알유) : 고대 전설가운데 사람을 잡아먹는다는 맹수.《이아 · 석수》에 "「알유」는 맹수 종류로 호랑이 발톱에 사람을 잡아먹고 잘 달린다(猰貐, 類貙, 虎爪 · 食人 · 迅走.)"라 하고,《술이기(述異記)》권상에 "「알유」는 짐승가운데 가장 큰 것으로, 용의 머리에 말의 꼬리, 범의 발톱을 가졌는데, 길이가 4백척이며, 잘 달리고 사람을 먹는다. 도덕을 갖춘 군주를 만나면 숨어 모습을 감추지만, 무도한 군주를 만나면 그를 잡아먹는다(猰貐, 獸中最大者, 龍首馬尾虎爪, 長四百尺, 善走, 以人爲食. 遇有道君則隱藏, 遇無道君則食之.)"라 했음. 이 두 구(梟羊應叱以斃踣, 猰貐亡精而墜巓)는 효양은 질타(叱咤)하는 소리에 넘어져 죽고, 알유도 정신을 잃고 봉우리에서 떨어져 죽었다는 말이다.

181 或碎腦以折脊, 或歕髓而飛涎(혹쇄뇌이절척, 혹분수이비연) : 야수들이 처참하게 죽어가는 참상을 형용한 것. 「歕髓」는 골수를 분출하는 것으로, 「歕」은 「분(噴)」과 같음.

182 搤(액) : 잡아 죽이는 것(搯死).《한서 · 이광전(李廣傳)》에 "힘은 호랑이를 잡을 수 있고, 활을 쏘면 명중한다(力搤虎, 射命中.)"라 했음.

183 土狛(토박) : 「狛」은 《설문》에서 "「박」은 이리와 같으며 양떼를 잘 몬다(狛, 如狼, 善驅羊.)"라 하고, 「土」는 지상동물로 다음 구의 천구(天狗)와 상대적으로 쓰였음.

184 **殪天狗**(예천구) : 「殪」는 살해하는 것. 「天狗」는 신화전설 가운데 짐승이름. 《산해경·서산경(西山經)》에 "음산에 짐승이 있는데, 그 모습은 이리와 같고 흰 머리를 가졌으며, 이름을 「천구」라 부른다. 그 소리는 「유유(榴榴)」와 같으며, 재난을 막는다(陰山, 有獸焉, 其狀如貍而白首, 名曰天狗, 其音如榴榴, 可以御凶.)"라 했음.

185 **象**(상) : 코끼리. 《설문해자》에 "코끼리는 코와 어금니가 긴 남월 지방의 큰 짐승인데, 3년에 한번 새끼를 낳으며, 귀와 어금니 네 발의 모습을 지녔다(象, 長鼻牙, 南越大獸, 三年一乳, 象耳牙四足之形.)"라 했음.

186 **封狐**(봉호) : 커다란 여우. 《초사·이소(離騷)》에 "후예는 방탕하여 사냥을 즐기고, 또한 활쏘기를 좋아하여 「봉호」를 잡는구나(羿淫遊以佚畋兮, 又好射夫封狐.)"라 하고, 왕일은 주에서 "「봉호」는 큰 여우(封狐, 大狐也.)"라고 했음*.

187 **捩雄虺**(열옹훼) : 「捩」은 비틀어 잡는 것. 「雄虺」는 독사(毒蛇). 《초사·초혼(招魂)》에 "「웅훼」는 머리가 아홉 개로 재빠르게 왕래하면서, 사람을 삼키려는 마음을 더 많이 가졌다네(雄虺九首, 往來倏忽, 吞人以益其心些.)"라 하고, 왕일의 주에 "또 「웅훼」가 있는데 하나의 몸통에 머리가 아홉 개다. 신속하게 왕래하면서 항상 사람들의 혼백을 삼키기를 좋아하여 그 해치려는 마음이 더함을 말한 것이다(言復有雄虺, 一身九頭, 往來奄忽, 常喜吞人魂魄, 以益其賊害之心也.)"라 했음.

188 **咋**(색) : 꽉 무는 것(咬住).

189 **螣蛇**(등사) : 전설 중의 날 수 있는 뱀. 등(螣)이라는 글자는 그 자체로서 「등사」를 의미하는데, 《이아·석어(釋魚)》에서는 「등(螣)」

---

* 또한 《초사·초혼(招魂)》에도 "蝮蛇蓁蓁, 封狐千裏些."라 했다.

은 곧 등사(螣蛇)라고 언급하였으며, 곽박(郭璞)은 주에서, 등사를 가리켜 "용의 종류로, 능히 구름과 안개를 일으키면서 그 속에서 노닌다(龍類也, 能興雲霧而遊其中.)"라 했으며, 《초사·구회(九懷)·통로(通路)》에서는 "「등사」가 내 뒤를 따르고, 비거는 내 옆에서 걷는구나(騰蛇兮後從, 飛駏兮步旁.)"라 하여 진로가 막혀 불우한 심정을 토로하고 있다.

190 奔兕(분시) : 달리는 무소(犀牛). 고대에 소와 유사한 일종의 야수(野獸). 《이아·석수(釋獸)》에 "「시(兕)」는 소와 유사하다(兕似牛.)"라 하고, 곽박의 주에 "뿔이 하나로 푸른색이며, 무게는 천근이나 된다(一角, 靑色, 重千斤.)"고 했으며*, 《논어·계씨(季氏)》에 "호랑이와 외뿔소(시)가 우리에서 나오고, 점치는 거북과 구슬이 궤 속에서 망가졌다(虎兕出於柙, 龜玉毀於櫝中.)"라 했음.

191 卻走(각주) : 돌아서 달려가는 것. 뒤로 물러나는 것(退走).


## 66-7(1)

君王於是峨[192]通天[193], 靡[194]星旃[195],
奔雷車, 揮電鞭[196]。
觀壯士之效獲[197], 顧三軍而欣然。
曰夫何神抶鬼摽之駭人也[198]!
又命建夔鼓[199], 勵武卒。
雖躐躒[200]之已多, 猶拗怒而未歇[201]。
集赤羽[202]兮照日[203], 張烏號[204]兮滿月[205]。

---

\* 《설문(說文)》에서도 "兕, 如野牛而靑, 象形."이라 함.

戎車²⁰⁶轞轞²⁰⁷以陸離²⁰⁸, 榖騎²⁰⁹煌煌²¹⁰而奮發²¹¹。

鷹犬²¹²之所騰捷²¹³, 飛走²¹⁴之所蹔蹴²¹⁵。

攫²¹⁶麌麖²¹⁷之咆哮, 蹂豺貉²¹⁸以卦格²¹⁹。

膏鋒染鍔²²⁰, 塡巖掩窟²²¹。

觀殊材與逸群²²², 尙揮霍²²³以出沒。

군왕은 이에 통천관(通天冠)을 높이 쓰고,

별 뜬 허공에 깃발을 눕힌 채,

우레처럼 빠르게 수레를 달리며

채찍을 번개처럼 휘둘렀도다.

장사들이 포획한 짐승들을 보고

삼군(三軍)을 돌아보며 기뻐하기를,

「어찌 이처럼 귀신들이 매질하듯

사람을 놀라게 하는 솜씨를 가졌단 말인가!」

또한, 외발 짐승(夔) 가죽으로 만든 북(鼓)을 설치하도록 명령하고

용맹한 군사들을 격려하니,

이미 짓밟아 죽인 짐승들이 많았지만

북받치는 힘을 억제하려 해도 오히려 사기는 그치지 않는구나.

밝은 해가 비치는 붉은 깃털 달린 화살을 쌓아 놓고,

보름달처럼 둥근 오호(烏號) 양궁을 장전하였노라.

병사들 수레(兵車)는 덜커덩거리며 떼 지어 가고,

활 쏘는 기병(騎兵)들은 힘을 다해 분발하니,

사냥하는 매와 개가 날뛰는 곳은

바로 날고 달리는 짐승들이 떨어져 넘어지는 곳이로다.

울부짖는 노루와 사슴을 잡아놓고

승냥이와 담비를 갈고리로 쳐서 짓밟으니,

칼끝과 칼날은 금수(禽獸)의 기름으로 물들었으며,

바위 계곡(巖谷)은 시체로 메워지고 동굴은 가려졌노라.

그러나 강건하고 출중한 금수들을 보시게나,

아직도 어지럽게 뛰어다니며 출몰하고 있구나.

...............

192 峨(아) : 높은 모양. 여기서는 동사로 쓰였으며, 높이 쓰고 있는 것.

193 通天(통천) : 통천관으로 천자가 쓰고 있는 관 이름(冠名). 임금이
행정 업무를 보거나 조서를 내릴 때 쓰는 관을 이르던 말. 《후한
서·여복지(輿服志)하》에 "「통천관」은 높이가 9촌이고, 정면은 곧
게 서있는데 정수리 부분에서 약간 기울어지고 뒤에서 아래로 곧
게 내리 뻗어서 철로 권량(卷梁)을 만들었다. 앞에 있는 산모양의
전통(展筩)이 장식을 더하는데, 천자가 수레를 탈 때 항상 쓰는
복장이다(通天冠, 高九寸, 正豎, 頂少邪(斜)卻, 乃直下爲鐵卷梁,
前有山, 展筒爲述, 乘輿所常服.)"라 하고, 《신당서·거복지(車服
志)》에도 "「통천관」은 동짓날에 쓰는데, 조정의 경사, 제사 지낼
때, 군신들과 연회할 때, 노인을 대접할 때 착용한다(通天冠者,
冬至受朝賀·祭還·燕群臣·養老之服也.)"라 했음.

194 靡(미) : 쓰러지는 것(偃).

195 星旃(성전) : 「旃」은 깃대가 구부정한 기. 「星旃」은 깃발이 별 뜬
허공에 높이 휘날리는 것을 형용한 말. 《설문해자》에 "「전」은 깃대
자루가 굽은 깃발인데, 기로서 군대를 대표한다(旃, 旗曲柄也, 所
以旃表士衆.)"라 했음*. 「靡星旃」에 대하여 왕기는 "사냥할 때

* 사마상여의 〈자허부(子虛賦)〉에도 「乘彫玉之輿, 靡魚須之橈旃.」라 읊었음.

깃발을 눕히는데, 《예기·왕제(王制)》편의 「天下殺則大綏」의 뜻이다"라고 했다.

196 奔雷車, 揮電鞭(분뢰거, 휘전편) : 수레가 우레처럼 빨리 달려가고, 채찍을 번개처럼 휘날리는 것. 양웅의 〈하동부(河東賦)〉에 "채찍을 번개처럼 휘두르고, 수레는 천둥처럼 달려가네(奮電鞭, 驂雷輜.)"라 했음.

197 效獲(효획) : 획득한 물건을 바치는 것.

198 夫何神抶鬼標之駭人也(부하신질귀표지해인야) : 「왜 귀신들이 타격하듯 사람들을 이렇게 놀라게 하는가」란 말. 「抶」은 채찍으로 치는 것. 「標」는 매로 치는 것(捶擊). 양웅의 〈우렵부(羽獵賦)〉에 "귀신이 번개 치듯 때리니 …… 군사들이 놀라 소란스러웠다(神抶電擊, …… 軍驚師駭.)"라 하고, 이선 주에 「질」은 매로 치는 것(抶, 笞擊也.)"이라 하고, 안사고는 주에서 "귀신이 번개와 벼락 치듯 매질하는 것을 말한다(言抶擊如鬼神雷電也.)"고 했음.

199 夔鼓(기고) : 기(夔)라는 외발 짐승의 가죽으로 만든 북(鼓). 「夔」는 고대 중국의 신화 속에 나오는 하나의 발만 있는 괴물(神獸). 《산해경·대황경(大荒經)》에 "동해가운데 있는 유파산은 바다 안쪽 7천리에 있다. 산 위에 있는 짐승은 소와 같은 모습인데, 푸른 몸통에 뿔이 있으며 발이 하나다. 물속으로 들어갔다 나오면 반드시 비바람이 치며, 그 빛은 일월같고 그 소리는 우레와 같은데, 이름이 「기(夔)」이다. 황제가 「기」를 잡아 가죽으로 북을 만들고, 뇌수(雷獸)의 뼈를 말뚝으로 만들어 치니, 5백리 밖에서도 들리며 위엄을 천하에 떨쳤다(東海中有流波山, 入海七千里. 其上有獸, 狀如牛, 蒼身而無角, 一足. 出入水則必風雨, 其光如日月, 其聲如雷, 其名曰夔. 黃帝得之, 以其皮爲鼓, 橛以雷獸之骨, 聲聞五百里, 以威天下.)"라 했음.

200 蹦躒(인력) : 밟고 넘어가는 것. 「轥轢」과 통하며, 차바퀴가 굴러 지나가는 것.《사기·사마상여전》에 "보졸과 수레가 바퀴를 굴려 잡은 것과 기마가 유린하여 잡은 것(徒車之所轥轢, 乘騎之所蹂若.)"이라 하고, 이선은 주에서 "「역」은 구르는 것(轢, 輾也.)"이라 했음.

201 拗怒而未歇(요노이미헐) : 사기가 매우 성해서 분노를 억제하려해도 그칠 수 없는 것. 「拗怒」는 분노를 억누르는 것으로, 반고의 〈서도부(西都賦)〉에 "열 가운데 둘 셋을 짓밟으니, 분노를 억누르고(요노) 잠시 중지하였다(蹂躪其十二三, 乃拗怒而少息.)" 라 하고, 이선의 주에 "「요」는 억누르는 것으로, 여기서는 천자의 군대가 분노를 누르고 잠시 멈춘 것을 말하였다(拗, 猶抑也. 言此抑六師之怒而少停也.)"고 했음.

202 赤羽(적우) : 붉은 색으로 장식한 깃털을 꽂은 화살.《공자가어(孔子家語)·치사(致思)》에 "자로가 앞으로 나와서 「저는 백우는 달만큼 얻고, 「적우」는 해만큼 얻고 싶습니다」(子路進曰, 由願得白羽若月, 赤羽若日.)"라 했음.

203 照日(조일) : 붉기가 밝은 해와 같은 것.

204 烏號(오호) : 활 이름. 양궁(良弓)을 가리킴.《회남자·원도훈(原道訓)》에 "쏘는 자가 「오호」의 활과 기위(棋衛)에서 난 화살을 당겨 막는다(射者扞烏號之弓, 彎棋衛之箭.)"는 말이 있는데, 고유(高誘)는 주에서 "「오호」는 뽕나무로서, 그 재질이 단단하고 굳세어 까마귀가 그 위에 앉았다가 날아가면 가지가 반드시 아래로 휘어진다. 그러나 굳세기가 다시 둥지를 틀 정도가 되면 까마귀는 그 가지에 앉아서 날지 않고 위에서 울었다. 그 가지를 잘라서 활을 만들었기 때문에 「까마귀가 울던(烏號)」활이라고 불렀다. 일설에는 황제가 형산의 정호(鼎湖)에서 솥을 주조하다가 득도하여 신선이 되어 용을 타고 올라갔는데, 그 신하들이 활을 당겨 용을 쏘아

황제를 떨어뜨리려고 하였지만 할 수가 없었다. 「오(烏)」는 어(於)이
고, 「호(號)」는 호(呼)이다. 그래서 활을 안고 부르짖었기 때문에 그
활을 「오호(烏號)」의 활이라고 하였다(烏號, 桑柘, 其材堅勁, 烏峙
其上, 及其將飛, 枝必橈下, 勁能復巢, 烏隨之, 烏不敢飛, 號呼其
上. 伐其枝以爲弓, 因曰烏號之弓也. 一說黃帝鑄鼎於荊山鼎湖, 得
道而仙, 乘龍而上, 其臣援弓射龍, 欲下黃帝, 不能也. 烏, 於也, 號,
呼也. 於是抱弓而號. 因名其弓爲烏號之弓也.)」는 기록이 있음.

205 滿月(만월) : 보름달처럼 활을 둥글게 당기는 모습.

206 戎車(융거) : 전쟁에 쓰는 수레(兵車).《시경·소아·채기(采芑)》
에 "수많은 병거(융거)가 달리는 소리, 덜커덩 끝이 없어, 천둥 같
고 우레 같도다(戎車嘽嘽, 嘽嘽焞焞, 如霆如雷.)"라 했음.

207 轞轞(함함) : 수레가 가는 소리로, 「檻檻」과 통함.《시경·왕풍(王
風)·대거(大車)》에 "큰 수레가 덜커덩 덜커덩 가네(大車檻檻.)"
라 하고, 정현의 전(箋)에 「함함」은 수레가 가는 소리(檻檻, 車行
聲也.)"라고 했음.

208 陸離(육리) : 가지런하지 않은 모양. 참치(參差)한 모양. 굴원의
〈이소(離騷)〉에 "어지러이 뒤섞여 뒤따르다가, 자욱이 그 위 아래
로 나아갔다네(紛總總其離合兮, 斑陸離其上下.)"라 했음.

209 彀騎(구기) : 말 타고 활 쏘는 병사.《한서·풍당전(馮唐傳)》에 "수
레 1천3백승과 활쏘는 기병(구기) 1만3천필을 선발하였다(選車千
三百乘, 彀騎萬三千匹.)"라 하고, 여순(如淳)은 "「구기」는 활 쏘
는 기병(彀騎, 張弓之騎也.)"이라 했음.

210 煌煌(황황) : 빛나는(明亮) 모양.《시경·진풍(陳風)·동문지양
(東門之楊)》에 "저녁에 만나자고 약속했는데, 샛별만 반짝이네(昏
以爲期, 明星煌煌.)"라 하고, 주희는 〈집전(集傳)〉에서 「황황」은
매우 빛나는 모양(煌煌, 大明貌.)"이라 했음.

211 奮發(분발) : 분기(奮起). 성나서 떨쳐 일어나는 것.

212 鷹犬(응견) : 사냥하는 매와 사냥개.

213 騰捷(등첩) : 민첩하게 날아오르는 것.

214 飛走(비주) : 나는 새(飛禽)와 달리는 짐승(走獸).

215 蹉蹶(차궐) : 땅에 넘어지는 것. 이 두 구(鷹犬之所騰捷, 飛走之所蹉蹶)는 매와 개가 날뛰는 곳, 곧 나는 새와 달리는 짐승이 떨어지고 넘어지는 곳임을 말함.

216 攫(확) : 붙잡는 것(抓取).

217 麕麚(균가) : 「麕」은 노루로 뿔이 없고 행동이 민첩하며 잘 뛰는 짐승. 「麚」는 수사슴(牝鹿). 《초사 · 초은사(招隱士)》에 "흰 사슴과 「균가」 무리들이 뛰어다니기도 하고 기대기도 하는구나(白鹿麕麚兮, 或騰或倚.)"라 했음.

218 豺貉(시학) : 「豺」는 승냥이. 개와 비슷하며 체구가 비교적 작으며 성질이 흉맹(凶猛)한데, 「시구(豺狗)」라고도 부른다. 《여씨춘추 · 구월기(九月紀)》에 "누런 국화꽃이 피니, 승냥이는 짐승들을 잡아 놓고 제사지내네(菊有黃華, 豺則祭獸戮禽.)"라 했음. 「貉」은 담비로, 여우나 살쾡이(狐狸)와 비슷한데, 체구가 비교적 살찐 모양이며 꼬리가 짧다. 《정자통(正字通)》에 "담비(학)는 살쾡이와 비슷한 모양인데, 날카로운 머리, 뾰족한 코에 얼룩무늬를 가지며 털이 매우 두터우며 따뜻하고 부드러워서 갖옷을 만든다(貉似貍, 銳頭, 尖鼻斑色, 毛深厚溫滑, 可爲裘.)"고 했음.

219 卦格(괘격) : 갈고리로 치는 것. 「卦」는 《집운(集韻)》에서 "「괘」는 첫째 갈고리로 꿰어 물건을 취하는 것을 말한다(卦, 一曰中鉤取物.)"라 했다. 「格」에 대하여 첨영은 「挌(격)」일 것이라고 하였으며, 《설문해자》에 "「격」은 치는 것(挌, 擊也)"이라 했음. 이 두 구(攫麕麚之咆哮, 蹂豺貉以掛格)는 포효하는 노루와 사슴을 잡아

놓고, 승냥이와 담비를 쳐서 잡아 유린(蹂躪)하는 것을 말한다.

220 膏鋒染鍔(고봉염악) : 칼끝과 칼등이 금수의 고혈(膏血)에 물들여 지는 것.

221 塡岩掩窟(전암엄굴) : 베어죽인 금수가 매우 많아 바위계곡(巖谷) 을 메우고 동굴을 막아 가리는 것.

222 殊材與逸群(수재여일군) :「殊材」와「逸群」은 모두 강건하고 출중한 금수를 가리킴.

223 揮霍(휘곽) : 어지럽고 급하게 이리저리 뛰는 모양. 이 두 구(觀殊 材與逸群, 尙揮霍以出沒)는 그러한 강건한 금수들이 어지럽게 뛰어다니며 동굴에 출몰하는 것을 말함.


## 66-7(2)

別有白貔飛駿²²⁴, 窮奇²²⁵貙貓²²⁶。

牙若錯劍²²⁷, 鬣如叢竿²²⁸。

口吞受鋌²²⁹, 目極槍櫓²³⁰。

碎琅弧, 攫玉弩²³¹。

射猛麀²³², 透奔虎²³³。

金鏃一發, 旁疊四五²³⁴。

雖鑿齒²³⁵磨牙而致伉²³⁶,

誰謂南山白額²³⁷之足睹。


이밖에 백미(白貔)와 비준(飛駿),

궁기(窮奇)와 추만(貙貓)이란 짐승들이 있는데,

어금니는 들쭉날쭉한 검과 같고,

갈기털은 뭉쳐나는 죽간(竹竿)같았지만,

입은 수연(殳鋋) 창에 찔리고

눈알은 긴 창과 방패에 패인 채 잡혔다네.

사냥꾼은 산호 활통을 부수어

옥 쇠뇌(弩)를 움켜잡고,

사나운 멧돼지를 쏘아 넘어뜨리며

달리는 호랑이를 꿰뚫었으니,

금빛 화살을 한 발 쏘면

곁에는 짐승들이 너댓 마리씩 죽어 쌓이는구나.

비록 착치(鑿齒)가 이를 갈면서 덤벼들어도

힘을 다해 대항할 수 있으니,

남산(南山)에 사는 흰 호랑이를 만난다 한들

누가 두려워하겠는가?

................

224 白貜飛駿(백미비준) : 「白貜」와 「飛駿」은 짐승 이름인데, 구체적
인 모습은 밝혀지지 않고 있으며, 《당문수(唐文粹)》와 《전당문(全
唐文)》본에서는 「駿」을 「駮(박)」이라 했다. 《설문해자》에 「박」은
짐승으로 말과 같으며, 굽은 이로 호랑이와 표범을 잡아먹는다
(駮, 獸, 如馬, 倨牙, 食虎豹.)"고 했음.

225 窮奇(궁기) : 기이한 짐승인데, 순(舜)임금은 사흉(四凶)이라 하고
사방으로 추방시켰음. 《산해경 · 서산경(西山經)》에 "서쪽으로 2
백6십리를 가면 규산이라 부르는 산위에 짐승이 있다. 소와 같은
모습에 고슴도치 털을 가졌는데, 「궁기」라고 부르며 사람을 잡아
먹는다(又西二百六十里, 曰邽山. 其上有獸焉, 其狀如牛, 蝟毛,
名曰窮奇. 是食人.)"라 하고, 곽박은 주에서 "「궁기」라는 짐승은

그 형상이 매우 추한데, 요사스럽게 뛰어다녀 분주하지 않을 때가
없었다. 그래서 다른 이름으로 신구라고도 부른다(窮奇之獸, 厥
形甚醜. 馳逐妖邪, 莫不奔走. 是以一名, 號曰神狗.)"고 했음.

226 貙貓(추만) : 「貙獌」이라고도 부름. 《이아·석수(釋獸)》에 "「추만」
은 삵과 같다(貙獌, 似貍.)"라 하고, 형병(邢昺)의 소(疏)에 "《자
림》에서 「추」는 살쾡이와 같이 크며, 일명 「만」이라 한다(字林云,
貙似貍而大, 一名獌.)"고 했음.

227 錯劍(착검) : : 참치(參差)한 날카로운 검.

228 叢竿(총간) : 총생하는 죽간(竹竿).

229 殳鋋(수연) : 창. 병기(兵器). 좌사의 〈오도부(吳都賦)〉에 "간·로
(방패)·「수연」(干·鹵·殳鋋)"이라 하였는데, 장선은 주에서
"「수」와 「연」은 창의 종류(殳·鋋, 戈類也.)"라고 했으며, 《광운
(廣韻)》에서도 "「수」는 병기로, 길이가 1장2척이며, 칼날이 없다.
「연」은 창이다(殳, 兵器, 長一丈二尺, 無刃. 鋋, 矛也.)"라 했음.

230 槍櫓(창로) : 「槍」은 긴창(長矛). 「櫓」는 방패(盾牌). 이 두 구(口
吞殳鋋, 目極槍櫓)는 맹수가 포획당하기 전의 정경을 묘사한 것
이다.

231 碎琅弧, 擢玉弩(쇄랑호, 확옥노) : 활을 쏘는 사냥꾼이 쇠뇌(弩)를
잡고, 활(弧)을 놓치는 정경을 묘사한 것임. 「琅弧」와 「玉弩」는
옥으로 장식한 활과 쇠뇌.

232 射猛彘(사맹체) : 「彘」는 멧돼지(野豬). 흉맹스러운 멧돼지를 쏘
아 넘어뜨리는 것.

233 透奔虎(투분호) : 「奔虎」는 달아나는 호랑이. 달리는 호랑이를 화
살로 꿰뚫는 것.

234 金鏃一發, 旁疊四五(금족일발, 방첩사오) : 금빛 화살을 쏘자 곁에
는 쓰러진 짐승들이 한 무더기가 됨을 말한 것. 조비(曹丕)의 〈음마

장성굴행(飮馬長城窟行)〉에 "긴 창을 지닌 십만의 군대요, 유주와 기주에는 수많은 돌쇠뇌라. 기계장치에서 번개와 천둥처럼 발사되는데, 한차례에 네댓 발을 연달아 쏘노라(長戟十萬隊, 幽冀百石弩. 發機若電雷, 一發連四五.)"라 했음. 「金鏃」은 금빛 나는 화살촉.

235 鑿齒(착치) : 고대 전설중의 치아가 매우 긴 야인(野人), 혹은 야수(野獸).《한서·양웅전》에 "「착치」무리들이 서로 이를 갈면서 다투었다(鑿齒之徒, 相與磨牙而爭之.)"라 하고,《회남자·본경훈(本經訓)》에도 "요임금이 후예를 시켜「착치」를 주화란 들판에서 죽이도록 하였다(堯乃使羿誅鑿齒於疇華之野.)"라 하고, 고유 주에 "「착치」는 짐승이름으로, 치아의 길이가 3척이고 그 모습이 끌과 같아 아래로 턱 밑까지 통하며 창과 방패를 지니고 있는 것 같다(鑿齒, 獸名, 齒長三尺, 其狀如鑿, 下徹頷下, 而持戈盾.)"라 했음.

236 致伉(치항) : 목숨을 걸고 저항하는 것. 「伉」은 「抗」과 통함.

237 白額(백액) : 이마가 흰 늙은 호랑이(白額虎)로 몹시 사나움. 왕기는 백액호는 늙은 호랑이로, 힘이 세고 흉맹하여 사람들이 방어하기 어렵다고 했다. 유의경(劉義慶)의《세설신어·자신(自新)》에 "의흥군의 강 속에는 교룡이 있고, 산속에는 이마가 흰(백액) 호랑이가 살고 있다(義興水中有蛟, 山中有白額虎.)"라 했음. 이 두 구에 대하여 왕기는 지금 괴수인 착치가 이를 갈아도 오히려 힘을 다해 함께 저항하면 두렵지 않으니, 저 남산의 백액호가 어찌 안중에 있겠는가?라는 뜻으로, 사냥꾼들의 용맹스러움을 그렸다고 했다.

**66-7(3)**

總²³⁸八校²³⁹, 搜四隅²⁴⁰,

馳專諸[241]，走都盧[242]。
趫[243]喬林[244]，撇[245]絕壁，
抄[246]獑猢[247]，攬[248]貊貘[249]。
囚鼬鼯[250]於峻崖，頓[251]縠玃[252]於穹石[253]。
養由[254]發箭，奇肱飛車[255]，
巧聒[256]更羸[257]，妙兼蒲且[258]。
墜[259]鶡鴞[260]於青雲，落鴻雁於紫虛。
捎[261]鶬鴰[262]，漂[263]鸕鷀[264]，
殫地廬，空神居[265]。
斬飛鵬[266]於日域[267]，摧大鳳[268]於天墟[269]。
龍伯[270]釣其靈鼇[271]，任公獲其巨魚[272]。
窮造化[273]之譎詭[274]，何神怪之有餘？

팔교위(八校尉) 군인들이 모두 모여
사방 구석까지 수색하는데,
전저(專諸)에게 뒤쫓게 하고
도로국(都盧國) 사람에게 달리도록 하였다네.
교목이 있는 숲을 민첩하게 오르고
절벽을 스쳐 지나가면서,
참호(獑猢)를 손에 끼고 맥수(貊獸)를 가려 잡았도다.
높은 낭떠러지에 있는 족제비와 날다람쥐(鼬鼯)를 생포하고,
큰 바위에서 수퇘지(縠)와 큰 원숭이(玃)를 넘어뜨렸노라.
양유기(養由基)처럼 화살을 쏘며
기굉국(奇肱國) 수레를 타고 날아가는데,
귀신같은 활 솜씨는 경리(更羸)처럼 매끄러우며

포저자(蒲且子)와 교묘하게 일치되나니,

촉옥(鸀鳿)새를 청운 사이에서 떨어뜨리고

큰 기러기를 자허(紫虛)에서 죽였다네.

왜가리(鶬鴰)가 스쳐 지나가고

가마우지(鸕)와 비오리(鷀)가 떠다니는

대지를 다 수색하고 신선이 거주하는 하늘까지 다 찾았으며,

해 뜨는 곳에서 날아가는 붕새(鵬)를 죽이고

천허(天墟)에서 큰 봉황을 없앴도다.

용백국(龍伯國) 거인이 신령스러운 자라를 낚시질하고

임(任)나라 공자가 커다란 고기를 낚아 잡듯,

자연계의 변화막측한 동물을 다 없앴으니

어떤 신괴(神怪)한 짐승인들 남아 있을쏜가?

..............

238 總(총) : 집합. 모이는 것.

239 八校(팔교) : 팔교위(八校尉)를 말함. 한나라 수도의 군대에 남군
과 북군이 있었는데, 남군은 궁성문안을 수위하는 병사로 위위(衛
尉)가 주관하고, 북군은 경성(京城) 문안을 수위하는 병사로 중위
(中尉; 执金吾의 原名)가 주관하였다. 무제(武帝)가 팔교위를 처
음 두었으니, 곧 중루(中垒)교위·둔기(屯騎)교위·보병(步兵)교
위·월기(越騎)교위·장수(長水)교위·호기(胡騎)교위·사성(射
聲)교위·호분(虎賁)교위이다.

240 四隅(사우) : 사방 구석구석.

241 專諸(전저) : 춘추시대 오나라 공자 광(光)의 자객.《사기·오태백
세가(吳太伯世家)》에 "공자 광이 일부러 발이 아픈 척하고 굴에
있는 방 안으로 들어가서, 「전저」로 하여금 비수를 구운 물고기

배 속에 넣고 들어가 바치게 했다. 이윽고 전저가 왕 앞으로 나아
가 물고기를 가르고 비수로 왕료를 찌르니, 왕료가 즉사했다. 왕
의 좌우에 있던 부하들이 또 전저를 죽이고, 왕료의 신하들이 소
란을 피우자, 공자 광이 나아가서 매복한 무장 병사들로 하여금
왕의 무리들을 공격하여 다 섬멸하고, 드디어 스스로 왕이 되니,
이가 합려이다. 합려는 전저의 아들을 경(卿)으로 삼았다(公子光
詳(佯)爲足疾, 入窟室中, 使專諸置匕首魚炙之腹中而進之. 既至
王前, 專諸擘魚, 因以匕首刺王僚, 王僚立死. 左右亦殺專諸, 王
人擾亂. 公子光出其伏甲以攻王僚之徒, 盡滅之, 遂自立爲王, 是
爲闔閭. 闔閭乃封專諸子爲卿.)"라는 기록이 있음.

242 **都盧**(도로) : 옛날 나라 이름으로, 그 나라 사람들은 장대에 잘 오
르는 기술을 가졌다고 하는데, 여기서는 역사(力士)를 가리킴.
《한서·지리지(地理志)》에 "남쪽 바다에 있는 「도로국」으로 들어
갔다(南入海有都盧國.)"이라 하고, 안사고의 주에서 "그 나라 사
람들은 굳세고 날래며 높은 곳을 잘 올라가므로 장형은 〈서경부〉
에서 「도로심동」*이라고 불렀다(其國人勁捷, 善緣高, 故張衡西
京賦云, 都盧尋橦.)"고 했으며, 《문헌통고(文獻通考)》에도 "장대
를 타는 재주를 가진 사람들이 많았는데, 한무제는 당시에 「도로」
라고 불렀다(緣橦之技衆矣, 漢武帝時謂之都盧.)"고 했음.

243 **趫**(교) : 행동이 민첩한 것. 《광운(廣韻)》에서 "「교」는 나무에 오르
는 것이다(趫, 緣木也.)"라 했음. 여기서는 나무에 재빠르게 오르
는 것을 가리킨다.

244 **喬林**(교림) : 교목(喬木)이 있는 숲.

---

* 장형의 〈서경부〉에 "臨迴望之廣場, 程角觝之妙戲, 烏獲扛鼎, 都盧尋橦."이라
했다.

245 撇(별) : 스쳐 지나가는 것(掠過). 불식(拂拭)시키는 것. 양웅의
〈감천부(甘泉賦)〉에 "거꾸로 비치는 햇빛은 길 위에 떠 있는 다리
를 지나고, 높이 떠다니는 눈에놀이(곤충)는 하늘을 스쳐 지나(별)
가네(歷倒景而絶飛梁兮, 浮蠛蠓而撇天.)"라 했음.

246 抄(초) : 「초(鈔)」의 속자(俗字). 《설문》에 "「鈔」는 깍지로 잡는 것
(叉取)이며, 「차(叉)」는 손가락을 서로 섞는 것이다. 손가락을 틈
에 끼어 물건을 잡는 것을 「鈔」라 한다(鈔, 叉取也. 叉者, 手指相
遣也. 手指突入其閒而取之, 是之謂鈔.)"고 했음.

247 獑猢(참호) : 허리 뒤는 검은 색으로 원숭이와 비슷하며, 항상 나
무에서 서식하는 동물. 사마상여의 〈상림부(上林賦)〉에 "「참호」와
흑궤*(獑胡觳蛫.)"라 하였는데, 곽박의 주에 "장읍이 「참호는 원
숭이와 흡사하고 머리위에 긴 털이 있으며 허리 뒤로는 검다」고
말했다(張揖曰, 獑胡, 似獼猴, 頭上有髦, 要以後黑.)"라 했음.

248 攬(람) : 쥐어 잡는 것. 《설문해자》에 "「람」은 잡아 가지는 것(攬,
撮持.)"이라 했음.

249 貊㺄(맥국) : 맥수(貊獸). 일종의 야수(野獸). 《후한서 · 남만서남
이전(南蠻西南夷傳)》에 "우리 속에 갇힌 오랑캐들을 슬퍼하며,
「맥수」를 내보냈네(哀牢夷, 出貊獸.)"라 하고, 이현의 주에서 "《남
중팔군지》에서 「맥」은 나귀처럼 크고 모습은 곰과 매우 흡사하며,
힘이 세고 쇠를 먹으며, 접촉하면 부러지지 않는 것이 없다(南中
八郡志曰, 貊大如驢, 狀頗似熊, 多力, 食鐵, 所觸無不拉.)"라 했
음. 첨영은 「貊㺄」은 연면사(聯緜詞)로, 하나의 동물을 가리키는

---

* 곽박은 혹훼(觳蛫)에 대하여는 「혹(觳)은 족제비와 비슷하고 크며, 허리 뒤로
는 누런색이며, 일명 황요이고 원숭이를 잡아먹으며, 궤(蛫)는 듣지 못했다」
(觳, 似鼬而大, 腰以後黃, 一名黃要, 食獼猴. 蛫, 未聞也.)라 했다.

것으로 여겨지며, 곧 맥수(貊獸)일 것이라 했다.

250 鼬鼯(유오) : 「鼬」는 포유동물인 족제비. 몸이 가늘고 길며 털이
황갈색이며, 속칭 「서랑(鼠狼)」임. 「鼯」는 일반적으로 날다람쥐
(鼯鼠)를 가리키며, 나무 사이를 날아다니는 쥐이다. 《이아·석조
(釋鳥)》에 "「오서」는 이유다(鼯鼠, 夷由)"라 하고, 곽박의 주에
"모습은 작은 여우와 같고, 박쥐와 비슷하게 날개가 있으며 목과
옆구리의 털은 자주색이다. 등 위로는 푸른 쑥빛이고, 배 아래로
는 노란색이며, 부리와 턱은 흰색이 섞여 있다. 다리는 짧고 발톱
은 길며, 꼬리는 3척이나 되고 날면서 젖을 먹이므로 또한 「비생
서」라고도 부른다. 사람이 부르는 것과 같은 소리를 내고 연기를
피워 화식하며, 높은데서 아래로는 내려갈 수 있지만 아래서 위로
는 오르지 못한다. 「이유」라고도 부른다(狀如小狐, 似蝙蝠, 肉翅,
(翅)尾)項脅毛紫赤色. 背上蒼艾色, 腹下黃, 喙頷雜白. 脚短爪長,
尾三尺許, 飛且乳, 亦謂之飛生(鼠). 聲如人呼, 食火烟, 能從高
赴下, 不能從下上高. 一名夷由.)"라 했음.

251 頓(돈) : 넘어지는 것. 돈복, 질도(跌倒).

252 㸐玃(혹확) : 「㸐」는 짐승이름. 날다람쥐(鼬)와 비슷한 모습이고
덩치가 크며, 허리 뒤는 노란 색이므로 황요(黃腰)라고 부르며, 원
숭이(獼猴)를 잡아먹는다. 「玃」은 일명 「玃父」로 큰 원숭이(大猿)
이며, 속칭 마후(馬猴)라고도 한다. 《이아·석수(釋獸)》에 "「확부」
는 돌아보기를 잘한다(玃父, 善顧.)"라 하고, 곽박의 주에 "「가확」
이란 동물은 원숭이와 같이 크며 짙푸른 색으로 사람이 쥔 것을
나꿔채며 뒤돌아보기를 좋아한다(貑玃也, 似獼猴而大, 色蒼黑,
能攫持人, 好顧盼.)"라 했음.

253 穹石(궁석) : 큰 돌(大石). 큰 바위(大岩石). 사마상여의 〈상림부
(上林賦)〉에 "좁은 입구로 나아가자, 큰 바위(궁석)와 부딪치고 큰

강 언덕에 닿아 흘렀다(赴隘陜之口, 觸穹石, 激堆埼.)"라 하고,
이선의 주에서 "장읍이 말하기를 「궁석」은 큰 돌이다(張揖曰, 穹
石, 大石也.)"라 했음.

254 **養由**(양유) : 양유기(養由基)로 고대 초나라의 저명한 신궁(神
弓).《전국책・서주책(西周策)》에 "초나라 「양유기」는 활을 잘 쏘
았는데, 백보 떨어진 버들잎을 백번 쏴서 백번 다 맞힌다(楚有養
由基者, 善射, 去柳葉百步而射之, 百發百中.)"라 했음.

255 **奇肱飛車**(기굉비거) : 기굉(奇肱)은 은나라 탕임금시대에 북방에
있던 나라이름으로, 중국 고대전설에 등장한다.《산해경・해외
서경(海外西經)》에 "「기굉국」은 북쪽에 있다. 그 나라 사람들은
팔 하나에 세 개의 눈을 가졌는데, 눈이 움푹 들어가고 불쑥 나
오기도 하였으며, 얼룩말을 타고 다닌다. 또 머리가 두 개인 새
가 있는데, 적황색으로 그 나라사람들 곁에서 산다(奇肱之國在
其北, 其人一臂三目, 有陰有陽, 乘文馬. 有鳥焉, 兩頭, 赤黃色,
在其旁.)"라 하고, 곽박은 주에서 "그 나라 사람들은 기교가 뛰
어나 많은 새들을 모아서, 날아다니는 수레를 만들어 바람을 타
고 멀리 간다(其人善爲機巧, 以取百禽. 能作飛車, 從風遠行.)"
라 했음*.

256 **巧聒**(교괄) : 합당할 때에 소리를 내는 것. 여기서는 귀신같은 활
솜씨가 경리처럼 아름다운(嫩美) 것.

257 **更嬴**(경리) : 인명으로, 고대에 활을 잘 쏘는 사람.《전국책・초책
(楚策)4》에 "경리가 위왕과 경대(京臺) 아래에서 대화를 나누다가

---

* 또한《박물지(博物志)》에 "奇肱民善爲拭扛, 以殺百禽, 能爲飛車, 從風遠行.
湯時西風至, 吹其車至豫州. 湯破其車, 不以視民, 十年東風至, 乃復作車遣
返, 而其國去玉門關四萬里."라는 기록이 있다.

새가 나는 것을 보았습니다. 경리가 위왕에게 「저는 빈 활을 당겨서 새를 떨어뜨릴 수 있습니다」고 말하자, 위왕이 물었습니다. 「정말로 궁술이 이러한 경지까지 들렀단 말이오?」 경리가 대답하기를 「그렇습니다」 잠시 후 기러기가 동쪽에서 날아오니, 경리가 빈 활시위를 당기자 기러기가 땅에 떨어졌다. 위왕이 「어떻게 궁술이 이러한 경지에 도달하였소?」라 물으니, 경리가 대답했습니다. 「이 기러기는 상처 입고 외로운 놈입니다」 위왕이 「선생은 어떻게 알았소?」라 묻자, 경리가 「이것은 별 것 아닙니다」라고 대답했습니다. 위왕이 「선생은 어떻게 그것을 알았소?」하니, 대답하기를 「날아가는 속도가 느리고 울음소리가 처량합니다. 천천히 나는 것은 다쳤기 때문이고, 우는 소리가 슬픈 것은 오랫동안 무리를 잃었기 때문입니다. 상처가 아직 아물지 않고 놀란 마음도 없어지지 않았기 때문에 시위 소리만 듣고도 높이 날려고 하다가 상처가 심해져 땅에 떨어진 것입니다」라 했다(更贏與魏王處京臺之下, 仰見飛鳥. 更贏謂魏王曰, 臣爲王引弓虛發而下鳥. 魏王曰, 然則射可至此乎? 更贏曰, 可. 有間, 雁從東方來, 更贏以虛發而下之. 魏王曰, 然則射可至此乎? 更贏曰, 此孽也. 王曰, 先生何以知之?. 對曰, 其飛徐而鳴悲. 飛徐者, 故瘡痛也. 鳴悲者, 久失群也, 故瘡未息, 而驚心未至也. 聞弦音, 引而高飛, 故瘡隕也.)"는 기록이 있으며, 좌사의 〈위도부(魏都賦)〉에 "활시위를 당겨 간결하게 쏘나니, 교묘하여 경리와 견줄 수 있도다(控弦簡發, 妙拟更贏(羸).)"라 했음.

258 蒲且(포저) : 포저자로, 새를 쏘아서 잘 잡던 초나라 사람. 《열자·탕문(湯問)》에 「포저자」는 주살을 잘 쏘았는데, 약한 활에 가는 줄을 매어 바람에 실려 화살을 흔들어 보내서 푸른 하늘을 나는 두 마리의 왜가리를 함께 잡았습니다. 마음을 온전히 모아서

손의 움직임에 균형을 이루었습니다(蒲且子之弋也, 弱弓纖繳, 乘風振之, 連雙鶬於靑雲之際, 用心專, 動手均也.)"라 하고, 장담(張湛)은 주에서 "「포저자」는 고대에 주살을 잘 쏘는 사람이다(蒲且子, 古善弋射者.)"라 했음.

259 墜(추) : 「落」과 같은 뜻으로, 쏴서 떨어지는 것.

260 鸀䴊(촉옥) : 물새(水鳥) 이름. 《옥편・조부(鳥部)》에 "촉옥새(鸀䴊鳥.)"라 하고, 《사기・사마상여전》에서 「〈상림부〉에 촉옥(上林賦, 鸀䴊)」이라는 새 이름이 나왔는데, 장수절(張守節)의 《정의(正義)》에서 "「촉옥」에 대해 곽박은 「오리같이 크고 긴 목과 붉은 눈, 자주색과 감색을 띠고 물의 독(毒)을 피하여 깊은 계곡의 시내에서 새끼를 낳는데, 비가 올 때면 운다. 암컷이 낳은 새끼는 싸움을 잘하며, 강동에서는 촉옥(燭玉)이라 부른다」고 말했다(鸀䴊, 郭云, 似鴨而大, 長頸赤目, 紫紺色, 辟水毒, 生子在深谷澗中. 若時有雨, 鳴. 雌者生子, 善鬥, 江東呼爲燭玉.)"라 했음.

261 捎(소) : 스쳐지나가는 것. 《운회(韻會)》에 "소는 잡는 것이며, 노략질하는 것(捎, 取也. 掠也.)"이라 했음.

262 鶬鴰(창괄) : 물새(水鳥) 이름. 《사기・사마상여전》에서 "왜가리 두 마리가 내려오고, 검은 두루미가 합세하네(雙鶬下, 玄鶴加.)"라 하고, 장수절의 《사기정의(正義)》에 "사마표가 말하기를, 왜가리는 기러기와 같으며 검은데, 또 「창괄」이라고도 부른다(司馬彪云, 鶬似鴈而黑, 亦呼爲鶬鴰.)"고 했다. 또 《정자통(正字通)》에 "왜가리는 학처럼 크고 푸른색에 회색이 섞였으며, 긴 목에 높다란 다리를 가지고, 정수리는 붉은 색이 없지만 두 뺨은 홍색이다. 관서지방에서는 괄록, 산동지방에서는 창괄, 남방사람들은 창계, 장강지방에서는 맥계라고 부른다(鶬大如鶴, 靑蒼色, 亦有灰色者, 長頸高脚, 頂無丹, 兩頰紅. 關西呼鴰鹿, 山東呼鶬鴰, 南人呼爲

鶴雞, 江人呼爲麥雞.)」라 했음.

263 漂(표) : 왕기는 주에서 "漂는 「摽」로 써야하며, 치는 것이다(漂, 當作摽, 擊也.)"라 했음.

264 鸕鷞(노거) :「鸕」는 노자(鸕鷀; 가마우지)로 회색이며, 발은 닭같은 새(魚鷹; 물수리)임. 《설문》에 "「로」는 노자다(鸕, 鸕鷀也.)"라 하였다. 「鷞」는 용거(鸘鷞)로, 속칭 비오리(水鷄)임.

265 殫地盧, 空神居(탄지려, 공신거) :「殫」은 다하는 것(盡). 「地盧」는 대지(大地). 「神居」는 신선이 거주하는 곳으로, 여기서는 하늘(天空)을 가리킴. 좌사의 〈위도부〉에 "하늘이 놀라고 대지가 놀라네(天宇駭, 地盧驚.)"라 했음. 이 두 구는 사냥꾼이 금수를 수색하는데, 어느 곳이든 다 찾지 않은 곳이 없다는 말이다.

266 飛鵬(비붕) : 공중을 날아다니는 큰 붕새(大鵬).

267 日域(일역) : 일출하는 곳. 양웅의 〈장양부(長楊賦)〉에 "동쪽 해 뜨는 곳에서 천둥치네(東震日域.)"라 하고, 유량(劉良)은 주에서 "「일역」은 해가 뜨는 곳으로 동쪽에 있다(日域, 日出處, 在東.)"라 했음.

268 大鳳(대봉) : 전설가운데의 사나운 괴수(怪獸). 왕기는 마땅히 「大風」이어야 한다고 하며, 풍신인 비렴(飛廉)일 것이라고 했음.

269 天墟(천허) : 하늘을 가리키며, 북방의 허수(虛宿). 《이아·석천(釋天)》의 곽박 주에 "허수는 정북 쪽에 있으며, 북방 흑색이다(虛在正北, 北方色黑.)"라 했음.

270 龍伯(용백) : 중국신화에 나오는 용백국(龍伯國)의 거인(巨人). 《열자·탕문(湯問)》에 "「용백」이란 나라에 거인이 있었는데, 발을 들어 내디디면 몇 발작 못가서 다섯 산이 있는 곳에 다다라서, 낚시로 여섯 마리 자라를 연달아 잡았다(龍伯之國有大人, 擧足不盈數步, 而暨五山之所, 釣而連六鼇.)"라 했음.

271 靈鼇(영오) : 신령스런 자라(神鼇).

272 任公獲其巨魚(임공획기거어) :《장자·외물(外物)》에 "임(任)나라 공자가 커다란 낚싯바늘과 굵은 흑색 낚싯줄을 만들어서, 거세한 소 5십 마리를 미끼로 삼아 회계산에 앉아서 동해에 낚싯대를 던져놓고 매일 아침마다 물고기를 낚기 시작했는데, 일 년이 지나도록 고기를 잡지 못했다. 어느 날 드디어 커다란 물고기가 낚싯밥을 물었는데, 거대한 낚싯바늘을 끌고 미끼를 입에 문 채 바다 밑 바닥까지 내려갔다가 다시 위로 튀어 올라 등지느러미를 휘둘러댔다. 흰 파도는 산과 같고 바닷물이 뒤집힐 듯 요동쳤으며, 신음 소리는 귀신의 울부짖음과 같아서 천 리 밖까지 놀라고 두려워 떨게 했다. 임공자가 물고기를 잡아 썰어서 포를 뜨니, 장강 동쪽에서부터 창오산 북쪽에 이르기까지 이 물고기를 배불리 먹지 않은 사람이 없었다(任公子爲大鉤巨緇, 五十犗以爲餌, 蹲乎會稽, 投竿東海, 旦旦而釣, 期年不得魚. 已而大魚食之, 牽巨鉤, 錎沒而下, 鶩[騖]揚而奮鬐, 白波若山, 海水震蕩, 聲侔鬼神, 憚赫千里. 任公子得若魚, 離而腊之, 自制河以東, 蒼梧已北, 莫不厭若魚者.)"라는 기록이 있음.

273 造化(조화) : 자연계를 말함.

274 譎詭(휼궤) : 괴이한 것, 변화막측한 것. 장형의 〈동경부(東京賦)〉에 "기이하게 달라지며, 찬란하고 선명하게 빛나네(瑰異譎詭, 燦爛炳煥.)"라 하고, 설종은 주에서 "「휼궤」는 변화하는 것(譎詭, 變化也.)"이라고 했음.

**66-7(4)**

所以噴血流川²⁷⁵, 飛毛灑雪²⁷⁶。

狀若乎高天雨獸[277]，上墜於大荒，
又似乎積禽爲山，下崩於林穴。
陽烏[278]沮色[279]於朝日，陰兎[280]喪精於明月。
思騰裝[281]上獵於太淸[282]，所恨穹昊[283]於路絕。
而忽也，
莫不海晏天空[284]，萬方來同[285]。
雖秦皇與漢武兮，復何足以爭雄[286]？

그래서 쏟아낸 피가 냇물처럼 흐르고
흩날리는 깃털이 눈발처럼 뿌리는데,
그 모습은 마치 짐승들이 높은 하늘위에서
넓고 아득한 광야(曠野)로 비내리듯 떨어지고,
또 산처럼 쌓인 금수(禽獸)들이
숲속 웅덩이 아래로 무너져 내리는 것과 같았다네.
삼족오(陽烏)는 아침 태양 속에서 신색(神色)을 잃어버리고,
옥토끼(陰兎)는 밝은 달 속에서 정기를 잃었도다.
가벼운 차림으로 태청(太淸)으로 올라가 사냥할 것을 생각하지만,
하늘로 올라가는 길이 끊어진 것이 한스럽구나.
잠깐 사이에
바다가 조용해지고 하늘이 비어 청평(淸平)해지자,
만방 사람들이 와서 하나가 되었으니,
비록 진시황(秦始皇)과 한무제(漢武帝)일지라도
어찌 우리 황제와 자웅을 다툴 수 있으리오?

················

275 噴血流川(분혈유천) : 사냥할 때 금수가 피를 품어내는 것이 흐르
는 물과 같음을 말함.

276 飛毛灑雪(비모쇄설) : 깃털(羽毛)이 눈발처럼 어지러이 날리는 것.

277 狀若乎高天雨獸(상약호고천우수) : 사마상여의 〈자허부〉에 "잡은
짐승이 비가 내리는 것처럼 초목을 가리고 땅을 덮었다(獲若雨獸,
揜草蔽地.)"라 하고, 이선의 주에 "잡은 짐승들이 하늘에서 내리
는 비처럼 많은 것을 말한다(言所在衆多, 若天之雨獸.)"라 했음.
이 두 구(狀若乎高天雨獸, 上墜於大荒)는 짐승이 마치 높은 허공
에서 넓고 아득한 광야로 떨어지는 것 같은 모습을 형용하였다.

278 陽烏(양오) : 신화전설에서 태양 속에 산다는 삼족오(三足烏). 좌
사의 〈촉도부(蜀都賦)〉에 "희화는 준기에서 길을 빌리고, 「양오」
는 고표에서 날개를 돌렸네(羲和假道於峻歧, 陽烏迴翼乎高標.)"
라 하고, 이선의 주에 "《춘추원명포》에서 「양」은 셋에서 이루어진
다. 그래서 태양가운데에는 삼족오가 있으며, 「오(까마귀)」는 양
의 정기이다(春秋元命包曰, 陽成於三, 故日中有三足烏, 烏者,
陽精.)"라 했음.

279 沮色(저색) : 신색(神色)이 기운을 잃는 것.

280 陰兔(음토) : 옥토(玉兔)라 하며, 달을 가리킴. 고대전설에서 달
속에 토끼가 사는데, 달을 음정(陰精)이라고 여겼으므로 「음토(陰
兔)」라 불렀다. 좌사(左太沖)의 〈오도부(吳都賦)〉에 "해와 달 속
의 까마귀와 토끼를 잡고, 날짐승과 길짐승의 소굴을 모두 뒤진다
(籠烏兔於日月, 窮飛走之棲宿.)"라는 구절이 있다. 신화에 의하
면 해 속에는 세 발 달린 까마귀가 있고, 달 속에는 옥토끼가 있다
고 하였으므로 해와 달을 가리켜 오토(烏兔)라고 함.

281 騰裝(등장) : 몸을 올라가도록 하는 것으로, 등신(騰身)과 같은 말.

282 太淸(태청) : 높은 허공(高空). 도가에서 말하는 삼청(三淸)의 하

나로, 옥청(玉清)과 상청(上清) 위에 있는데, 널리 선경(仙境)을 가리킨다. 《포박자(抱朴子)·잡응(雜應)》에 "위로 4십리를 올라가면 「태청」이라 부르는데, 태청의 중앙은 그 기운이 강하여 사람을 이긴다(上昇四十里, 名爲太清, 太清之中, 其氣甚剛, 能勝人也.)"라 했음.

283 穹昊(궁호) : 푸른 하늘(蒼天). 《주서(周書)·선제기(宣帝紀)》에 "하늘(궁호)이 위에 있으니, 총명한 자는 스스로 낮춘다(穹昊在上, 聰明自下.)"라 했음.

284 海晏天空(해안천공) : 「海晏」은 바다에 파도가 일지 않는 것으로, 태평성대를 비유함. 당·정석(鄭錫)의 〈일중유왕자부(日中有王子賦)〉에 "강이 맑고 바다가 편안(해안)하니, 시절이 화평하고 해마다 풍년이로다(河清海晏, 時和歲豐.)"라 했음. 왕기는 「海晏天空」은 천지가 청평하다는 뜻이라고 했다.

285 萬方來同(만방래동) : 만방이 모두 중국과 함께 좋게 지내는 것. 《시경·노송·비궁(閟宮)》에 "바다근처 나라까지 다다르자, 회땅 오랑캐들이 와서 하나가 되었고, 따르지 않는 나라가 하나도 없으니, 노나라 임금님의 공적이로다(至于海邦, 淮夷來同, 莫不率從, 魯侯之功.)"라 하고, 정현의 전에 「海邦」은 근해의 나라이고, 「來同」은 동맹을 맺은 것이며, 「率從」은 서로 중국에게 복종하여 따르는 것(海邦, 近海之國也. 來同, 爲同盟也. 率從, 相率從於中國也.)"이라 했음.

286 爭雄(쟁웅) : 강함을 다투는 것(爭强), 뛰어남을 다투는 것(爭勝). 이 두 구(雖秦皇與漢武兮, 復何足以爭雄)는 「비록 진시황과 한무제일지라도 어찌 지금의 황제와 영웅을 다툴 수 있겠는가!」란 말임.

**66-8**

俄而君王茫然改容²⁸⁷, 愀然有失²⁸⁸,

於居安思危, 防險戒逸²⁸⁹,

斯馳騁以狂發²⁹⁰, 非至理之弘術²⁹¹。

且夫人君以端拱²⁹²爲尊, 玄妙²⁹³爲寶。

暴殄天物, 是謂不道²⁹⁴。

乃命去三面之網, 示六合之仁²⁹⁵。

已殺者皆其犯命²⁹⁶, 未傷者全其天眞²⁹⁷。

雖翦毛而不獻²⁹⁸, 豈割鮮以焠輪²⁹⁹。

解鳳凰³⁰⁰與鷟鸑³⁰¹兮, 旋騶虞³⁰²與麒麟³⁰³。

獲天寶³⁰⁴於陳倉³⁰⁵, 載非熊³⁰⁶於渭濱。

갑자기 군왕은 멍하니 얼굴빛을 고치고

자신을 잃은 것처럼 정색하면서,

평안한 시절에는 위험을 예방하고

안일함을 경계해야 하는데,

이렇듯 말달리고 수렵하며 미친듯 날뛰는 것은

치국(治國)하는 큰 도리가 아니로다.

또한, 임금이라면 팔짱을 끼고 단정히 앉아

무위이치(無爲而治)를 존귀하게 여기고

현묘(玄妙)한 도를 보배로 삼아야 하거늘,

하늘이 낸 만물을 함부로 죽이니

이를 무도(無道)라고 하노라.

이에 세 방면(三面)에 설치한 그물을 철거토록 명령을 내리고,

천하 사방에 인애(仁愛)하는 마음을 알렸으니,

이미 죽은 동물은 모두 그의 운명으로 여기고,

아직 다치지 않은 동물은 자연으로 돌려보내

생명을 보전토록 하였다네.

고대에도 옆에서 거스르며 쏘아 죽이는 것을

싫어한다는 예법(禮法)이 있었으니,

어찌 살생한 피로 수레바퀴를 물들일 수 있겠는가?

상서로운 동물인 봉황과 악작(鸑鷟)을 풀어주고

추우(騶虞)와 기린도 모두 살려 보냈도다.

진창(陳倉)에서 천보(天寶)를 획득하고

위수(渭水) 가에서 비웅(非熊; 강태공)을 태우고 돌아왔노라.

................

287 茫然改容(망연개용) : 망연히 얼굴 빛을 바꾸는 것. 《한서·사마
상여전》에 "술에 취해 한창 즐거울 때, 천자는 멍하니 망할 것 같
다는 생각을 하였다(酒中樂酣, 天子茫然而思, 似若有亡.)"하고,
안사고는 주에서 「망연」은 유연한 것(茫然, 猶然也.)"이라 했음.

288 愀然有失(초연유실) : 《문선》권8 사마상여의 〈상림부〉에 "두 사람
은 얼굴빛을 고치고(개용) 정색하면서, 스스로를 잃은 것(유실) 같
이 하였다(二子愀然改容, 超若自失.)"라 하고, 이선은 주에서 곽
박의 말을 인용하여 「초연」은 안색이 변하는 모양(愀然, 變色貌
也.)"이라 했음. 이 두 구는 군왕이 망연히 용색이 변하여 잃은 것
같이 하였음을 말한다.

289 居安思危, 防險戒逸(거안사위, 방험계일) : 평화로운 시절에 앞으
로 출현할 환난을 걱정하여, 위험을 예방하고 방종함을 경계하여
야 함을 말한 것. 《좌전》〈양공(襄公)11년에 "편안할 때 위태로움
을 생각해야 하고, 생각하면 대비를 하게 되고, 대비를 하면 걱정

이 없을 것이다(居安思危, 思則有備, 有備無患.)"라 했음.

290 斯馳騁以狂發(사치빙이광발) : 이렇듯 달리면서 짐승 포획에 발광하는 것.《노자 · 12장》에 "말달리며 사냥하는 것은 사람의 마음을 미치게 한다(馳騁畋獵, 令人心發狂.)"라 했음.

291 非至理之弘術(비지리지홍술) : 치국의 큰 방법이 아니라는 말.

292 端拱(단공) : 단좌공수(端坐拱手). 팔짱을 끼고 단정히 앉아 있는 것. 고대 성왕들의 무위이치(無爲而治)를 가리킨다.《위서(魏書) · 신웅전(辛雄傳)》에 "팔짱을 끼고 단정히 앉아 있어도 사방이 편안해지고, 형벌을 멈추었어도 백성들은 다스려졌네(端拱而四方安, 刑措而兆民治.)"라 했음. 여기서 군왕은 응당 무위이치의 정치를 존귀하게 여겨야 함을 강조한 것이다.

293 玄妙(현묘) : 도가에서 말하는 지극한 도.《노자 · 1장》에 "심오하고 또 심오하여서, 모든 심오함이 나오는 문이다(玄而又玄, 衆妙之門.)"라 했음. 여기서는 현묘한 도를 진귀한 보배로 삼음을 말한다.

294 暴殄天物, 是謂不道(폭진천물, 시위부도) : 천생의 만물을 잔해(殘害)하고 멸절(滅絶)시키는 것을 무도라 한다.「殄」은 멸절(滅絶)시키는 것.「不道」는 무도.《서경 · 무성(武成)》에 "지금 상나라 왕이 무도함을 받아서 하늘이 낸 만물을 함부로 다 써 버리고 백성들을 해치고 학대한다(今商王受無道, 暴殄天物, 害虐烝民.)"라 하고, 공전(孔傳)에「暴絶天物」은 하늘에 거스르는 것을 말하며, 하늘을 거스르고 백성을 해치므로 무도한 것(暴絶天物, 言逆天也. 逆天害民, 所以爲無道.)"이라 했음*.

295 乃命去三面之網, 示六合之仁(내명거삼면지망, 시육합지인) : 명

---

* 공영달(孔穎達) 소(疏)에는 "普謂天下百物, 鳥獸草木, 皆暴絶之."라 했다.

령을 내려 삼면에 두른 그물을 철거하도록 하여, 천하 사방에 인애의 마음을 보이는 것.《사기·은본기(殷本紀)》에 "탕임금이 외출하여 들판에서 네 방면에 그물을 쳐 놓고, 「세상 모든 짐승들이 내 그물로 들어오게 하시오」라고 비는 사람을 봤다. 탕임금이 「아, 너무하는구나」라 하고, 세 방면을 걷어내면서 「왼편으로 가려거든 왼편으로 가고, 오른 편으로 가려거든 오른 편으로 가거라. 명령을 따르지 않는 것만 내 그물로 들어오라」라고 축원하니, 제후들이 듣고 「탕의 덕이 지극하여 금수까지 미치는구나」고 말했다(湯出, 見野張網四面, 祝曰, 自天下四方皆入吾網. 湯曰, 嘻, 盡之矣! 乃去其三面, 祝曰, 欲左, 左. 欲右, 右. 不用命, 乃入吾網. 諸侯聞之, 曰, 湯德至矣, 及禽獸.)"라 했는데, 여기서는 이 뜻을 썼음.

296 皆其犯命(개기범명) : 모두 그의 천명으로 여긴다는 말.

297 全其天眞(전기천진) : 자연으로 돌아가도록 해서 그들의 타고난 수명을 보전하도록 했다는 말.

298 翦毛而不獻(전모이불헌) : 모장(毛萇)의 《시전(詩傳)》에 "면상불헌, 전모불헌(面傷不獻, 翦毛不獻.)"라 읊었는데, 공영달의 《정의》에 "「面傷不獻」은 얼굴에 대고 쏘는 것이고, 「翦毛不獻」은 옆에서 거스르며 쏘는 것을 말하는 것으로, 두가지 모두 궁술을 어긴 것이다. 「不獻」은 죽이는 것을 싫어하여 항복받는다는 뜻(面傷不獻者, 謂當面射之. 翦毛不獻者, 謂在旁而逆射之. 二者皆爲逆射. 不獻者, 嫌誅降之意.)"이라 했음.

299 割鮮以焠輪(할선이쉬륜) : 《문선》권7 사마상여의 〈자허부(子虛賦)〉에 "소금기 많은 갯가에서 달리다 보니, 조각난 생선 피가 바퀴를 물들였네(鶩于鹽浦, 割鮮染輪.)"라 하고, 이선은 이기(李奇)의 말을 인용하여 "「鮮」은 날것이고, 「染」은 적시는 것이다. 생고

기를 잘라 수레바퀴를 적시고, 소금에 절여 먹는 것이다(鮮, 生也. 染, 擩也. 切生肉擩車輪, 鹽而食之也.)"라 하였지만, 여향의 주에서는 "「선」은 희생물로서, 희생물을 벤 피를 수레바퀴에 묻히는 것을 말한다(鮮, 牲也. 謂割牲之血, 染於車輪也.)"고 했으며, 또〈자허부〉에 "갈빗살을 베어서 수레바퀴를 물들이다(胏割輪焠.)"라는 구절도 있는데, 이선은 위소(韋昭)의 말을 인용하여 "「쉬」는 고기를 베어서 바퀴를 물들이는 것(焠, 謂割鮮焠輪也.)"이라 했음.* 「割鮮」은 살생. 「焠」는 물들이는 것(染). 이 두구(雖翦毛而不獻, 豈割鮮以焠輪)는 고대에 「전모(翦毛)는 불헌(不獻)한다」는 예(禮)가 있으니, 지금 어찌 살생을 하여 수레바퀴를 점염(沾染)시키겠는가」라는 말이다.

300 鳳凰(봉황) : 상상의 새로 기린·거북·용과 함께 사령(四靈)의 하나로 여겼으며, 수컷을 「봉(鳳)」, 암컷을 「황(凰)」이라고 함. 《비아(埤雅)》에 "봉새는 신조로 민간에서는 새 중의 왕이라고 불렀다. 3백6십 종류의 새무리중 봉황이 우두머리이다. …… 예전에 이르기를 봉황은 날개가 방패와 같으며, 우는소리는 퉁소소리와 같고, 산 벌레는 쪼지 않으며, 자라난 풀은 꺽지 않으며, 무리지어 살지 않고 돌아다니지도 않으며, 그물에 걸리지도 않으며, 오동이 아니면 깃들지 않으며, 죽실이 아니면 먹지 않고, 예천 물이 아니면 마시지 않는다고 했다(鳳, 神鳥, 俗呼鳥王. 羽蟲三百六十, 而鳳爲之長. …… 舊云, 鳳凰, 其翼若干, 其聲若簫, 不啄生蟲, 不折生草, 不羣居, 不旅行, 不罹羅網, 非梧桐不棲, 非竹實不食, 非醴泉不飲. 詩曰, 鳳皇鳴矣, 于彼高岡. 梧桐生矣, 於彼朝陽. 此之謂也.)"는 기록이 있으며, 《설문해자》에서는 천노(天老)의 말을

---

* 또 곽박도 「쉬」는 물들이는 것(焠, 染也.)"이라고 했다.

인용하여 "봉의 앞모습은 기러기, 뒷모습은 기린, 목은 뱀, 꼬리는 물고기, 황새의 이마에 원앙의 마음, 용의 무늬에 거북의 등, 제비의 턱에 닭의 부리모양을 하고 있으며, 오색을 갖추고 있다(鳳之象也, 鴻前麟後, 蛇頸魚尾, 鸛顙鴛思, 龍文龜背, 燕頷雞喙, 五色備擧.)"라 했음*.

301 鸑鷟(악작) : 신조(神鳥)로, 자색 봉황의 별칭. 옛날에는 상서로운 새로 여겼다. 《국어·주어(周語)상》에 "주나라가 일어났을 때, 악작이 기산에서 울었다(周之興也, 鸑鷟鳴於岐山.)"라 하고, 위소(韋昭)는 주에서 "삼군은 「악작은 봉황새의 별명이다」고 말했다(三君云, 鸑鷟, 鳳之別名也.)"고 했음.

302 騶虞(추우) : 고대 중국 신화전설에 나오는 인수(仁獸)로, 호랑이의 몸에 사자의 머리를 가지고, 흰털에 검은 무늬를 지닌 꼬리가 매우 긴 동물이다. 전설에 의하면 천성적으로 인자하여 풀조차도 차마 밟지 않으며, 자연적으로 죽은 생물조차 먹지 않는다고 함. 《시경·소남(召南)·추우(騶虞)》에 "아아, 「추우」여!(於嗟乎騶虞)"라 읊었는데, 《모시전(毛詩傳)》에 "추우는 의로운 짐승으로, 검은 무늬를 띤 백호같다. 생명을 지닌 무리는 먹지 않으며, 덕이 지극하다고 믿으면 감응하여 나타났다(騶虞, 義獸也, 白虎黑文, 不食生物, 有至信之德則應之.)"고 했음.

303 麒麟(기린) : 상서로운 인수(仁獸)로, 수컷은 「기(麒)」, 암컷은 「린(麟)」이라 함. 이 두 구(解鳳凰與鸑鷟兮, 旋騶虞與麒麟)에서 「解」와 「旋」은 놓아 준다(放還)라는 의미이며, 봉황·악작·추우·기린은 모두 상서로운 금수이므로 수렵시 잘못하여 잡히면

---

* 또한 《이아·석조(釋鳥)》 곽박(郭璞)의 주에서 봉황의 특징을 "雞頭·燕頷·蛇頸·龜背·魚尾·五彩色, 高六尺許."라 했다.

즉시 살려 보내야 함을 말한 것이다.

304 天寶(천보) : 양웅의 〈우렵부(羽獵賦)〉에 "「천보」를 따라서 한 방향으로 나갔다(追天寶, 出一方.)"라 하였는데, 천보에 대하여 이선은 주에서 "응소는 「천보는 진보다」라 하였고, 진작은 「천보는 닭의 머리에 사람의 몸을 가졌다」고 했으며, 《태강기》에서는 「진나라 문공무렵, 진창인이 사냥에서 돼지와 같은 짐승을 잡았는데, 모두 그 이름을 알지 못했다. 길에서 두 동자를 만났는데, 이 짐승의 이름은 비물술이라고 했으며, 비물술 역시 저 두 동자의 이름은 보계다」고 하였다(應劭曰, 天寶, 陳寶也. 晉灼曰, 天寶, 鷄頭而人身. 太康記曰, 秦文公時, 陳倉人獵得獸若彘, 而俱不知其名. 道逢二童子曰, 此名㰌勿述. 㰌勿述亦語曰, 彼二童子名爲寶鷄.)"라 했음.

305 陳倉(진창) : 지금의 섬서성 보계시(寶鷄市).

306 非熊(비웅) : 강태공(姜太公). 《사기 · 제태공세가(齊太公世家)》에 "여상은 일찍부터 곤궁하였는데, 연로해지자 낚시로 주나라 서백(문왕)에게 접근하려고 했다. 서백이 사냥을 나가면서 점을 쳤는데, 「잡을 것은 용도 이무기도 아니고, 호랑이도 곰도 아니며, 패왕의 보필을 얻을 것이다」라는 점괘가 나왔다. 이리하여 주 서백이 사냥을 나갔다가 과연 위수의 양지바른 곳에서 여상을 만났는데, 그와 이야기를 나누고는 크게 기뻐하며 말하기를 「내 선친인 태공께서 '장차 성인이 주나라에 오면, 주나라는 흥성할 것이다'라 했는데, 선생이 진정 그분이 아닙니까? 우리 태공께서 선생을 기다린 지가 오래 되었습니다」라 하고, 그를 「태공망(太公望)」이라 부르며 수레에 함께 타고 돌아와서 군사로 삼았다(呂尙蓋嘗窮困, 年老矣, 以漁釣奸周西伯. 西伯將出獵, 卜之, 曰所獲非龍非彲, 非虎非羆, 所獲霸王之輔. 於是周西伯獵, 果遇太公於渭之陽, 與

語大說, 曰, 自吾先君太公曰, '當有聖人適周, 周以興.' 子眞是邪, 吾太公望子久矣.」故號之曰太公望, 載與俱歸, 立爲師.)"라 했음. 후에 「非熊」은 강태공을 가리키는데, 여기서 비롯되었다.


**66-9**

於是享獵徒, 封勞苦[307],
軒行庖炰, 騎酌酤[308]。
韜兵戈, 火網罟[309]。
然後登九霄[310]之臺, 宴八紘[311]之圃,
開日月之扃[312], 闢生靈之戶[313]。
聖人作而萬物睹[314],
覽蒐岐與狩敖, 何宣成之足數[315]。
哂穆王之荒誕, 歌白雲之西母[316]。

이에 사냥꾼들에게 잔치를 벌여 노고를 격려하였는데,
수레 탄 병사는 고기를 먹고
말 탄 병사는 술 마시도록 하였도다.
병기를 감춰놓고 그물을 불태우는 조처를 한 뒤에는
하늘(九霄)까지 닿는 돈대로 올라가서
천하(八紘)의 정원에서 잔치를 베풀었으니,
해와 달의 빗장을 풀어 광명을 밝히고
생령들에게 문호를 열었다네.
성인이 나오면 만물이 그 덕을 보게 되나니,

성왕(成王)과 선왕(宣王)이 기산(岐山)에서 펼친 봄사냥(蒐)과

오(敖)땅에서 펼친 겨울 사냥(狩)이

어찌 오늘의 사냥과 같다고 말할 수 있겠는가?

목천자(穆天子)의 허황함을 비웃으며,

서왕모(西王母)의 백운가(白雲歌)를 노래하노라.

...............

307 享獵徒, 封勞苦(향엽도, 봉노고) : 「享」은 「饗」과 통하며, 연향(宴
饗)을 베풀고 주식(酒食)으로 대접(款待)하는 것. 「封」은 상을 내
리고 봉하는 것.

308 軒行炰, 騎酌醕(헌행포, 기작고) : 「軒」은 수레. 「炰」는 고기를 구
어 먹는 것. 「醕」는 맛좋은 술. 수레와 말 탄 사졸들이 궁중의 찬
치에서 음주하는 것을 가리킴.

309 韜兵戈, 火網罟(도병과, 화망고) : 병기를 거두어 감추고, 그물을
불태워 다시는 사용하지 않는다는 말. 「韜」는 본래 활집이지만,
여기서는 동사로 쓰여 거두어 감춰 놓는(收藏) 것. 「火」도 동사로
쓰여 태우는 것(焚). 「罟」는 그물의 총칭.

310 九霄(구소) : 구천으로 하늘의 가장 높은 곳.

311 八紘(팔굉) : 팔유(八維), 팔극(八極). 대지의 끝(極限). 고대에는
「八紘」을 천하로 여겼다. 《회남자 · 지형훈(墬形訓)》에 "구주의 밖
에 팔인이 있는데, 사방 천리이다. …… 팔인의 밖에 「팔굉」이 있으
며, 역시 사방 천리다(九州之外, 乃有八殥, 亦方千里 …… 八殥之
外, 而有八紘, 亦方千里.)"라 하고, 고유의 주에 "「紘」은 밧줄(維)
이다. 밧줄이 천지로 떨어져 겉 표면이 되었으므로 「紘」이라 한다
(紘, 維也. 維落天地而爲之表, 故曰紘也.)"라 했음. 「圃」는 원포
(園圃)이며, 「八紘之圃」는 아주 넓은 채전 밭을 말한다.

312 開日月之扃(개일월지경) : 「扃」은 밖을 막아 잠그는 문빗장. 《후
한서·낭의전(郞顗傳)》에 "폐하께서 건곤의 덕을 닦아서, 일월과
같은 광명을 여시기를 바랍니다(誠欲陛下修乾坤之德, 開日月之
明.)"라 했음. 일월의 광명을 향유하는 것을 말한다.

313 闢生靈之戶(벽생령지호) : 백성들에게 문호를 여는 것. 「闢」은 여
는 것. 「生靈」은 백성. 《진서(晉書)·모용성재기(慕容盛載記)》에
"백성들은 그 덕을 우러러보며, 천하는 그 어짐에 귀의하였다(生
靈仰其德, 四海歸其仁.)"라 했음.

314 聖人作而萬物睹(성인작이만물도) : 성인이 출현하면 만물이 혜택
을 볼 수 있다는 말. 《주역·건괘(乾卦)》에 "구름이 용을 따르고
바람이 호랑이를 따르듯, 성인이 나오면 만물이 그 덕을 보게 된
다(雲從龍, 風從虎, 聖人作而萬物覩.)"라 했음.

315 覽蒐岐與狩敖, 何宣成之足數(남수기여수오, 하선성지족수) : 「敖」
는 지명으로 지금의 하남성 형양현(滎陽縣) 서북쪽에 있으며,
「岐」는 기산(岐山)으로 지금의 섬서성 기산현 동북쪽에 있다. 장
형의 〈동경부〉에 "오(敖)에서 사냥하였지만 아직 소소하였으며,
또 기산 남쪽에서 사냥하지만 잡은 수량에 만족하지 않았다(薄狩
于敖, 旣璥璥*焉. 岐陽之蒐, 又何足數.)"라 하고, 설종의 주에
"「敖」는 정나라 땅으로, 지금의 하남 형양이며, 주왕(선왕)이 사냥
한 곳이라 한다. …… 기양은 기산 남쪽으로, 성왕이 사냥한 곳이
라고 한다(敖, 鄭地. 今之河南滎陽也. 謂周王狩也. …… 岐陽, 岐
山之陽, 謂成王所狩之地.)"라 했음. 이 두 구는 「금일의 사냥(덕을
펼친 수렵)을 보니, 당년 주나라 성왕(成王)과 선왕(宣王)이 기산
과 오지에서 펼친 수수(蒐狩)사냥과 어찌 같다고 말할 수 있겠는

---

\* 설종(薛綜)의 주에도 "璥璥, 小也. 言鄙陋不足說也."라 했다.

가?」라는 말이다.

316 **哂穆王之荒誕, 歌白雲之西母**(신목왕지황탄, 가백운지서모) : 《목천자전(穆天子傳)》에 "길일 갑자일에 천자는 서왕모의 초청을 받자 백규와 현벽*을 들고 서왕모를 뵈었는데, 비단 백필과 □조 삼백 필을 예물로 올리니 서왕모는 재배하고 받았다. 을축일에 천자는 요지 위에서 서왕모에게 술잔을 돌렸다. 서왕모는 천자를 위하여 노래 부르기를, 「흰 구름이 하늘에 가득하니 언덕은 절로 제 모습을 드러내고, 갈 길은 멀고 아득한데 산천은 한가롭기만 하도다. 장차 그대가 죽지 아니하면 언젠가 다시 찾아오리라」고 했다. 천자는 「내가 동쪽으로 돌아오니 온 중국이 태평하고, 만민이 평등하니 내가 그대를 볼 수 있게 되었도다. 삼년 후에 이 들판에서 다시 그대를 보리로다」라고 대답하였다. 천자는 수레를 타고 엄산(弇山)에 올라가 그 일을 엄산에 있는 바위 위에 기록하고 회나무를 심어놓았는데, 노인들은 서왕모의 산이라고 불렀다(吉日甲子, 天子賓於西王母, 乃執白圭·玄璧, 以見西王母, 好獻錦組百純, □組三百純, 西王母再拜受之. □乙丑, 天子觴西王母于瑤池之上. 西王母爲天子謠曰, 白雲在天, 山陵自出. 道里悠遠, 山川閒之. 將子無死, 尙能復來. 天子答之曰, 予歸東土, 和治諸夏. 萬民平均, 吾顧見汝. 比及三年, 將復而野. 天子遂驅升于弇山, 乃紀丌跡於弇山之石, 而樹之檜. 眉曰西王母之山.)"라 했는데, 여기서는 이 일을 사용했음.

---

* 백규와 현벽은 일종의 신분증과 같은 것이다.

**66-10**

曷若<sup>317</sup>飽人以淡泊<sup>318</sup>之味,

醉時以醇和<sup>319</sup>之觴<sup>320</sup>,

鼓之以雷霆, 舞之以陰陽<sup>321</sup>。

虞乎神明, 狃於道德<sup>322</sup>。

張無外以爲罝<sup>323</sup>, 琢<sup>324</sup>大朴<sup>325</sup>以爲杙<sup>326</sup>。

頓天網以掩之, 獵賢俊以御極<sup>327</sup>。

若此之狩, 罔有不克<sup>328</sup>。

使天人晏安, 草木蕃植<sup>329</sup>。

六宮<sup>330</sup>斥其珠玉, 百姓樂於耕織<sup>331</sup>。

寢鄭衛之聲<sup>332</sup>, 卻<sup>333</sup>靡曼之色<sup>334</sup>。

天老掌圖<sup>335</sup>, 風后侍側<sup>336</sup>。

是三階<sup>337</sup>砥平<sup>338</sup>, 而皇猷允塞<sup>339</sup>。

豈比夫《子虛》·《上林》·《長楊》·《羽獵》,

計麋鹿之多少, 誇苑囿之大小者哉!

어찌 담백한 맛으로 사람들을 배부르게 하고,

순하고 부드러운 술로 취하게 할 수 있으며,

우레와 천둥으로 북을 두드릴 수 있고,

음양의 기운으로 춤추게 할 수 있겠는가?

신명을 즐기고 도(道)와 덕(德)을 익히고자,

안팎 구분 없이 펼치는 그물을 만들고

큰 목재를 다듬어 말뚝을 만들어서,

하늘 그물을 정돈하여 인재를 모아 담고,

현사(賢士)와 준걸들을 사냥해서 임금을 돕도록 하리로다.

이처럼 수렴한다면 이루지 못할 것이 없으리니,

천하 백성들을 평화롭고 안락하게 만들며,

초목들이 번식하도록 할 것이라네.

육궁(六宮)의 비빈(妃嬪)들은 구슬과 옥 장식을 버리고,

백성들은 밭 갈고 베 짜는 것을 즐거워하였으며,

정(鄭)과 위(衛)나라의 음란한 음악을 그치게 하고,

부드럽고 고운 미인들을 물리쳤도다.

천노(天老)가 계획을 세우고 풍후(風后)가 옆에서 도와서,

이렇듯 정사를 펼쳐 조정(三階)이 숫돌처럼 평안해지고

제왕의 지모가 진실로 충실해졌으니,

어찌 저 《자허부》·《상림부》·《장양부》·《우렵부》에서

사슴의 많고 적음을 계산하며

동산의 크고 작음을 자랑하는 것과 비교할 수 있겠는가!

...............

317 曷若(갈약) : 어찌 같겠는가(何如).

318 淡泊(담박) : 청담과미(淸淡寡味). 욕심이 없고 마음이 깨끗한 것.
   《문선》권11 하안(何晏)의 〈경복전부(景福殿賦)〉에 "편안하게 유
   람하면서 스스로 만족하니, 욕심이 없고 마음이 깨끗하여 구하는
   것이 없구나(莫不優遊以自得, 故淡泊而無所思.)"라 하고, 이선의
   주에 "《노자》에서는 도가 입에서 나올 때는 담담하여 맛이 없는
   것이라고 하였으며,《설문해자》에서는 「泊」은 하는 일이 없는 것
   이다(老子曰, 道之出口, 淡乎其無味. 說文曰, 泊, 無爲也.)"라고
   했음.

319 醇和(순화) : 순정(醇正)과 중화(中和). 깔끔하고 부드러운 것. 이

두구는 어찌 청담한 맛으로 사람들을 배부르게 할 수 있으며, 순화한 술로 사람들을 즐겁게 취하도록 할 수 있겠는가? 라는 말임.

320 觴(상) : 술잔, 여기서는 술을 대신 가리킴.

321 鼓之以雷霆, 舞之以陰陽(고지이뢰정, 무지이음양) : 우뢰와 천둥으로 북을 치고 음양으로 춤을 추는 것으로, 위엄이 있고 은혜를 비유한 것을 말함. 《예기·악기(樂記)》에 "땅의 기운이 위로 올라가고 하늘의 기운이 아래로 내려오면서, 음양이 서로 부딪히고 하늘과 대지가 서로 작용하며 소통한다. 우레와 번개로 북돋우고, 바람과 비로 떨쳐 일어나게 하며, 네 계절로 움직이게 하고 해와 달로 따뜻하게 하니, 이렇게 온갖 변화가 일어난다(地氣上隮, 天氣下降, 陰陽相摩, 天地相蕩, 鼓之以雷霆, 奮之以風雨, 動之以四時, 暖之以日月, 而百化興焉.)"라 했음.

322 虞乎神明, 狃於道德(우호신명, 유어도덕) : 신명을 즐기고 도덕을 익히는 것을 말함. 「虞」는 「娛」와 통하여 즐기는 것(樂)이고, 「神明」은 신(神). 「狃」는 익히는 것(習)이고, 「道德」은 도교의 도와 덕. 양웅의 〈우렵부(羽獵賦)〉에 "도덕의 동산을 만들어 놓고 인혜의 즐거움을 넓히도록 하며, 신명의 동산에서 달리게 하여 여러 신하들의 득과 실을 관찰하리로다(創道德之圃, 弘仁惠之虞. 馳弋乎神明之囿, 覽觀乎群臣之有亡.)"라 했음.

323 張無外以爲罝(장무외이위저) : 「無外」는 내외의 구분이 없는 것. 《공양전(公羊傳)·은공(隱公)원년》에 "임금은 (천하를 집으로 여기기 때문에) 바깥이 없다(王者無外.)"라 하였으며, 하휴(何休)는 주에서 "왕은 천하를 집으로 삼는다(王者以天下爲家.)"라 했는데, 왕기는 "무릇 온 천하에 임금의 땅이 아닌 곳이 없다는 것을 말한 것으로, 안과 밖의 구분이 없는 것(蓋謂普天之下, 莫非王者之土. 無有內外之分也.)"이란 뜻이라 했음. 「罝」는 그물(網).

324 琢(탁) : 조탁(彫琢). 다듬는 것.

325 大朴(대박) : 큰 목재(木材). 《초사·구장·회사(懷沙)》에 "재목
과 원목이 산처럼 쌓여 있어도 내 것인줄 모르는구나(材朴委積
兮, 莫知余之所有.)"라 하고, 왕일 주에 "가지가 바른 것을 「재
(材)」라 하고, 장대한 것을 「박(朴)」이다(條直爲材, 壯大爲朴.)"
고 했음.

326 杙(익) : 나무 말뚝. 《이아·석궁(釋宮)》에 "「樴」을 「杙」이라 한다
(樴謂之杙.)"라 하고, 곽박 주에서는 "말뚝(橛也.)"이라 했음.

327 頓天網以掩之, 獵賢俊以御極(돈천망이엄지, 엽현준이어극) : 「頓」
은 정돈(整頓). 흩어진 것을 가지런히 바로 잡는 것. 「掩」은 망라
하다. 긁어모으는 것(收羅). 주머니에 담는 것(囊括). 「獵」은 찾
아서 구함. 조사하여 찾는 것(搜求)에 비유. 「賢俊」은 현사(賢士)
와 준걸(俊傑). 「御極」은 군왕을 돕는 것. 조식(曹植)의 〈여양덕
조서(與楊德祖書)〉에 "우리 왕(曹操)은 하늘의 그물을 설치하여
갖춰놓고, 세상 밖까지 정돈하여 발탁하였다(吾王於是設天網以
該之, 頓八紘以掩之.)"라 했는데, 여기서는 이 뜻을 사용했음.

328 若此之狩, 罔有不克(약차지수, 망유불극) : 만약 이렇게 수렵한다
면 성공하지 못할 것이 없다는 말. 여기서는 수렵으로 천하를 다
스리는 것에 비유했다. 「克」은 완성(完成), 전승(戰勝).

329 使天人晏安, 草木蕃植(사천인안안, 초목번식) : 천하 백성들을 평
화롭고 안락하게 하며, 초목들이 번식하여 잘 자라도록 함을 이르
는 말임. 「植」은 「殖(번성할 식)」과 통한다.

330 六宮(육궁) : 고대 황후의 침궁(寢宮)으로, 정침(正寢)이 하나이고
연침(燕寢) 다섯 개가 합쳐 6궁이다. 후에는 널리 황후와 비빈들
이 거주하는 곳을 말함.

331 六宮斥其珠玉, 百姓樂於耕織(육궁척기주옥, 백성낙어경직) : 6궁

의 비빈(妃嬪)들이 주옥(珠玉) 장식을 버리고, 천하의 백성들이 경작(耕作)과 방직(紡織)을 즐거워 함을 이른 말. 이는 부(賦) 작품에서 흔히 군왕들에게 검소한 생활과 농업을 중시할 것(節儉重農)을 권면하는 말로 자주 쓰인다. 반고의 〈동도부〉에 "이에 옛 제도에 따라 밝은 조서를 내렸다. 관아(유사)에 명하여 법도를 반포하였으니, 절약하고 검소함을 밝히고 크게 소박함을 보여주었다. 후궁들의에게 사치스런 장식품을 제거하도록 하고, 타는 수레의 마부 수를 줄였다. 공업과 상업 등 어지러운 직업을 억제시키고, 농업과 잠업에 힘쓰도록 북돋았다. 그래서 세상 사람들로 하여금 지엽을 버리고 근본을 찾도록 하고, 위선을 버리고 진실로 돌아오도록 했다. 여자는 베짜는 일에 종사하고, 남자는 밭갈고 김매는 일에 힘썼다. 기물은 질그릇과 바가지를 사용하고, 복장은 희고 검은 옷을 숭상하도록 했다. 고운 비단을 부끄럽게 여겨 입지 않도록 하고, 기이하고 아름다운 보배를 천하게 여겼으니, 금을 산에 버리고 구슬을 연못에 빠트렸도다(乃申舊章, 下明詔. 命有司, 班憲度, 昭節儉, 示太素. 去後宮之麗飾, 損乘輿之服御. 抑工商之淫業, 興農桑之盛務. 逐令海內棄末而反本, 背僞而歸眞. 女脩織紝, 男務耕耘. 器用陶匏, 服尙素玄. 恥纖靡而不服, 賤奇麗而弗珍. 捐金於山, 沈珠於淵.)"라 했음.

332 **寢鄭衛之聲**(침정위지성) :「寢」은 정지, 그치는 것.「鄭衛」는 정과 위나라로, 고인들은 정위의 음악(鄭衛之聲)을 음란하다고 하면서 난세의 음악이라 여겼다*. 양웅의 〈장양부(長楊賦)〉에 "관현악의 편안하고 질펀한 음악을 억제시키고, 정위지방의 사랑스럽고 아름다운 소리 듣기를 싫어하였네(抑止絲竹晏衍之樂, 憎聞鄭

---

*《예기 · 악기(樂記)》에 "鄭衛之音, 亂世之音也."라 했다.

衛幼眇之聲.)"라 했음.

333 卻(각) : 제거(去棄).

334 靡曼之色(미만지색) : 미색(美色). 「靡曼」은 부드럽고 고운 것(柔
豔).《열자·주목왕(周穆王)》에 "정과 위나라 처녀들 중에서 예쁘
고 부드러운 여인들을 뽑아서, 꽃처럼 윤택이 나게 하고 눈썹을
바르게 그렸다(簡鄭衛之處子, 娥媌靡曼者. 施芳澤, 正蛾眉.)"라
하고, 장담(張湛)은 주에서 "「미만」은 부드럽고 연약한 것(靡曼,
柔弱也.)"이라 했음.

335 天老掌圖(천노장도) : 천노는 전설 가운데 황제(黃帝)를 돕던 신
하.《태평어람》권79에 "고서인《하도정좌보(河圖挺佐輔)》에서 말
했다. 황제가 도덕을 닦고 정의를 세우니 천하가 크게 다스려졌
다. 이에 천노를 불러 묻기를, 「내가 꿈에서 두 마리 용이 황하 응
덩이에서 나와 해 그림을 나에게 주는 것을 보았는데, 본래 우매
하여 그 이치를 알지 못하므로 그대에게 묻노라」 …… 천노가 황제
에게 받아서 펼쳐보니 「녹도」라고 쓰여져 있었다(河圖挺佐輔曰,
黃帝修德立義, 天下大治. 乃召天老而問焉, 余夢見兩龍挺日圖
即帝以授余於河之都, 覺昧素喜不知其理, 敢問於子. …… 天老
以授黃帝舒視之, 名曰錄圖.)"라고 했음.

336 風后侍側(풍후시측) : 풍후는 황제의 신하 가운데 하나라고 전한
다.《사기·오제본기(五帝本紀)》에 "(황제는) 풍후·역목·상선·
대홍을 발탁하여 백성을 다스렸다((黃帝)擧風后·力牧·常先·
大鴻以治民.)"라 하고, 배인(裴駰)은《집해(集解)》에서 정현의 말
을 인용하여 "「풍후」는 황제의 삼공이다(風后, 黃帝三公也.)"라
하였으며, 장수절(張守節)의《정의(正義)》에서는《제왕세기(帝王
世紀)》를 인용하여 "황제는 큰 바람이 세상의 먼지와 때를 다 제
거하는 꿈을 꾸었다. …… 황제가 깨어서 탄식하면서 「풍(風)은 호

령하는 집정자다. 때가 흙에서 제거되고 후(后)가 남았으니, 세상에 성이 풍이고 이름이 후인 사람이 어디에 있단 말인가? ……」라 말했다. 그래서 두 점에 부합되는 사람을 구하였는데, 바닷가 모퉁이에서 「풍후」를 얻어 재상으로 등용하였다(黃帝夢大風吹天下之塵垢皆去…帝寤而歎曰, 風爲號令, 執政者也. 垢去土, 后在也. 天下豈有姓風名后者哉?…. 於是依二占而求之, 得風后於海隅, 登以爲相.)」라 했음.

337  三階(삼계) : 곧 삼태성(三台星)으로, 상태(上台) · 중태(中台) · 하태(下台)를 말함. 고대에는 별자리로 인사(人事)를 상징하는데, 삼계(三階) · 삼태(三台)는 삼공(三公)을 일컬었다. 《한서 · 동방삭전(東方朔傳)》에 "원컨대 《태계육부》를 조사하여 하늘의 변화를 관찰하고자 합니다(願陳泰階六符, 以觀天變.)"라 하고, 위나라 맹강(孟康)의 주에 "태계는 삼태로, 태성은 여섯 별이다. (육)부는 6성의 부험이다(泰階, 三台也. 台星凡六星. (六)符, 六星之符驗也.)"라 하고, 동한 응소(應劭)의 주에는 "《황제태계육부경》에서, 「태계는 하늘의 삼계다. 상계는 천자이고, 중계는 제후 · 공경 · 대부이며, 하계는 사 · 서인이다. …… 삼계가 평화로우면 음양이 조화하고, 바람과 비가 제때 내리며, 사직 · 신령들이 모두 그 올바른 자리를 찾아서 천하가 크게 편안해 지는데, 이를 태평이라 한다」(黃帝泰階六符經曰, 泰階者, 天之三階也. 上階爲天子, 中階爲諸侯公卿大夫, 下階爲士庶人. …… 三階平則陰陽和, 風雨時, 社稷神祇咸獲其宜, 天下大安, 是爲太平.)"라는 구절이 있음.

338  砥平(지평) : 숫돌처럼 평평한 것.

339  皇猷允塞(황유윤새) : 「皇猷」는 「왕유(王猶)」와 같으며, 제왕의 모책(謀策)을 말하는데, 「猷」는 「猷(계략)」와 통함. 《시경 · 대아 · 상무(常武)》에 "임금의 지모가 진실로 빈틈없으시니, 서나라

가 항복하여 왔도다(王猶允塞, 徐方既來.)”라 하고, 모전(毛傳)에 “「유」는 지모다(猶, 謀也)”라 하고, 정전(鄭箋)에는 “「윤」은 진실 이다(允, 信也.)”라 했음. 「塞」은 충실(充實). 이 구는 황제의 도리(皇道)가 진실로 천지에 가득 찬 것을 말한다.

## 66-11

方將延榮光³⁴⁰於後昆³⁴¹, 軼³⁴²玄風³⁴³於邃古³⁴⁴。
擁³⁴⁵嘉瑞³⁴⁶, 臻³⁴⁷元符³⁴⁸,
登封於太山³⁴⁹, 篆德³⁵⁰於社首³⁵¹,
豈不與乎七十二帝³⁵²同條而共貫³⁵³哉？
君王於是廻蜺旌³⁵⁴, 返鑾輿³⁵⁵。
訪廣成³⁵⁶於至道³⁵⁷, 問大隗³⁵⁸之幽居。
使罔象³⁵⁹掇玄珠於赤水³⁶⁰, 天下不知其所如³⁶¹也。

장차 영예와 광휘를 후대자손까지 미치게 하고,

현묘한 풍도는 원고(遠古)시대 보다 뛰어나도록 하였구나.

길상의 예조(預兆)를 품고 큰 상서로움에 도달하여

태산에 올라가 봉(封)제사를 지내고

사수산(社首山)에서 공덕을 전자(篆字)체로 바위에 새겼으니,

어찌 예전 일흔 두 임금과 동일한 계통이 아니겠는가?

군왕은 이에 무지개 그려진 정기와

난새 그려진 어가(御駕)를 돌렸으니,

지극한 도를 찾으려고 광성자(廣成子)를 방문하고

고요한 곳에 은거하는 대외(大隗)를 만나 자문하였다네.

망상(罔象)에게 적수(赤水)에서 검은 진주(道)를 찾도록 하고,

세상에서 간 곳을 알지 못하도록 하였구나.

……………

340 延榮光(연영광) : 「延」은 널리 미치는 것(施及). 「榮光」은 영예(榮譽)와 광휘(光輝). 왕기는 양웅이 〈장양부(長楊賦)〉에서 읊은 "연광비영(延光比榮.)", 곧 "훗날까지 빛을 이끌고 지난날의 영광에 견준다(延光于將來, 比榮乎往號.)"란 뜻이라고 했음.

341 後昆(후곤) : 후대(後代), 후대자손. 《서경·중훼지고(仲虺之誥)》에 "올바름으로 일을 바로잡고 예의로써 마음을 제어하여, 후대 자손에게 넉넉한 삶을 남겨 주십시오(以義制事以禮制心, 垂裕後昆.)"라 했음.

342 軼(일) : 초월(超越). 뛰어넘는 것.

343 玄風(현풍) : 현묘한 풍도, 제왕의 교화(敎化). 유량(庾亮)의 〈양중서령표(讓中書令表)〉에 "약관에 관직에 들어가 「현풍」에 감화를 받았습니다(弱冠濯纓, 沐浴玄風.)"라 했음.

344 邃古(수고) : 원고(遠古)시대, 먼 옛날. 《초사·천문(天問)》에 "먼 태초에 누가 도를 전했나?(邃古之初, 誰傳道之.)"라 하고, 왕일은 주에서 "「수고」는 지나간 것이다. 「邃古」와 「遂古」는 뜻이 같다(邃古, 往也. 邃古, 遂古, 義同.)"고 했음. 이 두구는 장차 영예와 광휘를 정당하게 후대로 전하여 미치게 하고, 제왕의 교화가 원고시대를 초월한다는 말이다.

345 擁(옹) : 품는 것. 옹유(擁有).

346 嘉瑞(가서) : 길상의 예조(預兆).

347 臻(진) : 이르는 것(至), 도달(到達).

348 元符(원부) : 큰 길조(大瑞). 크게 상서로운 것. 양웅(揚雄)의 〈장

양부〉에 "장차 큰 길조(원부)를 기다려 양보의 터에 선제사를 지내고 태산의 위엄(봉제사)을 더하여, 장래까지 빛을 이어서 예전 삼황오제의 영광에 비교할 수 있도록 하였네(方將俟元符, 以禪梁甫之基, 增泰山之高, 延光于將來, 比榮乎往號.)"라 하고, 이선은 주에서 진작(晉灼)의 말을 인용하여 「원부」는 크게 상서로운 것이다(元符, 大瑞也.)"라고 했음.

349 **登封於太山**(등봉어태산) : 태산(泰山)에 올라가서 봉선(封禪)하는 것.

350 **篆德**(전덕) : 봉선 후에 공덕을 바위에 전각(篆刻)하는 것.

351 **社首**(사수) : 산 이름으로, 지금의 산동성 태안시 서남쪽에 있다. 《관자(管子)·봉선(封禪)》에 "주나라 성왕은 태산에서 봉제(封祭)를, 사수(社首)산에서 선제(禪祭)를 거행했으니, 모두 하늘의 명을 받은 뒤 봉선의 제례를 거행할 수 있었다(管仲曰, 周成王封泰山, 禪社首. 皆受命然後得封禪.)"라 했음.

352 **七十二帝**(칠십이제) : 봉선과 선제사를 지낸 역대 제왕들을 말함. 《사기·봉선서(封禪書)》에서 관중(管仲)의 말을 인용하여 "고대에 태산에서 봉제로 하늘에 제사지내고, 양부산에서 선제로 땅에 제사 지낸 이가 일흔 두 임금이나 되었는데, 나 이오*가 기억하는 바로는 열두 임금에 불과하다. 옛날 무회씨는 태산에서 봉제를, 운운**에서 선제를 거행하였고, 복희는 태산에서 봉제를 운운에서 선제를 거행하였고, 신농은 태산에서 봉제를 운운에서 선제를 거행하였고, 염제는 태산에서 봉제를 운운에서 선제를 거행하였고, 황제는 태산에서 봉제를 정정***에서 선제를 거행하였고, 전욱은

---

* 관중(管仲)은 성이 희(姬), 관씨(管氏), 이름이 이오(夷吾), 자는 중(仲)이다. 관자(管子), 관이오(管夷吾)로도 불린다.
** 태산 아래 있는 작은 산.

태산에서 봉제를 운운에서 선제를 거행하였고, 제곡은 태산에서
봉제를 운운에서 선제를 거행하였고, 요임금은 태산에서 봉제를
운운에서 선제를 거행하였고, 순임금은 태산에서 봉제를 운운에서
선제를 거행하였고, 우임금은 태산에서 봉제를 회계에서 선제를
거행하였고, 탕임금은 태산에서 봉제를 운운에서 선제를 거행하였
고, 주나라 성왕은 태산에서 봉제를 사수에서 선제를 거행하였으
니, 모두 하늘의 명을 받은 뒤 봉선의 제례를 거행할 수 있었다(管
仲曰,　古者封泰山禪梁父者七十二家,　而夷吾所記者十有二焉.
昔無懷氏封泰山, 禪云云. 虙羲封泰山, 禪云云. 神農封泰山, 禪
云云. 炎帝封泰山, 禪云云. 黃帝封泰山, 禪亭亭. 顓頊封泰山,
禪云云. 帝嚳封泰山, 禪云云. 堯封泰山, 禪云云. 舜封泰山, 禪
云云. 禹封泰山, 禪會稽. 汤封泰山, 禪云云. 周成王封泰山, 禪
社首. 皆受命然後得封禪.)"라는 기록이 있음.

353 同條而共貫(동조이공관):「條貫」은 조리(條理), 계통(系統).《한
서·동중서전(董仲舒傳)》에 "주나라 문왕은 해가 저물도록 밥 먹
을 겨를도 없이 천하를 다스렸으니, 제왕의 도리가 어찌 같은 계
통으로 함께 이어지지 않겠는가?(周文王至於日昃不暇食, 而宇內
亦治. 夫帝王之道, 豈不同條共貫與.)"라 했음.

354 蜺旌(예정):무지개 그림으로 장식한 정기(旌旗), 일종의 의장기
(儀仗旗)임.《사기·사마상여전(司馬相如傳)》에 "무지개 그린 깃
발(정)을 끌어당기고, 구름그린 깃발(예)을 쓸어뜨렸네(拖蜺旌, 靡
雲旗.)"라 하고, 장수절(張守節)의《정의(正義)》에 "깃발에 곰과
호랑이를 그렸는데, 운기와 닮았다(畫熊虎於旌, 似雲氣(旗)也.)"
라 했음.

---

*** 산동 태안 남쪽에 있는 산.

355 **鑾輿**(난여) : 군왕이 타는 수레. 반고의 〈서도부(西都賦)〉에 "그리
하여 천자의 가마(난여)에 올라 여섯 말이 끌도록 하고, 여러 신하
들을 인솔하여 비렴관을 열고 원문으로 들어갔다(於是乘鑾輿, 備
法駕, 帥群臣. 披飛廉, 入苑門.)"라 했음. 이 두 구(君王於是廻
蜺旌, 返鑾輿)는 군왕의 수레(御駕)를 돌려서 돌아옴을 말한 것
이다.

356 **廣成**(광성) : 광성자(廣成子). 황제(黃帝)시대 신선으로 공동산(崆
峒山)에 거주하였음.

357 **至道**(지도) : 지극한 도.

358 **大隗**(대외) : 신(神)의 이름. 《장자·서무귀(徐無鬼)》에 "황제가
「대외」를 만나기 위해 구자산으로 찾아갔다. 방명이 어가(御駕)를
몰고, 창우가 옆에서 모시고, 장약과 습붕이 앞에서 인솔하고, 곤
혼과 골계가 수레 뒤를 따라갔다. 양성의 들판에 이르러 일곱 성
인들이 모두 길을 잃었는데 물을 곳이 없었다. 마침 말치는 동자
를 만나게 되어 황제가 길을 물었다. 「너는 구자산을 알고 있느
냐?」라 하니, 목동이 「예」하고 대답했다. 「대외가 있는 곳을 알고
있느냐?」하니, 목동이 「예」하고 대답했다. 황제는 「신통한 아이로
구나. 구자산을 알고 있을 뿐만 아니라 대외가 있는 곳까지 알고
있다니, 천하를 다스리는 방법에 대해서도 말을 해줄 수 있느냐?」
하니, 목동이 사양하였다. 황제가 다시 물으니, 동자가 「천하를 다
스리는 것이 어찌 말을 치는 것과 다르겠습니까, 그저 말에게 해
가 되는 것을 없애주면 될 뿐입니다」라 말하자, 황제는 머리를 숙
여 두 번 절하고, 천사(天師)라고 부른 뒤 물러났다(黃帝將見大
隗乎具茨之山. 方明爲御, 昌宇驂乘. 張若·謵朋前馬, 昆閽·滑
稽後車. 至於襄城之野, 七聖皆迷, 無所問塗. 適遇牧馬童子, 問
塗焉, 曰若知具茨之山乎. 曰然. 若知大隗之所存乎. 曰然. 黃帝

曰, 異哉小童！ 非徒知具茨之山, 又知大隗之所存. 請問爲天下.
小童辭. 黃帝又問. 小童曰, 夫爲天下者, 亦奚以異乎牧馬者哉！
亦去其害馬者而已矣. 黃帝再拜稽首, 稱天師而退.)"라 했으며,
육덕명(陸德明)의 《음의(音義)》에 "「대외」는 신(神)의 이름으로,
일설에는 대도라고도 한다(大隗, 神名也. 一云大道也.)"고 했음.

359 罔象(망상) : 「상망(象罔)」이라고도 부르는데, 장자 우언(寓言)에
나오는 인물로 무심한 사람을 말함. 《장자 · 천지(天地)》에 "황제
가 적수 북쪽에서 놀다가, 곤륜산 언덕에 올라 남쪽을 바라보고,
돌아오다 검은 구슬(玄珠; 道)을 잃어버렸다. 많이 아는 지(知)에
게 찾도록 하였으나 찾지 못하고, 눈 밝은 이주(離朱)에게 찾도록
하였으나 찾지 못하고, 말 잘하는 끽후(喫詬)에게 찾아보도록 하
였으나 찾지 못하였다. 이에 상망(象罔)에게 찾도록 시키니, 상망
이 구슬을 찾았다. 황제는 「기이하구나, 상망이 구슬을 찾을 수 있
다니!」라 말했다(黃帝遊乎赤水之北, 登乎崑崙之丘而南望, 還歸,
遺其玄珠. 使知索之而不得, 使離朱索之而不得, 使喫詬索之而
不得也, 乃使象罔, 象罔得之. 黃帝曰, 異哉, 象罔乃可以得之
乎.)"는 기록이 있음.

360 掇玄珠於赤水(철현주어적수) : 「掇」은 습취(拾取). 「赤水」는 곤륜
산의 아래에 있는 신화속의 강물. 《문선(文選)》권55. 유효표(劉孝標)의
〈광절교론(廣絕交論)〉에 "이 붉은 것은 「적수」에 있는 검은 구슬
(현주)에서 얻은 것이다(此朱生得玄珠於赤水.)"라 하고, 이선은
주에서 "「적수」는 강 이름을 빌린 것이고, 검은 진주는 도(道)를
비유한 것이다(赤水, 水假名. 玄珠, 喩道也.)"라 했음.

361 所如(소여) : 가는 곳. 《이아 · 석고(釋詁)》에 "「여」는 가는 것(如,
往也.)"이라 했다. 《장자 · 잡편 · 경상초(庚桑楚)》에 "나는 「지인
(至人)은 담으로 빙 둘러쳐진 방안에서 시신처럼 가만히 앉아 있

을 수 있어도, 백성들은 마음대로 행동하여 어디로 가야 할지를 알지 못한다」고 들었습니다(吾聞至人尸居環堵之室, 而百姓猖狂, 不知所如往.)"라 했음.

# 부록

# I. 이태백 연보年譜 및 문부文賦 편년編年

701년 (1세 長安원년) : 이백 출생 하다.

705년 (5세 神龍원년) : 육갑(六甲)을 외우고 독서를 시작하다.

710년 (10세 景雲원년) : 시서(詩書)와 제자백가(諸子百家)를 학습하다.

715년 (15세 開元3년) : 격검(擊劍)과 임협(任俠)을 좋아하고, 시문(詩文)을 짓다.

718년 (18세 開元6년) : 대광산(大匡山)에서 3년 동안 독서하다.

720년 (20세 開元8년) : 성도(成都)를 유람하면서 소정(蘇頲)을 배알하다. 〈대렵부(大獵賦)〉초고를 쓰다.

724년 (24세 開元12년) : 처음 고향인 사천성 광산(匡山)을 떠나 유력(遊歷)을 시작하다.

725년 (25세 開元13년) : 봄에 삼협(三峽)을 나와 강릉(江陵)과 금릉(金陵)등지를 유람하다.

726년 (26세 開元14년) : 봄에 금릉에서 양주(揚州)로 가서 여산(廬山)에 오르고, 월(越)지방을 유람하다.

727년 (27세 開元15년) : 양주(揚州)에서 안륙(安陸)로 가서 고종(高宗)시 재상인 허어사(許圉師)의 손녀와 결혼하다.
　　※〈代壽山答孟少府移文書(수산을 대신하여 맹소부의 이문에 답하는 서신)〉를 짓다.

728년 (28세 開元16년) : 안륙(安陸)에서 장녀 평양(平陽)이 태어나다.

    ※〈早春於江夏送蔡十還家雲夢序(이른 봄 강하에서 운몽의 집으로 돌아가는 채십을 보내면서 지은 서문)〉,

    ※〈送戴十五歸衡嶽序(형산으로 돌아가는 대 십오를 보내면서 지은 서문)〉를 짓다.

729년 (29세 開元17년) : 안륙(安陸)에 머무르다.

    ※〈上安州李長史書(안주 이장사에게 드리는 서신)〉,

    ※〈秋夜於安府送孟贊府兄還都序(가을 밤 안륙부에서 장안으로 돌아가는 찬부 맹형을 보내면서 지은 서문)〉를 짓다.

730년 (30세 開元18년) : 처음 장안(長安)으로 들어가고 종남산(終南山)에 머물다.

    ※〈上安州裴長史書(안주 배 장사에게 올리는 서신)〉를 짓다.

732년 (32세 開元20년) : 장안을 떠나 황하(黃河)를 따라 양원(梁園)으로 내려가다.

    ※〈冬夜於隨州紫陽先生餐霞樓送煙子元演隱仙城山序(겨울 밤 수주 자양선생의 손하루에서 은거차 선성산으로 가는 도사 원연을 보내면서 지은 서문)〉를 짓다.

733년 (33세 開元21년) : 낙양(洛陽), 양한(襄漢), 안륙(安陸)지방을 왕래하며 음주와 독서로 소일하다.

734년 (34세 開元22년) : 봄에 낙양에서 양양(襄陽)으로 가서 형주자사(荊州刺史) 한조종(韓朝宗)을 배알하다. 가을에 강하(江夏)로 가고, 겨울에 수주(隨州)에서 원단구(元丹丘), 원연(元演)과 함께 호자양(胡紫陽)을 방문하다.

    ※〈與韓荊州書(한 형주에게 드리는 서신)〉,

    ※〈暮春江夏送張祖監丞之東都序(늦은 봄 강하에서 동도로 가는 감승 장조를 보내면서 지은 서문)〉,

※〈江夏送林公上人遊衡嶽序(강하에서 형산으로 유람가는 임공 스님을 보내며 지은 서문),

※〈送黃鍾之鄱陽謁張使君序(장사군을 알현하려고 파양으로 가는 황종을 보내면서 지은 서문〉,

※〈冬日於龍門送從弟京兆參軍令問之淮南覲省序(겨울 용문에서 부친을 뵙기위해 회남으로 가는 종형제 경조참군 이영문을 보내면서 지은 서문),

※〈夏日諸從弟登沔州龍興閣序(여름날 여러 사촌 아우들과 면주의 용흥각에 올라 지은 서문)를 짓다.

735년 (35세 開元23년) : 낙양(洛陽)에서 태원(太原)으로 여행하고 북쪽 안문관(雁門關)까지 이르다.

※〈秋日於太原南柵餞陽曲王讚公賈少公石艾尹少公應擧赴上都序(가을 태원 남책에서 장안으로 과거에 응시하러 가는 양곡현의 왕찬공·가소공과 석애현의 윤소공을 전별하면서 지은 서문)〉,

※〈明堂賦(명당을 읊은 부)〉를 짓다.

736년 (36세 開元24년) : 동노(東魯)의 임성(任城)에 우거하면서 조래산(徂徠山)에서 죽계육일(竹溪六逸)과 교유하다.

※〈奉餞十七翁二十四翁尋桃花源序(도화원을 찾아가는 십칠옹과 이십사옹을 전별연에 모시고 쓴 서문)〉를 짓다.

737년 (37세 開元25년) : 안륙(安陸)과 동노에 머물렀으며, 장남 백금(伯禽)이 태어나다.

※〈春夜宴從弟桃花園序(봄밤에 집안 아우들과 도화원의 연회에서 지은 서문)〉,

※〈金鄕薛少府廳畫鶴讚(금향현 설 소부의 관청 벽에 그려진 학에 대한 찬문)〉을 짓다.

738년 (38세 開元26년) : 강동(江東), 오월(吳越) 등지를 유람하다.

739년 (39세 開元27년) : 안의(安宜), 양주(揚州), 소주(蘇州), 항주(杭州)등

지를 유람하고, 파릉(巴陵;岳陽)에서 왕창령(王昌齡)을 만나다.

740년 (40세 開元28년) : 동노(東魯)에 머무를 때, 허씨(許氏)부인이 세상을 떠나다.

741년 (41세 開元29년) : 동노에 머무르다. 가을에 영양산(潁陽山)에서 입 조하는 원단구(元丹丘)를 배웅하다.

742년 (42세 天寶원년) : 태산(泰山)을 유람하다. 가을에 노군(魯郡) 연주 (兗州)에서 천자의 조서를 받고 장안으로 들어가 금란전(金鑾殿) 에서 현종을 배알하고 대조한림(待詔翰林)을 제수받다. 비서감 (秘書監) 하지장(賀知章)과 조우하다.
※〈大獵賦(성대한 사냥을 읊은 부)〉를 짓다.

743년 (43세 天寶2년) : 천자가 베푸는 궁중의 연회에 참여하여 응제(應制) 시문을 짓다. 가을에 고력사(高力士)와 양귀비(楊貴妃) 등의 참소 를 받고 은퇴하리라 마음먹다.
※〈早夏於江將軍叔宅與諸昆季送傅八之江南序(초여름 숙부 강장군 댁 에서 여러 형제들과 강남으로 가는 부팔을 보내면서 지은 서문)〉,
※〈羽林範將軍畵讚(우림군 범 장군의 초상화에 대한 찬문)〉,
※〈金銀泥畵西方淨土變相讚(금은으로 분칠한 서방정토를 강설하는 변상 도에 대한 찬문)〉,
※〈唐漢東紫陽先生碑銘(당 한동군 자양선생 비명)〉,
※〈大鵬賦(큰 붕새를 노래한 부)〉를 짓다.

744년 (44세 天寶3년) : 현종에게 강호로 돌아가기를 청해 허락받아 사금환 산(賜金還山)하다. 여름에 낙양에서 두보(杜甫)와 조우하고, 가을 에 두보, 고적(高適)과 함께 양송(梁宋)지방을 유람하다.

745년 (45세 天寶4년) : 두보와 노군의 연주(兗州), 제남(濟南) 등지를 유람 하다. 여름에 두보, 고적과 함께 제남에서 북해태수(北海太守) 이옹(李邕)을 배알하다.

※ 〈朱虛侯讚(주허후에 대한 찬문)〉을 짓다.

746년 (46세 天寶5년) : 봄에 병으로 농노(東魯)에 머무르다.

747년 (47세 天寶6년) : 봄에 양주(揚州)에서 금릉(金陵)으로 유람하고 여름에 월(越)지방의 천태산(天台山)에 오르다.

※ 〈天門山銘(천문산에 대한 명문)〉을 짓다.

748년 (48세 天寶7년) : 금릉에 머무르며, 최성보(崔成甫)를 만나다.

※ 〈化城寺大鍾銘(당도 화성사의 큰 종을 읊은 명문)〉을 짓다.

749년 (49세 天寶8년) : 금릉(金陵)과 노군(魯郡)에 머무르다.

※ 〈崇明寺佛頂尊勝陀羅尼幢頌(숭명사 불정존승다라니당에 대한 송문)〉,

※ 〈魯郡葉和尚讚(노군 섭 화상에 대한 찬문)〉을 짓다.

750년 (50세 天寶9년) : 노군(魯郡)에서 가을에 낙양으로 유람하다. 이때 종씨부인(宗楚客의 孫女)과 두 번째 결혼하다.

※ 〈任城縣廳壁記(임성현 관청 벽에 쓴 기문)〉,

※ 〈虞城縣令李公去思頌碑(이임하는 우성현령 이공[李錫]의 덕정을 칭송하는 비문)〉를 짓다.

751년 (51세 天寶10년) : 남양(南陽), 양원(梁園)에 머무르다. 가을에 개봉(開封)에서 하북(河北)으로 여행하다.

※ 〈方城張少公廳畫師猛讚(방성현 장소공의 관아에 그려진 용맹스런 사자에 대한 찬문)〉을 짓다.

752년 (52세 天寶11년) : 연조(燕趙)지방에 머무르다. 가을에 유주(幽州)로 들어가 안녹산(安祿山)의 발호를 목격하다.

753년 (53세 天寶12년) : 하북지방을 유람한 후, 가을에 선성(宣城), 겨울에 금릉(金陵)에 머무르다.

※〈秋於敬亭送從姪耑遊廬山序(가을 경정에서 여산으로 유람 가는 종질 이단을 보내면서 지은 서문)〉를 짓다.

754년 (54세 天寶13년) : 봄에 금릉, 양주를 유람하고, 가을과 겨울에 추포 (秋浦), 경현(涇縣)지방에 머무르다.

※〈江寧楊利物畵讚(강녕현령 양리물의 화상에 대한 찬문)〉,
※〈溧陽瀨水貞義女碑銘(율양현 뇌수 가에 살던 곧고 의로운 여인의 비명)〉을 짓다.

755년 (55세 天寶14년) : 금릉과 선성(宣城) 등지에 머무르다. 11월 안록산 (安祿山)의 난으로 양원(梁園)에서 낙양을 거쳐 화산(華山)으로 피난하다.

※〈爲趙宣城與楊右相書(선성태수 조열을 대신하여 양 우상에게 드리는 서신)〉,
※〈夏日奉陪司馬武公與群賢宴姑熟亭序(여름날 사마무공과 여러 현인들을 모시고 고숙정 연회에서 지은 서문)〉,
※〈金陵與諸賢送權十一序(금릉에서 제현들과 권 십일을 보내면서 지은 서문)〉,
※〈趙公西侯新亭頌(조공이 새로 지은 서후정을 기리는 송문)〉,
※〈宣城吳錄事畵讚(선성 오록사 초상화에 대한 찬문)〉을 짓다.

756년 (56세 至德원년) : 선성(宣城), 당도(當塗) 등지를 지나 가을에 여산 (廬山) 병풍첩(屛風疊)에 은둔하고, 겨울에 영왕린(永王璘)이 세 차례나 초청하여 영왕군대에 가담 하다.

※〈爲吳王謝責赴行在遲滯表(오왕을 대신하여 행재소로 달려오다 지체한 책임에 대하여 용서를 바라며 올리는 표문)〉,
※〈春於姑熟送趙四流炎方序(봄날 고숙에서 더운 곳으로 유배가는 조사를 보내면서 지은 서문)〉,
※〈安吉崔少府翰畵讚(안길현 소부 최한의 초상화에 대한 찬문)〉,
※〈與賈少公書(가 소공에게 드리는 서신)〉를 짓다.

757년 (57세 至德2년) : 영왕군이 패하고 심양옥(尋陽獄)에 투옥되다. 송약
　　사(宋若思)와 최환(崔渙)의 구명으로 출옥하였다가 연말에 야랑
　　(夜郎)으로의 유배형을 언도받다.
　　※ 〈爲宋中丞請都金陵表(송중승을 대신하여 금릉으로 천도하도록 요청하
　　　는 표문)〉,
　　※ 〈爲宋中丞自薦表(송중승을 대신하여 자신을 추천하는 표문)〉,
　　※ 〈爲宋中丞祭九江文(송중승을 대신하여 구강에 제사드리는 제문)〉,
　　※ 〈武昌宰韓君去思頌碑(이임하는 무창현령 한군[韓仲卿]의 덕정을 칭송
　　　하는 비문)〉을 짓다.

758년 (58세 乾元1년) : 야랑으로 유배도중 5월 무창(武昌;江夏)에 들렀다
　　가 겨울에 삼협(三峽)을 지나가다.

759년 (59세 乾元2년) : 봄에 유배가는 도중에 기주(夔州)에서 전국의 가뭄
　　으로 인해 사면령을 받고 배로 강릉(江陵)으로 가다. 가을에 소상
　　(瀟湘)지방을 유람하다.
　　※ 〈江夏送倩公歸漢東序(강하에서 한동으로 돌아가는 천공을 보내면서
　　　지은 서문)〉,
　　※ 〈澤畔吟序(「택반음」시집 서문)〉,
　　※ 〈天長節使鄂州刺史韋公德政碑(천장절사 겸 악주자사 위공[韋良宰]의
　　　덕정비문)〉,
　　※ 〈悲清秋賦(청명한 가을을 슬퍼하며 지은 부)〉를 짓다.

760년 (60세 上元1년) : 강하(江夏), 악양(岳陽), 무창(武昌) 등지를 유람하다.
　　※ 〈地藏菩薩讚(지장보살의 찬문)〉,
　　※ 〈爲竇氏小師祭璿和尚文(두씨 소사를 대신하여 선 화상을 제사지내는
　　　제문)〉,
　　※ 〈惜餘春賦(남은 봄을 애석해 하며 지은 부)〉를 짓다.

761년 (61세 上元2년) : 금릉(金陵), 선성(宣城) 사이를 왕래하다. 이광필
　　(李光弼)의 정벌군에 가담하지만 병으로 포기하고 당도현령(當塗

縣令) 이양빙(李陽氷)에게 의지하다.

※〈餞李副使藏用移軍廣陵序(광릉으로 부대를 이동하는 부사 이장용을 전별하며 지은 서문),

※〈金陵名僧頵公粉圖慈親讚(금릉 명승인 균공의 자애로운 모친을 그린 초상화에 대한 찬문)〉,

※〈志公畫讚(지공 화상에 대한 찬문)〉을 짓다.

762년 (62세 **寶應**원년) : 당도(當塗)에서 양병(養病)하면서 이양빙(李陽冰)에게 시문 편집을 부탁하고, 11월 〈임종가(臨終歌)〉를 읊으며 서거하다. 용산(龍山)에 장사지내다.

※〈當塗李宰君畫讚(당도현령 이양빙의 화상에 대한 찬문)〉을 짓다.

미편년 작품

※〈李居士畫讚(이거사의 초상화에 대한 찬문)〉

※〈壁畫蒼鷹讚(벽에 그려진 푸른 매에 대한 찬문)〉

※〈琴 讚(거문고에 대한 찬문)〉

※〈觀佽飛斬蛟龍圖讚(차비가 교룡을 베는 그림에 대한 찬문)〉

※〈擬恨賦(한부를 모방하여 지은 부)〉

※〈愁陽春賦(따뜻한 봄을 근심하며 지은 부)〉

※〈劍閣賦(검각을 읊은 부)〉

## Ⅱ. 參考文獻

### 1. 李白(文賦) 關聯 主要 著作類

《李太白全集》, 王琦 注, 北京中華書局, 1977.

《李太白文集》, 宋敏求・曾鞏, 成都巴蜀書社, 1985

《分類補注李太白詩》, 蕭士贇, 北京圖書館出版社, 2003.

《李白全集編年注釋》, 安旗・薛天緯, 成都巴蜀書社, 1990.

《李白集校注》, 朱金城・瞿蛻園, 上海古籍出版社, 1979.

《李白全集校注彙釋集評》, 詹鍈 主編, 天津百花文藝出版社, 1996.

《李白全集校注》, 郁賢皓 校註, 南京鳳凰出版社, 2015.

《李白詩文繫年》, 詹鍈, 人民文學出版社, 1984.

《李太白年報》, 黃錫珪, 臺灣學海出版社, 1980.

《李白大辭典》, 郁賢皓, 桂林廣西教育出版社, 1995.

《李白與杜甫》, 郭沫若, 人民文學出版社, 1972.

《李白研究》, 戚維翰, 華世出版社, 1975.

《李白》, 王瑤, 上海人民出版社, 1979.

《李白》, 田中克己 著 李君奭 譯, 專心文庫(第1輯), 1983.

《詩人李白及其痛苦》, 長植, 大漢出版社, 1976.

《李白詩論叢》, 俞平伯 等著, 香港文苑書屋出版, 1977.

《李白詩論叢》, 詹鍈, 人民文學出版社, 1984.

《李白詩全譯》, 詹福瑞 等譯, 河北人民出版社, 1997.

《李白選集》, 郁賢皓, 上海古籍出版社, 1990.

《李白文選》, 牛寶彤 主編, 北京學苑出版社, 1989.

《李白散文研究》, 謝育爭, 臺灣文津出版社, 2012.

《李白思想藝術探驪》, 葛景春, 河北人民出版社, 1991.

《李白思想研究》, 楊海波, 上海學林出版社, 1997.

《李白縱橫探》, 安旗, 陝西人民出版社, 1981.

《李白十論》, 裴斐, 四川人民文學出版社, 1981.

《李杜論略》, 羅宗强, 內蒙古人民出版社, 1981.

《李白叢考》, 郁賢皓, 陝西人民出版社, 1982.

《李白新論》, 劉憶萱, 管士光, 山西人民出版社, 1987.

《李白與唐代文化》, 葛景春, 鄭州中州古籍出版社, 1994.

《中國李白研究》, 中國李白研究編輯部, 合肥黃山書社, 2005.

《李白懸案揭秘》, 李紹先, 李殿元, 成都四川大學出版社, 1996.

《李白新探》, 李協民, 北京文聯出版社, 2002.

《李白生平新探》, 施逢雨, 臺灣 學生書局, 1999.

《李白與蘇頲論考》, 陳鈞, 太原山西古籍出版社, 2000.

《李白評傳》, 劉維崇, 臺灣商務印書館, 1987.

《李白家世之謎》, 張書城, 甘肅蘭州大學出版社, 1994.

《李白的身世婚姻與家庭》, 范震威, 黑龍江人民出版社, 2002.

《李白的作品》, 平岡武夫 主編, 上海學林出版社, 1989.

## 2. 叢書類 및 一般著作類

《十三經注疏》, 阮 元, 臺灣 新文豐出版公司, 1976.

《四庫全書薈要》(乾隆御覽本), 吉林人民出版社, 1997.

《史記》, 司馬遷, 臺灣 中華書局, 1959.

《漢書》, 班固, 臺灣 中華書局, 1962.

《資治通鑑》, 司馬光, 臺灣 中華書局, 1984.

《吳越春秋》, 趙曄, 南京 江蘇古籍出版社, 1986.

《舊唐書》, 劉昫, 上海古籍出版社, 1986.

《新唐書》, 歐陽修 等撰, 上海古籍出版社, 1986.

《貞觀政要》, 吳兢, 臺灣 中華書局(四庫備要本)

《通典》, 杜佑 撰, 王文錦 等點校, 臺灣 中華書局, 1988.

《太平廣記》, 李昉 等編, 臺灣 中華書局, 1961.

《中國通史》, 傅樂成著, 臺灣 大中國圖書公司, 1993.

《全唐詩》, 彭定求 等編纂, 臺灣 中華書局, 1981.

《全唐文》, 董誥 等編纂, 北京 中華書局, 2001.

《玉臺新詠》, 徐陵, 臺灣 中華書局, 1976.

《文選》, 李善 注, 香港 商務印書館, 1978.

《樂府詩集》, 郭茂倩, 臺灣 理仁書局, 1981.

《古詩苑》, 沈德潛, 臺灣 商務印書館, 1975 .

《說文解字》, 許慎 著, 段玉裁 注, 臺灣 商務印書館, 2000.

《百種詩話類編》, 臺靜農 編, 臺灣 藝文印書館, 1971.

《中國文學批評史》, 郭紹虞, 明倫出版社, 1971.

《中國美學思想史》, 敏澤, 齊魯書社, 1990.

《詩詞賦散論》, 胡國瑞, 上海古籍出版社, 1992.

《詩賦論稿》, 王洲明, 山東大學出版社, 2006.

《古典詩文述略》, 吳小如, 山西人民出版社, 1984.

《唐代文學研究》, 傅璇琮主編, 廣西師範大學出版社, 1994.

《歷代詩文要籍詳解》, 金開誠・葛兆光著, 北京出版社, 1988.

《中國歷代文論選》, 郭紹虞 主編, 上海古籍出版社, 1979.

# III. 제목찾아보기

## 한자

## 한글

第二十五卷
古賦
明堂賦
大鵬賦
擬恨賦
〔全目〕
悲陽春賦　悲淸秋賦
大獵賦
劍閣賦
惜餘春賦
二二

第二十六卷
表
爲宋中丞自薦表
爲宋中丞請都金陵表
爲吳王謝責赴行在遲滯表

書
代壽山荅孟少府移文書
上安州李長史書
與賈少公書
爲趙宣城與楊右相書

與韓荊州朝宗書
上安州裴長史書

第二十七卷
序
送張祖監丞之東都序
奉餞十七翁二十四翁尋桃花源序
陪司馬武公宴姑孰亭序
江夏送林公上人遊衡嶽序
金陵送權十一序
姑孰亭送逆少府序
崿亭送從姪遊廬山序
〔全目〕
送黃鍾之鄱陽序　送裴十還汝臺黃序
餞陽曲王贊　江夏送倩公歸漢東序
餞李副使稜軍廣陵序
澤畔吟序
登汝州龍興閣序
送孟贊府兄還都序
隨州餞霞樓送烟子元隱仙城山序
春夜宴桃花園序
送戴十五歸衡嶽序
送傅八之江南序
送從弟京兆綦軍之淮南

第二十八卷
讚

學士李陽冰編集

羽堂賦 并序　　　　大獵賦 并序
大鵬賦 并序　　　　劍閣賦
擬恨賦　　　　　　惜餘春賦
愁陽春賦　　　　　悲清秋賦

羽堂賦 并序

昔在天皇告成岱宗，政元班瑞，封金泥玉，始明堂於岱宗之墟，蓋以崇天緯地，因光人之子來崇義祀之業，蓋天皇先天中宗之，天皇聖集成歌頌，恭惟述焉，其辭曰：

伊皇唐之革天創元也，我高祖乃仗大順，赫然雷發，以首之。然以橫八荒，掃九陽，捎彗攙，開混茫。而太階平，日月張。歘若太空開曜，五星耀。地珍既應，天瑞。義祖赫於有截，仁風汩於無疆。若乃高宗紹興，應元符，剖地珍，見天瑞。統錫羲神，休偓佺，瑞物咸臻。稽昊蒼之積，網洋風湯，湯恩澤洋。區宇以立，緾綴蒼皇之。而降禪將欲，有洛崇明堂惟敬。天以輔人，遂登封而揚列聖之耿光。則使功之未輯兮，乘白雲於帝鄉。勤勞輔政兮中宗。以欽明克昌，遵先軌以繼作兮，揚列聖之耿光。則使四方宣耀挺於萬室。乃惟水泉瀵，軒轅草圖，義和練日，經之營之不踰。因子來於，雲探翠玉石於藍。

----

坂空璚材於蕭相，巧奪神鬼，高窮昊，君臨天語之，察擬帝居之，銷鏤雖賁若突兀始於我皇。觀夫明堂之宏壯也，則突兀瞳乍明作中古元。象之結空，嶻嵲如嶽，若無根矗起百王而垂。爾乃劃岧嶤，截嵽嵲，立都弯崇，而鴻洞以，燬萬像而賜文寧忧以洞啓，呼嵌嵓而傍分。又。平崑山之天柱兮，高九霄而垂雲。於是結巒乎黃道兮，乘平紫微絡，勾陳以潒垣，闖閶闔以啓扉，峋嶙曾，崢蘸中，宇兮，光煇崔巍赫奕張，天地之神威夫其昔。黃河汩瀬清洛，木行，却立。谷前鄠遂則標態兮以，作揚驚龍以開隔嵽嵲，綠荄洪洞清陰平羣山。

----

及乎煙雲卷舒，發崇噴伊倚日潭月雷霆之所欻，轂萬星斗之區屼翠金龍之蟠蜿，挂天球之，碎瓴甓被五嶽張四維軋地，抽以盤根，摩天倪而劍規稜臺嶼岫，以奔附城闕之幾，若樹珍攀躡少，陽而曝形採，棼彪以奮壯木之。數壯不及奢屢遘合董揚迤目瑤井之炎躟王繩之雜瑰，擬太微之棊布，以武庫，獻華房以。開鑿騰仰，酌酉夏步，以代室重屋，以之名也括以辰次火木之數戶。

巘峭翻飛矯廣廈樹木森下千富對影，以雲橫青側度近萬。

熠乎光碧之臺昊乎璚華之室錦爛霞皎屋漆波卿

374 이태백 문부집 下

楓蘭囊以興膳宜陰燮璣以螂竅令佳氣之青蔥吐祥
煙之鬱律九室坊宪五關聯綿飛翥瓦走狀角緣
雲楹立炭汶橫梅綠桶拒檗而仰天論鍪盡卽朱英
晴鮮蔟欄各落偃塞青漢翠楹迴合蟠聯汗漫盎盎
窅之絲垠跨皇居之大半遠而望之赫煌煌以輝煇
忽天硯而雲曾迫而察之日顴猛虎失道酒斟而
昬攘蓬臺之蔡炳煥後山訛而
蝤蛑蟠通天直上俯長河而下低五艾蹇星於綱
斬覺扶樑川而罔足摋跟桂而罷蹄要離鼓睢而外
夔精䀹水背而坼迷亘以榱橝接乎宮掖堂入西檻

失萬覺耆前承襟穀正儀蹈以出入九夷五狄順方
面而來奔其左也則丹陸崚嶒形庭煌煌列實鼎
歊金光流辟雍之湯湯關青陽啟樂
賣爐明臺而玄堂儼以太廟孰平中央襲號施令
梁時順方其闓閫也三十六戶七十二牖度延列位
西八東九白虎列序而邊跪青龍承席隅而蚴璆其深
坤斗生土擁平其心若乃堄燿五色若乃瑚動睒晔睥睨士忠
況奧密也則赤標掌火招框司金靈威制陽叶光摧
物禽獸奇形異模勢若飛動睒晔睥睨明君眡士忠
臣列夫戚政興滅表賢示愚於是天正孟月朝陽路
曉天子乃施蓑玉樂蒼蒼蝻臨平青陽左个方御瑤瑟

卷三五
三

卷三五
四

開乎關外羣臣醉德揖讓而退而聖主循久傷若鷹
懼人未安乃目極千天耳下于泉飛勛颺明無遠不
察善見神之奧焦陰陽之荒下明詔毋舊章抵窮之
散敫畜夢三沉埒畢宮頑牆使山澤無閒往來相挾
希躬平天田后親於郊桑棄末友本人和時康建翠
之堂平天欣欣芳瑞穰穰芣陵扶桑遊平昇平之圓閔乎
華芳封彩吮岱宗芳祀后土摭栗而苟陶唐遼邀墾
山之旁封水之陽吸流彦之精點滋味而肖理國其
洞之禮汾水之陽吸流沓之精點滋味而肖理國其
若夢華胥之故鄉於是元元澹然不知所在若群雲
從龍泉水奔海此眞所謂我大君登明堂之政化也

氣瀟太和千里鼓舞自寰歌于斯之時雲雨霈
冥也然後臨辟雍宴群后陰陽爲厄造化爲宰袞元
釣天之樂旬孤竹合泰笙和鳴盡六夔齊九成羣
顒昂俯僂儼容蹐跱乃絜組臨惝怳大武之隱麟張
牲享于神靈太祝正辭庶官精誠鼓大武之隱麟張
虹旌棼金戰與玉戚延五更進百辟奉珪瓚獻醐五
樹羽葵煌蔵靴納六服之貢受萬邦之籍張龍旗旒高
軌術對清廟崇配天之規欽若昈蠻惟清緝熙牙崇乎
而彊嗚綠展平國容輝平皇儀傝滐神臺順雲之觀雲之

부록 375

豈比夫秦趙吳楚爭高競奢結阿房與建姑蘇
及章華宜春之苑祀與嚴配徒摘月而凌霞由此觀之不
足編也況瑤臺之巨麗復安可以語哉敢揚國美遂
作辭曰
穹崇明堂倚天開兮龍從鴻濛構璇村兮儷寒峻峇
遨徙覽兮周流辟雍發靈臺兮赫弈日質風雷宗祀
時饗王化弘恢奠八荒通九垓四門兮離國來考
林徽兮進賢十儀若皇居而作固第千祀兮悠哉

大獵賦并序

白以爲賦者古詩之流辭俠壯麗義歸博遠不然何
以爲文雄莫我誶許臣謂語其略寫或編其用心子
虞所言楚國不過千里蒡澤居其本半而齊徒吞若
八九三農及禽獸無息肩之地非諸侯禁淫述職之
義也上林云左蒼梧右西極者其實地周永綾經數
百晨楊游朋設綱爲周岧岐康鹿其中以博攫充樂
羽獵於靈臺之圓圖經百里而開殿門當時以四海爲
壯極麾造今觀之何難歟之山林禽獸豈與眾庶異
家萬姓爲子則天下之道匪君示物周博平文論苑之
臣以爲不能以大道匡君示物周博平文論苑之而
爲微臣之不取也今聖朝園池退荒殘窮六合以
孟冬十月大獵於秦亦將賦威謂武掃天蕩野豈遙

五

荒修陛非三驅之意耶臣白作頌以申威美其辭曰
銀造星唐之契天地而襲氣毋兮蔡五葉之延程
元廟辭寫而運斗極兮楙六聖之光與誕金德之祥
凉揆兮秋王露之華滋文章森平七曜兮制作兆乎
兩儀枯眾妙而不燭兮澤無遠而不
寒氣栗冽之三黜生殺於四時若刀澤無遠而不
旅藜火井冰閉是月也天子斅乎玄堂之中食八水
煙陰百工老王制乎海國風樂農人之閒隙方困校
衡與林慶辨士場之眾寡千騎廐掃萬乘雷奔稍枝

桑而拂火雲兮刮月窟而襲寨門赫壯觀於今古兼
摇蕩於乾坤此其大略也而內以中華兮盡天心外以
窮陵爲海口谿咽喉以洞開吞荒商以盡大華牧
步以來住奔父振策而奔走尺蹄平日月之所遊桑
括平陰陽之未有君王於是橦鴻鐘發蠻音出鳳闕
開宸襟兮柳過上林樽高牙以遊五柞兮駐華蓋之
三危挾紺柳兮飛龍歷神州之眉公之意兮可倒
森森於是擢倚天之劍聲洛川之弓覺蒼此弓之生
宇宙瞻兮增雄河漢爲之却流川載爲之生風旗施長
揚兮九天絯獵火燃兮千山紅乃召螢尤之徒聚辰於
戰羅兮廣澤呵兩師走風伯之威曜平雷霆俎嚇辰於

六

淨瓶彌漫舍晉呼哮閾鳳旋電柱耽文豹之疲趾立

翔烏與伏兔從棧嶺金戈森行洗晴野
之寒霜虹旗電製卷長空之飛雪吳驄走涷馬喋
血柴衆衆山之聯絲隨遠水之明滅使五丁摧峯一夫
枝木下撼高頹深平險谷擢椿梧折枒叢榛軍
路蜿蜒過而猶駛雄飛而不度彼晉霄與麻榛罕
屯萬族而來居至雖高天網密布征罘絲原峭格梅
庭九川之珍禽兮迴千罿以坌入聰八荒而獸兮
禳之掌批後手朱挾三輩兩餓徒搏以角力又揮鎚
而爭先行魁虓兮氣赫火而歊煙奮爭封瑞引
巨挺象羊應叱以虓蹲豬豯而墜顛武蹄腮以
䒠脊或敝隨以飛涎剔狐之猛縮天狗以
脫角犀填珠牙於犲象口掃封士狛瘖天狗
咋君毛於畏衆通天廄
星荄奔雷毘掉電觀壯士之劲擁頷三軍而欣然
日夫何神狡見懷之駿人出又命建藥鼓勵武卒雖
蹦躒之巳多循拗憨而未殺集赤羽芳照日張烏號
芳滿月戌車轆轆以陸離毂騎煌煌而舊裝鷺大之
所騰捷飛戌走之所蹊踥攫麋麖之兔洋踥射貙以挂

---

泱川飛毛灑雪狀若平高天兩獸上墾於大荒又飢

貴鋒添鋒渡浅飲愎恩觀脉竹塹遂辟尚揮霍以出
没別有白貒虎恩駿窟平疆囂圈弗若叢萃口
吞父䑕目極拇槽碎狼攫玃射猛虎白金
鯢一發寿臺四五䠥鋻茜落牙而致倪誰謂南山白
鯢之足觀援八殺棱四周喜諸走都廬趙喬林擻
權其巨戟銳造化之譎誑何神怪之有餘血
迄壁抄嶄朝鴇躒於峻崖頽殺雉隆頑濯太宁石
塞由發箭可胁飛車巧坼更嬴妙捕娑鵾居黄天
青雲召鴻臆孫羊虛消鶴鳩深鸝鵬彈洲廬與神居
薪飛鵑於日域滿大鳳於天坡龍伯釣其靈鼇任公
忽也莫不海晏天空萬方來同泰皇與繇武兮
危防兮戎逸飛彀以任發玄妙為靈暴殄夫人
何足以爭雄俄旣而若玄改容悚然有失大安愳
去三面之網示六合之仁巳殺者瘞其祀命未忘者
君又端拱為懷斯眺聊以忘玄乃命
全其天真鮮于族廃夏奥鶱倖天寶於陳倉鐵能放巡
驚籥兮旅蒙廘麑倭天寶於陳倉鐵能放巡
遵於是尊鴻恩徒封氵苦苦軒行宮騎歙駙卹兵戈火繼
晋然後登九霄之臺夏八紘之圆闇日月之為關生

---

靈之戶聖人作而萬物覩塈敖頭於宣城之
足數西稼王之荒誕歌白雲之西母島若敵人以汰
泊之味醇時以淳和之鞞鼓之以陰雨
廈平神明歸於通德張無外
頎天網之多少詩賢俊以御
使天人宴安草木蕃植六宮天老掌圖風后侍側
混枇玉風於遽方擁嘉瑞臻元符登封於大山
三階砥平而宣大小裁方興上林長楊
於斯首宣與平十二帝同條而共貫歲君王於是

〔畫二五〕

象赦宥跌於水天下不忘其所如也
足縈蜺及蠻貊訪廣成於室閭大漿之墟居使閭

# 大鵬賦 并序

余昔於江陵見天台司馬子微謂余有仙風道骨可與神遊八極之表因著大鵬遇希有鳥賦以自廣此賦已傳於世往往人間見之悔其少作未窮宏達之旨中年棄之及讀晉書覩阮宣子大鵬贊鄙心陋之遂更記憶多將舊本不同今復存手集豈敢傳諸作者庶可示之子弟而已其辭曰

南華老仙發天機於漆園吐崢嶸之高論開浩蕩之奇言徵至怪於齊諧談北溟之有魚吾不知其幾

千里其名曰鯤化成大鵬質凝胚渾脫鬐鬣於海島張羽毛於天門刷渤澥之春流晞扶桑之朝暾燀赫乎宇宙憑陵乎崑崙一鼓一舞煙朦沙昏五嶽為之震盪百川為之崩奔爾乃蹶厚地揭太清亙層霄突重溟激三千以崛起向九萬而迅征背嶪太山之崔嵬翼舉長雲之縱橫左迴右旋倏陰忽明歷汗漫以夭矯羾閶闔之崢嶸簸鴻濛扇雷霆斗轉而天動山搖而海傾怒無所搏雄無所爭固可想像其勢彷彿其形

〔李王〕

若乃足縈虹蜺目耀日月連軒沓拖揮霍翕忽噴氣則六合生雲灑毛則千里飛雪邈彼北荒將窮南圖運逸翰以傍擊鼓奔飆而長驅燭龍銜光以照物列缺施鞭而啟途塊視三山杯觀五湖其動也神應其行也道俱任公見之而罷釣有窮不敢以彎弧莫不投竿失鏃仰之長吁爾其雄姿壯觀坱軋河漢上摩蒼蒼下覆漫漫盤古開天而直視羲和倚日以傍歎繽紛乎八荒之間掩映乎四海之半當胸臆之掩畫若混茫之未判忽騰覆以迴轉則霞廓而電散然後六月一息至於海湄欻翳景以橫翥逆高天而下垂憩乎泱漭之野入乎汪湟之池猛勢所射餘風所吹溟漲沸渭巖巒紛披天吳為之怵慄海若為之躨跜巨鼇冠山而卻走長鯨騰海而下馳縮殼挫鬣莫之敢窺吾亦不測其神怪之若此蓋乃造化之

所爲豈此夫蓬萊之黃鵠謁金友與蒲萄蔓恥蒼梧之
玄鳳雖珠質與錦章觬服御于霞仙兮剛邃於池塘
精備勤苦於衡木鷦鷯悲愁乎蔦蘿天鵾瞥翥于鰲
桃跛烏嬌燿於太湯不瞞蕩而縱適何拘蟄而守常
未若夫鵬之逍遙無殿頫乎此方不拎大而暴猛每
順時而行藏猋方根以此壽歟元氣以芄賜璃谷
而徘徊扁炎洲而都揚俄而壽歟元氣以芄賜璃谷
戰乎此之衆也吾右翼摘乎西極左翼蔽乎東荒鷁
戢乎此藏天綱以況悖爲巢以壺相隨此二禽已
蓮蘭同我翔尺鷃之螢空見笑於蓬蘿
而尺鷃之螢空見笑於蓬蘿

登於蓬萊而
登於蓬萊而

劍閣賦　　李太白
嗟爾遠人王尊之蜀

咸陽之南直望五十里見雲峯之崔嵬前有劍閣橫
斷倚青天而中開上則松風蕭颯有巴猿兮相
嘯旁則飛湍走壑灑石噴閣掉奔湍兮相
哀昔復何時兮歸來望我君兮安極我沉吟兮歎息
視滄波之東注悲白日之西匯浮雲兮渺渺繞雲兮愁
我而暝色若明月出於劍閣兮與君兩鄉對酒而相
憶

擬恨賦　　李太白

晨登大山一望萬里松楸骨寒宿墳荒凉浮生可嗟
大運同此於是僕本壯夫懷惻不歇仰思前賢歔恨
憤

　　　　李太白

受戰神氣奮然左右垂立精魂動天哀愛子以長別
歡黃犬之無緣或有從軍求使去國長達天涯遠交
海外思歸此人忽見愁雲蔽日日闇心飛其不橫悶
晝誼亦復星沉電滅開影營魂已矣哉桂華滿兮歌鐘
痛骨枝血霑衣茫乃錯繡轂墳金門煙塵蕤碧臺空兮
月輝挾桑睍兮白日飛玉顏滅兮蟫蟻聚碧臺空兮
歌舞稀與天道兮其蓋莫不委骨而同歸

　　　　　　惜餘春賦

天之何爲兮令北斗而知春兮回指於東方水蕩漾兮
碧色蘭歲歇兮紅芳試登高而望遠極雲海之微茫
魂一去兮欲斷淚流頰兮成行吟清楓而詠滄浪懷

洞庭兮悲瀟湘，何余心之縹緲兮，與春風而飄颺。颺兮思無垠，念佳期兮莫展。平原萋兮綺色，愛芳草兮如剪。惜餘春之將闌，每為恨兮不淺。漢之曲兮江之潭，把瑤草兮思何堪。想遊女於峴北，愁帝子於湘南。恨無極兮心氳氳，目眇眇兮憂紛紛。披衛情於淇水，結楚夢於陽雲。春每歸兮花開，花已闌兮春改。歎長河之流春，送馳波於東海。春不留兮時已失，老衰颯兮逾疾。恨不得挂長繩於青天，繫此西飛之白日。若有人兮情相親，去南國兮往西秦。見游絲之橫路，網春暉以留人。沉吟兮哀歌，躑躅兮傷別。送行子之將遠，看征鴻之稍滅。醉愁心於垂楊，隨柔條以糾結。望夫君兮咨嗟，橫涕淚兮怨春華。遙寄影於明月，送夫君於天涯。

〈李卅五〉 十三

## 愁陽春賦

東風歸來，見碧草而知春。蕩漾惚悅，何垂楊旖旎之愁人。天光青而妍和，海氣綠而芳新。□彩翠兮凝竹，□□秀兮含□。蝶飄颻而相鮮，演青苔兮□綠，翠兮芊芊，□之生泉。□煙暝，魂與此兮俱醉，□風光兮□□。慢然若失，□見遠□水素聲，江猿巴峽，明妃玉寒，愁客楓林。試登高而望遠，兼萬情之悲歡，茲一感於□，□別波於尺。一人所恩□兮相水濱，隔雲霓而見無因，□別淚於尺……

本廿五

波寄東流於情親君，使春光可攬而花成兮，吾欲贈天涯之佳人。

## 悲清秋賦

登九疑兮望清川，見三湘之潺湲。水流寒以歸海，雲橫秋而蔽天。余以鳥道計於故鄉兮，不知去荊吳之幾千。於時西陽半規，映島欲沒，澄湖練明，遙海上月。念佳期之浩蕩，渺懷燕而望越。荷花落兮江色秋，秋風嫋嫋兮夜悠悠。臨窮溟以有羨，思釣鰲於滄洲。無修竿以一舉，撫洪波而增憂。歸去來兮，人間不可以託些，吾將採藥於蓬丘。

本廿五

李太白文集卷第二十五

學士贈右拾遺李白

表

為吳王謝責赴行在遲滯表

為宋中丞請都金陵表

為宋中丞自薦表

書

代壽山荅孟少府移文書

上安州李長史書

與賈少公書

為趙宣城與楊右相書

與韓荊州朝宗書

李夭

上安州裴長史書

為吳王謝責赴行在遲滯表

臣某言：臣伏蒙聖恩追赴行在，臣誠惶誠恐頓首頓首。臣聞胡馬噴首嘶風以蹋顧，越禽歸飛戀南枝而刷羽，所以沴波思其舊浦，葉墜於本根，在物尚然，別於臣子。叵位叩艱石壘，負明時，干關慇戎，課當強冠駑拙。有素天寶知之，伏惟陛下重乾綱，再清國步。歲臣不逮賜臣全歸，見白日死無遺恨。然臣年過半百，顧武蔡日加鋒鏑，殘骸为有餘端，雖決力上讟而心與願違。貴舍尺寸之程，輒增大馬之戀，非有他故以疾瘠留。今大舉天矢埽除戎羯，所在郵驛徵發交馳

臣逖便水行難於陸進，瞻望丹闕，心湣若飛，輒敢謹奉

之遲，收喜遺簪之弗御，不勝弟繾屏營之至。

為宋中丞請都金陵表

臣某言：臣誠惶誠恐頓首頓首。臣聞天未絕晉，祚永逮唐以功德之光，享祚千載者守之。君臣無定位，開者失之，所以父作子述，重光重熙，垂祚百五十年。金章不作逆胡之踰號，制蘭中原，銷平舊業。

有周大王之興岐，人惟戴唐以改歲，笑誅三台之地於短期高而福祚長永，漢蒮笮斷於此一群生屬之地。

今為庶人非一朝也，伏惟陛下懷昔之鴻休，本區字之廣有遇艱難。

劍之春誅臣遷謫之日，犬不歸國字，涕淚橫流何以彰聖德不足以慕大舉之。

以慕洛城之戰，晉沃洪瀗泰非不足

刃去之頃，元兇有絕殿伏而雜旦道有餘壘。

漢當三十六葬亦為梁亲未伏再起而臣果

至坤至聖安能物微中央未能割黎庶女弟席

疑淤塗下人滿望夭千廣或與一得何老賊臣

國忿茲襄其志怨天刑之割黎庶女弟席龍假國弄權九土

泉其盍歸平殘蹙賊恐難應期王圍蔑金之計以成

力屈知兪

一舉之策今自河以北為胡所侵自河之南孤城四
壘大盜竊食割為洪溝宇宙坻圻可觀臣伏見
金陵舊都地稱天險龍盤虎踞開局自然六代皇居
五福斯在雄圖霧陰遠由存咽喉控帶紫錯如繩
天下衣冠士庶避地東吳永真兩遷未絕於此臣又
聞湯又盤庚丕選其邑典謨訓誥不以為非儒文徒
褊褊章之所出元龜大貝充牣其府中銀銕冶連緜
招屬刺綱陵為金穴資海水為鹽山以征則兵強

**金玉夫**

守則國富橫制八極克復兩京俗畜藪之歡人多
之請張去扶風萬有一危之近邦就金陵太山必安
之勢苟利於物斷老宸衷況齒革羽毛之所生椎
武飛章問安往復巴峽朝發白帝暮宿江陵首尾相
閟南嶺之増嵐尤共工五兵莫向二聖高枕則此開
皇居天帝運圖之都儲精真一之境有虔則此開劊
守海陵之倉獵長州之苑雞山林五柞復何加為上
應率然之舉不勝屏營眄雲望日之至
為宋中丞自薦表

三

**金玉氏**

臣某聞天地開而賢人隱雲雷屯而君子用臣伏見
前翰林供奉李白年五十有七天寶初五府交辟不
就閒達亦由子真谷口名動京師上皇聞而悅之召

---

入禁掖既潤色於鴻業或間草於王言雍容揄揚持
見醜正慝臣斥以謗議臣詭遂放歸山閒居製作非
屬邇胡無鳳池光近永王東巡脅行中道奔走
亦王言澤貝已陳首前後經歷史上賞稷賢
覆濟奏真牽聞曰陳古今諸侯進賢受上賞稷賢
受明載老三通拼美九錫先榮垂之典永以為
制臣蕭李白實番番無辜讒搆之于抗巢由以
文可以變風俗學可以究天人一命不霑四海稱屈
伏惟陛下火明鴻俗可完畔世之英以為君
清朝之寶昔四皓遭高而不起翼惠帝而万來君
臣驩合於各有數員使此人名揚宇宙而枯槁當年

四

**金玉氏**

傳曰衰過人而天下歸心伏惟陛下迴太陽之高暉
流孟公足下曰僕包大塊之氣生共荒之際
則四海豪俊引領如歸不勝懷懷之至戴陳萬以書
代壽山荅孟少府移文書

准南小壽山謹使東峯之衣
陽孟公足下曰僕包大塊之氣生共荒之際
以結峯蛭荊衡之遙勢攀古邈然星河慧天亢
之分野崎倚十極而橫章頗能攬吸霞雨隱居靈仙產
隋侯之朱其倚貝氏之光寶營宇宙之美輝造化之
奇方與峨崐崘抗行閬風接堉何人間巫廬岳霍之足
陳那一非於山人李白嘗見吾子移丈責僕以多

382 이태백 문부집 下

奇之僕以特秀而盛談三山五嶽之美謂僕小山無
名無德而稱焉觀乎斯言何太謬之甚也吾子豈不
聞乎無名足以大道幾耶姑有名者萬物之母假令登封
禋祀勾足以大道幾耶然能損人貴物殺致奉是
太草木鎮刻金石使載圖與菜未足為貴物應致奉是
莊生常有異論以為尺鷃不羨於鵬鳥秋毫可亞於
太山由斯而談何小大之殊也此怪於諸山藏國寶
隱國寶使吾君勝道燒也披訪不獲非通談巡夫皇
王登極瑞物昭至蒲葡翡翠以納貢河圖洛書以應
符設天網而掩賢於弱月冪以率職天不祕實地不藏

珍鳳威百鼇春養萬物王道無外何英賢珍玉而能

李二十六　　　　　　五

伏匿嵒穴耶所謂勝道燒山此則王者之德未廣
矣昔太公大賢傅說明德樓渭川之水藏巖廊之
卒簡形諸北聯威千妻想此則天道闈囘登勢平搜
訪裁果投竿詣鹿儔築作担佐周文讚武丁想而論
之山亦何罪乃知嚴穴為養賢之城林泉非鄙賤焉
區則僕之諸山亦何貪於國家矣白巾起逸人李白自
雖眉而來爾其天為容道寫狼不屈已不干人巢由
以來一人而已刀州蛻氣弄之以金砂餌弄之以
綠綺卧之以瓊瑤此以驚逸餌以瓊瑤挂弓揺翮四海
顏益春氣食茂料散倚天外挂弓揺桑浮四海
橫八荒出宇宙之寞而登雲天之肥浩桑浮而李公仰

天長呼謂其友人曰吾未可去也吾與爾遠遊則兼濟
天下窮則獨善一身安能然竇竈而拳拳蒍腐蒍松之人耶此方
未可也乃相與卷其丹書囘其瑤瑟申管晏之談謀
帝王之術奮其智能願為輔弼使寰區大定海縣清
哉少能資其聰明輔以正氣借之以物色發之以文
一事君之道成榮親之義畢然後與陶朱留侯浮五
湖戲滄洲不足為難矣僕林下之所隱客宦一大
章雖煙花中貧沒齒無恨其有山精木魅雄虓猛獸
以驅之四荒碌裂原野使影跡絕滅不千戶庭亦逍

清風掃門明月侍坐此乃養賢之心實亦勤矣孟子

李二十六　　　　　　六

孟子無見深青耶明年青春求我於此巖也
上安州李長史書
白敘崎嶇落可笑人也雖然顧曹男千載觀百家至
於聖賢相似厥衆則有若似宋玉似屈原君之儔歟
牛之似於屈原遙觀君之竊儻疑魏
疑誤而成斯事有形似而類真惟大雅君色引方能恕
冶便欲欲趨於臨於煙紫遮疑之間未及囘辭且理有
之也乞少頗周愼不間義方人暗室而無欺屬昏行
而不變今小人腹疑誤形似之迹暗室愚惵悸不章
之風戰秋霜之威布冬日之愛眸容有穆恐顏不章
雖將軍息恨於長孫籥之前此無德司空愛惜於

元淑之際彼未為貴一言見克九死非謝白孤勾誰
託起歌自憐迫於悃惶國而付仰若
城昨遇故人飲於狂藥一酌
浮雲而無斯南徙莫從此遊失路言客泛海近邽
之清鶴娛中山之醪酎屬旱日初一笑陶然樂醑因河朔
朱之明守玉戈之闕青白其眼賣而前行亦何異抗
莊公之輪恕蛣蜣昔徐樂之臂衡者揚召明其是非人門闔
朝精眠飛散昔徐樂待之遽厚白安人也安能比之上桂
因既而樸臿青醉而賞魏之倘懃以固陋禮而
園鳳相鼠之諼下懷周易復虎之璠銘刻
遺之幸客籌越之牽深荷王公之偉銘刻
〈又三六〉

宿昔惟清勝自餘疾疲茶夫期恬退才微識淺無足
濟時雖中原橫潰將何以救之王命崇重大撥元戎
昨書三至人輕禮重嚴期造切難以固辭扶力一行
前鶴違遠且船源旆藏十輩昨人觀其起與不以
之斫旆振玄鑣安高卧東山蒼生醫藜藿不絶俗矯抗
雲壑要射庭名方之二子實有慙德徒塵泰墓府然
無能為唯當報國廢賢持以自免德徒徒取恥貴
之以足下深知其申中欸慕子知我夫何間然勾當
小事但增悚惕

〈又三十六〉
為趙城與楊右相

〈八〉

東浮辭違積年伏惟相公尊體
起居萬福某家居十朽齬邁徒延聖日少禾末吏本
之遠圖中年發軔分歸園竊昔相公東國竄之日拔
九霄摧刷前身醫醒晚官恩貸福豐戴立山落用
三典列郡寂無成功但宣布王澤式酬貞礪之節
霜臺含香華省卑劇項強立大風之舉假以磨衣纓
公開張衛戟當克天地入臺龍之室仔造化之權安
石高枕蒼生俱仰共為躍無日剪佛於銀章朱紱
坐榮官遂身俱荷某目識龍顏旣齊飛於鵷鷺寄
跡放門館賞相公大造之力也而鏘鳴漏盡夜行不

與賈少公書
罷閒下僚免以訓青枌其遇蒙如能伏劍結纓謝君
狂自瞻於平一許容色於一身之厚類敢沐芳負荊諸
為塞蕪慕論何才惟塍棒駕天下豪俊翕然趨風白之
不軌楊慕滅之地才惟塍棒駕天下豪俊翕然趨風白之
壯煮武之才惟塍棒駕作太康之傑士未可此肩曹植
任俠五情水炭閟知所拱盡愧太影夜軾於魄啓亂
不懼戲蹋無地伏惟君俠明奮秋月均韶風掃塵

侯之樗散
賞露下情軹干視際涕乞詳覽
寺詩一首八翰上揚都尉詩一首三十韻辭旨狂野

息止之分寔覩古人大馬藥主迫於西汜所冀枯
松晚歲無改節於風霜老驥在路不期盡力於終
咎明主下報相公懷懷之誠屏息於此伏惟相公收
遺簪於少吳念亡引於梵澤衰當岳牧結草知歸贍
莖心光無志景刻

與韓荊州書

〈全二六〉

白聞天下談士相聚而言曰生不用封萬戶侯但願一
識韓荊州何令人之景慕一至於此耶豈不以有周
公之風躬吐握之事使海內豪俊奔走而歸之一登
龍門則聲譽十倍所以龍盤鳳逸之士皆欲收名定
價於君侯願君侯不以富貴而驕之寒賤而忽之則

三千賓中有毛遂使白得穎脫而出即其人焉白龍
西布衣流落楚漢十五好劍術遍干諸侯三十成
章歷抵卿相雖長不滿七尺而心雄萬夫王公大人
許與氣義此疇曩心跡安敢不盡於君侯哉君侯
作侔神明德行動天地筆參造化學究天人幸
願開張心顏不以長揖見拒必若接之以高宴縱之
以清談請日試萬言倚馬可待今天下以君侯為文
章之司命人物之權衡一經品題便作佳士而君侯
何惜階前盈尺之地不使白揚眉吐氣激昂青雲耶
昔王子師為豫州未下車即辟荀慈明既下車又辟
孔文舉山濤作冀州甄拔三十餘人或為侍中尚書

九

先代所美而君侯亦薦一嚴協律入為祕書郎中間
崔宗之房習祖黎昕許瑩之徒或以才名見知或以
清白見賞白每觀其銜恩撫躬忠義奮發以此感
激知君侯推赤心於諸賢腹中所以不歸他人而願
委身國士儻急難有用敢效微軀且人非堯舜誰能
盡善白謨猷籌畫安能自矜至於制作積成卷軸則
欲塵穢視聽恐雕蟲小技不合大人若賜觀芻蕘請
給以紙墨兼之書人然後退掃閒軒繕寫呈上庶青
萍結綠長價於薛卞之門幸惟下流大開獎飾惟君
侯圖之

上安州裴長史書

〈全二六〉

白聞天不言而四時行地不語而百物生白人焉非
天地也安得不言而昧行者不知乎敢剖心析肝論舉身之事
便當藁葬笑以其志白生而不慚矣其大綱一披情素惟君
侯察焉白本家金陵世為右姓遭沮渠蒙遜難奔流
咸秦因官寓家少長江漢五歲誦六甲十歲觀百家
軒轅以來頗得聞矣常橫經籍書制作不倦迄于今
三十春矣以為士生則桑弧蓬矢射乎四方故知大
丈夫必有四方之志乃仗劍去國辭親遠遊南窮蒼
梧東涉溟海見鄉人相如大誇雲夢之事云有七
澤遂來觀焉而相如家見招妻以孫女便娶于此
至於小三蒻焉而果海維陽不逾一年散金三十餘

十

方

萬有洛魄公子岑皆濟之此則長白之輕財好施也
又昔與蜀中友人吳指南同遊楚指南死於洞庭
之上白禪服慟哭若喪天倫炎月伏尸泣盡而繼之
以血行路間者悉皆傷心猛虎前臨堅守不動遂免
瘞於湖側便之金陵數年來觀其骨尚在白雪泣持
刃砑削裹骨徒步負之而趨遂遷潁魄無虧身
以遷空式呼隱於巖山之陽白東居數年不跡城市姜
人東醫子呼就當報食了無爲倦廣漢太守聞而
詩尚千計呼就當報食了無爲倦此則白義

〈李三十六〉

〈士〉

異之觀觀因舉二人以亨瑞並不赴此則白養

高志甚不同之跡此又前惛郡尚書蘇公出爲益州
長史白於路中投刺待以布衣之禮因謂羣賢曰此
子天才英麗下筆不休雖風力未成且見專東蜀
若廣之以學可以相如比肩也四海明識具知公此
前此郡督馬公朝野豪彥一見禮異奇為無輩流長
史李京之曰諸人之文猶山無煙霞者光明洞流句
之文清雄藻飾尚起議議斯人也復何足陳賢業也
復何足陳賢業也此則故知大唐虎之際於斯
為感有媿人馬九人而已是知才難不可多俱白既
人此頗工於文惟為笑領之無投釣之失焦君陳賞

〈李十〉

而且見蓬萊楊虎蕊鯊若縮脂昭昭乎馬上工
山上行仍狀映人也而高義重諸名飛天京四方諸
俟開殿下許尙劍德家氣干之嶺月費千金日宴群
客出蹄駿馬入羅紈繡家公門晝夜斐公之一言不
歌曰賓明何喧宣日夜斐公之一言不
間當天由重諸好賢謙以得此聲於天壤之
須騷馬將華已經十年雲山間之造謁
林天才超然惟清敲我咸成
牛下唱羣物白編蕃高義已經十年雲山間之造謁
無路今也運會有時末塵誰復何圖諸罵怒生衆欲
一雲心跡城堀末便何圖諸罵怒生衆欲

〈李十〉

〈民〉

投刺下客履危嚴威然自明無辜何憂惜孔子曰
長天命長大人畏聖人之言過此三者鬼神不言若
使事得其實罪當其身則并浴蘭沐芳自年於群
之地惟君佐死生不然投山竇海韓死蕃臺宣於群
目張腆記書自東郡昔王東海開伉友者曰何所從
來荅曰挑刺受寧不貴日跪王曰吾當可顧諸寢
以立威名視君侯通人又不爾也顧君侯惠以大理
洞開心顏終千前恩再屢英眄白必能使精誠動天
長虹貫日直度勝水不以爲寒若赫然作威加以大
悠不許門下晚之長途白即奔行於前册拜而东西
入秦海一觀國風求辭君俟黃鵠舉矣何王公大人

386 이태백 문부집 下

李太白文集卷第二十六

李二十六

十三

---

李太白文集卷第二十七

呈以於將軍叔宅賭碁喜奪
博八之江南序
冬日於龍門送從弟京兆參
軍令問之淮南
觀省幹序

莫春江夏送張祖監丞之東都序

〔金七〕

呼吐哉僕書室坐愁亦巳矣久矣無思欲登蓬萊極
目四海千弄白日頁摩青穹博斥幽憤不可得也而
金骨未藥玉顏巳緇何常不撫鶴歎息念
學書劍薄遊人間紫微九重碧山萬里有十無命甘
於後時劉表不用於禰衡曾來江夏賀循喜逢於張
翰且樂船中達人張侯大雅君子統泛舟之役在清
川之湄談玄斌詩連與載月醉盡花柳賞翫江山國
之美

祖青程告以行邁煙景晚色慘為秋容繫龍帆於千
天沱淥水於遲海欲去不忍更開芳樽樂雖豪中趣
逸天半平生甜暢未若此遊至於清談皓歌雄筆遠
藻笑歃醉酒揮素琴余實不愧於古人也揚校遠
別何時歸來想洛陽之秋風將贈魚以相待詩可贈
遠無乃關乎

奉餞十七翁二十四翁錄桃花源序

昔祖龍滅古商癲威刑熱生人若隆大火三境五
典散為寒灰銷長城埋阿房井諸侯殳裊俊自謂功
高羲皇國可萬世思欲凌震霄來仙人登封太山風
雨暴作錘五松受誡草木有知而萬象乖度檿升木

通驛公公館南有水亭馬東四望董泰應之浦嶼蓋有前
攝令河東薛公棟而宇之令宰陶西李公明化開物
成務又構其梁而閣之盡鳴琴之餘清月蓋為投
藝軒祖送客之佳境也製置既久莫知何名司馬武
公長材博古獨映方外因護胡牀情嘯咏而謂前
公曰此則夫曹官既無者人咨嘆
直憙嘉名勝槊自我作此且夫曹官既無者人咨嘆
之若遊青山卧白雲追遙偃傲何適不可小子居之
物安得措焉所以當文章之旗鼓翰林客
鄉揮辭鋒以戰勝為教樂此一無非得俊之場也千載

夏日奉長寧司馬武公群賢宴姑熟亭序

則詩篇晧不得不遒於南山魯連又開不踏於東海
則桃源之蟄世者可謂超外先賢夫指鹿之傳連頭
而同死非非吾黨之謂乎二翁既老氏之言繼少卿之
作文以述大雅道以誣至精卷舒天地之心脫落神
仙之壇武陵遺跡可得而窺焉往水引漁者之
花藏仙谿春風不知從來落英何許流出石洞來入
展光盡開有良田名竹果森列三十六洞別為一
天耶今乃扁舟而行然笑謝人出阡陌未已古人依然
曰雲何時而歸來青山一去而雜往諸公賦桃源以
美之

一持盲詩紀志

江夏送林公上人遊衡嶽序

江南之仙山黃鶴之爽氣偶得英靈後生俊人林公世爲豪家此土之秀落髮歸道專精律儀白月在天朗然獨出既灑落於彩翰亦諷詠於金口閑雲無心與化偕往欲將振五樓之金策浮三湘之秀波乘杯泝流考室名嶽曠然冥搜羨踏諸峯登祝融之峯巒望長沙之煙火遙謝舊國誓遺歸蹤古千開士稀有此者余所以歎其峻節揚其清波龍像先輩廻眺林覲此大沮涅沙者相去如牛之一毛昔智者安禪於台山遠公托志於廬嶽高標勝槩斯亦嚮慕哉紫霞

李二十七　四

搖心青楓夾岸目斷川上送君此行羣公臨流賦詩以贈

金陵與諸賢送權十一序

斯高柄秦嬴世不二三傑伏草與漢並出恭夷朱暉耿鄧乃起自古英達未必盡用於當年去就之理在大運爾我君六葉繼聖熙乎玄風三清垂拱穆然紫極天人其一哉所以青雲豪士散在商釣四坐明哲皆清朝旅人吾希風廣成蕩漾浮世素受寶訣爲三十六帝之外臣即四明逸老賀知章呼余爲謫仙人蓋實錄耳而嘗採姹女於江華收河車於清溪與天水權昭夷服勤爐火之業久矣之子也沖恬淵靜翰

才峻發自每一篇一札皆昭夷之所操吁捨我而遠若折羽翼時歲律寒苦天風枯聲雲帆涉漢岡若綠雷舉目四顧霜天崢嶸銜杯敘離羣子賦詩以出餞酒仙翁李白辭

春於姑孰送趙四流炎方序

白以鄒魯多鴻儒燕趙饒壯士蓋風土之然乎趙少翁才貌瓌雅志氣豪烈以黃綬作尉泥蟠當塗亦縫棲鵷鸞不足以窘束鸞鳳耳以疾惡抵法遷于炎方辭高堂而墜心指絕國以搖恨天與水遠雲連山長借光景於須刻開壺觴於洲渚黃鶴曉別愁聞命子之聲青楓瞑色盡是傷心之樹然自吳瞻秦日見喜

李二十八　五

上當攬玉弩催狼狐洗清天地雷雨必作冀白日照丹心可明巴陵半道坐見還吳之棹今雪解而松柏振色氣和而蘭蕙開芳僕西登天門望子於西江之上吾賢可流水其道浮雲其身通方大適何往不可何戚戚於路岐哉

秋於敬亭送從姪耑遊廬山序

余小時大人令誦子虛賦私心慕之及長南遊雲夢覽七澤之壯觀酒隱安陸蹉跎十年初嘉興季父謫長沙西還時途拜見預飲林下耑乃稚子嬉遊在傍今來有成鬱負秀氣吾衰久矣見爾慰心申悲導舊破涕爲笑方告我遠涉西登香爐長山橫蹙九江却

轉瀑布天落半與銀河爭流騰江奔電漿射萬壑此宇宙之奇詭也其上有方湖石井不可得而窺焉羨君此行撫鶴長嘯浪丹液未就曰龍來海使秦人著鞭先往挑花之水孤負鳳顧懃歸名山終期後來攜手五嶽從以送遠詩寧闕乎

送黃鐘之都陽謁張使君序

東南之美有江夏黃公焉白切飲風流審接談笑亦有梳斯王立光輝固然氣高時英辯折天口道司何毋金玉爾音而有退心湖水悠洞勵哉是待共賦

濟物志樗無根都陽張公朝野榮莫愛客攤士即原常春陵之亞焉每欽其辭華驟見往而黃公因訪古跡便從貴遊之僑裝撰行去國遐陟諸子街酒憎

武昌釣臺篇以慰別情耳

早春於江夏送蔡十還家雲夢序

吾觀茶俠奇人也爾其有四方之志不然作唐流宇宙太多耶白遏窮冥搜亦以早吳海草三綠不歸國門又更逢春再結鄉思一見夫子其心若存窮朝晚以作宴驅煙霞以輔賞即笑明月時張落花斯遊無何尋告殷崇來暫觀我去還愁人乃浮陽入雲夢與杜云卬歸境亦飛日青山綠楓累道相

別脫巾贈分沈醉烟久惆長涼月天南迴以夔夏火西飛而獻秋汀霞颯然海草微隆夫子行邁我心若

---

按遇勝因賞利君前行既非遠離島足冬歡秋七月結遊鏡湖無慇我期先子而生勤慎好去終當早此無使耶川白雲不得復弄爾鄉中廖公又諸子子寫

詩略謝之

秋日涼太原南柵餞陽曲王贊

天王三京北都居一其風俗遠蓋陶唐氏之人

四塞之要衝控五原之都邑雄藩

陽曲承王公神仙之胄也爾其學鏡千古知周萬殊

又若少府賈公以述作之雄也肇辛海虎樓辭場

又岩石艾尹少公廟之器口析黃馬手揮青萍威

道貫來人倫名飛於日下實難沈屈永懷青霄動有

隱而氣衝七星珠璣潛而光照萬壑今年春皇帝有
事千畝湛恩八埏大搜羣才以緝邦政而王公以令
宰見舉賈公以王霸昇聞海激行乎三千天飛期於
六月必有以也宣徒然哉有從兄太原主簿舒才華
動時規謀匠所乃歎翠筵董霞開渭羽觴
肇然後祝目遠覽續斷高吟汾河鏡開漲藍都之氣
色於晉山屏列橫朝塞之郊原屏俗書雲出煙襟結浮
放數落景俄而詁月生海來窺醉客昔雲出關半超秋
色且去乃曰山不載酌嬚搖心促裳縈丹闕而非遠揮王
麒驥之籤請各探韻賦詩龍行

江夏送倩公歸漢東序

昔謝安四十臥白雲於東山桓公素欽為蒼生而一
起常與支公遊賞當貴而不移大人君子神冥契合正
可乃爾爾僕與倩公一面而不禿古人言歸漢使我心
矣夫漢東之國聖人所出神農之後季良為大賢
來寂寂無一物可紀有唐中興始生紫陽先生
六十而隱跡於他日且能傾產重諾好賢士文即惠休
說期老成於他日且能傾產重諾好賢士文即惠休
二人與江鈞徃徃各一時也僕平生述作罕當批賞
授
〔卷廿七〕
生閻閻顏洗目一見白日其相視而笑於新松之山耶

作小詩絕句以寫別意

彼美漢東國川藏明月輝寧知喪亂後更有〔珠歸〕

錢李副使藏用移軍廣陵序 八

夫功未足以彭越韓信誅於後不及於此
歸所以彭越臨於前韓信誅於後不及於此
者虛生危疑而潛苞禍心小拒王命以謀臣折
以節鉞誘而亦由借鴻濤於奔鯨生人於塗
虎呼吸江海橫流百川左縈右拂十有餘郡國訂未
及誰當其鋒我副使李公勇冠三軍眾無一旅橫倚
天之御鞸駐日之戈吟嘯四顧能羅雨集豪翰杯方
之二杖干將而星羅上可以決天雲下可以絕地維

翕振虎旅赫張王師退如山立進若電掃獻馘百萬
膻尸盈川水膏於滄溟陸血於原野一掃瓦解洗清
全吳可謂萬里長城橫斷菱塞不然五嶺之北盡
於傾蚩勢盤地震不可圖也而功用小天高路遐
壯懷靡定於劉章封侯未施於李廣使陳恆之士長
呼青雲旦且校軍廣陵恭揖後命綰組練緹繞摟船乘風
蕭敲講而三山動旌旗搖揚而九天轉武安瓦震海日夜色雲河
登陸歌酣易水之風氣振武安而九天轉良牧出祖烈將
中流臨關賦詩以壯三軍之事白也筆已老矣月何
能為

澤畔吟序 〔卷廿七〕

澤畔吟者逐臣崔公之所作也公代業文宗早歲才
秀起家校書達山冊尉開輔中佐于憲車凶張湘陰
從官二十有八載而官未登茶郎署何遇將而不偶
邪所謂大名難居顯業未食兀兀湘權顏於草
莽同時儕輩罕有數十人或才長命天覆湯室崔公
忠憤義烈形于清辭慟哭澤畔哀形翰墨風雅之
什聞之者無罪見斥之者鐫書所感遇物二十章名
之曰澤畔吟所感遇物二十章名
則藏之於名山前後數四盡傷卷逸挫
英風激揚橫濃遺沫騰薄萬古至於微而章焕然
遂下自化與成他人豈不去怨者之流乎余覽之悽然

然後卷揮涕爲之序云

夏日諸從弟登汝州龍興閣序
夫樓榭苑囿崇高藹木蓋紀乎南火之月也可以處
臺榭尼高明吾之友于順此意也迺卜精勝得乎龍
興留賞焉然門外步念梯飛閣上漸出軒戶遲遊還
天晴山翠遠而四合矗二碧流而一色屈指拂略還
疑芒爭秀者蓋苑若空外鳴呼屈宋長逝無堪與
言起子者誰得我二三當揮爾鳳藻搜乎雲與白
雲老兄恨莫負古人也
秋夜於安府送孟贊府兄

夫士有饋危冠佩長劍揭眉吐諾激昂青雲者威誇

炎漢氣託交王侯若告之急難乃十失八九我義兄
孟子則不然求道立而機期暗親云乘我肝膽建越
鴻塞鳳立下猶嘗流乎孔明披書每觀於大略少君讀
易時作於小丈四方賢豪然果景慕雖長不過七尺
而心共萬夫至死機俊發則笑滿席
風雲動天非局高丘勝情何以及此以弱植早飲春
名況親承光煙恩其華葺他鄉此別誰無恨耶非林
風吹籍散了秋章海鴈嘶月孫雁朝雲騖魂動馬路
楚落渺渺抗手紛傷如之何且各賦詩以寵岐路

夫天地者萬物之逆旅也光陰者百代之過客也而

春夜從弟桃花園序

浮生若夢爲歡幾何古人秉燭夜遊良有以也況陽
春召我以煙景大塊假我以文章會桃花之芳園序
天倫之樂事群季俊秀皆爲惠連吾人詠歌獨慚康
樂幽賞未已高談轉清開瓊筵以坐花飛羽觴而醉
月不有佳詠何伸雅懷如詩不成罰依金谷酒數

冬夜於隨州紫陽先生飡霞樓送烟子元
演隱仙城山序

吾與霞子元丹子元演氣激道合結神仙交殊身
同心哲老雲海不可奪也歷可天下周求名山入神
農之故鄉得胡公之精術焉
起資霞之孤樓練丹景之精氣延我數千高談退元

金書玉牒盡在此矣白刀語及形勝愕陽山大誇仙
城元侯聞之乘興粉佳別酒寒酌醉青田而少留夢
魂曉飛度淥水以先去吾不帶余物興將携彩出所
以平交王侯迺則以俯顮巢許我綠蘿未歸
恨不得同棲烟林對坐松月有所歉然銘契澤石乘
春當來且抱琴肘花高枕相待詩以寵別峨而關之

白上探玄古中觀人世下察交遊海內豪俊相諿如
送藏十五歸崗嶽斤
浮雲自謂德條惠顔半壺孔墨莫不名由口進廉恥
車退而風義可合者歉惟戴戴鷃禽居長沙章湖焉之
飛少長咸洛寬窬窬王之國精微可以入神誠重可以

崇德謨尉可以尊主文兼可以成化兼以五材兼以
□美何住而不濟也
翰炳發昇朝天朝而此君獨潛光發世以才秀擢用
海未躍鱗雪然不遠之□千里訪余以道邦國之秀有
原侯為人偷精鑒□天下獨立每延以宴諸許為通人
相於魏公之林亭笙歌秋劍舞增氣況江葉墜綠
獨孤有鄁及薛諸公成亦以為信然矣鄮明主未夔
且歸衡陽龜祝融之雲峯弄朱莫之湍水軒騎利合
生難泰之期賞遠趄起也
少鳴其飛登高送遠使人心醉見周張二子寫論平

南序

全玄玄

早真矣江將軍狄宅與諸昆季送傳八之江

士

易曰觀乎人文以化成天下窮此道者其惟傳俟耶
俟篇章牢籠海內稱善五言之作妙絕當時陶公恕
田園之能謝客赴山水之美佳句籍籍人為羨談前
許州司馬宋公蘊冰清之姿重傳俟王獨之德妻以
其子鳳皇于飛海陽之好斯為睹久僕不安也秦于
芳塵宴同一趄心契千古清酌連曉玄談入微戲搆
無何族告一起以列五色相輝所有文會
宗誼育賢子人龍增秀以次英明洞神天王贄
言高樂晚餞金門先德故縱冶妖朱羽草木巳盛旦
江壖芳雲及匹前途自然異間坐遊錢壽行到霞月

千里足供文章之用哉征帆空歸凓濟日堆連二李海
蘭詩其贈離
冬白於龍門送從弟京兆參軍令周之淮南
觀省序
紫雲山李有英風焉吾家見之若衆星之有月貴則
天王之令辱賢則海嶽之奇精遊者所謂風生王林
清明蕭灑真不虛也常醉目吾日兄心肝五藏皆錦
繡耶不然何開口成文揮翰霧散今吾因撫掌大笑揚
眉當之使王澄再聞口箝絕倒親夫華葦象思通
神明龍章炳然可得而觀矣東見歲十二月拜省于淮南
白華之長吟眺黃雲之晚色目斷心盡精騖高堂傾
蘭醑而送行藏金鞍而照地錯穀蹲野朝英滿筵非
才名動時何以及此日落酒罷前山陰煙郡勤東言
吾道東坐想洛橋春色先到淮城見千條之綠楊枝
一枝以相贈則華萼情在吾無恨焉翠公賦詩以光

榮餞

全玄

李太白文集卷第二十七

士三

讚

八李三八

**當塗李宰君畫讚**

一

天垂元精歲降寶靈期命世大賢乃生吐奇
獻策闕王庭帝用休之揚光泰清賜百里湩量八風
縉雲飛甓當塗政成雅頌一夔江山毒棠邑作舞
武圖丹青眉秀華蓋日朗星鶴嬌閒鳳麟騰王京
若揭日月昭然運行窮神閒化永世作程

**金陵名僧頰公粉圖慈親讚**

神妙不死惜生此身託體明涘而將翦鬒親粉為造化
畫寫天真貌古松雲心空世塵丈伯之母可以為鄰
至人之心如鏡中影還乃萬竅動不雜識後然我所

**李居士讚**

揮風是騁亏物無二苦為匪躬吾族賢老名宣寫真
狼圖粉繪亏至堆鹿從白得羨與天為鄰默然不浚

**安吉崔少府翰畫讚**

長存此身

濟袤巨海吳安大風崔為令族出自太公克生奇才
骨秀神聰炯炯若秋月豔焱雲鴻美圖伊人籍沙真宰
卓立欲語謂行而在清晨一觴藥氣十倍張之座隅
仰止光彩

**宣城吳錄事畫讚**

大名之家昭影日月生此毘士風霜秀骨圖真儀賢
傳容寫髭束帶藏立如朝天闕嚴嚴亏謂四方之削

本三八

二

成濤濤亏申五湖之澄明武庫肅穆峰岸崠岬大辭
若訥大音希聲默然不語然焉寫國楨

**壁畫蒼鷹讚　讚主人**

突兀捆樹傍無一枝上有蒼鷹獨立若秋胡之攢眉
疑金天之殺氣凜粉壁之雄姿骭戟瓜握刀錐
群賓失席以聘眙未悟丹青之所寫吾嘗恐出戶闞
以飛去何意終年而在斯

**方城張少公廳畫師猛讚**

張公之堂華壁照雪師猛左圖雄姿秀發森竦折作
曰威灑毛骨銳牙衝霜鉤瓜抱怵作月望蹲明以震怒
謂有夏之毙机永覬厥容神駿不歇

羽林列衛壁壘南垣四十五星光輝至尊范公拜將
遄承士恩位寵虎臣封傳鴈門瞻天蹈舞誦躍精理
逮逐鴉翔昂昂鴻寨心豪祖逖氣聚劉琨名震大國
威揚列藩麟閣之階粉圖華軒胡兵百萬橫行縱壑
爪牙帝室功業長存

金銀泥畫西方淨土變相讚　并府

李二六

我聞金天之西日没之所去中華十萬億剎有極樂
世界焉彼國之佛身長六十萬億常沙由旬眉間白
毫向右宛轉如五頂彌山目光清白若四海水端坐說
法湛然常存召明金沙岸列發樹擢彌陀覆羅網周

張車渠瑠璃寫樓殿之飾頗黎碼碯耀階砌之榮昔
諸佛所證盡處言者金銀泥畫西方淨土變相焉
朗邵秦夫人奉為亡夫湖州刺史韋公之所建也夫
人温氷王之清敷聖善之訓以優讓大義希承拔於
人氤氲子恩採用重價於景福捨珍寶求名工圖
紫微父子恩設像人法功德波動青蓮之池七寶香
花光映黄金之地清風所拂如生五音百千妙樂威
疑動作若已發願未及發願若已當生未及當生精
念七日必生其國功德圓極囹而難名讚曰
向西日没處心必往生瞻大悲顏日淨四海水身光紫金山
勤念必往生是故稱楊樂珠網珍寶樹天花散香閣

---

圖讚了在眼願託彼道場以此功德海冀祐焉丹梁
八十一劫罪如風葉倏焉庶賴低量莘長顧王毫光

江寧楊利物寶讚

太莊高巌三峯何天洪波經海百代生賢為莫為龍
廊土漳川趙城開國王樹凌煙筆敔元化形分自然
明珠獨轉秋月孤懸題作宇作程權剛挫聖德合劫昊
聲播寶奎鴻漸閣英圖可傳

金鄉薛少府廳壁鶴讚

高堂弨軒兮雖聽訟而不援圖蓬山之奇禽想瀛海
之儔眇紫頂丹睟星攲昂昂欲飛霍若驚橋
形留變隅勢出天表謂長唳於風霄終寂立於盧曉
疑酣益古佇察逾妍舞疑頃市聽似聞絃懍感至精
以神夔可弄影而浮煙

嘯公畫讚

李三八

水中之月了不可取虛空其心作家廓無主錦悵鳥
爪獨行遊逸侶刀齊尺梁窮迷除詁丹青聖容何住
乍何听

琴讚

平陽孤桐石骨天骨根老氷泉葉苦籟月斷為綠綺
徽聲發發秋風入松萬古奇絶

朱虛侯讚

蕭氏孫德金精摧傷秦庚克橫漢風飛揚赤龍登天

白日昇陰虹賦虞諸呂慘慄來迎會酌高堂
准斬舊聲太白震慄爰幽產祿大運乃昌功冠帝室
于今不亡

## 讚伏飛新怒龍圖讚二

收飛新長於遺圖畫中月登舟虓虎清激冰方龍戰
藍波勁連山拔劍電鱗白刃下血染滄江憂
咸此非古人千秋若對面

## 地藏菩薩讚 并序 〔李十大〕

太華擢黑日月崩惟佛智嘉大而光生死雪哀本心於
虛空顧圖聖容以祈景福庶冥力攘劫道關橫流則地藏菩
爰命小子式讚其事讚曰
本心若虛空清淨無一物梵蕩迷塗凝圓寂了見佛
五綵圖聖偉悟真非妄傳掃雪萬病盡奕然清涼天
讚此功德海永為曠代宣

## 魯郡葉和尚讚

海英徽豐壽達門士了身皆空觀目任水如薪俟火
即徹生死如雲用天廓然萬里寂滅爲樂江海而閒
迸族形內塵舟此閒顧彼崑崙云可攀

李太白文集卷第二十八

---

李太白文集卷第二十九

學士贈右拾遺李白

## 頌

趙公西候亭頌　崇明寺佛頂尊勝陀羅尼幢頌
化城寺大鐘銘序　天門山銘

## 銘

任城縣廳壁記

## 記

## 趙公西候新亭頌

惟十有四載皇帝以歲之驕陽秋五不稔乃慎擇明
牧恤南方泯拮伊四月孟夏自淮陰還我天水趙公
作藩于宛陵祗明命也惟公代秉天憲作保南臺洪

奇略初以鐵符佐我燕京威振肅虜不敢視
而後鳴琴二邦天下取則草三省朝端有聲天子
識西宰衡勤懋殺南山之雷剖赤縣之劇強頌不屈
三州所居大化三列碑頌至於是邦也酌古以訓俗
〔李三九〕

柯大本畫生懿德宜千哉橫風霜之秀氣鬱王霸之

風以東和平心理人兵鎮唯靜畫一千里時無秀
三吳拖五嶺轄出無自峙而息爲此江西襟長江
西三昊眺京列樹行無清陵至有狄這山狂風
徐歆古道近京斬行秋秔灌途馬逼側共谷口人鬲章於
喪塗炎景樂野
山頂亭俯瞰設達迎闕如自唐有天下作牧百數圖

循壅鑿固恢永圖及公來思大革前弊實相此土陟
峰巖之壯其迴岡龍盤苕嶺波起潾勢交至可以有
作刀農之際鄜如是營遂維崖坦埋軍驅石前棘削
汚壕堵高隅以門以塲乃棟則不陋巋而不
蒼森沉閒閎焊濕有庇若息之勇如鴨斯塞縈流而
轉涵映池底納遠海之餘清瀉蓮峯之積翠信一方
雄勝之郊五馬漁蹤之地也長史齊公光父人倫之
師表司馬武公幼成衣衽之琴彥錄事參軍吳鎮宣
城令崔欽余德之後良村間生繼風教之樂地出人
偲是役也豈二公之力歟客沉今以稱興邦人衆

〈李二十九〉　二

舞以相賀僉曰我趙公之亭也群賓獻議請因諷頌
以名之則必典謝公此亭同不朽矣白以為謝公德
不及後世苴不留要衝無勿拜之言鮮登高之賦方
之今日我則過矣敢詢著老而作頌曰
眈眈高亭趙公所營如鵬翼開奐元於太清安陽開
張而欲行趙公之宇十藏有親必恭必敬爰遊爰廳
瞻而思之囷敢大語趙公來翔有禮有章煌煌鏘鏘
如文翁之堂清風洋洋永世不忘

崇明寺佛頂尊勝陀羅尼幢頌　并序
皇不補天其洪波泪汨流伯禹不治
共工不觸山竭皇不補天其洪波泪汨流伯禹不治
水萬人其魚乎禮樂大壞仲尼不作王道其皆平而

〈李二十九〉　三

前以山東開士象國而崇之時有萬商投孫士女靈
曾奚布暮魯如愛逐文石於他山登高標於列鑄
珉錯綵為餙爲蠋天人梅惜若吲若語貝華金言列
其上荷花水形其隅良工草萊燋本非經行綱縷之
洪南面耀涌海居大明廣連無幽不燭以天下所江
茲憺令爲諮雄亭宣覽飲本乃
頹下明詔令終於寶坊呼百尺中篆道若雲若素爲
著緝周流星霜伊隴象鳳喙仰貽血地良可漢此苴
太官廣武君靈俛西李公先名琬奏詔書改約書於東
政此肅而建仁而東五鎮方牧登躡于天帝方加
竹于魚萬且道然可聊方將向浅陽於太齋致君於

堯舜豈徒閑閑坐鳴盤二千載乃再崇厥功發揚
象教於是與長史盧公司馬李公等咸明明在公綽
綽有裕辭大國之寶鐘元精之和榮兼半刺道光列
嶽才或大而用小識無微而有通政其有經談豈更
僕有律師道宗心總群妙量包大千日何瑩而常明
天不言而自運識岸浪注玄機清發每口演金偈舌
搖電光開關延敵罕有當者由萬竅同號於一風衆
流俱納於溟海若乃嚴飾佛事規矩梵天法堂鬱以
霧開香樓岌乎島峙皆我公之締構也以天寶八載
五月一日示滅大寺百城號天四衆泣血焚香散花
扶櫬昇棺仙鶴數十飛鳴中絕非至德動天深仁感

李二十九　四

物者其孰能與於此乎三綱等皆論窮淵天惠湛清
月傳千燈於智種了萬法於真空不謀同心克樹聖
跡太官李公乃命門於南垣闢通衢曹盤舊規畧構
餘石壯士加勇力侔拔山鑱擊鼓以雷作花鴻壓而
電掣千人壯萬夫勢轉鹿盧於橫梁泯環合而無際
常六合之振動盛九霄之崢嶸非鬼神功曷以臻此
況其清景燭物香風動塵群形所霑積苦都雪幾星
辰而增輝挂文字而不滅雖業家危燕伏於銅柱懸
孤酒矣或日月圓缺方禮散華清心諷持諸佛稱贊
天地是亦可以從一天至一天開天宮之門見群聖
之顏巍巍功德不可量也其錄事參軍六輔英秦公

十一縣官寮有宏才碩德含香繡衣者許列名碑陰
此不具載郡人都水使者宣道先生孫太沖得真人
紫藥玉笈之書能令太一神自成還丹以獻于帝帝
服享萬壽與天同休功成身退謝病而去不謂古之
至道微妙之士歟乃謂白曰昔王文考觀藝於魯騁
雄辭於靈光陸佐公知名在吳銘雙闕於盤石吾子
盍可美盛德揚中和恭承話言敢不惟命遂作頌曰
揭高幡兮表天宮巍獨出兮凌星虹神撥撥兮來空
佐扶傾兮孝兮西方大聖稱大雄横絶苦海舟群蒙
陀羅尼藏萬法宗善住天子獲厥功明明李君牧東
魯再新頹規扶衆苦如大雲王注法雨邦人清涼喜

象新揭頌石兮振海濤銘豐碑兮昭萬古

李二十九　五

化城寺大鐘銘 并序

噫天以震雷鼓群動佛以鴻鐘驚大夢而能發揮沉
潛開覺茫蠢則鐘之取象其義博哉夫揚音大千所
以清真心警俗慮協和廣樂所以達元氣彰天聲銘
勳皇宮所以旌豐功昭茂德莫不配美金鼎增輝寶
坊仍事作制豈徒然哉粵有唐宣城郡當塗縣化城
寺大鐘者量函千盈叢邑宰李公之所井也公名有
則系玄元之英蕤茂列聖之天枝生于公族貴而秀
出少蘊才略壯而有成西適流沙北功絶域帝疇乎
厥庸始興學古陟攸歷率簿白麟開于天天書褒美

之蔚賁稽首三復子孫其天寶之初爲琴此邦不言
而洽日計之無近功歲計之有大利物不知化潛臻
小康神明莫遇庶不可尚方入千禪蹤覩天宮崢嶸
聞鐘聲頂骨乃詔諸龍象曰盍不建大法鼓樹之層
臺使群盤六騎有所歸仰不亦美乎於是發一言以
光覺兼百里而感應秋毫不挫人多子來銅崇朝而
山積工不日而雲會乃採鳧氏撰鳥鐘大天地之爐
扇陰陽之炭曰裔奮迅飛廉震驚金精鑄潛以融熠
洞達星熒而燁爍光噴日道氣敵天維紅雲點於太
素〻〻遷轟於遥海炟赫宇宙功侔鬼神瑩而察之吁
駭人也爾其龍質炳發虎形蹲踞靡金索以上縆懸

李二十九　六

寶樓而迭擊傍振萬壑高聞九天聲動山以隱隱響
森靈而闐闐獸蕩鏗於幽人遂息劒輪於苦海景福盻
靈被于人天非李公好謀而成弘濟群有孰能興於
此乎丞尉等並衣冠之龜龍人物之標準大雅君子
同僚盡心聞善費勇贊成厭美寺主昇朝闍心古客
英骨秀氣洒落卓素謙柔矣言海受水而皆納鏡無
形而不燭直道對円乃如是然常虛懷忘情索已利
物是人行空寂不動見如來有若上座靈隱都維那
則舒名僧曰那以虛常因調護賢哉六開士昔聞八
萬法深入禪惠於修偉儀將傳我以文章求我以述
作功德大海酌而難名遂與六曹來趍熱賢老乃

紬乃黃髮趨拜庭請揚李君之鴻美白昔忝侍從備
于辭臣恭承徽音敢闕清風之頌其銘曰
雄雄洪鐘研隱天雷鼓霆擊警大千令人毅怛然聲無
疊權四魍魎招魂仙傍極六道極九泉劍輪毅苦期
息有溺鑊猛火停熾燃愷悌賢宰人父母與功利物
信可久德方金鐘永不朽

天門山銘

梁山博望關扃巴濱丈撼洪流宴爲吳津兩坐錯落
如鯨張鱗惟海有若惟川有神牛渚怪物目迴車輪
光射山興氣凌星辰卷沙揚濤溺馬殺人國泰呈端
時訛返珍開則九江納錫閉則五嶽飛塵天險之地

李二十九　七

無安匪親

任城縣廳壁記

風姓之後國爲任城蓋古之秦縣也在禹貢則南徐
之分當周成延東魯之邦自伯禽到于順公三十二
代遭楚蕩滅因屬於秦炎漢之後更爲郡縣隋開皇
三年廢高平郡移任城於舊居邑乃屢遷井則不改
魯境七百里郡有十一縣任城其衝要東盤琅邪西
控鉅野北走厥國南馳互鄉青帝太昊之遺墟白衣
尚書之舊里土俗古遠風流清高賢良間生掩映天
下地博厚川疏明漢則名王分茅魏則天人列土所
以代變豪家傳文章君子以才雄自高小人則邑

朴難治況其城池煑鹽邑屋豊閴街衢曰㬰丹雘
而欲飛石橋滿波揜彩虹而不去其椎覽央比有此
此爲故萬商往來叩海絲歷實泉肉之槖籥爲英鋌
之咽喉故貨大賢以主東道制我長鍋大易其人今
鄉二十六戶一萬三千三百七十一帝擇明惠以賀
公宰之公温恭克修頃實有立季野庸四眡之氣士
元非百里之中撥煩剖劇無滯鍋百發克朞於
歲蕭相斆之二之農惠冨樂之然
後青衿向圳黃髮覽禮來耕就役農無游手之夫特
軸和鳴機空頰蛾之女物不知化陶㹸自春徂素勤

縱暴之心黠吏返淳永之性行者讓於適路任者妍
於輕重共老攜幼尊顗親千載百年再叟魯逈非
神明博遠孰能契於此乎白探奇東采藕聽輿論頗
記夶淫㳺之將來俾後賢之操刀知賀公之絕跡者
也

八

碑
比干碑
天長節使鄂州刺史韋公悳政碑 并序
溧陽瀨水貞義女碑銘 并序
武昌宰韓君去思頌碑 并序
虞城縣令李公去思頌碑 并序
文
爲竇氏小師謏瑢和尚文
爲宋中丞祭九江文

比干碑
〈李白〉

太宗文皇帝詔一海內明君臣之義貞觀十九年征
遼東師次魏乃詔贈少師比干爲太師諡曰忠烈
公遣大臣持節冊祭申命郡縣封墓葺祠置守冢以
少牢特享著於甲令刻於金石故比干之忠益彰
子得述其志昔商王受毒痡於四海悖于三正肄厥
淫虐下閧敢諫於是微子去之而
之非夫捐生之難慮死之難故不死非忠也
生非羊也可死而不死是重其死非忠也王曰叔父
親其至祖之元臣我臣莫崇焉
不可以志其祖則我臣
絶于天聱扶其䫻遂諫而死剖心非痛止諰爲痛公

之忠烈其若是焉故能獨立危邦撐抗興運周武以
三分之業有諸侯之師實其十亂之心之
衆當公之存也乃戰彼四上及公之喪也乃覩乎孟
津公存千百王之末伴夫淫者懼佞者戤義者思忠者勤
已矣少師存則垂其統殁則垂其統有三仁存其
聖人立敎懲惡勸善而已矣兩蘇與亡大統父子君臣而
其爲戒也不亦大哉而夫子稱殷有三仁存其
百姓之實之一曰存其身存其宗亦仁矣若惟死者退生者將實
仁矣亡之一曰劉其國亦仁矣若惟死者退生者將實
之士待奏走之變主者聚死而竄安之人將實

二

李平

力焉故同歸諸仁各順其志殊逢一書異行而齊
致佩德一致而自得焉蓋春秋微婉之義必將建
皇極立彝倫關在三之門一不二之訓以明知于世
斯夫人臣者既後孝於親而致之友而有聞親失
而不諍親危而不救從而容安地而自得甚或不然矣
天孝於生人之親皆欲其子忠於我君之主皆欲
欲生臣故歷代帝主皆欲精題周武下車而封其墓
魏武萬遷而創其祠我太宗有天下怪百神咸其體
家以少牢時其享若著于甲令劉于金石於戲哀列碑
追贈大師諡曰忠烈申命郡縣封墳葺祠置守冢五
主君封德正與神明袂視郡王身歿而榮益大世絕

三

太虛旣張催天之長所以白帝眞人當高秋八月五
大長節使鄂州刺史章、德政碑并序
列有餘氣正直聘明至今猛視咨爾來代爲目不易
日降丙方之金精採天長爲名將傳之無窮紀聖誕
之節也我高祖劉成之三后鑾統王賦姁一
廬嫗非仁而難作智死於其死矣後爲義忠無二軀
武關斷石銘表以誌丕列銘曰
而祀愈長羙後知忠列之道激天成人采炎天寶十
餘年卒于衛首祠堂覼感情動二廟在鄲邑官非

過漢農之額波返淳村於太古雖斬斫至道由闓曲
大盗間起開元我高祖劉成化功包天地不懲何能
之師今綱屬吾舟而胡夷起於殼下先天文武幸
尤之師今綱屬吾舟而胡夷起於殼下先天文武幸
感皇帝越在明兩㧑戈扶風正帝車於斗拯諸流
於鯨口迴日彎於西山拂葉病于炎帝鑠呼叱兩
京坦嫌而安六合歷列辟而魁僞太
陽重輪合權並出牢宙翰蓂草木增榮一塵而魑妖
氛成功不懸五讓而傳劍頣鄭於戲首尊見及
霧滿兮無子審曆數去已終火寶假人舖讓以成
千載之美末若以文明鴻葉安之元良與天同休㧑
統倭祀則我隹至公而無邪越三聖而殊軏膺萬
之喜氣爛人極於吾君能事斯畢與人更於乃展祀郊闢塹於吾君能事斯畢與人更於乃展祀郊闢塹垜山川

方挽輅於河洛界人於幽燕但誅元兇不問小罪嗟
大塊之築歌炎漢之風雲滂洋雨生溙澡渥澤除畷
類前平國步改號乾元至矣哉其椎圓景命有如此
者我邦伯韋公大彭之洪猷拯陽略邁古
高文變風運當一覽才甚三事歴藏剖劇能聲旁流
衣纓而自筆橫分符而形襠入遠者永王以天
人校誠直誠終鎮夏口欷時歇以脅從孙以堅守而不
動房陵之俗安於太山休陽去若曲至帝召兵
下深嘉直誠終自暴也真歌賊康乃人
兵歸農除害自大水滅郭洪霖注川人見憂於魚

皇唐葉自六聖幷造八極鏡照萬方幽咸照天秩
有禮自太古及今君臣目烈士貞女采其名節尤
章可激清頽俗者皆歸地而祠之蘭蕙歲祀尤
使而茲邑貞義光霆野彩埋貝石蘭
前脩博達者為邦之意平日與義女者梁陽黃山里史
氏之女也以家梁陽史闕書之歲三十弗移天于人

清英冢白事毋純孝手柔荑而不鹽身擊漂以自業
當楚平王將平王虐忠勍讒奇虐厥政艾於尚斬於
奢血流千胡赤族伍氏怨毒於人何其深哉子胥始
東奔勾吳月涉星邁或七日不火傷牛目色以應授於
昭闗詗詗於瀨泝捿車而徒告窮此女目色以應授於
之壺漿全人自沉形與口瀷鬣動於天倫魯姞如曹蛾辭波
三軍之衆使伍君開張闉闉頃蕩鄢郢卧而各壯志張英風三十
節卓車使道晢姀讟誠無疑受千金之如棄子以卻
理貫於孝道哥姀姀讟誠無疑受千金之地借如曹蛾辭波
去毎風魯吳天月苦荊水響像如在精魂可悲惜其
古今雪大憤於天地澈此女之力難云為之士焉能
呬孝忸燐蔽於後世也望其不溺所憶然低迴而不能
去毎風魯吳天月苦荊水響像如在精魂可悲惜其
投金有泉而刻石無主京哉邑宰滎陽鄭公名晏家
泰成之學世子產之才琴心開百里大化有君主
清河張昭皆有卿中霸略同事相協纖纖英猿勒銘
筭扶風賓縣射康平宋陸丹賜李淛南剠陳然
道周雖昭頹文戎不死其辭曰
槳槳身女那生寒門上無所天下報毋恩春風三十
花落無言乃如之人激漂流素手縈彼長渡
求思不可東節而存伍骨東奔乞食於此女分壶漿

李三十

減江而死聲動列國義形壯士入夢麀還吳雪玉
投金瀨訟報惠羈美明明千秋如月在水

武昌宰鮮君去思頌碑

仲尼大聖也宰中都而四方項誰則子賤大賢也宰單
父人到于今思之乃知德之休明不在位之高卑延
陵知晉國之政必分於韓獻子雖不能遏晉炎也葺延
其或進之者得非韓君乎陰陽人也葺延
存孤嗣趙太史公安定王五代
十世不亦冝哉七代祖茂後竟尚書令安定王五代
担鈞金邸尚書青光祿大夫雍州剌史祖
泰州司馬考睿素朝散大夫桂州都督府長史分

李卒

孝納言剖符佐郡奕葉明德休有烈光君乃長史之
元子也姓有吳鐵氏及長史即世夫人早孀弘聖善
之規成名四子文伯孟軻二毋之儔歟少卿當宰縣
丞威榮重諸死節於義實卿文章冠世拜監察御史
朝廷呼為予房紳卿尉高鄀令未下車名派耀勁負美譽君
自岣州銅轂射調補武昌令未下車名派耀勁負美譽君
人忱一心惠二邑同化邦晏如栖負雲集居未二
興二邑同此駔戟蒼春風三月大化蕭東末城易子而炊丹
陵王晉三江之巨横白刄去清塵高張兼撫刁永
吳越轉彄蒼生熬然而此邦晏如栖負雲集居未二
載戶口三倍其初銅戢曾青未懼地出大冶鼓鑄

부록 403

如天降神皃貌且燁數盈萬億公私其頼之官絶請
記之求吏無絲毫之犯本道採訪大使皇甫公先聞
而頼之權佐賴軒多所弘益尚書右丞崔公禹栩之
於朝相國崔公逸特奏授歟易令兼攝數縣所謂投
刀而皆虛爲其政而則建成去若當至人多慷恩新
宰王公名庭琇嚴然本華逸然洪河含章可見幹蠱
有立功武此德絃歌連聲服美前政閭閻諸者老與邑
中賢者胡思泰一十五人及諸耆吏武式曰羣願揚

韓公之遺美白採謠刊石而作頌曰
峨峨楚山浩浩漢水黃金之車大吳天子武寫鼎遷
寔爲帝里所嗣世凱薄俗如毆韓君作室撫茲遺人

**全三十**　**八**

虞城縣令李公去思頌碑并本

王者立國君人聚散六合咸土以百里雷其威華
其俗而風之漁其人而渦之其齒衆綷淬羊樂化在
水波而動之則妻蠋尾之則作爲餘而清之則安頌
首之酒興兩而能光昭歌卓

漭注王屋猶鴻得春和風潛暢惠仁史神劑石萬古
永思清塵

立振古則有虞城宰公禹公名錫字元勳朧西成紀
人也高祖楷隋上大將軍益原三州刺史封汝陽
公曾祖鷹雲皇朝廣茂二州都督廣武伯父靖鄠海福傳陳五
家韓王府記室軍襲黃武伯父靖鄠海福傳陳五

---

州刺史魯郡都督賢平太守護襲武伯皆納忠王庭名
鍰盧鼎俟伯繼眇故可略而言爲公即廣武伯之元
子也年十九拜比海壽光對心不挂細務口不言人
非羣吏宰測詮風歎憚秩滿轉古武衛倉曹參軍次
任趙郡昭應縣令奉詔修建初啓璽二成揔徒五郡
支甲三萬貫衆築畚野不鞭一人功成徐八千賫其
幹能之聲大振乎齊趙矣時名卿巡陵有黃赤氣
上衝太微散爲慶雲數千燄精勤動天地也如此
因粉圖妻名編入國史天寶四載昭同堂隅於載籍之哉

宸威臨頴作詞以理其俗魯而士舒而徐急則很戾
寵威臨頴金玉王度七燿昭回

**李羋**　**九**

龔則鳥散公酌以鈞道和之琴心干是安四人數五
敎襲妙摑食行惟單車觀其約而吏倦卯其勤而俗
讓激直士之親揚藤夫之清波三月政成鄰境取
則因行春見枯骸于路鳴惻然灰懷出傳而葬由是
百里拖骸四封歸仁有居喪行號城市者習以成俗
公郡之親邦尼以凶事而緜家獨衆所謂可
孿其穎風小錫兩類先時色中有隳童橫偕者簹惟
二歌之族幾百家焉公馬此人易其里曰大忠正
之甲共竟黎丘之古鬼爲或醉父以刃其子自公到
職襄開鳶爲災官宅鴆井水清而殊苦人下車宿之荒
爾而笑曰既苦且濤今以符吾志也迻汩月不的變

為甘泉公立館東南有三柳焉公往來憩之飲水剝去

行路勿剪比于甘棠鄉人因樹而舊頌四十有六句
惟公志氣塞乎天地德音發乎聲容緝乎若寒崖之
霜淇乎若清川之月彌焉雪羞邈若簡飛九能篁工
新文口吐雅論天下美之多從之遊非波陽三公工
伯我之績德則何以生此邑之賢老劉楚琴等乃相謂
其德官則散去則思縣丞王彥逞負外張魏陟玉簿
岑群寮與去恩之頃縣丞王彥逞同德比義好謀而成相謂
李誂縣跟刪李公以神明之化大賴于虞人虞人陶然歌詠
與蘇其瓊跟茂行伸刻石篆美無清風令名舊乎百

世之上其詞曰　　　　　　　　　　　　　　十
激揚之水芳白石有鑒李公之來芳雪虞人之戀歟
德孔昭折嶽旣清五敎大行勢雲雷之聲旣父其父
又子其子春之以風化成草靡乃影我崗乃雨我田
陽無驕憫四載有年人戴公之賢猶百里之天棄余
住失芷地跫川哀襄惠博掩路仁深苦井蔓甘兇入
易心三柳勿助永思清音

為竇氏小師祭璿和尚文
年月日其謹以壽疏之莫敢昭告于和尚之靈伏惟
和尚降靈自天依化造世奠立巍然坐如鳳凰
閟九包之翼豫章橫萬頃之陵始傳迸而納昭因舊

─────

格庶明靈汪有兮悲手撰茗藥精誠嚴思異坤道之昭
無戰譯泣有兮悲手撰茗藥精誠嚴思異坤道之昭
覲棹禪月掩覩蕭一往而無跡惺雙林之變白其早
孕訓海偏荷恩慈秦餐厭以法侶族落薩於禪校撓
誰以三牲之奠將祭于長源公之靈惟坤包括乾坤
平淮天地劃三峽以中斷疏九道以爭奔綱紀萬雉
為宋中丞祭九江文　　　　　　　　　　　　士
朝宗東海惟王有檀把典無虧今稟裘塵五陵悵
霸蒼生委為白胃赤血流於紫宮宇宙倒懸擔搖未
威含誰結憤剪元兇若思條列蕭名當重寄遵
奉天命大衆天兵泗海色於旌旐蕭軍威於原野而
洪壽游濤任颭振鷟惟神使陽侯卷波羲和奉命樓
船先齊士馬無慶掃欻導於幽燕斬鯨鯢於河洛惟
神祐我降休于民齊陳精誠庶垂歆饗

李太白文集卷第三十

唐李陽冰序李白草堂集十卷今當時著述十喪其
九咸平中樂史別得白歌詩十卷為李翰林集二
十卷凡七百七十六篇又慕雜著為別集十卷治
平元年得王文獻公溥家藏白詩集上中二帙凡廣
二百四篇惜其不峽與寧元年得唐纂萬所慕白
詩集二卷凡廣四十四篇因裒唐纂類諸編輯石
所傳別集所載者又得七十七篇無慮千篇沦舊書
而釐正其豪次使各相從以別集附次後凡賦表書
序記頌銘讚文六十三篇合為三十卷同舍呂縉
叔出漢東紫陽先生碑而殘缺間片能辨不復收云

夏五月海常山宋敏求題
李白集三十卷舊歌詩七百七十六篇今千有一篇
雜著六十五篇者知制語常山宋敏求字次道之所
廣也次道旣以頒贈白詩自為序而次第之蓋白蜀郡人
先後余得其書乃考次其作之所
初隱岷山出居襄漢之間南游江淮至楚觀雲夢雲
妻許氏居高宗許相居徠山出居襄漢之間也以女妻白因留
雲夢者三年去之齊魯居徂徠山竹溪入吳至長安
明皇聞其名召見晃以為翰林供奉頃之不合去
趙蕤燕晉西涉岷峨歷商於至洛陽游梁最久復之
齊曾再游淮泗再入吳轉徙金陵上秋浦尋陽天寶

十四載安祿山反明年明皇在蜀永王璘節度東南
白時臥廬山璘迫致之璘軍敗丹陽白奔亡至宿松
坐繫尋陽獄宣撫大使崔渙與御史中丞宋若思驗
治白以為罪薄宜貫而若思軍赴河南遂釋白之囚使
謀其軍事上書肅宗薦白可用不報是時白年五
十有七矣乾元元年終以汙璘事長流夜郎遂泛洞
庭上峽江至巫山以赦得釋憩岳陽江夏久之
尋陽過金陵徘徊於歷陽宣城二郡其族人陽冰為
當塗令白過之以病卒年六十有四是時寶應元年
也其始終所更涉如此白之詩其所自叙可考者
見當塗李陽冰為白墓誌稱白偶乘扁舟一日千里或遇

勝景終年不移則見於白之自叙者蓋亦其略也舊
史稱白山東人為翰林待詔又稱王璘節度揚州
白在宣城謁見遂辟為從事而新書又稱白流夜郎
還尋陽坐事下獄宋若思釋之白之詩連類引義雖中於法度者寡然
其辭閎肆儁偉殆騷人所不及近世所未有也
敘事曰史事誤以白之詩為
稱白有逸才志氣宏放飄然有超世之心余以舊史
錄而新書不著其語故錄之使覽者得詳焉南豐曾
鞏序
臨川晏公知止字慶會守藏之
林詩以授於館日白之詩歷世浸久所傳之集率多

訛缺予得此本最為完善將欲鏤板以廣其傳漸切
謂李詩為人所尚以宋人編類之勤而曾公考火之
詳世雖此好不可得而求　今晏公又能鏤板以傳
俟李詩後題癸世寔三公相與成始而成終也元豐
三年夏四月信安毛漸校正謹題

後序

三

| 저자 소개 |

# 이백李白

이백(李白; 701-762)은 자가 태백(太白), 호가 청련거사(靑蓮居士)로 우리에게는 주선옹(酒仙翁), 시천자(詩天子), 천상적선인(天上謫仙人) 등으로 널리 알려져 있으며 중국문학사상 최정상에 군림한 천재적 대문장가다.

그는 당대 최고의 전성기에서 쇠퇴의 길로 접어드는 전환기에 주로 활동했다. 어린 시절에는 제자백가와 시부(詩賦) 등 방대한 전적을 두루 독파하여 후일 대문장가가 될 소양을 쌓았으며, 청년기인 24세부터는 구세제민(救世濟民)의 큰 이상과 웅지를 가지고 중국 전역을 만유하면서 좌절을 겪기도 했다. 장년기인 천보(天寶) 초에는 3년 동안 장안에서 한림공봉(翰林供奉)을 지낸 후 사직하고, 재차 회재불우(懷才不遇)의 방랑생활을 했으며, 만년기로 접어든 55세 이후에는 안사란(安史亂)을 겪으면서 영왕(永王)의 사건에 연루되어 사형을 언도받고 유배와 사면 등을 거치다가 급기야 62세를 일기로 음주의 후유증으로 병사했다. 이렇듯 이백의 일생은 방랑(放浪)과 음주(飮酒), 호협정신(豪俠精神)과 구선학도(求仙學道), 겸제천하(兼濟天下)와 공성신퇴(攻成身退) 등 유불선(儒佛仙)에 기초한 사상적 다양성을 띠고 있는데, 이러한 정서들이 그의 시가(詩歌)와 문부(文賦) 작품에 고루 나타나고 있다.

| 역주자 소개 |

# 황선재黃善在_국민대학교 교양대학 초빙교수

충청남도 공주에서 출생했다. 민족문화추진위원회국역연수원(현, 고전번역원), 건국대(학사), 한국외국어대(석사)를 거쳐 성균관대학교에서 중국문학박사학위를 받고 서경대와 성신여대에서 강의하였으며, 국민대학교 박물관학예부장, 중어중문학과 산학협력교수를 거쳐 현재 교양대학 초빙교수로 재직하고 있다. 저역서로 『李白과 杜甫』(공역, 까치출판사; 1992), 『이백 오칠언절구(五七言絶句)』(문학과 지성사; 2006), 『이태백 명시문선집』(박이정출판사; 2013) 등이 있으며, 이밖에도 「李白詩의 現實反映에 관한 研究」, 「李白 樂府詩 研究」, 「제천의 아름다움을 담은 사군강산삼선수석(四郡江山參僊水石)」, 「四部(經史子集)分類法」 등 다수의 논문이 있다.

한 국 연 구 재 단
학술명저번역총서
[동 양 편] 624

# 이태백 문부집 下
李太白 文賦集

초판 인쇄  2020년 8월 17일
초판 발행  2020년 8월 30일

저     자 | 이백李白
역 주 자 | 황 선 재
펴 낸 이 | 하 운 근
펴 낸 곳 | 學古房

주     소 | 경기도 고양시 덕양구 통일로 140 삼송테크노밸리 A동 B224
전     화 | (02)353-9908 편집부(02)356-9903
팩     스 | (02)6959-8234
홈페이지 | www.hakgobang.co.kr
전자우편 | hakgobang@naver.com, hakgobang@chol.com
등록번호 | 제311-1994-000001호

ISBN    979-11-6586-099-8
        978-89-6071-287-4 (세트)

값 : 33,000원

이 책은 2016년도 정부재원(교육부)으로 한국연구재단의 지원을 받아 연구되었음
(NRF-2016S1A5A7021050).
This work was supported by National Research Foundation of Korea Grant funded by the
Korean Government(NRF-2016S1A5A7021050).